Knaur.

Über die Autorin:

Laila El Omari, geboren in Münster als Kind eines palästinensischen Vaters und einer deutschen Mutter, studierte Orientalistik, Germanistik und Politikwissenschaften in Münster und Bonn. Bisher sind bei Knaur »Die englische Erbin«, »Der Duft von Sandelholz«, »Der Orchideenpalast« und »Tage des Monsuns« erschienen. Die Autorin lebt mit ihrem Mann und ihrer Tochter in Bonn.

Wenn Sie mehr über Laila El Omari erfahren möchten, besuchen Sie ihre Website: www.laila-omari.de

Laila El Omari

Der Purpurhimmel

Roman

Knaur Taschenbuch Verlag

Besuchen Sie uns im Internet:
www.knaur.de

FSC
www.fsc.org
MIX
Papier aus verantwortungsvollen Quellen
FSC® C014496

Originalausgabe März 2011

Dieses Werk wurde vermittelt durch die Literarische Agentur
Thomas Schlück GmbH, 30827 Garbsen
Redaktion: Antje Nissen
Umschlaggestaltung: ZERO Werbeagentur, München
Umschlagabbildungen: Susan Fox/Trevillion Images; Ken Welsh/
Design Pics/Corbis; FinePic®, München
Satz: Daniela Schulz, Stockdorf
Druck und Bindung: GGP Media GmbH, Pößneck
Printed in Germany
ISBN 978-3-426-50674-5

2 4 5 3 1

Nulli expugnabilis hosti
(Keinem Feind eroberbar)

Wahlspruch von Gibraltar

Teil I

»Wenn jemand wünscht,
al-Andalus zu besuchen, dies ist sein Tor.«

Lisan ad-Din ibn Jatib *über Gibraltar*

I

Ostindienfahrer Athena, *Atlantischer Ozean, Juli 1778*

Wenn Olivia Gefühle als Farben hätte beschreiben können, so wären die ihren grau mit silbrig-blauen Schlieren gewesen, wie der regenschwangere Himmel, den das von sanften Wellen gekräuselte Wasser spiegelte – ein Spiegelbild ihrer selbst, das um das Schiff herum zerfloss bis an den Horizont.

Sie hatten erst vor wenigen Minuten abgelegt, und Olivia hielt eisern an dem Entschluss fest, die Reise nicht mit Blick zum Ufer anzutreten. Abschied hatte sie bereits vor Wochen genommen, hatte jede Blume im Garten ihrer Eltern berührt, auf ihre eigenen Schritte gelauscht, auf das Geräusch ihrer Schuhe auf den Londoner Straßen, Bekanntes mit Blicken abgetastet. Portsmouth war die erste Etappe ihrer Reise, und es war ihr fremd gewesen, ein erster kleiner Schritt ins Unbekannte, aber dennoch vertraut genug, um noch Heimat genannt werden zu dürfen. Während nun ihre ganze Familie mit den übrigen Fahrgästen den am Kai drängenden Freunden, Bekannten oder auch einfach nur Schaulustigen zuwinkte, war sie über das Deck nach vorne gegangen, denn es fühlte sich falsch an, einem neuen Leben mit dem Rücken voran zu begegnen.

Der Bug des Schiffes wälzte sich durchs Wasser und grub eine Schneise, die sich hinter dem Heck wieder schloss. Feiner Sprühnebel benetzte Olivias Gesicht, während sie unter ihren Fingerspitzen das glatte Holz der Reling spürte. Sie lehnte sich so weit nach vorne, dass die Stangen ihres Schnürleibchens gegen ihre Rippen drückten, und sah in das aufgewühlte Wasser, wo das Meer aufgerissen wurde wie eine Wunde.

»Wenn du dich an dieser Stelle vom Schiff stürzt, gerät dein Körper direkt unter den Bug, und du würdest unbemerkt einfach verschwinden. Kein sehr eindrucksvoller Abgang«, spottete ihr Zwillingsbruder Stanley, der leise hinter sie getreten war.

Sie richtete sich auf und drehte ihm den Kopf halb zu. »Vielleicht überlebe ich es auch und schwimme einfach an Land zurück – unbemerkt von allen.«

Er zuckte mit den Schultern. »Wäre auch kein großer Verlust.« Kurz darauf wandte er sich ihrer älteren Schwester Ruby zu, die in diesem Moment zu ihnen trat, und jeder Spott in seinem Gesicht wich Zärtlichkeit und Besorgnis. Ihre Großtante hatte einmal zu Olivia gesagt: »Du und Stanley habt alles an dunkler Schönheit bekommen, was diese Familie zu bieten hatte, während Ruby wirkt, als habe sie alle Helligkeit aufgesogen.«

Wenn Ruby jemals etwas Sonnengleiches gehabt hatte, war davon nun, im Angesicht ihres nahenden Todes, nicht mehr übrig als ein Abglanz. Aber selbst dieser zauberte Röte auf ihre Wangen und Glanz in ihre Augen, die nur jemand, der sie kannte, als fiebrig bezeichnen würde.

Die beiden stellten sich ebenfalls an die Reling, nahe beieinander, als wollten sie Geheimnisse austauschen. Zwischen Stanley und Olivia hingegen war zwei Schritte breit Platz, was zwar sicher unbeabsichtigt, aber bezeichnend dafür war, wie es immer schon gewesen war. Stanley hatte

Ruby immer nähergestanden als seiner Zwillingsschwester. Ruby, die Lebenslustige, die Abenteuerhungrige, an die er sich von klein auf gehängt hatte, als hungere er nach dem Leben, das sie ausstrahlte. Olivia hingegen hatte sich vor dem aufbrausenden Temperament ihrer älteren Schwester stets in Distanziertheit geflüchtet. »So schön ist sie«, hatte Olivia ihre Großtante einmal über sich sagen hören, »aber Mädchen von ihrem Schlag haben kein Herz.« Und die schöne Olivia ohne Herz wusste, sie sollte Mitleid haben mit der lebenshungrigen Ruby, die nun, anstatt vom Leben zu zehren, von diesem aufgezehrt wurde.
Es hatte sich seit einigen Monaten jedoch eine seltsame Kühle zwischen Ruby und Stanley geschlichen, nach einer Reise an die Küste von Cornwall, die Ruby unternommen und während der Stanley sie kurz vor ihrer Rückkehr besucht hatte, um die restliche Zeit mit ihr zu verbringen. Rubys Distanziertheit hatte gleichwohl etwas Verzweifeltes, als wolle sie Stanleys Bemühen um sie nachgeben, könne es jedoch nicht, ohne sich selbst zu verraten.
Ihre Mutter stellte sich nun in die Lücke zwischen Olivia und Stanley, ihre Lieblinge. Zwischen ihr und Ruby hatte es nie Nähe gegeben, und ihr Zusammenleben war geprägt von Streitereien bei Tisch und Rubys Widerstand gegen alles, was das gesellschaftliche Leben vorschrieb. Was auch immer es war, das von ihr verlangt wurde, sie wollte es nicht, und oftmals schien es, als begehre sie auf nur um des Aufbegehrens willen. Mit ihrem Vater verstand sie sich gut, dieser jedoch war ständig gedanklich abwesend und sagte stets auf Rubys tränenreiche Bitten, ihr beizustehen: »Deine Mutter weiß, was sie tut.«
War das Verhältnis zwischen ihrer Mutter und ihrer Schwes-

ter schon immer von Spannungen geprägt, so hatten sich diese kurz vor Rubys Abreise nach Cornwall auffallend zugespitzt. Ruby und Stanley hingegen schienen einander zu jenem Zeitpunkt näher gewesen als je zuvor. Niedergedrückt hatte Stanley gewirkt, ohne jeden ersichtlichen Grund. Zu der Zeit hatte es angefangen, dass Ruby immer blasser wurde, kränkelte und schließlich zur Erholung, wie man Olivia sagte, nach Cornwall geschickt wurde. Bis zu ihrer Abreise suchte sie Stanleys Nähe, und einmal hatte Olivia sie heimlich dabei beobachtet, wie sie weinend an seiner Brust lag.

Ein rasselndes Husten ertönte. Als Olivia sich nach links wandte und leicht vorbeugte, um an ihrer Mutter und Stanley vorbei ihre Schwester anzusehen, bemerkte sie, wie diese sich in Hustenkrämpfen leicht krümmte, den Arm ihres Bruders um die Schultern. Auch ihre Mutter drehte den Kopf zu ihrer Ältesten hin.

Sir John Retallick stand an einen Mast gelehnt, sah von weitem über die Reling hinweg bis zum Horizont, während ihm der Wind dunkle Haarsträhnen ins Gesicht wehte und die Bänder, die sein Haar im Nacken zusammenhielten, flattern ließ. Er verengte die Augen leicht, als könne er dadurch dem, was er sah, noch mehr Schärfe verleihen. Seine Blicke ruhten nun auf der Familie, die nur wenige Schritte von ihm entfernt stand, ihn jedoch nicht bemerkte. Die Mutter war, als sie zur Reling trat, sogar so nah an ihm vorbeigekommen, dass John sich wunderte, dass sie ihn nicht gesehen hatte.

Erst hatte die jüngste Tochter allein dort gestanden, den Rücken durchgedrückt, so gerade, als wolle sie sich selbst

Stärke beweisen. Während er sie beobachtete, hatte er sich zum ersten Mal gefragt, wie wohl alles gekommen wäre, hätten sie und ihr Bruder Stanley sich so nahegestanden, wie Zwillinge dies normalerweise taten.

Als Ruby sich plötzlich krümmte und sich mit einer Hand an der Reling festhielt, während sie die andere Hand mit einem Taschentuch an den Mund führte, beobachtete John die Mutter eindringlich. Aus ihrem Profil ließ sich keine Gefühlsregung ablesen, doch war sie nie eine Frau gewesen, die ihre Emotionen zeigte. Sieh genau hin, dachte er, so fühlt es sich an, sein Kind zu verlieren.

Die Ostindienfahrer segelten im Auftrag der *East India Company* zwischen Europa und Indien hin und her. Auf dem Weg nach Indien wurden verschiedene Häfen angelaufen, darunter auch Gibraltar, wo die Reise von Olivia und ihrer Familie ihr Ende finden würde. Es waren die größten Handelsschiffe, die derzeit auf den Meeren verkehrten, massiv und aus gut abgelagertem, sehr haltbarem Holz gefertigt. Sie waren dafür gebaut, sowohl Handelsgüter als auch Passagiere zu transportieren, und fuhren schwer bewaffnet, um sich gegen Piratenüberfälle zur Wehr zu setzen. Die *Athena* war mit drei Decks in der Länge von hundertfünfundsiebzig Fuß und fünfzig Kanonen ausgestattet. Es war ein imposanter Anblick gewesen, als das Schiff vor Portsmouth vor Anker gelegen hatte. Auf dem Rückweg von Indien würde es beladen sein mit Waren wie Seide, edlen Stoffen, Baumwolle, Opium und Gewürzen.

Olivia schlenderte über das Deck, das vom Regen der vor-

hergehenden Nacht feucht glänzte. Wind rauschte in den Segeln. Gibraltar. Wer wollte schon ins karge Nirgendwo? Indien, Arabien – das wäre eine Reise wert gewesen. Versetzte man nicht nur Offiziere nach Gibraltar, die sich etwas hatten zuschulden kommen lassen? Ihre Mutter hatte sie zwar diesbezüglich beruhigt, aber Olivia war dennoch nicht überzeugt. Zu plötzlich war alles gekommen.
Sie ging wieder an den Bug des Schiffes, hielt sich an einem Tau fest und lehnte sich vor, um in das schäumende Wasser zu sehen, schiefergraue Tiefe unter bleigrauem Himmel. Die Meerluft schmeckte salzig auf den Lippen, und Gischtspritzer benetzten ihre Wimpern. Sie hatte die Nacht hindurch wenig geschlafen, weil sie Ruby durch die dünne Wand, die ihre Kabinen trennte, immer wieder hatte husten hören. Sie fragte sich, ob ihre Schwester den Tod an ihrem Bett lauern sah. Der Gedanke an einen wartenden Tod auf der anderen Seite der dünnen Wand brachte auch Olivia um den Schlaf.
Irgendwann hatte sie eine Männerstimme gehört – unzweifelhaft die ihres Bruders. Es war ungehörig, bei Nacht zu seiner Schwester ins Zimmer zu gehen, aber wer sollte ihn dafür schelten? Erst hatte er geredet, und falls Ruby geantwortet hatte, dann so leise, dass nichts zu hören gewesen war. Irgendwann war das Sprechen melodischen Tönen gewichen, und Olivia wusste, dass Stanley sang, so wie Ruby für ihn gesungen hatte, als sie beide noch Kinder gewesen waren. Sie hatten beide schöne Singstimmen.
Ihre Erinnerung an die vergangene Nacht wurde jäh durch das Gefühl unterbrochen, nicht mehr allein zu sein. Sie drehte sich um und sah sich einem ihr fremden Mann gegenüber, der die Hände hinter dem Rücken verschränkt

hielt. Er musterte sie mit einer Art distanziertem Interesse, als sitze er im Theater und versuche zu ergründen, ob die Vorstellung ihr Geld wert sei. Seiner Kleidung zufolge gehörte er zu ihren Kreisen, aber sie hatte ihn bei noch keiner der Mahlzeiten an Bord gesehen. Er trat auf sie zu, ohne sie aus den Augen zu lassen, und Olivia wollte instinktiv einen Schritt zurücktreten, was jedoch mit der Reling im Rücken unmöglich war.

»Miss Kilbourne, nehme ich an?« Er lächelte.

»Olivia Kilbourne«, murmelte sie, ehe sie sich daran erinnerte, dass er sich zuerst hätte vorstellen müssen.

»Olivia.« Die Art, wie er ihren Namen aussprach, hatte, gepaart mit seinem taxierenden Blick, etwas erschreckend Sinnliches. »Haben Sie etwa vor zu springen, Miss Kilbourne?«

Irritiert sah sie ihn an. »Keineswegs.« Wirkte sie etwa wie eine versuchte Selbstmörderin? Oder war Gibraltar so schrecklich, dass sich Stanley und diesem Unbekannten beim Anblick einer Frau allein am Bug nur dieser eine Schluss aufdrängte?

»Keineswegs, Mr. …?« Sie neigte abwartend den Kopf.

»Oh, ich bitte vielmals um Verzeihung.« Er wirkte dabei keineswegs zerknirscht, sondern eher, als mache er sich insgeheim lustig über sie. »Sir John Retallick, zu Ihren Diensten.«

Er hatte grüne Augen, wie sie selbst. Diese Gemeinsamkeit erschien Olivias phantasiebegabtem Geist plötzlich bedeutsam, ebenso der Sonnenstrahl, der in diesem Moment durch die Wolkendecke brach und das Deck in buttergelbes Licht tauchte.

Mit einem Platschen schlug weißer Möwenmist auf den

Planken direkt vor ihr auf und spritzte auf ihren Rocksaum. Olivia sprang zur Seite, was in ihrem ausladenden Kleid vermutlich ebenso unbeholfen aussah, wie es sich anfühlte. Sir John Retallick legte den Kopf in den Nacken und brach in schallendes Gelächter aus.

»Olivia?« Stanley kam über das Deck, lief beinahe, und umfasste ihr Handgelenk fester, als notwendig gewesen wäre. »Mama sucht dich überall.«

Er drehte sich zu dem Mann und nickte ihm zu. »Sir John.«

»Lieutenant Kilbourne.«

Mit einer zaghaften, der Höflichkeit geschuldeten Geste wandte Olivia sich noch einmal um, ehe sie ihrem Bruder folgte. »Wenn Sie mich bitte entschuldigen.«

»Es war mir ein Vergnügen, Miss Kilbourne.«

»Ihr kennt euch?«, fragte Olivia ihren Bruder, als sie außer Hörweite waren.

»Kennen ist zu viel gesagt.«

»Warum sind wir ihm auf dem Schiff noch nicht begegnet?«

Stanley hielt inne und drehte sich zu ihr um. »Von dem halte dich fern.«

»Ist er nicht gesellschaftsfähig? Er ist ein Adliger.«

»Verarmt und auf der Flucht vor seinen Gläubigern, heißt es.«

Olivia war nicht beeindruckt. »Viele Adlige sind verarmt und heiraten dann reiche Frauen.«

»Heiraten?« Er warf ihr beim Gehen einen kurzen Blick über die Schulter zu. »Na, das ging ja schnell nach nur einer Begegnung.«

»Ich habe nicht von mir gesprochen.«

»Natürlich. Er kommt für dich ohnehin nicht in Frage.«
Olivia hasste kryptische Andeutungen, und ihr Bruder neigte dazu, sie damit zu provozieren. Sie wusste ganz genau, dass es nur darum ging, ihre Neugierde anzustacheln, nicht jedoch zu befriedigen. Sie ging ihm dennoch in die Falle. »Warum nicht?«
Wieder blieb er stehen und drehte sich zu ihr um, seufzend, als habe er ein begriffsstutziges Kind vor sich. »Olivia, denk doch mal nach. Wenn er gesellschaftsfähig wäre, als Adliger und Offizier, würde er dann nicht nach Indien gehen oder irgendwohin, wo er eine richtige Karriere und eine passende Frau finden würde? Aber er fährt nach Gibraltar.«
»So wie wir.«
Er zögerte und wandte sich ab. »Ja, so wie wir.«

»Wo willst du hin?«
Augusta Kilbourne blickte über die Schulter zu ihrem Mann, der auf einem der beiden Sessel in der Kabine saß und ein Buch in der Hand hielt – zweifellos irgendeine langweilige Erzählung über Kriegsschlachten. »An die frische Luft.«
»Um diese Zeit?«
»Ich brauche frische Luft, Frank«, antwortete sie scharf. Das täte ihm fürwahr ebenfalls gut, so blass, wie er aussah. Ein Gesicht wie ein Fischbauch, dachte sie plötzlich, wer hatte das noch gesagt? Der Vergleich reizte sie zum Lachen, das hatte er damals schon, als sie ihn von – sie kam einfach nicht auf den Namen – gehört hatte. Dennoch schaffte sie es, ernst zu bleiben, und sah ihren Mann an.
Er ruderte zurück. »Ich war lediglich interessiert.«

Sie zuckte in einer nachlässigen Geste mit den Schultern und verließ die Kabine.

Der Korridor war eng und nur spärlich beleuchtet. Den Nachmittag hatte sie mit Konversation und später mit ihren Töchtern verbracht. Sie konnte nur hoffen, dass Gibraltar nicht so langweilig war, wie ihr jeder erzählte. Aber eine Wahl war ihr nicht geblieben. Es musste sein, um ihre Kinder zu schützen, genauer gesagt Stanley, denn Ruby war ohnehin nicht mehr zu helfen. Wieder diese ungewohnte Enge in der Brust beim Gedanken an ihre Älteste. Die Vorstellung, ihr Kind zu überleben, war unerträglich, darin unterschied sie sich in nichts von den meisten anderen Müttern. Auch dass Ruby selbst schuld war, bot keinen Trost.

Eine Bekannte, deren Kind gestorben war, hatte einmal gesagt, dass sie, hätte man sie vor die Wahl gestellt, anstelle ihres Kindes hätte sterben wollen. Augusta dachte darüber nach. Nein, sterben wollte sie nicht für Ruby, denn wer würde dann auf Stanley und Olivia aufpassen?

Stanley hatte Olivia mit John Retallick schäkern sehen. Es hatte einer freundlichen, wenn auch unmissverständlichen Zurechtweisung bedurft. Aber Augusta machte sich keine Sorgen, um Olivias Gehorsam machte sie sich niemals Sorgen. Im kommenden Jahr würde sie ihr einen Ehemann suchen, und Olivia, die Ruhige, Besonnene, würde sich fügen. Patty, eine Tante von Frank und Großtante der Kinder, sagte zwar: »Stille Wasser sind tief«, aber solche Allgemeinplätze galten schwerlich für jeden. »Bei Ruby«, so ihre weiteren Worte, »weißt du, woran du bist, bei Olivia nicht.« Es lag wohl an Pattys Alter, dass sie ständig und überall glaubte, ihre Weisheit kundtun zu müssen.

Augusta ging an Deck. Kühl war die Luft, wie gewaschen vom Regen. Es waren wenige Passagiere unterwegs, was ihr nur recht war. Sie spazierte über die feuchten Planken und lauschte auf das Rauschen des Meeres. Irgendwann blieb sie stehen und sah in die Dunkelheit, eine so tiefe allumfassende Finsternis, dass sie sich fragte, wie die Seeleute diese Nacht um Nacht, Monat um Monat ertragen konnten.

»Suchen Sie ebenfalls die Einsamkeit?«, fragte eine Männerstimme leise hinter ihr. Sie fuhr herum, sah jedoch niemanden und spähte mit halbgeschlossenen Augen zu den Masten, wo sie nun die Silhouette eines Mannes ausmachen konnte, der langsam auf sie zukam und schließlich im milchigen Licht einer Laterne stand.

»Lord Westlake, ganz der Ihre.« Er neigte leicht den Kopf.

»Augusta Kilbourne.« Sie lächelte und sah ihn aufmerksam an. »Die Einsamkeit?«, kam sie auf seine Frage zurück. »Suchen Sie die denn?«

Er erwiderte das Lächeln. »Das zumindest dachte ich bis eben.«

Olivia hatte von John Retallick geträumt, seltsam wirre Träume, in denen auch Ruby vorkam, die eine wachsbleiche Totenmaske trug, wie Olivia sie auf alten Bildern gesehen hatte. Morgens wurde sie von Kopfschmerzen geplagt und fühlte sich elend. Sie stand auf, wusch sich, so gut es in diesen beengten Verhältnissen möglich war, und wartete auf ihr Dienstmädchen, damit dieses ihr beim Ankleiden zur Hand ging.

Am Frühstückstisch saß nur ihr Vater, und auch ansonsten

war der Raum noch weitgehend leer. Sie neigte sich zu ihm und küsste ihn auf die Wange.
»Guten Morgen, Papa.«
Auf das Frühstück verzichtete sie und trank stattdessen nur einige Schlucke Tee.
»Hast du Ruby heute schon gesehen?«, fragte ihr Vater.
Sie schüttelte den Kopf. Nur gehört.
»Gehört habe ich sie nachts«, sprach er ihren Gedanken aus. »Das arme Kind.« Er wirkte bekümmert und war sehr blass. Olivia wusste, dass ihm das Fortgehen aus England arg zu schaffen machte und die fortschreitende Krankheit seiner Ältesten ihn niederdrückte, seit der Arzt seinerzeit die Diagnose mitgeteilt hatte – Schwindsucht. Mit jedem Tag sah er schlechter aus. Dass sein volles hellbraunes Haar durch das zunehmende Grau stumpf wirkte, machte ihn älter, und die Blässe hatte etwas Kränkliches. Seine Züge hätte niemand als fest oder markant bezeichnen können, aber dafür war sein Gesicht immer schon ein Spiegel all seiner Empfindungen gewesen. Er würde nie jemanden über seine Gefühle täuschen können, er war wie Ruby.
Olivia trank ihren Tee aus und legte eine Hand auf die ihres Vaters. »Ich gehe ein wenig an Deck spazieren. Möchtest du nicht mitkommen?«
»Nein, geh nur, mein liebes Kind, ich werde noch ein wenig lesen.« Er runzelte die Stirn, als komme ihm gerade ein unliebsamer Gedanke. »Aber solltest du nicht lieber Stanley mitnehmen? So allein als junge Frau unter lauter Matrosen …«
»Mach dir keine Sorgen, es sind sicher schon einige Passagiere draußen, um sich ein wenig Bewegung zu verschaffen.« Sie stand auf und griff nach ihrem Hut. »Bis später, Papa.«

Die frische Seeluft tat ihr gut. Es war wärmer als am Tag zuvor, und die steingrauen Wolkenmassen waren weißen Wolkenfetzen gewichen. Olivia beschattete die Augen mit der Hand und sah zu dem Küstenstreifen, der eine dunkle Linie am dunstigen Horizont war.

»Das ist Portugal«, hörte sie eine Frauenstimme sagen.

Olivia drehte sich um und sah sich einer jungen Dame gegenüber, die sie bereits beim Essen am Vortag gesehen hatte, die Tochter irgendeines Ingenieurs.

»Constance Stockwell«, stellte die junge Frau sich vor. Ein eher reizloses Geschöpf, urteilte Olivia, während sie sich ihrerseits vorstellte und kaum verhehlen konnte, wie wenig Lust sie auf ein Gespräch hatte. Constance Stockwell hatte kupferrotes Haar, war ein wenig zu füllig, ihr Mund ein wenig zu groß und die Nase ein wenig zu klein. Zudem war sie bestimmt schon Mitte zwanzig und offenkundig unverheiratet, also eine alte Jungfer, und diese waren in den seltensten Fällen unterhaltsame Gesprächspartnerinnen.

»Wie können Sie erkennen, dass dies Portugal ist und nicht bereits Spanien?«, fragte Olivia, weniger aus Interesse, sondern nur, weil sie es noch unangenehmer fand, wenn sie schweigend nebeneinanderstünden, als wären sie alte Freundinnen.

»Ich habe diese Reise bereits einmal gemacht, aber damals bin ich bis nach Indien gefahren.«

»Und bis wohin reisen Sie diesmal?«

»Mein Vater lässt sich in Gibraltar nieder. Ich war nicht lange in Indien, nur zwei Jahre. Meine jüngeren Schwestern haben dort geheiratet.« Sie lächelte spöttisch. »Der Heiratsmarkt in Indien soll großartig sein.«

Für dich hat offenbar nicht einmal der gereicht, dachte Olivia und nickte höflich.
»Reisen Sie nach Indien?«, fragte Miss Stockwell.
»Nein, wir sind ebenfalls auf dem Weg nach Gibraltar.«
»Ich bin schon so gespannt darauf.«
Olivia musterte sie. »Tatsächlich?«
Einige Passagiere spazierten an ihnen vorbei und neigten grüßend die Köpfe. Olivia sah sich nach einer Möglichkeit um, sich von der jungen Frau verabschieden zu können, ohne unhöflich zu wirken.
»Dort ist Sir John Retallick«, sagte Constance Stockwell in diesem Moment und schaute zum Heck des Schiffes.
Olivia drehte sich um, mildes Interesse heuchelnd, dann jedoch runzelte sie irritiert die Stirn. Sie hatte Ruby noch schlafend gewähnt, aber diese junge Frau, die dort auf Sir John einredete, war ohne Zweifel ihre Schwester. John Retallick schwieg, die Hände in die Seiten gestemmt, den Blick gesenkt. Als Ruby verstummte, sah er auf und gab eine Antwort, wobei er nur eine knappe Handbewegung machte, als wolle er verdeutlichen, dass etwas abgeschlossen sei. Und im selben Moment überkam Ruby wieder ein Hustenanfall. Sie suchte nach ihrem Taschentuch, aber John Retallick reichte ihr bereits seines. Ohne lange zu zögern, nahm sie es und presste es an ihre Lippen, krümmte sich. Passagiere blieben stehen, eine Frau legte ihr die Hand auf den Arm. John Retallick sagte noch etwas, wahrscheinlich ein Abschiedswort, und verließ die kleine Ansammlung. Er kam in ihre Richtung, und Olivia, die immer noch peinlich berührt war von dem Vorfall am Tag zuvor, tat so, als bemerke sie ihn nicht.
»Constance, meine Liebe«, sagte er, als er bei ihnen war. »Wie geht es Ihnen?«

»Sehr gut, Sir John, danke der Nachfrage.«
»Grüßen Sie Ihre Eltern von mir.« Er nickte Olivia zu. »Miss Kilbourne.« Dann ging er weiter und stieg die Treppe hinunter, die unter Deck führte.
Als Olivia sich umwandte, begegnete sie dem forschenden Blick von Miss Stockwell. »Vor dem nehmen Sie sich lieber in Acht, er ist offenbar interessiert.«
Ohne eine Antwort abzuwarten, verabschiedete sie sich. Olivia starrte ihr nach und ging dann langsam zu ihrer Schwester. Ruby hatte sich wieder gefangen und hielt das Taschentuch zerknüllt in ihrer Hand. Blutflecken waren noch nicht zu sehen. Manchmal beobachtete Olivia, wie Ruby zögerte, ehe sie auf das Taschentuch sah, und dann beim Anblick des blütenweißen Stoffes die angehaltene Luft ausstieß.
»Komm«, sagte Olivia, »ich bringe dich in die Kabine.«
Ruby schien widersprechen zu wollen, fügte sich dann jedoch.
»Hat der Gentleman dich aufgeregt?«, fragte Olivia.
»Nein.« Ruby spielte abwesend mit dem Taschentuch, zog es auseinander und knüllte es wieder zusammen. Sie war blasser als gewöhnlich.
»Ihr wirktet, als ob ihr euch kennt.«
Ruby schüttelte nur den Kopf, aber ob sie das tat, um damit eine Bekanntschaft zu verneinen oder um zum Ausdruck zu bringen, dass sie darüber nicht sprechen wollte, ließ sich nicht unterscheiden.
Auf dem Weg die Treppe hinunter kam ihnen ihre Mutter entgegen, die im Gegensatz zu ihrem Vater überaus frisch und gut gelaunt wirkte. Sie wechselte ein paar Worte mit ihnen, erklärte Ruby dann, sie werde sie später in ihrer Kabine besuchen, und ging weiter.

»Sag ihr, ich schlafe, dann wird sie mich nicht stören wollen«, bat Ruby Olivia.

Admiral zur See war eine Laufbahn, die einzuschlagen Stanley sich schon als Kind gewünscht hatte. Seine Eltern jedoch hatten andere Pläne mit ihm gehabt. Es war, so sagten sie, wesentlich leichter, seine Karriere zu fördern, wenn er in die Fußstapfen seines Vaters trat. Man kannte sich untereinander. Stanley konnte gut fechten, aber er war nicht gerade das, was man einen begnadeten Taktiker nannte, denn ihm fehlte die Hingabe an das, was er tat. Daher konnte auch die Hilfe seines Vaters seine Laufbahn nicht beschleunigen – wobei sich Stanley des Öfteren fragte, worin dessen Einfluss bestand, denn er hatte seinen Vater nie für einen guten Offizier gehalten und konnte sich nicht erklären, wie dieser es so rasch zum Major gebracht hatte. Was seine eigene Karriere anging, so war Stanley sich inzwischen sicher, jede Aussicht auf eine mögliche Beförderung zum Captain verspielt zu haben. Eine unbedachte Entscheidung hier, eine falsche Entscheidung da, und schon war es darum geschehen gewesen. Wenn er jedoch an Ruby dachte, so war seine verspielte Captain-Würde wohl wahrlich das kleinere Problem.
Stanley wanderte durch das Schiff und erkundete alles. Seine Uniform sorgte dafür, dass man ihm den nötigen Respekt entgegenbrachte und ihm kein Zugang verwehrt wurde. Schließlich konnte es durchaus passieren, dass man irgendwann Seite an Seite kämpfte. Die *East India Company* hatte ihre eigene Armee.
Es gab einen Ort, den die Seeleute an Bord »die Hölle« nannten, jener Raum im Bug am Vordersteven, wo der

Bootsmann und sein Maat arbeiteten, wenn es etwas instand zu setzen gab, und wo einiges an Material für die Betakelung gelagert wurde. Stanley hatte ihn sich angesehen, weniger aus Interesse, sondern weil ihn seit Monaten der Gedanke an die Hölle verfolgte und er sich einen Vorgeschmack geben wollte, um der Vorstufe, die er durchlebte, noch eine physische Komponente hinzuzufügen. Hier hatte er jede Bewegung des Schiffs in ihrer vollen Wucht spüren können, und das Donnern der Wassermassen gegen den Bug war ohrenbetäubend.

Stanley ging die Stufen zurück zum Passagierdeck und strich mit der Hand über das polierte Holz des Geländers. Aus dem Salon hörte er leises Klavierspiel und musste unwillkürlich an Olivia denken. In gewisser Weise waren sie alle musikalisch, er und Ruby konnten singen, waren dafür jedoch völlig untalentiert, was das Spielen eines Instruments anging, bei Olivia war es umgekehrt. Auf Soireen war es nicht selten vorgekommen, dass ihre Mutter ihn und Ruby hatte singen lassen, während Olivia sie beide am Klavier begleitete. Natürlich hatte Ruby sich dazu nur selten bewegen lassen, was meist Anlass zu heftigen Szenen gewesen war.

London, Januar 1776

Ich bin doch kein dressierter Affe!«

»Ruby! Nicht diese Wortwahl.« Augusta Kilbourne war mit ihrer Geduld sichtlich am Ende, auch wenn sie sich alle Mühe gab, sich nichts dergleichen anmerken zu lassen.

Stanley hatte auf einem Sessel im Salon Platz genommen, die Beine lang ausgestreckt, und beobachtete die Szene amüsiert. Auf dem Klavierhocker saß Olivia, strich über die Tasten und schlug gelegentlich einen Ton an, als wolle sie den Streit musikalisch untermalen. Vor dem Klavier stand Ruby, die Hände zu Fäusten geballt, das honigbraune Haar gelöst – ein Affront für ihre Mutter, die viel Wert auf korrektes Erscheinen beim nachmittäglichen Tee legte. Kaltes Winterlicht malte ein Schattenmuster auf den Boden.

»Dass ihr drei musiziert, habe ich bereits mehreren Bekannten erzählt. Wenn du dich nun sträubst, wird jeder über dich sagen, du seiest eine ungehorsame Tochter.«

Falsches Argument, Mutter, dachte Stanley.

»Sollen sie es nur tun.« Ruby warf ihr Haar mit einer raschen Bewegung des Kopfes zurück. Sie sah zu Stanley und dann zu Olivia. »Reicht es nicht, wenn die beiden dein Unterhaltungsprogramm spielen? Stanley ist zu höflich, um nein zu sagen.«

Auf den Wangen ihrer Mutter zeigten sich rote Flecke, ein untrügliches Zeichen ihrer Wut, die sie nur mühsam zügelte. »Du vergisst dich, Ruby!«

»Papa?« Ruby sah ihren Vater an, der in einem Sessel schräg neben Stanley saß.

Frank Kilbourne hielt sich aus dieser Art von Streitereien meist heraus, aber offenbar konnte er dieses Mal dem flehenden Blick seiner Tochter nicht widerstehen. »Wenn sie aber doch nicht möchte, Augusta.«

Als wolle sie nicht glauben, dass ein Einwand ausgerechnet von dieser Seite kam, drehte ihre Mutter sich um. »Frank, deine *Begabung* mag im Bereich der Kriegsstrategien liegen, aber was die Erziehung meiner Kinder angeht, kannst du mir durchaus vertrauen, dass ich weiß, was ich tue.«

Ruby sah ihren Vater abwartend an. Dieser jedoch hob entschuldigend die Hände, eine Geste, die aussagte, dass er getan hatte, was er konnte.
»Du wirst singen, Ruby, und ich möchte jetzt keine Widerrede mehr hören.« Für Augusta Kilbourne war die Angelegenheit offenbar erledigt.
Mit dem Blick eines Menschen, der im Kriegsgefecht steht und weiß, dass er keinerlei Verbündete mehr auf seiner Seite hat, sah Ruby sich im Salon um. Sie ging ohne ein weiteres Wort.
»Ruby, die Teestunde ist noch nicht vorbei«, rief ihre Mutter ihr hinterher, jedoch ohne eine Reaktion zu erhalten. Irgendwo im Haus knallte eine Tür.

»Gab es keinen gemütlicheren Ort für ein Treffen?« Stanley zog frierend die Schultern hoch.
Sein Freund Jared spähte schweigend in die Dunkelheit. Angesichts ihrer beider eleganten Aufmachung und des Umstands, dass Männer aus ihren Kreisen nachts im Hafenviertel nur schwerlich etwas zu suchen hatten, hoffte Stanley, dass sie nicht in die Falle irgendwelcher Strolche gegangen waren. »Ein Bekannter eines Bekannten«, hatte Jared den Mann genannt, auf den sie warteten, und hatte »eine wahre Goldgrube« in Aussicht gestellt.
Zu beiden Seiten der Themse zwischen Tower Bridge und London Bridge befanden sich Lagerhäuser, Schiffswerften und Docks. Schiffe lagen im offenen Fluss und warteten darauf, ihre wertvolle Ladung an Land bringen zu können, was wegen der Überlastung der *Legal Quays*, wo die zollpflichtigen Waren gelöscht wurden, oftmals mit sehr langen Wartezeiten verbunden war. Die mit meist kostbaren

Gütern aus dem Orient beladenen Schiffe wurden dadurch das Ziel von organisierten Diebesbanden und waren daher schwer bewaffnet. Dennoch war der Kampf meist aussichtslos.

»Ich hoffe, dein Bekannter kommt bald, mir ist nämlich kalt«, zischte Stanley.

»Ja, nur Geduld.«

Stanley schwieg für einige Minuten. »Du hast mir immer noch nicht gesagt, worum genau es geht.«

Mit einem ungeduldigen Seufzen drehte Jared sich zu ihm um. »Du bist mein Freund, und ich vertraue dir, aber ich möchte dir lieber zeigen, was für uns dabei herausspringt, damit du nicht wegen eventueller Skrupel schon von vornherein nein sagst.«

»Etwas Illegales?«

Jared zuckte mit den Schultern und sah ihn schweigend an.

»Na, du hast ja Nerven.« Stanleys Gesicht verfinsterte sich. »Du weißt, dass ich Offizier der Krone bin.«

»Und? Das sind andere auch.« Jared taxierte ihn. »Willst du wirklich gehen?«

Sein Freund kannte ihn einfach zu gut. »Nun«, sagte Stanley gedehnt, »wir sind mit deiner Kutsche hier, weg komme ich nur, wenn ich zu Fuß gehe, nicht wahr? Also kann ich es mir ebenso gut ansehen.«

»Ganz recht.« Der Mann stand so plötzlich neben Stanley, dass dieser einen Satz zurück machte. Anstelle des abgerissenen Strauchdiebs sah er jedoch zu seinem Erstaunen einen elegant gekleideten Mann in den Vierzigern, der durchaus im Bekanntenkreis seiner Eltern verkehren könnte.

»Es tut mir leid, wenn ich Sie erschreckt habe«, sagte der

Mann. Er machte eine einladende Handbewegung in die Dunkelheit. »Wenn die Herren mir bitte folgen wollen.«
Stanley war äußerst unbehaglich zumute, als er zusammen mit Jared hinter dem Mann her durch eine Reihe von finsteren, verwinkelten Gassen lief. Er hoffte nur, dass sein Freund wirklich wusste, was er tat. Vereinzelt warfen Lampen in Hauseingängen schmutzig gelbe Lichtpfützen auf die unebene, von einem schmierigen Film überzogene Straße. Es roch nach ranzigem Fett und Fisch. Stanley hielt die Hand an seinem Degen, bereit, ihn jederzeit ziehen zu können.
»Du hast gesagt, die ganze Sache sei eine hervorragende Investition«, flüsterte er Jared zu. »Woher hast du das Geld?«
»Von meinem Bruder. Sagen wir, *geborgt.*« Jared grinste entwaffnend.
»Du hast es gestohlen?«
»Ich darf über das Geld frei verfügen, und er bekommt es ja zurück.«
»Ich kann mir von meinem Vater aber nicht einfach Geld *borgen*, er würde es merken und Fragen stellen, und ich weiß nicht, ob meine eigenen Mittel ausreichend sind, wenn es wirklich etwas Größeres ist.«
»Ich kann dir ein Darlehen geben.«
Stanley nickte nur, obwohl ihm nicht wohl bei der Sache war.
Der Mann blieb stehen, und Stanley sah sich um. Hier war überhaupt nichts außer einem Schuppen, der aussah, als stürze er beim ersten Windstoß ein. Zwei Männer traten aus den Schatten und stellten sich hinter sie.
Stanley fuhr herum. »Was geht hier vor?«

»Eine Vorsichtsmaßnahme, schließlich kenne ich Sie nicht.«
Der Mann gab den beiden Männern einen Wink, und diese traten mit Tüchern in den Händen auf Stanley und Jared zu, um ihnen die Augen zu verbinden. Stanley riss dem Mann vor ihm das Tuch aus der Hand.
»Da mache ich nicht mit, ich werde zurückgehen.«
Der Mann lächelte spöttisch. »Dann nur zu. Allerdings hoffe ich, Sie haben Verständnis dafür, dass ich Ihnen keinen Fremdenführer mitgeben kann, der Ihnen den Weg zurück zeigt.«
»Nun stell dich nicht so an«, sagte Jared und ließ sich widerstandslos die Augen verbinden.
Stanley zögerte, haderte für wenige Sekunden mit sich, dann band er sich ebenfalls das Tuch vor die Augen.
»Ihre Waffen?«
»Auf keinen Fall.« Mit einer raschen Bewegung legte Stanley die Hand wieder auf den Knauf seines Degens.
Der Mann insistierte nicht weiter. »Damit eins klar ist, ich werde meinen wahren Namen nicht nennen und möchte die Ihren auch nicht wissen. Zudem verlegen wir unsere Waren nach jeder Transaktion, uns steht eine Reihe von Räumlichkeiten zur Verfügung.«
Nach wenigen Minuten, die Stanley und Jared durch nach Kloake und saurer Milch stinkende Gassen geführt wurden, blieben sie stehen, und die Männer nahmen ihnen die Augenbinden ab. Sie standen vor einem großen Haus, offenbar ein altes Lagergebäude, das zwar verwahrlost, aber im Großen und Ganzen noch gut instand gehalten war. Der Mann hantierte an einem Schloss herum und schob einen Riegel beiseite.
»Nur damit von Anfang an kein Missverständnis entsteht,

meine Herren. Das Gebäude wird streng bewacht.« Er lächelte. »Sie werden gleich verstehen, warum.«
Er zündete eine Lampe an und führte sie durch einen nach Schimmel riechenden Raum, in der alte Webstühle standen, von Staub und Spinnweben überzogen. Dahinter war ein weiteres Tor, das er nun aufschloss. Er stieß die Tür auf und gab den Blick frei auf eine matt beleuchtete Halle, in der sich mehrere Männer befanden und Kisten packten.
Stanley trat einen Schritt vor und sah sich um. Seide in allen Farben, Sandelholz, Kaliko, Baumwolle, Tee, Kisten mit kostbaren Gewürzen, Kaffee – eine Schatzkammer. Schleichhandel, so wusste Stanley sofort. Er hatte natürlich schon davon gehört, von dem märchenhaften Vermögen, das viele Männer anhäuften, die ihre eigenen Geschäfte unter Umgehung des Handelsmonopols der *East India Company* machten.
»Bist du dabei?«, fragte Jared und lachte. Seine Begeisterung war ansteckend. So war Jared eben, und obwohl Stanley Bedenken hatte, stimmt er in das Lachen ein. »Ich wäre ein Narr, wenn nicht, oder?«

In den frühen Morgenstunden betrat Stanley sein Elternhaus. Sie hatten gefeiert, waren von einer Vergnügungsstätte zur anderen gezogen und schließlich in einem sehr teuren Etablissement gelandet, wo sie morgens die Letzten gewesen waren, die gingen. Jetzt war Stanley zum Umfallen müde und wollte nichts mehr als in sein Bett.
Auf dem Weg zur Treppe kam er am Salon vorbei, dessen Tür offen stand, was er nicht weiter beachtet hätte, hätte er nicht den kühlen Luftzug bemerkt. Stirnrunzelnd betrat er den Raum und bemerkte die offene Terrassentür. Ein nach-

lässiger Dienstbote oder einer, der sich mit einem Dienstmädchen zu einem verbotenen Stelldichein einfand. Das würde am nächsten Tag ein Nachspiel haben. Stanley wollte die Tür eben schließen, als er die Gestalt bemerkte, die einsam auf den Stufen zum Garten saß. Er trat hinaus und sah Ruby, bekleidet mit nicht mehr als einem Batistnachthemd.

»Was tust du hier?«, fragte Stanley behutsam, weil er fürchtete, dass sie schlafwandele.

Sie drehte sich zu ihm, die Augen klar und wach. Ihr Körper zitterte leicht in der Kälte. »Mit einer Halsentzündung werde ich schwerlich singen müssen.«

Stanley widerstand der Versuchung, sich sein Surtout auszuziehen und ihr um die Schultern zu legen, und er verdrängte den Gedanken an sein warmes Zimmer und das einladende Bett. Stattdessen setzte er sich neben sie.

»Du musst nicht bleiben«, sagte Ruby und umschlang ihre Knie mit den Armen.

»Ich weiß«, sagte Stanley und blieb.

2

Gibraltar, Juli 1778

Am fünften Tag der Reise liefen sie Gibraltar an. Olivia stand an der Reling und blickte auf das karge Felsland, das ihre neue Heimat werden sollte. Von Gibraltar selbst fiel als Erstes der Berg ins Auge, ein klobiges und gewaltiges Vorgebirge, das nach Süden in Richtung der spanischen Provinz Andalusien auskragte und dem die arabischen Seeleute einst den Namen *Djabal at-Tariq* gegeben hatten, nach Tariq ibn Ziyad, jenem maurischen Feldherrn, unter dem Gibraltar im Jahr 711 erobert worden war und der als erster Muslim Fuß auf spanischen Boden gesetzt hatte. Aus *Djabal at-Tariq* war im Laufe der Jahrhunderte *Gibraltar* geworden. Olivia hatte vor ihrer Abreise in der Bibliothek ein Buch über Gibraltar gefunden und geglaubt, die Beschreibungen und Bilder darin hätten sie auf das vorbereitet, was sie zu sehen bekommen würde. Beim Anblick dieses enormen Felsens, der die Landmasse vor sich beinahe erdrückte, wurde ihr jedoch flau im Magen.

Die eigentliche Stadt erstreckte sich über einen schmalen Küstenstreifen am Fuß des Berges, wo die Ausläufer flach zum Meer hin abfielen. Festungsmauern rund um die Stadt erweckten den Eindruck eines Bollwerks, in das kein Eindringen möglich war. Gibraltar, der Schlüssel des Mittelmeers, war seit 1704 britisches Hoheitsgebiet und mit dem Frieden von Utrecht seit 1713 »auf unbegrenzte Dauer« britisch geworden.

Das Schiff ankerte in der Bucht von Gibraltar an der Spitze der Iberischen Halbinsel. Die wenigen Passagiere, die von Bord gingen, wurden in Beibooten an Land gebracht. An der Alten Mole stand bereits ein Offizier mit mehreren Soldaten und einigen Trägern, um die Familie von Major Kilbourne zu ihrer neuen Unterkunft zu geleiten.

»Lieutenant Willowby, zu Ihren Diensten, Sir«, stellte er sich Olivias Vater vor. »Willkommen in Gibraltar.« Er grüßte sie reihum, während ihr Vater ihm anschließend seine Familie vorstellte, danach ging Lieutenant Willowby ihnen voraus zu zwei Kutschen, auf denen die Träger bereits das Gepäck festschnallten. Olivia sah sich noch einmal um, entdeckte John Retallick, der mit dem Rücken zu ihr stand, und musste, während sie sich abwandte, an die Worte von Miss Stockwell denken. *Vor dem nehmen Sie sich lieber in Acht, er ist offenbar interessiert.*

Ein an ihr interessierter Mann – das war nicht unbedingt etwas Neues, Olivia wusste, sie war eine gute Partie. Aber das aufregende Kribbeln war weg, das den Gedanken an eine Eroberung stets begleitet hatte, und unvermittelt tauchte das Gesicht jenes Mannes auf, dem dieser Umstand geschuldet war. *Henry.* Sie biss sich auf die Unterlippe, so heftig, dass der Schmerz das Bild überlagerte, dann blickte sie sich noch einmal um und lief beinahe in Stanley hinein, der sich unwirsch zu ihr umdrehte.

»Pass gefälligst auf«, zischte er.

Ihre Eltern bestiegen eine der Kutschen, Olivia und ihre Geschwister die andere. Nachdem Stanley sich davon überzeugt hatte, dass Ruby bequem saß, ging die Fahrt los. Schmal und beengt kroch die Stadt am Felsen entlang. Militärische Anlagen und Gebäude prägten das Stadtbild,

Häuser im Stil der genuesischen Architektur duckten sich im Schatten der Festungsmauern. Das eigentliche Stadtgebiet lag zwischen dem Hafen und der höher gelegenen Main Street. Die Kutsche hielt schließlich vor einem Bungalow, der so gelegen war, dass das Kalksteinmassiv, wenn man nach Osten blickte, das gesamte Sichtfeld einnahm.

»Also wenn man das hier mit unserem Haus in London vergleicht …«, sagte Augusta Kilbourne, als sie wenig später durch die Räume gingen. »Aber man kann es sich nun einmal nicht aussuchen.«

Olivia sagte gar nichts, sondern sah sich nur schweigend um. Wie sie wohnten, war gleichgültig, das Gefühl des Verlustes wäre auch nicht kleiner gewesen, wenn sie ein hochherrschaftliches Haus bezogen hätten. Sie fand den Bungalow jedoch ganz hübsch mit seinen schwarz-weißen Fliesen in der Eingangshalle, dem Salon, in dem ein buntes Mosaikmuster eine Wand zierte, und den Zimmern in ihren hellen, freundlichen Farben. Sie und Ruby bekamen zwei Schlafzimmer, die durch eine Tür miteinander verbunden waren. Ursprünglich, so erklärte der Offizier, sei dies ein großer Raum gewesen, den man geteilt habe. Daher waren die Räume auch die kleinsten Schlafzimmer im Haus, aber immer noch großzügig genug, um nicht beengt zu wirken. Ruby nahm ohnehin alles kommentarlos hin, und Olivia mochte ihr in Rosa und Cremegelb gehaltenes Zimmer. Ihre Eltern und Stanley wurden in einem anderen Korridor untergebracht. Ansonsten gab es außer dem großen Salon mit der Mosaikwand noch einen Speisesaal, einen kleinen Salon, eine Bibliothek, einen sehr großen Salon, der die gesamte Breite linker Hand des Hauses einnahm und wohl für Feiern gedacht war, zwei Gästezimmer und ein Boudoir vor dem Zimmer ihrer Mutter. Die Küche lag nach hinten hinaus, und die Dienstbotenquartiere waren ausgelagert.

Der Garten hatte es Olivia angetan, und sie erkundete ihn, sobald es ihr möglich war. Die Dienstboten räumten die Koffer aus, und ihre Mutter inspizierte weiter ihr neues Heim. Ihr Vater und Stanley waren mit dem Offizier in die Kaserne gegangen. Während das Haus vor Geschäftigkeit zu summen schien, war es im Garten angenehm still. Von einer Mauer umgeben und mit kleinen Lauben und Nischen versehen, war es ein wunderbarer, schattiger Ort, frühlingshaft warm nach dem kühlen und regnerischen Wetter in England. Olivia raffte den Rock ihres hellen Kleides und spazierte quer über den Rasen. Schnurgerade Wege inmitten von Gärten anzulegen, hatte sie schon immer als überflüssig erachtet.

Als sie ihre Runde durch den Garten beendet hatte, sah sie zu ihrem Erstaunen Ruby auf die Veranda treten und ins Leere starren, wie sie es öfter tat, so als suche sie etwas in der Ferne, das ihr verlorengegangen war und von dem sie hoffte, es würde von allein wieder zu ihr kommen. Nein, korrigierte Olivia sich, Hoffnung lag nie in diesem von Traurigkeit genährten Blick. Olivia hob die Hand und winkte ihrer Schwester zu, Ruby winkte zurück, und jetzt lächelte sie sogar.

Obwohl sie vom Alter her nicht so weit auseinanderlagen, war Ruby ihr immer wie die überlegene große Schwester vorgekommen, die das Leben kannte, und Ruby ihrerseits hatte sie stets mit der Fürsorglichkeit der Älteren behandelt. Vor zwei Monaten hatten Olivia und Stanley ihren

einundzwanzigsten Geburtstag gefeiert, Ruby wurde im Oktober dreiundzwanzig.
»Gefällt es dir?«, fragte Olivia, als sie bei ihrer Schwester angelangt war.
Ruby sah sich um, als sehe sie den Garten erst jetzt. »Es ist … ganz reizend.«
Sie hatte ebenso wenig aus England fortgewollt wie Olivia und ihr Vater, und bei der Szene, die der Ankündigung gefolgt war, war wieder etwas von der alten Ruby zu erkennen gewesen. Olivia hatte auf den Gesichtern der anderen dieselbe Hoffnung entdeckt, die sie selbst gehegt hatte: dass die Krankheit nur eine Illusion gewesen war und dass der Wutanfall die Wiederherstellung der wahren Ruby ankündigte. Eine Hustenattacke hatte jedoch jeden weiteren Gedanken in diese Richtung erstickt. Danach hatte Ruby zwar geschwiegen, in ihren fiebernden Augen war die Auflehnung jedoch nicht erloschen.
Geholfen hatte es indes nichts, und dass sie bei ihrer Großtante blieb und die Familie allein fuhr, davon hatte ihre Mutter nichts wissen wollen, obwohl ihr Vater einlenkte. »Das Klima«, so Augusta Kilbourne, »ist wesentlich besser für Ruby als der ständige Regen und der Nebel, das hat der Arzt mir gestern erst gesagt.« Das hatte jegliche Einwände zum Verstummen gebracht, noch ehe sie geäußert werden konnten, und Stanley, das hatte Olivia ihm deutlich angesehen, hatten derer noch etliche auf der Zunge gelegen. Zwar widerstrebte ihm die Trennung von Ruby, aber wenn sie in England glücklich war, so sollte sie es nach seinem Dafürhalten ruhig bleiben. Stand jedoch ihre Gesundheit auf dem Spiel, nun, dann musste sie das Unglücklichwerden in Kauf nehmen. Dabei, so dachte Olivia, ging es doch ohnehin nur

darum, die Krankheit aufzuschieben. War es wirklich so, dass man lieber lange unglücklich litt, als eine kurze Zeit dort zu verbringen, wo man sich heimisch fühlte?

»Wir müssen uns wohl arrangieren«, sagte Ruby.

»Glaubst du, wir bleiben lange?«

»Mama ist sehr vage geblieben, was das anging, aber Stanley hat angedeutet, dass in absehbarer Zeit keine Rückkehr nach England geplant ist.«

Olivia nickte und ließ sich auf einem der Stühle nieder, die um einen zierlichen Tisch gruppiert waren. »An einem solchen Ort hätten wir normalerweise nicht einmal Urlaub gemacht.«

Ein spöttischer Zug zeigte sich flüchtig um Rubys Lippen. »Du meinst, du würdest das anders sehen, wenn es hier schöner wäre? Du bist doch nie gerne gereist, wenn das Ziel über England hinausging.«

Olivia seufzte.

»Ich habe übrigens bemerkt, dass du dich an Bord mit Constance Stockwell unterhalten hast.«

»Kennst du sie?«

Ruby setzte sich nun ebenfalls. »Nur flüchtig, sie war in Indien und seit letzter Saison wieder in London. Sie sollte dort wohl heiraten, und das hat nicht geklappt. Sie ist sehr eigenwillig. Frauen wie sie haben es schwer.« Für einen kurzen Moment sah sie versonnen ins Leere, als erinnere sie sich an etwas, dann kehrte ihr Blick zu Olivia zurück. »Du wirst sie sicher öfter treffen, die Gesellschaft hier ist sehr überschaubar.«

Olivia hob die Brauen. »Eine alte Jungfer, wie erbaulich.«

»Glaub mir, du wirst sie mögen.« Ruby stand wieder auf. »Ich werde mich ein wenig hinlegen. Sag Mama bitte

Bescheid, dass ich schlafe, damit sie nicht auf die Idee kommt, mich aufzusuchen.«

»Ist es nicht langsam an der Zeit, dass ihr euren Frieden miteinander macht?«

»Den Zeitpunkt dafür haben wir verpasst.«

Die Bücher ihres Vaters waren bereits ausgepackt, und sein persönlicher Dienstbote sortierte sie in die Regale. Olivia, die alles gesehen hatte, was es im Haus zu besichtigen gab, und der rasch langweilig wurde, schlenderte nun von Bücherstapel zu Bücherstapel. Im Haus herrschte noch emsige Geschäftigkeit, wie das eben so war, wenn nach einem Umzug alles neu eingerichtet werden musste. Sie selbst stand dabei nur im Weg. Es waren bereits Karten von Frauen hier ansässiger Offiziere abgegeben worden. In der Garnison waren viertausend Männer stationiert, und die übrige englische Bevölkerung umfasste etwas über fünfhundert Personen. Olivia fragte sich, wie sie die Langeweile ertragen sollte.

Sie nahm sich *La Princesse de Clèves* von Madame de Lafayette und ging zurück auf die Terrasse. Das Buch hatte sie schon mehrmals gelesen, aber das war es, was sie momentan brauchte: etwas Vertrautes, das ihr nichts abverlangte, als sich ganz hineinfallen zu lassen. Während sie las, schwand allmählich das Licht des Nachmittags, und ein Dienstmädchen brachte einen Kerzenständer nach draußen. Es war immer noch warm, und die Wärme war seidenweich, ganz anders, als Olivia sie aus England kannte.

Sie hörte Schritte im Salon und das leise Klirren, mit dem ein Degen abgeschnallt und auf einen Tisch gelegt wurde. Olivia legte das Buch weg und drehte sich zu Stanley um.

»Wir hatten euch früher zurückerwartet.«
Mit einem Aufseufzen ließ Stanley sich ebenfalls an dem Tisch nieder und drehte ihr Buch so zum Licht, dass er den Titel sehen konnte. »Wie oft willst du diesen Roman eigentlich noch lesen?«
Sie nahm ihm das Buch aus der Hand. »So oft es mir gefällt.« Mit den Fingerspitzen zog sie den Titelzug nach. »Stehen eigentlich politische Veränderungen an?«
Er weitete erstaunt die Augen. »Nein, wieso? Warum interessierst du dich überhaupt auf einmal für Politik?«
»Weil ich nicht verstehe, warum wir hier sind.«
»Vater und ich sind versetzt worden, wie du sehr wohl weißt.«
»Beide auf einmal? Ist das nicht ungewöhnlich?«
Stanley musterte sie mit leicht schiefgelegtem Kopf. »All das ist dir doch bekannt. Papa wurde versetzt, ich bin ihm gefolgt, weil ich dachte, in einem anderen Land ergeben sich vielleicht neue Möglichkeiten.«
»Ja, in Indien möglicherweise. Du hast auf dem Schiff Andeutungen gemacht.«
»Daran erinnere ich mich nicht. Überhaupt, was verstehst du schon von diesen Dingen?«
»Wurde Papa strafversetzt wegen irgendetwas, über das ihr nicht sprecht?«
Stanleys Geduld war offenbar am Ende. »Nein, verdammt.«
Wenn er anfing zu fluchen, war es angebracht zu schweigen, sonst artete die Sache schnell in Streit aus, in dessen Verlauf erfahrungsgemäß sehr unschöne Dinge gesagt wurden. Olivia dachte, er würde nun aufstehen und zu Ruby gehen, aber zu ihrem Erstaunen blieb er und sah in den Garten, der nun in völliger mondloser Dunkelheit dalag.

Er senkte den Kopf leicht, als denke er über etwas Schwerwiegendes nach, und das Kerzenlicht glänzte auf seinem schwarzbraunen, glatten Haar, das dem ihren so ähnlich war. Das Auffälligste an ihm waren jedoch seine Augen, so dunkelbraun, dass man kaum die Iris von der Pupille unterscheiden konnte. Ruby hatte grüne Augen wie Olivia und ihr Vater. In ihren Augen konnte man lesen, in Stanleys nicht. Es war manchmal beinahe unheimlich, wenn Olivia in seinem Gesicht zu forschen versuchte und seine Augen in solchen Momenten wirkten wie schattenlose Seen.
Sie saßen schweigend beisammen, aber es war kein gemeinsames Schweigen, sondern eines, bei dem jeder für sich blieb. Solange sie denken konnte, war Olivia innerhalb der Familie allein gewesen. Vielleicht rührte ihre Distanz zu Ruby daher, dass sie schon von klein auf gespürt hatte, dass etwas empfindlich im Ungleichgewicht war. Nicht sie, Olivia, war die andere Hälfte seiner Seele, sondern Ruby.

Es waren wahrhaftig keine aufregenden Gesellschaften, zu denen man sie einlud. Die Frauen saßen beieinander und redeten, die Männer standen beieinander und redeten. Olivia fragte sich, ob sie die Einzige war, die sich so unerträglich langweilte. Ihrer Mutter war nichts anzumerken, aber das mochte nichts heißen. Die anderen Frauen wirkten so, als unterhielten sie sich gut, während sie über ihre Kinder sprachen und über ihre Ehemänner, die nur wenige Schritte entfernt waren und ohne Zweifel hören konnten, wie großartig sie waren, einer besser als der andere, von ihren beruflichen Möglichkeiten ganz zu schweigen. Was hatte sie dann nur hierher verschlagen, fragte sich Olivia.

Sie erfuhr jedoch einiges über das Leben in Gibraltar. So war die Trinkwasserversorgung schwierig, das einzige frische Wasser war Regenwasser, denn es gab keine Quellen. Allerdings hatten die Spanier das Problem recht gut gelöst und ein Aquädukt angelegt, das das Regenwasser auffing, und es entstanden immer neue Zisternen. Die Regenzeit ging von September oder Oktober bis April oder Mai, und der Dezember und Januar waren die regnerischsten Monate mit schweren Regenfällen, starken Winden und Gewitterstürmen. Dieses Wasser wiederum half der Bevölkerung durch den heißen, trockenen Sommer. Abgesehen von der Problematik mit dem Wasser gab es auch kein Land, das kultiviert werden konnte. Wie jede andere Küstenregion deckte die Stadt einen gewissen Bedarf an Nahrungsmitteln mit Fisch, aber dieser reichte bei weitem nicht für die gesamte Bevölkerung. Die Menschen hier waren auf die Lieferung von Waren angewiesen, das hielt die Stadt in einer Abhängigkeit von außen und machte sie angreifbar.

Wie, dachte Olivia, sollte sie das aushalten? Und warum wirkte ihr sonst so kapriziöse Mutter angesichts dieser Umstände dennoch zufrieden? Weil sich ihr ohnehin kein Ausweg bot, beschloss Olivia, das Beste daraus zu machen und sich etwas zu suchen, das sie für den Verzicht, den sie leistete, entschädigte. Die Stadt war allerdings wahrhaftig nicht dazu angetan, denn außer dem Felsen, der in der Tat sehr eindrucksvoll war, boten sich nur wenige Dinge dazu an, mehr als einmal hinzuschauen. Der Garten war schön, der Blick aufs Meer ebenfalls, aber weil Olivia weder das Verlangen dazu verspürte, sich der Gärtnerei zu widmen – was ihre Mutter schwerlich erlaubt hätte –, noch den ganzen Tag wie eine verlassene Frau auf der Mole stehen und in die Ferne gucken wollte, begann sie, sich genauer umzuschauen. Sie beobachtete die Menschen um sich herum und die Häuser, die sie aufsuchte. Und sie sah John Retallick wieder.

»Ich danke dir, mein Freund.« John nahm den Eimer mit den Fischen entgegen und reichte ihn seinem Diener. Der Fischer, ein junger Mann, dessen Vater Genuese und Mutter Spanierin gewesen waren, warf das Tau seines Bootes über einen Pflock und verknotete es.

»Ich habe ja mit einigem gerechnet«, sagte der Mann, »aber nicht damit, dich hier noch einmal wiederzusehen. Sagtest du nicht, du hättest genug von der Stadt?«

»Die Dinge haben sich geändert.«

»Hier nicht, leider.«

Ein junges Mädchen kam über den Pfad gelaufen, der von den Fischerhütten zum Strand führte. Sie winkte, und ihr schwarzes Haar tanzte in wilden Locken auf ihren Schultern.

»Meine Schwester, du erinnerst dich?«

»Sie war noch ein Kind.«

»Das ist lange vorbei.«

John lächelte das Mädchen an. »Ah, Esperanza, du bist eine Wohltat für die Augen.«

Sie lachte und warf das Haar zurück, was ihr Bruder stirnrunzelnd beobachtete. »Kommst du uns besuchen?« Mit in die Hüften gestemmten Händen lehnte sie sich ein winziges Stück zurück, kokettierte.

»Nein, ich bedaure. Ich bin noch eingeladen, und wenn ich mich zu oft fernhalte, fangen die Leute an zu reden.«

»Da unterscheidet ihr Engländer euch in nichts von uns.« Pablo gab seiner Schwester die Fische und scheuchte sie den Pfad hoch, dann wandte er sich an John. »Sie tut immer so erwachsen und erfahren, dabei ist sie gerade sechzehn geworden. Sie zu verheiraten ist nicht so einfach.«
Bei den in Gibraltar lebenden Spaniern heirateten Mädchen für gewöhnlich mit dreizehn oder vierzehn, daran gemessen hatte Esperanza bereits das normale Heiratsalter überschritten. Zwischen Pablos Brauen erschien eine steile Falte. »Die alten Frauen reden über sie, weil sie so ungebändigt ist, sie sagen, ich lasse sie verwildern. Und die jungen Frauen sind neidisch auf sie und reden ebenfalls. Die Männer sind lüstern, zumindest die, die jung genug wären, sie zu heiraten. Und die anständigen sind schon verheiratet.«
John klopfte ihm auf die Schulter. »Ich beneide dich nicht darum. Pass gut auf sie auf.«
Seufzend nickte der junge Fischer, schulterte sein Bündel und machte sich ebenfalls auf den Weg zu seiner Hütte. John hingegen schickte seinen Diener heim, bestieg sein Pferd und ritt zum Haus von Ingenieur Stockwell.

Constance Stockwell bot keineswegs das Bild einer jungen Frau, die sich freute, in Gesellschaft zu sein. Vielmehr trug sie ihre Langeweile deutlicher zur Schau, als Olivia das je gewagt hätte. Irgendwie hatte sich in ihrem Kopf das Bild einer Constance gefestigt, die für jeden Besuch dankbar war und jegliche Gelegenheit beim Schopf ergriff, vielleicht doch noch einen Mann abzubekommen. Aber es interessierten sie offensichtlich weder die anwesenden Männer – gut, die meisten waren alt genug, ihr Vater zu sein – noch die Frauen, die immerhin Mütter und Schwestern möglicher Heiratskandidaten waren. Was ihr Aussehen anging, musste Olivia ihren ersten Eindruck korrigieren. Constance besaß durchaus eine gewisse Ausstrahlung mit ihrer makellosen hellen Haut, dem glänzenden kupferfarbenen Haar und den blauen Augen mit den langen Wimpern. Wenn man sie länger beobachtete, sah man eher Vorzüge als Nachteile.

Olivia bemerkte den Blick einer jungen Frau, die sie bisher nur einmal gesehen hatte, die Ehefrau eines Offiziers und Richters, den Olivia noch nicht kennengelernt hatte. Mary Holbrooke. Die junge Frau sah gelegentlich interessiert zu ihr herüber, aber nie so lange oder intensiv, um als aufdringlich empfunden zu werden. Vielmehr drückte ihr Blick den ehrlichen Wunsch nach einer näheren Bekanntschaft aus. Sie saßen jedoch zu weit voneinander entfernt, und stünde eine von ihnen auf, um quer durch den Raum auf die andere zuzugehen, würde schlagartig jedes der einlullenden Gespräche zum Erliegen kommen.

Olivia sah zu den Männern, bei denen es lebhafter zuging, aber im Gegensatz zu den Frauen hatten sie auch eine Aufgabe, die sie hergeführt hatte. Stanley war ebenfalls hier, und auch Ruby hatte ihre Schwäche der letzten Tage überwunden und begleitete ihre Geschwister auf Besuche, obwohl sie meist nur still dasaß und mit den Augen Bildern zu folgen schien, die außer ihr niemand sehen konnte. Olivia fragte sich, ob sie langsam aus der Wirklichkeit abglitt.

Ein Dienstbote erschien, und ihm auf dem Fuß folgte John Retallick. Er ließ seinen Blick kurz über die Runde schweifen, nickte den Damen grüßend zu und ließ ein flüchtiges Lächeln aufblitzen, das, wie jeder unschwer erkennen konnte, Constance Stockwell galt, die ihrerseits ohne jede

Verlegenheit zurücklächelte. Dann gesellte er sich zu den Männern und wandte den Frauen den Rücken zu. Während die Frauen Miss Stockwell mit lächerlich wissenden Blicken taxierten und man förmlich sehen konnte, wie es in ihren Köpfen arbeitete, versank Olivia tiefer in ihrem Stuhl und starrte grüblerisch zu Boden.

»Achte auf deine Haltung«, sagte ihre Mutter kaum hörbar. »Du willst doch nicht, dass die Leute glauben, du hättest einen schwachen Rücken.«

Olivia war es herzlich gleichgültig, was die Leute glaubten. Verstohlen sah sie zu den Männern hinüber, und für einen Moment erstarrte sie. Ihr Blick war auf einen ihr unbekannten Gentleman gefallen. *Henry*, dachte sie, er sieht im Profil aus wie Henry. Und mit der Erinnerung an Henry Adair kam auch die an durchtanzte Nächte, geflüsterte, schwärmerische Liebeserklärungen und verstohlene Küsse in sommerwarmen Gärten. Unvermittelt drehte John Retallick sich um, hob kaum merklich eine Braue, als sein Blick dem ihren begegnete, und eilig wandte sie sich ab.

»Eine sehr gute Partie«, hörte sie eine der Frauen sagen.

»Ja, aber das war, ehe er sein ganzes Geld verloren hat.«

»Und ehe sein Bruder …« Die Frau verstummte. »Na ja, Sie wissen schon.«

»Vor den unverheirateten Mädchen sollten Sie dergleichen Themen lieber unterlassen«, sagte eine andere Frau bissig. »Oder wollen Sie Alpträume hervorrufen?«

Olivia hob den Kopf, um zu sehen, wer das gesagt hatte. In diesem Moment stand ihre Mutter auf und gab damit das Zeichen zum Aufbruch. »Deine Schwester soll sich nicht überanstrengen.« Dafür hatte jeder Verständnis, und Ruby war in der Tat wieder sehr blass geworden. Stanley erhob sich nun ebenfalls, um seine Mutter und Schwestern nach Hause zu begleiten.

»Vielleicht möchte Miss Kilbourne noch ein wenig bleiben?«, fragte Constance Stockwell unvermittelt an Augusta Kilbourne gewandt. »Ich würde mich sehr freuen. Außerdem möchte ich sie gerne Mrs. Holbrooke vorstellen, die noch nicht das Vergnügen hatte, ihre Bekanntschaft zu machen.«

Olivia sah Miss Stockwell an, irritiert, dass diese offenbar während ihrer scheinbaren Langeweile sehr genau beobachtet hatte und genau zu wissen schien, dass sie und Mary Holbrooke sich gerne kennenlernen würden. Noch ehe ihre Mutter etwas erwidern konnte, antwortete sie: »Es wäre mir ein Vergnügen.«

Olivia sah ihrer Mutter an, dass diese Einwände erheben wollte, dies aber nicht gut tun konnte, ohne unhöflich zu erscheinen.

»Dann lasse ich Tee in der Gartenlaube servieren«, fuhr Constance Stockwell an Olivia gewandt fort. Der Vorschlag wurde von Mary Holbrooke mit einem Lächeln begrüßt.

»Nun gut.« Augusta Kilbourne zögerte. »Ich schicke dir nachher die Kutsche wieder zurück.«

»Das ist nicht nötig«, sagte Constance Stockwell. »Wir lassen Ihre Tochter heimbringen.« Sie lächelte Olivia an, und diese verabschiedete sich von ihrer Mutter und ihren Geschwistern, wobei Stanley wirkte, als gefalle es ihm ganz und gar nicht, sie zurückzulassen.

Der Garten der Stockwells war klein und gepflegt. Damit in dieser Kargheit überhaupt so viel Vegetation gedieh, verlangten Gärten intensive Pflege. Ein Dienstmädchen servierte Tee und Kuchen in einer kleinen Laube, in der die drei jungen Frauen mit ihren ausladenden Kleidern gerade eben Platz hatten.

Zunächst herrschte verlegenes Schweigen, und schließlich kam eine zögernde Unterhaltung über den mageren Gesellschaftsklatsch, der sich in Gibraltar bot, in Gang, bis das Gespräch auf England, das Königshaus und mögliche gemeinsame Bekannte überschwenkte und schließlich erlahmte.

»Warum haben die Damen vorhin so ein Geheimnis um John Retallick gemacht?«, fragte Olivia, auch wenn sie wusste, dass es befremdlich wirken mochte, gleich zu Beginn einer Bekanntschaft einen alten Skandal über ein Mitglied der höheren Gesellschaft auszugraben. Sie war jedoch neugierig, und es bot sich wahrlich wenig genug Abwechslung, zudem wirkte weder Miss Stockwell noch Miss Holbrooke sonderlich streng, was die Einhaltung gesellschaftlicher Regeln anging.

Constance Stockwells Lippen zuckten spöttisch, was Olivia als Zeichen dafür wertete, sie richtig eingeschätzt zu haben. »Es geht um einen kleinen, man könnte es Makel im Stammbaum nennen. Sir Johns Bruder ist seinerzeit des Mordes für schuldig befunden und hingerichtet worden.«

Irritiert sah Olivia sie an. »Wie lange ist das her? Davon, dass ein angesehenes Mitglied der Gesellschaft als Mörder verurteilt wurde, habe ich überhaupt nichts mitbekommen.«

»Nun ja, sonderlich angesehen war sein Bruder nicht gerade. Es wurde zwar alles sehr diskret gehandhabt, aber das eine oder andere ist dennoch darüber laut geworden. Ich vermute, Ihre Eltern haben Sie gut abgeschirmt.«

»Sir John ist Offizier«, sagte Mary Holbrooke. »Daher wurde in Offizierskreisen über die Sache gesprochen, sogar wir hier haben einiges mitbekommen. Mein Mann hat mir davon erzählt.«
Olivia sah kurz zum Haus. »Das ist in der Tat schwerwiegend.«
»Eigentlich gilt Sir John entgegen dem, was manche Leute tratschen, nach wie vor als recht gute Partie, auch wenn es heißt, er sei auf der Flucht vor seinen Gläubigern«, sagte Constance, ohne sie aus den Augen zu lassen. »Aber er ist immer noch einflussreich und bei Hofe gern gesehen. Seine militärischen Fähigkeiten sollen hervorragend sein.«
»Ah ja«, murmelte Olivia, und mehr gab es dazu nicht zu sagen. Sie wandte sich an Mary Holbrooke. »Haben Sie Kinder?«, wechselte sie das Thema
Mrs. Holbrooke lächelte. »Ja, zwei Söhne, einer ist gerade drei geworden, der andere ein gutes Jahr alt.« Ihr Lächeln vertiefte sich angesichts Olivias ungläubigen Gesichtsausdrucks. »Ich habe jung geheiratet.«
»Leben Sie schon lange hier?«, fragte Olivia.
»Schon mein ganzes Leben.« Mary Holbrooke sah sich um, als müsse sie sich durch einen Blick bestätigen, dass dies wirklich ihr Heimatort war.
»Ist das Leben hier denn einigermaßen, hm, unterhaltsam?« Olivia wollte nicht unhöflich erscheinen und hoffte, dass sie nicht so verstanden wurde, als halte sie die Gesellschaft hier für eine Ansammlung von Langweilern.
»Nein.« Mrs. Holbrooke schüttelte nachdrücklich den Kopf. »Und sobald es meinem Ehemann möglich ist, möchte ich nach England. Ich war bisher nur im Urlaub dort, aber die Bälle, die Feiern, das gesamte Leben dort gefällt mir viel

besser als hier. Man kann aufs Land fahren oder in der Stadt bleiben, ganz wie man möchte. Wenn man aus dem Fenster schaut, sieht man Menschen – und es sind nicht immer dieselben wie am Vortag.« Sie stellte ihre Tasse ab und fuhr mit den Fingerspitzen über den Rand. »Aber gelegentlich reisen wir nach Marokko, es bietet sich ja an, nicht wahr? Dort ist es wirklich schön, so fremdländisch und exotisch.«
Das Gespräch zerlief in belanglose Konversation, ein Zeichen dafür, dass es Zeit war für den Aufbruch. Olivia erhob sich.
»Es war ganz reizend, Miss Stockwell«, sagte sie, und Mrs. Holbrooke schloss sich ihr an.
»Ich werde veranlassen, dass der Kutscher einspannen lässt«, sagte Constance Stockwell.
»Sie sind sehr aufmerksam.«
Als Olivia in die Kutsche stieg, bemerkte sie, wie Mary Holbrooke im Hof noch von zwei Damen in ein Gespräch verwickelt wurde. Offenbar war sie selbst nur knapp entkommen. Mit einem Aufseufzen lehnte sie sich zurück und schloss den Schlag. Die Kutsche fuhr langsam an, und als sie den Hof verlassen hatte, fielen die Pferde in einen etwas zügigeren Takt. Das Schaukeln der Kutsche hatte etwas Einlullendes, und Olivia, die seit ihrer Ankunft in Gibraltar nur schlecht schlief, gab dem Drang, die Augen zu schließen, nach und lauschte auf das Rattern der Kutschräder, das Klappern der Hufe, das ferne Rauschen des Meeres.
Irgendwann hielt die Kutsche an, und Olivia öffnete, in Erwartung, das Haus ihrer Eltern zu sehen, die Lider und richtete sich auf. Als ihr Blick jedoch aus dem Fenster fiel, war dort nichts als ein karger Felsausläufer auf der einen Seite und die steil zum Meer hin abfallende Küste auf der

anderen Seite. Um sie herum war kein Haus zu sehen. Sie tat einige schnelle Atemzüge, glaubte an ein Missverständnis und klopfte an die Kutschwand. Als der Kutscher jedoch weder antwortete noch Anstalten zu machen schien, vom Bock zu steigen, kroch langsam erst Misstrauen, dann Angst in ihr hoch, berührte sie mit kalten Fingern und ließ ihr Herz in wilden Schlägen klopfen. Hufgetrappel war zu hören, als näherte sich ein Reiter im Galopp. Olivia sah aus dem Fenster und glaubte im ersten Augenblick, sie müsse sich irren, als sie John Retallick erkannte. Der Kutscher stieg ab, und Sir John warf ihm die Zügel seines Pferdes zu, dann kam er zur Kutsche und zog den Schlag auf. Schweigend sah er Olivia an, lächelte nicht und wirkte auch sonst nicht eben freundlich.

»Möchten Sie aussteigen, oder erwarten Sie, dass ich zu Ihnen hineinkomme?«

Der Gedanke an so viel körperliche Nähe war in diesem Moment erschreckend, wo ihre Gedanken durcheinanderwirbelten und sie nicht imstande war, eine Ordnung hineinzubringen, die ihr all das hier erklärte. Der kurze Moment auf dem Schiff stand ihr einen Lidschlag lang vor Augen, Sir Johns Art, sie anzusehen. *Sein Bruder ist ein Mörder.* Olivias Augen weiteten sich, und sie verharrte reglos auf ihrem Platz. Die kleine Stimme der Vernunft, dass es sich bei dem gut beleumundeten John Retallick schwerlich um einen Sittenstrolch handeln konnte, der sie in einen Hinterhalt geführt hatte, vermochte kaum, sich Gehör zu verschaffen. Es war der Kutscher der Stockwells, der sie hierhergebracht hatte, nicht John Retallick, sagte sie sich, aber auch dies beruhigte sie mitnichten, denn all das passte nicht zusammen.

Ungeduldig runzelte John Retallick die Stirn, und so ergriff Olivia schließlich seine Hand und ließ sich aus der Kutsche helfen. Als sie vor ihm stand, strich sie mit einer nervösen Geste über ihr Kleid und brachte ihre Röcke wieder in Form, während er schweigend wartete.

»Warum bin ich hier?«, fragte sie schließlich.

John Retallick zog die Brauen hoch. »Das fragen Sie mich? Ich bin Ihnen nur nachgeritten.«

»Ich verstehe nicht ...« Sie sah sich um, als berge das Meer oder der Felsen eine Erklärung.

»Sie haben mich doch bei den Stockwells in derart aufreizender Weise angestarrt, und als Sie dann allein aufgebrochen sind, bin ich Ihrer stummen Einladung gefolgt.«

Olivias Augen weiteten sich. »Ich ... Ich habe nicht ...«

Er wartete. »Ja?«

»Das ist alles ein Missverständnis. Ich wollte nicht, dass Sie mir folgen.« Ihr Gesicht brannte.

»Und warum sind Sie dann hierhergefahren?«

»Das bin ich nicht.«

»Nun, Sie sind hier, nicht wahr?«

»Ja, aber ...« Sie zögerte. »Ich habe dem Kutscher nicht gesagt, dass ich hierhin möchte.« Die Situation war bizarr, und obwohl sie nichts dafür konnte, war es ihr so peinlich, dass sie am liebsten im Boden versunken wäre. Zudem barg diese Begegnung eine diffuse Bedrohung, deren Ausmaß sie zwar nicht so recht zu erfassen mochte, der sie jedoch eiligst zu entfliehen wünschte. Und so tat sie das, was ihre Erziehung ihr gebot, wenn es darum ging, sich aus einer unangenehmen Situation zu befreien: Sie versuchte sich an einem distanzierten Lächeln, das sie jedoch kaum einen Atemzug lang zu halten vermochte, und hob das Kinn in dem Bemühen, sich einen Anschein von Würde zu geben. »Ich sollte jetzt wohl gehen.«

Er lächelte maliziös. »Das sollten Sie zweifellos, aber Sie werden bleiben. Ich sehe überhaupt nicht ein, den Weg hierher umsonst gemacht zu haben. Nun überlegen Sie mal«, fuhr er im Plauderton fort, »was jemand anderes sich zusammenreimen würde, wenn er von unserer Begegnung hier erführe: Ich betrete das Haus, Ihre Familie geht, Sie bleiben, Sie fahren allein mit der Kutsche los, und dann machen Sie an einem abgelegenen Ort halt, wo Sie mich treffen.« Ein kurzer Seufzer in scheinbarer Bekümmerung folgte. »Dass es sich in Wahrheit anders abgespielt hat, wissen Sie und ich, aber wer würde Ihnen das glauben? Vor allem, nachdem Sie selbst keine Erklärung hierfür haben.« Er neigte sich leicht zu ihr, und seine Stimme bekam einen warmen, samtigen Klang. »Natürlich muss es niemand außer uns erfahren.«

Olivia stand völlig unbeweglich da, unfähig zu antworten.

»Nun sehen Sie mich nicht so entsetzt an, ich habe nicht vor, Sie hinter die Felsen zu schleifen. Mit Ihnen habe ich andere Pläne.«

»Was …«, die Worte blieben ihr in der Kehle stecken, und erst nach zwei Versuchen vermochte sie, sie zu artikulieren, »was soll das heißen?«

»Das erfahren Sie noch früh genug.«

Es gelang ihr nur leidlich, ihrer Stimme einen festen Klang zu verleihen. »Was verlangen Sie, damit Sie mich fahren lassen?« Sie rang mit sich. »Einen Kuss?«

Er sah sie erstaunt an, dann lachte er schallend. »Nein, auch wenn ich ahne, dass dieses Angebot Sie viel gekostet haben muss. Glauben Sie, ich mache mir die ganze Mühe für einen scheuen Jungmädchenkuss? Ich wollte Ihnen vor Augen führen, wie leicht ein Ruf ruiniert werden kann.« Sacht vorgelehnt hielt er ihren Blick fest, wirkte, als sei er im Begriff, ihr ein Geheimnis anzuvertrauen. »Sie gehören mir, ganz und gar, schon ehe Sie auf das Schiff hierher gestiegen sind, gehörten Sie mir.«

Olivia schüttelte ungläubig den Kopf. Dieser Mann war entweder betrunken oder nicht Herr seiner Sinne.

»Es geht mir dabei um ein Arrangement«, erklärte er, »zu dem ich Ihnen beizeiten mehr sagen werde.«

»Das Wort ›Arrangement‹ setzt eine Einwilligung meinerseits voraus.«

Er lächelte. »Sie werden einwilligen, oder Ihr Ruf ist ruiniert, was schon in einer Großstadt wie London fatal ist, umso schlimmer hier, wo jeder jeden kennt. Hier könnte selbst ein Henry Adair nicht ungesehen einem Mädchen den Kopf verdrehen.«

Olivia schnappte erschrocken nach Luft. Sir John indes schien das Gespräch nicht weiter ausführen zu wollen, sondern öffnete den Schlag und half ihr in die Kutsche. »Wir werden uns ab jetzt öfter sehen, wann und wo, entscheide ich.«

Noch ehe Olivia zu einer Antwort ansetzen konnte, hatte er den Schlag geschlossen, und sie hörte, wie er einige Worte mit dem Kutscher wechselte. Kurz darauf setzte sich das Gefährt in Bewegung. Sie wagte nicht, hinauszusehen, um sich davon zu überzeugen, dass John Retallick in der Tat zurückblieb, dass er davon absah, ihr zu folgen und vor der ganzen Stadt Zeugnis darüber abzulegen, mit wem Olivia Kilbourne ein Stelldichein gehabt hatte. Ein Verrückter, dachte sie fassungslos, sie war der Willkür eines Verrückten ausgeliefert. Er wusste sogar von Henry. Eine kleine demütigende Verfehlung, ihr Geheimnis vor der Gesellschaft, das sie nur ihrer Familie und den engsten Freundinnen anvertraut hatte, und dieser Mann führte es so selbstverständlich auf der Zunge.

Olivias erster Impuls war, ihrer Mutter von dieser Begegnung zu erzählen, aber im nächsten Moment wusste sie, dass das ausgeschlossen war. Ihre Mutter würde Mr. Stockwell auf seinen pflichtvergessenen Kutscher hin ansprechen, der ihre Tochter in eine unmögliche Situation gebracht hatte. Dieser würde zweifellos behaupten, sie, Olivia, habe ihn angewiesen, sie anstatt nach Hause zu einem Ort zu bringen, wo sie ohne Zeugen Sir John Retallick treffen wollte. Natürlich konnte Mr. Stockwell ihre Aussage nicht einfach in Zweifel ziehen, schließlich war sie die Tochter eines angesehenen Offiziers, aber es würde zu Gerede kommen. Um ihren Ruf zu ruinieren, bedurfte es dann keines weiteren Zutuns mehr von John Retallick.

Es war einer jener Tage, an denen Ruby das irrlichternde Gefühl hatte, sie würde eines Tages doch wieder gesund werden. Sie ging am Strand entlang, wo die Hütten der Fischer standen, atmete die frische Seeluft ein und lauschte dem beständigen Rauschen, mit dem das Wasser in kleinen Wellen ans Ufer schwappte und dunkle Bögen in den hellen Sand malte. Es war ruhig, die Fischerboote waren noch auf See, und die Frauen saßen vor ihren Haustüren und flickten Netze, nahmen Fische aus und betätigten sich in

allerlei alltäglicher Arbeit. Braungebrannte Kinder liefen barfuß zwischen den Hütten herum.
Ruby hatte sich von den Häusern der Engländer entfernt, und sie wusste nicht, ob sie hier willkommen war. Sie hatte einfach den Kutscher angewiesen, sie irgendwohin zu fahren, wo keine Festungsmauern den Blick aufs Meer versperrten. Ihre Krankheit hatte den Vorteil, dass sie nicht mehr verpflichtet wurde, ihre Mutter bei allen Besuchen zu begleiten. Sie hatte viel Zeit für sich, zu viel Zeit zum Nachdenken.
Ein Mädchen lief mit bloßen Füßen durch den nassen Sand und ließ die Wellen ihre Knöchel umspülen. Den Rock hatte sie ein kleines Stück weit angehoben, und ihr Haar fiel ihr in wilden Locken bis auf die Hüften. Sie war auf eine Art schön, wie junge Damen der Gesellschaft es niemals sein konnten. Offenbar bemerkte das Mädchen, dass es beobachtet wurde, denn es blieb stehen und sah Ruby an. Ruby lächelte und hoffte, dass sie nicht neugierig gewirkt hatte, so wie viele ihrer Landsleute, die die Einheimischen oftmals wie Kuriositäten betrachteten. Das Mädchen sah sie schweigend an, aber Feindseligkeit konnte Ruby in dem Blick nicht erkennen. Einem Impuls folgend, ließ sie sich auf einem großen Stein nieder, streifte ihre Schuhe und seidenen Strümpfe ab, hob ihr schweres Kleid an und ging ebenfalls barfuß ins Wasser. Das Gefühl war herrlich, und Ruby stand still da, genoss, wie das warme Wasser ihre Knöchel und Füße überspülte, und grub ihre Zehen in samtweichen Sand.
Der Hustenanfall kam so plötzlich, dass Ruby nicht mehr dazu kam, ihr Taschentuch hervorzuholen. Während sie mit einer Hand danach suchte, hielt sie sich die andere

Hand an den Mund und krümmte sich leicht. Wasser spritzte auf, als das Mädchen zu ihr gelaufen kam und ihren Arm umfasste.

»Geht es Ihnen gut, Señorita?«, fragte sie.

Ruby hatte ihr Taschentuch gefunden und presste es an die Lippen. Als der Anfall vorüber war, sah sie vorsichtig auf den weißen Stoff, konnte jedoch keine verräterischen roten Flecke darauf erkennen. Langsam und vorsichtig sog sie wieder Luft in ihre Lunge. Die Brust tat ihr weh.

»Señorita?« Das Mädchen wirkte besorgt, und Ruby berührte flüchtig ihren Arm.

»Es ist nichts, mir geht es gut, vielen Dank.« Sie sah in die glitzernde Helligkeit des Horizonts, hörte das Mädchen etwas sagen, aber das ging im Rauschen des Wassers unter, das vielfach in ihren Ohren widerhallte und auf einmal nichts Idyllisches mehr hatte.

London, Februar 1776

Musik untermalte das Stimmengewirr, das von Saal zu Saal rauschte und über das immer wieder eine einzelne Stimme oder ein Lachen laut hinwegschwappte. Ruby trug ein aufsehenerregendes Kleid aus schillernder grüner Seide. Sie hatte getanzt, bis ihr schwindlig war, und nun ging sie langsam durch die Menge, lächelte und sah sich vergeblich nach Stanley um. Er schien die Feier verlassen zu haben, nachdem er sein Pflichtprogramm absolviert hatte. Ruby wusste nicht, ob ihre Mutter überhaupt etwas von seinem Weggang bemerkt hatte, dafür war die Menschenmenge einfach zu unübersichtlich. Es kam indes nicht selten vor, dass Stanley nachts verschwand und erst in den frühen Morgenstunden zurückkehrte. Zwar war es nichts Neues, dass er in der Stadt seinen Vergnügungen nachging, aber oftmals wirkte er nicht wie jemand, der ausging, um Zerstreuung zu suchen, sondern es hatte eher den Anschein, als wartete eine Reihe ernsthafter Tätigkeiten auf ihn. Das konnte sich Ruby nun überhaupt nicht vorstellen, und sie hatte mehr als einmal versucht, ihn zur Rede zu stellen. Aber entgegen seiner sonstigen Art verschloss er sich, sobald sie ihn darauf ansprach, und sagte, nächtliche Aktivitäten von Gentlemen dürfe eine ehrbare junge Frau nicht einmal erahnen. Es erweckte keinerlei Misstrauen in ihm, dass sie auf eine derart absurde Antwort hin nicht weiter nachhakte, ja, selbst darauf verzichtete, ihn in die Schranken zu weisen. Er war offenkundig froh, einem weiteren Gespräch so geschickt aus dem Weg gegangen zu sein.

In einem Salon, in dem sich überwiegend die älteren Frauen eingefunden hatten, um sich zu unterhalten, setzte Ruby sich hin und tat mehrere tiefe Atemzüge. Sie hatte es vermutlich übertrieben, denn die starke Erkältung, die der leichten Verkühlung gefolgt war, die sie sich in jener Nacht auf der Veranda zugezogen hatte, war erst vor kurzem abgeklungen. Sie hatte über eine Woche heftig fiebernd im Bett gelegen, von Husten und Schnupfen geplagt, während ihr entzündeter Hals ihr nur das Trinken heißer Brühe erlaubte, und auch das nur unter Qualen. Ihre Mutter hatte nichts gesagt, sondern nur am Bett gestanden und sie vorwurfsvoll angesehen, als ahne sie, dass Ruby ihr mit Absicht einen Strich durch ihre Abendplanung gemacht hatte. Inzwischen schien ihre ansonsten so robuste Gesundheit gänzlich wiederhergestellt, aber der Arzt hatte ihr ernsthaft geraten, sich zu schonen, denn sie sei noch »etwas schwach auf der Brust«. Ruby ignorierte ihn, denn zur Schonung hatte sie nie geneigt. Aber nun war ihr doch etwas schwummrig im Kopf, und sie beschloss, den Rest der Nacht ruhiger angehen zu lassen.

Sie stand auf und ging in den Tanzsaal zurück, wo ihr Vater ihr entgegenkam. Er sah gut aus in seiner Uniform, die ihn nun als Major auszeichnete, eine Beförderung, die völlig überraschend gekommen war. Am Vortag hatte sich wieder eine hässliche kleine Szene zwischen ihren Eltern abgespielt, als ihre Mutter bei Tisch wie beiläufig Bemerkungen über Schlachten hatte fallen lassen, von denen manche Offiziere nur in Büchern lasen, anstatt sie zu schlagen. Jeder kannte die Schwäche ihres Vaters für Bücher über Land- und Seegefechte und dass er davon träumte, einmal im Leben eine bedeutende Rolle für England zu spielen. Anfangs hatte ihr Vater die subtilen Angriffe ihrer Mutter noch pariert, war aber schließlich in stoisches Schweigen versunken, das den Eindruck erweckte, alles, was nun noch gesagt wurde, pralle an ihm ab. Sein Gesicht jedoch war von jeher von einer zu großen Offenheit gewesen und konnte Gefühle nur schlecht verbergen, und Ruby hatte den Rest der Mahlzeit nicht mehr gewagt, ihn anzuschauen, denn die Verletztheit in seinen Zügen war ihr unerträglich gewesen. Stanley, der mehr der Sohn ihrer Mutter als der ihres Vaters war, hatte zwischendurch immer mal gelächelt, denn die Bemerkungen ihrer Mutter entbehrten in der Art, wie sie gesagt wurden, nicht einer gewissen Komik. Olivia hingegen schien nichts davon mitbekommen zu haben, sondern hatte nur verträumt vor sich hingestarrt, als verweilten ihre

Gedanken wieder einmal in einem der Romane, die sie geradezu in Massen verschlang.

»Amüsierst du dich?«, fragte ihr Vater Ruby jetzt. »Du siehst müde aus.«

»Mir geht es gut.«

Er legte die Hand an ihre Wange, als wolle er ihr Gesicht im Licht genauer betrachten. »Vergiss bitte nicht, was der Arzt gesagt hat.«

»Mach dir keine Sorgen um mich.« Ein kleines Lächeln begleitete ihre Worte, sollte ihn davon überzeugen, dass es ihr in der Tat gutging, und obschon er nickte, wusste sie, dass sich seine Sorge um sie mitnichten erschöpft hatte. Sie ging weiter und wurde kurze Zeit später wieder zum Tanzen aufgefordert. Nur diesen einen Tanz noch, sagte sie sich.

Am folgenden Abend stand wieder ein Ball an, aber weil Ruby sich noch etwas schwach fühlte von den Anstrengungen der vorhergehenden Nacht, beschloss sie, auf das Vergnügen zu verzichten. Die Anweisung des Arztes immer noch im Ohr, erhob ihre Mutter keine Einwände. Als ihre Eltern, Stanley und Olivia aufgebrochen waren, nahm Ruby ein Buch, setzte sich in den kleinen privaten Salon und las. Sie wollte den Abend ruhig verbringen und zeitig schlafen gehen.

Es war fast zehn Uhr, als sie das Buch zuschlug und im Begriff war, in ihr Zimmer zu gehen. Sie hatte gerade die Halle durchquert und stand an der untersten Treppenstufe, als Stanley das Haus betrat. Er wirkte etwas gehetzt und schien keineswegs begeistert darüber zu sein, ihr jetzt zu begegnen.

»Ich dachte, du wärst auf dem Ball«, sagte Ruby.

»Ich bin noch anderweitig verabredet.« Stanley wollte an ihr vorbei die Treppe hoch, aber sie versperrte ihm den Weg.
»Was soll das, Ruby? Ich habe es eilig.«
»Warum bist du noch einmal zurückgekommen?«
»Ich habe etwas vergessen. Und nun lass mich vorbei.«
Sie bewegte sich nicht von der Stelle. »Warum sagst du mir nie, wo du hingehst?«
»Weil … ich habe dir doch gesagt, dass das keine Themen für Frauen sind.«
»Du bist sonst auch nicht so zimperlich.«
Stanley zögerte, dann wollte er sich an ihr vorbeischieben, aber sie wich nicht zur Seite. »Hör zu, Ruby, ich habe keine Zeit für Geschwätz, und was ich tue, geht dich nichts an. Dergleichen Fragen von mir würdest du dir verbitten, also hör auf zu insistieren.«
»Wenn ich nachts irgendwelchen geheimnisvollen Aktivitäten nachginge, möchte ich sehen, wie du es schweigend hinnimmst.«
»Du weißt selbst, dass das etwas anderes ist.«
Ruby lehnte sich an das Geländer und gab ihm den Weg frei. »Ich werde dich begleiten.«
Er war bereits an ihr vorbei und hielt mitten in der Bewegung inne. »Das kommt überhaupt nicht in Frage.«
Sie lächelte maliziös. »Entweder ich begleite dich, oder ich lasse einspannen und fahre dir nach.«
»Was soll das, Ruby? Du hast ja keine Ahnung.«
»Ich bin neugierig, und du hast mich noch nie ausgeschlossen, auch nicht bei verbotenen Dingen.«
Er schien mit sich zu ringen und senkte schließlich resigniert den Kopf, das stumme Eingeständnis einer Nieder-

lage. »Zieh dir etwas Warmes an, wir treffen uns an der Tür.« Damit ging er die restlichen Stufen hoch und verschwand im dunklen Korridor.

Weil sie argwöhnte, er würde das Haus verlassen, während sie noch in ihrem Zimmer war, wies sie ein Dienstmädchen an, ihr ihren Mantel zu bringen. Damit gar nicht erst Fragen aufkamen, die ihrer Mutter zugetragen werden konnten, sagte sie, sie fahre noch ein wenig mit ihrem Bruder aus. Stanley kam kurz darauf zurück, und seinem Gesichtsausdruck entnahm sie, dass sie mit ihrer Vermutung richtiggelegen hatte. Ihre Mundwinkel zuckten leicht, als sie seine missmutige Miene sah, während sie an seiner Seite das Haus verließ.

Draußen wartete eine Kutsche auf sie, der Fahrer jedoch war ihr fremd. Die Frage, warum Stanley nicht eine Kutsche von denen ihres Vaters nahm, erstarb ihr auf den Lippen, als ihr klarwurde, dass die Geheimhaltung, die er sich auferlegte, wohl auch ausschloss, einen Domestiken einzuweihen. Das gab dem Ganzen einen abenteuerlichen und aufregenden Anstrich.

»Du bleibst an meiner Seite«, sagte Stanley, nachdem er den Kutschschlag hinter ihnen geschlossen hatte.

Sie nickte, was er in der Dunkelheit nicht sehen konnte, und hüllte sich in ihren Mantel, dessen schwerer Samt in weichen Falten fiel. Es war sehr kalt geworden, und sie fror trotz ihres winterlichen Kleides. Der Hufschlag hallte auf den leeren Straßen eines spätabendlichen Londons, und nur gelegentlich kamen ihnen andere Kutschen entgegen oder fuhren für eine kurze Zeit hinter ihnen, ehe sie in eine andere Straße abbogen. Ruby lehnte den Kopf an das kleine Fenster und sah hinaus. Das Bild der Stadt änderte sich, als sie das vornehme Mayfair verließen, am Hyde Park vorbei waren, der in tiefer Finsternis dalag, durch St. James's fuhren und Piccadilly durchquerten, dann an der Themse entlang ihren Weg Richtung Osten nahmen. Dicker Nebel stieg vom Fluss auf, als gelte es, seine Geheimnisse zu verbergen. Die Straße glänzte feucht im diesigen Licht eines kalten Mondes. Überlaut schien das Klappern der Hufe und das holprige Rattern der Räder auf dem unebenen Straßenbelag von den Handelshäusern am Ufer widerzuhallen.

Die Kutsche hielt an den Wapping Old Stairs, und Stanley stieß den Schlag auf, stieg aus und reichte Ruby die Hand, um ihr hinauszuhelfen. Ruby schaute sich um, während Stanley mit dem Kutscher einige Worte wechselte. Sie war selten in dieser Gegend, kannte sie aber vom Vorbeifahren. Bei Nacht wirkte sie gleichzeitig gefährlich und geheimnisvoll. Sie machte ein paar Schritte zum Fluss hin. Wapping lag am Nordufer der Themse und war, als es noch unter der Gerichtsbarkeit der Admiralität stand, Hinrichtungsstätte gewesen. Heute lebten in der Umgebung vor allem Seeleute und Bootsbauer, und am Pier wurden Reis und Tabak umgeschlagen. Das rege Geschäftsleben stand bei Tag in einem krassen Gegensatz zur Armut, und bei Nacht schienen sich die unheilvollen Seiten des Ortes herauszuschälen.

Ein Mann trat aus dem Schatten zu Stanley. »Sag mir bitte, dass das nicht dein Ernst ist«, sagte er mit Blick zu Ruby.

»Es ist nur für heute Nacht.« Stanley bedeutete Ruby mit einem Wink, näher zu kommen.

»Du bringst dein Liebchen hierher? Was glaubst du, was das hier ist?« Der Mann drehte sich zu Ruby um, die Augen schmal vor Wut.

Ruby warf den Kopf zurück. »Ich bin nicht sein Liebchen,

sondern seine Schwester«, fauchte sie, ehe Stanley antworten konnte.
Der Mann maß sie auf eine Art, die nicht anders als unverschämt zu nennen war, sein Blick ruhte auf ihrem Gesicht, glitt über ihren Hals, ihre Brust bis zum Saum ihres Kleides und wieder zurück. »Seine *Schwester*, hm? Ich habe zwar keine Schwester, aber einige Cousinen, und ich würde eher sterben, als sie an einen Ort mitzunehmen, an den man nur eine Art von Frauen bringt.«
»Das reicht jetzt«, fuhr Stanley ihn an. »Du nimmst diese Beleidigung augenblicklich zurück, oder die Tage unserer Freundschaft sind gezählt.«
Mit einem Schulterzucken nickte der Mann ihr zu. »Die Freundschaft Ihres«, er grinste, »*Bruders* bedeutet mir viel, daher bitte ich in aller Form um Verzeihung.«
Ruby wandte sich an Stanley. »Mit wem habe ich das Vergnügen?«
Der Mann kam ihm zuvor. »Jared Retallick, Miss, zu Ihren Diensten.«
»Ruby Kilbourne, und ich *bin* seine Schwester, gleichgültig, welche Trugbilder Ihnen Ihre schlüpfrige Phantasie vorgaukelt.«
Jared Retallick lachte. »Reizendes Mädchen«, sagte er an Stanley gewandt. »Aber ich würde dir dennoch nicht raten, sie mitzunehmen.«
Stanley befand sich sichtlich in einer Zwickmühle. »Ich kann sie aber nicht hierlassen.«
»Was ist denn so geheimnisvoll, dass ich es nicht sehen darf?«, fragte sie.
»Geschäfte, Ruby«, erklärte Stanley.
»Aber …«

»Geschäfte«, fiel Jared Retallick ihr ins Wort, »die Ihren Bruder in arge Schwierigkeiten stürzen würden, wenn herauskäme, dass er Sie eingeweiht hat.«
»Piraterie?«, fragte Ruby erschrocken.
»Nein.« Stanley wirkte ungehalten. »Ich habe dir doch gesagt, dass es gefährlich ist, aber du konntest ja keine Ruhe geben.«
»Wenn du mir daheim erzählt hättest, um was es sich handelt …«
»Dann hättest du erst recht darauf bestanden mitzukommen, ich kenne dich doch.«
»Wir müssen nicht gleichzeitig gehen«, mischte sich Jared Retallick in den Disput ein. »Ich warte hier mit Miss Kilbourne, und wenn du fertig bist, gehe ich.«
»Das ist eine gute Idee«, antwortete Stanley, noch ehe Ruby etwas sagen konnte. Aber sie hätte auch nicht gut ablehnen können, immerhin war es ihre Sturheit, die ihn in diesen Konflikt gestürzt hatte. Sie berührte seinen Arm.
»Sei bitte vorsichtig, Stan«, mahnte sie, nur für ihn hörbar. Er antwortete nicht, sondern nickte nur und legte ihr kurz die Hand an die Schulter, dann wandte er sich an Jared Retallick. »Pass auf sie auf.«
»Als sei sie meine eigene Schwester«, erwiderte dieser, und Ruby fragte sich, ob nur sie den spöttischen Unterton bemerkte.
Stanley drehte sich um, und kurze Zeit später hatten ihn die Schatten zwischen den Häusern geschluckt. Jared Retallick verschränkte die Arme vor der Brust und sah sie mit schiefgelegtem Kopf an.
»Nun, meine Liebe, womit wollen wir uns denn nun die Zeit vertreiben?« Er grinste.

3

Gibraltar, August 1778

Olivia saß am Klavier, hatte den Arm über den Notenständer gelegt und lehnte mit der Stirn daran. Halbherzig schlug sie mit der linken Hand Tasten an, ein unharmonisches Tongemisch. Es hatte einen Streit zwischen Ruby und ihrer Mutter gegeben, denn diese erlaubte ihr keine Ausfahrten mehr, seit sie barfuß und mit sandigen Füßen von einem Ausflug zurückgekehrt war und erklärt hatte, man habe ihr am Strand Schuhe und Strümpfe gestohlen. Aus Protest weigerte sie sich nun, ihre Mutter zu Besuchen zu begleiten oder welche zu empfangen, was diese jedoch nicht sonderlich zu bedauern schien. Stanley hingegen versuchte gelegentlich, Ruby zu einer Ausfahrt zu bewegen, und verlieh seiner Sorge Ausdruck, sie könne in Schwermut verfallen.

»Was ist los mit dir?«

Olivia sah auf und begegnete dem ungeduldigen Blick ihrer Mutter. »Gar nichts, Mama.«

»Als würde es nicht reichen, dass Ruby meine Geduld so sehr strapaziert.« Ihre Mutter baute sich vor dem Klavier auf und stemmte die Hände in die schmale Taille. »Seit über zwei Wochen schaue ich mir das nun an, Olivia. Bist du krank? Oder ist das einfach deine Art, gegen unsere neue Heimat zu protestieren?«

»Nein, Mama.« Olivia schloss den Klavierdeckel und stand auf.

»Dann hoffe ich, dass du dich künftig zusammenreißt und mir ersparst, mich auch noch um dich sorgen zu müssen.«
»Natürlich, Mama. Wenn du mich nun entschuldigst.«
Ihre Mutter wies mit der Hand zur Tür. »Bitte.«
In ihrem Zimmer stand die Luft, und Olivia ließ sich von ihrer Zofe aus dem Kleid helfen, um sich nur in ihrem Unterkleid aufs Bett zu legen. Sie rollte sich auf den Bauch, umschlang mit beiden Armen ihr Kissen und legte die Wange darauf. Seit jenem Nachmittag hatte sie nichts mehr von John Retallick gehört, und sie fragte sich, ob er vielleicht wirklich seine Sinne nicht beieinandergehabt hatte und ihm die ganze Sache nun peinlich war. Möglicherweise hatte er sich auch einfach einen Spaß mit ihr erlauben wollen. Oder aber es war ihm ernst gewesen, und er würde bald das nächste Treffen herbeiführen. Seit dem Gespräch mit ihm stand sie unter einer dauerhaften Anspannung, sie wartete und wusste eigentlich nicht so recht, worauf.
Sie richtete sich auf, zog die Schublade von ihrem Nachtschränkchen auf und entnahm ihr ein Blatt Papier, das sie schon oft betrachtet und immer wieder weggelegt hatte. Auf ihm stand die Adresse von John Retallick, die sie durch sehr vorsichtiges Fragen auf einem geselligen Nachmittag herausbekommen hatte. Seither lag das Blatt gefaltet in ihrer Schublade, weil sie noch nichts Rechtes damit anzufangen wusste.
Sie gehören mir, ganz und gar. Ihr fehlte hier eine gute Freundin, mit der sie über alles sprechen konnte. Sie versuchte zwar, so oft es ging, etwas über ihn in Erfahrung zu bringen, aber zu häufig konnte sie das Thema auch nicht zur Sprache bringen, ohne irgendwelchen Vermutungen einen Nährboden zu bieten. Sie bildete sich bereits ein,

dass Constance sie sehr eindringlich angesehen hatte, und selbst Marys Blicke hatten etwas gehabt, das nahelegte, sie vermute hinter den Fragen mehr, als Olivia zuzugeben bereit war. Sie legte das Blatt zurück und schob die Schublade wieder zu. Inzwischen brauchte sie es ohnehin nicht mehr, die Adresse kannte sie längst auswendig.
War es anfangs die ungewohnte Umgebung gewesen, die ihr den Schlaf raubte, so fügten sich nun die von John Retallick verursachten schlaflosen Nächte nahtlos daran an. Tagsüber fühlte Olivia sich matt, und wann immer es ging, musste diese Schwäche als Begründung dafür herhalten, ihre Mutter nicht zu gesellschaftlichen Anlässen begleiten zu müssen, denn sie befürchtete, Sir John dort zu begegnen. War es notwendig, dass sie allein ausfuhr, so hatte sie stets Angst, er würde auf einmal neben ihr auftauchen, an ihrer Seite durch die Stadt reiten und somit ihren Ruf vollends ruinieren, seinen bedrohlichen Besitzanspruch vor den Augen aller geltend machen. Und je länger sie darüber nachdachte, umso drängender erschien ihr die Notwendigkeit, etwas dagegen zu tun.

Britisch-Gibraltar war eine militärische Basis, ein trostloser Ort. Inzwischen hatten sich die Zustände zwar verbessert, aber es war immer noch erkennbar, dass der Dienst hier oftmals als Strafe gesehen wurde, und wem sich woanders bessere Möglichkeiten boten, der nutzte sie. Stanley hätte noch ein Jahr zuvor jeden ausgelacht, der auch nur angedeutet hätte, es könne ihn einmal hierher verschlagen. Er verbrachte müßige Stunden in der Garnison und schloss sich gelegentlich anderen Offizieren an, wenn diese den hiesigen Lustbarkeiten frönten.

Es gab eine Reihe von Strafen, mit denen Auffälligkeiten geahndet wurden, in der Hoffnung, etwas Disziplin in die Garnison zu bringen. Eine traditionelle »geringfügige« Bestrafung war, das Opfer nackt bis zur Taille zwischen zwei Reihen von Soldaten entlanglaufen zu lassen. Jeder Soldat hielt eine Gerte in der Hand und zögerte nicht, davon auch Gebrauch zu machen – der sogenannte Spießrutenlauf. Rangniedrige Offiziere verurteilten ihre Soldaten häufig zu einer Strafe mit dem Namen »Ritt auf dem hölzernen Pferd«, bei der zwei Bretter wie ein Dach aneinandergenagelt und dann in den Boden gestoßen wurden, so dass sie ein mit der Spitze nach oben zeigendes Dreieck bildeten, auf dem der zu Bestrafende rittlings sitzen musste. An jeden Fuß wurde ein Gewicht von sechzig Pfund gehängt, und so ließ man ihn für eine Zeit von vier Stunden sitzen. Für Auspeitschungen wurde in Gibraltar kein Gerichtsurteil benötigt, das Wort eines ranghohen Offiziers genügte. Das übliche Strafmaß lag bei fünfzig Hieben, aber Urteile, die das übliche Maß überschritten, waren gängig. Auspeitschungen waren die übliche Bestrafung für Trunkenheit, obwohl die Gouverneure selbst bis 1749 durch die Einfuhr von Wein und Spirituosen förmlich dazu ermuntert hatten.

Stanley hatte die Hände hinter dem Rücken verschränkt und sah von den Zinnen der Bastion aufs Meer. Wellen brachen sich am Strand. Fischer kamen mit ihren Booten zurück, kleine schaukelnde Flecke auf dem glitzernden Wasser. Im Dunst war die Küste Spaniens zu sehen. Stanley lauschte auf die Geräusche des Meeres, die Stimmen der Menschen, aber alles wurde von der betäubenden Stille in ihm geschluckt und fand keinen Widerhall.

»Lieutenant Kilbourne.«

Augenblicklich drehte Stanley sich um und nahm Haltung an, denn bei aller Abneigung hatte er einem ranghöheren Offizier Respekt zu erweisen, selbst wenn dieser nicht im aktiven Dienst war. »Sir John.«

John Retallick musterte ihn, gab ihm jedoch mit keinem Wink zu verstehen, dass er sich rühren durfte. »Ich bin nur hier, Lieutenant, weil ich wusste, dass ich Sie hier antreffe.«

»Sir?«

»Sie schulden mir einiges, Lieutenant, unter anderem eine größere Summe Geld.«

»Dessen bin ich mir bewusst, Sir.«

»Ah, dann darf ich davon ausgehen, der Umstand, dass ich bisher keinen Penny zu sehen bekommen habe, ist der Tatsache geschuldet, dass Sie derzeit über keine Mittel verfügen, obwohl Ihre Familie einigen Wohlstand ihr Eigen nennt?«

»Meine finanziellen Möglichkeiten sind beschränkt, Sir.«

John Retallick musterte Stanley, dann nickte er und lächelte schmal. »Ich darf also annehmen, dass es sich um kein Versäumnis Ihrerseits handelt?«

»Nein, Sir.«

»Das ist erfreulich.« Er nickte bedächtig. »Auch wenn selbst eine baldige Rückzahlung mich Ihnen mitnichten gewogen machen würde. Aber immerhin haben Sie die Möglichkeit, wenigstens ein geringes Maß an Wiedergutmachung zu leisten, wenn auch nur finanzieller und nicht moralischer Art.« Er nahm Stanleys Platz ein und schaute aufs Meer. »Sie dürfen gehen, Lieutenant Kilbourne.«

John Retallicks Haus war klein mit einem winzigen Garten dahinter. Es war von einer hohen Mauer umgeben, mit einem Tor vorne und einem Gartentor hinten. Hätte sie nicht vorher in Erfahrung gebracht, dass das Haus ein wenig abseits gelegen war – auch wenn das bei den Größenverhältnissen von Gibraltar nur ein paar Schritte bedeutete –, hätte sie vermutlich ihr Vorhaben ganz fallen lassen. Es hatte Olivia einiges an Überwindung gekostet, hierherzukommen, und nun stand sie vor dem Haus und wusste nicht so recht, wie sie vorgehen sollte. Langsam ging sie um das Haus herum, während sie überlegte. Ihr Plan war es, sich auf John Retallicks Grundstück umzusehen, ob es dort irgendwelche Hinweise auf verbotene Aktivitäten gab, mit denen sie ihn unter Druck setzen konnte. Er war Offizier, war jedoch keinem Regiment zugehörig, das hatte sie von Stanley erfahren. Mit etwas musste er ja sein Geld verdienen, erst recht, wenn er hochverschuldet war. Vielleicht war er Schleichhändler und lagerte hier Waren, mit denen er das Handelsmonopol brach? Ein Mann wie er galt vor der Gesellschaft als über jeden Zweifel erhaben, er würde vielleicht nicht einmal besondere Vorsicht walten lassen, in seinem eigenen Haus die Dinge zu verbergen. Besonders einfallsreich war das zwar nicht, aber andererseits rechnete er sicher nicht damit, dass sie ihm hinterherspionieren würde.

Vorsichtig entriegelte Olivia das hintere Tor, blickte sich um und betrat zögernd den Garten. Ein wenig verwildert und mit zugewachsenen Wegen lag das kleine Stück Grün da, Orangen- und Zitronenbäume verbreiteten einen betörenden Duft. Olivia kam das entgegen, denn ein solcher Garten bot mehr Schutz als einer, der ohne weiteres überblickt werden konnte. Sie durchquerte ihn eilig im Schutz der Bäume und trat an das Fenster neben der Veranda. Ihr Herz klopfte wild, als sie vorsichtig in den Raum hinein-

schaute und einige Augenblicke warten musste, ehe sie etwas erkennen konnte, weil das Zimmer im Vergleich zu dem gleißenden Sonnenlicht dämmrig wirkte.
Die Möbel waren zum Teil noch mit Laken bedeckt, und obwohl ein Sessel in der Nähe der Verandatür und ein Tisch offensichtlich benutzt wurden, wirkte der Salon unbewohnt. Ein großer Teppich bedeckte den Holzboden in der Mitte des Raums, und an der Wand stand der Form nach unter dem Laken ein Klavier. Ein wenig enttäuscht schlich sich Olivia zum nächsten Fenster. Von hier aus konnte sie den Korridor sehen, auch hier war nichts anders als in jedem anderen Haus, außer dass keinerlei Bilder an den Wänden hingen, und auch der kleine Eingangsbereich, in den sie als Nächstes einen Blick warf, bot keinerlei Hinweise auf seinen Bewohner. Es kamen noch weitere Räume, deren Möbel allesamt unter weißen Laken verborgen waren. Es gab nichts, aber auch gar nichts, das ihr irgendeinen Aufschluss über John Retallick geboten hätte, nicht einmal, welche Art der Einrichtung er bevorzugte. Gut, sie wusste nun, dass er offenbar auf ein behagliches Eigenheim nicht viel Wert legte und seine Zeit lieber allen möglichen anderen Dinge widmete, nur nicht der vernünftigen Herrichtung seines Hauses. Aber welcher Tätigkeit er nachging, davon hatte sie nach wie vor nicht die geringste Ahnung.
Sie wandte den Kopf wieder zum Fenster hin, durch das sie gerade geschaut hatte, und zuckte zusammen, als sie eine Bewegung wahrnahm. Im ersten Moment erstarrte sie, dann duckte sie sich eilig und wartete mit dröhnendem Herzschlag darauf, dass über ihr das Fenster aufgerissen wurde. Die Peinlichkeit einer solchen Situation vermochte sie nicht einmal gedanklich in Worte zu fassen.

Als alles ruhig blieb, erhob sie sich behutsam, wagte über den Rand des Fensters hinweg noch einen Blick in den Korridor, konnte jedoch niemanden sehen. Vielleicht eine Lichtspiegelung im Fenster oder jemand, im besten Fall ein Dienstbote, der den Korridor durchquert hatte.
Kurz überlegte sie, ob sie es jetzt gut sein lassen und gehen sollte, aber ein Raum stand noch aus, dann war sie einmal um das ganze Haus herumgegangen.
Sie schlich geduckt zum nächsten Fenster und hob vorsichtig den Kopf. Dieses Zimmer wirkte im Gegensatz zu den anderen bewohnt, wies zwar auch keine persönlichen Gegenstände auf, aber die Möbel waren alle von ihren schützenden Laken befreit. Rechts stand ein Bett mit geschnitzten Pfosten, auf dem Nachtschränkchen daneben lag ein Buch, es gab einen Sekretär mit einem Stuhl davor, und eine schmale Tür war rechts in der Wand eingelassen und führte vermutlich zu einem Ankleidezimmer, das jedoch fensterlos war. Der Raum war ordentlich, das Laken auf dem Bett straff gezogen. Aber auch hier war nichts Außergewöhnliches zu entdecken.
Olivia ging durch den Garten zurück zum Tor. Sie blickte sich mehrmals um, um sicherzugehen, dass sie nicht beobachtet wurde, aber es war niemand zu sehen. Ihr Plan kam ihr nun lächerlich vor, ein völlig unnötiges Wagnis. Seufzend öffnete sie das Tor, schloss es wieder und blickte nachdenklich zum Haus, das mit dunklen, leeren Fensterhöhlen dastand und nichts von sich preisgab – ein Abbild seines Bewohners.

Allmählich bekam das Stadtbild für Olivia etwas Vertrautes. Die Main Street führte vom Landport zum Southport, und eine kuriose Mischung von maurischer, spanischer und britischer Militärarchitektur zog sich an beiden Seiten der Straße entlang. In der Nähe des Landport befand sich der Picket Yard und eine Zusammenballung von verschiedenen Gebäuden zu einem Häuserblock: eine Wache, eine Bastion, Baracken und ein bombensicherer Bunker, all das entworfen von den Ingenieuren der Armee.

Dann kam der Bereich, den Gouverneur Eliott als den scheußlichsten Teil der Stadt bezeichnete. Eine Viertelmeile von dicht aneinanderstehenden Gebäuden aus Holz, die mit Mörtel zusammengehalten wurden und sich über enge Straßen wölbten mit kleinen Fenstern und festen Türen, wie sie in einer Garnisonsstadt üblich waren. Öffnete man eine dieser Türen, würde sie entweder den Blick auf einen schattigen Innenhof freigeben mit einem Becken, grünen Weinreben und Orangenbäumen oder – was wahrscheinlicher war – einen brüchigen Treppenaufgang und Familien mit schmutzigen schreienden Kindern. Jenen Teil der Stadt, der am verkommensten, engsten und brüchigsten war, zwischen der Main Street und der Orange's Bastion, nannte man Irish Town.

Oberhalb der Stadt gab es eine Reihe von privaten Handelshäusern, die den Kaufleuten gehörten, und hundert Schritt davon entfernt war das Kastell, von dem allerdings nur das Karree *Torre del Hominage* erhalten war, eine höher gelegene Mauer, die einen schräg abfallenden rechteckigen Platz mit Überresten maurischer Architektur umfasste, wo seit kurzem der Abfall aus der Garnison gelagert wurde. Hinter dem Kastell führte eine gut angelegte Straße zu den Geschützgruppen und weiter zu zwei Magazinen, die so exzellent konstruiert waren, dass sie fortwährend kalt und trocken blieben. Außerdem erreichte man über die Straße ein Lagerhaus, in dem die überzähligen Lafetten aufbewahrt wurden.

Die Grand Parade, der Paradeplatz, führte von der Main Street hinab zum Line Wall und ähnelte einer gerodeten Stelle in einem Wald von Häusern. Grüne Böschungen waren ringsherum angelegt, in der Mitte stand ein Pfahl für Auspeitschungen und das sogenannte Karussell, ein hölzerner Käfig, der mit steigender Geschwindigkeit um die eigene Achse gedreht werden konnte und dazu diente, Frauen mit lockerer Moral zu bestrafen. In einer Ecke war das Gefängnis angelegt, darum standen Häuser mit *Coffeerooms*, in denen man beisammensitzen konnte. Am Rand des Paradeplatzes befand sich ein Brunnen, der das Regenwasser im Winter auffing, das in einem gewaltigen gekippten Becken des Felsens gesammelt wurde, durch den Red Sands gefiltert und in ein altertümliches Aquädukt geleitet wurde, aus dem das ganze Jahr über geschöpft werden konnte. Die Wasserqualität sollte angeblich der von Bristol entsprechen.

Einige Yards entfernt vom Paradeplatz, gegenüber der King's Bastion, stand die Spanische Kirche, die die früheren Bombardierungen alle überstanden hatte und die, in Übereinstimmung mit dem Frieden von Utrecht, den römisch-katholischen Einwohnern für die Messen offen zu stehen hatte. Es gab drei große Gärten in Gibraltar, einer davon gehörte zur südlich der Kirche gelegenen Gouverneursresidenz. Die daran grenzende Kapelle, die King's Chapel, diente der Garnison und den Bewohnern der Stadt, wenn diese eine anglikanische Messe aufsuchen wollten. Der Raum für die Verproviantierung und die King's Stores, große steinerne Gebäude, die sich bei der Armee besonderer Beliebtheit erfreuten, waren auf dem Hügel über dem ehemaligen Kloster gelegen. Die Stadt endete am Südhafen und dem Charles-V.-Wall. Es gab noch ein anderes Gebäude von kleinem architektonischem Wert nahe des Meeres in Irish Town, das war das maurische Galeeren-Haus, das in das Lagerhaus der Admiralität umgewandelt worden war.

Südlich der Stadt lagen einige Offiziershäuser, kaum größer als Cottages, um die herum Colonel Green, Ingenieur der Armee, den dritten großen Garten Gibraltars angelegt hatte. Hier war auch das Haus von Olivias Familie gelegen und etwas weiter abseits das von John Retallick. Auf dem Hügel über der neuen Mole stand die South Barracks, die südliche Kaserne, ein schlichtes Gebäude mit einem Exerzierplatz davor und einem Raum, in dem das Regiment lagerte. Über der Rosia Bay lag das Krankenhaus, mit Abteilungen, die bis zu tausend Menschen aufnehmen konnten, ein luftiges Gebäude mit einer Galerie auf dem oberen Korridor, damit die Kranken sich in die Sonne setzen konnten, wenn ihnen danach war.

Der Felsen selbst war eindrucksvoll mit einer seltsamen Mischung aus Hässlichkeit und Schönheit. Die Felslandschaft war weniger karg, als Olivia geglaubt hatte, vielmehr waren Teile des Felsens von einer üppigen Vegetation bewachsen. Colonel James, ein ehemaliger Gouverneur Gibraltars, hatte an die dreihundert verschiedene Wildblumen gezählt. Es gab mehrere Dutzend Arten von Insekten und Vögeln und eine überraschende Mannigfaltigkeit anderer

Tiere, darunter zu Olivias Entsetzen große, haarige Spinnen, von denen viele in der südlichen Bastion lebten. Außerdem waren da noch die wahren Könige des Felsens, die Affen, von denen niemand genau sagen konnte, woher sie stammten, und die mit Vorliebe Steine auf die wachhabenden Männer des Signal House warfen.

Kurzum, der Fels war ein reizvoller Ort für ein Picknick und eine willkommene Abwechslung zu dem ewigen Einerlei. Man hatte Decken ausgebreitet, und der Blick aufs Meer war wirklich zauberhaft. Nachdem sich Olivia davon überzeugt hatte, dass John Retallick nicht zu der überschaubaren Picknickgesellschaft gehörte, konnte sie den Ausflug sogar einigermaßen genießen. Kinder tobten zwischen den Erwachsenen umher, und mehr als einmal hätte eine quirlige Fünfjährige Olivia beinahe ihr Essen über den Rock gekippt. Das Mädchen lief im Kreis um die Menschen herum, und ihre Mutter, die sich bei dem Wildfang offenbar nicht so recht durchzusetzen vermochte, bat sie stets halbherzig, sie möge doch damit aufhören.

»Das Kindermädchen ist krank«, entschuldigte sie sich.

Die Frauen, die selbst Kinder hatten, nickten verständnisvoll.

Olivia hatte gerade angefangen zu essen, als Constance sich neben sie setzte. Sie hatten sich in letzter Zeit oft gesehen, weil sie meist zu denselben Gesellschaften eingeladen waren, und ihr Umgang war mittlerweile durchaus freundschaftlich zu nennen, ebenso der zu Mary Holbrooke.

»Es gibt hier eine schöne Tropfsteinhöhle. Mary und ich möchten sie uns jetzt ansehen, ihr Bruder führt uns hinein. Möchtest du nicht nachkommen?« Constance wies mit der Hand auf einen Pfad, der hinter dem Fels verschwand. »Du

kannst es nicht verfehlen. Wir stellen einen Dienstboten an den Eingang, er bringt dich dann zu uns.«
Olivia stellte ihren Teller ab. »Ich kann auch sofort mitkommen, ich bin nicht hungrig.«
»Nein, iss nur in Ruhe, wir bleiben ja länger. Und ich will nicht, dass deine Mutter denkt, wir täten etwas Verbotenes, wenn du jetzt so überhastet aufbrichst.« Sie zwinkerte verschmitzt.
In der Tat sah ihre Mutter sie fragend an, und Olivia hob ihren Teller wieder vom Boden auf und lächelte ihr zu, dann wandte sie sich an Constance. »Gut, ich beeile mich.«
Constance legte ihr kurz die Hand auf die Schulter, dann stand sie auf und ging zu Mary, die bereits wartete und Olivia zuwinkte.
Augusta Kilbourne gab ihrer Tochter zu verstehen, dass sie sie sprechen wolle, und mit einem leisen Seufzen erhob Olivia sich und ging zu ihr.
»Worum ging es?«, fragte ihre Mutter.
»Der Bruder von Mary Holbrooke möchte uns eine Tropfsteinhöhle zeigen. Sie und Constance gehen schon vor.«
»Ah ja.« Ihre Mutter sah der kleinen Gruppe hinterher. Es hatten sich noch einige weitere junge Frauen und Männer angeschlossen. »Der Bruder von Mrs. Holbrooke soll eine sehr gute Partie sein, ein aufstrebender Offizier, nach allem, was ich mir habe sagen lassen.«
Olivia zuckte mit den Schultern. »Gut möglich.«
»Lass dich bitte nicht so gehen, denk daran, dass ein schlechter Eindruck sehr schwer korrigiert werden kann.« Ihre Mutter hatte die Stimme gesenkt, als sie die neugierigen Blicke einiger anderer Frauen bemerkte.
»Ich gebe mir alle Mühe, Mama.« Olivia beeilte sich mit

dem Essen und stellte den Teller schließlich ab. »Entschuldigst du mich nun bitte?« Sie stand auf, hob ihr Kleid an und machte sich auf den Weg zu dem Pfad. Dieser wand sich um den Felsen herum, und nach kurzer Zeit konnte sie die Picknickgesellschaft nicht mehr sehen. Die Tropfsteinhöhle hatte den Namen St. Michael's Cave und war tausendeinhundert Fuß über der South Barracks gelegen. Von Bäumen gesäumt, ertrank der Pfad in Schatten, und das Geröll unter Olivias Füßen knirschte leise.

Sie hielt inne, um sich mit einem Taschentuch die Schläfen abzutupfen. Hier war es wirklich schön, grün bewachsen, und der Felsen bot eine Reihe von lauschigen Plätzen. Olivia setzte sich in eine Felswölbung, die über ihr leicht vorkragte. Obwohl der Anstieg nicht steil war, war sie in ihrem engen Kleid und in der Sonnenwärme schnell außer Atem geraten, und sie streckte die Beine in dem ausladenden Reifrock ein wenig und legte den Kopf zurück. Man würde auf sie warten, und die Höhle bot mit Sicherheit genug zu sehen, damit den anderen nicht langweilig wurde.

Sie zupfte ein wenig Moos vom Felsen, zerfaserte es zwischen den Fingerspitzen und starrte träumerisch aufs Meer hinaus, bis es vor ihren Augen verschwamm und die Horizontlinie mit dem Wasser in einem bläulichen Nebel verschmolz. Schritte und das leise Klackern, als einige kleine Steinchen den Felsen hinunterrollten, rissen sie recht unsanft aus ihren Gedanken, und sie dachte, jemandem aus Constance' Gesellschaft sei das Warten zu lang geworden. Mit einem Anflug von schlechtem Gewissen wischte sie sich eilig die Mooskrümel vom Kleid und wollte aufstehen, was sich als nicht ganz so einfach erwies, denn die Nische

war eng, und sie musste sich erst ein Stück vorschieben. Eine Hand am Rand des Felsens, die andere am Boden, wollte sie sich erheben, als ein Beinpaar in ihrem Blickfeld erschien. Sie blickte auf und erstarrte.
»Darf ich Ihnen helfen?«, fragte John Retallick und streckte ihr die Hand entgegen. Olivia zögerte, kam aber dann zu dem Schluss, dass es wesentlich würdeloser war, herumzuzappeln wie eine auf dem Rücken liegende Schildkröte, und nahm die dargebotene Hilfe entgegen. Mühelos zog er sie hoch und ließ sie los, als wolle er die Berührung nicht eine Sekunde länger andauern lassen, als der Anstand es erlaubte. Sie presste die Hand in die Falten ihres Kleides.
»Ich habe auf Sie gewartet«, sagte er in höflichstem Plauderton, »aber als ich gesehen habe, dass Sie hier offenbar eine längere Pause planen, dachte ich mir, ich komme Ihnen entgegen.«
»So?«, murmelte Olivia.
Entspannt lächelnd sah er sie an. »Sie wollten mich sprechen?«
»Ich … aber nein, keineswegs.«
Ein kurzes Stirnrunzeln verdrängte das Lächeln. »Tatsächlich? Nun, dann müssen meine Dienstboten etwas falsch verstanden haben, denn die Tatsache, dass Sie um mein Haus herumgeschlichen sind und in alle Fenster geguckt haben, hat offenbar den Schluss nahegelegt, Sie hofften, mich zu sehen.«
Olivia stieg eine solche Hitze in den Kopf, dass es sich anfühlte, als habe sie einen Fieberschub. Der Gedanke, dass sie jemand bei ihrem Treiben beobachtet und geschwiegen haben könnte, war ihr nicht einmal im Traum gekommen, so dass sie sich keine passende Ausrede überlegt hatte und

nun auf der Suche danach wie in einem trüben See herumstocherte.

»Man glaubte, Sie seien eine verflossene Geliebte, die sich mit ihrem Schicksal nicht abzufinden vermag. Dieser Umstand sowie der, dass man Sie anhand Ihrer Kleidung unschwer der besseren Gesellschaft zuordnen konnte, hat Ihnen die Peinlichkeit erspart, direkt an Ort und Stelle zur Rechenschaft gezogen zu werden. Ich jedoch kann Ihnen dergleichen zu meinem Bedauern nicht ersparen.«

»Es … ich …«

Er wartete. »Ja?«

Jeder Gentleman wäre galant darüber hinweggegangen oder hätte ihr eine Ausrede zurechtgelegt, die ihr ohne viel Unannehmlichkeit einen Ausweg bot. »Ich wollte wissen, woran ich bin. Und nachdem ich nach unserer letzten Begegnung nichts mehr von Ihnen gehört habe, war ich nicht sicher, ob Sie sich nicht vielleicht einfach nur einen geschmacklosen Scherz auf meine Kosten erlaubt haben und sich womöglich insgeheim über meine Unruhe amüsieren.«

Wieder dieses spöttische Lächeln. »Es war mir vollkommen ernst mit dem, was ich sagte. Hätte ich allerdings gewusst, dass Sie sich nach längerem Schweigen meinerseits gleich von Sehnsucht hingerissen dazu verführen lassen, auf meinen Grund und Boden einzubrechen, hätte ich Ihnen natürlich direkt gesagt, dass es durchaus etwas länger dauern kann, ehe wir uns wiedersehen.«

»Sie wissen genau, dass es so nicht gewesen ist.« Olivia ignorierte, dass ihr schon wieder das Blut ins Gesicht gestiegen war. »Ich habe eher die Strategie verfolgt, dass man seinen Gegner so gut wie möglich kennen sollte.«

Er zog die Brauen ein winziges Stück hoch. »Gegner? Was um alles in der Welt bringt Sie auf die Idee, ich sei Ihr Gegner?«

»Wie würden Sie es bezeichnen?«

»Ich habe Sie zu meiner Verbündeten gemacht, wenn auch, und das räume ich durchaus ein, auf eine nicht sehr charmante Art und Weise.«

Ein kurzer Windstoß ließ das Blätterdach über ihnen leise rauschen und verschaffte willkommene Abkühlung.

»Als nicht sehr charmant bezeichnen Sie das? Sie haben mich in eine Falle gelockt. Verraten Sie mir wenigstens, gegen wen ich als unfreiwillige Verbündete fungieren soll.«

»Das erfahren Sie früh genug, ich möchte Sie nicht in hinderliche Gewissenskonflikte stürzen, solange das noch vermeidbar ist.«

»Hinderlich für Sie oder für mich?«

Er blieb ihr die Antwort schuldig, und Olivia wandte sich ab. Die Tatsache, dass er es wieder so mühelos geschafft hatte, mit ihr allein zu sein, bestürzte sie. Wenn man sie hier gemeinsam sah, gab es nichts, mit dem sich Olivia herausreden konnte, und um ihren Ruf wäre es zweifellos geschehen. Unwillkürlich schaute sie sich um, eine hastige Bewegung, die John Retallick nicht entging, und seinem belustigtem Blick zufolge wusste er genau, was in ihr vorging.

»Ich möchte jetzt gehen«, sagte sie. »Die anderen warten schon.«

»Die warten auch noch länger, wenn es sein muss, doch gehen Sie nur. Aber eins noch, Miss Kilbourne …«

Sie hatte sich schon halb weggedreht und hielt inne, wandte leicht den Kopf, um ihn anzusehen.

»Sollten Sie mein Grundstück noch einmal ohne meine ausdrückliche Erlaubnis betreten, ohne den Weg eines Besuchers zu wählen, nämlich den durch das Eingangstor, dann werden meine Dienstboten keine solche Zurückhaltung mehr zeigen wie beim letzten Mal.«
Sie nickte lediglich.
»Gedulden Sie sich noch ein wenig«, fuhr er fort. »In das Vergnügen einer privaten Begegnung mit mir kommen Sie früh genug.«
Grußlos ließ sie ihn stehen.
Als sie endlich bei der Höhle ankam, versuchte sie, ihre tiefe Verunsicherung zu überspielen, was ihr nur leidlich gelang. Sie trat durch den Eingang der Höhle und stieß zu den anderen. Mary Holbrooke verwickelte sie in ein Gespräch, dem sie nur einsilbig folgte. Sie wich Constance' forschenden Blicken aus und schlenderte durch die Höhle, die sie unter anderen Umständen faszinierend gefunden hätte, für die sie nun jedoch kaum einen Blick hatte.

»Schön, dass du es doch noch geschafft hast, uns Gesellschaft zu leisten«, sagte Pablo, während er den gebratenen Fisch, den seine Schwester ihm und John serviert hatte, mit den Fingern zerlegte.
John probierte das zarte weiße Fischfleisch und sah Esperanza an, die gespannt wartete. »Großartig. Du bist eine hervorragende Köchin.«
Das Mädchen strahlte. »Ich habe ein neues Rezept ausprobiert.« Sie ließ sich neben ihrem Bruder nieder und nahm sich ebenfalls etwas zu essen.
»Meine Schwester hat sich mit einer englischen Dame angefreundet.«

»Das stimmt nicht.« Esperanza schüttelte den Kopf. »Ich habe sie nur einmal gesehen, sie stand barfuß im Wasser.«

John lachte. »Du pflegst Kontakt zu englischen Halbweltdamen?«

»Halbweltdamen?«

»Frauen von zweifelhaftem Ruf«, erklärte John

»Nein, keine von dieser Art, sie war eine richtige Dame, wenn auch eine unvernünftige. Sie war sehr krank und ist trotzdem ohne Schuhe ins Wasser gegangen. Wir haben uns ein wenig unterhalten, nachdem ich ihr geholfen habe, als sie so schlimm husten musste. Dann bin ich mit ihr einige Zeit durchs Wasser den Strand entlanggegangen, und als wir zurückkamen, waren die Garcia-Jungen gerade dabei, ihr Schuhe und Strümpfe zu stehlen.« Sie zupfte eine Gräte aus dem Fischfleisch. »Ich bin sofort hinter ihnen hergelaufen, aber als ich sie fast hatte, kam ihre Mutter und hat mich beschimpft.«

»Ich hoffe, das war dir eine Lehre für die Zukunft«, mahnte ihr Bruder. »Von den Garcias halte dich lieber fern, das habe ich dir unzählige Male gesagt.«

»Du warst sehr tapfer.« John war nicht entgangen, wie enttäuscht das Mädchen aussah angesichts der mangelnden Anerkennung.

»Rede ihr das nicht auch noch ein, ich habe auch so schon genug damit zu tun, auf sie aufzupassen. Am besten verschafft man ihr ununterbrochen Beschäftigung, damit sie nicht auf dumme Gedanken kommt.« Pablo wandte sich seiner Schwester zu, um das Gesagte umgehend in die Tat umzusetzen. »Hol bitte noch Wasser.«

Esperanza streckte ihm die Zunge heraus, als er nicht hinsah, dann stand sie auf und ging in die Hütte.

Vor den meisten anderen Behausungen der Fischer waren ebenfalls Feuer zu sehen, und die Familien saßen beisammen. Der Geruch von Holzfeuern mischte sich mit dem von gebratenem Fisch, Gewürzen und dem des Meeres.
John dachte an die Begegnung mit Olivia Kilbourne, deren Ähnlichkeit mit ihrer Mutter und ihrem Bruder sich glücklicherweise auf eine rein oberflächliche zu erschöpfen schien. Zwar hätte es nichts an seinen Plänen geändert, wenn dem nicht so gewesen wäre, aber nun war es wesentlich leichter, ihr ins Gesicht zu sehen, ohne auch nur den Schatten des Hasses zu verspüren, den er für die anderen beiden empfand. Auch ihre Augen waren gänzlich anders als die von Augusta Kilbourne, deren sehr helles Braun beinahe durchscheinend wirkte, was ihre Art, Menschen, die sie nicht mochte, mit kalter Verachtung anzusehen, in seiner Wirkung unterstrich. Olivias glattes, schweres Haar ähnelte dem ihrer Mutter sowie ihre Gesichtszüge, aber es lag mehr Gefühl darin, mehr Reiz, mehr Lieblichkeit – kurzum, sie war ein ausnehmend hübsches Ding, und das würde sein Vorhaben mit ihr mehr als angenehm gestalten.
»Immer, wenn du so lächelst, ist gerade eine Frau im Spiel«, sagte Pablo.
Johns Blick kehrte zu ihm zurück. »Wie lächle ich denn?«
»Selbstzufrieden, so als hättest du ein Netz gespannt und wüsstest bereits, dass die, auf die du es abgesehen hast, sich bald darin winden wird.«
»Ah, was du nicht sagst. Ich wusste gar nicht, dass ich derart perfide Methoden anwende.«
Pablo feixte. »Ich kann natürlich nur für das Verhalten sprechen, das du hier an den Tag gelegt hast.«

Esperanza war zum Wasser hinuntergegangen und war im Schein der Feuer nur als Silhouette zu erkennen. Mondlichtglitzernde Wellen umspülten ihre Beine, und sie hatte ihren Rock gerade weit genug angehoben, dass der Saum das Wasser berührte. John wünschte ihr, dass sie diese Leichtigkeit nie verlöre.
»Warum bist du eigentlich wirklich hier?«, fragte Pablo. »Du hast deinen Dienst in Gibraltar gehasst.«
»Ich habe kein Geld mehr und muss dafür sorgen, dass sich das ändert.« Er hatte den Hebel bereits an richtiger Stelle angesetzt, jetzt musste er nur noch zusehen, dass alles schnell ging, denn ohne das nötige Kapital würde er nicht einmal seinen Dienst als Offizier aufnehmen können. Es hing viel davon ab, dass sein Plan funktionierte, und so sehr es ihm widerstrebte, dem Mädchen derart zuzusetzen, er hatte keine Zeit, behutsam vorzugehen.
Pablos Augen weiteten sich. »Aber dein Vater hat dir ein Vermögen hinterlassen. Darum hast du dich damals aus dem aktiven Militärdienst verabschiedet.«
»Von dem Geld ist fast nichts mehr übrig.«
»Ich verstehe von den Dingen offenbar nicht genug, denn ich kann mir nicht vorstellen, wie man innerhalb kürzester Zeit eine solche Summe durchbringen kann.«
John legte sich auf den Rücken und verschränkte die Hände hinter dem Kopf. »Das geht schneller, als du denkst. Dafür reicht der Wunsch, schnell eine Menge Geld zu verdienen, ohne dafür zu arbeiten, törichte Risikobereitschaft und die falschen Freunde.«

London, Februar 1776

Jared!« Mit einer heftigen Bewegung öffnete John die Tür und verließ das Frühstückszimmer. »Jared!« Mit dem Brief seiner Bank in der Hand lief er die Treppe hoch, immer zwei Stufen auf einmal nehmend.

Die Tür zum Zimmer seines Bruders knallte gegen die Wand, als er sie aufstieß. Er nahm eine Bewegung im Bett wahr, riss unsanft die Vorhänge zur Seite und öffnete das Fenster, um die eisige Morgenluft ins Zimmer zu lassen.

»Es ist kalt, verdammt«, kam Jareds Stimme gedämpft unter der dicken Decke hervor.

Ungerührt zog John die Decke mit einem Ruck zur Seite und warf sie vom Bett, außerhalb der Reichweite seines Bruders.

Jared fuhr auf. »Was, um alles in der Welt, soll das, John?« Er warf einen Blick auf die Uhr. »Neun Uhr? Bist du von Sinnen? Ich bin erst vor drei Stunden ins Bett gegangen.« Er stand auf, griff nach seiner Decke, zog sie aufs Bett zurück und legte sich wieder hin. »Weck mich nie wieder um diese Zeit, wenn nicht gerade die Welt untergeht.«

John entriss ihm die Decke erneut. »Die Welt wird gleich für dich untergehen, Freundchen.« Er warf den Brief aufs Bett. »Erklärst du mir das bitte? Und ich hoffe, dein erster Satz lautet: ›Es muss sich um einen Irrtum handeln.‹«

Provozierend träge griff sein jüngerer Bruder nach dem Brief, entfaltete ihn, und auf einmal war seine Blasiertheit wie weggeblasen. Mit einer besänftigenden Geste hob er die Hand. »Hör zu, John, das kann ich dir erklären.«

»Dazu rate ich dir auch dringend.«

Jared schien es für angebracht zu halten, aus dem Bett zu

steigen und dieses breite Hindernis zwischen sich und seinen Bruder zu bringen.

»Warum bist du eigentlich so früh aus Cornwall zurück? Ich meine, du hättest etwas von mindestens drei Monaten gesagt.«

Mit in die Hüften gestemmten Händen taxierte John ihn. »Jared, mit meiner Geduld ist es, wenn es um dich geht, wahrlich nicht ums Beste bestellt.«

»Ich hatte kalkuliert, dass ich das Geld zum Teil wieder bei der Bank einzahlen kann, bis du zurück bist.«

»Das soll doch wohl hoffentlich nicht deine Erklärung sein.«

»Ich habe mir etwas Geld genommen, aber …«

»Etwas? Du hast zwei Konten leergeräumt.«

»Gut, ich habe ein wenig mehr Geld abgezweigt, aber es ist ja auch nur geliehen.«

Weil ihr Vater um Jareds Leichtsinn gewusst hatte, der ihm bereits seit seiner Kindheit ein ständiger Begleiter war, hatte er im Testament die Verwaltung seines Erbes in Johns treuhänderische Hände gelegt. John war Jared so weit entgegengekommen, dass dieser einen bestimmten Betrag im Monat zu seiner Verfügung abheben konnte, endgültig Zugriff würde er erst am Tag seiner Hochzeit erhalten. Auch wenn John bezweifelte, dass der Umstand einer Eheschließung am Charakter seines Bruders etwas ändern würde.

»Du hast dir weit mehr genommen, als dir jemals zugestanden hätte.«

»Ich sagte bereits, es ist nur geliehen.« Inzwischen stand die Lautstärke von Jareds Stimme der seines Bruders in nichts mehr nach.

»Wie bist du überhaupt an so viel Geld gekommen?« Als er

keine Antwort erhielt, nahm John den Brief und schlug ihn in seine Hand. »Sprich lieber, ich werde es ja ohnehin erfahren.«

Jared seufzte. »Ich … ich habe deine Unterschrift auf einer Vollmacht gefälscht, aber das …« Der Satz ging in einem Röcheln unter, als John, der in wenigen Schritten um das Bett herumgekommen war, ihn vorne am Kragen packte und rücklings gegen die Wand drückte.

»Also nicht nur ein Dieb, sondern auch noch ein Urkundenfälscher?«, fragte er mit gefährlich ruhiger Stimme.

»John«, sagte seine Mutter sanft von der Tür her. »Lass ihn los.«

Widerwillig kam er ihrer Aufforderung nach, und sie trat langsam zu ihren Söhnen. »Ich bin enttäuscht von dir, Jared, weiß Gott, aber ich will nicht, dass das hier«, sie nahm John den Brief aus der Hand, »zu einem Bruderzwist führt.«

Jared warf John einen fassungslosen Blick zu. »Du hast es ihr erzählt?«

»Es ist auch mein Geld«, sagte seine Mutter. »Im Übrigen wäre ich dir dankbar, wenn du nicht von mir reden würdest, als sei ich nicht anwesend.«

Obwohl John immer noch vor Zorn bebte, versuchte er, ruhig zu bleiben. »Was hast du mit dem Geld gemacht?«

»Ich habe es investiert.«

»In was?«

»Darüber kann ich nicht mit dir reden.«

John kniff die Augen leicht zusammen, als er seinen Bruder musterte. »Glücksspiele?«

»Nein«, kam es nach einer für Johns Begriffe zu langen Pause.

»Ich hoffe für dich, dass das stimmt, denn wenn nicht, kriege ich es heraus, und das, was dir dann bevorsteht, möchtest du nicht erleben.«

Zwar bemerkte er, dass das, was er sagte, durchaus die erwünschte Wirkung hatte, aber da war etwas in Jareds Augen, das über seine normale Widerspenstigkeit hinausging. Er entgleitet mir, dachte John.

4

Gibraltar, Oktober 1778

»Du bist eine wunderschöne Frau.«

Augusta lächelte dem Spiegelbild des Mannes hinter sich zu, der im Bett lag, die Decke bis zum Bauch gezogen, und überaus zufrieden wirkte. Nun, das sollte er wohl auch sein. In ein Laken gewickelt, saß sie vor einer Kommode, hielt ein Opiumpfeifchen in der Hand und schmauchte ein wenig. Ein kleines Laster, dem sie nur im Geheimen nachging, schließlich wusste sie, was sich gehörte.

Das Zimmer war geradezu winzig, was darauf hindeutete, dass die Mittel des Mannes begrenzt waren. Er war zwar adlig, aber arm, und die Enge, das Opium und der verrauchte Raum hatten etwas Verrucht-Schäbiges. Sie stand auf und setzte sich auf das Bett.

»Ich hatte schon Angst, es würde mir hier an Unterhaltung mangeln«, sagte sie.

Er griff nach ihr und zog sie an sich. »Ich hoffe, die Befürchtung konnte ich zerstreuen.«

Sie ließ zu, dass er sie zurück in die Kissen drückte und sich über sie rollte, dann zog sie seinen Kopf zu sich herunter und küsste ihn. Er war jung, bestimmt mehr als zehn Jahre jünger als sie, was ihr durchaus schmeichelte.

»Hat Mr. Kilbourne diese Art von Zerstreuung nicht zu bieten?«

»Ich glaube nicht, dass dich das etwas angeht.«

Er grinste. »Aber du machst das nicht zum ersten Mal.«
»Woher willst du das wissen?«
»Keine treue Ehefrau geht mit einem Mann am selben Abend ins Bett, an dem sie sich kennengelernt haben.«
Es war am Abend ihrer ersten Begegnung auf dem Schiff recht schnell klar geworden, worauf es hinauslaufen würde, und Augusta war ihm, ohne zu zögern, in seine Kabine gefolgt. Frank hatte nichts mitbekommen, er war nicht einmal aufgewacht, als sie in den Morgenstunden in ihr Bett geschlüpft war. Auf diese Weise hatte sie bis zu ihrer Ankunft die Nächte und gelegentlich auch die müßigen Tagesstunden verbracht.
»Dein Mann ist Offizier. Was mache ich, wenn er mich fordert?«
Der Gedanke brachte Augusta zum Lachen. »Unvorstellbar«, antwortete sie. »Er kann mit dem Degen leidlich umgehen, und mit seinem Mut ist es auch nicht gerade zum Besten bestellt.« Sie senkte die Lider halb. »Ich würde niemals zulassen, dass er sich für mich duelliert.«
»Aus Sorge um ihn?«
»Nein, aus Sorge um meine Kinder. Ein Vater, der im Duell vom Liebhaber ihrer Mutter getötet wird – diesen Makel wird man nicht mehr los.«
»Gänzlich unfähig kann er ja nicht sein, sonst hätte er es nicht zum Major gebracht.«
»Er hat es zum Major gebracht, weil *ich* nicht gänzlich unfähig bin.«
»Ah.« Er küsste ihren Hals. »Und welche Art von Fähigkeit hast du dafür eingesetzt?«
Ihre Lippen wanderten von seiner Wange bis zu seinem Ohr, und sie flüsterte eine Anzüglichkeit hinein, bei der

sich erst seine Augen weiteten, bevor er in schallendes Gelächter ausbrach.

War die Anfangszeit in Gibraltar von lähmender Langeweile gezeichnet gewesen, so befand sich Olivia nun in einem Zustand beständiger Unruhe, und mehrmals ertappte sie sich dabei, wie sie sich auf Geselligkeiten – wenn sie sich unbeobachtet wusste – hastig umschaute, in der Erwartung, jeden Moment John Retallick hinter sich auftauchen zu sehen. Die einzige Ablenkung bot die Gesellschaft von Mary, und selbst die von Constance war sehr unterhaltsam. Die drei jungen Frauen hatten sich in den letzten Wochen immer öfter getroffen, und es bildete sich eine Freundschaft heraus, die noch sehr neu und zerbrechlich und von dem Bestreben bestimmt war, möglichst viel über die andere zu erfahren und herauszubekommen, ob sie sich als Hüterin von Geheimnissen eignete. Olivia fehlten ihre Freundinnen aus London, und trotz der ständigen Zusicherungen, man werde sich für immer nah bleiben, wusste sie, dass es über kurz oder lang zu einer Abkühlung kommen würde. Briefe waren nur ein sehr unzulänglicher Ersatz für gemeinsame Nachmittage, die man lachend und die Köpfe zusammensteckend in Gärten, Parks oder Salons miteinander verbrachte, oder für Bälle, auf denen man sich in verschwiegenen Winkeln Geheimnisse zuraunte. Aber nun war dies hier ihre Heimat, und Gott allein wusste, für wie lange.

Es irritierte Olivia, dass Offiziere, die sie in der Gesellschaft Londons für gewöhnlich als sehr kultiviert wahrgenommen hatte, hier wesentlich rohere und oftmals sogar gewalttätige Züge annahmen. Überhaupt erschienen ihr die englischen Männer hier demoralisiert und disziplinlos, wenn sie diesen Umstand in Gegenwart der Frauen auch tunlichst verbargen. Aber es gab genug Gerede über die Zustände in der Garnison, und gelegentlich bekam sie mit, welch rigide Strafen verhängt wurden. Meist erzählte Mary Holbrooke davon, die von ihrem Ehemann das eine oder andere erfuhr.

Gibraltar hatte eine sehr gemischte Bevölkerung, was ein faszinierendes Sprachgemisch auf den Straßen zur Folge hatte. Spanier, Genuesen, die Seeleute, Fischer, Dienstboten und in großer Anzahl Arbeiter waren, sephardische Juden aus Marokko, die überwiegend im Geldgeschäft und Handel tätig waren, und eine sehr kleine Anzahl an Portugiesen. Jede dieser Gruppen lebte in einer Gemeinschaft für sich. In der Garnison gab es eine große soziale Kluft und enorme Unterschiede im Lebensstandard zwischen Offizieren und den einfachen Soldaten. Die Offiziere bewohnten die spanischen Häuser in der Stadt, die Mannschaftssoldaten waren in Kasematten-Baracken und in einer alten Kirche, die die Engländer ebenfalls in Wohnparzellen unterteilt hatten, untergebracht.

Die zivile Bevölkerung von Genuesen und Spaniern beschränkte ihren Kontakt zum Militär auf das, was Handel oder Arbeit nötig machten. Es war ihre Religion, die sie zusammenbrachte, und so heirateten sie häufig untereinander. Sie zahlten Abgaben, um ihre Seelen vor dem Fegefeuer zu bewahren, Karneval war für sie eine Zeit der Fröhlichkeit und Ausgelassenheit, während der sie maskiert von Norden nach Süden an der Küste entlang- sowie durch mehrere Straßen zogen oder in ihren Häusern tanzten.

Es gab drei Kirchen in der Garnison, zwei davon gehörten

der Kirche von England an und eine der Kirche von Schottland, aber diese erhielten sehr wenig Aufmerksamkeit. Regen Zulauf erfuhr einzig die Kapelle des ehemaligen Klosters, deren Refektorium zu einem Ballsaal erweitert worden war. Die Gläubigen wurden mit einer Trommel zum Gebet gerufen, denn Glocken waren seit Gouverneur Cornwallis' Residenzzeit verboten, weil dieser sich dadurch in seinem Schlaf am Sonntagmorgen gestört gefühlt hatte.

Das Haus von Richter Holbrooke war ausnehmend schön. Ein Tor führte durch einen Hof auf den von zwei schmalen Säulen gesäumten überdachten Eingang. Das Haus hatte einen säulenbestandenen Innenhof, in dem regelmäßig Feiern stattfanden, und auf dem Dach eine Terrasse mit einer schmiedeeisernen Balustrade. Es gab Fenster mit fein ziselierten Gittern davor und einen gepflegten Garten hinter dem Haus. Olivia war gerne hier, und weil Mary die Einzige von ihnen dreien war, die einen eigenen Hausstand hatte, ergab es sich recht oft, dass sie sich bei ihr trafen. Hier war Olivia auch zum ersten Mal Marys Ehemann, Lieutenant-Colonel Holbrooke, begegnet, und sie war zunächst erstaunt gewesen, einen Mann anzutreffen, der bestimmt zwanzig Jahre älter war als seine Frau. Aus Marys Erzählungen hatte sie aus irgendeinem Grund auf einen jüngeren Mann geschlossen, denn Mary hatte schon mit siebzehn geheiratet. Aber es gab keinen Zweifel daran, dass das Ehepaar sich zugetan und die Ehe von sehr viel Zuneigung geprägt war. Sie hatten seinerzeit aus Liebe geheiratet, zum Wohlgefallen ihrer Eltern, die eine bessere Liaison nicht hätten arrangieren können.

Obschon Olivia seit gut zwei Monaten nichts mehr von John Retallick gehört hatte, war sie immer noch von dieser

bebenden Unruhe erfüllt. Von Constance hatte sie erfahren, dass er nach Marokko gereist war.
An diesem Nachmittag stand ein Besuch bei Mary an, und aus einem plötzlichen schlechten Gewissen heraus hatte Olivia Ruby gefragt, ob sie sie nicht begleiten wolle. Aber ihre Schwester hatte erwidert, sie beabsichtige, den Tag daheim zu verbringen und vielleicht später ein wenig im Garten spazieren zu gehen. Ihre Erleichterung verdrängte das schlechte Gewissen mitnichten, vielmehr hatte Olivia den Eindruck, dass ihr zu deutlich anzumerken gewesen war, dass sie nur aus Pflichtgefühl heraus gefragt hatte.
»Du hast in letzter Zeit sehr betrübt gewirkt«, sagte Mary, als sie beisammensaßen. »Hattest du so schlimmes Heimweh?«
»Ich vermisse England sehr, das stimmt«, wich Olivia einer direkten Antwort aus.
»Vielleicht ergibt sich hier ja die Möglichkeit, zu heiraten und mit deinem Mann irgendwann zurückzukehren. Offiziere aus guten Familien gibt es ja genug.«
»Nach dem, was ich so höre, frage ich mich allerdings, wie viele von ihnen überhaupt ehetauglich sind.«
Mary lachte leise. »Da magst du recht haben. Aber Männer können sich ändern, wenn sie erst einmal verheiratet sind und Familie haben.« Sie reichte ihr eine Platte mit kleinen Gebäckstücken und – zu Olivias großer Freude – Schokolade. »Aber du scheinst ja ohnehin schon deine Wahl getroffen zu haben, nicht wahr?«
Olivia sah sie erstaunt an. »Wie kommst du darauf?«
»Nun, mir schien, als habest du großes Interesse an Sir John Retallick.« Mary goss Tee ein und rührte Zucker und Sahne hinein.

»Das kommt dir nur so vor«, antwortete Olivia und hob die Tasse an die Lippen, als könne sie dahinter verbergen, wie erschrocken sie war.
Marys graue Augen ruhten einen kurzen Moment forschend auf ihrem Gesicht. »Dann habe ich wohl etwas missverstanden.« Sie lächelte. »Du solltest dir in dem Fall lieber etwas Zurückhaltung bezüglich deiner Fragen zu ihm auferlegen. Viele würden das nicht als harmlose Neugierde sehen, sondern womöglich dieselben Schlüsse ziehen, wie ich es getan habe.«
Olivia sah ihre Freundin an, erkannte in deren Blick jedoch nichts als Aufrichtigkeit, in die sich keine Spur von Sensationslust mischte.
»Ich …«, sie suchte nach den richtigen Worten, »ich werde mich vorsehen.«
»Wie geht es deiner Schwester?«, wechselte Mary das Thema.
»Ich habe sie heute gefragt, ob sie dich ebenfalls besuchen wolle, aber sie hat sich etwas schwach gefühlt.«
Mary nickte. »Meine jüngste Schwester hatte auch Schwindsucht, sie ist vor sechs Jahren gestorben, daher kann ich mir vorstellen, was deine Familie durchmacht.« Sie starrte gedankenversunken durch die offene Verandatür in den Garten. »Es kam bei ihr ganz plötzlich, niemand hätte damit gerechnet, dass ausgerechnet sie so schlimm erkrankt, sie war immer gesund.«
»So ähnlich war das bei Ruby auch. Aber irgendwann fing sie an zu kränkeln, erst hat sie eine Erkältung verschleppt, weil sie sich nicht geschont hat, und selbst als sie die überstanden hatte, blieb ihre Gesundheit angeschlagen. Irgendwann wurde sie immer blasser und blasser, und dann hat

Mama sie nach Cornwall geschickt. Als sie zurückkam, sah sie allerdings noch schlechter aus als vorher, und irgendwann fing dann der Husten an.« Noch während Olivia sprach, bemerkte sie, wie kalt und gefühllos sie klang im Vergleich zu Marys bekümmertem Tonfall, als diese von ihrer Schwester erzählt hatte. Sie warf ihr einen kurzen Blick zu. »Wir standen uns nie sehr nahe«, versuchte sie, sich zu rechtfertigen.

»Aber ihr möglicherweise baldiger Tod bestürzt dich trotzdem«, sagte Mary. »Auch wenn du offenbar befürchtest, dem könnte nicht so sein. Mir war meine kleine Schwester oft lästig, und als sie krank wurde, habe ich mich furchtbar gefühlt.«

Olivia stiegen Tränen in die Augen, und sie senkte eilig die Lider. »Sie stand meinem Bruder Stanley immer näher als mir, aber manchmal sehe ich sie an und stelle mir den Tag vor, an dem es nicht mehr so selbstverständlich sein wird, dass sie mir gegenübersitzt.« Sie fasste sich wieder und holte tief Luft, um den letzten Rest Traurigkeit aus ihrer Kehle zu atmen. »Aber es hat sich nichts zwischen uns geändert. Es gibt nichts, über das wir reden könnten.«

»Man denkt, man muss jede Sekunde nutzen und die Zeit aufholen, die man bisher verpasst hat, aber dann sitzt man da und weiß nicht, was man erzählen soll. Trotzdem fühlt man sich schlecht, als vertue man das letzte bisschen Zeit, das man miteinander hat.«

»Was hast du getan?«

Mary hob die Schultern und wirkte angespannt. »Ich habe alles belassen wie zuvor. Wenn ich übertrieben freundlich war oder unbedingt versuchen wollte, mit meiner Schwester ein Gespräch zu beginnen, hat sie meist später angefangen zu weinen. Sie wollte nicht, dass wir sie behandeln, als stünde sie bereits mit einem Fuß im Grab. Als die Krankheit immer weiter fortschritt und klar war, dass es nicht mehr lange dauern würde, war sie es, die mehr Nähe gesucht hat.« Nachdenklich zog sie die Brauen zusammen. »Aber ich habe mich trotzdem elend gefühlt, weil ich so erleichtert war, dass sie alles beim Alten belassen wollte.«

Das Gefühl kannte Olivia nur zu gut. Sie hatte in letzter Zeit immer wieder den Wunsch hinterfragt, warum sie ihrer Schwester plötzlich näher sein wollte. War da doch eine schwesterliche Zuneigung, die stärker war, als sich ihr bisher offenbaren wollte, oder war es nur eine plötzliche Verlustangst, das Gefühl, etwas zu verlieren, das man eigentlich schätzen sollte?

Frank Kilbourne hatte immer Offizier werden wollen. Aber in Gibraltar hatte er nicht viel mehr zu tun als die üblichen Paraden, Übungen und Appelle. Die ihm unterstellten Offiziere und Soldaten benötigten eine feste Hand, aber das war mitnichten eine Herausforderung. Dagegen gab es in England politische Umwälzungen. Am zehnten Juli hatte Louis XVI. von Frankreich England den Krieg erklärt, nur wenige Tage nach ihrer Abreise, und während England nun an mehreren Fronten Krieg führte, war Frank dazu gezwungen, hier, in der Einöde, festzusitzen. Wieder war es ihm nicht vergönnt, bei einer großen Schlacht dabei zu sein. Er hatte es bis zum Major gebracht, war über fünfzig, und seine Kenntnisse von Schlachtenführung beschränkten sich auf die Berichte anderer. Während des Siebenjährigen Krieges war ihm die Aufsicht über die Versorgungstrosse übertragen worden – auch nicht gerade ein

Bereich, aus dem man ruhmreich hervorgehen konnte. Seine Bitte, nach Indien versetzt zu werden, wo England in den Karnatik-Kriegen um die Vorherrschaft kämpfte, war seinerzeit ebenfalls abschlägig beschieden worden. Auch nach Amerika hatte man ihn nicht versetzen wollen.
Stanley würde hier in Gibraltar ebenfalls keine Glanzkarriere hinlegen, so viel stand fest, doch er hatte nie viel zur militärischen Laufbahn getaugt. Aber ein Kilbourne diente nun einmal als Offizier der Krone, und sie taten dies an Land, so war es immer schon gewesen. Kein Kilbourne wurde Offizier zur See.
Er hörte Ruby im Salon umhergehen, und Wut auf Augusta kochte in ihm hoch. Was machte es schon, wenn das Mädchen am Strand spazieren ging, selbst wenn es dies barfuß tat? Keiner wusste, wie lange sie noch zu leben hatte. Konnte – musste – man da nicht versuchen, sie so glücklich wie möglich zu machen? Aber Augusta dachte sofort und ausschließlich nur daran, ob Rubys Benehmen dem Ruf ihrer Familie schaden könnte. Sie sorgte sich um Olivia und Stanley, dabei war es ihre Älteste, um die man sich sorgen musste. Augusta hatte dazu jedoch lediglich gesagt, dass Ruby angesichts ihres nahenden Todes mit keinerlei Konsequenzen leben müsse, ihre Geschwister jedoch schon. Für Olivia galt es immerhin, einen passenden Ehemann zu finden. Da wäre es nicht gut, wenn der Eindruck erweckt würde, ihre ältere Schwester, die eigentlich ein Vorbild sein sollte, lasse es an Benehmen fehlen und laufe herum wie ein Fischerweib.
Außer Frank und Ruby war niemand daheim. Stanley war auf dem Paradeplatz, Augusta war bereits seit dem frühen Nachmittag fort, und Olivia war bei Mrs. Holbrooke, eine

Freundschaft, die Frank sehr schätzte, weil das Mädchen so einsam wirkte, und er hoffte, einige gute Freundinnen könnten dem abhelfen. Ihm war zudem aufgefallen, dass sie in letzter Zeit zunehmend bedrückt wirkte. Anscheinend hingen ihre Gedanken immer noch Henry Adair nach, diesem eingebildeten Gecken. Was das anging, hatte der Umzug nach Gibraltar durchaus sein Gutes. In London wäre sie ihm ja doch ständig wieder über den Weg gelaufen, und das war für ein gebrochenes Jungmädchenherz nicht der richtige Weg, um zu heilen. Frank erhob sich aus seinem Sessel in der Bibliothek, um Ruby im Salon aufzusuchen.

»Ich fahre ein wenig aus, möchtest du mitkommen?«, fragte er.

Sie stand am Fenster und sah hinaus, in der Hand ein vergessenes Buch. Auf seine Worte hin drehte sie sich um. »Das ist lieb, Papa, aber mir ist nicht danach, Besuche zu machen.«

»Mir auch nicht. Ich wollte ein wenig an den Strand fahren und, hm, lesen. Vielleicht magst du ja spazieren gehen.« Er fragte sich, ob sie das Manöver durchschaute. Wann fuhr er schon aus, um draußen zu lesen, wo ihm doch seine Nachmittage in der Bibliothek über alles gingen?

Jetzt lächelte sie. »Sehr gerne, Papa.« Sie nahm eine Stola von der Sofalehne und legte sie sich um die Schultern.

»Wird das nicht etwas zu kühl werden?«, fragte er mit skeptischem Blick auf das seiner Meinung nach nur unzureichend wärmende Stück Stoff. Die Temperaturen waren auf unter zwanzig Grad gefallen, und es hatte am Morgen geregnet. »Am Meer kann es sehr windig sein.«

»Es wird reichen. Du weißt doch, dass ich nicht so schnell friere.«

Er läutete nach einem Dienstmädchen und ließ Rubys Mantel holen. Ihm war nicht wohl dabei, sie so leicht angezogen mit in die Kälte zu nehmen, auch wenn es gemessen an den Temperaturen in England hier immer noch warm war. Aber eine Verkühlung war das Letzte, was Ruby gebrauchen konnte, auch wenn sie angesichts ihrer Krankheit offenbar glaubte, ihre Gesundheit nicht mehr schonen zu müssen.

Grau in grau schoben sich die Wolken, schiefergrau war das Meer, unruhig und aufgewühlt präsentierte es sich in seinem neuen Gewand, nachdem es sein saphirblaues vom Sommer abgelegt hatte. Der Poniente blies kalte Luft vom Atlantik und ließ die kleinen Fischerboote auf den Wellen schaukeln. Frank bezweifelte, dass er bei dem Wetter würde lesen können, selbst im Schutz der kleinen Felsenbucht. Aber das erschien ihm ohnehin zweitrangig, viel wichtiger war, dass Ruby dachte, er würde es tun, und so lange hier spazieren ging, wie sie wollte.

Sie ging am Wasser entlang, und der Wind presste den Mantel um ihre schlanke Gestalt und ließ ihre honigbraunen Locken tanzen. Während er sie betrachtete, so schmal und blass, hatte er das Gefühl, sie könne einfach fortgeweht werden. Alles um sie herum schien Traurigkeit zu atmen. Wieder und wieder dachte Frank, dass er sein Kind nicht sterben sehen wollte.

Ein Fischermädchen lief durch das Wasser, barfuß, als spüre es die Kälte nicht. Ruby hielt inne und sah ihr entgegen, hob die Hand zum Gruß, als würden sie sich kennen. Das Mädchen blieb bei Ruby stehen und hielt mit einer Hand ihr langes Haar fest, das der Wind ihr ins Gesicht zu wehen drohte. Ruby hörte ihr zu und lächelte schließlich sogar. Es war ein seltener Anblick geworden, dieses Lächeln. Frank löste sich davon, ehe es anfing weh zu tun, und widmete sich wieder seinem Buch, das von Schlachten erzählte, die er nicht hatte schlagen dürfen.

»Wenn du weiterhin so viel isst, endest du noch wie deine Tante Erica, die hat auch keinen Mann abbekommen.«

Constance ignorierte die Worte ihrer Mutter und biss beinahe trotzig ein weiteres Mal in den Kuchen. Von den Ausmaßen besagter Tante war sie wesentlich weiter entfernt als ihre jüngere Schwester Annie, bei der die Pfunde jedoch kein Hinderungsgrund gewesen waren, einen Ehemann zu finden. Und ihre Schwester Alexandra, die so schmal und zierlich war, dass sich jeder fragte, wo sie die Mengen ließ, die sie täglich aß, hatte den ehrenwerten Sholto Edward Butoon geheiratet, dessen Umfang so gewaltig war wie sein Vermögen – was ihre Eltern selbstredend nicht kommentierten.

Man müsse seine Mängel immer so gut es ginge kaschieren, sagte ihre Mutter stets, und ihren Schwestern gelänge das doch auch hervorragend. Annies Rundlichkeit verlor an Bedeutung angesichts ihres sanftmütigen Charakters und ihrer Art, jedem Mann stets nach dem Mund zu reden, was ihrem Ehegatten, der laut Constance' Meinung wahrlich nicht die hellste Kerze im Leuchter war, sehr schmeichelte. Und Alexandra war zwar gertenschlank, hatte aber eine Zunge, die fast so spitz war wie ihre Nase. Doch sie konnte schweigen, wenn es angebracht war, und hatte einen Augenaufschlag, der jeden Mann aus der Fassung brachte.

Constance war weit davon entfernt, sich als fehlerlos zu sehen, aber das, was ihre Mutter als Mängel sah, waren in ihren eigenen Augen keine. Weder wollte sie verbergen, dass sie denken konnte, noch war sie gewillt, sich einem möglichen Bräutigam zuliebe Hungerkuren zu unterziehen – und sie war nun wirklich nicht dick, ein wenig zu üppig vielleicht. Zudem würde eine solche Ehe nicht gutgehen, das wusste sie gleich, denn nach der Hochzeit käme das böse Erwachen für ihren Ehemann. Außerdem war es gut möglich, dass sie Töchter bekäme, und sollte sie die vielleicht zu hirnlosen Püppchen erziehen?

Dennoch schmerzte es zu sehen, wie sich ihre Schwestern und Freundinnen eine nach der anderen verheirateten, während sie immer älter wurde und darauf zusteuerte, als alte Jungfer zu enden. Diese waren nicht selten die Witzfiguren der Familien, galten als abschreckend und verbittert und hatten als schlechtes Vorbild für die Nichten herzuhalten oder als deren Anstandsdamen. Eine Frau ohne Mann war kein vollwertiges Mitglied der Gesellschaft, und obwohl sich in Constance alles dagegen sträubte, diesen Umstand anzuerkennen, wusste sie doch, dass es stimmte und ihre Mutter recht hatte, wenn sie sich Sorgen machte. In ihrem jetzigen Alter bekam sie möglicherweise noch einen Junggesellen, aber in ein paar Jahren wäre nur noch die Gattung »Witwer in den besten Jahren« eine Möglichkeit, und diese brachten meist Kinder mit in die Ehe, denen sie eine Stiefmutter sein musste, was nicht viel besser klang als »alte Jungfer«. Wenn das nicht klappte, würde in einigen Jahren wohl nur noch ein »älterer Witwer« in Frage kommen, bei dem es nicht unwahrscheinlich war, dass dieser Kinder in ihrem Alter hatte. Constance seufzte.

»Du hast doch jetzt diese reizenden Freundinnen«, fuhr ihre Mutter fort. »Vielleicht ergibt sich da mal die Möglichkeit, unverheiratete Männer aus gutem Haus kennenzulernen, die eine zwar nicht mehr ganz junge, aber mit einer stattlichen Mitgift versehene Frau zu schätzen wissen.«

Constance fragte sich, ob ihre Mutter eigentlich wusste, wie verletzend das war, was sie da sagte, aber als sie sie ansah, erkannte sie in ihrem Blick nichts als Besorgnis und die Überlegung, wie sie ihrer ältesten Tochter das grausame Schicksal des Alleinseins ersparen konnte. Constance schluckte die giftige Antwort, die ihr auf der Zunge lag, herunter und nahm sich ein weiteres Stück Kuchen.

»Was ist denn mit diesem Baronet, mit dem du dich so gut verstehst?«

John? Gott bewahre! »Nein, Mama, ich denke, das wird nichts.«

»Er hat dich, als er damals bei uns war, als einzige Frau mit einem Lächeln begrüßt.«

»Weil er ein guter Bekannter von Papa ist, wir uns lange kennen und er höflich sein wollte.«

Ihre Mutter schien jedoch auf einmal Feuer gefangen zu haben. »Na, dann sollte er aber nicht so vertraulich in der Öffentlichkeit mit dir umgehen. Immerhin könnten die Leute anfangen zu reden.«

»Mama, er war nicht vertraulich, er hat mich angelächelt, ganz offen und für alle sichtbar.«

»Ja, aber genau das ist es doch«, sagte ihre Mutter eifrig. »Dein Vater sollte mit ihm reden, immerhin ist er früher oft bei uns ein und aus gegangen. Er soll ihm sagen, dass die

Leute anfangen könnten zu reden. Er ist hochverschuldet, nicht wahr? Vielleicht sollte man ihm deine Mitgift in Aussicht stellen.«

Constance ließ ihren Kuchen auf den Teller fallen und war nicht mehr ganz so gelassen. »Mama, ich weiß zu schätzen, was du tust. Aber ich möchte mir gerne noch einen Rest Würde bewahren.«

»Würde, Constance? Inwiefern ist es würdevoll, als alte Jungfer zu enden? Nach und nach verlierst du alle Freundinnen, weil die jetzt mit ihren Familien beschäftigt sind und sich lieber mit verheirateten Frauen treffen, da man sich einfach andere Dinge zu erzählen hat.«

Constance zuckte mit den Schultern und schwieg. Sie hasste das Thema und musste immer an das Rudel Welpen denken, das ein Freund ihres Vaters, der Jagdhunde züchtete, besessen hatte. Alle bis auf einen waren schnell verkauft worden, aber den einen wurde er nicht los, gleichgültig, wie weit er den Preis senkte. Letzten Endes hatte er den Hund behalten, wusste aber nichts Rechtes damit anzufangen, weil er zur Jagd nicht taugte.

»Du solltest dich so oft wie möglich mit deinen Freundinnen treffen«, sagte ihre Mutter. »Allerdings habe ich das Gefühl, Miss Kilbourne ist etwas kühl und arrogant. Sie scheint sich auch gleich Mrs. Holbrooke angeschlossen zu haben. Sieh zu, dass sie dir bei ihr nicht den Rang abläuft. Die Holbrookes haben gute Kontakte, und wenn sie lobend über dich reden, könnte das auch den jungen Männern in ihrem Bekanntenkreis zu Ohren kommen. Möglicherweise ist das auch der Grund, warum Miss Kilbourne sich so oft dort aufhält. Und sie möchte natürlich keine Konkurrenz.«

Der Gedanke, sie könne für die zauberhafte Olivia eine Rivalin darstellen, reizte Constance beinahe zum Lachen. »Sie ist nicht arrogant«, antwortete sie jedoch nur. »Und wir treffen uns meist alle zusammen bei Mrs. Holbrooke. Es gibt diesbezüglich keinen Grund zur Sorge, Mama.«
Ihre Mutter nickte, wirkte jedoch wenig überzeugt.

Stanley hatte zu viel getrunken und zu viel Opium geraucht. Aber anstelle von wohligem Halbdämmer plagte er sich mit Schwindel und Übelkeit herum, und alles, was er in dunkle Winkel des Vergessens schieben wollte, schien auf einmal sein gesamtes Denken auszufüllen. Die Vergnügungen hier beschränkten sich auf wenige Dinge, und die galt es in vollem Umfang auszukosten. Er saß in ein paar Kissen zurückgelehnt und hielt ein Mädchen im Arm, dessen Namen er nicht kannte und dessen Gesicht er am nächsten Morgen sicher wieder vergessen haben würde. Sie war ihm jetzt bereits lästig, wie sie an den Knöpfen seiner Uniform herumspielte und sich um seinen Körper wand wie eine Schlange.
An diesem Nachmittag hatte er Ruby allein angetroffen, während alle anderen ausgegangen waren. Er hatte noch ein wenig Zeit gehabt und war zu ihr getreten, als sie mit einem Stuhl am Fenster saß und hinaussah, die Hände müßig im Schoß.
»Möchtest du spazieren gehen?«
»Nein«, antwortete sie, ohne sich zu ihm zu drehen.
Er versuchte sich an einem Lächeln. »Du solltest nicht so viel daheimsitzen, das macht dich schwermütig.«
»Sollten Frauen das nicht sein? Schwermütig?«
»Du weißt, dass ich das nie so gesehen habe.«

»Weiß ich das? Nach allem, was ich von dir weiß, kann ich heute nicht mehr sagen, was letzten Endes davon deinem Charakter entspricht und was nicht.«
Das Lächeln entglitt ihm. »Kannst du mir wirklich nicht verzeihen, Ruby?«
Sie sah ihn an. »Du kannst dir nicht einmal selbst verzeihen, und dann erwartest du, dass ich es kann?«
Er war früher zum Dienst erschienen als nötig.
Mit einer Handbewegung wollte er nun das Mädchen von sich schieben, aber es löste sich nicht, sondern strich ihm über die Schläfen, die Stirn, die Schulter, und wo auch immer er ihre Hände wegschob, waren sie wieder, wie Spinnweben, in die man sich verfangen hatte und die man einfach nicht loswurde. Irgendwann wurde es ihm zu viel, und er stieß sie unsanft zurück. Sie stolperte einem anderen Mann in den Schoß, der sie ansah, als sei ein unerwartetes Geschenk von der Decke gefallen. Das Mädchen sprang auf, stieß einen Schwall spanischer Worte aus und lief aus dem Raum. Stanley rieb mit den Fingerspitzen einer Hand über seine Augen. Er war müde, aber er fürchtete sich davor, im Bett zu liegen und nicht einschlafen zu können. Nachts fühlte er sich wehrlos, und die Dämonen, die in ihm ruhten, suchten sich stets jene Stunden aus, um ihn zu peinigen.
Als er in den späten Nachtstunden auf die Straße trat, fühlte er sich ein wenig unsicher auf den Beinen. Er machte einen vergeblichen Versuch, seine Uniform in Ordnung zu bringen, gab es dann jedoch auf, weil er die Knopflöcher doppelt sah. Offenbar war er betrunkener, als er gedacht hatte. Die Straße sah er jedoch klar genug, um sie entlanggehen zu können, lediglich an den Rändern verschwamm

sie und wurde eins mit den Schatten daneben. Zusammen mit einigen Kameraden, die er auf den Streifzug begleitet hatte, machte er sich auf den Weg zur Kaserne.

Tintenschwarz glänzten die nassen Straßen, von den Häuserwänden tropfte Wasser, und in der Ferne war das Donnern der Wellen zu hören. Stanley versuchte, wieder einen klaren Kopf zu bekommen, und starrte beim Laufen auf die Straße, schweigend inmitten seiner scherzenden und lachenden Kameraden. Während die kleine Gruppe immer lauter wurde und zotige Lieder sang, hielt Stanley den Blick auf den Boden gesenkt. Er sah erst auf, als er beinahe mit einem Mann zusammengestoßen wäre, der um die Straßenecke bog. Dieser befand sich in Begleitung zweier anderer Männer, die ihn rechts und links flankierten.

»Sie sind zu laut, Offiziere«, sagte der Mann. Eine ruhige, kalte Stimme.

Stanley nahm erst jetzt wahr, dass seine Kameraden verstummt waren. Er kniff die Augen leicht zusammen, um den Mann besser fixieren zu können, erkannte ihn jedoch nicht. Eine hochgewachsene, schmale Gestalt mit glatt zurückgebundenem Haar und einem dunklen Surtout, der ihn wie Rabenflügel umschloss. Er war sich sicher, dass sie sich noch nie begegnet waren.

»Dann hören Sie doch einfach nicht hin«, sagte er. Um ihn herum erschrockenes Luftschnappen. Er wusste gerade selbst nicht so recht, wie ihm geschah, aber der Ausbruch fühlte sich gut an.

»Name und Bataillon.«

»Wer will das wissen?«

Der ihm am nächsten stehende Offizier stieß ihn an. »Grundgütiger, Stanley. Bist du von Sinnen?«, zischte er.

»Ich glaube, Sie vergessen sich«, sagte der Mann leise und mit einiger Schärfe. »Beantworten Sie meine Frage, oder ich lasse Sie von meinen Männern direkt hier in Arrest nehmen.«
In Stanley verschaffte sich eine leise Stimme der Vernunft Gehör, auf weitere Impertinenz gegenüber dem Mann zu verzichten. Er suchte dessen Kleidung nach Dienstabzeichen oder anderen Hinweisen ab, die ihm darüber Aufschluss geben konnten, warum er ihm gegenüber als weisungsbefugt auftrat, gab das Vorhaben aber bald auf, weil die gesamte Kleidung des Mannes zu einem dunklen Ganzen verschwommen war.
»Lieutenant Stanley Kilbourne, 72. Bataillon, Royal Manchester Volunteers.«
Der Mann sah ihn an und nickte schließlich, dann bedeutete er der kleinen Gruppe, dass sie gehen dürfe. »Ich hoffe, Sie besinnen sich ein wenig darauf, dass Sie hier die britische Krone vertreten und als Offiziere eine Vorbildfunktion haben«, sagte er.
»Ja, Sir«, antwortete einer der Männer stellvertretend für alle.
Das Schweigen um Stanley hatte etwas Erdrückendes. »Na, du traust dich ja was«, sagte einer der Offiziere, nachdem er sich davon überzeugt hatte, dass der Mann ihn nicht mehr hören konnte. »Sieh dich künftig vor, ehe du uns alle in Schwierigkeiten bringst.«
Stanley nickte kaum merklich und trennte sich von den anderen, um nach Hause zu gehen.
Am nächsten Morgen wachte er mit üblen Kopfschmerzen und einem pelzigen Geschmack im Mund auf, der sich selbst durch das Kauen von Minze nicht gänzlich vertrei-

ben ließ. Er wusch sich mit kaltem Wasser, läutete nach seinem Kammerdiener und kleidete sich an, wobei jede Bewegung den Schmerz, der sich hinter seinen Augen sammelte, in kleinen Wellen durch seinen Kopf trieb. Ehe er zum Frühstückszimmer ging, warf er einen kurzen Blick in den Spiegel, und weder konnte die Uniform noch sein sorgfältig zurückgebundenes und gepudertes Haar über die Tatsache hinwegtäuschen, dass er es am Vorabend eindeutig übertrieben hatte. Seine Augen waren gerötet und umschattet, hinzu kam die wächserne Blässe, die ihn aussehen ließ, als habe er sich soeben erst vom Krankenbett erhoben.

Seine Eltern saßen bereits am Frühstückstisch, als er den Raum betrat. Ruby aß meist auf ihrem Zimmer, und Olivia hatte sich angewöhnt, morgens lange zu schlafen, weil sie abends spät zu Bett ging, was ihre Mutter stillschweigend duldete und Stanley ihr an deren Stelle längst ausgetrieben hätte. Sie blieb bis in die Nacht bei ihren Freundinnen oder saß mit ihren Büchern bei Kerzenlicht im Garten.

»Hast du dich gestern gut amüsiert?«, fragte sein Vater mit kurzem Blick in sein Gesicht, ehe er sich wieder dem Frühstück zuwandte.

»Ja, sicher.« Stanley nahm Platz, trank aber nur eine Tasse schwarzen arabischen Kaffee.

»Du siehst müde aus«, sagte seine Mutter sanft. »Solltest du dich nicht besser krankmelden?«

»Warum?«, fragte sein Vater, noch ehe er antworten konnte. »Weil er es gestern übertrieben hat? Auf keinen Fall.«

Stanley sah seiner Mutter an, dass ihr eine gehässige Erwiderung auf der Zunge lag, aber er gab ihr durch eine kleine Geste zu verstehen, dass sie nichts sagen solle. Wenn er das

Gefühl hatte, ihm platze der Kopf, wurde es ihm zu anstrengend, solchen Disputen zu folgen.
Sein Vater erhielt von unerwarteter Seite Unterstützung, als ein Dienstmädchen einen Lieutenant Ward meldete. Dieser betrat kurz darauf das Frühstückszimmer, grüßte und entschuldigte sich für die frühmorgendliche Störung. Schließlich wandte er sich an Stanley. »Lieutenant Kilbourne, über Sie wurde Meldung gemacht. Major McGaren wünscht, Sie vor Dienstantritt zu sprechen.«
»Ich werde da sein«, antwortete Stanley, dem die Begegnung vom Vorabend vor Augen stand. Aus irgendeinem Grund hatte er nicht mit Konsequenzen gerechnet, vielleicht, weil ihn der Mann einfach hatte ziehen lassen.
»Um was geht es?«, fragte sein Vater.
Der junge Offizier drehte sich zu ihm. »Lieutenant Kilbourne hat letzte Nacht in volltrunkenem Zustand Lieutenant-Colonel Holbrooke angepöbelt.«
Frank Kilbourne nickte. »Ich verstehe.«
Mit einem höflichen Abschiedsgruß wandte sich der Lieutenant ab und ging.
»Das kann nur ein Missverständnis sein«, sagte Augusta Kilbourne. Sie wandte sich an ihren Mann. »Ich hoffe, du gehst mit und schaffst die Sache aus der Welt.«
»Das werde ich nicht tun«, antwortete Frank Kilbourne ruhig. »Wenn es ein Missverständnis ist, dann wird Stanley das klären können, und falls nicht, dann muss er die Konsequenzen dieses ungeheuerlichen Verhaltens tragen.«
Stanley sah, wie Röte vom Hals seiner Mutter bis in ihr Gesicht aufstieg. »Reg dich nicht auf«, versuchte er sie zu beruhigen.
»Ich …«

»Es ist deine Pflicht«, sagte seine Mutter an seinen Vater gewandt. »Deine Stimme hat mehr Gewicht als Stanleys.«

»Lass es gut sein«, mischte Stanley sich ein. »Es stimmt ja auch, ich wusste nur nicht, dass es sich um Richter Holbrooke handelt.«

Seine Mutter wischte den Einwand mit einer Handbewegung beiseite. »Seine Frau ist mit Olivia befreundet. Sicher kann man mit ihm reden.«

»Auf gar keinen Fall.« Stanley erhob sich vom Tisch. »Lass es gut sein, bitte.« Er konnte ihr ansehen, dass sie es nicht dabei belassen wollte, aber sie schwieg. An dem Blick, den sie seinem Vater zuwarf, erkannte er jedoch, dass diesem noch ein unschönes Gespräch ins Haus stand, und Stanley war froh, es nicht mitzubekommen.

Eine halbe Stunde später fand er sich bei Major McGaren ein, nach dessen Dafürhalten, wie dieser lautstark äußerte, Stanley für sein respektloses Verhalten verdient hätte, ausgepeitscht zu werden wie ein gemeiner Soldat, denn wer es in volltrunkenem Zustand dem Richter gegenüber an Respekt fehlen ließ, hatte keine Milde verdient. Als Offizier brauchte Stanley eine derart rigide Strafe nicht zu befürchten, und so wurde lediglich Arrest verordnet.

Stanley schnallte seinen Degen ab und folgte den Soldaten aus der Kaserne hinaus zum Gefängnis, wo er eine Einzelzelle im Keller betrat – zweifellos ein kleiner Akt der Genugtuung für Major McGaren, der auf diese Weise die Strafe verschärfen konnte. Nachdem die Tür sich hinter ihm geschlossen hatte, ließ Stanley sich auf dem Boden nieder, mit dem Rücken an die Wand gelehnt, die Arme locker auf die angezogenen Knie gelegt. In der Zelle standen ein Bett, ein kleiner Tisch mit einem Stuhl und ein abgedeckter Eimer in der Ecke – ein Offizier genoss selbst im Gefängnis noch einen gewissen Komfort im Gegensatz zum gewöhnlichen Soldaten. Durch das Fenster, das in Höhe der Straße angebracht war, fiel graues Licht. Die Luft war feucht und kalt. Weil ihn die Dunkelheit in ihm selbst zu überwältigen drohte, konzentrierte Stanley sich auf die wenigen Geräusche, die von außen zu ihm drangen, die fernen Laute der Straße, das helle Plätschern des Regens. Aus den Abgründen jedoch, die er in sich geschaffen hatte, stürzten Dämonen auf ihn, krallten sich in seine Brust und flüsterten ihm Erinnerungen ein.

»Ich sühne doch«, murmelte Stanley.

Tropfen rannen vom Fenstersims an der Wand entlang und zogen dunkle, glänzende Spuren wie Tränen.

London, März 1776

Im Nieselregen malte das Licht einiger weniger Lampen schmierige gelbe Schlieren auf den Boden. In der Luft hing der Geruch von verkochtem Kohl, vermengte sich mit dem fischigen Gestank vom Hafen und klebte in den Atemwegen. Mit gerümpfter Nase zog Stanley sein Surtout enger um sich, als könne er dadurch mehr Wärme aus dem Kleidungsstück schöpfen. Er fror erbärmlich und war zudem übel gelaunt.

»Ich sagte dir doch schon mehrmals, da war nichts mit deiner Schwester.« Jared war mitnichten besserer Stimmung als Stanley, und er ließ deutlich anklingen, wie lästig ihm der Disput mit seinem Freund war. »Ich habe ganz andere Sorgen derzeit.«

»Ich spüre doch, dass Ruby verändert ist.«
Jared winkte mit einer ungeduldigen Handbewegung ab. »Warum fragst du sie nicht einfach?«
»Das habe ich, und sie gibt mir Antworten, die eigentlich keine sind. Ich merke, dass sie mir ausweicht.« Stanley blieb stehen und packte seinen Freund am Arm. »Wehe dir, Jared.«
Sein Freund befreite sich. »Mach dir keine Sorgen.«
»Wieder so eine Antwort, wie ich sie auch von Ruby bekommen habe. Sie ist verändert, seit ich sie mit dir allein gelassen habe, und sie fährt öfter aus als sonst, aber sie sagt nicht, wohin.«
»Und all das bringt dich auf den Gedanken, ich könne dahinterstecken?«
»Hör zu, sie ist nicht eines dieser Mädchen, die du dir ständig nimmst.«
Jared wich seinem Blick nicht aus. »Vertrau ihr einfach.« Dann wandte er sich ab und ging weiter. »Und jetzt lass mich damit in Ruhe.«
Leise Verwünschungen murmelnd, folgte Stanley ihm, bis sie wieder auf einer Höhe waren. »Hast du deinen Bruder beruhigen können?«, wechselte er zum nächsten Thema, das ihm unter den Nägeln brannte und bei dem er sich angesichts Jareds finsterer Miene des Gedankens nicht erwehren konnte, dass von jener Seite noch einiges an Ärger ins Haus stand.
»Mache ich diesen Eindruck?«
»Weiß er, dass du mir Geld geliehen hast?«
»Wenn er das wüsste, hättest du bereits einen unliebsamen Besuch gehabt. Soll er ruhig denken, dass ich alles für mich gebraucht habe.« Jared senkte den Kopf und starrte beim

Laufen auf die Straße. »Ich werde ihm nichts sagen.« Sie hatten das Darlehen mit Handschlag besiegelt, Schuldscheine hielten sie unter Freunden selbst bei einer größeren Summe für unnötig.

Während die Gassen immer enger wurden und Stanley das Gefühl hatte, von hundert Augenpaaren beobachtet zu werden, fragte er sich, ob die ganze Sache das Risiko wert war. Seiner Meinung nach ließ sich das alles nicht sonderlich gut an. Sie hatten Geld investiert, aber bisher war noch nicht klar, ob sie überhaupt einen Gewinn machen würden. »So etwas dauert seine Zeit«, hatte ihnen ihr Kontaktmann gesagt, schließlich war es nicht leicht, den Schiffen der *East India Company* auszuweichen. Jeder wusste, dass gegen Schleichhändler gnadenlos vorgegangen wurde. Sollte das Schiff mit ihrer Ware in eine Falle gehen, von Piraten überfallen, von Zöllnern entdeckt werden oder in sonstige Schwierigkeiten geraten, war die Ware ein für alle Mal verloren und das Geld fort, was für Stanley bedeutete, eine Rückzahlung des Darlehens wäre nicht absehbar. Und wer John Retallicks Ruf kannte, wusste, dass es nicht angeraten war, bei ihm Schulden zu haben, die zudem noch hinter seinem Rücken gemacht worden waren.

»Ich hoffe, wir haben keinen Fehler gemacht.«

Jared schnaubte. »Für einen Rückzieher ist es zu spät.«

»Was du nichts sagst.«

»Ich halte das Ganze immer noch für eine großartige Sache.«

»Aber?«

Jared seufzte. »Mein Bruder. Er lässt nicht locker. Momentan gehe ich tausend Umwege, weil ich immer denke, er verfolgt mich oder lässt mich verfolgen.«

Die Monopolisierung und die Einfuhrbeschränkungen

machten den Schleichhandel zu einem lukrativen Geschäft. Stanley und Jared hatten mit Gewinn in eine erste Schiffsladung investiert. Das hatte ihnen Mut gemacht, das nächste Mal mehr Geld einzusetzen, ja sogar alles, was sie besaßen, auf eine Karte zu setzen.

Sie kamen an einem Haus an, das sich schmal und niedrig zwischen die anderen Häuser duckte. Gegen den heruntergekommenen Eindruck sprachen die massive Tür und die fest verriegelten Fensterläden.

»Was ist das?«, fragte Stanley. »Dein neues Liebesnest?«

»Viel besser.« Jared feixte und schloss die Tür auf. Sie betraten den dunklen Raum, und Jared hantierte an einem Kerzenständer herum. Kurze Zeit später war die kleine Wohnung in milchiges Licht getaucht.

Stanley sah sich um. »Nicht sehr beeindruckend.« Die gesamte Wohnung bestand aus einem Zimmer, und das Mobiliar umfasste das Nötigste: ein Bett, zwei Stühle, die an einem Tisch standen, ein Schrank, eine Kommode. Das Bett war bezogen und sauber, die Laken glattgezogen. Am Fuß des rechten hinteren Bettpfostens schimmerte rosafarbene Seide, und als Stanley hinging und sie aufhob, erkannte er einen zarten Frauenschal. Mit hochgezogenen Brauen drehte er sich zu Jared um.

»Kein Liebesnest, ja?«

Jared, der damit beschäftigt war, die Kommode beiseitezuschieben, streifte ihn nur mit einem flüchtigen Blick. »Wenn ich hier ständig allein hinkomme, denken die Leute, ich verberge etwas, und brechen ein, um es zu suchen. Also bringe ich gelegentlich die eine oder andere Dame hierher.«

»Die du nach einer Nacht nicht mehr zu treffen gedenkst, nehme ich an«, entgegnete Stanley, während er sich umsah.

»Du irrst dich, mein Lieber. Die genussübersättigten Frauen der Gesellschaft empfinden bei so viel Verruchtheit einen ungeheuren Nervenkitzel.« Jared grinste.
Stanley warf den Schal aufs Bett und gesellte sich zu seinem Freund, der jetzt einige Bodenbretter abtastete. »Was machst du da eigentlich?«
»Warte es ab.« Jared drückte ein Brett aus der Verankerung und hob es an, um es beiseitezuschieben, drei weitere Bretter folgten. Dann beugte er sich weiter vor und zog mehrere kleine Kisten heraus.
»Sag nicht, das ist ...« Stanley verstummte, und seine Augen weiteten sich, als er den Inhalt sah. »Großer Gott, Jared. Wo hast du das her?«
»Aus dem Lagerhaus, immer in kleinen Mengen abgezweigt.«
»Bist du von Sinnen?« Entgeistert starrte Stanley auf die kleinen Säcke mit kostbaren Gewürzen, Tee, außerdem Zucker und Kaffee. Jared zog einen großen Sack Salpeter aus dem Loch und ließ ihn zu Boden fallen.
»Wir riskieren eine Menge, und ich kann nicht einsehen, dass wir so lange auf den ersten Gewinn warten sollen.«
Den beiden war von Anfang an deutlich gemacht worden, dass sie auch ihren Beitrag zu leisten hatten, was Kontakte, Wachdienste und das Löschen der Ladung anging. »Nur investieren und in Sicherheit darauf warten, dass das Geld kommt, während andere das Risiko tragen, läuft nicht, meine Herren«, hatte ihr Kontaktmann ihnen gesagt.
»Du hast die Sachen gestohlen?«
»Geborgt. Sobald die ersten Ladungen kommen, lege ich den Anteil von meinen eigenen Waren wieder zurück. Die haben da so viel, dass sie das gar nicht merken.«

Stanley bezweifelte das. »Du bringst dich in Teufels Küche, wenn das rauskommt.«
»Uns, Stanley. Ich kann doch auf deine Mithilfe zählen?« Offenbar bemerkte Jared sein Zögern, denn er fügte schnell hinzu: »Du musst ja nichts mitgehen lassen, deine Skrupel würden uns sofort verraten. Aber wenn ich es auf dem Schwarzmarkt loswerden will, brauche ich deine Hilfe.«
»Wie stellst du dir das vor? Was machst du, wenn das herauskommt?« Schmugglerbanden waren nicht für ihre Zimperlichkeit bekannt, und was geschehen würde, wenn sie dahinterkamen, dass sie bestohlen wurden, konnte Stanley sich nur zu gut vorstellen.
»Wenn wir vorsichtig sind, wird es nicht herauskommen.« Jared verstaute alles wieder unter den Dielen und schob die Bretter zurück. Dann stand er auf, klopfte sich den Staub von der Hose und schob die Kommode zurück an ihren Platz. »Ich bin vorsichtig.«
Ein anderer, weitaus beunruhigenderer Gedanke kam Stanley. »Wenn du je auf die Idee kommst, meine Schwester an einen Ort wie diesen zu bringen, wo du gestohlenes Schmuggelgut versteckst …« Stanley unterbrach sich selbst und forschte in dem Gesicht seines Freundes, ob das, was er sagte, Wirkung erzielte, aber das matte Licht malte Schatten hinein. »Es ist mir bitterernst, Jared. Lass die Finger von ihr und zieh sie nicht in irgendwelche schmutzigen Dinge hinein. Schlimm genug, dass du Frauen hierherbringst. Wenn die«, er deutete mit der Hand in Richtung Hafen, »jemals erfahren, was du hier lagerst, machen die auch nicht vor einer Frau halt, die sich in deiner Gesellschaft befindet, wenn man dich aufsucht.«
Jared sah ihn an und schwieg.

5

Gibraltar, November 1778

Der Wind trieb Regenböen gegen die Kutsche und verstärkte das Schlingern auf den matschigen Wegen, so dass Olivia befürchtete, das Gefährt könne seitlich wegrutschen und irgendwo stecken bleiben. Sie kam von einem sehr unterhaltsamen Abend bei Mary und war später aufgebrochen, als sie eigentlich beabsichtigt hatte. Aber solange ihre Mutter nichts dagegen sagte, reizte sie die Zeit aus, die sie außer Haus bleiben durfte.

Stanley war am Tag zuvor aus dem Arrest entlassen worden, und ihre Mutter hatte die meiste Zeit damit verbracht, ihn zu umsorgen, was bei ihm einigen Widerwillen auszulösen schien. So viel Aufhebens um drei Wochen Arrest, aus denen Stanley so frisch und ausgeruht hervorging, wie es eben möglich war, wenn man nichts anderes zu tun hatte, als zu essen und zu schlafen. Selbst Bücher hatte man ihm bringen dürfen. Vermutlich kam es Stanley selbst albern vor, dass so getan wurde, als habe er darben müssen. Ruby war nur kurz erschienen, als sie gemeinsam zu Abend aßen. Sie hatte im Türrahmen gestanden, ihn angesehen und gesagt: »Da bist du ja wieder.« Danach war sie zu ihrem Platz gegangen und hatte die restliche Mahlzeit über geschwiegen. Seltsam war das, dieses Schweigen, und Olivia hatte den Eindruck, dass es niemandem außer ihr ungewöhnlich vorkam.

Die Front des Hauses lag in völliger Dunkelheit, was be-

deutete, dass ihre Eltern noch nicht wieder daheim waren, denn sonst hätte ihre Mutter in der Eingangshalle Licht gemacht, wie sie das immer tat, wenn Olivia, Stanley und früher auch Ruby noch aus waren. An diesem Abend waren ihre Eltern auf eine Soiree eingeladen, auf die Ruby, der es derzeit recht gutzugehen schien, sie begleitete. Vermutlich würden sie erst in den frühen Morgenstunden heimkommen, Soireen der gehobenen Gesellschaft erfreuten sich großer Beliebtheit. Constance hatte auch hingehen müssen, weil ihre Mutter sie überall mit hinnahm, wo die Möglichkeit bestand, unverheiratete Männer kennenzulernen. Olivia war es nur deshalb erspart geblieben, weil eine Einladung zu Richter Holbrookes Ehefrau gesellschaftlich höher stand als die Soiree der Ehefrau eines Majors.
Der Kutscher hielt direkt vor dem überdachten Eingang und öffnete Olivia den Kutschschlag, um ihr hinauszuhelfen. Vorsichtig, um auf den nassen Stufen nicht auszurutschen, ging Olivia die zwei Stufen zu dem breiten Treppensims vor dem Haus hoch und öffnete die Tür. Normalerweise war ihr Vater immer noch wach, wenn sie heimkam, auch wenn er seine Besorgnis hinter dem Vorwand, er habe noch lesen wollen, zu verbergen suchte. Sie machte kein Licht, sondern wartete, bis ihre Augen sich an die Dunkelheit gewöhnten. Als Kind war sie manchmal durch das nächtliche Haus gegangen und hatte sich vorgestellt, in einem Schattenreich zu sein, und obwohl sie aus diesem Alter lange heraus war, konnte sie sich einer düsteren Faszination für die Stille und das Alleinsein in der Dunkelheit nicht entziehen. Sie ging durch die Eingangshalle und betrat den Korridor, der linker Hand zu ihrem Schlafzimmer führte und rechter Hand zu dem Salon mit der Mosaik-

wand und der Bibliothek, unter deren Tür ein Lichtschimmer eine buttergelbe Linie über den dunklen Boden zog. Olivia zögerte. Waren ihre Eltern schon daheim, und ihr Vater wartete wie immer auf sie? Aber ihre Mutter hätte nie das Licht in der Eingangshalle vergessen, und so keimte in Olivia das ungute Gefühl auf, ihre Eltern könnten sich auf der Soiree so heftig gestritten haben, dass ihr Vater allein heimgefahren war.

Sie ging zur Bibliothek und legte die Hand auf die Türklinke, als sie Stimmen hörte, von denen sie eine als Stanleys erkannte, jedoch zu leise, um etwas zu verstehen. Die andere Stimme war dunkler, und obwohl sie gedämpft klang, glaubte Olivia, sie zu kennen, was ihr einen Schauer über den Körper trieb. Den ganzen Abend hatte sie es geschafft, jeden Gedanken an John Retallick zu verdrängen, nur um diesen jetzt an dem einzigen Ort anzutreffen, wo sie sich vor ihm gänzlich sicher gefühlt hatte – ihrem Zuhause. Und nun fragte sie sich einige atemlose Momente lang, ob er ihr gar auflauerte, sie in eine Fall gehen ließ. Unter anderen Umständen hätte sie niemals grundlos und noch dazu mitten in der Nacht einen Raum betreten, in dem ihr Bruder Besuch empfing, aber jetzt musste sie Gewissheit haben. Sie klopfte kurz an und öffnete die Tür, noch ehe eine Antwort kam.

»Guten Abend, Stanley.« Sie ließ ihren Blick durch den Raum schweifen und gab sich Mühe, dabei lediglich höflich zu wirken. »Guten Abend, Sir John.«

Obwohl dieser lächelnd ihren Gruß erwiderte, schien er nicht sonderlich erfreut über die Unterbrechung des Gesprächs.

Stanley wirkte angespannt, und die Art, wie er und John Retallick einander gegenüberstanden, ließ den Schluss zu, dass es sich nicht um ein freundschaftliches Gespräch handelte. Während Sir John jedoch ruhig wirkte, hatte Stanley eine Hand um die Rückenlehne eines Stuhls gekrampft, so dass seine Fingerknöchel weiß hervortraten. »Ihr seid schon wieder zurück?«, fragte er jetzt.

»Ich war allein aus.«

Wut flammte in Stanleys Augen auf, so heftig, dass sie nur dicht unter der Oberfläche gelauert haben konnte. Er sah zur Uhr, als wisse er nicht, wie spät es sei, dann wieder zu Olivia.

»Darf man fragen, wo du zu einer Uhrzeit herkommst, zu der sich höchstens noch Huren allein auf den Straßen herumtreiben?«

Olivia war wie vor den Kopf gestoßen und sah ihren Bruder aus geweiteten Augen an. »Was … aber Stanley.« Mehr als diese klägliche Erwiderung brachte sie nicht über die Lippen, und erst recht wagte sie nicht, John Retallick anzusehen.

»Wo bist du gewesen?«, fragte Stanley.

Olivia brauchte drei Versuche, um ihre Antwort artikulieren zu können. »Bei Mary Holbrooke.« Ihr Herz schlug in so harten Schlägen, dass ihr der Atem über die Lippen flog. *Hure.* Sie hob das Kinn. »Du kennst ihren Ehemann, nicht wahr?«

»Halt den Mund!«

Es kostete Olivia einiges, Ruhe vorzutäuschen, denn die ungewohnte Grobheit ihres Bruders und die Demütigung vor John Retallick brachten sie den Tränen so nahe, dass ihr Körper vor Anspannung bebte. »Aber warum denn? Nur weil er mich in seinen Salon bittet und dich in eine Arrestzelle?«

Sir John lachte leise, aber noch ehe Olivia den Triumph

auskosten konnte, war Stanley mit wenigen Schritten bei ihr, griff nach ihrem Handgelenk und zerrte sie in den Korridor, wo er sie gegen die Wand schleuderte. Olivia, der körperliche Gewalt ebenso wie verbale Grobheit völlig fremd war, keuchte auf, als sie sich die Schulter stieß. Noch ehe sie sich fangen konnte, drückte Stanley sie mit dem Rücken gegen die Wand.

»Was bildest du dir eigentlich ein, du verwöhntes Gör?«

»Lass mich los.« Ihre Stimme war klein, brüchig. Sie versuchte, ihn von sich wegzuschieben, er jedoch wich keinen Zoll.

»Ich bin dein Bruder, und ich erwarte, dass du mir Respekt entgegenbringst. Hast du das verstanden?« Als sie nicht antwortete, umfasste er ihr Gesicht mit einer Hand und drückte seine Fingerspitzen in ihre Wangen. »Ob du mich verstanden hast, habe ich gefragt.«

»Lieutenant Kilbourne.« John Retallicks Stimme war kalt und befehlsgewohnt. »Lassen Sie sie los.«

Olivia drehte die Augen so, dass sie seine dunkle Silhouette im Türrahmen schräg hinter Stanley sehen konnte.

»Bei allem Respekt, aber das ist meine Schwester, Sir John, und wie ich mit ihr verfahre, geht außerhalb meiner Familie niemanden etwas an.« Dennoch lockerte sich der Griff um Olivias Gesicht.

»In meiner Gegenwart wird keine Frau misshandelt, Lieutenant. Ich wiederhole noch einmal: Lassen Sie sie los, ansonsten werde ich Sie dazu zwingen, und diese Demütigung würde für Sie vollkommener sein als die durch die vorlaute Zunge Ihrer Schwester.«

Stanley schien abwägen zu wollen, zögerte, trat dann jedoch einen Schritt zurück. »Geh!«

Nach Atem ringend sah Olivia zu John Retallick, in dessen Gesicht weder eine Gefühlsregung noch das kleinste Zeichen des Wiedererkennens zu sehen war. Es war, als sei sie eine völlig Fremde für ihn. Sie drehte sich um und verließ den Korridor, ohne ein weiteres Wort zu sagen.

»Wir zwei«, hörte sie Sir John zu Stanley sagen, »sind noch nicht fertig. Nach Ihnen, Lieutenant.«

Sie ging in die Halle, stieß die Tür zu dem kleinen Salon auf, der normalerweise für Nachmittagsbesucher gedacht war, die nie lange zu bleiben pflegten, und ließ sich auf einem der zierlichen Sessel nieder. Die Tränen, denen sie noch in der Bibliothek so nahe gewesen war, wollten nun nicht mehr kommen, stattdessen breitete sich Kälte in ihr aus, und alles, was zuvor in ihr überzufließen gedroht hatte, bildete einen festen Knoten in ihrem Innern. Dies war nicht die Familie, die sie aus England kannte.

Sie dachte an John Retallick, der, wenn er gehen wollte, unweigerlich an diesem Salon vorbeimusste. Er spielte mit ihr, ließ sie in Fallen tappen und verkehrte zudem mit scheinbar größter Selbstverständlichkeit mit ihrem Bruder, wenn er diesem auch nicht gerade freundschaftlich zugetan schien. Und dann dieser kurze Moment, in dem er Stanley in die Schranken wies, ihr beistand ... Sie erhob sich, durchquerte die Halle, nahm ihren Mantel, den sie nachlässig auf einen kleinen Tisch geworfen hatte, dann trat sie in die Regennacht hinaus, wo sie sich nur zwei Schritte von der Tür entfernt an die Wand stellte, so dass sie mit der Dunkelheit verschmolz und nicht gesehen werden konnte, wenn Sir John das Haus verließ.

Die Minuten zogen sich, und Olivia verlor jegliches Zeitgefühl, als sie in die Nacht starrte und wartete. Endlich waren Schritte zu hören, die Tür wurde geöffnet, knappe Abschiedsgrüße ausgetauscht.

»Warum sind Sie hier?«, fragte Olivia, kaum dass die Eingangstür ins Schloss gefallen war.

John Retallick, der bereits die erste Stufe genommen hatte, fuhr herum und spähte in ihre Richtung, aber im Gegensatz zu ihr hatten sich seine Augen noch nicht an die Dunkelheit gewöhnt.

»Miss Kilbourne?« Sie hatte ihn überrumpelt, das konnte er nur schwer verbergen, und er suchte sie noch immer. Schließlich sah er sie und kam langsam zu ihr. »Haben Sie auf mich gewartet?«

»Wonach sieht es denn aus?« Der leichte Ton kam ihr gezwungen über die Lippen und verhehlte nichts von ihrer Unsicherheit. »Eigentlich bin ich hier, um Ihnen zu danken, weil Sie mir zu Hilfe gekommen sind.« Sie spähte aufmerksam in die Dunkelheit, taxierte ihn und zuckte im nächsten Moment zusammen, als er ihre Wange flüchtig berührte.

»Macht er das öfter? Ihnen weh tun?«

»Nein, das war das erste Mal. Er redet auch normalerweise nicht so mit mir, ich weiß nicht, was in ihn gefahren ist.«

John Retallick wirkte nachdenklich, dann sah er sie wieder an. »Ich war für einige Zeit verreist.«

»Ich weiß, Sie waren in Marokko.«

»Ja, mir ist schon zu Ohren gekommen, dass Sie sich ausgiebig über mich informieren.« Er lächelte.

Mit einem leichten Heben der Schultern überspielte sie ihre Verlegenheit. »Ich wollte wissen, ob ich wieder damit rechnen muss, Ihnen unvorhergesehen zu begegnen.«

»Nun ja«, Sir John nickte in Richtung des Hauses, »wie es

scheint, muss ich nicht einmal die Absicht hegen, damit das geschieht.« Er lachte leise. »Im Grunde genommen sind Sie mir heute sogar sehr ungelegen gekommen.«

»Ja, ich kann mir in der Tat vorstellen, dass es Ihnen sehr lästig gewesen sein muss, mir zu Hilfe zu kommen.«

»Sie wissen recht gut, dass ich *das* nicht gemeint habe.« Jetzt klang er wieder kühl, vertraut. »Mrs. Stockwell gibt in zwei Tagen einen Ball, ich möchte Sie dort treffen«, fuhr er fort.

»Wer sagt Ihnen, dass ich eingeladen bin?«

»Miss Constance ist Ihre Freundin, und ich kann mir nicht vorstellen, dass man Ihrer Familie keine Einladung hat zukommen lassen.«

Olivia sog die Unterlippe ein und ließ sie langsam wieder los. »Und wenn ich nicht mitgehen möchte?«

»Ich versuche gerade, das nächste Treffen auf galante Art herbeizuführen. Wenn es Ihnen lieber ist, dass ich wieder unvermittelt neben Ihnen auftauche, wenn Sie es am wenigsten erwarten, dann nur zu.«

Sie schüttelte nach kurzem Zögern den Kopf. »Ich werde da sein.«

»Das dachte ich mir.« Er drehte sich kurz zu den Treppenstufen, dann wieder zu ihr, aber der Abschiedsgruß erstarb ihm bei ihren nächsten Worten auf den Lippen.

»Und wie lange noch, Sir John, ehe ich anfangen muss, ernsthaft nicht nur um meinen Ruf, sondern auch um meine Tugend zu fürchten?«

»Hätte ich vorgehabt, mich Ihnen auf diese Art aufzuzwingen, hätten sich bereits Gelegenheiten genug geboten.« Obgleich seine Stimme nur um wenige Nuancen verändert war, konnte diese nicht darüber hinwegtäuschen, dass

Olivia ihn aus der Fassung gebracht hatte. »Gehen Sie ins Haus, ehe Sie sich erkälten, und ich werde meinerseits heimfahren. Wir sehen uns auf dem Ball. Ich hoffe, Sie lassen mich nicht warten oder kommen gar auf den Gedanken, mich zu versetzen.«

»Machen Sie sich keine Sorgen.«

»Oh, meine Sorgen gelten weniger mir als Ihnen. Ich kann in solchen Fällen sehr unleidlich werden, lassen Sie es nicht darauf ankommen.« Mit diesen Worten drehte er sich um und ging.

Olivia sah ihm nach, bis er zum Tor hinaus war, dann wandte sie sich ab und trat zur Tür, die sie lautlos öffnete. Sie fühlte sich auf einmal seltsam erschöpft.

»Wo kommst du her?«

Der Schreck fuhr ihr in alle Glieder, und Olivia schrie leise auf, als sich Stanleys Gestalt plötzlich aus dem Dunkel des Korridors löste. Sie empfand eine irrationale Angst vor ihm, die sie als absurd abtun wollte, die jedoch hartnäckig bestehen blieb.

Er hob beschwichtigend beide Hände, als er vor sie trat. »Ich habe dich gesucht.«

Ohne ihm eine Antwort zu geben, zuckte sie lediglich mit den Schultern.

»Hör zu Livy, mir wäre es lieb, wenn du die Dinge von heute Nacht für dich behieltest.«

Den Kosenamen verwendete er ausschließlich, wenn er etwas von ihr wollte. »Aber natürlich«, antwortete sie. »Mich geht es ja schließlich nichts an, wen du zu Besuch hast.«

Seine Augen verengten sich kaum merklich. »Du weißt, dass ich nicht davon spreche.«

Wut züngelte in kleinen Flammen in Olivia auf. »Du hast

mich in Gegenwart eines Besuchers als Hure bezeichnet, Stanley.«
»Das habe ich nicht, ich habe gesagt, dass du dich mit deinem Herumtreiben nachts wie eine benimmst.«
»Ah, das ist natürlich etwas vollkommen anderes«, höhnte sie. »Und deine Gewalttätigkeit mir gegenüber, wie entschuldigst du die?«
Er hatte den Anstand, verlegen zu werden. »Die ist durch nichts zu entschuldigen. Ich bedaure, wenn ich dir weh getan habe.«
»Du hast mir Angst gemacht.« Bei dem Gedanken daran traten Olivia erneut Tränen in die Augen.
»Es wird nicht wieder vorkommen.«
»Hättest du das unter denselben Bedingungen auch mit Ruby gemacht, wenn sie nicht krank wäre?« Die Frage kam ihr über die Lippen, noch ehe sie darüber nachdenken konnte.
Stanley ließ sich mit der Antwort Zeit. »Nein«, sagte er schließlich.
»Wenigstens bist du ehrlich.« Olivia ließ ihn stehen und ging in ihr Zimmer.

Die Geräusche des erwachenden Hauses tropften in Olivias Schlaf. Mit geschlossenen Augen überließ sie sich dem angenehmen Gefühl, mit dem langsam das schläfrige Dämmern von ihr wich, das sie gerne länger festgehalten hätte. Nach und nach glitt sie jedoch ins Wachsein, in dem sich ein kleiner Stich von Unbehagen meldete, den sie zunächst ignorierte, der sich jedoch ähnlich einem Dorn, der einem im Fleisch steckte und nicht entfernt wurde, immer stärker bemerkbar machte und schließlich unerträglich wurde.

Hätte ich vorgehabt, mich Ihnen auf diese Art aufzuzwingen, hätten sich bereits Gelegenheiten genug geboten.
Olivia öffnete die Augen und starrte in den Raum. Was wollte Sir John nur von ihr? Eine Liebschaft? Er wirkte kühl, berechnend. Vielleicht begehrte er sie auch einfach nur, dazu gehörte nicht viel Gefühl. Etwas an ihr reizte ihn, und sie war nicht so naiv zu glauben, dass Männer sich Frauen nur dann nahmen, wenn sie sie liebten. Schließlich hatte sie einen Bruder, über den immer mal wieder gewisse Geschichten geflüstert die Runde machten. Einmal war sogar ein Mädchen aus guter Familie im Spiel gewesen, und das war das einzige Mal gewesen, dass ihre Mutter einen solchen Zorn auf Stanley gehabt hatte, dass man sie bis auf den Korridor hatte hören können, als sie ihn zur Rechenschaft zog. Ihr Vater hatte einen recht stolzen Preis zahlen müssen, um die Sache aus der Welt zu schaffen. Was das genau war, das aus der Welt geschafft werden sollte, erfuhr Olivia indes nicht.
Wenn sie nur jemanden hätte, mit dem sie über alles reden konnte. Ihre Mutter hatte ihr schon auf dem Schiff deutlich gemacht, dass sie keinen Kontakt zu einem Mann wünsche, der vor seinen Gläubigern auf der Flucht war. Und Olivia traute sich nicht, Constance oder Mary zu fragen, was von John Retallicks Verhalten zu erwarten war, denn sie befürchtete, dass diese sie für eine Frau von lockerer Moral halten würden. Wenn das erst Richter Holbrooke zu Ohren käme, würde er ihr womöglich den Kontakt mit seiner Frau untersagen.
Sie stand auf und ging im Zimmer umher, rückte hier ein kleines Porzellanfigürchen gerade, schob dort ein Buch akkurat in die Reihe und verweilte schließlich vor dem

Fenster, das einen Ausblick bot in den vom Regen verwaschenen Garten. Grau in grau in grau. Selbst über dem Grün hingen gazeartige Grauschimmer, dunstiger Atem der Erde, der die dunklen Wolken bereits das Ende der morgendlichen Regenpause verkündeten. Der Garten war von ihrer Mutter im Stil der englischen Gärten hergerichtet worden, die, der Mode folgend, etwas Zügelloses hatten, Abbilder natürlicher Schönheit. Kleine Welten, in die man gerne geflüchtet wäre.

Dies hier ist schlimmer als Indien, dachte Constance, die schon dort geglaubt hatte, in der Enge der überschaubaren britischen Gesellschaft zu ersticken. Hier jedoch konnte sie kaum einen Schritt tun, ohne das Gefühl zu haben, am nächsten Tag müsse es jeder wissen. Und dann diese entsetzliche Eintönigkeit. Für kurze Zeit hatte Mary Holbrookes charmanter Bruder die Gesellschaft ein wenig belebt, aber inzwischen war er wieder nach England zurückgekehrt – ohne, dass er an einer der unverheirateten Frauen näheres Interesse bekundet hatte, was ihm sämtliche Mütter sehr übelnahmen. Stanley Kilbourne war ebenfalls überaus begehrt, allerdings noch zu jung, um in näherer Zeit an eine Ehe denken zu können. Daher behielten ihn vor allem die Mütter der dreizehn- und vierzehnjähriger Mädchen im Auge, um dann als Erste zuschlagen zu können, wenn er in ein paar Jahren auf den Heiratsmarkt kam.
Constance ging durch den Salon und kam sich in dem zartgrünen Gebilde, in das ihre Mutter sie gesteckt hatte, vor wie eine Gartenstaude. Um ihre Hüften bauschte sich

voluminös schimmernde Seide – als habe es da noch einer Betonung bedurft – und gab ein sattgrünes Unterkleid frei. Das Schnürleibchen presste ihr die Rippen zusammen, weil ihre Mutter das Kleid absichtlich so eng hatte nähen lassen, dass es einen ganzen Tag Schnüren in halbstündigen Abständen gebraucht hatte, damit sie hineinpasste. Constance' Versuch, gegen diese Folter aufzubegehren, hatte einen tränenumflorten mütterlichen Blick zur Folge gehabt, der sie daran erinnerte, dass sie das einzige Hindernis war auf dem Weg zum Endziel einer jeden Mutter: alle Töchter gut zu verheiraten. Dennoch versuchte sie es, indem sie den in ihren Augen schwerwiegendsten Grund gegen das Kleid in die Waagschale warf – sie würde nicht tanzen können, denn ihr fiel schon beim normalen Gehen das Atmen schwer, beim Tanzen würde sie gar in Ohnmacht fallen. Ihre Mutter war entzückt.

Als Tochter des Gastgebers erfuhr Constance mehr Aufmerksamkeit, als ihr lieb war, und so war das Lächeln auf ihrem Gesicht wie erstarrt, während sie immer wieder Höflichkeitsfloskeln von sich gab, die alle dasselbe aussagten, aber in verschiedene Gewänder gekleidet waren, damit man ihr nicht den Vorwurf der Geistlosigkeit machen konnte. Sie trat an das Büfett, das ihre Mutter ihr zu meiden geraten hatte, ein Ratschlag, den Constance angesichts der ausgebreiteten Köstlichkeiten ebenso beiseiteschob wie den Anflug schlechten Gewissens. Immerhin hatte sie seit dem Frühstück nichts mehr gegessen, anders hätte sie nicht in das Kleid gepasst.

Während sie ein Stück Kuchen aß, erkannte sie die perfide Taktik, die mit dem engen Schnüren einherging, denn sie hatte bereits nach der Hälfte des Gebäckstücks das Gefühl, sie müsse jeden Moment das Mieder sprengen. Trotzig schob sie sich den letzten Bissen dennoch in den Mund, wischte sich die Krümel von den Fingern und trank ein Glas Wasser.

»Ein unterhaltsamer Abend«, sagte eine Stimme hinter ihr.

Constance drehte sich um, sah in ein Paar kaffeebrauner Augen und verschluckte sich an ihrem Wasser, so dass ein Hustenanfall sie der Möglichkeit einer Antwort beraubte.

»Geht es wieder?«, fragte der Mann besorgt.

Hustend wedelte Constance mit der Hand, um ihm deutlich zu machen, dass sie sich bereits wieder gefangen habe. Sie wischte sich die Tränen aus den Augen und war das erste Mal an diesem Abend froh darüber, dass ihre Kleidung sie in eine aufrechte, würdevolle Haltung zwang.

»Entschuldigen Sie bitte vielmals«, sagte sie.

»Aber nicht doch. Ich fürchte, ich habe Sie erschreckt, als ich so plötzlich hinter Sie getreten bin.« Er neigte leicht den Kopf. »Ich habe mich noch gar nicht vorgestellt. Lord Westlake, ganz zu Ihren Diensten, Miss Stockwell.«

Ein flüchtiges Erkennen blitzte in ihr auf. »Ich glaube, wir sind uns schon einmal begegnet. Waren Sie nicht auf demselben Schiff wie wir, als wir von England hierhergekommen sind?«

»Ich bin entzückt, dass Sie sich daran erinnern.«

Constance bekam das absurde Gefühl, dass dieser gutaussehende, elegante Mann mit ihr flirtete.

»Tanzen Sie?«

Sie legte die Hand auf seinen dargebotenen Arm. »Sehr gerne.«

Olivia hatte die Wahl ihres Kleides lange überdacht und sich schließlich für eine Robe aus blassgoldener Seide entschieden, deren Oberteil spitz geschnürt wurde. Die Ärmel reichten bis zur Mitte ihrer Unterarme und gingen dort in eine dreifach übereinandergelegte Spitzenmanschette über, die bis zu den Handgelenken fiel. Der Rock war in weiche Falten gelegt und gewann Volumen durch Polster, die rund um die Hüften angebracht waren. Vorne öffnete er sich in einem Dreieck und wurde in drei Bäuschen gerafft. Zierliche Seidenschuhe, die völlig ungeeignet waren, um sich damit irgendwo außerhalb von Tanzsälen aufzuhalten, blitzten beim Gehen unter dem Kleid hervor. Olivias Haar war zum Teil hochgesteckt und fiel, durch eine Brennschere in stundenlanger Arbeit in Form gebracht, in langen Locken über ihren Rücken. Sie versuchte gar nicht erst, sich einzureden, der Aufwand um ihr Aussehen sei nicht John Retallick geschuldet und der Tatsache, dass sie sich ihm gegenüber sicherer fühlte, wenn sie mit dem aufwartete, das laut ihrer Erziehung den größten Trumpf in sich barg – ihre Schönheit.

Sie ging lächelnd durch die Menge, grüßte und plauderte und versuchte, nicht den Anschein zu erwecken, sie halte Ausschau nach jemandem. Gentlemen machten ihr ihre Aufwartung, Offiziere in Uniformen und Adlige in knielangen Röcken, die über der Brust geschlossen wurden. Die darunterliegenden Westen reichten bis zur Mitte der Oberschenkel, dazu trug man ein in Form einer Steinkerke geschlungenes, spitzenbesetztes Halstuch. Der Mode folgend wurden die Hosen in Höhe des Knies über den Strümpfen mit einem Knopf verschlossen, und die Ärmel waren schmal und wurden an den Handgelenken von Rüschen verlängert, die bis zur Mitte der Hände fielen. Damenroben in zarten Farbtönen und mit üppiger Spitze verziert schoben sich raschelnd aneinander vorbei, Edelsteine funkelten in Haaren und an Hälsen.

John Retallick tauchte so selbstverständlich an Olivias Seite auf, dass es für die Leute aussehen musste, als verbinde sie beide eine längere und gute Bekanntschaft. Seine Eleganz warf in Olivia unweigerlich die Frage auf, wie jemand, der einen Berg von Schulden hatte, sich immer der Mode entsprechend kleiden konnte, aber vielleicht war sein Schneider ein Freund der Familie, und Männer hatten es leichter, ihre Kleidung unauffällig von Saison zu Saison ändern zu lassen, was bei einer Frau sofort zu Gerede über ihren finanziellen Status führen würde.

»Ich hoffe, ich habe Sie nicht zu lange warten lassen«, sagte John Retallick, nachdem er sie formvollendet begrüßt hatte.

»Damit setzten Sie voraus, ich sei nur Ihretwegen hier und es mangele mir an Unterhaltung.«

Ein Lächeln umspielte seine Mundwinkel. »Vermutlich sollte ich jetzt sagen, es sei mir eine große Ehre, wenn dem so wäre.«

»Tun Sie sich keinen Zwang an.«

Er lachte, dann reichte er ihr seinen Arm und führte sie durch die Menge.

»Man wird über uns reden«, sagte Olivia, während sie an seiner Seite ging.

»Ich gelte immer noch als leidlich gute Partie.«

»Ist es dieser Eindruck, den Sie erwecken wollen? Der, als machten Sie mir gerade den Hof?«

»Wenn Sie Wert auf Ihren Ruf legen, dann muss es genau

das sein, was die Leute denken sollen. Andere geheime Absprachen bleiben besser im Verborgenen.«
Olivia versuchte, mit einem Schulterzucken darüber hinwegzugehen. *Leidlich gute Partie.* Er musste bei der Krone hoch in der Gunst stehen, wenn sein Ruf die Tatsache überstanden hatte, dass sein Bruder ein verurteilter Mörder und er selbst hochverschuldet war. Seltsamerweise war die hohe Verschuldung auch das einzige Argument ihrer Mutter gegen ihn gewesen, von seinem Bruder kein Wort. Aber vielleicht wollte sie ihm auch nicht Dinge zur Last legen, die schwerlich seine Schuld waren, was sich bei den immensen Geldschulden wohl nicht so leicht ins Feld führen ließ, die auf einen ausgemachten Verschwender hindeuteten. Diesen Eindruck machte er jedoch auf Olivia überhaupt nicht, und sie fragte sich, wie all das, was über ihn erzählt wurde, zusammenpassen mochte.
»Lebt Ihre Familie in London?«, fragte sie im Plauderton.
»Das, was davon übrig ist, ja.«
Sie hakte nicht weiter nach, sondern ging schweigend an seiner Seite in den großen Salon, der zu einem Tanzsaal umfunktioniert worden war. Als sie bemerkte, dass er die Tanzfläche ansteuerte, blieb sie unvermittelt stehen. Er drehte sich zu ihr um.
»Keine Sorge, zu meinen bescheidenen Fähigkeiten gehört die, ein recht annehmbarer Tänzer zu sein.«
»Dort, wo ich herkomme, bittet man eine Frau um den nächsten Tanz.«
»Würden Sie mir einen Korb geben?« Sein Tonfall machte deutlich, dass er derlei für völlig abwegig hielt.
»Ich … darum geht es doch überhaupt nicht.«
»Es geht um Zwischengeplänkel?«

»Nein, es geht um Höflichkeit. Ich bin doch keine Marionette, mit der Sie nach Belieben verfahren können.«
»Das hat doch bisher sehr gut geklappt.«
Olivia lag eine wütende Erwiderung auf der Zunge, aber noch ehe sie die richtigen Worte fand, lächelte er entwaffnend, drehte sich so, dass er vor ihr stand, ließ ihre Hand von seinem Arm gleiten und neigte den Kopf.
»Ich bitte Sie hiermit in aller Form, mir die Gunst des nächsten Tanzes zu gewähren.«
Olivia suchte in seinen Augen nach Spott, zögerte und legte schließlich ihre Hand wieder auf seinen dargebotenen Arm, um ihm auf die Tanzfläche zu folgen. Als sie Aufstellung nahmen, sah sie sich Stanley schräg gegenüberstehen, der sie nach einem Blick auf John Retallick ungläubig anstarrte. Während sie sich drehte, die Hand ihres Tanzpartners erneut ergriff und sich wieder drehte, bemerkte sie, dass er und Stanley Blicke tauschten. Ihr Bruder kochte vor Wut, das war nicht zu übersehen. Dass ihr Tanz einen solchen Zorn entfachte, befremdete sie, und sie zweifelte nicht daran, dass Stanley danach umgehend mit ihrer Mutter sprechen würde. Mit John Retallick zu tanzen, wäre ihr angesichts der ihr folgenden Frauenblicke einen kleinen häuslichen Streit durchaus wert gewesen, hätte sie nicht das triumphierende Lächeln gesehen, mit dem er ihren Bruder bedachte. Sie geriet aus dem Takt.
»Nervös, meine Liebe?«, fragte John Retallick.
»Mein Bruder scheint verärgert zu sein.« Was noch milde ausgedrückt war.
»Das ist nicht zu übersehen.«
»Es scheint Ihnen ja gut zu gefallen.« Olivia wagte einen weiteren kurzen Blick zu Stanley.

»Nun ja, dass er so reagiert, war zu erwarten. Ihr Bruder ist sehr vorhersehbar.«

»Was inszenieren Sie hier eigentlich? Dient das alles nur dem Zweck, meine Familie zu verärgern?«

»Dass wir nicht miteinander tanzen, weil wir uns besonders zugetan sind, war doch von Anfang an klar, oder nicht?«

Olivias Herz schlug in schweren Schlägen, während sie sich drehte und dann einfach bewegungslos stehen blieb, derweil Sir John darauf wartete, dass sie seine Hand erneut nahm. »Vielleicht erbarmt sich ja eine andere Dame, den Tanz mit Ihnen zu beenden.«

Ohne ihm die Möglichkeit einer Erwiderung zu geben, drehte sie sich um, bahnte sich einen Weg an den Tanzenden vorbei und floh aus dem Raum auf die Galerie. Sie musste sich nicht umsehen, um zu wissen, dass Sir John ihr folgen würde, und so stolperte sie in die erstbeste Nische am Fenster, die von üppig drapierten Vorhängen verborgen war. Was für ein erbärmlicher kleiner Triumph, dachte sie, einer, den John Retallick nicht gelten lassen würde, dessen war sie sich nur zu gewiss.

In die Nische zurückgelehnt, saß sie auf einer schmalen, in die Wand eingelassenen Holzbank und starrte ins Dunkel. Sie hörte eilige Schritte näher kommen und hielt die Luft an, als diese sich nach kurzem Verharren entfernten. Erleichtert stieß sie die Luft aus und wagte nicht, nachzuschauen, ob es sich um John Retallick gehandelt hatte.

»Was ist nur in mich gefahren?«, murmelte sie. Ein kleiner Moment der Unbedachtheit, eines der wenigen Male, wo sie einem plötzlichen überbordenden Zorn nachgab. Ein Moment, in dem Sir John ihr deutlich machte, dass ihm gleich war, ob ihre Familie ihr um seinetwillen grollte. Ein Moment, in dem sie Stanleys Mienenspiel ansah, dass dieser wusste, worauf John Retallick aus war – und in dem er doch nur stummer Zuschauer sein konnte.

Immer wieder gingen Gäste über die Galerie von einem Salon zum anderen, und Olivia hörte Kleider rascheln, das Klackern von Absätzen, Lachen, Unterhaltungen. Es war nur eine Frage der Zeit, bis sie das erste Mal hörte, wie ihr Name fiel. Ein solcher Abgang konnte schwerlich unbeachtet bleiben.

»Sir John sagte, sie habe unwohl gewirkt.«

»Ihr Bruder hat gelacht.«

»Seltsame Leute, die Kilbournes. Über die Älteste sagte man sich …«

Die Stimme der Frau verlor sich im allgemeinen Geplapper der Gäste, als sie weiterging, und so erfuhr Olivia nicht, was man sich über Ruby sagte. Sie lehnte den Kopf zurück und schloss die Augen. Weder wusste sie, wie sie jetzt den Leuten, noch wie sie Sir John gegenübertreten sollte.

Der Vorhang wurde so plötzlich beiseitegeschoben, dass Olivia zusammenfuhr und in die plötzliche Helligkeit blinzelte.

»Ich hätte vielleicht zuerst in den Nischen suchen sollen, weil mir hätte klar sein müssen, dass jemand, der sich kindisch benimmt, sich auch wie ein Kind hinter Vorhängen verkriecht.« John Retallicks Stimme klang trügerisch ruhig und leise.

Olivia, zu unerfahren in dieser Art von Disput und sich der Tatsache nur zu bewusst, dass jeden Augenblick Besucher der Feier zu unliebsamen Zuhörern werden konnten, schwieg auf die Beleidigung hin und erhob sich aus der

Nische. In einer bedächtigen Bewegung strich sie ihr Kleid glatt, wohl wissend, dass es ihn wesentlich stärker provozieren musste, wenn sie ihn ignorierte, als wenn sie ihm eine wütende Antwort entgegenschleuderte.

Er griff nach ihrem Arm. »Kommen Sie mit.«

»Unterstehen Sie sich«, zischte sie nur für ihn hörbar.

»Sie können sich das, was ich Ihnen zu sagen gedenke, auch hier anhören, aber so wird es jeder, der zufällig vorbeikommt, mithören, und darüber wird man auch in einem Jahr noch reden, das verspreche ich Ihnen.«

Olivia täuschte ein Zögern vor, weil sich alles in ihr sträubte, ihm nachzugeben, jedoch war ihr klar, wie die jetzige Situation auf Zuschauer wirken musste. Sie befreite mit einer Drehung ihren Arm aus seinem Griff, und ohne ein weiteres Wort setzte er sich in Bewegung, offenbar in Erwartung, dass sie ihm folgen würde. Sie jedoch blieb stehen. Wenn er dachte, sie würde ihm wie ein Schoßhündchen hinterherrennen, dann hatte er sich getäuscht.

Er merkte recht schnell, dass sie nicht bei ihm war, kam zurück, packte ihr Handgelenk und zerrte sie ohne weitere Worte hinter sich her.

»Ihnen ist schon klar, was die Leute denken, wenn sie das hier sehen, ja?«, zischte Olivia, während sie sich bemühte, mit ihm Schritt zu halten.

»Ich bezweifle, meine liebe Unschuld, dass Sie auch nur annähernd erfassen, was die Leute sich in einer solchen Situation denken. Sonst wäre Ihnen klar, dass sie diskret wegschauen werden, weil Sie mir folgen, anstatt um Hilfe zu schreien.«

Olivia versuchte, ihre Hand zu befreien, während sie neben ihm herlief, aber sein Griff war wie eine Eisenklammer und

schien sich enger zusammenzuziehen, je mehr sie sich zu lösen versuchte. Vor einem Zimmer am Ende des Korridors blieb er stehen, öffnete die Tür, schleuderte sie hinein, folgte ihr, warf die Tür hinter sich ins Schloss und drehte den Schlüssel um.
»Ich lasse mich nicht öffentlich zum Narren machen«, sagte er.
»Was Sie nicht sagen. Ich weiß nicht, welchen Disput Sie und mein Bruder austragen, aber ich bin es leid, in Ihre Angelegenheiten hineingezogen zu werden.«
Sein Lächeln war kalt und böse. Olivia wich zurück, bis sie mit dem Rücken an der Wand stand, und verschränkte die Arme schützend vor der Brust.
»Sie sind es leid? Tatsächlich?« Er tat, als dächte er darüber nach. »Ich bedaure, meine Schöne, aber selbst wenn ich eine Möglichkeit sähe, Ihnen diese Rolle zu erlassen, war der Weg, den Sie eingeschlagen haben, der gänzlich falsche.«
Olivia blinzelte, hob das Kinn, um mehr Selbstsicherheit vorzutäuschen.
»So ein Auftritt«, fuhr er im Plauderton fort, »obschon Ihnen klar sein musste, dass ich das nicht auf sich beruhen lassen werde. Man sollte doch meinen, die kleine Henry-Adair-Affäre hätte Ihren Bedarf, was Demütigungen durch Männer angeht, gedeckt. Er hat Ihnen wirklich Hoffnungen gemacht, nicht wahr? Erst dieses Herumgetändel, und dann erscheint auf einmal die Verlobungsanzeige mit der Erbin des Charington-Vermögens. Sie müssen sehr verliebt in ihn gewesen sein. Möglicherweise sind Sie es sogar noch, denn Gefühle schüttelt man ja nicht von einem Moment auf den anderen ab.«
Sie wollte ihm eine scharfe Antwort geben, sah sich in Ge-

danken reden, sah seinen betroffenen Gesichtsausdruck. Doch es war eine lautlose Vorstellung, denn alles in ihr war auf einmal Gefühl, und sie schaffte es nicht, auch nur eines davon zu artikulieren. Ihr Körper hingegen sprach ohne ihren Willen, und so konnte sie nicht verhindern, dass sich eine Träne aus ihrem Augenwinkel löste und ein warmes, kitzelndes Rinnsal über ihre rechte Wange zog. Sie blieb indes völlig bewegungslos und umklammerte mit beiden Händen ihre Oberarme.

John Retallick legte den Kopf leicht schräg und sah sie an, dann kam er zu ihr und strich ihr über die Wange. »Das alles ist kein Grund zum Weinen.« Seine Stimme klang nun sanft, während seine Fingerspitzen beinahe zärtlich zu ihrem Hals glitten. »Ich habe vor allen Leuten unten Ihren Ruf gerettet, Miss Kilbourne, und Ihrem besorgten Vater habe ich versichert, ich würde Sie suchen und mich um Sie kümmern, was er mit einiger Erleichterung zur Kenntnis genommen hat.«

Ihr Blick blieb wie gefangen in seinen Augen. »Er hat garantiert nicht an das hier gedacht«, flüsterte sie. »Lassen Sie mich jetzt gehen, Sir John. Ich werde vergessen, was Sie mir gesagt haben.«

Er lächelte. »Nein, das werden Sie nicht. Sie werden nach Hause fahren und jeden Splitter Ihres gebrochenen Herzens beweinen.« Sein Spott ließ das aufkeimende Melodram in tausend Stücke zerbrechen.

»Was habe ich Ihnen jemals getan, das eine solche Behandlung rechtfertigt?«

»Sie haben mich unten vor allen Leuten lächerlich gemacht, und da wollte ich Ihnen vor Augen führen, wer von uns beiden den Ton angibt.« Seine Finger strichen wie in einer Liebkosung über ihren Hals. »Nachdem das nun geklärt ist, lassen Sie uns diese unerfreuliche Episode vergessen. Und vergessen Sie auch Henry Adair, er ist keine Erinnerung wert, ich kenne Männer seines Schlags. Vielleicht hat er Sie tatsächlich gemocht, aber jemand mit seinen Ambitionen heiratet keine Frau, nur weil er sie mag. Er wird sich sicher gerne an Sie erinnern, und für ihn wird es eine überaus angenehme Erinnerung sein, ebenso wie der Gedanke daran, dass Sie sich immer noch nach ihm verzehren.«

Olivia schloss die Augen und schluckte schwer wie an einem Stein. Seine Fingerspitzen lagen an ihrer Kehle, und sie wusste, dass er jede Bewegung spürte, jedes Schlucken, jedes Beben. Als sie die Augen wieder öffnete, sah sie, dass er sich mit der anderen Hand neben ihrem Kopf an der Wand abstützte, und er war ihr nah, viel zu nah. Sein Atem ging ruhig, ein kaum sichtbares Heben und Senken der Brust, während ihr eigener wie angetrieben schien vom Trommelschlag ihres Herzens.

Er neigte sich so weit zu ihr, dass ihre Lippen nur noch eine Handbreit voneinander entfernt waren, und sie kam ihm das letzte Stück entgegen. Sein Kuss hatte nichts Behutsames, kein Vortasten, sondern er forderte, und seine Arme schlossen sich um sie, hielten sie, als wolle er verhindern, dass sie vor ihm floh. Schließlich ließ er von ihr ab und hob den Kopf so weit, dass er sie ansehen konnte. Olivia, die hoffte, in seinen Augen wenigstens einen Abglanz ihrer eigenen verwirrten Gefühle zu finden, entdeckte nichts als spöttische Belustigung.

»Für einen scheuen Jungmädchenkuss war das gar nicht mal so übel.«

»Ich hasse Sie«, sagte sie kaum hörbar.

Vorsichtig zeichnete er mit einem Finger ihre Lippen nach,

als müsse er sie sich einprägen und als spüre er sie nicht mehr auf dem eigenen Mund so wie sie die seinen. Olivia gab sich einen Ruck und befreite sich von ihm, indem sie einen Schritt zur Seite trat. »Sind Sie nun fertig mit mir?«

»Für heute ja.«

Sie ging zur Tür und drehte am Knauf, als ihr einfiel, dass Sir John abgeschlossen hatte. Ohne ein Wort streckte sie die Hand aus, damit er ihr den Schlüssel gab, bemerkte dann, wie sehr sie zitterte, und verbarg sie in den Falten ihres Kleides. John Retallick steckte den Schlüssel ins Schloss und drehte ihn. Mit einem leisen Knirschen öffnete sich die Verriegelung, und er zog die Tür auf, dann löschte er die Kerzen und folgte Olivia hinaus auf den Korridor. Sie ignorierte seinen dargebotenen Arm und ging mit erhobenem Kopf zur Treppe.

»Nur weiter so«, sagte Sir John. »Der Erste, der uns sieht, hält uns für ein Liebespaar, das sich gerade gestritten hat.«

»Und wenn ich an Ihrem Arm ginge, hielten sie uns womöglich für ein Paar, das gerade von einem verbotenen Stelldichein kommt.«

»Aber nein, meine Liebe, denn das würden wir mitnichten so offen zur Schau stellen. Kommen Sie, ich bringe Sie zu Ihrem Vater. Selbst dem verwegensten Liebhaber würde man schwerlich eine solche Dreistigkeit zutrauen.«

Olivia legte ihre Hand auf seinen Arm und mied stoisch seinen Blick. Ihr war, als tobe ein Sturm in ihr, der ihren Atem peitschte, ihr Herz aufwühlte und es in harten Schlägen gegen die Rippen trieb.

Sie trafen in der Eingangshalle am Fuß der Treppe auf ihren Vater. Offenbar hatte er sie gesucht, denn er wirkte erleichtert.

»Da bist du ja, mein Liebes«, sagte er, als sie bei ihm angekommen war. Er legte die Hand unter ihr Kinn und sah ihr prüfend ins Gesicht. »Du siehst wirklich unwohl aus.«
Seine Fürsorglichkeit trieb ihr die Tränen in die Augen, und sie fühlte sich noch elender als zuvor. War dies Erwachsenwerden? Aus seinem Schutz herausgerissen werden und sich selbst eine Fremde sein?
»Vielen Dank, dass Sie sich um sie gekümmert haben, Sir John.«
Olivia wagte einen kurzen Blick zu John Retallick, erkannte in seinem Gesicht aber nichts als höfliche Aufmerksamkeit.
»Es war mir ein Vergnügen«, erwiderte dieser und schenkte ihr ein Lächeln.
Ihr wurde übel.
»Am besten fährst du schon nach Hause.« Ihr Vater sah sie mit besorgtem Stirnrunzeln an. »Du bist ganz blass. Nimm die Kutsche und schick sie später zu uns zurück.«
Olivia nickte. »Wo ist Mama?«
»Das weiß ich leider auch nicht, ich habe sie schon seit einer ganzen Weile nicht gesehen.«
Sir Johns Blick war nicht zu deuten, als er erst ihren Vater ansah und dann den Blick durch die Halle schweifen ließ. Wenig später verabschiedete er sich, nicht ohne Olivia eine baldige Genesung gewünscht zu haben.
»Ein reizender junger Mann«, sagte ihr Vater, während sie vor der Haustür darauf warteten, dass die Kutsche vorfuhr. »Bedauerlich, dass er unter einer solch prekären finanziellen Situation zu leiden hat, und dann natürlich die Sache mit seinem Bruder.«
Olivia zuckte mit den Schultern. »Vielleicht heiratet er ja eine Tochter aus reicher Familie.« Ihr tat der Kopf weh,

und sie wollte nichts dringender, als sich daheim in ihr Bett fallen lassen.
Mit einem Lächeln sah ihr Vater sie an, als habe sie ihm mit ihren Worten ein pikantes Geheimnis eröffnet. »Nun, das ist natürlich gut möglich.«
»Ich habe nicht von mir gesprochen«, sagte Olivia leise. Doch im selben Moment, in dem sie die Worte formuliert hatte, ging ihr auf, dass genau das der Grund sein konnte, aus dem John sie ausgewählt hatte – ihre Mitgift. Allerdings war das keine Erklärung dafür, was er mit Stanley zu schaffen hatte. Aber sie wollte jetzt nicht weiter darüber nachdenken, denn ihr war, als zerspringe ihr Kopf. Glücklicherweise schwieg ihr Vater taktvoll. Er half ihr in die Kutsche, drückte ihre Hand noch einmal kurz und verabschiedete sich.

Die Nacht war windstill und trocken, und die Kälte tat Olivia wohl. Selbstquälerisch wiederholte sie jedes von Johns Worten in Gedanken, spürte seinen Kuss, ein winziges Entgegenkommen ihrerseits, ein leises Aufbegehren gegen die Erinnerung an Henrys Küsse, und sie wünschte sich, er könne sehen, wie leicht sie diese ersetzen konnte, wie wenig sie ihr bedeuteten. Sie wollte nicht darüber nachdenken, was das über ihren Charakter aussagte.
Als Olivia durch die Anzeige von Henrys Verlobung erfahren hatte und hernach vor Verzweiflung schier außer sich geraten wollte, hatte sie sich ihren Eltern anvertraut. Zwar war die Angelegenheit danach gänzlich totgeschwiegen worden, aber Olivia ahnte, dass es unterschwellig durchaus Getratsche gegeben haben musste, denn irgendwoher musste Sir John ja davon erfahren haben.
Seine Worte hatten geschmerzt, ihre Gefühle, die sie nur

ihren engsten Freundinnen offenbart hatte, waren von ihm ans Licht gezerrt und lächerlich gemacht worden.
Wieder folgte sie in Gedanken John Retallick, der sie hinter sich herzerrte, der sich erstaunlich gut im Haus der Stockwells auskannte und genau zu wissen schien, wo er hinwollte. John Retallick, der sie in einer Nische fand, die sie selbst nur durch Zufall entdeckt hatte. Sie hielt ihren Blick in die Dunkelheit gerichtet. John Retallick, der kein Licht mehr machen musste, weil das Zimmer bereits hell erleuchtet war, als habe man sie erwartet.

Augusta betrachtete sich im Spiegel, drehte den Kopf hin und her und vergewisserte sich, dass ihre Frisur so saß wie vorher. Hinter ihr knöpfte James Everett, Earl of Westlake, seinen Rock zu und zog seine Perücke zurecht.
»Du hast mit der kleinen Stockwell angebandelt«, sagte Augusta.
»Eifersüchtig?«
Augusta seufzte. Das war der Nachteil bei jungen Liebhabern, die bei ihnen so häufige Annahme, man hege einen Ausschließlichkeitsanspruch auf sie, nur weil sich die Affäre schon über mehrere Monate hinzog, ohne dass sie einander überdrüssig wurden. Ältere Männer schienen da abgeklärter und weniger romantisch. »Keineswegs. Sie soll eine überaus große Mitgift erhalten.«
»Ich weiß. Es war schwerlich ihr Aussehen, das mich in seinen Bann geschlagen hat.« Er legte den Arm um sie und küsste ihren Nacken. »Vom Äußerlichen her würde mir deine jüngere Tochter besser gefallen.«
Augusta versteifte sich. »Die schlag dir aus dem Kopf.« Selbst wenn er eine bessere Partie gewesen wäre und kein

Hungerleider, käme er nicht für Olivia in Frage. Sie würde keine Ehe ihrer Tochter mit einem ihrer Liebhaber dulden, es gab schließlich Grenzen.

»Keine Sorge, ich halte mich von der Kleinen fern. Die Stockwell-Tochter ist meine erste Wahl, und für mein Bedürfnis nach Schönheit habe ich schließlich dich.«

Mit einem Lächeln wandte Augusta sich wieder ihrem Spiegelbild zu. Woran in Gibraltar kein Mangel herrschte, waren Männer, und sie hatte bereits die eine oder andere Eroberung gemacht. Gelegentlich bedauerte sie es, nicht am französischen Hof leben zu dürfen, wo es als geradezu anstößig galt, sich nur dem Ehemann hinzugeben. In England war man zu Augustas Bedauern nicht ganz so generös, und so galt es, diskret vorzugehen.

Sie hatte sich vor ihrer Ehe zurückgehalten, und sie war sich auch sicher, dass ihre Kinder von Frank waren. Bei Ruby gab es keinen Zweifel, denn ihre erste Liaison hatte sie nach deren Geburt begonnen, nur bei den Zwillingen hatte sie einige atemlose Monate lang die Befürchtung gehegt, dieser hinreißend verruchte Offizier, mit dem sie angebandelt hatte, könne der Vater sein. Aber die Kinder waren dafür zwei Monate zu spät auf die Welt gekommen, sie konnten nur von Frank sein. Und Olivia hatte noch dazu die Augen ihres Vaters.

Das war eine Sache, die sie immer gefürchtet hatte: Kinder mit den Zügen eines anderen Mannes zu gebären. Seit der Geburt der Zwillinge hatte sie Obacht gegeben, und einmal waren sogar Schritte nötig gewesen, die unerwünschte Leibesfrucht austreiben zu lassen – eine schmerzhafte Prozedur, die sie tagelang ans Bett gefesselt hatte. Aber zumindest waren die Folgen langfristig, denn sie war danach nie wieder schwanger geworden.

Anfangs waren ihre Affären allein dem Vergnügen geschuldet gewesen, später hatte sie gezielt Männer ausgesucht, die der Karriere ihres Ehemannes und somit Stanleys förderlich waren. Zwar lag ihr an Frank persönlich nicht viel, aber sein Aufstieg war auch der ihre, und so hatte sie alles, was in ihren Möglichkeiten lag, eingesetzt, um seine Karriere voranzutreiben. Es wunderte sie, dass er seine Beförderung nie in Frage gestellt hatte.
Sie verweigerte sich ihm nicht gänzlich, und die wenigen Male, die sie es tat, geschah dies nicht offen, sondern indem sie jeder Zärtlichkeit und Annäherung mit so viel Verachtung begegnete, dass er schnell wieder aufgab. Ihm seine ehelichen Rechte nicht vorzuenthalten war notwendig, damit er keine Affären begann, denn sie witterte Gefahr für den Fall, dass eine andere Frau ihm die Gefühle entgegenbrachte, die er bei ihr vergeblich suchte. In diesem Fall könnte eine harmlose kleine Liaison bereits zum existenziellen Problem werden, denn einer Ehefrau konnte man sich leicht entledigen, sei es auch nur, dass man sie auf irgendeinen Landsitz abschob. Gegen eine bezahlte Geliebte hätte sie nichts einzuwenden, aber das wiederum widersprach Franks Sinn für Moral.
Zudem hatte die körperliche Liebe mit ihm eine Vertrautheit, nach der es sie zuweilen verlangte, ähnlich einem Zuhause, in das man nach aufregenden Reisen zurückkehrte, um Ruhe zu schöpfen. Sie sorgte dafür, dass über ihre Affären nichts laut wurde, denn sie befürchtete, dass es ihrem Mann an Besonnenheit fehlte und er sich womöglich zu einem unüberlegten Schritt hinreißen ließ, der dem Ruf der gesamten Familie Schaden zufügen würde.
»Wann sehen wir uns wieder?«, fragte James Everett.

»Ich lasse es dich wissen.« Augusta ging zur Tür. Es war eine ebenso delikate Angelegenheit, ungesehen den Raum zu verlassen und sich wieder unter die Feiernden zu mischen, wie die, ungesehen zu gehen und ein adäquates Zimmer zu finden. Aber glücklicherweise hatten diese großen Häuser immer mindestens ein ungenutztes Gästezimmer. Sie ging durch den langen Korridor zurück zur Galerie und sah ihren Ehemann und Olivia das Haus verlassen. Links in der Eingangshalle war John Retallick eben dabei, den Tanzsaal wieder zu betreten, hielt jedoch inne, als spüre er ihren Blick. Er sah auf, taxierte sie und lächelte maliziös.

Ruby beobachtete. Seit sie selbst nicht mehr tanzte und von ihr niemand erwartete zu kokettieren, um einen Ehemann zu bekommen, hatte sie Zeit, das Leben von außen zu betrachten. Manchmal barg ein bestimmtes Lied, der Anblick eines lachenden Mädchens oder ein besonders übermütig tanzendes Paar kleine Augenblicke der Erinnerung. Sie liefen in schneller Wechselfolge ab und brachten Ruby einen Nachhall früherer Tage, den sie festzuhalten suchte wie den Nachgeschmack eines besonderen Desserts, das man genossen hatte und von dem nichts mehr übrig war.

Olivia sah zauberhaft aus, das war Ruby bereits aufgefallen, ehe sie von daheim aufgebrochen waren, und der Aufwand, den sie um ihr Aussehen betrieben hatte, legte nahe, dass sie einen bestimmten Mann zu treffen hoffte. Es waren kleine Nuancen, die sie verrieten, und Ruby fragte sich, ob Olivia wusste, dass einem Mann so etwas niemals auffallen würde, wohl aber anderen Frauen. Sie behielt sie im Auge, während sie auf dem Ball waren, neugierig darauf, wer der geheimnisvolle Mann sein mochte, dem ihre kleine Schwester zu gefallen suchte und der sie so sehr gefangen nahm, dass sie die Blicke der anderen Männer nicht bemerkte und nicht zu ahnen schien, wie viele Eroberungen sie machte und wie viele Jagdinstinkte sie dadurch anheizte, dass sie niemandem Beachtung schenkte.

Dann war John Retallick auf der Bildfläche erschienen, und Ruby wusste in dem Moment, in dem Olivia zu ihm aufsah, dass ihre Schwester ihm nicht gewachsen war, denn er schien geradewegs in Olivias verletzliches Inneres zu blicken und genau zu wissen, wo er ansetzen musste. Sie hingegen war zu unerfahren mit Männern von Johns Schlag, um zu wissen, dass diese sich nur dann von weiblichen Reizen einfangen ließen, wenn sie auf eine Eroberung für eine Nacht aus waren.

Die Selbstverständlichkeit, mit der er sich zu ihr gesellte, ließ darauf schließen, dass die beiden sich kannten, und das war besorgniserregend, denn er war schwerlich verliebt in Olivia, während dieser die Unsicherheit aus jedem ihrer Blicke und jeder Bewegung abzulesen war. Selbst aus der Art, wie sie ihm erst den Tanz verweigern wollte und schließlich doch nachgab, war zu ersehen, dass dies mehr war als eine kleine Tändelei. Ruby stellt sich an den Rand des Tanzsaals und beobachtete die beiden, sah Stanleys Fassungslosigkeit und erlebte dann mit, wie Olivia John einfach stehen ließ, was ihren Bruder sichtlich erheiterte.

Olivia war aufgewühlt davongelaufen, während John erst wie erstarrt auf der Tanzfläche gestanden hatte und ihr dann langsam gefolgt war. Nur wer ihn bereits zornig erlebt hatte, konnte die Wut erkennen, die hinter seiner höflichen Fassade lauerte, während er einigen Leuten antwortete und dann kurz mit ihrem Vater sprach. Als er den Tanzsaal verließ, beschleunigte er kaum merklich seine Schritte. Ruby war besorgt und machte sich ebenfalls auf die Suche nach ihrer Schwester. Wie unbedacht sie sich verhielt, dachte Ruby, das passte nicht zu der ruhigen, besonnenen Olivia, die ihrer Mutter immer so vorhersehbar erschien. Andererseits hatte ja die Henry-Adair-Affäre gezeigt, dass selbst Olivia unvorhergesehen handelte und mit den Regeln der Gesellschaft brach, wenn Gefühle im Spiel waren. »Ein stiller, dunkler See«, hatte Großtante Patty sie genannt, und Ruby neigte dazu, dieser Einschätzung zuzustimmen.

Weil sie als Gast schlecht im ganzen Haus herumlaufen konnte, gab Ruby die Suche irgendwann auf und gesellte sich zu ihrem Vater, der überaus besorgt wirkte. Olivia sei offenbar unwohl geworden, erklärte er. Sie blieb an seiner Seite, bis er irgendwann in die Halle trat, um erneut nach Olivia zu suchen. Sir John werde sich um sie kümmern, sollte er sie finden, fügte er hinzu, was in Ruby einen jähen Anflug von Mitgefühl für ihre Schwester aufflackern ließ. Sie wusste, wie vernichtend John sein konnte, wenn er wütend war. Statt ihren Vater zu begleiten, blieb sie im Tanzsaal stehen und behielt die Halle so im Blick, dass es nicht auffiel. Gelegentlich blieb jemand bei ihr stehen, um ein paar Höflichkeiten zu tauschen.

Irgendwann kamen John und Olivia die Treppe hinunter, Olivia war totenblass, John lächelte. Nachdem er mit ihrem Vater gesprochen hatte, verließ dieser mit Olivia das Haus, während John die Eingangshalle in Richtung Tanzsaal durchquerte, sich an der Tür noch einmal umdrehte, als habe er jemanden auf der Galerie erspäht, und dann den Saal betrat.

»Was hast du mit ihr gemacht?«, fragte Ruby, als er auf einer Höhe mit ihr war, offensichtlich ohne sie zu bemerken, was

Aufschluss über seinen Gemütszustand gab, der nicht so ruhig zu sein schien, wie er gerne glauben machen wollte.
Er drehte sich zu ihr um. »Ah, Ruby. Ich wusste nicht, dass du hier bist.«
»Gelegentlich gehe auch ich unter Leute.« Sie trat einen Schritt zur Seite, um einer Dame mit ausladenden Hüften Platz zu machen. »Ich hatte keine Ahnung, dass ihr euch kennt.«
»Das ist nicht der Rede wert.«
»So sah es nicht aus, als du sie zu meinem Vater gebracht hast.«
»Sie brauchte eine kleine Zurechtweisung.«
Ruby zog die Brauen leicht zusammen. »Lass sie in Ruhe, John. Sie kann für all das nichts.«
»Dafür ist es jetzt zu spät.«
Ruby sah zu den Tanzenden, beobachtete lachende Paare, Mädchen, deren Kleider ein prachtvoller Rausch aus zarten Farben waren. »Du warst in Marokko, habe ich gehört.«
»Ja, ich habe einen Arzt gesucht, der dir helfen kann. Man sagt, die Araber wüssten mehr über bestimmte Krankheiten als die Europäer.«
Ihr Blick kehrte zu ihm zurück. »Du glaubst immer noch, dies hier«, sie legte die Hand an die Brust, »sei deine Schuld, ja?«
Er brauchte nicht zu antworten, um ihr zu bestätigen, dass sie recht hatte.
»Kein Arzt kann mich heilen, das weißt du. Ich muss nach England zurück.«
»Ich sorge dafür, dass du es kannst. Ich habe versprochen, dass ich dir helfe. Sieh du nur zu, dass du dich ausreichend schonst, damit du die Rückreise noch erlebst.«

Sie schwieg lange.
»Ich möchte hier nicht sterben«, sagte sie schließlich.
John blickte über die Menschenmenge, als müsse er sich sammeln, ehe er sich ihr wieder zuwandte. »Wie behandelt deine Familie dich?«
»Mein Vater leidet, aber meine Mutter kennt kein Erbarmen mit mir. Und Stanley würde sich zugrunde richten für mich, aber selbst dann könnte ich ihm nicht verzeihen.« Sie stieß langsam den Atem aus. »Nur Olivia ist, wie sie immer ist.«
»Schwärmerisch, verträumt und leicht in Verlegenheit zu bringen?«
»Tu ihr nicht weh, John, bitte.«
Er antwortete nicht.
»Ich werde sie vor dir warnen.«
Jetzt lachte er leise. »Eine Warnung würde ihr nicht helfen, aber selbst wenn die Dinge anders wären, als sie nun einmal sind – wann hättet ihr Frauen euch jemals vor Männern warnen lassen, die euch gefährlich werden könnten?«
Ruby starrte auf die Tanzfläche, wo bunte Kleider herumwirbelten und in einem verschwommenen Farbennebel miteinander verschmolzen.

London, Oktober 1776

Stanley hat mich vor dir gewarnt.« Rubys Worte standen in der kalten Luft vor ihren lächelnden Lippen, auf denen noch die Wärme von Jareds Küssen lag.
»Mich hat er vor sich selbst gewarnt, wenn ich dir zu nahe komme.« Jared küsste sie wieder.
Sie stand mit dem Rücken an die Wand eines alten Bretter-

verschlags gelehnt, und die feuchte Nebelkälte der Themse kroch unter ihre Röcke, während Dunst wie Spinnwebenfetzen über dem Wasser hing, dessen silbergrauer Glanz das Licht der bleichen Herbstsonne spiegelte. Ruhig war es, ein Ort, an den sich kein Spaziergänger verirrte. Verlassen, trostlos, und doch der wundervollste Platz, den es gab.

»Was hat Stanley nur gegen eine Verbindung?«, fragte Ruby. »Du bist sein bester Freund.«

»Sein bester Freund mit dem Ruf eines Frauenhelden und Verschwenders.« Jared schnitt eine Grimasse. »Stanley hätte vielleicht nicht einmal etwas gegen mich einzuwenden, wenn ich ihn davon überzeugen könnte, dass es mir ernst ist, aber er weiß, dass ich deiner Mutter nicht recht wäre als Schwiegersohn. Sie duldet mich eigentlich nicht einmal als Freund ihres Sohnes. Bei John sähe das alles natürlich ganz anders aus.«

»Dein älterer Bruder?«

»Ja, der schweigsame Finsterling, den der König so sehr schätzt. Wenn er ein Mädchen auf einem Ball ansieht, lecken sich die Mütter förmlich die Finger.«

Ruby lachte. »Das glaube ich dir nur zu gerne. Und die Mädchen?«

»Die lecken sich die Finger, wenn ich sie ansehe.«

Sie stieß ihn in die Rippen. »Du bist unmöglich, Jared Retallick.«

»Ich will keine von ihnen.« Er war wieder ernst geworden. »Nur dich, ich schwöre es, Ruby.«

Mit den Fingerspitzen zeichnete sie den Aufschlag seines Rocks nach. »Stanley sagte, du würdest mir das Herz brechen.«

»Hör nicht auf ihn.« Er zog sie an sich und legte ihr den

Arm um die Schultern. Eng aneinandergeschmiegt gingen sie am Themseufer spazieren, traten über Schlick, angeschwemmtes Holz und den schmierigen Rest von verrottetem Abfall.

In jener Nacht, in der Stanley sie allein gelassen hatte, war Jared auf ihren Wunsch hin mit ihr durch die nächtlichen Gassen geschlendert. Er war charmant gewesen, wenn auch mit einem mokanten Unterton. Sie hatten gescherzt, ein Wort hatte das andere ergeben, und irgendwann hatte Jared den Versuch unternommen, sie zu küssen, was er sicher als die schmerzhafteste Erfahrung verbuchen konnte, die er jemals mit einer Frau gemacht hatte. Noch während er sich die Wange rieb, drehte Ruby sich um und lief zurück in die Richtung, aus der sie glaubte, gekommen zu sein. Jared folgte ihr, hielt sie am Arm, und sie wandte sich um, die Hand erhoben, die jedoch von ihm abgefangen wurde.

»Wo wollen Sie hin?«

»Lassen Sie mich los.«

»Ich habe Ihrem Bruder versprochen, auf Sie aufzupassen, also werde ich Sie hier sicher nicht allein herumlaufen lassen.«

»Ihre Auffassung von Aufpassen stimmt sicher schwerlich mit der meines Bruders überein.« Sie rang mit ihm.

»Ich lasse Sie los, aber laufen Sie nicht weg. Dies«, er deutete mit dem Kinn auf den Weg, den sie hatte gehen wollen, »ist die verkehrte Richtung.«

Sie entspannte sich, und er gab ihre Arme frei. »Sie müssen einen falschen Eindruck von mir gewonnen haben, Mr. Retallick. Dass ich mich nicht so verhalte, wie Sie es sicher von jungen Frauen der Gesellschaft gewöhnt sind, bedeutet mitnichten, dass ich leicht zu haben bin.«

»Ich dachte mir, es sei einen Versuch wert. Ein einfaches *Nein* hätte allerdings genügt.«

»Einem *Nein* hätte jedoch eine Frage vorausgehen müssen, und ich kann mich nicht daran erinnern, diese gehört zu haben.«

Jared lachte.

Sie hatten sich für den folgenden Tag im Hyde Park verabredet, zwanglos, nur um zu plaudern, aber ebenso wie Ruby musste auch Jared bereits bei ihrem nächtlichen Abschied gewusst haben, dass es dabei nicht bleiben würde. Als sie ihn angesehen hatte und der Spott in seinen Augen einer jähen Bestürzung wich, war ihr klar gewesen, dass er sich in sie verliebt hatte, ebenso wie sie sich in ihn.

Den ganzen Frühling und Sommer hindurch hatten sie sich getroffen, meist nachmittags an verschwiegenen Orten, aber gelegentlich auch abends und bis in die Nachtstunden hinein. Die Heimlichkeit ihrer Beziehung gab dem Ganzen etwas Abenteuerliches und den Anstrich wahrhaftiger Liebe, die sich gegen die Widrigkeiten des Lebens behauptete. An diesem Tag jedoch wurde Ruby klar, dass diese Heimlichkeit auch Gefahren barg.

»Mein Bruder hat eine Wohnung hier in London, zu der ich den Schlüssel habe«, sagte Jared unvermittelt. »Lass uns dorthin gehen.«

Ruby blieb stehen. »Und was dann, Jared?«

Er sah sie an. »Warum sollen wir noch länger warten? Wir lieben uns.«

»Aber wir sind nicht verheiratet.« Sie las in seinem Mienenspiel nur zu deutlich, dass er diese Antwort nicht erwartet hatte.

»Das ist doch nur eine Förmlichkeit.«

»Wenn du so denkst, dann bedaure ich dich, Jared, denn mir bedeutet eine Ehe mehr als das.« Sie zog die Hand aus seiner Armbeuge.
»So meinte ich es nicht.« Er griff nach ihrem Arm, wollte die Harmonie wiederherstellen, aber sie blieb steif und gab nicht nach.
»Mir bedeutet es etwas«, wiederholte sie.
»Ich wollte damit nicht sagen …«, er hob die Hände, »… ich … ach, verdammt, Ruby. Ich möchte dich heiraten, und mir bedeutet es ebenfalls etwas, aber ich …«
Sie schwieg, wartete.
Er legte die Hände sanft auf ihre Schultern. »Ich wollte dir nur ausreden, bis zur Hochzeit zu warten, aber ich wollte diese nicht herabwürdigen.«
Den Blick von ihm abgewandt, sah sie zu Boden und nickte schließlich. Er neigte sich vor, umfasste ihr Gesicht und drehte es zu sich, um sie zu küssen. Lange dauerte dieser Kuss, weil keiner von ihnen sich von dem anderen lösen wollte. Als Jared den Kopf hob und immer kürzer werdende Küsse auf ihre Lippen atmete, war es Ruby, als sei sie verloren. Er konnte nicht ahnen, wie versucht sie gewesen war, ihm zu folgen, um Geheimnisse zu ergründen, die ihr eigener Körper noch vor ihr verbarg und die ihr nur Jared enthüllen sollte. Aber sie wusste auch, wie Männer Frauen behandelten, die allzu leicht zu haben waren. Zudem widerstrebte ihr, mit welcher Selbstverständlichkeit er davon ausging, dass sie ihm ihre Unschuld opfern würde, denn es ging für sie dabei um weit mehr als für ihn. Er konnte danach sein gesellschaftliches Leben ungehindert weiterführen, aber sie wäre mit nur einem falschen Wort ruiniert. Sie war abenteuerlustig und wollte wissen, was ihr das Leben zu bieten hatte, aber das schloss

nicht aus, dass ihr die Ehe viel bedeutete. Sie hatte nicht vor, als Mätresse zu leben, auch wenn Männer anscheinend glaubten, sobald man nicht so konventionell war wie andere junge Frauen, setze das selbstverständlich voraus, dass man sich ihnen auch unverheiratet körperlich hingab.

»Eine vor Gott geschlossene Ehe«, sagte Jared leise, während er ihr Gesicht immer noch mit den Händen umschlossen hielt, »bedeutet Verantwortung, die ich bisher nie zu tragen bereit war.« Er zögerte. »Irgendwie hatte ich erwartet, dass du mich zurückweisen würdest, wenn ich dich frage, ob du mit mir kommst. Aber ich hatte gedacht, es wäre, weil es dir alles zu schnell geht, nicht, weil du auf einer Ehe bestehst.«

Sie löste sich sanft von ihm. »Es tut mir leid, wenn ich dich enttäuscht habe.«

»Das hast du nicht. Es ist nur neu für mich.«

»Für mich auch.«

Schweigend spazierten sie weiter die Themse entlang, bis sie an eine kleine Ansiedlung ärmlicher Baracken und kleiner Verkaufsstände kamen, in denen gebratener Fisch und Pasteten angeboten wurden.

»Hast du Hunger?«, fragte Jared und führte sie zu dem Fischverkäufer. »Das ist etwas anderes, als man dir daheim vorsetzt.« Er kaufte einen gebratenen Fisch und ging mit ihr zu einer kleinen Mauer am Ufer, wo sie sich hinsetzten und den Fisch in die Mitte legten, der so heiß war, dass Jared ihn nur mit spitzen Finger zerteilen konnte. Es roch köstlich, und während Ruby und Jared mit bloßen Fingern aßen, sich gegenseitig mit dem weißen Fischfleisch fütterten und mit fettigen Lippen küssten, fragte Ruby sich, wie viel Glück das Leben für sie bereithalten mochte, wenn dieser kleine Moment schon so wunderbar war.

6

Gibraltar, Januar 1779

Der Europa Point markierte den südlichsten Punkt Gibraltars, die Spitze der Iberischen Halbinsel, wo der Fels abrupt endete und eine Plattform zum Meer hin bildete, die direkt an der Küste steil abfiel. An klaren Tagen konnte man von hier aus bis zum spanischen Ceuta an der Küste Nordafrikas sehen und zum Rif von Marokko, jene dem Atlasgebirge angehörende Gebirgskette, die direkt am Mittelmeer lag. An diesem Tag jedoch, der wie in einen grauen Schleier gehüllt schien, war von der Straße von Gibraltar nur wenig zu erkennen.

Olivia stand am äußersten Rand der Plattform und sah auf das dunkle Wasser, das in sanften Wellenschlägen gegen die felsige Wand schwappte. In ihrem Magen flatterte es, jene grausige Faszination, mit der die unergründliche Tiefe lockte. In stetem Rhythmus trieb das Wasser gegen die Felswand, ein beinahe träges Rauschen, als forme es immer wieder dieselben Worte. *Komm, komm, komm.*

Olivia trat einen Schritt zurück. Ihr Hang zur Einsamkeit bekam allmählich etwas Morbides.

Jeden Tag, an dem es nicht regnete, kam sie hierher, beinahe immer um dieselbe Zeit, starrte aufs Wasser und wartete, ohne so recht zu wissen, worauf. Ihre Mutter ließ sie gewähren. Es gab nicht viel, was ihre Eltern ihr nicht erlaubten, denn sie gingen ohnehin davon aus, dass es nichts Verbotenes war, ganz anders als Ruby, die für jede Sache

kämpfen musste, weil ihre Mutter immer etwas Skandalträchtiges witterte. Genau das ist es, was ich bin, dachte Olivia, vorhersehbar.
John Retallick hatte sie seit dem Ball bei den Stockwells nur selten gesehen und dann immer nur in Gesellschaft, so dass es leicht war, seinen Blick zu meiden und so zu tun, als sei er nicht da. Sie tat sich indes schwer damit, der ganzen Sache einen Anstrich von Stolz und Würde zu geben. Denn innerlich befürchtete sie, es könne wie verletzte Eitelkeit und kindisches Schmollen wirken, was ihr eine leise spottende Stimme in ihrem Kopf, die so ganz nach John klang, immer wieder bestätigte. Ihre Mutter hatte sie auf die Szene im Ballsaal angesprochen, aber sie hatte sich mit Unwohlsein herausreden können, was nicht einmal gelogen war. Ruby war anzumerken gewesen, dass sie das Thema gerne angesprochen hätte, was bei Olivia gelindes Erstaunen hervorrief, aber sie wollte keine weitere Erklärung abgeben. Und so machte sie deutlich, dass ihr an einem Gespräch zu dem Vorfall nicht gelegen war.
Nacht für Nacht hatte Sir Johns Kuss sie verfolgt, und es waren immer dieselben Gedanken, die in ihrem Kopf herumwirbelten, bis ihr schwindlig wurde, dieselben Momente, die sie sich in Erinnerung rief, dieselben Worte, die auch nach einigen Wochen nicht weniger weh taten. Sie fragte sich, warum es möglich war, dass nur wenige Augenblicke so viele Erinnerungen bargen.
Was war nur los mit ihr? Dies alles hatte nichts mit Liebe zu tun, ja, mit gar keinem Gefühl, das sie kannte. Leises Begehren hatte sie auch in Henrys Armen empfunden, aber alles an ihm war anders gewesen, sanfter, behutsamer. Wie wunderbar war ihr das kleine Geheimnis erschienen, das

sie mit ihm teilte. Seine Begründung, er warte nur den richtigen Zeitpunkt ab, ehe sie ihre Liebe offiziell machten, hatte sie nie in Zweifel gezogen. Als er sagte, seine Eltern hätten zwar andere Pläne, denen er jedoch nie zustimmen würde, hatte sie ihm geglaubt. Erst sehr viel später hatte sie erkennen müssen, dass seine Zurückhaltung eher aus dem Grund heraus geboren war, keine Verpflichtung ihr gegenüber einzugehen, weil zu diesem Zeitpunkt für ihn schon klar gewesen war, dass er eine andere Frau heiraten würde. Nun teilte sie wieder ein Geheimnis mit einem Mann, dieses Mal unfreiwillig.

»Hoffst du, dass *er* kommt?«

Olivia fuhr herum und presste sich die Hand auf die Brust. »Mary, du hast mich fast zu Tode erschreckt.«

Ihr Kleid mit einer Hand gerafft haltend, trat Mary Holbrooke ebenfalls an den Rand der Plattform, hielt jedoch im Gegensatz zu Olivia einige Schritte Abstand. »Constance sagte mir, dass du dich seit neuestem gerne hier aufhältst, immer zur selben Zeit.« Sie sah Olivia prüfend an. »Ich denke, wenn er hätte kommen wollen, hätte er das längst getan.«

»Von wem redest du?«, fragte Olivia, obwohl sie die Antwort ahnte und sich fragte, was um alles in der Welt Mary auf den Gedanken brachte, sie könne ausgerechnet auf *ihn* warten, wo sie doch alles tat, um ihm aus dem Weg zu gehen.

Mary ließ ihren Blick über die Küste schweifen. »Er war gestern bei uns zu Besuch«, sagte sie, ohne auf die Frage einzugehen. »Mein Mann hat ihn eingeladen.« Als Olivia keine Antwort gab, sah sie sie an. »Du grüßt ihn nicht mehr, du siehst ihn kaum an, und es wäre sicher nicht so auffällig, wenn du andere auch so behandeln würdest. Was du jetzt tust, entgeht wohl niemandem.« Weil ihr die Nähe zum Meer sichtlich Unbehagen verursachte, brachte Mary noch einige Schritte mehr Abstand zwischen sich und den Rand der Plattform. »Die Leute reden über dich, Olivia, momentan noch leise, weil sie sich nicht sicher sind. Sieh zu, dass sie keinen Anlass bekommen, sich das Maul zu zerreißen. Du hast mehr zu verlieren als John Retallick.«

Olivia spürte, wie ihr das Blut aus den Wangen wich. »Was erzählen die Leute denn?«

»Dass es zunächst so aussah, als bestünde zwischen dir und John Retallick ein gewisses Einvernehmen, ja, dass man schon fast glauben konnte, er mache dir den Hof. Dann war da dein ungehöriger Auftritt beim Tanzen, den Sir John mit Unwohlsein deinerseits gerechtfertigt hat. Und wer sollte dergleichen wohl tun, wenn nicht ein Mann, der besagter Frau sehr zugetan ist? Später tauchte er mit dir an seiner Seite wieder auf, und du warst in der Tat sehr blass.« Mary unterbrach sich, musterte Olivia einige Wimpernschläge lang aus ruhigen grauen Augen, dann fuhr sie fort: »Und jetzt siehst du ihn kaum noch an, tändelst auf jeder Geselligkeit herum und ermutigst andere Männer.«

»Ich bin höflich zu ihnen, mehr nicht.«

Mary nickte. »Und du denkst dabei nicht daran, ihm irgendetwas heimzuzahlen?«

Olivia wich dem Blick ihrer Freundin aus.

»Ein junger Mann wagte sogar die geflüsterte Äußerung, das Kilbourne-Mädchen sei womöglich leicht zu haben. Wenn du ihn siehst, weißt du, wer es ist. Er hat einen auffälligen Bluterguss unter dem linken Auge, denn er machte den Fehler, dies in Hörweite deines Bruders zu äußern.«

Das erklärte, warum Stanley ihr gegenüber gereizt war und so nachdrücklich darauf bestand, dass ihre Eltern ihr straffere Zügel anlegten. Olivia war klar, warum ihre Mutter dem Gerede der Leute nicht Einhalt gebot, denn es sagte ganz klar, dass Sir John offensichtlich aus dem Rennen war und sie, Olivia, von vielen Männer begehrt wurde, unter denen sie nur zu wählen brauchte.

Mary machte sich auf den Weg zu ihrer Kutsche, drehte sich dann jedoch noch einmal um. »Fahr heim, Olivia.«

Es war ein seltener Anblick, dachte Constance, ihre Mutter derart aufgedreht zu sehen, noch dazu, wenn es um ihre Älteste ging, die ihr normalerweise nur ein resigniertes Seufzen abrang. Nun jedoch standen Veränderungen ins Haus, und diese führten dazu, dass selbst Constance von äußerst befremdlichen Gefühlen heimgesucht wurde.

Er hatte seine Karte abgegeben mit der Bitte, ihr in den nächsten Tage seine Aufwartung machen zu dürfen.

»James Everett, Earl of Westlake«, formte sie stumm ein ums andere Mal mit den Lippen seinen Namen, während sie an kaffeebraune Augen dachte, die sie – nun konnte sie es sich eingestehen – bis in den Schlaf verfolgt hatten. Der elegante Tänzer, dem die Blicke unzähliger junger Frauen gefolgt waren, hatte für sie, Constance, vorgesprochen.

»Wir müssen über deine Aussteuer sprechen«, setzte ihre Mutter den träumerischen Höhenflügen ein pragmatisches Ende.

»Mama, ich bitte dich, er hat sich hier noch nicht einmal vorgestellt.«

Ihre Mutter winkte mit einer wedelnden Handbewegung ab. »Wenn das Thema zur Sprache kommt, müssen wir vorbereitet sein.«

Constance wollte widersprechen, entschied sich dann jedoch zu schweigen und genoss stattdessen das kribbelige Gefühl im Bauch. Es erschien ihr so vollkommen unfassbar, dass sich ein Mann wie Lord Westlake für sie interessierte, dass in ihr überbordende Freude mit der Angst, es könne alles ein Missverständnis sein, rang. Aber es gab nur einen Grund, warum ein Mann bei einer Frau, die er erst einmal gesehen hatte, offiziell vorsprach, und wie sie es auch drehte, alles deutete auf ein ernsthaftes Interesse hin.

Constance wusste, dass der Anfang besonders behutsam zu handhaben war, und sie sah zu ihrer Mutter, die stumm die Lippen bewegte und etwas an den Fingern abzuzählen schien. Der Anblick entlockte Constance ein Lächeln. Ihre Mutter hatte es bei ihren jüngeren Schwestern geschafft, alles so zu arrangieren, dass die beiden wirklich guten Partien, die diese gemacht hatten, der festen Überzeugung waren, in die Familie der Stockwells einzuheiraten sei das Beste, was ihnen passieren konnte. Und Constance zweifelte nicht daran, dass es ihrer Mutter auch bei Lord Westlake gelingen würde. Zwar war es ihr selbst wichtig, dass ihm vor allem an ihr gelegen war, aber der familiäre Standpunkt sowie das gesellschaftliche Umfeld waren nicht zu unterschätzen, und ein Mann seines Ranges hatte aller Wahrscheinlichkeit nach eine Familie in England, die es ebenfalls zufriedenzustellen galt. Da nützte alle Verliebtheit nichts, wenn er das Gefühl bekam, seine künftige Frau sei nicht präsentabel oder ihre Familie nicht vorzeigbar.

Ihre Mutter klatschte in die Hände. »Ach, mein Kind, du machst mich so glücklich. So glücklich machst du mich.«
»Es ist doch noch gar nichts entschieden oder auch nur angesprochen worden«, antwortete Constance, obwohl sie die Vorfreude ihrer Mutter nur ungern trüben wollte.
Die Sorge war jedoch unbegründet, denn das Leuchten wich nicht aus den Augen der Älteren. Sie stand auf und legte Constance die Hände ums Gesicht. »Ich wusste, eines Tages kommt ein Mann und sieht das in dir, was wir alle schon lange gesehen haben.«
Das war nun selbst für Constance zu viel, und ihr stiegen Tränen in die Augen, was ihre Mutter sichtlich rührte, denn diese strich sich nun ihrerseits über die Augenwinkel. Constance wollte sagen, dass sie Angst hatte, sich zu früh zu freuen, schwieg jedoch, denn ein solches Geständnis hätte nur zu einer überschwenglichen Versicherung geführt, dass es allen Grund gab, glücklich zu sein. Aber sie wollte sich ja freuen, das Gefühl einer ersten richtigen Verliebtheit auskosten.
Ein Dienstbote betrat den Raum und meldete Sir John Retallick. Constance sah, wie es im Gesicht ihrer Mutter arbeitete, und sagte, noch ehe diese antworten konnte: »Ich bin indisponiert, richte das Sir John aus.«
Ihre Mutter blähte fassungslos die Wangen auf und gebot dem Diener mit eine Handbewegung, zu bleiben. »Da sprechen zwei Männer am selben Tag für dich vor, und du willst einen von ihnen fortschicken? Glaub mir, mein Kind, man hat immer besser zwei Eisen im Feuer als eines, auch wenn ein Earl natürlich mehr hermacht als ein Baronet.«
Constance schüttelte den Kopf. »Also da missverstehst du etwas, Mama. Sir John möchte keineswegs …«

»Unsinn.« Ihre Mutter wischte ihren Einwand ungeduldig beiseite und wandte sich an den Dienstboten. »Führe Sir John in den Besuchersalon.« Dann drehte sie sich Constance zu und scheuchte sie auf. »Geh schon, ich komme in einer Minute nach. Ich denke, damit reizen wir die Grenzen des Anstands nicht aus. Vielleicht hat er dir etwas zu sagen, weil er das Interesse von Lord Westlake mitbekommen hat, und möchte dies lieber unter vier Augen tun.«
Constance hätte darüber am liebsten gelacht. Sie stand jedoch gehorsam auf und ging in den kleinen Salon, in den der Diener John Retallick geführt hatte. Jener hatte die Hände hinter dem Rücken verschränkt und stand wartend mitten im Raum. Mit einem leisen Klacken schloss Constance die Tür.
»Meine Mutter wird in einer Minute hier sein und dich behandeln, als seiest du ein Bewerber um meine Gunst. Du sagst mir also besser ganz schnell, was du von mir willst.«
Er hob eine Braue, dann lächelte er. »Es ist nur eine Kleinigkeit, Con, ein Freundschaftsdienst.«
»Deren gab es zu viele in letzter Zeit.«
»Du hast ein schlechtes Gewissen?«
Constance fühlte sich auf einmal sehr müde, und ja, ihr Gewissen plagte sie in der Tat. »Lass sie doch in Ruhe, John.«

Olivia drehte das flache Paket in den Händen, das ihr vor wenigen Minuten ein Dienstmädchen mit den Worten »Dies wurde für Sie abgegeben, Miss« gebracht hatte. Sie hatte eine Ahnung, von wem es war, und nun zögerte sie. Obwohl ihr Herz vor Ungeduld zu stolpern schien, waren ihre Hände eiskalt, als fürchte sie sich vor dem, was das Paket enthüllen mochte. Schließlich entschied sie, dass sie sich albern verhielt, und löste die Verschnürung. Es war ein Buch, ledergebunden und goldgeprägt, kein neues, aber ein sehr gut erhaltenes. Henry Fielding, *Jonathan Wild*, las sie und drehte es ratlos in den Händen. Sie blätterte es durch, in der Hoffnung, einen begleitenden Brief zu finden, aber es fiel nur eine Karte heraus, die in den Falten ihres Kleides landete. Olivia nahm sie zur Hand und las.

Wie es scheint, haben Sie nun wieder mehr Zeit zum Lesen. J. R.

Wäre sie keine so große Bücherliebhaberin, hätte sie das Buch mit aller Kraft in die Ecke geworfen. So jedoch begnügte sie sich damit, es auf ihren Schreibtisch fallen zu lassen, während sie die Karte mit zornigen, ruckartigen Bewegungen in kleine und kleinste Fetzen zerriss. »Was bildest du dir eigentlich ein?«, zischte sie und stand mit einem Ruck auf. Seine Anspielung auf ihren Verzicht, weiterhin zum Europa Point zu fahren, verstand sie nur zu gut, und sein Spott war unverkennbar.

Sie nahm das Buch erneut zur Hand, blätterte darin, als offenbarten die Seiten Geheimnisse über John Retallick und über das, was er eigentlich von ihr wollte. *Sie gehören mir, ganz und gar.*

John Retallick zwang Olivia, sich außerhalb ihrer bisher so eng gesteckten Grenzen zu bewegen. In der Gesellschaft waren die Spielregeln überschaubar, dort war Ruby die Außenseiterin gewesen. Jetzt jedoch beschlich sie mehr und mehr das Gefühl, dass sie mit John leichter fertig würde, wäre sie wie ihre Schwester. In den letzten Wochen hatte sie herumgetändelt, aber niemandem wirklich Hoffnungen gemacht, gerade nur so viel, dass sie keine der Türen, die sich ihr geöffnet hatten, zufallen ließ. Sir Johns

Aufmerksamkeit jedoch schien alles in ein anderes Licht zu rücken.

Ihre Mutter, das wusste sie, würde ihr noch einen Sommer geben, wenn sie sich dann nicht für einen Mann entschied, würde sie sie verheiraten. Olivia hatte nie viele Gedanken daran verschwendet, wer von den Londoner Galanen ihr Ehemann werden könnte. Ihr hatte daran gelegen, die Jahre ihrer Mädchenzeit auszureizen, denn sobald sie in den Stand der Ehe trat, warteten Pflichten auf sie, und die Zeit, in der sie stundenlang lesen oder vor sich hin träumen konnte, würden der Vergangenheit angehören. Erst mit Henry Adair war alles anders geworden, und sie hatte einen Vorgeschmack darauf bekommen, was es bedeutete, wenn eine Ehe für sie mehr wäre als ein Arrangement. Dennoch – sollte sie die jungen Männer nun der Reihe nach abweisen? Irgendwann würde sie heiraten müssen, und wenn sie dies schon nicht aus Liebe tat, so sollte es wenigstens ein Mann sein, den sie sich ausgesucht hatte und der ihr im Gegenzug zu ihrer Mitgift einen gesellschaftlichen Aufstieg zu bieten hatte. *Sie gehören mir, ganz und gar.*

Seufzend setzte Olivia sich wieder an ihren Sekretär und legte das Buch an den äußersten Rand. Sie stützte das Kinn in die Hand, sah aus dem Fenster und knabberte an ihrer Unterlippe. In dem Leben, das sie kannte, schrieben Regeln klar vor, wie sich ein Mann einer Frau ihres Standes zu nähern hatte. Auf das hier hatte sie niemand vorbereitet.

Mit einer bedächtigen Bewegung nahm sie die Schreibfeder auf und setzte jenes Frauenbildnis fort, das sie in groben Zügen und gleichzeitig so nuanciert, als spräche sie von einer engen Vertrauten, zu Papier gebracht hatte. Zu schreiben war immer einer ihrer heimlich gehegten Wünsche gewesen, und ihr war, als bräche nun, wo das Leben nicht mehr so überschaubar schien, ohne jedes Zutun ihrerseits eine Geschichte aus ihr heraus. Vor ihren Augen erwachte London zum Leben, nicht jenes London, das sie kannte, sondern das dunkle, versteckte, geheimnisvolle, von dem sie bisher nur gehört hatte und durch das sie jene Frau, Olympia, die sie in Worten zeichnete, laufen ließ, deren Augen sie sich lieh, um zu sehen, was ihr fremd war, in dem Bemühen, es zu begreifen.

Purpurfarben sind ihre Kleider, purpurn wie das Licht des Sonnenuntergangs, das weich durch die Gassen fließt, wo Schatten es in kleine Stücke brechen, schimmernde Scherben eines sterbenden Tages.

In England hatten sich die Kilbourne-Geschwister regelmäßig an der Jagd beteiligt, obwohl keiner von ihnen wirkliches Interesse daran hatte. Vielmehr war es einfach ein gesellschaftliches Ereignis, an dem man teilnahm, weil es eben alle taten. Meist waren Ruby und Stanley zusammen geritten, und sie waren immer ein Blickfang gewesen. Ruby, die es genossen hatte, so wild zu galoppieren, dass ihre Locken flogen, und Stanleys dunkle Eleganz an ihrer Seite. Olivia war meist von ihren Freundinnen umgeben gewesen und von allen möglichen jungen Männern, die ihre Aufmerksamkeit suchten. Sie ritt zwar sehr gerne, hatte aber nie das Verlangen verspürt, einfach aus der Jagdgesellschaft auszubrechen und so wild voranzupreschen, wie Ruby dies an der Seite ihres Bruders tat.

Hier in Gibraltar gab es keine Jagden, und auch Reiten war

nur sehr selten möglich, in der Zeit seit September so gut wie gar nicht, denn selbst wenn es einmal nicht regnete, waren die Wege aufgeweicht und matschig. An der Küste tobten oftmals heftige Stürme, und es schien nie so wirklich hell zu werden. Es war der trostloseste Januar, den Olivia je erlebt hatte, und das, obschon sie durch die Winter in England nicht gerade verwöhnt war. Sie verbrachte die meiste Zeit lesend daheim, wenn nicht gerade irgendwelche langweiligen Besuche anstanden, bei denen man in Salons saß, während die nassen Kleidersäume in den warmen Räumen trockneten und die Luft feucht und schwer wurde. Bälle oder Soireen waren selten, zwar nicht die Veranstaltungen an sich, aber die, zu denen Olivia gehen durfte. Das, was die hiesigen Offiziere als Ball bezeichneten, so ihre Mutter, war nicht der richtige Ort für eine unverheiratete junge Frau. Und so wurde ihr und Ruby untersagt, ihre Eltern und Stanley zu begleiten. In Rubys Augen flackerte bei diesem ungeheuerlichen Verbot nicht einmal der Schatten von Auflehnung auf, dabei war selbst Olivia neugierig, wie es dort zugehen mochte.

Die Garnison beherbergte ein Theater mit hundertfünfzig Plätzen, und es gab im Winter häufig Vorstellungen. Höhepunkt der Saison war zweifellos, wenn die Besetzung einer italienischen Oper nach Gibraltar kam. Aber auch dorthin durfte Olivia nicht. Größter Beliebtheit erfreuten sich bei den Offizieren jedoch Einladungen aus dem *Campo*, was San Roque, Los Barrios und Algeciras bezeichnete, wo man die feudalen Besitze, die *Haciendas*, besuchte und auf die Jagd gehen konnte.

Olivia hingegen durfte Freundinnen besuchen und nach einem Abendessen spät heimkehren. Ebenso wie in England war ihr die Teilnahme an Geselligkeiten ohne die passende Begleitung untersagt, und in Ermangelung einer Anstandsdame kamen dafür nur ihre Eltern oder Stanley in Frage. Eine Ausnahme war, wenn Mary und ihr Ehemann sie mitnahmen oder Constance in Begleitung ihrer Eltern. War man erst verheiratet, lockerten sich diese Vorschriften ein wenig. Weil sich hier ihr Freundeskreis jedoch auf Constance und Mary beschränkte und sie die beiden natürlich nicht Tag für Tag besuchen konnte, gestalteten sich die meisten Tage sehr eintönig. Umso erfreuter war sie, als eine Nachricht von Constance mit einer Einladung zum Abendessen eintraf. Es würde eine zwanglose Gesellschaft im kleinen Kreis werden, hatte sie in einer privaten Notiz für Olivia dazugeschrieben. Weil am selben Abend eine Einladung bei einer mittlerweile recht guten Bekannten ihrer Mutter anstand, war beschlossen worden, dass ihre Eltern dorthin gingen und Olivia zu Constance. Stanley war in der Kaserne, und Ruby ging früh zu Bett.

In smaragdgrüne Seide gekleidet, verließ Olivia am frühen Abend das Haus, einen Mantel gegen die Kälte um die Schultern gelegt. Ihre Eltern besaßen hier zwei Kutschen, so dass Olivia über eine weitgehend allein verfügen konnte. Es kam selten vor, dass ihre Eltern beide benötigten, und Stanley ritt meist überall hin. Der Kutscher wartete bereits auf sie. Nachdem er ihr in die Kutsche geholfen und den Schlag hinter ihr geschlossen hatte, lenkte er die Kutsche vom Hof des Kilbourne-Hauses in die dunklen Straßen, die nur das schaukelnde Licht am Kutschbock erhellte.

Ein Dienstbote nahm Olivia bei ihrem Eintreffen im Haus der Stockwells den Mantel ab und führte sie in den Salon, in dem sich mehrere Gäste aufhielten, die plaudernd in kleinen Gruppen beieinanderstanden. Mit einem Blick in die Runde stellte Olivia fest, dass ihr Eintreffen genau richtig war, weder so pünktlich, dass es als aufdringlich empfunden wurde, noch so spät, dass es unhöflich war. Constance – ungewohnt strahlend – kam auf sie zu und begrüßte sie. Etwas an ihr war anders, und es lag weder an dem eleganten Kleid noch an der komplizierten Frisur, zu der ihr Haar aufgetürmt war. Vielmehr schien es ein innerer Glanz zu sein, der sich in den geröteten Wangen und in den Augen widerspiegelte. Olivia sah sie prüfend an und lächelte.

»Habe ich etwas verpasst?«, flüsterte sie.

Constance hakte sich bei ihr ein und neigte den Kopf leicht zu ihr. »Ich erzähle dir später von ihm.«

Erstaunt sah Olivia sie an. »Von *ihm*?«

Das Rot in Constance' Wangen vertiefte sich. »Sieh nicht zu auffällig hin. Er steht am Fenster.«

Möglichst beiläufig wandte Olivia den Kopf und sah einen recht gutaussehenden Mann im Gespräch mit Mr. Stockwell. Sie nickte ihrer Freundin beifällig zu. »Das ist dein Galan?«

»So nennt Mama ihn, dabei ist es noch gar nichts Konkretes.« Constance' Stimme war anzuhören, wie sehr sie sich darum bemühte, ihre Freude zu dämpfen, und Olivia lag die Frage auf der Zunge, warum sie dies tat. Dann jedoch wurde ihr klar, dass es aus Selbstschutz geschah, um kein Mitleid zu ernten, wenn aus der Sache nichts wurde. Eine Welle der Zuneigung zu Constance, die in ihrem Verhalten eine so gänzlich ungewohnte Verletzlichkeit zeigte, wallte in Olivia auf, und sie drückte den Arm der Freundin.

»Sir John Retallick«, meldete der Dienstbote, und die Worte, die Olivia Constance hatte sagen wollen, blieben ihr in der Kehle stecken.

»Du hast *ihn* eingeladen?«

Constance zuckte mit den Schultern. »Er ist ein langjähriger Bekannter meines Vaters.«

Bildete sie es sich ein, dachte Olivia, oder lag da ein Anflug von Unbehagen auf den Zügen ihrer Freundin? Sie kam jedoch nicht dazu, der Sache auf den Grund zu gehen, denn hinter ihr betrat Sir John den Raum. Sie musste sich nicht einmal umdrehen, um zu wissen, dass er sie ansah. Als sie es dennoch tat, gab sie sich den Anschein, als sei dies allein der Höflichkeit geschuldet. An der Seite von Constance wünschte sie ihm einen guten Abend, wagte den Blick in sein Gesicht, fand jedoch in seinen Augen nicht den gefürchteten Spott. Er grüßte sie, wechselte noch ein paar Worte mit Constance, wie man das im Allgemeinen mit der Tochter des Gastgebers tat. Dann ging er zu einigen Gentlemen, die in der Nähe standen und zu ihnen herübersahen, freilich weniger neugierig, als das die Damen taten. Mary Holbrooke, die neben einer Frau stand, die beharrlich auf sie einplapperte, warf Olivia einen kurzen Blick zu, winkte ihr mit einer knappen Bewegung zu und widmete sich dann wieder mit geduldiger Ergebenheit ihrer Gesprächspartnerin.

Um Olivias Ruhe indes war es geschehen. Jegliche Gesellschaft, auf der sie John Retallick bislang begegnet war, war groß genug gewesen, ihm aus dem Weg zu gehen und ihn nur flüchtig im Vorbeigehen zu grüßen. Hier jedoch würde das schwerlich möglich sein. Sie hielt sich stoisch von ihm abgewandt, während ihr heftig schlagendes Herz das Blut in ihren Ohren rauschen ließ. Dann zwang sie ein Lächeln auf ihre Lippen und sah Constance an.

»Du wolltest mir von deinem Verehrer erzählen.«
Constance jedoch wirkte plötzlich ebenfalls grüblerisch, und es schien, als habe Olivia sie aus unliebsamen Gedanken gerissen. »Sein Name ist James Everett, Earl of Westlake.« Constance' Stimme klang abwesend, dann jedoch riss sie sich sichtlich zusammen und fuhr fort: »Er kommt aus London. Wir haben uns auf dem Ball damals bei uns im Haus kennengelernt.«
Jener Ball, dachte Olivia. Es kostete sie einiges, das Lächeln beizubehalten. Sie wurde einer Antwort enthoben, als Mrs. Stockwell den Salon betrat und die Gesellschaft zu Tisch bat. Die Männer führten ihre Ehefrauen oder Verlobten in den Speisesaal, Constance wurde aus naheliegenden Gründen die Tischdame von Lord Westlake. Noch ehe Olivia so recht erfasste, worauf das zwangsläufig hinauslaufen musste – sie und Constance waren die einzigen ungebundenen Frauen an diesem Abend –, stand Sir John vor ihr und bot ihr seinen Arm, um sie in den Speisesaal zu führen. Mit zusammengepressten Lippen legte Olivia ihre Hand nach kurzem Zögern darauf. Irgendjemand bei den Stockwells spielte ihm zu, da war sie sich sicher.
»Wie schön, Sie wiederzusehen.« John Retallick schlug einen Plauderton an, während sie sich vom Salon zum Speisesaal begaben.
Olivia mied seinen Blick und starrte geradeaus. Was hätte sie darauf auch sagen sollen?
Den Saal beherrschte ein langgezogener Tisch, an dessen einem Ende Mr. Stockwell Platz nahm, während seine Ehefrau den Gästen gemäß den Tischkarten ihre Plätze zuwies und sich dann am anderen Ende des Tisches niederließ. Um zu wissen, dass ihr Platz an Sir Johns Seite sein würde, hät-

te es für Olivia keiner Platzkarte mehr bedurft. Er rückte ihr den Stuhl zurecht und setzte sich dann an ihre Seite. Olivia hatte den Eindruck, jeder beobachte sie und spekuliere darüber, ob sie beide ein Paar seien. In der Tat begegnete sie vielen – vorwiegend weiblichen – Augenpaaren, als sie aufsah. Ergeben seufzte sie leise und faltete ihre Serviette auseinander.
Während die Dienstboten die Vorspeisen auftrugen, entspann sich bei Tisch eine Diskussion um den Krieg in Amerika. Olivia hörte nur mit halbem Ohr zu. Politische Details hatten sie nie besonders interessiert, zumindest nicht genug, um sich darüber zu ereifern oder ein Tischgespräch zu führen. Die Männer – fast allesamt Offiziere – wussten natürlich bestens Bescheid. Hätte sie sich an dem Disput über die Tücken der Spanier und Franzosen beteiligt, hätte man ihr zwar zugehört, sie aber insgeheim belächelt, wie man das mit einem Kind tat, das bei den Erwachsenen mitreden wollte. Ähnlich dachten wohl alle Frauen, denn außer zweien, die schon älter und somit respektabler und zudem mit hochrangigen Offizieren verheiratet waren, schwiegen alle Damen bei Tisch oder unterhielten sich mit gedämpfter Stimme über die Herren hinweg miteinander.
»Haben Sie mein Geschenk erhalten?«, fragte Sir John leise.
Olivia nickte lediglich und widmete sich ihrem Fisch, dessen weißes Fleisch sie so geschickt anhob, dass es sich komplett von den Gräten löste.
»Haben Sie es gelesen?«
Kopfschütteln.
John Retallick neigte sich zu ihr. »Haben Sie sich bei Ihren Aufenthalten am windigen Europa Point womöglich eine Halsentzündung zugezogen?«

Olivia schoss das Blut in die Wangen, und sie ließ ihr Besteck sinken, um ihn anzuschauen.
»Ach«, rief in dem Moment eine Frauenstimme vom Platz ihr gegenüber, »wie reizend Miss Kilbourne errötet, kaum dass Sir John ihr etwas ins Ohr flüstert.«
»Na, jetzt bringen Sie das Mädchen mal nicht so offensichtlich in Verlegenheit, Sir John«, stimmte der korpulente Mann an ihrer Seite ein.
John Retallick lachte. »Nichts liegt mir ferner, Mr. Quinn.« Sein darauffolgendes Zwinkern hatte jedoch durchaus etwas Anzügliches, was Aufschluss über das zu geben schien, was er ihr gesagt hatte.
Nun lachte fast die gesamte Tischgesellschaft, ein freundliches, wohlwollendes Lachen, das nichts als Verständnis für die unschuldige Jugend zeigte, aber Olivia wünschte sich dennoch nichts sehnlicher als ein Loch, in dem sie versinken konnte. Ihr Blick traf den Marys, die nicht amüsiert wirkte, ebenso wenig ihr Ehemann, der Sir John stirnrunzelnd ansah. Sie biss sich auf die Lippen und widmete sich ihrem Fisch.
»Nehmen Sie es uns nicht übel«, sagte der junge Mann an ihrer anderen Seite, Lieutenant Ashborn, leise zu ihr. »Aber es sah in der Tat hinreißend aus.«
Sie sah auf und lächelte ihn zögernd an. Die junge Frau an seiner Seite, seine Verlobte, legte einen flüchtigen Moment lang ihre Hand auf seinen Arm, als wolle sie ihren Besitzanspruch geltend machen.
»Ich diene unter Ihrem Vater«, erklärte Lieutenant Ashborn, der anscheinend glaubte, er müsse sich in Erinnerung bringen.
»Ja, Sie waren einmal bei uns zu Gast«, erwiderte Olivia.

Dass sie sich daran erinnerte, freute ihn sichtlich. Olivia erging sich mit ihm alle Gänge hindurch bis zum Dessert in Plaudereien, richtete gelegentlich das Wort an seine Verlobte und an einen Herrn, der ihr schräg gegenübersaß, an der anderen Seite jener Dame, die sie so in Verlegenheit gebracht hatte. Ein flüchtiger Blick zu John Retallick zeigte ihr, dass dieser sich angeregt mit seiner Tischnachbarin zur Linken unterhielt.

Olivia bekam kaum mit, was sie zu sich nahm. Sie aß von allem, was ihr vorgesetzt wurde, und hatte, als sie beim Dessert ankam, das Gefühl, ihr liege ein Stein im Magen. Von der Mandelcreme kostete sie nur und ließ sie stehen.

»Möchten Sie lieber etwas von dem Kuchen haben?«, fragte Sir John.

Allein bei dem Anblick des klebrigen Gebäcks drehte sich Olivia der Magen um. »Nein danke«, sagte sie leise.

Die Gespräche um sie herum erlahmten irgendwann, und endlich wurde die Tafel aufgehoben. Olivia atmete auf, als sie sich vom Stuhl erheben konnte und ihr Schnürleibchen nicht mehr so schmerzhaft auf ihren Rippenbogen und Magen drückte. Jetzt ging es zwangloser zu, und Olivia ließ sich von Lieutenant Ashborn zurück in den Salon führen, während John Retallick dessen Verlobte begleitete. Olivia erhaschte noch einen kurzen Blick auf deren säuerliches Gesicht, aber das störte sie wenig.

Im Salon blieb Lieutenant Ashborn an ihrer Seite und fragte sie, wie es ihr in Gibraltar gefalle. Während Olivia antwortete, sah sie aus dem Augenwinkel heraus, wie Sir John sich zu jemandem gesellte. Sie drehte leicht den Kopf und sah ihn im Gespräch mit Richter Holbrooke. Constance war an der Seite von Lord Westlake, der mit ihr und ihrer

Mutter sprach. Ihre Freundin wirkte so glücklich, dass Olivia ihr von ganzem Herzen wünschte, sie möge es bleiben und nicht enttäuscht werden.
Mary gesellte sich zu ihr. »Wir haben uns noch gar nicht richtig begrüßt, meine Liebe«, sagte sie und legte Olivia die Hand auf den Arm. »Sie entschuldigen Miss Kilbourne, Lieutenant Ashborn?«
»Aber ja, natürlich.« Gänzlich verstecken konnte er sein Bedauern allerdings nicht, zum offensichtlichen Missfallen seiner Verlobten, die eifersüchtig an seiner Seite wachte.
Mary hakte sich bei Olivia ein und schlenderte mit ihr durch den Salon. »Whitney Stromach kann dich nicht ausstehen, so viel steht fest.«
»Die Verlobte von Lieutenant Ashborn?«
»Ebenjene. Du solltest bei deinen Versuchen, John Retallick eins auszuwischen, versuchen, dir keine Feinde zu machen.«
»Es war nur eine Unterhaltung.«
Mary wirkte nachdenklich. »Sieh mal, Olivia, niemandem ist heute beim Essen entgangen, dass Sir John ernsthaftes Interesse zu haben scheint. Und dass du ohne deine Eltern hier bist als seine Tischdame, bestätigt das nur noch.«
»Die Einladung kam zu kurzfristig, meine Eltern waren noch woanders eingeladen, und dass John kommt, wusste ich nicht.«
»John?« Mary hob die Brauen.
»Sir John meinte ich, ach, es ist auch gleichgültig.« Ein kleiner Versprecher, der in einem Wimpernschlag, in dem er ausgesprochen war, zeigte, wie präsent John Retallick in ihren Gedanken war.
Mary blieb stehen. »Nein, das ist es nicht. Aber ihr solltet

euch langsam entscheiden, wie es weitergehen soll, sonst ruinierst du deinen Ruf. Die Leute bekommen alles mit. Was heute Abend hier passiert, die Art, wie du John Retallick beim Essen mit Nichtachtung gestraft hast, deine ausschließliche Unterhaltung mit Lieutenant Ashborn, von dem du dich in den Salon hast führen lassen …« Mary beendete die Aufzählung mit einem leichten Heben der Schultern.

Olivia schwieg. Sie sah zu Marys Mann hinüber, der nach wie vor mit John sprach. Als würden sie ihren Blick bemerken, verstummten beide Männer, und Sir John strich sich mit der Hand über sein Kinn. Er wirkte nachdenklich. Richter Holbrooke war Anfang vierzig, von schlanker Statur und mit einem stets sehr ernstem Ausdruck auf den scharfgeschnittenen Zügen, denen allein Mary und seine Kinder eines seiner seltenen Lächeln zu entlocken vermochten. Er war durchaus attraktiv, aber Olivia konnte sich nicht vorstellen, wie es sein mochte, an der Seite einer derart respekteinflößenden Person zu leben. Ihr gegenüber war er immer freundlich und charmant, aber sie kannte seinen Ruf, nur sehr wenig Gnade vor Gericht walten zu lassen, wobei er sich gleichzeitig um größtmögliche Gerechtigkeit bemühte.

Wenig später kam John Retallick zu ihr. Zwar schien er entspannt, aber eine kaum sichtbare Falte zwischen den Brauen verwischte diesen Eindruck ein wenig, und Olivia fragte sich, worüber er und Richter Holbrooke gesprochen haben mochten.

»Einen schönen guten Abend, Mrs. Holbrooke«, sagte er. »Hätten Sie die Freundlichkeit, Miss Kilbourne für einen Augenblick zu entschuldigen?«

Mary wandte sich zu Olivia. »Wenn Miss Kilbourne das wünscht.«
Mit einem Nicken gab Olivia ihr Einverständnis. »Entschuldige uns bitte, Mary.« Sie nahm Sir Johns Arm, während Mary sich zu einer anderen jungen Frau gesellte, die sich sogleich eifrig plaudernd zu ihr neigte. Olivia konnte sich schon denken, worum es ging. Sie bekam noch das höflich-distanzierte Lächeln mit, mit dem Mary die Frau bedachte, dann hatte Sir John sie bereits an eines der hohen Fenster geführt. Olivia sah hinaus, obwohl ihr das Fensterglas in der Dunkelheit nur ihr eigenes Spiegelbild zurückgab.
»Ich möchte Sie sehen, allein, und heute Nacht noch«, kam John Retallick ohne Umschweife zur Sache.
Olivia schlang die Arme um ihren Oberkörper und lehnte sich an die Wand neben dem Fenster. »Tatsächlich?« Der spöttische Unterton entglitt ihr. »Darf ich erfahren, wie Sie sich das vorstellen? Sollen wir gemeinsam von hier aufbrechen?«
Er legte den Kopf leicht schief. »Nein, ich werde mich gleich verabschieden. Sie warten, bis weitere Gäste gegangen sind, dann fahren Sie heim, betreten ganz normal das Haus und treffen mich später hinten am Gartentor.«
Obwohl ein leichtes Kribbeln bei der Vorstellung und dem Hauch von Abenteuer, der darin mitschwang, durch ihren Körper lief, verzog Olivia keine Miene. »Was mache ich, wenn es jemand merkt?«
»Sind Ihre Eltern daheim, wenn Sie kommen?«
Olivia sah zu der großen Standuhr. »Um diese Zeit sicher noch nicht.«
»Seien Sie in einer Stunde am Tor«, sagte er.

»Ist das wieder einer Ihrer Befehle?«
»Nennen Sie es dieses Mal eine Bitte. Vielleicht möchte ich mein Benehmen von unserem letzten Zusammentreffen wiedergutmachen.«
Misstrauisch kniff sie die Augen leicht zusammen. »Das glaube ich Ihnen aufs Wort.«
Er lächelte, dann berührte er kurz ihren Arm und ging zu Mr. Stockwell. Nachdem er einige Worte mit ihm, seiner Frau und Constance gewechselt hatte, verließ er den Salon.

Ich muss verrückt sein, sagte sich Olivia ein ums andere Mal, als sie im dunklen Salon stand und sich zu sammeln versuchte. Glücklicherweise ließ sich die Tür zur Veranda, so sie nicht verriegelt war, von beiden Seiten öffnen. Sie konnte nur hoffen, dass es niemand bemerkte, wenn der Riegel beiseitegeschoben war. Aber wer blickte schon nachts hinter die schweren Vorhänge?
Sie zog die Tür auf, trat hinaus und schloss sie behutsam hinter sich. Ein leichtes Drehen am Knauf ließ sie einschnappen, und Olivia öffnete sie noch einmal probeweise, um sicher zu sein, dass sie auch später wieder hineinkam. Um sich von ihrer Nervosität abzulenken, zählte sie ihre Schritte, bis sie am Gartentor ankam. Sie konnte, als sie an dem Gebüsch, das den Blick auf die Straße versperrte, vorbeiging, bereits die dunkle Silhouette von John Retallicks Kutsche ausmachen, und ein wildes Flattern in ihrem Magen nahm ihr fast die Luft.
Sie hatte gerade das Tor hinter sich geschlossen, als der Kutschschlag von innen geöffnet wurde und Sir John ihr die Hand entgegenstreckte, um ihr hineinzuhelfen. Als sie ihm

gegenüber Platz genommen hatte, schloss er den Schlag, und der Wagen setzte sich in Bewegung. Die Hände in den Falten ihres Rockes ineinander verschlungen, saß Olivia schweigend da, während die Kutsche über holprige Wege rollte. Ein paar Mal musste sie sich mit einer Hand an der Wand abstützen, um das Gleichgewicht zu halten.

»Ihre Mutter traut Ihnen eine solche Waghalsigkeit nicht zu, möchte ich annehmen«, sagte Sir John nach einer Weile in die Stille hinein.

»Nein«, gestand sie.

»Sie spielen die angepasste Tochter aber auch wirklich brillant.«

Es ist kein Spiel, wollte sie widersprechen, hielt dann jedoch inne, noch ehe das erste Wort ihre Lippen verlassen hatte. Am Vormittag noch hatte sie an ihrer Geschichte weitergeschrieben. Hatte ihre Heldin, Olympia, die all das war, von dem sie glaubte, es nicht zu sein, und das sie doch so gerne sein wollte, durch dunkle Gassen und geheimnisvolle Häuser laufen lassen. Sie sah John Retallick an, dessen Gesicht sie im Dunkeln nur erahnen konnte, und wählte ihre Worte mit Bedacht. »Ich dachte immer, ich sei das, was meine Mutter in mir sieht.«

»Sind Sie enttäuscht?«

Sie schüttelte den Kopf, aber dann wurde ihr klar, dass er diese Geste nicht sehen konnte. »Nein«, sagte sie leise, »nur ein wenig … verwirrt.«

»Das gibt sich, wenn Sie erst einmal gelernt haben, dass ein eigener Wille eine Menge Vorteile mit sich bringt.« Er lachte leise, und Olivia, die Spott zu hören glaubte und sich sicher war, dass er sich über sie lustig machte, presste die Lippen zusammen.

Den Rest der Fahrt schwiegen sie beide. Als die Kutsche langsamer wurde und schließlich stehen blieb, versuchte Olivia, durch das Fenster zu erkennen, wo sie waren, konnte aber nichts sehen als eine schwarze Wand. Ein leiser Anflug von Furcht stieg in ihr auf.
»Wo sind wir?«, fragte sie schließlich, die eigene Stille überwindend.
»Dort, wo Sie Tag um Tag gestanden haben.«
Er stieg aus und reichte ihr die Hand, um ihr hinauszuhelfen. Ohne ein weiteres Wort ging er zu dem Weg, der zur Plattform führte, und sie folgte ihm. Der Aufstieg war im Abendkleid und mit seidenen Schuhen nicht ganz einfach. Doch als sie ausglitt und nur im letzten Moment noch Halt an einem Felsen fand, drehte Sir John sich zu ihr um, nahm ihre Hand, und ab da ging der Aufstieg leichter.
Oben war es kalt und windig. An John Retallicks Hand ging sie bis zum Rand des Felsens, den man gerade eben ausmachen konnte. Er ließ sie los, während sie in das Wasser blickte, eine schwarze Masse, die rauschend gegen die Felswand schlug. *Komm, komm, komm.* Ihr war unbehaglich zumute, und sie wollte einen Schritt zurückweichen, als sie bemerkte, dass Sir John hinter sie getreten war.
»Vorsicht«, sagte er und legte die Hände auf ihre Schultern.
Ihr Herz schlug in dumpfem, schwerem Takt, angstvoll dieses Mal, und während sie auf den Felsrand sah, der nur einen halben Schritt von ihren Füßen entfernt war, breitete sich eine Furcht in ihr aus, die ihr den Atem raubte. Wenn er sie jetzt stieß, hätte sie keinen Halt, das wusste sie.
Ihr wurde ihr eigener Leichtsinn bewusst, sich diesem fremden Mann anzuvertrauen. Einem Mann, der bisher

keinen Anlass dazu gegeben hatte, ihm zu vertrauen, sondern vielmehr den Anschein erweckte, in ihr nur ein williges Spielzeug zu sehen. Ein Mann, an dessen Verstand sie schon bei jener Begegnung, die er mit der Kutsche der Stockwells herbeigeführt hatte, gezweifelt hatte. Wie leichtsinnig, dachte sie in schlagartigem Begreifen, wie unglaublich leichtsinnig, niemanden wissen zu lassen, wo sie war und mit wem, und erst am kommenden Morgen würde man ihre Abwesenheit bemerken. Constance und Mary würden vermutlich etwas ahnen, aber eine derart unhaltbare Behauptung würde sich der von der Krone so geschätzte Sir John Retallick empört verbitten. Vielmehr würde er anbieten, sich an der Suche nach der vermissten ... Olivia riss sich zusammen. Das war ja vollkommener Unsinn, was sie da dachte. Warum sollte John Retallick sie ins Wasser stoßen wollen? Und warum, so flüsterte eine Stimme, sollte er überhaupt daran interessiert sein, mit ihr zu spielen? Das war genauso wenig zu erklären.

Erst als sich ein Krampf zwischen ihren Schulterblättern ausbreitete, wurde ihr bewusst, wie stark die Anspannung war, unter der ihr Körper stand. Plötzlich fragte sie sich, ob Ruby sich so fühlte wie sie in diesem Moment, ob sie diese allumfassende Angst hatte und in die Zukunft blickte wie Olivia in das schwarze Wasser.

Sie atmete in einem heftigen Zug ein. Vorsichtig versuchte sie, sich umzudrehen, und Sir Johns Hände glitten von ihren Schultern und ließen die Bewegung zu. Als Olivia mit dem Gesicht zu ihm stand, legte sie die Hände an seine Taille, ein trügerischer Halt, den sie jedoch nicht aufzugeben gedachte. John Retallick umfasste ihr Gesicht und hob es an.

»Warum diese Angst vor mir, Olivia?«
Sie gab keine Antwort, aber er schien auch keine zu erwarten. Sein Gesicht kam ihr so nahe, dass sie seinen Atem auf ihren Wangen spürte, dann küsste er sie, so behutsam, dass er ihre Lippen kaum berührte, dann noch einmal und ein weiteres Mal, bis sie ihm entgegenkam und sich dem sanften Spiel aus Locken und Verführen hingab. Olivia wurde schwindlig, und ihre Arme schlossen sich enger um seine Mitte. Als er schließlich den Kopf hob, seufzte sie leise, und er lachte kaum hörbar, ein seltsam belegtes Lachen, als irritiere ihn selbst, was hier gerade geschah.
Er trat einige Schritte zurück und zog sie mit sich vom Abgrund fort. Innerlich befürchtete sie bereits, dass er wieder spotten, ihre Gefühle ans Licht zerren und verlachen würde. Sie zog die Schultern hoch und wappnete sich, aber er schwieg, sah über ihren Kopf hinweg in die Richtung, in der Marokko lag. Seine Arme schlossen sich locker um sie, und sie ließ sich in seine Umarmung gleiten und lehnte die Stirn an seine Schulter. Langsam schob sie eine Hand hoch zu seiner Brust. Es war erstaunlich, wie sich die Empfindungen änderten, wenn man den Herzschlag und Atem eines Menschen spürte. Die kalte Fassade bekam Risse, wurde durchlässig für die Augenblicke, in denen das Heben und Senken der atmenden Brust, das stete Pochen, das man unter den Fingerspitzen fühlte, dem Körper etwas Verletzliches gaben.
Olivia wollte sich nicht von ihm lösen, tat es aber dennoch, ehe er es tun konnte. Sie brachte einen Schritt Abstand zwischen sich und ihn. Es war kalt, der Wind bauschte ihre Röcke und trieb ihr feine Tropfen des einsetzenden Regens ins Gesicht. Sie fröstelte.

»Komm«, sagte John und führte sie zurück zur Kutsche.
»Und wie geht es nun weiter?«, fragte Olivia, als sich die Pferde schließlich in Bewegung setzten.
»Immer noch in Furcht um deine Tugend?« Er hatte einen leicht scherzenden Ton angeschlagen, Olivia jedoch vermeinte, einen dunklen Unterton herauszuhören. *Hätte ich vorgehabt, mich Ihnen auf diese Art aufzuzwingen, hätten sich bereits Gelegenheiten genug geboten.*
»Sollte ich darum fürchten?«
»Bei dem Regen werde ich von einer Verführung in eurem Garten absehen, denke ich.«
Olivia versuchte, sein Gesicht zu erspähen, denn seiner Stimme war nicht zu entnehmen, ob er scherzte oder im Ernst sprach. »Hältst du mich für eine Dirne?«
»Nein, denn eine solche müsste ich schwerlich verführen, und ich muss sagen, je länger ich darüber nachdenke, umso reizvoller erscheint mir dies.«
Olivia schluckte, starrte ihn ungläubig an. »Worauf willst du hinaus?«
»Nun, ich denke, das ist deutlich, nicht wahr? Sagen wir Mai, dann ist es auf jeden Fall wieder trocken. Der erste Tag des Monats? Um dieselbe Zeit wie heute?«
»Ich …« Olivia suchte nach den richtigen Worten, um ihn entschieden in die Schranken zu weisen.
»Du wirst also da sein?«
»Natürlich nicht!«
»Oh, ich denke schon.«
Mit einem leichten Ruck kam die Kutsche zum Stehen, und Olivia vergewisserte sich mit einem Blick durchs Fenster, dass sie daheim war. Sie beugte sich vor, um den Kutschschlag zu öffnen, aber John ergriff ihr Handgelenk. »Was

hast du zu verlieren? Ein kleines Nein in jener Nacht genügt. Ich bin kein Narr, meine Liebe. Ein Schrei von dir, und um meinen Ruf als Ehrenmann ist es geschehen. Du siehst, ich riskiere mehr als du.«

»Ist es nicht eher mein Ruf, der leiden würde?«

»Wenn du sagst, du hättest nachts einen kleinen Spaziergang im Garten deiner Eltern gemacht und ich hätte dich dort überfallen, wem würde man glauben? Der unbescholtenen Tochter eines Offiziers oder einem Mann, der sich in einem Garten aufhält, in dem er schwerlich etwas zu suchen hat?«

»Ein riskantes Spiel.«

»Was das Gewinnen umso reizvoller macht.«

Olivia zauderte, knabberte an ihrer Unterlippe und sah an Sir John vorbei in die Dunkelheit. Sie musste ja geradezu verrückt sein, überhaupt darüber nachzudenken. Als wisse er genau, wie es in ihr aussah, lachte Sir John leise. »Wovor hast du Angst? Vor mir oder davor, dass du kein Nein über die Lippen bringen wirst?«

Obschon Olivia noch vor wenigen Augenblicken nichts mehr gewollt hatte, als aus der Kutsche zu fliehen, zögerte sie nun. Sie wollte sich nicht einfach verabschieden und gehen – zu viele Fragen drängten in ihr, zu viel Verwirrung. Andererseits befürchtete sie, dass es aufdringlich wirken könnte, wenn sie einfach sitzen blieb, noch dazu, weil sie nicht so recht wusste, worauf sie warten sollte. Er nahm ihr die Entscheidung ab, indem er ausstieg und ihr die Hand reichte, um ihr hinauszuhelfen.

»Wieder Spiele?«, fragte sie. »Wieder Überraschungen?«

»Nein, meine Liebe, denn ich habe dich nun dort, wo ich dich haben wollte.«

Ehe sie zu einer Erwiderung ansetzen konnte, legte er die Hand an ihre Wange, neigte sich vor und küsste sie so behutsam, dass seine Berührung kaum spürbar war und doch wie ein leises Versprechen. Olivia stieß das Gartentor auf, kaum dass er sich von ihr löste, schloss es eilig und lief durch den Garten zum Haus. Glücklicherweise war die Verandatür nach wie vor unverschlossen, und sie brachte nur mühsam die Geduld auf, sich an die Wand gelehnt die Schuhe auszuziehen und lautlos durch Salon und Korridor zu huschen. In ihrem Zimmer wurde ihr bewusst, dass sie unmöglich ihre Zofe rufen konnte, damit diese ihr beim Auskleiden half, denn sie würde sich fragen, warum die Schuhe um diese Zeit noch so feucht waren, warum Grashalme daran klebten und warum ihr Kleid aussah, als habe sie damit gerade erst im Regen gestanden.

Olivia ließ sich in ihrem Kleid aufs Bett fallen, rollte sich auf die Seite und barg ihr Gesicht in den Armen. Johns Kuss lag immer noch auf ihren Lippen. Irgendwann jedoch schlief sie ein und wurde erst wach, als das Licht eines späten Morgens in ihr Zimmer floss. Irgendetwas hatte sie geweckt. Sie hob den Kopf, stöhnte, weil es so unbequem gewesen war, in voller Bekleidung und mit Schnürleibchen zu schlafen und weil der Druck auf ihren Rippen schmerzte, wenn sie sich aufrichtete. Dann bemerkte sie, dass sie nicht allein im Zimmer war. Ihre Mutter stand neben dem Bett und sah sie an, auf den Lippen ein spöttisches Lächeln.

»Es ist nicht so, dass ich dich nicht verstehen könnte, Liebes, aber mit dieser Art von Männergeschichten jetzt schon anzufangen, kann ich dir nicht erlauben.«

John hielt die Hände hinter dem Rücken verschränkt und blickte in seinen Garten hinaus, der im Regen wie hinter einer Wand von Perlschnüren dalag. Die letzte Nacht hatte ihre Spuren in ihm hinterlassen.

Nachdem er Olivia heimgebracht hatte, war er nach Hause gefahren, in der Absicht, zu Bett zu gehen. Es war ein langer Tag gewesen, und er wollte an jenem Abend nicht mehr über alles nachdenken, sondern sich einfach in wohliges Vergessen fallen lassen. Doch stand ihm, sobald er die Augen schloss, der Moment vor Augen, an dem er hinter Olivia am Europa Point gestanden hatte, und er konnte immer noch spüren, wie sie sich plötzlich unter seinen Händen versteift hatte, wie schnell ihr Atem gegangen war. Er war lange genug im militärischen Dienst gewesen, um instinktiv zu erkennen, wenn ein Mensch Angst hatte. Aber wovor hatte sie sich geängstigt? Hatte sie womöglich gedacht, er beabsichtige, sie ins Meer zu stoßen? Er hatte sie nicht danach gefragt, weil er die Antwort nicht wissen wollte.

Er wusste, dass er sich ihr gegenüber meist nicht gerade galant verhalten hatte, und obwohl er weit davon entfernt war, ihr romantische Gefühle entgegenzubringen, hatte sie ein derart verächtliches Verhalten wie auf dem Ball der Stockwells seinerzeit nicht verdient. Sie zu verletzen war einerseits ihrem Verhalten im Ballsaal geschuldet gewesen. Andererseits hatte ihm jedoch auch die Tatsache, dass es die Lieblingstochter ihrer Mutter war, der er so zusetzte, eine zynische Befriedigung verschafft. Spät in der Nacht, als er in seiner Kutsche saß und auf dem Weg nach Hause gewesen war, war jene Befriedigung langsam einem schalen Gefühl gewichen. Wann immer er ihr in den folgenden Wochen begegnet war, war sie ihm ausgewichen und hatte darin eine größere Verletzlichkeit offenbart, als ihr bewusst gewesen sein konnte.

Oliver Holbrooke hatte ihn heute nach dem Essen beiseitegenommen. »Treiben Sie Spielchen mit Major Kilbournes Tochter?«

Aber Spielchen waren es nicht gewesen, was ihn in dieser Nacht getrieben hatte, sondern vielmehr der Wunsch, ihr eine angenehmere Erinnerung zu hinterlassen als jene an den Ball sowie – und dies mochte der Hauptgrund gewesen sein – sich selbst wiederzufinden. John war Frauen gegenüber immer aufmerksam gewesen und hatte nie zuvor wissentlich einer weh getan. Sein Umgang mit ihnen war behutsam, respektvoll, und er war immer und zu jedem Zeitpunkt darauf bedacht gewesen, den Ruf einer jeden Frau, die er kennenlernte – gleich aus welchen Kreisen – zu wahren und sie nicht ins Gerede zu bringen. Daher waren seine Affären stets diskret, und Mädchen aus guten Familien ließ er gänzlich unbehelligt. Ganz im Gegensatz zu Jared.

Irgendwann jedoch schien sich alles gewandelt zu haben, und John hatte den Zeitpunkt verpasst, an dem dies hätte aufgehalten werden können. Die Zeichen waren da gewesen, aber er hatte sie ignoriert, weil sein Bild von Jared so war, wie es sich mit den Jahren ausgeprägt hatte, und dieses Bild nicht erlaubte, neue Facetten darauf zu erkennen. Und dieser Zeitpunkt war es auch gewesen, der aus Jared in Frauengeschichten einen Ehrenmann gemacht hatte und aus ihm einen Schuft.

London, Dezember 1776

Um sicherzugehen, dass kein Irrtum vorlag, las John das Schreiben des Juweliers mehrmals, aber weder an der Richtigkeit der absurd hohen Summe noch an der Tatsache, dass derjenige, der das Schmuckstück in Auftrag gegeben hatte, schwerlich der sein konnte, der es am Ende bezahlte, konnte jeglicher Zweifel bestehen. Er ließ den Brief sinken.

»Jared!«

Er riss die Tür seines Arbeitszimmer auf und lief durch den Korridor zu der ausladenden Treppe, die zum Ostflügel führte. »Verdammt noch mal, Jared!«

Seine Mutter kam aus ihrem kleinen Salon, er erhaschte im Vorbeilaufen gerade noch einen Hauch von Lavendelduft und einen Blick auf ein zartes Blau. »John?« Sie klang besorgt. »Was ist passiert?«

»Später«, sagte er, ohne innezuhalten.

Jared hatte im Ostflügel seinen eigenen Wohnbereich, was auch unbedingt nötig war, denn seiner Mutter waren seine nächtlichen Aktivitäten schwerlich zuzumuten, auch nachdem John ihm ein für alle Mal verboten hatte, leichte Mädchen ins Haus zu bringen. Er argwöhnte jedoch, dass sein Bruder sich an dieses Verbot nur sporadisch hielt, und oftmals zeugten morgens zahlreiche Spuren von wilden nächtlichen Feiern, die sicher nicht ohne weibliche Gesellschaft vonstattengegangen waren.

Er fand Jared in seinem privaten – und erstaunlich aufgeräumten – Salon. Sein Bruder hatte ein Buch aufgeschlagen und las, allein das stimmte ihn schon misstrauisch. Als Jared aufblickte, stand ihm ein so ehrliches Erstaunen über den Auftritt seines älteren Bruders ins Gesicht geschrieben, dass John für einen Augenblick dachte, er sei möglicherweise doch einem Irrtum aufgesessen. Das dauerte jedoch nur so lange, bis er seinem Bruder die Rechnung zeigte und sich auf dessen Zügen Begreifen und Unbehagen in rascher Abfolge zeigten.

»Ich sehe, du weißt Bescheid.«

Jared befand offenbar, dass es angebracht war, sich zu erheben. »Ich habe den Ring in Auftrag gegeben, das stimmt.«

»Muss ich inzwischen auch den Schmuck für deine Mätressen bezahlen?«

»Sie ist keine Mätresse, ich hatte ... das Geschenk ist für sie, weil sie etwas Besonderes ist.«

Obwohl John auffiel, dass es seinem Bruder offenbar wichtig war, diesem Aspekt Bedeutung beizumessen, ignorierte er ihn. »Ah, hat sie dir das Bett besser gewärmt als die anderen? Erfüllt sie dir ausgefallene Wünsche, bei denen jede andere Frau die Flucht ergreifen würde? Oder was rechtfertigt die horrenden Kosten für ein solches Exponat?«

Jared lief dunkelrot an. »Sprich nie wieder so von ihr«, presste er mühsam hervor. Wo John kalte Wut war, war Jared hitziger Zorn.

»Ich weiß, mit welcher Art von Frauen du dich einlässt.«

Wieder war da dieses Flackern in Jareds Augen, und wieder ging John nicht darauf ein. »Mit dieser ist es anders. Sie ist anständig.«

John zog spöttisch die Brauen hoch. »Was du nicht sagst. Nun, dann wird es wohl das Beste sein, wenn du mir ihren Namen nennst, damit ich bei ihrem Vater für dich vorsprechen kann. Schließlich muss ja ihr Ruf gewahrt werden, wenn sie anständig ist, nicht wahr?«

»Das geht nicht«, antwortete Jared schnell. Offenbar erriet er Johns nächsten Gedanken – dieser hatte es ja gleich gewusst –, denn er fügte hinzu: »Ihre Familie wird mich nicht akzeptieren.«

»Damit wäre ja alles geklärt. Nur verstehe ich dann erst recht nicht, warum du ein derart teures Schmuckstück für sie hast anfertigen lassen.«

Jared zögerte. »Das ist alles nicht so einfach. Wir wollen ja heiraten, nur können wir es ihren Eltern jetzt noch nicht sagen.«

»Wenn ihre Familie dich jetzt nicht akzeptiert – und angesichts dessen, was man über dich erzählt, wundert mich das nicht –, dann wird sie es auch nicht in einer Woche, einem Monat oder einem Jahr tun. Und solange das nicht der Fall ist, lässt du die Finger von Töchtern aus gutem Haus, hast du das verstanden?«

»Du sprichst mit mir, als wäre ich ein Kind.«

»Zuweilen benimmst du dich wie eins.« John nahm die Rechnung wieder zur Hand. »Womit wir wieder beim Thema wären. Glaubst du ernsthaft, dass ich das hier bezahle?«

Mit einer flüchtigen Handbewegung winkte Jared ab. »Du bekommst das Geld zurück.« Er lehnte sich mit dem Rücken an die Wand, verschränkte die Arme vor der Brust und wirkte nun wieder vollkommen entspannt. Aber John kannte seinen Bruder zu gut, um sich davon täuschen zu lassen. Und er ahnte, dass die Sache mit dem Mädchen noch nicht ausgestanden war.

»Welche anständige junge Frau erträgt neben sich so viele leichte Mädchen? Oder lebt sie so abgeschirmt, dass dein Ruf noch nicht zu ihr durchgedrungen ist?«

»Ich hatte keine Frau mehr, seit ich weiß, dass es etwas

Ernstes ist, den ganzen Frühling und Sommer hindurch nicht mehr.« Ein flüchtiger Hoffnungsschimmer erhellte Jareds Gesicht, als erwarte er die Anerkennung durch den Älteren, dass es sich in der Tat um wahrhaftige Gefühle handelte.

John starrte ihn an und lachte ungläubig. »Du machst Witze.«

Zorn machte jede andere Regung in Jareds Miene zunichte. »Wenn du nichts als Spott dafür übrig hast, dann lass mich in Ruhe und kümmere dich um deine eigenen Angelegenheiten.«

John schlug mit einer Hand auf die Rechnung. »Das hier ist meine Angelegenheit«, fuhr er seinen Bruder an. »Du gibst ein Vermögen aus für ein Mädchen, das du nie kriegen wirst, du hirnverbrannter Narr.« Als er den Blick durch das Zimmer schweifen ließ, bemerkte er auf dem Sekretär etwas, das ihn alarmierte. Ohne Jared weiter zu beachten, ging er zu dem kleinen Schreibtisch und nahm einige Wechsel auf und studierte die Beträge. »Was ist das hier?«, fragte er tonlos. Auf Jareds Schweigen hin drehte er sich um. »Sag mir, dass dies hier keine Spielschulden sind.«

Nun konnte Jared sein Unbehagen nicht mehr verbergen, und er wich seinem Blick aus.

»Die Summe beträgt fast die Hälfte aller mir zur Verfügung stehenden Mittel.«

»Ich kann es mir selbst nicht erklären. Anfangs lief es so gut, und dann …« Jared verstummte. »Aber du brauchst es nicht zu zahlen, das kann ich selbst«, versuchte er zu beschwichtigen. »Ich habe eine Reihe hervorragender Investitionen …«

Er hatte noch nicht zu Ende gesprochen, als John bei ihm

war und ihm einen Fausthieb ins Gesicht versetzte, der ihn zu Boden gehen ließ. »Du verdammter Taugenichts!«
Jared stand langsam auf. »Du bist wie Vater geworden.«
»Ich wünschte, ich wäre wie er, denn dann wäre aus dir vielleicht etwas anderes geworden als ein Bursche, der nichts anderes kann, als Frauen unter die Röcke zu kriechen.«
»Ich hasse dich«, sagte Jared kalt und mit einem Blick, den John nie zuvor an ihm gesehen hatte. »Bei Gott, ich hasse dich.« Er drehte sich um, lief aus dem Salon und warf die Tür mit einer Wucht ins Schloss, die den Türrahmen erzittern ließ.

7

Gibraltar, März 1779

Die Tatsache, dass ihre Mutter genau zu wissen schien, wen sie am Abend getroffen hatte, hatte Olivia fast zu Tode erschreckt. Zunächst hatte sie die vage Hoffnung gehegt, mit einem Tadel davonzukommen, denn ihre Mutter schien weniger erbost denn amüsiert, nichtsdestotrotz legte sie jedoch nicht die geringste Nachgiebigkeit an den Tag, denn, wie sie sagte, für eine Sache Verständnis zu haben, bedeute nicht, sie gutzuheißen.

»Es war John Retallick, der dich zu dieser Dummheit verleitet hat, nicht wahr?«, hatte sie gefragt. Es waren nach dem Abendessen bei den Stockwells offensichtlich einige von deren Gästen zu der Feier gekommen, auf der sich ihre Eltern aufgehalten hatten. »Du kannst dir denken, dass man nichts Eiligeres zu tun hatte, als zu verbreiten, Sir John mache dir weiterhin auf unverkennbare Weise den Hof, was dir keinesfalls zu missfallen schien. Aber da haben dein Vater und ich schließlich auch noch mitzureden, und dein Vater wird mir gewiss das letzte Wort in der Sache überlassen, Liebes. Natürlich begrüße ich, dass deine Gefühle für Henry Adair offenbar endlich der Vergangenheit angehören, dennoch weißt du, wie viel Wert wir auf eine passende Partie legen.« Daheim war ihre Mutter daher umgehend in Olivias Zimmer gegangen, um sie zur Rede zu stellen, und hatte sie dort nicht vorgefunden, obwohl deren Kutsche bereits zurückgekommen war. Daraufhin war ihre Mutter in den Sa-

lon gegangen, hatte die unverriegelte Verandatür bemerkt und war sich nach einem Rundgang durch den Garten sicher gewesen, dass ihre Tochter heimlich das Anwesen durch das Gartentor verlassen haben musste.
»Hast du es Papa erzählt?«, hatte Olivia gefragt.
»Rede keinen Unsinn! Der hätte sofort Alarm geschlagen, denn sein erster Gedanke wäre gewesen, dass dir etwas zugestoßen sein könnte. Mir hingegen war klar, dass du Haus und Garten freiwillig verlassen hast und dass Sir John dafür sorgen würde, dass du wohlbehalten heimkommst.« Zwar hatte sie noch darauf gewartet, bis sie Olivia in ihr Zimmer gehen hörte, aber sie hatte in der Nacht auf einen Tadel verzichtet. »Was hätte das auch gebracht? Also habe ich dich schlafen gelassen«, schloss ihre Mutter mit einem spöttischen Lächeln.
Sie setzte sich aufs Bett und musterte ihre Tochter. »Du bist neugierig, nicht wahr? Und du bist vielleicht sogar verliebt. Nun, beides verleitet zu Dummheiten. Da braucht es jemanden, der dich gelegentlich wieder in die richtigen Bahnen leitet. Solange du unverheiratet bist, wirst du dich nicht heimlich mit Männern auf Spazierfahrten begeben.«
Sie erhob sich, und Olivia, die geglaubt hatte, damit sei alles durchgestanden, atmete erleichtert auf. Dann jedoch hatte ihre Mutter das Strafmaß verkündet.
Wenigstens hatte sie Stanley nichts erzählt. Der war angesichts der Zügel, die Olivia angelegt worden waren, mehr als zufrieden, woraus er auch keinen Hehl machte.
Hausarrest war eine vollkommen neue Erfahrung für Olivia, und der ihre hatte sich über ganze zwei Wochen hingezogen. Zwei Wochen, in denen ihre Mutter ihr lediglich den Empfang von Besuchen und das Betreten des Gartens

erlaubt hatte. Danach hatte sie die Zügel ein wenig gelockert, aber wenn Olivia abends heimkam, wartete entweder ihre Mutter oder deren Zofe auf sie, danach half ihre eigene Zofe ihr aus dem Kleid und stellte damit sicher, dass Olivia die Nacht über das Haus nicht verließ, denn anziehen konnte sie sich schwerlich allein.

John machte sich rar, und so war sie der Notwendigkeit enthoben, Heimlichkeiten entsinnen zu müssen. Die wenigen Male, die sie ihm auf Feiern über den Weg lief, blieb keine Gelegenheit für mehr als einen Gruß, denn stets war ihre Mutter in der Nähe, die ihr zwar eindringlich eingeschärft hatte, ihm keinen Anlass zu geben, ihr Aufmerksamkeiten zukommen zu lassen, es aber offenbar für angeraten hielt, sich davon mit eigenen Augen zu überzeugen.

Die Tage zogen sich, und Olivia war von einer bebenden Unruhe erfasst. Auf einmal fiel es ihr unsagbar schwer, die folgsame Tochter zu sein. Sie fragte sich ein ums andere Mal, warum ihre Mutter John gegenüber so abgeneigt war. Er war beliebt und wurde von allen geschätzt, selbst von Richter Holbrooke, und dessen Zuneigung gewann man vermutlich schwerer als die von König George III. Was sie selbst für ihn empfand, wusste sie nicht. Liebe war es nicht. Starkes Herzklopfen wechselte sich ab mit Mattigkeit, Euphorie schlug um in Betrübtheit, schwärmerische Gedanken wurden zu sinnlicher Körperlichkeit, es war ein Wirbel von Gefühlen, in die sich keine Ordnung bringen ließ.

Nun lag es nicht in Olivias Natur, Trübsal zu blasen, und so beschäftigte sie sich mit allem Möglichen, das sie von dem ablenkte, was sie bekümmerte. Sie las Johns Buch, las eine Reihe anderer Bücher aus der Bibliothek ihres Vaters und schrieb weiter an jener Geschichte einer Frau, die in purpurfarbenen Kleidern herumlief und sich nicht darum scherte, was die Menschen dazu sagten. Es faszinierte Olivia, mit dem Motiv der Farbe zu spielen, in der sich Mystik und Geheimnisse verbargen. Sie selbst konnte für wenige Stunden des Tages Olympia sein, die begehrt wurde und sich nahm, was sie wollte, ohne sich um die Folgen zu scheren. Jene Olympia küsste den Mann, den sie liebte, wann immer Olivia von heimlichen Küssen träumte, und sie tat es nicht in Gibraltar auf einem sturmumtosten Felsen bei Nacht, sondern in London bei buttergelbem Abendlicht mit Blick auf die Themse.

»Nein, Mama.« Constance würdigte das Kleid, das auf ihrem Bett ausgebreitet lag, keines weiteren Blickes. »Nein, nein, nein.«

»Du hast kein Gespür für das, was dir steht.« Ihre Mutter schien der Verzweiflung nahe.

Schon als der Schneider das zartrosa Gebilde gebracht hatte, waren in Constance böse Vorahnungen aufgekeimt. Jedoch hatte sie sich an die Hoffnung geklammert, ihre Mutter plane, es ihrer Schwester Annie zu deren Geburtstag zu schenken, für den sie bereits Geschenke sammelte, um sie mit dem nächsten Schiff nach Indien zu schicken. Aber das Kleid war in der Tat für sie, Constance, die davorstand und nicht wusste, ob sie lachen oder weinen sollte.

»Rosa, Mama, mit meinen Haaren und meinem Teint.« Und dann auch noch mit roten Schleifchen, das durfte einfach nicht wahr sein.

»Es ist eine hinreißende Farbe für eine junge Frau. Er wird dich in bleibender Erinnerung behalten.«

Das war anzunehmen, wenn er kam, um ihr den lang ersehnten Antrag zu machen, und seine künftige Verlobte aussah wie ein preisgekrönte Sau.

»Mama, wenn du mich dazu zwingen willst, dieses Kleid anzuziehen, werde ich nicht unten erscheinen, und ich werde ausrichten lassen, ich sei indisponiert.«

Ihrer Mutter schien schwindlig zu werden, und normalerweise schaltete sich spätestens in diesem Moment das schlechte Gewissen ein, aber Constance sah, wie zielgenau ihre Mutter es schaffte, sich im scheinbar letzten Moment, ehe sie zu Boden sank, an der Sessellehne festzuhalten. »Ich muss mich setzen.«

»Ich habe genug andere Kleider, und jedes davon ist schöner als das dort.«

Jetzt traten ihrer Mutter Tränen in die Augen, und Constance wusste, dass nun die harten Geschütze aufgefahren wurden. »Ich wollte dir eine Freude machen.«

»Ich freue mich ja auch, Mama.«

Schlagartig verschwanden die Tränen, und auch davon, dass ihr kurz zuvor schwindlig gewesen war, schien ihre Mutter nichts mehr zu wissen. Sie stand auf und ging zum Bett, um das Kleid hochzuheben. »Ich wusste, du würdest letzten Endes einlenken.«

Constance verschränkte die Arme vor der Brust und seufzte tief. Sie war kurz davor, nachzugeben, um nur endlich das leidige Thema zu beenden, als ein Dienstbote John Retallick meldete.

»Ich bin nicht zu sprechen«, fertigte sie den Diener unwirsch ab.

»Natürlich bist du das.« Ihre Mutter schob sie aus dem Zimmer. »Wenn du vor zwei Häusern stehst, warte, bis du eines bewohnst, ehe du die Tür des anderen zufallen lässt.«

Constance verdrehte die Augen. Sie hatte es aufgegeben, ihre Mutter davon überzeugen zu wollen, dass John es keineswegs auf ihre Gunst abgesehen hatte. Offenbar war sie die Einzige, die nicht mitbekam oder mitbekommen wollte, dass bei John ausschließlich Olivia im Rennen war.

»Ich komme in, sagen wir, fünf Minuten nach«, flötete ihre Mutter ihr hinterher.

Mit einem Ruck stieß Constance die Tür zum Salon auf und hegte die leise Hoffnung, John möge so dicht dahinterstehen, dass sie seinen Kopf traf. Sie kochte vor Wut auf ihn. Er saß jedoch entspannt in einem der Sessel und stand auf, als sie den Raum betrat.

»Es war nicht abgesprochen, sie lächerlich zu machen oder in Schwierigkeiten zu bringen«, fauchte sie ihn an. Bei der Gelegenheit konnte sie die Wut auf ihre Mutter wegen der Sache mit dem Kleid auch gleich an jemand anderem auslassen. Perfekt.

»Dir auch einen schönen Tag, Constance.« Sie fragte sich, ob sein Lächeln provokant oder ob sie einfach nur überempfindlich war. »Hast du etwas von ihr gehört?«, fragte er dann.

»Sie hatte Hausarrest, der unmittelbar einen Tag nach dem Abendessen bei uns begonnen hat. Ein seltsamer Zufall, denkst du nicht auch?« Constance gab ihm keine Gelegenheit zu antworten, sondern ging im Raum auf und ab. »Ich hätte mich nie darauf einlassen dürfen, dir zu helfen.« Ihre Eltern hatten keine Ahnung, wie weit die Freundschaft mit John gediehen war, eine seltsame Bindung, in der jeder von Anfang an Zutrauen zu dem anderen gefasst hatte, obwohl sie keinerlei Gemeinsamkeiten hatten.

»Immerhin seid ihr jetzt Freundinnen, oder hättest du sie auf dem Schiff angesprochen, wenn nicht mir zuliebe?«
Constance zuckte mit den Schultern. »Ich habe sie auf dem Schiff aber auch vor dir gewarnt.«
»Ich dachte mir, dass du das tust, aber die Warnung war vergeblich, wie du siehst.«
Als wüsste sie das nicht selbst. Constance blieb stehen, weil das viele Hin- und Herlaufen sie noch nervöser machte, und um ihre Ruhe war es wegen der Sache mit Lord Westlake ohnehin nicht zum Besten bestellt. Jetzt musste sie sich auch noch mit Johns Problemen herumschlagen und darüber hinaus mit ihrem schlechten Gewissen wegen Olivia. »Was ist überhaupt vorgefallen? Ich kann mir kaum vorstellen, dass ihre Mutter ihr Hausarrest verordnet, nur weil du beim Abendessen hast durchklingen lassen, dass sie dich interessiert.«
»Ich habe sie dazu überredet, sich nachts heimlich hinauszuschleichen, und sie am Gartentor abgeholt.«
»Großartig«, murmelte Constance. »Was willst du eigentlich von ihr, John? Ich habe dir geholfen, weil du mein Freund bist, aber du liebst sie doch gar nicht, oder doch?«
»Ich habe meine Gründe.«
Sie hinterfragte das nicht weiter, weil sie wusste, dass er ihr nichts sagen würde. Constance setzte sich auf einen Sessel und strich sich eine gelöste Haarsträhne hinter das Ohr. Ein Blick auf die Uhr sagte ihr, dass sie keine Stunde mehr Zeit hatte, sich herzurichten. Der Tag schien ihr zu entgleiten, dabei sollte es alles großartig werden, ein Wendepunkt in ihrem Leben.

Es gab kaum einen Tag, an dem es nicht notwendig war, Soldaten pünktlich zur Morgenparade wegen Trunkenheit auszupeitschen. Etwas Derartiges kannte Frank aus England nicht, und angesichts des Moralverfalls in Gibraltar schienen ihm diese Maßnahmen auch dringend angeraten. Allerdings räumte Frank durchaus ein, dass die Struktur der Armee, die den Soldaten den Ehestand beinahe unmöglich machte, viel dazu beitrug, dass diese sich an den Mädchen aus dem Dorf schadlos hielten und sich auch sonst wenig Zurückhaltung in ihrer Lebensführung auferlegten. Im Allgemeinen wurde dem normalen Soldaten davon abgeraten zu heiraten, ja, es wurde ihm nahezu unmöglich gemacht, denn er hatte keinen festen Wohnort, trug alles, was er besaß, auf dem Rücken mit sich und diente zeit seines Lebens. Zudem machte die Unterbringung in den Kasernen ein eheliches Beisammensein schwer, und einem Soldaten wurde es nicht erlaubt, eine Wohnung außerhalb der Kaserne zu beziehen. Ein verheirateter Mann wurde gar nicht erst rekrutiert, und ein Mann, der nach seiner Rekrutierung heiratete, lief Gefahr, ausgemustert zu werden. Der einfache Fußsoldat gehörte ausnahmslos der untersten sozialen Schicht an, viele von ihnen stammten aus Schottland und Irland. Die Offizierslaufbahn stand beinahe ausschließlich den Mitgliedern von Adelsfamilien offen, oftmals waren es die jüngeren Söhne, die kein Erbrecht auf Titel und Ländereien hatten. Ihnen bot die Armee eine gute Alternative zu einer Karriere als Jurist oder Geistlicher. Franks Vater war Colonel gewesen, der jüngste Sohn eines Viscount aus Nordengland, und er hatte es in seiner Offizierslaufbahn zu immensem Reichtum gebracht, der Frank nach seinem Tod als Alleinerbe zugefallen war. Neben dem militärischen Können gab Geld den entscheidenden Anstoß zur Beförderung, denn Offiziersränge waren teuer. Selbst Offizieren legte man nahe, mit dem Heiraten zu warten, bis sie den Rang eines Majors erreicht hatten, wollten sie nicht riskieren, dass ihre Karriere zum Erliegen kam. Eheschließungen durften nur mit Einwilligung des Vorgesetzten erfolgen.

Als Frank Augusta kennengelernt hatte, war er noch Captain gewesen, aber es war dennoch nicht sonderlich schwer gewesen, die Erlaubnis für eine Eheschließung zu erwirken. Es war jene sprichwörtliche Liebe, der man auf den ersten Blick verfiel. Als junger Mann war er oft auf die Jagd gegangen, hatte gerne getanzt, und wenn man den jungen Damen damals Glauben schenken durfte, war er recht schneidig gewesen. Augusta, der seine Aufmerksamkeiten keineswegs unangenehm gewesen waren, stammte aus einer hervorragenden Familie. Ihre Schwestern waren allesamt in den Adel oder in reiche Offiziersfamilien verheiratet worden, ihr Bruder war Erbe großer Ländereien und zweier Titel, einer davon war ihm von einem Verwandten mütterlicherseits mangels direkter männlicher Nachkommen zugefallen.

Nachdem sein Werben um sie so beifällig aufgenommen worden war, schien alles Darauffolgende nur noch eine Formalität zu sein: Die Hochzeit wurde ein rauschendes Fest und aus der charmanten Braut eine leidenschaftliche Ehefrau.

Wann genau das Gefühl, Augusta nicht zu genügen, eingesetzt hatte, wusste Frank nicht. Es mochte kurz nach der Eheschließung gewesen sein, vielleicht sogar schon vorher, was er jedoch seiner verliebten Verblendung zugeschoben hatte und der Sorge, jemand anders könne ihn im Werben

um ihre Gunst überflügeln, denn Bewerber hatte es genug gegeben. Nach Rubys Geburt hatte sich ihre Leidenschaft abgekühlt. Frank hatte bereits gehört, dass die Qualen einer Geburt dergleichen auslösten, und sich in Zurückhaltung geübt. Aber irgendwann hatten sich zu ihrer Kälte Gehässigkeiten gesellt, erst klein und subtil, später immer offener. Und während Frank sich den Kopf darüber zerbrach, was er falsch gemacht hatte, lebten sie zunehmend aneinander vorbei. Nach außen hin gaben sie das perfekte Ehepaar, aber sobald sie von einem Ball daheim waren, verabschiedete sich Augusta mit einem kühlen Gruß, ging in ihr Zimmer und schob den Riegel vor die Tür. Frank fragte sich, ob er sie womöglich verletzt hatte. War er zu grob gewesen? Zu leidenschaftlich in seinem Verlangen nach einer Gunst, die sie viel zu selten gewährte? An anderen Tagen kam sie mit leuchtenden Augen heim, die Wangen gerötet und ein weiches Lächeln um die Lippen, und meist waren das Tage, an denen sie in den darauffolgenden Nächten wieder zu ihrer früheren Hingabe zurückfand, ja, ihn geradezu in sein Zimmer drängte. Am kommenden Morgen wachte Frank indes immer allein auf, die Seite, auf der sie gelegen hatte, kalt, als habe sie das Bett schon vor vielen Stunden verlassen.
Dann kam die nächste Schwangerschaft, und in dieser Zeit war sie von einer Gereiztheit, die oftmals geradezu ins Bösartige umschlug. Sie stieß Verwünschungen aus, schien ihren eigenen Leib zu verabscheuen, war dann wieder nur still und schien über unerfreuliche Dinge nachzugrübeln. Zwei Monate vor der Niederkunft hob sich ihre Laune wieder, und sie schien sich plötzlich auf das Kind zu freuen. Jetzt konnte auch Frank aufatmen und sich der Vorfreude offen hingeben, wenn er auch nicht glauben mochte,

dass er jemals jemanden in dem Maße lieben würde wie Ruby, die mit ihren hellen Locken wie ein Lichtstrahl war, der durch das Haus wirbelte.

Meist überließ er die Erziehung der Kinder, insbesondere der Mädchen, ganz Augusta, aber wie sie zurzeit mit Olivia verfuhr, wollte er dennoch nicht hinnehmen. Er konnte sich nicht vorstellen, weshalb man sie tagelang daheim einsperrte. Es war zu einer sehr unschönen Szene zwischen ihm und Augusta gekommen, die ihm unmissverständlich klarzumachen versucht hatte, dass sie in dieser Angelegenheit keine Einmischung wünsche. Es war jedoch nicht schwer gewesen herauszubekommen, dass John Retallicks Aufmerksamkeiten ihren Anteil daran hatten, weshalb so streng mit Olivia verfahren wurde.

Dass Sir John Interesse an seiner Jüngsten zeigte, war an jenem Abend auch Frank zu Ohren gekommen, und er konnte sich Augustas Einwände dagegen nicht erklären. Sir John war nicht vermögend, aber das konnte schwerlich ein Hinderungsgrund sein, denn Frank besaß genug, um Olivia mit einer Mitgift auszustatten, die, vernünftig investiert, für ein gutes Einkommen sorgen würde. Wenn man den Gerüchten Glauben schenken durfte, dann war der Verlust des Retallick-Vermögens auch mitnichten Sir Johns Schuld, sondern die seines Bruders, der in Gesellschaftskreisen äußerst verrufen gewesen war. Hätte dieser sich Olivia genähert, ja, dann hätte die Sache anders ausgesehen. Kein Mann von Stand und Ehre wäre damit einverstanden gewesen, seine Tochter in den Händen dieses verruchten Frauenhelden zu sehen. Sir John jedoch war ein anderes Kaliber, und Frank nahm sich vor, die Sache im Auge zu behalten.

Als Ruby den Wunsch äußerte, am Meer spazieren zu gehen, bot Stanley an, sie zu begleiten, noch ehe ihre Mutter Einwände erheben konnte. Nun war Ruby hin- und hergerissen, denn obwohl sie Stanley nicht den ganzen Nachmittag an ihrer Seite haben wollte, konnte sie das ständige Im-Haus-Sitzen oder Auf-irgendwelche-todlangweiligen-Besuche-Gehen nicht mehr ertragen. Sie brauchte das Gefühl, wieder frei atmen zu können. Ihr Blick fiel auf Olivia, die schweigend bei Tisch saß. In London war ihr die Verlorenheit ihrer Schwester nie bewusst geworden, denn diese war immer von Freundinnen umgeben und Mittelpunkt der Gesellschaft gewesen.
»Möchtest du mitkommen?«, fragte sie sie, und Olivia sah sie erstaunt an. »Du hast die Catalan Bay doch noch nie gesehen, oder?«
Olivia schien zu zögern, willigte dann jedoch ein und schob ihren Kuchen von sich, den sie kaum angerührt hatte. »Ich ziehe mich nur rasch um.«
Ruby sah ihr nach und stand ebenfalls auf. »Lass schon einspannen, Stanley.« Sie wich seinem Blick aus, weil sie nicht sehen wollte, wie erleichtert er darüber war, dass sie ihn nicht wieder von sich stieß. Es tat weh, sich von dem anderen Teil seiner Seele zu lösen. Stanley war zu lange ihr bester Freund gewesen, als dass eine solche Trennung ohne Schmerzen vonstattenging, auch wenn nur wenig durch die Betäubung drang, die Ruby umgab.
»Überanstreng dich nicht«, mahnte ihre Mutter. »Denk an das, was der Arzt gesagt hat.«
Der Arzt war ein Schwätzer, aber Ruby nickte dennoch.
»Der Quacksalber kommt mir nicht mehr ins Haus«, warf ihr Vater ein, ohne von seinem Tee aufzublicken.

»Er ist überaus fähig«, entgegnete ihre Mutter.

Jetzt blickte ihr Vater auf. »Möchtest du, dass er dich wieder behandelt, mein Kind?«

Ruby dachte an das Gespräch zwischen dem Arzt und ihren Eltern, dessen Zeugin sie unabsichtlich geworden war, weil das Dienstmädchen die Tür zu ihrem Zimmer nicht richtig geschlossen hatte. Seine Behandlung hatte sich auf das Abhören ihrer Brust beschränkt, dann hatte er sie zur Ader gelassen, was ihr Arzt in London strikt abgelehnt hatte. Und noch während das Blut aus ihrem Arm in die Schale geflossen war, hatte Ruby gehört, wie der Arzt im Nebenzimmer ihren Eltern erklärte, ein regelmäßiger Aderlass würde helfen, aber sie sollten wissen, dass eine an Schwindsucht Erkrankte so gut wie tot war.

»Nein, Papa, ich möchte ihn nicht mehr wiedersehen.«

Ihre Mutter runzelte die Stirn. »Es gibt nicht viele Ärzte hier, und dir ging es nach dem Aderlass besser.«

Eine trügerische Besserung, die schnell verflogen war. Ruby schüttelte nur den Kopf.

»Das hast du wirklich gut gemacht«, wandte sich ihre Mutter an ihren Vater. »Aber bitte, wenn sich ihre Krankheit verschlimmert, wissen wir ja, wem wir das zu verdanken haben.«

Ruby gab ihrem Vater einen Kuss auf die Wange, ehe sie auf ihr Zimmer ging, um ihren Mantel zu holen.

Der Wind blies über die Küste. Schlick, den der letzte Sturm angespült hatte, lag über den Strand verstreut, und die Fischerbote tanzten an ihren Leinen auf den Wellen. Bei dem Wetter fuhr niemand hinaus. Die Catalan Bay lag an der Ostküste von Gibraltar und war von genuesischen Fischern bevölkert. Hier war Ruby zweimal dem Fischermädchen, dessen Namen sie immer noch nicht kannte, begegnet. La Caleta war der alte Name der Bucht gewesen, und gemeinsam mit dem Dörfchen La Tuneta in Spanien hatte es ab 1634 unter der Gerichtsbarkeit des Königreichs Granada gestanden. Den jetzigen Namen verdankte das kleine Fischerdorf vermutlich lediglich der falschen Aussprache der Engländer. Ruby gefiel der spanische Name besser, er passte eher zu den Menschen, die hier lebten.

Ruby hatte seit Ausbruch ihrer Krankheit viel Zeit zum Lesen, etwas, wofür ihr vormals oft die Ruhe gefehlt hatte. Zwar hatte sie gerne mal ein Buch zur Hand genommen, aber ihr Leben hatte sich außerhalb des Hauses abgespielt. Jetzt las sie Geschichtsbücher, und wenn sie zu Romanen griff, dann waren es meist tragische, schwermütige Geschichten, denn sie ertrug nichts, was gut endete. Über Schwindsucht las sie ebenfalls viel, nicht weil sie glaubte, auf geheimes Wissen zur Heilung zu stoßen, sondern weil sie wissen wollte, wie lange man mit der Krankheit leben konnte.

Schwindsucht wurde nach wie vor romantisch verklärt, ein Leiden, das nichts anderes zu sein schien als ein Feuer, das einen von innen verzehrte, leidenschaftliche Glut, die auszehrte und fiebrige Röte auf die Wangen zauberte, ein Seelenfeuer, das zerstörte. Nach wie vor glaubte man, dass Schwindsucht eine Erbkrankheit war, obwohl der Arzt Benjamin Martens vor fast sechzig Jahren eine Abhandlung über die Übertragung durch Mikroorganismen geschrieben hatte, diese war jedoch unbeachtet geblieben. Vielleicht war das auch besser so, dachte Ruby, ansonsten brächen unter den Engländern womöglich noch Zustände aus wie in Venedig, wo jeder Schwindsüchtige schriftlich gemeldet werden musste, damit man ihn isolieren und seine Habe verbrennen konnte, um mögliche Ansteckungsherde zu beseitigen. Selbst in Spanien herrschte seit 1751 eine Meldepflicht, und kamen Ärzte dieser nicht nach, drohten Haft- und Galeerenstrafen. Kranke wurden ausgewiesen oder unter Zwang in Hospitäler eingewiesen. Ruby schauderte bei der Vorstellung, dergleichen könne einmal in England Einzug halten.

»Wie lange willst du mich noch bestrafen?«, drang Stanleys Stimme in ihre Gedanken. Unwillig drehte sie sich zu ihm um. Ein Blick über die Schulter zeigte, dass Olivia wenige Schritte hinter ihnen war, jedoch Stanleys Worte, die ihm der Wind von den Lippen riss, schwerlich hören konnte.

»Ich bestrafe dich nicht, Stanley. Eine Strafe würde eine Läuterung bedeuten, und diese kann ich mitnichten herbeiführen. Ich bin fertig mit dir, ebenso wie mit Mama.«

Ruby raffte ihr Kleid und beschleunigte ihren Schritt, um ihren Bruder abzuhängen, dieser hielt jedoch problemlos mit.

»Es tut mir leid, wie oft soll ich das noch sagen?«

»Überhaupt nicht mehr, wenn es nach mir geht, denn es ändert nichts, Stanley, gar nichts, hörst du?«

Er griff nach ihrem Arm. »Ich ertrage es nicht mehr, du fehlst mir.«

Sie sah ihn schweigend an, befreite dann ihren Arm mit einer Drehung und ging weiter. Inzwischen hatte Olivia beinahe aufgeschlossen, aber Ruby kümmerte sich nicht um sie. Stanley lief Ruby nach.

»Ich kann es nicht rückgängig machen.« Als sie nicht reagierte, griff er erneut nach ihrem Arm, aber sie riss sich los und ging schneller. »Ach, zum Teufel, Ruby, zum Teufel mit dir und Jared!«

Ruby blieb abrupt stehen, sah ihn an, während ihr Herz schmerzhaft gegen die Rippen schlug. Aus den Augenwinkeln bemerkte sie Olivia, die in einigen Schritt Entfernung stehen geblieben war. Jetzt kam sie langsam näher. Ob sie ihren Bruder verstanden hatte, war ihrer Miene nicht abzulesen. Stanley fuhr sich mit beiden Händen über sein glatt zurückgebundenes Haar, eine Geste der Hilflosigkeit.

»Ich wollte das nicht«, murmelte er.

Ohne ein Wort zu sagen, wandte Ruby sich ab und starrte auf das Wasser. Sie erwartete, dass Olivia fragen würde, was los sei, aber diese schwieg ebenfalls. Alles um sie herum war trostlose Einsamkeit, ein dunkler Strudel, und nun riss er nicht nur sie und Stanley mit, sondern auch Olivia.

Der Wind trieb Schaumkronen an den Strand, und am Horizont durchmischten rote Schlieren das Grau des Himmels. Ruby tastete nach der Kette an ihrem Hals, erspürte mit den Fingerspitzen den Ring, der daran hing.

»Es dämmert«, sagte sie.

London, Dezember 1776

Zartes Rot färbte den wolkenverhangenen Abendhimmel. Ruby zog die Schultern hoch, als gewähre ihr diese Geste Schutz in der winterlichen Kälte. Tagsüber war Schneeregen gefallen, der sich als Matsch an den Straßenrändern gesammelt hatte und jetzt in den anbrechenden Nachtstunden nur noch als schmieriger Film den Boden bedeckte. Es lag eine feuchte Eiseskälte in der Luft. Schnell schwand das Tageslicht, und die Konturen verschwammen in den sich ausbreitenden Schatten, die zu mondlichtberaubter Dunkelheit wurden.

Mit den Fingerspitzen ertastete sie den Anhänger an ihrer Kette, ein goldener Ring mit einem großen Rubin, der von kleinen Diamanten umgeben war. Es war Jareds Geschenk gewesen, als sie sich zu dem Unglaublichsten hatte hinreißen lassen, was sie je getan hatte. In Coldstream, wo ihre Großtante Patty ein kleines, wenig genutztes Haus besaß, hatten Ruby und Jared heimlich geheiratet. Es war schwer gewesen, ihren Eltern – vor allem ihrer Mutter, die alles Schottische verabscheute – die Erlaubnis abzuringen, mit ihrer Tante dorthin zu reisen. Eine Woche war sie dort gewesen, hatte Jared getroffen und ihm ihr Jawort gegeben, eine Ehe, die jedoch noch nicht vollzogen war, denn weder das Gasthaus, in dem Jared logierte, noch das Haus ihrer Tante boten die rechte Umgebung für ihr erstes Beisammensein. Das Haus war das Erbe eines fernen Verwandten gewesen, es war alt und zugig, für Ruby jedoch barg es nun eine zauberhafte Erinnerung. Großtante Patty hatte ihr geholfen, so wie sie Ruby immer schon zur Seite gestanden hatte. Manchmal, in verschwiegenen Stunden, wünschte Ruby sich, Patty hätte sie geboren, und jene kinderlose Tante schien denselben Wunsch zu hegen, auch wenn sie ihn nie aussprach.

In England heimlich zu heiraten, machte der Marriage Act von 1753 unmöglich, der eine formelle Zeremonie vorschrieb. Ehen war nur dann gültig, wenn sie in einer anglikanischen Kirche geschlossen und in einer Anzeige publik gemacht wurden. Wurde einer dieser beiden Punkte nicht eingehalten, galten Kinder, die einer solche Ehe entstammten, als unehelich und waren nicht erbberechtigt. Auf diese Weise war die Zahl der heimlichen Eheschließungen bereits sehr erfolgreich eingedämmt worden. Wer dennoch diesen Weg gehen wollte, musste sich nach Schottland begeben, in Orte wie Gretna Green, Lamberton, Mordington oder Coldstream, die außerhalb der britischen Gerichtsbarkeit lagen. Hätte Ruby keine Verwandte dort gehabt, wäre ihr Vorhaben undurchführbar gewesen, denn trotz ihrer Verliebtheit waren sie und Jared vernünftig genug zu wissen, dass an ein Durchbrennen nicht einmal zu denken war.

»Verzeih mir die Verspätung«, sagte Jared, als er aus der Kutsche stieg, die direkt vor Ruby zum Stehen gekommen war.

Rubys Lippen waren kalt, aber ihr gelang ein zitterndes Lächeln. »Wenn du mich unverzüglich ins Warme bringst, vergebe ich dir auf der Stelle.«

Er half ihr in die Kutsche und legte ihr eine Decke über die Knie, dann stieg er ebenfalls ein, setzte sich neben sie und zog sich an sich. Er küsste sie, doch Ruby merkte, dass er nicht bei der Sache war, und löste sich von ihm.

»Stimmt etwas nicht?«

Er zog sie an sich, so dass ihr Kopf an seiner Schulter lag. »Ein Streit mit meinem Bruder«, sagte er zögernd und ließ das Ende des Satzes in der Luft hängen, als wolle er noch etwas anfügen. Ruby wartete.

»Sonst nichts?«, fragte sie schließlich.

»Geschäftlich ist einiges aus dem Ruder gelaufen.« Er ließ seine Hand in ihre hochgesteckten Locken gleiten, und Ruby merkte, dass er ablenken wollte.

»Hat es etwas mit den Geschäften von Stanley zu tun?«

Seine Hand hielt in der Bewegung inne. »Woher weißt du das?«

»Ich weiß es nicht, ich vermute es, weil Stanley ähnlich bedrückt wirkt wie du. Beinahe könnte man es verzweifelt nennen.«

Er ließ sich Zeit mit einer Antwort, und als sie eben wieder nachfragen wollte, sagte er: »Lass uns ein anderes Mal darüber reden, ich möchte es für den heutigen Abend einfach vergessen.«

Sie fuhren durch das abendliche Chelsea, ihr häufigster Treffpunkt in den Abendstunden, weil es belebt genug war, um Ruby Sicherheit zu geben, falls Jared sich verspätete, und weil es weit genug von Mayfair entfernt lag, wo ihre Familie lebte. Die Old Church Street, an der Jared sie mit der Kutsche abgeholt hatte, ging an der Themse in den Cheyne Walk über, eine Uferstraße, die in sanften Kurven landeinwärts führte. Sie bogen nordöstlich davon in die Royal Hospital Road ein. Die Kutsche schlingerte gelegentlich leicht auf den Straßen, auf denen sich der alltägliche Unrat mit der Nässe mengte.

Den Plan, heimlich in Schottland zu heiraten, hatten sie ausgeheckt, als Ruby ihre Tante in Coldstream erwähnt hatte. Sobald der richtige Zeitpunkt gekommen war, würden sie ihre Familien einweihen, aber ehe Jared es nicht geschafft hatte, sich gesellschaftlich zu rehabilitieren, wäre dies unmöglich. Selbst Rubys sonst so ruhiger Vater würde außer sich geraten. Sie wusste, dass Jared als leichtfertiger Draufgänger galt. Den liederlichen Bruder von Sir John nannte man ihn in der Gesellschaft. Ruby war dem Älteren noch nicht begegnet, und Jared war nie zu Gast bei ihnen gewesen, obwohl er Stanleys Freund war – eine Freundschaft, die ihrer Mutter ein Dorn im Auge war. Ihr wäre der angesehene Sir John lieber gewesen, denn dies hätte

auch ihr den Weg in jene hohen Adelskreise geöffnet, in denen die Retallicks verkehrten. Jared wirkte verloren, Ruby hatte diesen dunklen, starren Punkt in ihm schon vor langer Zeit bemerkt, eine Verlorenheit, die er geschickt hinter Leichtsinn, Arroganz und Charme verbarg.
Die Kutsche verlangsamte ihre Fahrt und bog in eine schmale Straße ein. Mit schmatzenden Geräuschen bewegten sich die Räder vorwärts, und auch das Geräusch der Hufe sprach dafür, dass der Untergrund zunehmend morastiger wurde. Gerade in den Gassen sammelte sich viel Unrat, der das Vorankommen der Kutschräder erschwerte. Sie hielten vor einem eleganten Haus, und Jared stieg aus und half Ruby aus der Kutsche.
Ruby blickte an der eleganten Fassade des Hauses hoch, in dem sich Sir Johns wenig genutzte Wohnung befand, eine Silhouette, die sich in den schwarzen Himmel reckte. Als Jared hinter sie trat, drehte sie sich um und ließ zu, dass er sie an sich zog.
»Ich liebe dich«, flüsterte er. Mit einer Hand hielt er sie fest, während er sie küsste, mit der anderen stieß er die Tür auf. Im Treppenhaus ließ er sie los, um Licht zu machen, und ging mit der Lampe voran. Auf dem letzten Treppenabsatz hielt sie inne, drehte sich um und sah zur Haustür, als müsse sie jemanden verabschieden. Sie wusste, wenn sie die Wohnung verließ, wäre sie nicht mehr die, die dieses Haus betreten hatte. Sie würde sich als Frau aus Jareds Armen lösen, das Ende ihrer Mädchenzeit.
»Hab keine Angst.« Offenbar hatte Jared ihr Zögern bemerkt, denn er war stehen geblieben und streckte ihr die Hand entgegen.

8

Gibraltar, Mai 1779

Der Mond wob Silberschatten in die Nacht. Olivia stand vor dem Fenster, hatte ihren Morgenmantel eng um sich gerafft und sah in den Garten. In ihrem Zimmer waren bereits alle Lichter gelöscht, auch wenn es nicht der Schlaf war, den sie zu dieser Stunde suchte. Es war der erste Mai, und es ging auf Mitternacht zu.

Die Wachsamkeit ihrer Mutter hatte mitnichten nachgelassen, auch wenn Olivia darauf gehofft und ihr keinen Anlass geboten hatte, an ihrem Gehorsam zu zweifeln. Und nun stand sie hier und überlegte, wie sie es schaffen sollte, ihr Zimmer heimlich zu verlassen. Denn obschon sie sich wieder und wieder sagte, dass sie John keineswegs ermutigen durfte – und nichts anderes war ein nächtliches Treffen im Garten –, so gab es einen Teil in ihr, der sie dazu trieb, etwas, das verborgen in ihr geruht hatte und nun aus ihr herausdrängte. Aber die Tatsache, dass ihre Mutter nach wie vor jeden Abend kontrollierte, dass Olivia wirklich im Nachthemd im Bett lag, oder diese Aufgabe ihrer Zofe überantwortete, falls sie selbst ausgegangen war, stellte Olivia in dieser Nacht vor ein unlösbar scheinendes Problem. Sie konnte John ja schlecht in Nachthemd und Morgenmantel im Garten erwarten.

Olivia spielte mit dem Ende ihres langen, von der Zofe für die Nacht geflochtenen Zopfes, während sie überlegte. Allzu viel Zeit, eine Lösung zu finden, blieb ihr nicht, es schien

darauf hinauszulaufen, dass sie das Zimmer nicht verließ. Allein ankleiden war nicht möglich, und ihrer Zofe war nicht zu trauen.
Sie sah zu der Wand, hinter der Rubys Zimmer lag, rang mit sich, verwarf den Einfall, griff ihn wieder auf, weil ihr keine andere Möglichkeit zu bleiben schien, und ging schließlich zur Tür, wo sie, die Hand auf der Klinke, verharrte. Dann gab sie sich einen Ruck, zog die Tür leise auf, trat in den Flur hinaus und blieb vor Rubys Zimmer stehen. Sie betrat leise den Raum und lehnte die Tür hinter sich an. Ein Rascheln war zu hören, als Ruby sich in ihrem Bett aufrichtete.
»Olivia?« Sie klang erstaunt. »Ist etwas passiert?«
»Nein.« Olivia blieb an der Tür stehen. »Ich brauche nur kurz deine Hilfe.«
»Wobei soll ich dir helfen?«
»Beim Ankleiden.«
Ruby schwieg.
»Wenn du dich nicht gut genug fühlst …«
»So schlecht, dass ich kein Kleid mehr schließen könnte, fühle ich mich gottlob noch nicht.« Ruby stand auf, griff nach ihrem Morgenrock am Fußende des Bettes und zog ihn sich an, während sie das Zimmer durchquerte. Im Gehen zog sie ihr Haar, das sie nachts nie einflocht, aus dem Kragen und ließ es auf den Rücken fallen, eine Kaskade lichtheller Locken. Gemeinsam gingen sie in Olivias Zimmer, wo die Kleidung bereits ausgebreitet auf dem Bett lag.
»Ich hätte dich nicht gestört, wenn ich eine andere Möglichkeit hätte.«
»Du störst mich nicht.« Ruby trat ans Fenster und sah in

den Garten, als böte das ihre nicht dieselbe Aussicht. »Von Mamas Kontrollen habe ich gehört. Seltsam, dass sie bei dir nie damit gerechnet hat, du könntest jemals eine Grenze ausreizen. Stanley scheint dich da besser zu kennen. Vielleicht, weil er dir doch ähnlicher ist, als du glaubst.« Sie drehte sich um. »Wo willst du hin?«
Olivia biss sich auf die Unterlippe und schwieg.
»Du musst es mir nicht sagen, denn ich ahne, an wessen Seite du aufbrechen wirst.« Ruby nahm Olivia das Mieder aus der Hand, half ihr hinein und zog an den Schnüren. »Würde es etwas nützen, dich zu warnen?«
»Nein.«
»Das dachte ich mir.«
Olivia hielt sich am Bettpfosten fest, als das Schnüren ihr den Atem nahm. »Würdest du dich warnen lassen?«
»Nein.«
Mit geübten Bewegungen band Ruby das Hüftpolster fest, hakte das Unterkleid zu und half Olivia in die Unterröcke. »Du solltest dennoch wissen, dass du mehr zu verlieren hast als er.«
»Ich weiß, was ich tue.«
Ruby ordnete die Unterröcke richtig an, rückte noch ein wenig am Hüftpolster und zog Olivia dann das Kleid an – dunkelblaue Seide, hinten gerafft und zartblau unterlegt. »Ich will mich nicht in deine Angelegenheiten einmischen, das habe ich nie getan.«
Olivia wartete, denn obwohl es ihr nur recht sein konnte, dass ihre Schwester nicht weiter nachhakte, wollte sie auf einmal dennoch wissen, was ungesagt in der Luft hing. »Aber?«
»Für einen Mann ist eine Verführung ein Moment, in dem

er sich seinem Vergnügen hingibt. Was bedeutet es ihm schon, wenn du nicht mehr unschuldig bist? Dafür bedarf es von seiner Seite aus nur einer winzigen Bewegung seiner Hüfte, die ihm vielleicht nicht einmal in Erinnerung bleibt, dir unter Umständen jedoch jegliche Heiratsmöglichkeiten ruiniert. Von der sozialen Ächtung, wenn dergleichen ans Licht kommt, ganz zu schweigen.«

Olivia, die keine solch deutlichen Worte erwartet hatte, senkte den Kopf und war froh, dass sie mit dem Rücken zu ihrer Schwester stand.

»Wie auch immer, ich kann dir nur raten, umsichtig zu sein.« Ruby steckte Olivias Haar am Hinterkopf zu einer losen Frisur fest, dann trat sie zurück. »Du bist fertig. Besser bekomme ich es bei diesem Dämmerlicht nicht hin.« Sie setzte sich aufs Bett, als habe die nächtliche Aktivität sie angestrengt.

Olivia hob die Hand, berührte ihr Haar, dann strich sie über ihr Kleid. »Es ist perfekt, vielen Dank, Ruby.« Während sie ihre Schwester ansah, dachte sie, dass Ruby nie bei ihr auf dem Bett gesessen hatte und sie nie nächtliche Geheimnisse geteilt hatten. Ihr Blick wanderte zum Fenster, und der Gedanke an John ließ jegliches Bedauern um verpasste Vertraulichkeit im Ansatz ersticken.

Ruby stand auf. »Gib auf dich acht«, sagte sie, ehe sie das Zimmer verließ.

Selbst bei Nacht war die Luft noch weich. Über dem Garten hing der Geruch nach Gras, Blumen und das warme Aroma der Erde. Olivia ging zum Gartentor, schob den Riegel auf und wusste dann nicht so recht, wo sie warten sollte. Stand sie neben dem Tor, mochte es so aussehen, als warte sie ungeduldig, aber wenn sie zu weit entfernt war, sah John sie womöglich nicht. Sie entschloss sich, auf einer Bank unter einem Baum zu warten, wo sie ihn sehen konnte, er jedoch erst, wenn sie es wollte.

Obwohl weder eine Kutsche noch ein Pferd zu hören war, schwang das Gartentor leise auf, und Olivia erkannte Johns schlanke, hochgewachsene Gestalt. Er schloss das Tor ebenso lautlos, wie er es geöffnet hatte, und betrat den Garten, wobei er sich suchend umsah. Olivias Herz machte einen wilden Satz, und zunächst verharrte sie schweigend, sah ihn an, während er langsam durch den Garten ging. Schließlich stand sie auf, und das Rascheln ihres Kleides verriet sie. John hielt inne und kam dann direkt auf sie zu. Als er vor ihr stand, sah Olivia ihn schweigend an, unschlüssig, wie sie ihn begrüßen sollte. Weil sie nicht so recht wusste, in welcher Beziehung sie eigentlich zueinander standen, fiel es ihr schwer, die richtigen Worte zu finden.

»Ich sollte vermutlich jetzt aus Höflichkeit so tun, als sei ich überrascht, dass du gekommen bist«, sagte er.

»Und ich sollte vermutlich aus Höflichkeit verschweigen, dass ich es bereits bereue«, zischte sie.

Er lachte leise. »Ich verspreche dir, du sollst keinen weiteren Grund bekommen, es zu bedauern.«

Olivia wandte sich ab und sah zum Haus, das dunkel und still dalag.

»Genug davon«, sage John. Er umfasste ihr Gesicht und drehte es zu sich, sanft zwar, aber mit einer Bestimmtheit, die keinen Widerstand duldete. Olivia indes wäre dazu ohnehin nicht imstande gewesen, denn ihr wurde bewusst, dass John sich nicht lange mit Wortgeplänkel aufzuhalten gedachte. Hatte sie schon in London oder spätestens nach jener Nacht am Europa Point geglaubt zu wissen, was ein richtiger Kuss war, so wurde sie nun eines Besseren belehrt. Ohne von ihren Lippen zu lassen, führte John sie in eine Laube, die unter einem Blätterdach verborgen war, ein stiller, lauschiger Ort, an den Olivia sich bei Tag gerne zurückzog. Bei Nacht war die Dunkelheit hier beinahe undurchdringlich, nur durchbrochen von feinen Silberfäden, die sich ins Laubdach spannten. Als John in die Knie ging, sank sie neben ihm zu Boden und überließ sich dem verführerischen Spiel seines Kusses. Seine Hände nestelten an ihrem Rücken, glitten ihre Wirbelsäule hinunter. Als sein Mund über ihre Kehle wanderte, fiel ihr das Atmen leichter, und das Kleid glitt ihr beinahe über die Schultern, während Johns Finger die Verschnürung ihres Mieders immer weiter lockerten.

Rubys Worte kamen ihr in den Sinn, unwillkommen und sperrig, ließen sie ihr keine Ruhe, flüsterten hartnäckig durch das Rauschen des Blutes in ihren Ohren, waren wie ein misstönendes Summen, das sich zunehmend weniger ignorieren ließ. John drückte sie sanft zu Boden, neigte sich über sie, küsste sie wieder, murmelte Zärtlichkeiten an ihre Lippen, die sich so gänzlich ungewohnt von ihm ausnahmen. Doch selbst diese vermochten Rubys Stimme nicht zu übertönen. Morgen, dachte Olivia, morgen will ich über alles nachdenken, aber nicht jetzt, nicht jetzt …

Als John innehielt, wartete sie darauf, dass er sie wieder küssen würde, hob schließlich den Kopf an, um ihm entgegenzukommen, und schlug die Augen auf, als sie die Leere über sich spürte, die Kühle, die an jenen Stellen zurückblieb, wo zuvor seine Hände gelegen hatte. John hatte sich aufgesetzt und sah sie forschend an.

»Ich will dich nicht in Gewissensnöte bringen«, sagte er.
»Das tust du nicht.«
Ihre Augen hatten sich an die Dunkelheit gewöhnt, und sie konnte sehen, wie ernst sein Gesichtsausdruck war. »Dich peinigen sie doch jetzt schon, auch wenn dein Verlangen derzeit stärker ist und du dich mir sicher nicht verweigert hättest. Aber später, allein in deinem Bett, wäre von all dem, was wir jetzt geteilt hätten, nur noch ein schwacher Widerschein übrig geblieben. Und selbst der wäre verblasst, wenn dir in aller Klarheit bewusst würde, was du in dieser einen Nacht mit mir verloren hättest.« Er berührte ihre Wange, eine Geste, die so unerwartet zärtlich war, dass Olivia jede Bitterkeit, die ihr angesichts seiner Worte auf der Zunge lag, hinunterschluckte. Nichtsdestotrotz fühlte sie sich von ihm betrogen, mit Versprechen angelockt, die er nicht zu erfüllen gedachte.
»Sind es meine Gefühle, die dich dazu bringen, hier aufzuhören, oder ist es wieder eins deiner perfiden Spiele? Wenn ja, dann lass dir gesagt sein, dass du mich künftig schwerlich mehr demütigen kannst, als du es heute Nacht getan hast.«
»Ich hatte nie vor, dich hier auf die Schnelle im Gras zu nehmen wie eine Dienstmagd.« Er sah sie an, während sie sich irritiert aufrichtete und sich Haarsträhnen aus dem Gesicht strich. Ihr Kleid verrutschte. »Obwohl ich sagen muss«, fuhr er fort, »dass mir der Verzicht wirklich schwerfällt.«
Obwohl Olivia einerseits erleichtert war, fühlte sie einen winzigen Stich der Enttäuschung. »Und wozu das hier dann alles?«
»Weil ich nicht widerstehen konnte, und möglicherweise, weil ich dir eine einnehmendere Seite von mir zeigen woll-

te, als du bisher gekannt hast. Wäre dein Gewissenskonflikt nicht so offensichtlich gewesen, hätte ich vielleicht noch eine Weile weitergemacht.« Seine Mundwinkel zuckten, als mache er sich über sich selbst lustig. »Im Übrigen ist das hier nur aufgeschoben, denn ich beabsichtige, dich zu heiraten.«

Hatte vorher noch ein schwaches Nachglühen in Olivia geschwelt, so verlosch dies schlagartig im Hinblick auf seine Worte. Sie stand so hastig auf, dass sie beinahe über ihre Röcke gestolpert wäre. Ihr Kleid rutschte ihr über ihre linke Schulter, und sie hielt es mit einer Hand fest, während sie mit der anderen Hand ihr Haar, das sich nun gänzlich aus der Frisur gelöst hatte, zurückstrich. Es war schwer, sich angesichts dieses Zustandes noch einen Hauch von Würde zu geben.

»Hilf meiner Erinnerung auf die Sprünge, John. Habe ich vergessen, dass du mir einen Antrag gemacht hast, auf den hin ich dir mein Jawort gegeben habe?«

John stand ebenfalls auf, so langsam, dass es schon provokant wirkte. »Meine Liebe, warum die Empörung? Du hattest nichts dagegen, dich hier mit mir im Gras herumzuwälzen, aber dass ich bei deinem Vater um eine Ehe mit dir vorsprechen möchte, ohne dich vorher gefragt zu haben, versetzt dich in Wut? Sei froh, dass ich diese Reihenfolge gewählt habe, manch anderer hätte dich entehrt und hernach nie wieder etwas von sich hören lassen.«

»Es ist faszinierend, wie du es schaffst, die Tatsachen so zu verdrehen, dass ich als Dirne dastehe und du als Ehrenmann.«

»Du hast recht, besonders galant war das nicht«, räumte er ein. »Nun gut, ich könnte dir in aller Form einen Antrag machen, aber damit würde ich so tun, als gäbe ich dir die Möglichkeit, nein zu sagen.«

Olivia raffte ihr Kleid mit einer Hand, während sie mit der anderen immer noch ihr Oberteil hielt, und ging zu einer Bank, die in der Laube im Halbrund stand, um sich zu setzen. John folgte ihr. Zwar setzte er sich neben sie, ließ jedoch eine Handbreit Platz zwischen ihnen, was deutlich machte, dass er nur zu reden beabsichtigte. Er lehnte sich zurück und streckte die Beine aus.

»Wenn du die ganze Zeit die Absicht hattest, mich zu heiraten, warum dann auf diese Art?«

»Du meinst, ich hätte dich umwerben und darauf warten sollen, dass du dich in mich verliebst? Ja, das wäre eine Möglichkeit gewesen, wären wir uns auf einem Ball in der Londoner Gesellschaft begegnet. Dann hätte ich allerdings auch in Kauf nehmen müssen, von dir abgewiesen zu werden.« Er hatte den Kopf zurückgelegt, starrte in den Himmel, während er sprach. »Nach der Sache mit Henry Adair hätte es sicher gedauert, ehe du dich wieder verliebst, das ist bei Mädchen von deiner Natur nun einmal so. Ihr seid schwärmerisch und glaubt an die große Liebe. Wenn ihr die jedoch nicht bekommt, dann vertraut ihr euch der Wahl eurer Mütter an, und die Wahl deiner Mutter wäre ich garantiert nicht gewesen.«

»Und wenn ich nun doch nein sage und mich schlicht weigere?«

»Dann kann ich das Spiel so weitertreiben wie bisher, und du weißt recht gut, dass wir bereits als Paar im Mund der Gesellschaft geführt werden und derzeit kein Mann dir den Hof macht, weil jeder denkt, dass du deine Wahl bereits getroffen hast.«

Olivia neigte leicht den Kopf und sah ihn an. »Dir wird irgendwann die Lust an diesem Spiel vergehen, wenn du es noch ein oder zwei Jahre so weitertreiben willst. Und irgendwann nimmt auch das ärgste Klatschmaul unsere angebliche Liaison nicht mehr ernst.«

John lächelte und hielt die Augen halb geschlossen. »Denkst du, es fiele mir schwer, dich in eine Situation zu bringen, die so unmöglich ist, dass dir gar nichts anderes übrigbliebe, als mich schnellstmöglich zu heiraten? Eine Ehe, die ich dir als Ehrenmann in dieser prekären Lage natürlich sofort antragen würde.«

Während ihr Herz in harten, schmerzenden Stößen hämmerte, verkrampften sich Olivias Hände in das Oberteil ihres Kleides, das sie noch immer festhielt. »Warum ich?«

»Dafür gibt es einige Gründe, einer der gewichtigsten jedoch ist deine Mitgift.«

Es war ein ungläubiges Lachen, das Olivia so hastig über die Lippen kam, dass ein schriller Laut darin mitschwang. »Das ist alles? Eine hohe Mitgift haben auch andere anzubieten, allen voran Constance.«

»Meine Liebe, deine Mitgift kann ich ohne weiteres in die doppelte Höhe treiben wie jene, die Constance zu erwarten hat. Und noch höher, wenn mir der Sinn danach steht. Und wie ich schon sagte, das ist nur einer meiner Gründe.«

»Du glaubst, ich würde zulassen, dass du meinen Vater schröpfst?«

»Schröpfen klingt so, als träfe es einen armen Mann, dabei wissen wir beide, dass auch eine viermal so hohe Mitgift wie die von Constance sein Vermögen nicht einmal ankratzt. Und er wird ohne mit der Wimper zu zucken zahlen, wenn du diese Ehe wünschst.«

»Wünschen?« Olivias Stimme drohte überzukippen. »Wünschen! Du drohst mir, du zwingst mich in eine Ehe und wagst es, von *wünschen* zu sprechen?«

So schnell hatte er sich zu ihr gedreht und nach ihrem Handgelenk gefasst, dass sie erschrocken zurückzuckte. Er zog sie zu sich, sah sie an. »Du hast nicht die geringste Ahnung, was dich in einer Ehe erwartet, die deine Mutter arrangiert. Der Mann kann noch so feine Manieren haben, seine Abgründe lernst du erst nach der Ehe kennen. Tu also nicht so, als könntest du es nur besser treffen. Meine Mutter steht gesellschaftlich weit über deiner, was das angeht, wirst du in England in sehr gehobenen Kreisen verkehren. Ich werde dir also durchaus etwas bieten können.« Er ließ sie los. »Im Gegensatz zu vielen anderen Männern werde ich meine Ehefrau nicht wie eine Leibeigene behandeln.«

Dennoch würde er den Ton angeben, daran zweifelte Olivia keinen Augenblick. Aber wäre das nicht in jeder Ehe so?

»Ich werde deinem Vater morgen in aller Frühe eine Nachricht zukommen lassen, in der ich ihn um ein Gespräch ersuche.«

Sie nickte nur und konnte das, was sie empfand, nicht einmal gedanklich so recht erfassen. Es war diffus, nicht greifbar, aber dennoch peinigte es sie. Mit vor der Brust verschränkten Armen starrte sie in die Dunkelheit. »Nun gut«, sagte sie schließlich und stand auf. »Ich glaube, damit haben wir uns heute alles gesagt.«

Er erhob sich ebenfalls. »Sei mir nicht böse, Olivia.« Eine Bitte, die sich ungewohnt aus seinem Mund anhörte. Er berührte ihre Schulter.

»Du bist ein Schuft, John.«

»Ich hätte dich heute Nacht zu meiner Geliebten machen können.«
Sie wandte sich ab, barg ihre heißen Wangen im Mondschatten der Bäume.
»Dass ich es nicht getan habe«, fuhr er fort, »sollte dir Beweis genug dafür sein, dass ich nicht gänzlich dem Bild entspreche, das du dir von mir gemacht zu haben scheinst.«
Noch immer hielt sie ihr Kleid fest, bat ihn nicht darum, es zu schließen, einerseits, weil sie nicht wusste, ob sie in diesem Moment seine Berührung würde ertragen können, zum anderen war sie auf diese Weise der Frage enthoben, wer ihr abends heraushelfen würde.
»Bevor ich gehe, möchte ich dich um einen Gefallen bitten«, sagte sie.
»Und der wäre?«
»Sag mir, wer dir im Hause Stockwell geholfen hat, mich in eine Falle nach der anderen laufen zu lassen.«

Lord Westlake war zauberhaft und charmant, und die strenge Befragung durch ihren Vater, während er seinen Antrag vorgebracht hatte, hatte er mit Bravour bestanden. Constance war der Meinung, ihr Vater habe es ihm arg schwer gemacht, und befürchtete schon, er werde ihn vergraulen, aber zu ihrem Erstaunen war ihre Mutter da gänzlich anderer Meinung.
»Was man zu billig bekommt, ist nicht viel wert«, war ihr einziger Kommentar dazu.
Constance hatte sich durchgesetzt und ein blaues Kleid getragen, in dem sie sich wunderbar gefühlt hatte, wenn auch

das Ankleiden unter dem tränenumflorten Blick ihrer Mutter erfolgt war. Es hatte Constance einiges gekostet, nicht weichzuwerden, als ihre Mutter sie schweigend angesehen hatte, ein Taschentuch zerknüllt in der Hand, mit der anderen über das geschmähte Kleid streichend, während sich in regelmäßigen Abständen eine Träne aus ihrem Augenwinkel gelöst hatte und ihr über die Wange gerollt war. Der Nachmittag war indessen glänzend gelaufen, und nachdem Constance ihre Wut an John ausgelassen hatte, war es ihr auch wieder bessergegangen.

Jetzt saß sie mit ihrem Verlobten im Salon, trank türkischen Mokka, den sie aus Marokko bezogen, und plauderte über England, in das er zurückzukehren gedachte, sobald es ging. Was er eigentlich in Gibraltar tat, war ihr zunächst nicht ganz klar gewesen. Als Alleinerbe des Titels und der Ländereien hatte er es nicht nötig gehabt, in die Armee einzutreten, andererseits verfügte er nicht gerade über ein Vermögen. Ein Offizier, der es zu etwas bringen wollte, brauchte jedoch Geld, denn sich von unten hochzuarbeiten, entsprach nicht Lord Westlakes gesellschaftlichem Stand. Er war hier in Gibraltar zu Besuch bei Freunden, würde jedoch ein eigenes Haus beziehen müssen, wenn sie heirateten. Constance war davon ausgegangen, dass sie baldmöglichst nach England zurückkehrten, aber ihr Verlobter machte keinerlei Andeutungen in dieser Richtung. Doch wie auch immer, es war Constance gleichgültig, alles war ihr gleichgültig, wenn sie nur mit ihm zusammen sein konnte. Das war jene Liebe, so dachte sie, von der sie immer in Büchern und Gedichten gelesen hatte, jener Zustand, der über allem Irdischen zu schweben schien. Selbst Johns unerquicklicher Besuch am Morgen war unwichtig.

Aber da war er wieder, dieser kleine Stachel, der sich unangenehm ins Fleisch bohrte, diese Unbehaglichkeit, die Constance den ganzen Tag schon erfolgreich ignorierte. Sie lächelte James Everett, Earl of Westlake, an und schob jeglichen Gedanken an John entschieden zur Seite. Was interessierte es sie ausgerechnet jetzt, ob Olivia ahnte, dass jemand aus ihrer Familie John half, und über kurz oder lang auf sie, Constance, kommen würde. Ihr Lächeln gefror zu einer Grimasse. James Everett hielt in seiner Erzählung inne und sah sie fragend an.

»Stimmt etwas nicht, meine Liebe?«

Hastig fächelte Constance sich Luft zu. »Ich sitze schon den ganzen Tag im Haus. Ein Spaziergang im Garten wäre reizend.«

Galant stand er auf und bot ihr seinen Arm. Die Tür zur Veranda war weit geöffnet, und draußen saßen ihre Eltern und aßen Kuchen. Ein kurzes Lächeln wurde getauscht, während Constance mit James die beiden breiten Stufen in den Garten hinunterging. Sie entspannte sich wieder und genoss die milde Luft, die jetzt im Frühling so ganz anders roch als in England. Es fühlte sich alles so richtig an, hier zu sein, an James' Seite. Ihre Mutter hatte kurz vor seinem Besuch noch gesagt, es gehöre sich nicht mehr, John Retallick nach wie vor zu empfangen, als sei nicht sie es gewesen, die sie immerzu dazu gedrängt hatte. Constance seufzte leise. Da war er wieder, der Gedanke an John.

James blieb stehen, drehte sie zu sich und sah sie forschend an. »Entweder ist meine Gesellschaft ermüdend, oder dir fehlt heute etwas.«

»Aber nein«, sagte Constance eilig. Entschieden verdrängte sie den Gedanken an John und Olivia. Sollte Olivia erfahren, welche Rolle sie gespielt hatte, dann konnte sie sich immer noch Gedanken machen. Vermutlich würde Olivia die Freundschaft beenden, was Constance in der Tat bedauern würde. Und falls Mary sich auf Olivias Seite stellte?

»Möchtest du dich nicht lieber hinlegen?« James wirkte besorgt und vielleicht auch eine Spur verletzt, weil sie ihm so wenig Aufmerksamkeit schenkte.

»Ich …« Constance sah zu ihren Eltern. »Ich wäre einfach gerne ein wenig mit dir allein.«

Er grinste jungenhaft. »Ah, ich verstehe.«

Das hatte sie zwar nicht gemeint, aber als er sie scheinbar beiläufig hinter eine Hecke führte, die den Garten teilte, ließ sie sich nur zu willig in seine Arme ziehen. Die Gelegenheiten, verbotene Küsse zu tauschen, waren selten, und Constance wusste, dass auch diese nicht von langer Dauer wäre. Sie schloss die Augen, ließ James kleine Küsse von ihren Lippen pflücken, und dann erscholl auch schon unweigerlich die Stimme ihrer Mutter durch den Garten.

»Constance!«

James seufzte und verdrehte die Augen. »Trösten wir uns damit, dass es nicht mehr lange hin ist.«

»Ungeduldig?« Sie lächelte.

»Und wie.« Ein weiterer verwegener Kuss folgte, der in einem Kichern endete, als Constance' Name erneut durch den Garten gerufen wurde.

»Es ist ausgeschlossen, Frank, vollkommen ausgeschlossen.« Augusta hatte sich stocksteif in ihrem Sessel aufgesetzt und starrte Frank fassungslos an. »Du hast ihm doch wohl keine Hoffnungen gemacht?«

Frank wusste, dass sie es ihm nicht leichtmachen würde, aber dieses eine Mal würde – konnte – er nicht nachgeben. Normalerweise hätte er Augusta von einer solchen Entscheidung nicht ausgeschlossen, aber Olivia hatte keinen Zweifel daran gelassen, in ihrem Sinne zu handeln, als er John Retallicks Bitte, seiner Jüngsten offiziell den Hof machen zu dürfen, nachgegeben hatte. Zumal John Retallick in jedem Fall eine gute Partie war. Er brachte einen Titel mit in die Ehe und Olivia das Geld – keine ungewöhnliche Verbindung. Gesellschaftlich sprach absolut nichts dagegen. Frank holte tief Luft, um seiner Stimme die nötige Festigkeit zu verleihen. »Ich habe mehr getan, als ihm nur Hoffnungen zu machen.«

»Ohne dich vorher mit mir zu besprechen?«

»Das habe ich nicht für nötig erachtet. Sir John ist über jeden Zweifel erhaben.«

Augusta lachte, ein schriller, hässlicher Ton. »Über jeden Zweifel, ja? Ihr Männer versteht euch untereinander, das war ja schon immer so.«

»Sind dir Skandale über ihn zu Ohren gekommen?«

»Sein Bruder ist ein verurteilter Mörder!«

Das war ihm natürlich bekannt. »Sein Ruf hat keinen Schaden genommen, selbst der König schätzt ihn nach wie vor, warum also ich nicht?«

»Der König würde ihm aber nicht seine Tochter zur Frau geben.«

»Schwerlich«, bemerkte Frank trocken.

»Du wirst die Sache rückgängig machen.«

»Das werde ich nicht.« Obwohl er eine sehr unangenehme Szene auf sich zukommen sah, wollte er in diesem einen Punkt nicht nachgeben.

»Die Erziehung der Mädchen ist meine Sache.«
»Das habe ich nicht in Abrede gestellt. Aber sie zu verheiraten, ist meine.«
Hektische rote Flecken zeichneten sich auf Augustas Wangen ab. Sie war Widerspruch von seiner Seite so wenig gewöhnt, dass ihr offenbar nicht einmal eine scharfe Erwiderung einfiel. »Wie kannst du nur so leichtfertig über das Schicksal deiner einzigen Tochter entscheiden?«
Das verschlug Frank für einen Augenblick die Sprache. »Sie ist nicht meine einzige Tochter.«
Sein wunder Punkt, und Augusta wusste, dass sie diesen entdeckt und freigelegt hatte. Mit einer wegwerfenden Handbewegung entgegnete sie: »Du weißt, was ich meine. Ruby zählt in dieser Hinsicht wohl nicht mehr, oder glaubst du, für sie werden wir noch eine Hochzeit ausrichten müssen?«
»Sprich nicht von ihr, als sei sie schon tot.« Frank warf einen Blick zur Tür, als könne Ruby dort stehen und unbemerkt hören, wie über sie gesprochen wurde. »Über John Retallick«, kam er wieder auf das eigentliche Thema zu sprechen, »ist nie auch nur der kleinste Skandal laut geworden, ebenso wenig schmutzige Frauengeschichten.«
»Was sein Benehmen angeht«, sagte Augusta langsam, als müsse sie sich jedes Wort gut überlegen, »so würdest du darüber wahrscheinlich anders denken, wenn du wüsstest, dass er Olivia auf Abwege führen wollte.« Sie lehnte sich zurück und schien sich sicherer zu fühlen. »Ich wollte es dir nicht erzählen, damit du das Mädchen nicht bestrafst, stattdessen habe ich ihr Hausarrest erteilt und wache darüber, dass sie nicht wieder etwas Unüberlegtes tut.«

»Worauf spielst du an?«
»Sir John hat Olivia, die sich bislang immer untadelig benommen hat, dazu überredet, mit ihm nachts das Haus zu verlassen.«
Frank war so erschüttert, dass er mehrere Sekunden lang nicht wusste, was er sagen sollte. Er kannte Olivia stets als zurückhaltend, still, die Art wohlerzogener Tochter, die als Kind erst dann das Wort an ihre Eltern richtete, wenn diese sie zuvor angesprochen hatten. Ihm war nicht klar, was ihn mehr erschütterte, Olivias Abtrünnigkeit oder die Tatsache, dass man diese vor ihm geheim gehalten hatte. Andererseits war sie auch in der Angelegenheit mit Henry Adair seinerzeit verschwiegen gewesen. Frank hatte erst davon erfahren, als jener bereits verlobt war und Olivia, deren Verzweiflung ihm und Augusta so unerklärlich gewesen war, eines Abends alles gestand. Henry Adair konnte sich glücklich schätzen, zu diesem Zeitpunkt auf Hochzeitsreise gewesen zu sein.
»Dies ist erst recht ein Grund«, sagte Frank nach einem kurzen Räuspern, »John Retallicks Antrag anzunehmen. Denn wenn er unsere Tochter auf Abwege führt, dann ist eine Ehe mit ihm das Einzige, was aus diesem falschen Weg einen richtigen macht.«
Er erkannte an Augustas Mienenspiel, dass ihr bewusst wurde, einen Fehler gemacht zu haben, und sie ärgerte sich sichtlich darüber. Ihm hingegen ging das Bild von Olivia, die die Nacht an Sir Johns Seite verbrachte, nicht mehr aus dem Kopf. Aus John Retallicks Antrag war nicht hervorgegangen, dass Grund zur Eile bestand, und Olivias Hausarrest war nun schon einige Monate her. Selbst Augusta würde angesichts einer drohenden Kompromittierung nicht

mehr gegen eine Ehe mit Sir John sprechen. Sie musste andere Gründe haben, welche, das war Frank jedoch ein Rätsel.

»Was hast du gegen John Retallick?«, fragte James Everett, der im Morgenmantel auf einem Sessel saß und sie beobachtete, während er gelegentlich an seinem Glas nippte. »Jede Mutter wäre außer sich vor Freude, wenn er ihre Tochter heiraten würde.«

Augusta steckte ihr Haar fest. »Das mag früher so gewesen sein, ehe er vollkommen verarmt war.«

»Wir wissen doch beide, dass Armut kein Hinderungsgrund für eine Ehe ist, wenn der familiäre Hintergrund stimmt.«

»An dem mangelt es auch, wenn man bedenkt, was sein Bruder getan hat.«

»Ich habe bisher nicht feststellen können, dass man ihm in der Sache etwas anderes als Bedauern entgegengebracht hat.«

Es ging auf den Abend zu, und selbst der Tag bei James hatte Augustas Stimmung nicht gehoben. Aus Wut auf Frank war sie bereits nach dem Frühstück aufgebrochen, war unangemeldet bei ihrem Liebhaber aufgetaucht, der gerade erst aufgestanden war, und hatte dafür gesorgt, dass er den ganzen Tag über die Vorhänge nicht öffnete. Sie hatte nach Franks Eröffnung zunächst mit Olivia gesprochen, doch diese hatte ihren Unmut schweigend hingenommen. Augusta war das ein Rätsel.

»Kennst du ihn gut?«, fragte sie.

James zuckte mit den Schultern. »Hier und da mal ein Ball, gelegentlich waren wir als junge Männer auch mal in derselben Gruppe unterwegs bei nächtlichen Unternehmungen. John war immer sehr verschlossen. Unsere Eltern kannten sich, seine Mutter hat seinerzeit unter ihrem Stand geheiratet.«

»Steckte ein Skandal dahinter?«

»Nein, Sir Johns Vater war Offizier und selbst der jüngste Sohn eines Earl, daher waren sein Großvater mütterlicherseits und der väterlicherseits auf einer gesellschaftlichen Ebene. Lady Anne, seine Mutter, hat Sir Jasper geheiratet, noch ehe dieser in den Adelsstand gehoben worden war. Das kam dann erst später, als er im Krieg in Indien mitgekämpft und sich bewährt hat. Seine Leistungen sollen grandios gewesen sein.«

Sie starrte an die Wand und überlegte. »Gibt es gar nichts in John Retallicks Vergangenheit, das sich gegen ihn verwenden lässt?«

»Warum willst du ihn nicht als Schwiegersohn?«

»Begnüg dich damit, dass ich es nicht will.«

Er grinste anzüglich. »Hast du womöglich selbst ein Auge auf ihn geworfen?«

Offenbar war es an der Zeit, die Krallen auszufahren und die Hierarchie zwischen ihnen wiederherzustellen. »Wenn du noch einmal mit mir sprichst wie mit einem beliebigen Tanzmädchen, dann hast du mich das letzte Mal gesehen, hast du das verstanden?«

Er hob beschwichtigend eine Hand. »Es tut mir leid.«

»Kannst du nicht irgendetwas über ihn in Erfahrung bringen und dann unter der Hand verbreiten?«

Nun schien er wirklich erschrocken. »Wo denkst du hin?

Glaubst du, ich bemühe mich seit Monaten um die Stockwell-Tochter, um dann gesellschaftlichen Selbstmord zu begehen?«
Sie hatte sofort, als sie es ausgesprochen hatte, erkannt, dass es eine dumme Idee gewesen war. In letzter Zeit passierte ihr das anscheinend öfter, dass sie sich in ihrem Zorn die Worte nicht genau genug überlegte. »Du willst diese fette Gans also wirklich heiraten?«, wechselte sie das Thema.
»Sie ist nicht fett, sondern üppig, was durchaus seinen Reiz hat. Zudem ist ihre Mitgift immens, und ich hoffe, dass ich damit so viele meiner Schulden in England bezahlen kann, dass es mir irgendwann möglich sein wird zurückzukehren, ohne Angst um mein Leben zu haben.«
Wie er das den Stockwells auf Dauer verbergen wollte, war Augusta ein Rätsel. Vermutlich hatten Mr. Stockwells Nachforschungen in England nur an der Oberfläche gekratzt. Wenn jemand einen offensichtlich untadeligen Ruf hatte, ging man in den höheren Kreisen einfach davon aus, dass er eine gute Wahl war. Sie stand auf und griff nach ihrem Schal, um ihr Gesicht zu verbergen. Die Schäbigkeit in diesem Zimmer kam ihr auf einmal nicht mehr aufregend anrüchig vor, sondern nur noch abstoßend.
»Gehst du schon?«
»Schon? Ich war den ganzen Tag hier.«
Er hatte die Höflichkeit, aufzustehen, um sie zur Tür zu begleiten. »Lass mich das nächste Mal nicht zu lange warten. Im Gegensatz zu Männern sind Frauen hier rar gesät.«
»Das ist schwerlich mein Problem«, sagte Augusta. »Du bist ja bald verheiratet«, fügte sie boshaft hinzu.
Er war jedoch nicht in Stimmung, sich provozieren zu las-

sen. »Sie ist zwar nicht mehr jung, aber unerfahren, und wer weiß, wozu ich sie erziehen kann.«

Ruby hörte ihre Mutter heimkommen. Seit zwei Tagen gingen sich ihre Eltern meist aus dem Weg, genau seit jenem Tag, an dem John Retallick ihren Vater um Olivias Hand gebeten hatte. Natürlich kannte Ruby die Ressentiments ihrer Mutter gegen John, die sie durchaus teilte, wenn auch aus anderen Beweggründen. Sie plagte die Sorge um Olivia, die sich an John band, ohne zu wissen, worauf sie sich einließ. Eine Zeitlang rang sie sogar mit sich, Olivia alles zu erzählen, verwarf diesen Gedanken dann jedoch. Ihre Geheimnisse waren zu kostbar, zu zart, zu zerbrechlich, um sie zu teilen. Abgesehen davon würde eine Enthüllung Olivia gegenüber auch die ihrem Vater gegenüber mit sich ziehen, denn die Ehe zu verhindern lag in seinem Ermessen, nicht in Olivias. Und ob ihre Beweggründe dafür ausreichend waren, bezweifelte sie. Vielmehr würde er womöglich von ihr, Ruby, enttäuscht sein, vielleicht führte eine solche Enthüllung sogar zu einem Bruch zwischen ihm und ihr, und das würde sie nicht ertragen. Wäre sie gesund, hätte sie ein solches Zerwürfnis durchgestanden und darauf gehofft, dass er ihr im Laufe der Zeit wieder gewogen sein könnte, Zeit, die ihr nun möglicherweise nicht mehr blieb.

Sie stand auf und verließ den Salon. In der Eingangshalle stand ihre Mutter, die Stirn, die sie in den letzten Tagen nicht anders als zornumwölkt gesehen hatte, war glatt, und auf ihren Wangen lag ein roter Schimmer. Sie gab einem Dienstmädchen Anweisung, ihr ein Bad zu bereiten, dann bemerkte sie Ruby und lächelte.

»Wie geht es dir, Liebes?«
Rubys Gesicht blieb unbewegt. »Gut.«
»Du siehst besser aus als in den letzten Tagen.« Obschon in ihren Augen nicht mehr der Zorn der letzten Tage glomm, waren es winzige Nuancen im Tonfall, die verrieten, dass ihre Verärgerung mitnichten von ihr gewichen war.
»Ich möchte ausgehen«, sagte Ruby.
»Wohin?«
»Ans Meer. Das Wetter ist so herrlich.«
Ihre Mutter schüttelte den Kopf. »Ich habe dir doch gesagt, ich möchte nicht, dass du dich allein bei dem Fischergesindel herumtreibst.« Sie rieb sich die Schläfen. »Mir machen Olivias Angelegenheiten derzeit ausreichend zu schaffen, da möchte ich mir nicht auch noch um dich Gedanken machen müssen.«
»Noch mehr Gedanken, als du dir ohnehin schon machst?«
»Spar dir deinen Spott, meine Liebe. In deine jetzige Situation hast du dich selbst hineinmanövriert.« Sie nahm ihren seidenen Schal von den Schultern. »Mir bleibt in dieser Angelegenheit wahrhaftig nichts erspart.«
»Du hast mein aufrichtiges Bedauern. Ich hingegen weiß beim besten Willen nicht, was du gegen eine Ehe mit John Retallick einzuwenden hast.«
»Er ist der Bruder eines Mörders.« Ein kurzer Anflug von Befriedigung zeigte sich auf dem Gesicht ihrer Mutter, als Ruby zusammenzuckte. »Zudem ist er so verarmt, dass ich nicht weiß, wie er die laufenden Kosten für sein Landgut länger bestreiten will. Er soll vor seinen Gläubigern auf der Flucht sein.«
»Das zumindest behaupten die, die ihn vermutlich noch nie leiden konnten.«

»Man könnte beinahe glauben, du verteidigst ihn.«
Ruby schüttelte den Kopf, und ein Zittern durchlief ihren Körper, als sie einen Hustenreiz unterdrückte. Sie konnte den Blick, mit dem ihre Mutter sie daraufhin ansah, nicht deuten. Der Hustenreiz trieb ihr die Tränen in die Augen, und ihre Umgebung verschwamm.
»Glaubst du, damit kannst du es aufhalten?«, fragte ihre Mutter und legte ihr die Hand an die Stirn. »Verwünscht seien alle Retallicks«, zischte sie. »Der eine ein rachsüchtiger Bastard, der andere ein geistloser Verschwender.«
Rubys Blick klärte sich. »Nenn ihn nicht so.«
Das Gesicht ihrer Mutter war maskenhaft, der Blick ihrer kühlen Augen unbewegt. »Wie sollte ich ihn denn sonst nennen?« Sie brauchte nicht zu fragen, wen von beiden Ruby gemeint hatte. »Den liederlichen Bruder von Sir John? Den gesellschaftlich Geächteten? Den verruchten Liebhaber einer jeden Jungfrau, die töricht genug war, ihm ihre Ehre zu opfern?« Ihre Stimme wurde mit jedem Wort leiser, am Ende beinahe tonlos. »Und bei der letzten reichte ihm die Ehre nicht, diese eine reißt er mit sich in den Tod. Aber wer sollte das besser wissen als du?«

London, Januar 1777

»Würdest du mir überallhin folgen, Ruby? Überallhin?« Jareds Stimme war warm und ein wenig schleppend in jener Ermattung, die ihren sinnlichen Umarmungen folgte. Leise knisternd fraß sich das Kaminfeuer durch die Holzscheite und tauchte das Zimmer in weiches Licht.

»Du weißt, dass ich das tun würde.« Ruby schmiegte sich an seine Brust und seufzte wohlig in der Wärme der Decken. Draußen regnete es, schwere eisige Tropfen, noch nicht kalt genug, um Schnee zu sein, aber auch kein richtiger Winterregen mehr.

»Selbst wenn das bedeuten würde, aus England fortzugehen?«

»Hmhm«, murmelte sie schläfrig. »Selbst dann.«

Seine Fingerspitzen fuhren von ihrer Schulter über ihren Oberarm und wieder zurück. »Ich stecke in Schwierigkeiten, Ruby, in großen Schwierigkeiten.«

Seine Stimme war ruhig, aber sie nahm ein unterschwelliges Vibrieren wahr, vielleicht Angst, vielleicht nur Unruhe. Ihre abendlichen Treffen mit Jared führten über einen schmalen Grat, über den sie zwischen Erklärungen und Geheimnissen balancierte. Immer neue Ausreden musste sie erfinden, weniger um ihre Mutter in Sicherheit zu wiegen, sondern vielmehr, weil Stanley wachsamer geworden war. Als sie nach ihrer ersten Liebesnacht mit Jared heimgekehrt war, hatte sie den Blick ihres Bruders gemieden, während gleichzeitig ein wilder Glückstaumel in ihrer Brust wirbelte. Und sie dachte sich ein ums andere Mal, wenn sie Stanley ansah: Er weiß es. Aber er verriet nichts. Mehr noch, die Ruhe, mit der er ihr begegnete, die Sicherheit, mit der er sie Abend für Abend aus seiner Fürsorge entließ, schien das zu sein, was ihre Eltern davon überzeugte, dass sie nichts Verbotenes tat, wenn doch ihr Bruder und bester Freund immer um sie war.

Die gemeinsamen Stunden in dieser Wohnung hatten zwischen ihr und Jared eine innige Vertrautheit geschaffen. War es ihr nicht möglich, abends zu kommen, so trafen sie sich tagsüber, ein aufregendes Versteckspiel, bei dem Ruby von der Kutsche ins Haus eilte und die Treppe hochlief. Die frühe Dunkelheit der winterlichen Nachmittage war ihre Verbündete. Jared wartete immer schon an der geöffneten Tür auf sie, zog sie an sich und warf die Tür ins Schloss, während er sie küsste. Eng umschlungen gingen sie durch den Salon, stolperten lachend durch den Flur, ohne sich voneinander zu lösen, und verbrachten die Zeit bis zu ihrem Aufbruch damit, sich immer wieder neu kennenzulernen, mit Fingerspitzen und Lippen zu ertasten, flüsternd Geheimnisse zu teilen.

An diesem Tag jedoch war Jared still gewesen, seiner Leidenschaft hatte etwas Verzweifeltes angehaftet. Ruby hatte dies zunächst auf das Zerwürfnis mit seinem Bruder geschoben, nun jedoch horchte sie auf. »Was meinst du mit Schwierigkeiten?«, fragte sie.

»Geschäfte«, sagte er leise, »Dinge, die aus dem Ruder gelaufen sind.«

Ruby erinnerte sich daran, dass Stanley in den letzten Tagen ebenfalls über die Maßen gereizt gewesen war, hatte jedoch geglaubt, dies sei seiner Wut auf ihre und Jareds Beziehung geschuldet gewesen. »In was bist du bloß mit Stanley zusammen verwickelt? Es ist etwas Verbotenes, das war mir von Anfang an klar.«

Als Jared begann, ihr von dem Schleichhandel zu erzählen, war sie zunächst nicht sonderlich beunruhigt, denn dieser war stets im Gefolge der *East India Company* zu finden gewesen. Allmählich jedoch wuchsen in ihr Sorge und schließlich Angst um ihren Bruder und Jared, als dieser, die Stimme kaum mehr als ein Flüstern, ihr davon erzählte, dass sein Tun immer weitere Kreise zog. Es war die Rede von Geld, viel Geld, das in Schiffsladungen gesteckt worden war, Schiffe, die samt und sonders verschollen waren, von denen weder die Mannschaft noch das kleinste Stück Treibgut auftauchte. Noch mehr Geld zerrann, als Jared fieberhaft Kredite bei zweifelhaften Quellen auftat, denn keine Bank hätte ihm einen gewährt. Dieses geliehene Geld investierte er in weitere Schiffsladungen, die ihm nur mageren Gewinn einbrachten, denn es musste schnell gehen, für die weiten Reisen nach Asien fehlte die Zeit.

Der Schleichhandel, so gestand Jared sich ein, war nicht dazu geeignet, die fehlenden Beträge zurückzuholen, denn nun schuldete er nicht nur seinem Bruder Geld, sondern auch Männern, die gefährlich werden konnten, wenn er mit der Rückzahlung zu lange in Verzug geriet. Also spielte er, gewann anfangs kleine Summen, die er wieder ins Spiel investierte. Doch dann verlor er in so großem Stil, dass selbst Ruby angesichts der Summen schwindelte. Weitere Gläubiger folgten. Er hatte Stanley um die Rückzahlung des Darlehens, das er ihm gewährt hatte, gebeten, aber Stanley besaß ja selbst nur wenig Geld, und vorsichtiges Anfragen bei seinem Vater hatte die Frage nach sich gezogen, für was die Summen verwendet werden sollten. Darauf jedoch hatte Stanley keine Antwort geben können. Folglich war auch aus dieser Quelle nichts zu holen. Aber wenigstens hatte Stanley keine weiteren Schulden gemacht und versuchte, das, was er sich von Jared geliehen hatte, nach und nach zurückzuzahlen, indem er von seinem Sold und dem Geld, das sein Vater ihm monatlich zur Verfügung stellte, regelmäßig etwas abzweigte.

»Ich weiß nicht mehr weiter, Ruby«, gestand Jared kaum hörbar.

»Und dein Bruder?«
»Der weiß nur von einem Teil meiner Schulden und ist daraufhin so außer sich geraten, dass ich die Spuren seiner Zurechtweisung noch tagelang sichtbar mit mir herumgetragen habe.«
Ruby erinnerte sich an den Bluterguss am Kinn, den Jared als Nichtigkeit abgetan hatte.
»Wenn er all das bezahlt, was ich an Schulden angehäuft habe, ist er mittellos. Kannst du dir vorstellen, was das für ihn bedeutet? Ich hätte damit sein gesamtes Erbe vergeudet, was nicht nur Folgen für ihn, sondern auch für meine Mutter hätte.«
Rubys Finger lagen in der Kuhle unter Jareds Hals, fühlten das heftige Pulsieren und strichen sanft darüber. Sie hatte kein eigenes Geld, alles, was sie brauchte, bezahlte ihr Vater. »Würde es nicht reichen, wenigstens fürs Erste, einen Teil der Schulden zu bezahlen, sozusagen, um einen guten Willen zu zeigen?«
»Natürlich würde es das, und ich würde es auch tun, wenn ich wüsste, woher ich noch Geld nehmen könnte.«
Ruby zögerte »Ich werde mit meiner Großtante sprechen«, sagte sie. Tante Patty verfügte über eigenes Vermögen.
»Auf keinen Fall«, widersprach er entschieden.
»Sei nicht leichtsinnig, Jared. Dein Stolz in Ehren, aber hier kommst du damit nicht weiter.«
»Ich verbiete dir ausdrücklich, mit ihr darüber zu sprechen.«
Ruby schüttelte den Kopf angesichts so viel Unvernunft. »Fällt dir eine brauchbarere Lösung ein? Ich meine, außer der, einfach zu fliehen, was im Hinblick auf deine begrenzten finanziellen Möglichkeiten ohnehin undurchführbar wäre.«

»Es ist gerade mal einen Monat her, dass sie uns geholfen hat zu heiraten, und nun soll ich ihr unter Beweis stellen, dass sie einen Fehler begangen hat?«
»Das war meine Entscheidung, nicht ihre«, entgegnete Ruby heftig. »Wie du schon sagtest, sie hat mir geholfen, mehr nicht. Und ich denke, sie würde es begrüßen, wenn auch du dir helfen lassen würdest.«
»Es kann keine Lösung sein, weitere Schulden zu machen, erst recht nicht bei einer alten Frau, die von ihrem Vermögen ihren Lebensunterhalt bestreiten muss.«
»Dann such dir doch eine Arbeit am Hafen«, spottete Ruby.
»Hör auf, in diesem Ton mit mir zu sprechen!«
Obwohl es in Ruby vor Zorn brodelte, schwieg sie, es war jedoch kein gutes Schweigen, das zwischen ihnen hing, kalt, unheilverkündend.
»Vergiss, dass ich es dir erzählt habe, es ist mein Problem, nicht deins.« Zwar bemühte sich Jared um einen versöhnlichen Ton, dieser entglitt ihm jedoch.
»Deine Probleme sind auch meine, ich bin deine Ehefrau, nicht dein Kind.«
»Ganz recht, und als diese hast du mir zu gehorchen, wenn ich dir sage, dass das Thema beendet ist.«
Zorn schlug wie eine dunkelrote Welle über Ruby zusammen. »Bilde dir nur nichts ein, Jared. Ich kann jederzeit gehen, wenn ich will.«
»Oh bitte, nur zu. Aber vergiss nicht, dass auch diese heimlich geschlossene Ehe bindend ist und mir alle Rechte als Ehemann gibt.«
Ruby richtete sich auf und warf mit einer ruckartigen Bewegung ihr Haar zurück. »Was du nicht sagst. Möchtest du

mir nicht vielleicht jetzt gleich eine Tracht Prügel verabreichen, um deine Rechte geltend zu machen?«
»Das brauche ich gar nicht. Eine Woche Liebesentzug würde schon reichen, dann treibt dich dein eigenes Verlangen hierher zurück.«
Ruby wirbelte herum, schwang die Beine aus dem Bett und stand auf. Wütend rang sie mit Leibchen, Unterkleid und Röcken, wohl wissend, dass sie sich ohne fremde Hilfe nicht würde ankleiden können. Jared beobachtete sie grimmig, jedoch auch mit einem Funken unverhohlener Genugtuung, weil ihm klar war, dass sie erst gehen konnte, wenn er ihr vorher half. Ruby zog ihre Kleidung an, ohne sie im Rücken zu schließen, und lief aus dem Zimmer.
»Du willst doch wohl nicht in diesem offenen Kleid auf die Straße hinaus!«, rief Jared ihr ungehalten hinterher.
»Ich finde draußen schon jemanden, der es mir schließt.«
Mit einem lauten Krachen zog sie die Tür hinter sich ins Schloss.

9

Gibraltar, Mai 1779

Der Drill auf dem Exerzierplatz umfasste das Üben von Manövern und komplexen Abläufen im Kampf. Für Stanley war es ein notwendiges Übel, dem er durch nichts entgehen konnte, und so würde es Tag für Tag und Jahr für Jahr sein. Er brachte die Mühe auf, die von ihm erwartet wurde, aber nicht mehr, und er wusste, dass auch noch so intensives Taktieren und Üben aus ihm keinen brillanten Offizier machen würde, dafür fehlte ihm das Herzblut. Weil er so gut mit dem Degen war und seinen Dienst tadellos erfüllte, sah man über die Halbherzigkeit, mit der er tat, was zu tun war, hinweg.

Der tägliche Paradeplatz-Drill war zweigeteilt: Zunächst galt es, jedem Kommandanten zu ermöglichen, sein Regiment, Bataillon oder seine Kompanie in jede von ihm gewünschte Formation zu manövrieren. Als Nächstes musste den Soldaten in allen Dienstgraden und Instanzen bedingungsloser Gehorsam eingeschärft werden, etwas, das gerade an Orten wie Gibraltar, in denen die Moral der Soldaten ohnehin litt, nicht zu nachlässig gehandhabt werden durfte. Es gab Unterweisungen in Kriegsführung, so dass sich die Truppen später, wenn es zu Schlachten auf offenem Feld käme, ebenso formierten und kämpften, wie sie es auf dem Exerzierplatz übten.

Während Stanley nicht gerade ein begnadeter Taktiker war, gefiel ihm der Dienst an der Waffe umso besser, denn mit

seinem Degen so zu verschmelzen, dass dieser die Verlängerung seines Armes darstellte, bereitete ihm keinerlei Probleme. Das Üben mit den Waffen nahm beinahe ebenso viel Zeit in Anspruch wie die taktischen Manöver. Die Steinschlosspistole, die jeder Soldat mitführte und die den Namen *Brown Bess* trug, war eine hervorragende Waffe, die seit 1704 im Einsatz war. Die Befehle, die Waffe vorzubereiten, zu laden und abzufeuern, umfassten einundzwanzig Wörter, denen die Soldaten zu gehorchen hatten, und wer routiniert war, konnte eine Geschwindigkeit von zwei Schüssen in der Minute erreichen, das Doppelte der alten Waffen mit Luntenschloss.
Gleichzeitig zum Fechten mit dem Degen wurde das zielgenaue Schießen vom Pferderücken mit der Pistole oder dem Karabiner geübt, allerdings kam es während des Kriegsgetümmels nur selten zu einer derart gewagten Aktion, weil es im Gefecht schwer war, sich auf zwei Waffen gleichzeitig zu konzentrieren. Es gab einige Soldaten, die es perfekt beherrschten, über den Kopf des Pferdes hinwegzufeuern, während sie gleichzeitig fochten, aber solche Aktionen dienten oftmals eher dem Zweck, Generäle während einer Inspektion zu beeindrucken als den Feind.
Während Stanley focht, dachte er an John Retallick und Olivia. Es war unfassbar, dass sein Vater sich wirklich gegen seine Mutter durchgesetzt hatte. Eine Ehe zwischen seiner Schwester und John Retallick war das Letzte, was ihm je in den Sinn gekommen wäre. Eine Liebschaft vielleicht, aber eine Ehe? Bei einer Affäre hätte er wenigstens einschreiten können, aber hier waren ihm die Hände gebunden. Er war dafür gewesen, Olivia nach England zu schicken und dort zu verheiraten. Sicher hätte Großtante

Patty sie so lange aufgenommen. Aber von einem solchen Vorschlag hatte seine Mutter nichts wissen wollen. Ruby gegenüber war sie immer so streng gewesen, aber was Olivia anging, war mit ihr nicht zu reden. Unter keinen Umständen würde sie etwas tun, das so aussah, als wolle sie ihre Jüngste loswerden, schließlich musste man auf Olivias Gefühle Rücksicht nehmen. Nun dachte sie vermutlich anders darüber, aber jetzt war es zu spät. Eine Saison, dachte Stanley, während er spielerisch eine Parade seines Gegners abwehrte und in die Offensive ging, nur eine Saison, dann wäre das Problem aus der Welt gewesen.

Ruby hatte nichts dazu gesagt, dass ihre Schwester nun Jareds Bruder heiraten würde. Stanley vermied es meist, den Namen seines früheren besten Freundes auszusprechen, und sei es auch nur in Gedanken. Selbst jetzt war ihm, als müsse er sich dabei krümmen. Es war wie ein langsames inneres Verbrennen. Er dachte an Ruby, daran, wie die Schwindsucht sie auszehrte, auch hier wurde davon gesprochen, dass der Kranke innerlich verglühe, ein Feuer, das den Körper langsam verzehre. Stanley wusste, sie würde sterben, und das überaus qualvoll, unter Schmerzen und um jeden Atemzug ringend. Und ihr letzter Gedanke an ihn würde sein, dass sie ihm nicht verzieh. Sein eigenes Leben breitete sich vor ihm aus wie ein glatter grauer Weg, auf dem Schuld und Selbsthass loderten wie Feuerpfützen.

»Lieutenant Kilbourne!«

Stanley hielt inne und sah seinen Kommandanten an. »Sir?«

»Das hier ist eine Übung, Lieutenant.«

Als Stanleys Blick auf seinen Gegner fiel, bemerkte er, dass dieser hochrot angelaufen war, einen Schweißfilm auf der

Stirn hatte und nach Atem rang. »Wolltest du mich umbringen?«, zischte der Mann.
Stanley ließ den Degen sinken. »Es tut mir leid.«
»Noch eine solche Vorstellung, Lieutenant«, sagte der Kommandant, »und Sie leisten Sonderdrill. Sparen Sie sich solche Attacken für Ihre Gegner auf dem Schlachtfeld.«
»Ja, Sir.«
Stanley steckte den Degen in die Scheide und reichte seinem Gegenüber die Hand. Als er sich umdrehte und an den Rand des Exerzierplatzes zu seinen Kameraden ging, sah er John Retallick, der neben Major McGaren stand und den Übungen zusah. Sein Vater hatte ihm erzählt, dass Sir John vorhatte, wieder in die Armee einzutreten, und Stanley hegte bereits finstere Vorahnungen.

John hätte nie gedacht, sich jemals wieder aktiv in den Dienst der Armee zu stellen, nun jedoch erlaubten die Umstände nichts anderes. Olivias Mitgift war mehr als ausreichend, um damit die Grundausstattung eines Offiziers zu bestreiten, und das über mehrere Jahre hinweg. Frank Kilbourne war wirklich nicht geizig gewesen, als sie um die finanzielle Beigabe seiner Tochter verhandelt hatten.
Während er den Übungen zugesehen hatte, war ihm aufgefallen, dass Stanley Kilbourne es mit dem Üben wohl etwas zu ernst nahm. Mit düsterer Miene drosch er auf seinen Gegner ein, ein brillanter Fechter zweifellos, dem sein Gegenüber mitnichten gewachsen war. Dieser hatte es auch schon längst aufgegeben, durch geschicktes Parieren und Vorstoßen zu glänzen, und schien nur noch damit beschäftigt, sich Stanley Kilbournes immer aggressiver werdenden Attacken vom Leib zu halten, bis der Kommandant schließ-

lich dazwischengegangen war. John wusste, dass sein künftiger Schwager nie zur Aggression geneigt hatte, ebenso wenig zur Gewalttätigkeit, und doch hatte er ihn bereits zweimal so erlebt, einmal gegenüber Olivia und nun hier auf dem Exerzierplatz. Was diese Ausfälle zu bedeuten hatten, ahnte John nur zu gut, und es verschaffte ihm einen Hauch von Befriedigung. Als Stanley sich zu seinen Kameraden gesellte, trafen sich ihre Blicke kurz.

John wusste, dass Stanley sich gegen die Ehe ebenso vehement ausgesprochen hatte wie Augusta Kilbourne. Die Verlobung brachte es mit sich, dass er Olivia nun offiziell besuchen durfte, was er allerdings selten tat, weil es sich als wenig erbaulich herausstellte, den Nachmittag unter den Argusaugen ihrer Mutter zu verbringen. Er wusste, dass sie sich nur deshalb so übertrieben streng aufführte, weil sie ihm auf diese Art sehr wirkungsvoll vor Augen führen konnte, wie sehr sie ihn als Schwiegersohn ablehnte. Aber gut, nicht mehr lange, dann war auch das ausgestanden. Seine Absicht, in die Armee einzutreten, gab ihm einen guten Grund, die Eheschließung ein wenig voranzutreiben. Angesichts der politischen Angelegenheiten, in die England derzeit verstrickt war, würde man verstehen, dass er seinen Eintritt in die Armee zu beschleunigen wünschte. Vor seiner Eheschließung würde er diesen Schritt auf keinen Fall tun, denn dann müsste er erst seinen Kommandanten um Erlaubnis bitten, und wer konnte schon wissen, ob dieser nicht willkürlich der Meinung war, eine Ehe nicht gestatten zu können. Gründe, die dagegensprachen, dass ein Offizier in den Ehestand trat, fanden sich immer.

Eine weitere Angelegenheit, die er zu bedenken hatte, waren Dienstboten, die einen nicht zu unterschätzenden Kostenfaktor darstellten. Thomas war sein Kammerdiener seit Johns frühester Jugend. Sein Vater hatte ihm den Mann zur Seite gestellt, der sowohl im häuslichen Dienst als auch im Dienst an der Waffe erfahren war, und so hatte Thomas ihn damals begleitet, als John noch aktiv in der Armee gewesen war. Sein anderer Diener, Ian, kümmerte sich in erster Linie um Johns Pferd, und er konnte auch leidlich gut kochen. Zweimal in der Woche kam eine Frau aus dem Dorf und putzte. Alles in allem war das schwerlich ein Hausstand, den man einer jungen Frau aus Olivias Kreisen präsentierte. John war sich dieses Problems zwar durchaus bewusst, aber er sah keine Möglichkeit, dem abzuhelfen. Olivia würde sich wohl einfach daran gewöhnen müssen, mit wenig Personal auszukommen. Wenigstens eine Köchin würde er ihr jedoch zur Verfügung stellen müssen, und auf ihre Zofe konnte sie auch nicht verzichten.

»Ein Heißsporn«, sagte Major McGaren neben ihm, dessen Anwesenheit er völlig vergessen hatte.

John musste kurz überlegen, von wem er sprach, dann nickte er.

»Könnte ein guter Offizier sein, wenn er mit mehr Herz bei der Sache wäre«, fuhr Major McGaren fort. »So bleibt er lediglich recht annehmbar.« Er warf John einen kurzen Blick von der Seite zu. »Ich hörte, Sie gedenken seine Schwester zu ehelichen.«

»Das ist richtig.«

»Traurig, das mit der Älteren. Sie soll sehr ungestüm gewesen sein.« Ein klein wenig Bedauern schien in der Stimme des Majors mitzuschwingen, als stimme es ihn unglücklich, jenes Ungestüm nicht erleben zu dürfen.

John jedoch wollte nicht über Ruby sprechen, und so nickte

er dem Major nur knapp zu. »Sie entschuldigen mich?« Er verließ den Exerzierplatz, ging zu seinem Pferd und machte sich auf den Weg zur Catalan Bay. Wenn er sich richtig erinnerte, hatte Pablo an diesem Tag vorgehabt, sein Boot auszubessern, und würde nicht zum Fischen hinausfahren.

Er traf seinen Freund vor dessen Hütte an, das Boot hatte dieser mit dem Kiel nach oben aufgebockt, und das Hämmern war weithin zu hören. In der Mittagshitze lief Pablo der Schweiß in kleinen Rinnsalen vom schwarzen Haaransatz über Stirn und Wangen, und sein Oberkörper glänzte feucht. Er richtete sich auf, strich sich mit dem Unterarm über das Gesicht und nutzte die Pause, um etwas zu trinken.

»Was führt dich her, mein Freund?«, fragte er, nachdem er sich auf eine grob gezimmerte Holzbank gesetzt und Esperanza zugerufen hatte, sie solle noch einen Krug Wasser bringen. Kurz darauf erschien sie, den Rock so weit hochgesteckt, dass man ihre zierlichen Knöchel und den Ansatz ihrer Waden sehen konnte. Ihr Haar hatte sie ausnahmsweise mit einem Tuch zurückgebunden, was wohl der Hitze geschuldet war. Ihre Wangen waren leicht gerötet, und sie zwinkerte John spitzbübisch zu, dieser zog die Brauen hoch und lächelte. Pablo hingegen zerrte mit einer wütenden Bewegung an ihrem Rocksaum, bis dieser ihr wieder bis auf die Füße fiel.

»Allmächtiger! Sollen sich die Leute noch mehr über dich das Maul zerreißen?«

Esperanza sagte nichts, sondern knallte nur den Krug zwischen John und ihren Bruder.

»So ist es andauernd«, sagte Pablo.

Mit zusammengepressten Lippen wandte Esperanza sich ab und ging zurück ins Haus.
»Es fehlt ihr an Arbeit«, fuhr Pablo fort. »Was hier zu tun ist, reicht nicht aus, um sie zu beschäftigen.«
Es fehlt ihr eher an einem Mann, dachte John, behielt den Gedanken jedoch für sich, um nicht noch Öl ins Feuer zu gießen. »Darüber wollte ich mit dir sprechen.«
»Über meine Schwester?«
»Ich habe dir doch erzählt, dass ich heirate, und nun ja, ich bräuchte eine Köchin.«
Pablo schwieg für einen Moment, dann schüttelte er den Kopf. »Dann käme sie mit lauter englischen Männern zusammen, das ist vollkommen ausgeschlossen. Für euch ist das Verführen eines jungfräulichen Dienstmädchens doch ein Spiel.«
John bemühte sich um Ruhe und sagte sich, dass Pablo nicht ihn persönlich gemeint hatte. »In meinem Haus werden keine Dienstmädchen verführt.«
»Es sind hier schon viele einheimische Mädchen geschändet worden, die in englischen Haushalten beschäftigt waren.«
»Wenn jemand es wagen sollte, in meinem Haus eine Frau zu schänden, kannst du gewiss sein, dass ich das nicht ungesühnt lassen werde.«
Pablo schien zum Widerspruch ansetzen zu wollen, aber John hob die Hand. »Einem Mann kann sie auch hier zum Opfer fallen, sie ist den ganzen Tag allein. Und sag mir nicht, es hätte nicht der eine oder andere ein Auge auf sie geworfen. Wenn ihr jemand hier etwas antäte, würde man vermutlich sogar sagen, sie habe es provoziert, du kennst die Leute.«

Ohne zu antworten, starrte Pablo in den Sand.

»Sie könnte meiner Frau Gesellschaft leisten.«

»Es gibt doch viele Frauen hier, die eine Anstellung suchen, warum nimmst du von denen keine?«

»Ehe ich dort eine gefunden hätte, die sich sowohl als Gesellschafterin eignet als auch als Köchin, vergeht zu viel Zeit.«

Pablo zögerte, dann nickte er. »Aber du versprichst mir, dass du auf sie aufpasst.«

»Natürlich.«

»Es ist mir bitterernst, John. Wenn ihr etwas zustößt oder sie entehrt wird, sind die Tage unserer Freundschaft gezählt.«

»Ich verspreche dir, auf sie aufzupassen.« Aber noch während John die Worte aussprach, war ihm auf einmal unwohl zumute. Ein Versprechen kam einem allzu leicht über die Lippen, wenn daran die Erfüllung einer Bitte geknüpft war.

Verlobt zu sein fühlte sich furchtbar nichtssagend an. Irgendetwas musste sich doch ändern, so hatte Olivia gedacht. Geändert hatte sich hingegen nur, dass sie abends fortan nicht mehr bewacht wurde und John sie besuchen durfte, was er jedoch so gut wie nie tat. Nun, verdenken konnte sie es ihm nicht, ihre Mutter gab ihm nicht gerade das Gefühl, willkommen zu sein. Stanley begeisterte der Gedanke an John als Schwager ebenfalls ganz offensichtlich nicht, was Olivia erneut an den Abend erinnerte, an dem John ihn aufgesucht hatte. Ruby hielt sich gänzlich zurück. Nachdem sie ihr in jener Nacht in das Kleid geholfen hatte, hatte Olivia am folgenden Morgen ihre forschenden Blicke gespürt, zur Sprache kam das Thema indes nicht.

Olivia wusste nicht so recht, mit welchen Empfindungen sie einer Ehe mit John entgegenblickte. In manchen Augenblicken war es beinahe eine Art Erregung, im nächsten Moment wieder Angst, als stürze sie sich in ein Abenteuer, dem sie nicht gewachsen war. Gelegentlich spielte sie Szenen durch, die jener demütigenden auf dem Ball der Stockwells entsprach, nur dass sie sich danach nicht verabschieden und gehen konnte, sondern seinen Blicken ausgesetzt blieb und ihm jede Nuance ihrer Gefühle offengelegt war – und dass er diese erfassen würde, daran zweifelte sie keinen Augenblick. Zudem fragte sie sich, welcher Art der Haushalt, dem sie vorzustehen hatte, sein würde. Einen Dienstbotenstab, in dem es eine feste Hierarchie gab, anzuweisen, das hatte sie von klein auf von ihrer Mutter gelernt, aber es war nicht zu erwarten, dass diese Art von Haushaltsführung bei John auf sie zukam. Vielmehr schien es, als sei alles vollkommen unorganisiert, und sie hatte nicht die geringste Ahnung, wie sie damit umgehen sollte.

Und etwas anderes ging ihr seit letzter Nacht im Kopf herum. Sie war nach dem Zubettgehen noch einmal aufgestanden, um sich ein Buch aus der Bibliothek zu holen, und dabei war sie an Rubys Zimmer vorbeigekommen. Als sie auf Höhe der Tür gewesen war, hatte sie die leisen, gedämpften Schluchzer gehört, als drücke ihre Schwester das Gesicht in ihr Kissen, um niemanden hören zu lassen, dass sie weinte. Olivia war stehen geblieben, hatte gelauscht und irgendwie darauf gehofft, dass es nur ein kurzer Weinkrampf sein möge, der sie von der Verantwortung enthob zu entscheiden, ob sie ihrer Schwester einen Beistand anbot, der nicht mehr sein konnte als unbeholfen, oder ob sie gehen sollte. Das Weinen hielt jedoch an, und Olivia legte die Hand behutsam an die Tür. Sie fühlte sich erbärmlich, weil sie nicht zu dem Simpelsten imstande war, das Schwestern einander geben sollten: Trost.

Erleichtert vernahm sie Schritte im Korridor, Soldatenstiefel, Schritte, die nur Stanley gehören konnten. Sie wandte sich zu ihm um, gab die Bürde weiter. Stanleys Augen wirkten im milchigen Licht der Kerzen beinahe schwarz, er blieb nun ebenfalls stehen, lauschte und sah Olivia an. Diese hatte plötzlich das Bedürfnis, sich zu rechtfertigen.

»Ich wusste nicht …«

Stanley jedoch hob den Finger an die Lippen, gebot ihr zu schweigen, dann schob er sie sanft beiseite und öffnete die Tür. Olivia hörte ihn sprechen, hörte Rubys Weinen, das nun lauter war, weil sie offensichtlich den Kopf hob, kurz darauf war es wieder leiser, als ersticke sie das Schluchzen erneut, in das sich fortwährend Stanleys leise Stimme mischte. Mit schlechtem Gewissen beugte Olivia sich vor, hielt ein Auge an das Schlüsselloch und sah Stanley, der Ruby im Arm hielt, ihr Gesicht an seiner Schulter geborgen. Sanft wiegte er sie hin und her, als beruhige er ein Kind.

Am nächsten Morgen sah Stanley blass und übernächtigt aus, die Augen dunkel umschattet. Olivia saß allein mit ihm am Frühstückstisch, ihr Vater war in der Bibliothek, und ihre Mutter hatte vor wenigen Minuten das Haus verlassen und angekündigt, sie werde erst am Abend wiederkommen. Das Frühstück zwischen den Zwillingen verlief schweigsam. Schließlich stand Stanley auf, murmelte einen

Abschiedsgruß und ging. Olivia massierte sich die Schläfen und schloss die Augen. Beinahe die ganze letzte Nacht hatte sie wach im Bett gelegen und darüber nachgedacht, ob sie anders hätte handeln sollen. Dass Stanley ihr die Entscheidung abgenommen hatte, war nur schwerlich ein Trost, denn sie ahnte, dass sie das Zimmer auch dann nicht betreten hätte, wenn er nicht gekommen wäre. Sie fragte sich, was das über ihren Charakter aussagte. Rubys Weinen jedoch hatte sie nicht kaltgelassen, sie wusste nur einfach nicht, wie sie ihr hätte begegnen sollen.

Sie war an diesem Tag mit ihrem Vater allein und überlegte, John eine Nachricht zukommen zu lassen. Es war nur noch wenig Zeit bis zur Hochzeit, und irgendwann musste sie anfangen, sich mit ihm zu arrangieren, nur ging das nicht unter den wachsamen Augen ihrer Mutter. Vielleicht würde er sogar ihre Gefühle Ruby gegenüber verstehen, denn auch er hatte einen Bruder verloren. Nachdem sie eine Weile mit ihrem Stolz gerungen hatte, schob Olivia ihre Bedenken beiseite, stand auf und ging in ihr Zimmer, um eine kurze Nachricht zu verfassen. Sie schickte einen Dienstboten damit zu John und verbrachte die nächste halbe Stunde damit, auf eine Antwort zu warten, indem sie im Zimmer auf und ab ging, ein Buch hervorzog, darin herumblätterte und es wieder zurückstellte. Dann setzte sie sich hin, las in ihrem angefangenen Roman, legte diesen auf den Tisch und versuchte schließlich zu schreiben. Olympia jedoch schwieg sie vorwurfsvoll an. Sie, das wusste Olivia, hätte gefordert, dass der Geliebte kam, und hernach würdevoll gewartet. Ungeduldig warf Olivia die Schreibfeder hin und stand erneut auf, um im Zimmer herumzulaufen. Schließlich kehrte der Dienstbote heim.

»Was meinst du damit, er hat dir keine Antwort mitgegeben?«, fragte Olivia ungläubig.
»Wie ich schon sagte, Miss, er hat die Nachricht nicht einmal persönlich entgegengenommen, sondern sie sich durch seinen Dienstboten aushändigen lassen. Der kam danach zurück und hat mich weggeschickt.«
Olivia bemühte sich um einen gleichgültigen Gesichtsausdruck und schickte den Dienstboten fort. »Gibt es auch nur eine Demütigung, die du mir ersparst, du Schuft?«, zischte sie kaum hörbar, kaum dass sie wieder allein war. Vor Zorn war sie den Tränen nahe. Verwünschte Schwäche. Dann setzte sie sich hin, griff wieder nach der Feder, und jetzt floss der Text. Natürlich hatte es vorher nicht gehen können, denn Olympia hätte sich nie so weit erniedrigt und einen Mann gebeten, zu ihr zu kommen. Vielmehr ließ sie den Mann, der erstaunliche Ähnlichkeit mit John hatte, vor der Tür warten und darum bitten, von ihr empfangen zu werden, was Olympia ablehnte, jedoch nicht aus Wut auf ihn, sondern einfach, weil ihr gerade danach war. Sie ging nicht einmal persönlich zur Tür, sie tat, wozu Olivia nie imstande gewesen wäre. Während der Geliebte wartete und wartete, ließ sie die stolze und betörende Olympia in ihrem purpurfarbenen Kleid ungerührt im Salon sitzen und lächeln.

John kam eine Stunde später. Olivia legte die Schreibfeder nieder, als das Dienstmädchen ihn meldete, versicherte sich im Spiegel, dass sich aus ihrem hochgesteckten Haar auch keine Strähne gelöst hatte, zupfte hier und da an ihrem Kleid herum und ging schließlich in den Salon, wo John auf sie wartete.

»Ich hatte dich nicht erwartet«, war das Erste, was ihr zu sagen einfiel.
Er wirkte aufrichtig erstaunt. »Du hast mich doch darum gebeten zu kommen.«
»Es kam keine Antwort von dir.«
»Ich hielt das nur für notwendig, falls ich verhindert gewesen wäre.«
Dass er es als so selbstverständlich ansah, ihrer Bitte Folge zu leisten, und diese Selbstverständlichkeit offenbar auch bei ihr voraussetzte, irritierte sie.
»Wie ich sehe, scheint es zwischen uns ein grundlegendes Missverständnis zu geben«, sagte er trocken. »Du dachtest anscheinend, wenn ich nicht zu kommen gedenke, schweige ich auf deinen Brief hin einfach. Das ist nicht gerade ein Kompliment für mich, aber vermutlich bin ich selbst schuld, dass du dieses wenig schmeichelhafte Bild von mir hast, nicht wahr?«
Olivia enthielt sich einer Antwort. Er hatte recht, ihr Fehler war es nicht, dass sie ihm ein solch ungalantes Verhalten zutraute.
»Meine Mutter ist nicht da«, meinte sie stattdessen.
Ein feines Lächeln spielte um seine Mundwinkel. »In der Tat?«
»Mein Vater sitzt in seinem Arbeitszimmer, und Ruby liegt im Bett. Sie hatte eine …«, Olivia zögerte, »… schlechte Nacht.«
Johns Miene verfinsterte sich wenige Sekunden lang, dann wirkte er wieder entspannt. »Ich denke, es ist ein Gebot der Höflichkeit, dass ich deinen Vater begrüßen gehe, sonst glaubt er am Ende noch, ich führe dich auf Abwege.«
»Womit er natürlich gänzlich falschläge.«

John lachte, und Olivia ging ihm voraus ins Arbeitszimmer ihres Vaters. Dieser freute sich sichtlich über den Besuch. »Ah, Sir John, wie schön, dass Sie uns beehren.«
Olivia blieb an der Tür stehen und wartete darauf, dass die beiden ihre Höflichkeiten beendeten. »Papa, möchtest du Tee mit uns trinken?«
Er sah sie an und kniff die Augen ein wenig zusammen, so dass die Lachfältchen darum sich vertieften. »Später, mein Kind, ich habe hier noch etwas zu tun. Warum geht ihr nicht ein wenig im Garten spazieren?«
John bedankte sich, reichte Olivia seinen Arm und führte sie hinaus. Da das Fenster im Arbeitszimmer auf den Garten hinausging, verletzte ihr Vater kein Gebot des Anstands, wenn er sie und John auf einen kleinen Spaziergang schickte. Johns Antrag hatte ihre Eltern derart entzweit, dass ihre Mutter mit ihrem Vater kaum noch sprach und oftmals einfach ignorierte, wenn er etwas sagte. Ganz so schlimm führte Stanley sich zwar nicht auf, aber zwischen ihm und ihrem Vater herrschte eine deutlich spürbare Kühle. Doch Stanley war ja immer eher auf der Seite ihrer Mutter gewesen als auf der ihres Vaters.
John öffnete die Tür zur Veranda und ließ Olivia den Vortritt. Der Garten lag in schattengesprenkeltem Smaragdgrün unter einem strahlend blauen Himmel, und die Wärme war in der Sonne gerade noch erträglich. Olivia schlenderte an Johns Seite über die Wege, die sich vorbei an Bäumen und Hecken schlängelten. Wie beiläufig führte John sie zu jener Laube, die Olivia nie aufsuchen konnte, ohne daran zu denken, zu was sie sich in seinen Armen ohne zu zögern hätte hinreißen lassen. Hier zog er sie an sich und küsste sie, ein langer Kuss, der sich zur Sätti-

gung Zeit nahm. Es war ihr erster Kuss seit jener Mainacht im Garten.

Er führte sie zu der verzierten eisernen Bank, wartete, bis sie sich gesetzt hatte, und ließ sich dann ebenfalls darauf nieder. »Ich fürchte, allzu lange können wir hier nicht sitzen bleiben, ehe dein Vater dich ruft.«

»Das ist anzunehmen.«

»Warum wolltest du mich sehen?«

Olivia zögerte. »Muss ich dafür einen Grund haben?«

»Du musst nicht, aber du hast zweifellos einen, auch wenn du versuchst, so zu tun, als sei mit dir alles in bester Ordnung. Irgendetwas hat dir letzte Nacht den Schlaf geraubt.«

Sie wusste nicht so recht, wie sie anfangen sollte, das, was sie bewegte, in Worte zu fassen, ebenso wenig, wie sie wusste, warum sie sich ausgerechnet ihm anvertrauen wollte. »Wie lange ist es her, dass dein Bruder hinge… gestorben ist?«

Johns Miene verdüsterte sich in einer Art, die sie zutiefst verunsicherte. Sie wusste, dass sie an einem empfindsamen Bereich rührte, aber warum sie sich dafür einen solchen Zorn zuziehen sollte, das wollte ihr nicht klarwerden.

»Es war im Mai 1777«, gab er ihr dennoch Auskunft.

»Standet ihr euch nahe?«

Seine Augen verengten sich kaum merklich. Es war ja gar kein richtiges Grün, dachte Olivia, während sie ihn ansah, ein Gedanke, der in diesem Moment nicht hätte unpassender sein können. Grau gesprenkelt, rauchig war es, wie Grün, das unter Frost lag.

»Hast du mich hierherbestellt, um mich einer Befragung zu unterziehen?«

»Wir sind verlobt, daher würde ich mein Interesse an deinen Familienbeziehungen nur schwerlich als Befragung bezeichnen.« Sie zupfte an ihrem Spitzenärmel herum, eine Angewohnheit, die sie immer wieder überkam, wenn sie nervös war, und so zwang sie ihre Hände zur Ruhe. »Wie nahe standest du deinem Bruder?«

»Ist nicht deutlich geworden, dass ich darüber nicht sprechen möchte?«

»Wir heiraten, ich habe doch wohl ein Recht darauf, dir persönliche Fragen zu stellen.«

»Unsere Ehe ist ein geschäftliches Arrangement, das heißt, du hast auf einiges ein Recht, aber nicht auf jede Art persönlicher Fragen.«

Olivia wandte sich ab und stand auf, zutiefst verletzt, was sie ihm jedoch nicht zeigen wollte. Sie drehte ihm den Rücken zu. Mary, das wusste sie, hätte sie verstanden, und sie hätte auch gewusst, warum sich Olivia über persönliche Fragen vorzutasten versuchte, ehe sie sich anvertraute. Wie sollte sie je mit ihm zusammenleben, wie ihm beschreiben, was in ihr vorging, was letzte Nacht erneut aufgebrochen war, wenn es keinerlei Vertrautheit zwischen ihnen gab? Erwartete er vielleicht von ihr, dass sie sich ihm fortwährend öffnete, dass er in jeden Bereich ihres Lebens vordringen konnte – was er ja bereits getan hatte –, während er sich vor ihr verschloss und seine Geheimnisse hütete?

»Ich habe dich nicht aus Neugierde gefragt. Aber sei unbesorgt, ich werde keine ähnlich geartete Frage mehr stellen.«

»Das freut mich zu hören. Wenn es jedoch keine Neugierde war, was war es dann?«

Sie zwang ein kühles Lächeln auf ihre Lippen, das in den

Mundwinkeln schmerzte. Zudem wurde jegliches Vortäuschen von Kälte dadurch zunichtegemacht, dass ihr die Sicht verschwamm. »Ich wollte wissen, wie du dich beim Tod deines Bruders gefühlt hast, wegen …«, ein tiefer Atemzug, »… wegen Ruby und letzter Nacht. Vergiss es einfach. Ich denke, mein Vater wartet auf dich. Vielleicht habt ihr noch das eine oder andere bezüglich des Arrangements zu besprechen, das du geschäftlich nennst, von dem wir beide jedoch wissen, dass es erzwungen ist.«
Zwei Lidschläge klärten ihren Blick, und sie sah John an, dass ihm das Gesagte bereits leidtat. Er stand auf, aber sie war mit wenigen Schritten an ihm vorbei und eilte durch den Garten zur Veranda. Weder folgte er ihr, noch rief er sie, vermutlich weil er wusste, dass beides sinnlos war. Sie ging ins Haus, gelangte ungesehen in ihr Zimmer und schloss die Tür hinter sich. Kurz zog sie in Erwägung, den Schlüssel umzudrehen, aber in ihr Zimmer würde John ihr schwerlich folgen. Sie setzte sich ans Fenster, aber von ihrem Platz aus konnte sie nicht sehen, wie John zum Haus zurückging. Kurze Zeit später hörte sie ihn jedoch, offenbar saß er mit ihrem Vater auf der Veranda. Worüber sie sprachen, konnte sie nicht verstehen, aber sie hörte sie gemeinsam lachen. Hätte sie nicht gewusst, wie gut John sich verstellen konnte, hätte sie geglaubt, er amüsiere sich tatsächlich.

Constance empfing Olivia im Garten, wo sie an einem zierlichen Tischchen saß und Tee trank. Sie freute sich sichtlich über den Besuch der Freundin. Seit ihrer Verlobung mit

James Everett und Olivias mit John hatten die beiden jungen Frauen nur wenig Zeit miteinander verbracht – Constance, weil sie eine glückliche Braut war, für die es derzeit außer Lord Everett niemanden gab, und Olivia, weil sie keine glückliche Braut war und diese auch niemandem vorspielen wollte. Heute jedoch war es kein reiner Freundschaftsbesuch, der sie hierher führte, sondern das Ergebnis langen Nachdenkens.

Constance ließ noch ein Teegedeck für Olivia bringen. Als der Tee eingeschenkt worden war, rührte diese nachdenklich in der Tasse, beantwortete Constance' Fragen nach ihrem Befinden und stellte einige höfliche Gegenfragen. Sie wusste, dass ihre Freundin durchschaute, dass sie noch nicht zu dem Anliegen gekommen waren, das Olivia hergeführt hatte, aber Constance bedrängte sie nicht.

»Wie lange kennst du John eigentlich schon?«, fragte Olivia schließlich.

»Mein Vater kennt ihn seit gut zehn Jahren.«

Nachdenklich rührte Olivia in ihrer Tasse. Bildete sie es sich ein, oder wich Constance ihrem Blick mit Absicht aus?

»Und du? Wie lange kennst du ihn?«

»Ungefähr genauso lange.«

Olivia legte den Löffel zur Seite und nippte an dem Tee. »Seid ihr beide gut bekannt?«

»Warum fragst du?«

»Weißt du, das ist so«, sagte Olivia langsam, als wäge sie Wort für Wort ab, »erst hat mich euer Kutscher zu einem Treffpunkt mit John gefahren, ohne dass ich die geringste Kenntnis davon, geschweige denn ihm eine entsprechende Anweisung gegeben hatte. Dann hat John mich in eurem Haus problemlos gefunden, in einem Versteck, das selbst

ich nur durch Zufall entdeckt hatte. Und danach brannte in dem Zimmer, in das er mich gebracht hat, bereits bei unserem Eintritt Licht. Nicht zu vergessen das Abendessen bei euch im Haus, wo ich seine Tischdame war.« Sie sah Constance prüfend an, und diese erwiderte den Blick kurz.
»Und du denkst nun, dass ich hinter all dem stecke?«
»John wollte nicht mit der Sprache herausrücken, also habe ich darüber nachgedacht, warum er nichts sagen möchte. Deine Mutter wird sich für eine solche Rolle nicht hergeben, denn sie wird mit Grauen daran denken, wie es sein muss, wenn so etwas der eigenen Tochter widerführe. Deinen Vater bräuchte John nicht zu schützen, denn ich würde schwerlich hingehen und ihn zur Rede stellen. Abgesehen davon würde dein Vater mich ebenso wenig ruinieren wollen wie deine Mutter. Du jedoch müsstest um meine Freundschaft fürchten.«
Constance stieß langsam die Luft aus. »Hör mir zu, Olivia, ich …«, sie verstummte, sagte dann leiser, als spreche sie zu sich selbst: »Ich wusste, dass es kein Geheimnis bleiben würde.«
Obwohl sie es geahnt hatte, tat Olivia das Geständnis der jungen Frau, die sie für eine ihrer beiden einzigen Freundinnen hier gehalten hatte, unerwartet weh. »Habt ihr euch wenigstens gut amüsiert, du und John? Ich nehme an, dass ich so oft am Europa Point war, weiß er ebenfalls von dir, ebenso, dass ich es nach Marys Besuch aufgegeben habe, nicht wahr?«
Ein Anflug von Röte zeigte sich auf Constance' Wangen, aber dieses Mal wich sie Olivias Blick nicht aus. »Es ist nicht so, wie du denkst, ich schätze dich wirklich sehr als Freundin.«

Für naiv und dumm hielt sie sie offenbar auch noch, dachte Olivia, aber darauf kam es nun wahrlich nicht mehr an. Sie schwieg, trank ihren Tee aus und stellte die Tasse ruhig ab.

»Wir haben nicht über dich gelacht«, sagte Constance. Als Olivia weiterhin schwieg, fuhr sie fort: »Ich habe sogar noch auf dem Schiff versucht, dich vor ihm zu warnen.«

»Da wusstest du schon Bescheid?«

»Das war der Grund, warum ich dich überhaupt angesprochen habe. John sagte, du würdest sicher eine Freundin brauchen, in Gibraltar gibt es ja nicht viele junge Frauen.«

Olivia war fassungslos.

»Das mit der Kutsche stimmt auch, ebenso das mit der Tropfsteinhöhle, ich habe den Ausflug extra so gelegt, dass ich wusste, du könntest dich uns erst später anschließen. Aber das bei uns – gut, ich habe John gesagt, dass er in den Nischen hinter den Vorhängen nachschauen soll, aber mit allem, was danach geschehen ist, habe ich nichts zu tun.«

»Du warst es also nicht, die das Zimmer vorbereitet hat?«

Constance schüttelte den Kopf. »Ich habe ihm nur gesagt, welches leere Zimmer er nutzen kann.«

Was natürlich einen gewaltigen Unterschied machte, höhnte Olivia im Stillen. Sie sah Constance an, dass ihr die Frage auf den Lippen brannte, was denn in jenem Zimmer vorgefallen war. »Was ist mit dem Abendessen?«

»Das habe ich auf Johns Wunsch hin kurzfristig anberaumt, an einem Tag, von dem ich wusste, dass deine Eltern anderweitig verpflichtet sein würden. John musste mir dafür im Gegenzug versprechen, dass er erst nach dir eintrifft. Ich wusste, dass man dir deine Gefühle würde ansehen können, und die Leute haben ja ohnehin schon geredet.«

»Vielen Dank für deine Umsicht.«

»Weißt du, John ist schon so lange mein Freund, und es schien ihm wichtig zu sein.«

»Das ändert natürlich so einiges. Wenn es John wichtig ist und er dein Freund ist, was scheren dich dann meine Gefühle?«

Constance schien den Tränen nahe. »Ich wusste doch nicht, dass wir uns so gut anfreunden würden.«

»Das mag auf dem Schiff als Entschuldigung gegolten haben, aber doch nicht mehr danach!« Olivias Ruhe wurde brüchig.

»Ich konnte es ihm nicht abschlagen, und ich wusste, dass er dir nichts Böses will.«

»Wusstest du, ja?«

Constance schien nach Erklärungen zu suchen, brachte aber keine davon über die Lippen. Besser so, dachte Olivia, die auf einmal unendlich erschöpft war. Einen derartigen Verrat hatte sie noch nie erlebt, nicht einmal davon gehört. Sie wollte nicht mehr über diese ganze unselige Sachen reden, und sie sah Constance an, dass diese nichts mehr dazu zu sagen hatte. Jegliche Rechtfertigung oder Bitte um Verzeihung hätte sich platt angehört und wäre unbeachtet verhallt. Olivia stand auf und ging grußlos.

Ruby sah durch ihr Fenster Stanley im Garten sitzen, allein und nachdenklich, ihr einstmals bester Freund, der sie innerlich zerriss zwischen dem, was er getan hatte, und dem Trost, den sie in dunklen Stunden von ihm annahm. Vor ihm stand ein Tablett mit Teegedecken, was nahelegte, dass sich ihre Mutter zu ihm gesellen würde. Er leistete ihr nachmittags gelegentlich Gesellschaft, wenn er daheim war. Manchmal setzte sich Olivia auf Wunsch ihrer Mutter dazu, aber seit ihrer Verlobung mit John war das nur selten der Fall. Auf ihrem Rücken wurde ein Konflikt ausgetragen, von dem sie nicht das Geringste ahnte, und Ruby hatte keine Wahl, als danebenzustehen und zuzuschauen.

Es dauerte nicht lange, bis sich Olivia und ihre Mutter zu Stanley gesellten. Während ihre Mutter und ihr Bruder sich unterhielten, starrte Olivia auf einen fernen Punkt im Garten. Traurigkeit passte nicht zu ihr, obschon sie ihr stand. Sie wirkte auf Ruby wie ein Kind, das seine ersten eigenen Schritte machte, fort von dem Halt, den es bisher gekannt hatte. Hier streifte sie die Hülle ab, die ihr eine Gesellschaft gab, in der das Leben rein von Äußerlichkeiten bestimmt wurde. Olivia wirkte daher oftmals haltlos, orientierungslos, als müsse sie sich erst besinnen, wer sie eigentlich war und was sie vom Leben erwartete.

Sie hatte sich ganz offensichtlich mit Constance zerstritten, was niemandem ein Geheimnis bleiben konnte. Zwar kannte man den Grund nicht, aber die beiden grüßten einander nur noch, wobei es Olivia war, die sich kühl und distanziert gab, während Constance zweifellos um Versöhnung bestrebt war. Gleichzeitig boten Olivia und John nicht gerade das Bild eines glücklichen jungen Paares, aber Johns Ernsthaftigkeit passte einfach zu seinem Wesen, während über Olivia keine freundlichen Worte fielen – stieß sie doch so offensichtlich nicht nur ihre Freundin zurück, sondern auch den Verlobten. Rubys Lippen kräuselten sich leicht. Mit dem Urteil über andere war man grundsätzlich schnell zur Hand, das kannte sie aus eigener Erfahrung. Aber sie hatte wenigstens Stanley an ihrer Seite gehabt.

Ruby verließ ihr Zimmer, um ebenfalls in den Garten zu gehen, nicht weil es sie nach Gesellschaft ihrer Familie verlangte, sondern weil ihr die Enge ihres Zimmer an manchen Tagen unerträglich war. Schon als sie die Veranda betrat, hörte sie, dass ihre Mutter und Olivia in einen Disput verwickelt waren, und wieder schien es um das leidige Thema zu gehen. Stanley mischte sich nicht ein, aber er machte auch kein Hehl daraus, dass er nicht vorhatte, sich auf die Seite seiner Schwester zu stellen.

»... nicht unbedingt das Verhalten, das man von einem Verlobten erwartet«, schloss ihre Mutter gerade, als Ruby sich zu ihnen setzte.

»Du gibst ihm auch nicht gerade das Gefühl, willkommen zu sein«, antwortete Olivia gereizt.

Ruby setzte sich neben ihre Schwester. Ihre Mutter neigte sich leicht vor und betrachtete sie forschend, fragte aber nicht nach ihrem Befinden, sondern schenkte ihr schweigend Tee ein. Es waren gute Tage gewesen, schon die ganze Woche über, in denen Ruby sich fühlte, als sei sie gesund. Sie nahm dankend die Tasse entgegen und rührte Zucker in den Tee.

»Er ist uns auch nicht willkommen«, entgegnete ihre Mutter unvermittelt auf Olivias Antwort. »Und das weiß er.«

»Papa denkt anders darüber.«

»Das mag er halten, wie er will. Im Übrigen kann ich mir beim besten Willen nicht erklären, warum du ihn so nachdrücklich verteidigst. Wenn ihr euch seht, gibst du alles andere als das Bild einer zufriedenen Braut ab. Sollte er sich dir gegenüber falsch verhalten, wäre jetzt der richtige Zeitpunkt, darüber zu sprechen.«

Olivia schüttelte jedoch lediglich den Kopf.

»Deinen gewohnten Lebensstil wirst du ablegen müssen, ich glaube nicht, dass John Retallick auch nur über die Mittel verfügen wird, dir deine Kleider zu bezahlen.«
Mit einem Schulterzucken ging Olivia darüber hinweg.
»Zudem soll er angeblich so gut wie keinen Dienstboten haben. Ich hoffe, er erwartet nicht, dass du dich in die Küche stellst und kochst.«
Stanley trommelte ungeduldig mit den Fingern auf die Stuhllehne. »Olivia als Köchin. Ich bitte dich, Mutter, das finde ja selbst ich absurd.«
Olivia wirkte, als ginge sie das alles nichts an, aber vielleicht zog sie sich auch nur in sich selbst zurück, um nicht verletzt zu werden. Denn dass sie John heiraten wollte, war niemandem ein Geheimnis geblieben, so sehr ihre Mutter auch versuchte, es darzustellen, als sei Olivia selbst bei der Sache übergangen worden. Mochte Olivia John auch böse sein – und dass sie es war, daran zweifelte Ruby keinen Augenblick –, ihn von anderen geschmäht zu wissen, konnte nur schwer erträglich sein.
Sie hätte Olivia gerne gefragt, was John getan hatte, aber vermutlich würde sie keine Antwort darauf erhalten. Ebenso wenig wie auf die Frage, ob er um Verzeihung gebeten und sie sich dieser Bitte verweigert hatte. Sie konnte sich nicht vorstellen, dass John eine Unstimmigkeit lange unbereinigt ließ, hingegen erschien ihr nicht unwahrscheinlich, dass Olivia aus verletztem Stolz nichts von ihm hören wollte. Im Gegensatz zu ihm wusste sie schließlich noch nicht, dass das Leben zu kurz war für solche Torheiten.

London, Februar 1777

Jareds Abbitte war lange und gründlich gewesen. Erst in Briefen, die immer sehnsuchtsvoller wurden, je länger Ruby ihm die Antwort verweigert hatte, dann in Worten, und sie gipfelte in einer Liebesnacht, die ihr den Atem raubte. Und nur Letzterer war es geschuldet, dass sie und Jared nicht nur den Zeitpunkt zum Aufbruch verschliefen, sondern auch nicht hörten, wie jemand die Wohnung betrat. Erst ein Geräusch an der Zimmertür holte sie beide aus dem Schlaf, ließ sie sich noch trunken von Müdigkeit aufrichten und ins Dämmerlicht blinzeln. Schlagartig wich jedoch jede Benommenheit von Ruby, als sie jemanden im Türrahmen stehen sah, in einer Hand ein Leuchter, die andere noch auf dem Türgriff. Entsetzt schnappte sie nach Luft.

»John.« Jared schien eher irritiert als erschrocken.

John Retallicks Stimme war leise und kalt. »Schaff die Hure aus meiner Wohnung, und dann komm. Wir haben zu reden.« Ohne eine Antwort abzuwarten, drehte er sich um und verließ das Zimmer.

Ruby war wie erstarrt, und Jared drückte sanft ihre Hand unter der Decke, dann stand er auf, griff nach seiner Kleidung und zog sich an. Ungezügelte Wut sprach aus jeder seiner Bewegungen.

»Jared«, sagte Ruby leise.

»Es tut mir so leid. John hätte nicht …«

»Erzähl es ihm nicht«, fiel sie ihm ins Wort.

Jared setzte sich zu ihr aufs Bett. »Bist du dir sicher? Obwohl er …«

»Ja«, sagte sie hastig. »Jared, versteh doch, wenn es jemand außer uns weiß, ist es nur eine Frage der Zeit, ehe es zu meinen Eltern durchdringt. Wir hatten vereinbart, dass sie die Ersten sind, die es erfahren. Wer kann schon wissen, wozu dein Bruder sich hinreißen lässt, wenn er davon erfährt, was wir getan haben.«

»Du hast recht.« Jared beugte sich vor und küsste sie. »Wenn er denkt, du seiest meine Geliebte, wird er schweigen, um deinen Ruf zu wahren.« Erfuhr er jedoch, dass sie verheiratet waren, dann war es nicht abwegig, dass er mit ihrem Vater sprach, was zweifellos ebenfalls ihrem Schutz gelten mochte, jedoch zu diesem Zeitpunkt denkbar ungünstig war. Ehe Jared nicht gesellschaftlich rehabilitiert war, würden ihre Eltern diese Ehe nicht anerkennen, mochte sie auch vollzogen und rechtmäßig sein. Mit Geld ließ sich sicher auch eine Annullierung erwirken.

Jared verließ das Zimmer, und durch die angelehnte Tür konnte Ruby hören, wie er mit seinem Bruder stritt.

»Was unterstehst du dich, sie eine Hure zu nennen?«

»Es ist mitten in der Nacht, sie liegt in deinem Bett. Was sonst soll sie sein?«

Rubys Wangen brannten vor Scham, und sie hüllte sich in die Decke, als böte sie ihr Schutz vor dem, was John Retallick über sie sagte.

»Sie ist anständig.«

»Ah, in der Tat, ja? Und was hat sie dann um diese Zeit hier zu suchen? Was habt ihr beide hier zu suchen? War ich nicht deutlich, als ich dir gesagt habe, dass du in meine Wohnung keine leichten Mädchen bringen sollst?«

»Verdammt noch mal, John, sie ist …«

»Mir ist gleich, was sie ist.« Jareds lautstarker Wut stand Sir Johns ruhige Kälte entgegen, die auf Ruby wesentlich furchteinflößender wirkte. »Im Übrigen geht es hier nicht um sie.« Ruby hörte das Rascheln von Papier, das entfaltet wurde. Dann war nur noch das leise Prasseln des Feuers zu hören, das sich unharmonisch in die bedrohliche Stille mischte.

»Was ich über dich höre«, fuhr John Retallick fort, »kann und will ich nicht glauben. Wie hoch sind deine Schulden tatsächlich, Jared, wie hoch?«

»Ich sorge dafür, dass ich alles zahlen kann, es ist nicht deine Angelegenheit.«

»Ach, tust du das? Und darf man auch erfahren, wie du das anfangen willst?«

Schweigen.

Ruby hörte jemanden seufzen, konnte jedoch nicht ausmachen, welcher der Brüder es war.

»Wer ist sie?«, fragte John Retallick schließlich.

Ruby hielt den Atem an.

»Ich könnte sie auch selbst fragen«, fuhr der Ältere fort, »aber die Peinlichkeit würde ich ihr gerne ersparen. Also, wer ist sie?«

»Sie ist die Schwester von Stanley.«

»Du treibst es mit Major Kilbournes Tochter, die noch dazu die Schwester deines besten Freundes ist? Hast du eigentlich überhaupt keinen Funken Ehrgefühl mehr?«

»Ich liebe sie.«

Ein verächtliches Schnauben folgte. »Du bist ein Narr, Jared, wenn du wirklich glaubst, dass all das hier gut gehen wird. Ich sorge jetzt dafür, dass das Mädchen heimgebracht wird, und danach reden wir.«

»Um sie kümmere ich mich selbst. Ich bringe sie heim.«

»Das wirst du nicht. Meine Kutsche steht unten, während

deine vermutlich erst eingespannt werden muss. Du bleibst hier. Wir müssen sehen, wie wir die finanziellen Dinge ohne bleibenden Schaden für dich und die Familie regeln.«

»Ich habe dir gesagt, ich brauche deine Hilfe nicht.«

Ein leises Gluckern folgte, als würde jemand sich etwas zu trinken eingießen. »Oh, ich denke schon, dass du sie brauchst, Jared.«

Konnte das der Silberstreif am Horizont sein, den sie und Jared so dringend brauchten? Wenn Sir John sich der Sache annahm, gab es vielleicht die Möglichkeit, dass sich die Dinge zum Besseren wendeten, dachte Ruby. Gänzlich überzeugt war sie jedoch nicht.

»Sieh nach, ob sie angekleidet ist«, sagte Sir John.

Jared betrat das Zimmer und nahm Ruby in die Arme. »Es tut mir so leid«, murmelte er an ihre Schläfe.

Sie schüttelte den Kopf, nahm sein Gesicht zwischen die Hände und küsste ihn. »Lass dir von ihm helfen.«

»Ich weiß, dass ich Fehler gemacht habe, aber das mit dir war das erste wirklich Anständige, was ich getan habe, und er beschmutzt es mit Worten. Er hat nie viel von mir gehalten.«

»Er macht sich Sorgen.«

»Er hat dich als Hure beschimpft.«

Sie ließ ihre Fingerspitzen über seine Brauen gleiten und strich sein Haar zurück. »Aus Unwissenheit, Jared. Wie es mit uns weitergeht, darüber befinden wir später. Aber jetzt musst du an dich denken und daran, aus dieser prekären Lage herauszukommen, und wenn du dafür die Hilfe deines Bruders brauchst, dann nimm sie an.«

»Aber Ruby«, flüsterte er, »John weiß nicht, dass er nach Abzahlen all meiner Schulden finanziell ruiniert ist.«

Sie zog ihn an sich, barg sein Gesicht an ihrer Schulter und lehnte ihre Wange an sein Haar.
Es klopfte, und kurz darauf erschien Sir John in der Tür. Jared löste sich aus Rubys Armen und hielt die Decke so, dass sie ihren Körper verbarg. »Sie kommt sofort.«
»Es wird bald hell.« Sir John wandte sich an Ruby. »Sie werden große Probleme bekommen, wenn Sie es noch ungesehen nach Hause schaffen wollen.«
Ruby nickte und erhob sich aus dem Bett, nachdem Sir John das Zimmer verlassen hatte. Jared trat hinter sie, schnürte sie eilig und schloss die Häkchen ihres Kleides. Ihr übereilter Aufbruch von ihrem letzten Treffen stand Ruby auf einmal vor Augen. Bereits auf der Treppe war ihr klargeworden, dass sie so nicht auf die Straße treten konnte, und daher hatte sie einen Moment ratlos im Treppenhaus gestanden. Hinter der Tür im untersten Geschoss waren Männer- und Frauenstimmen zu hören gewesen, offenbar war dort gerade eine Feier im Gange. Nach kurzem Zögern hatte sie geläutet, und ein Mann hatte ihr aufgemacht, das Hemd bis zur Brust aufgeknöpft. Sein Grinsen verschwand mit einem Schlag, als er Ruby sah, deren Kleid und aufgelöster Zustand offenbar nur einen Schluss zuließen.
»Hat man Ihnen etwas angetan, Miss? Brauchen Sie Hilfe?«, fragte er.
Ruby schüttelte den Kopf. »Mir geht es gut, aber ich könnte die Hilfe einer Frau brauchen, die mir das Kleid schließt.«
Was ihren Zustand anging, war der Mann offenbar nicht überzeugt, aber er rief über die Schulter hinweg einen Namen. Kurz darauf erschien eine Frau in einem tief ausgeschnittenen Kleid und mit offenem Haar, die Ruby ebenso entsetzt anstarrte wie der Mann zuvor. Ruby wiederholte

ihr Anliegen. Die Frau war wortlos hinter sie getreten, hatte das Mieder geschnürt und ihr Kleid geschlossen, wie Jared es in diesem Moment tat.

»Ich bringe dich zur Kutsche meines Bruders«, sagte er, während sie in den Salon traten.

Sir John verengte die Augen.

»Ich komme danach zurück, John, versprochen.«

»Du wirst verstehen, dass ich auf deine Versprechen nicht mehr viel gebe.« John Retallick wandte sich an Ruby. »Miss Kilbourne.«

Sie sah Jared an, dass er wütend widersprechen wollte, und schüttelte kaum merklich den Kopf. Er biss sich auf die Lippen, schwieg, während Sir John Ruby zur Wohnungstür führte. An seiner Seite ging sie die Treppe hinunter, immer noch befangen. Die eisige Luft eines gerade erwachenden Morgens schlug ihr entgegen und nahm ihr für einen Moment den Atem, prickelte auf ihrer Haut wie Nadelstiche. Sir John sprach kurz mit dem Kutscher, dann hielt er Ruby den Kutschschlag auf.

»Miss Kilbourne, ich weiß, dass mein Bruder auf viele Frauen charmant und verführerisch wirkt, aber bisher hat es noch jede bereut, sich mit ihm eingelassen zu haben.«

»Bei mir ist es anders.«

Leises Bedauern mischte sich in die Aufrichtigkeit, mit der er sie ansah. »Ah, den Satz habe ich schon so manch eine sagen hören. Warnen lassen hat sich keine von ihnen, aber jede hat sich im Nachhinein gewünscht, es getan zu haben.« Seine Stimme war sanft, eindringlich. »Es tut weh, fallen gelassen zu werden, und der Schaden, den eine heimliche Liaison anrichten kann, ist die wenigen Momente der Freu-

de nicht wert. Sie sind sehr behütet aufgewachsen, ich hingegen weiß, wovon ich spreche.«
Sie war erstaunt, wie einnehmend er sein konnte, überhaupt nicht mehr einschüchternd wie zuvor, und sie glaubte, dass er vielleicht sogar ihr Freund werden könnte, wenn sie und Jared ihre Ehe offiziell gemacht hatten. »Sie sind sehr aufmerksam, Sir John, aber er meint es wirklich ernst mit mir, dessen bin ich gewiss.«
Er seufzte. »Es wird nichts bringen, wenn ich sage, dass ich auch diesen Satz oft gehört habe, nicht wahr?«
»Nein.«
Mit einem leichten Zucken der Schultern sagte er: »Ich habe Sie gewarnt, mehr kann ich nicht für Sie tun.«
»Ich danke Ihnen dennoch.«
Jared trat zu ihnen an die Kutsche. »Ich möchte mich wenigstens anständig verabschieden«, sagte er zu seinem Bruder.
Dieser nickte knapp und zog sich in den Hauseingang zurück. Ruby legte Jared eine Hand an die Wange und küsste ihn zart auf den Mund.
»Pass auf dich auf, Jared, bitte.«
»Mach dir keine Sorgen. Wenn wir uns das nächste Mal sehen, habe ich einen Teil meiner Probleme vielleicht schon gelöst. Ich habe plötzlich das Gefühl, dass alles gut wird.«
Dieses Gefühl teilte Ruby nun so gar nicht, vielmehr hatte sie eine vage, kaum bestimmbare Angst, als sie in die Kutsche stieg und Jared an der Straße stehen sah. Sie sah ihn an, als müsse sie sich sein Gesicht Zug um Zug einprägen.

Teil II

»Da Eure Lordschaft meine Meinung erbeten hat, bin ich gewillt zu sagen, Gibraltar hat seine Fehler, jedoch ist es, meiner Meinung nach, auch trotz dieser so verteidigungsfähig wie jeder andere Platz in Europa: wo es verwundbar ist, ist das Meer …«

Gouverneur Cornwallis
in einem Brief an den Earl of Shelbourne

10

Gibraltar, Juni 1779

Die Eile, mit der Olivias Eheschließung vorangetrieben worden war, hatte ihre Mutter ein ums andere Mal »unziemlich« genannt. Es entbrannten bittere Streitigkeiten, denn ihre Mutter wollte die Eheschließung auf August oder September legen, ihr Vater jedoch, der Verständnis für Johns Lage hatte, stimmte einem Termin Anfang Juni zu. Die Gesellschaft beobachtete die Entwicklung gespannt. Dass es Sir John ernst war mit der Kilbourne-Tochter, war ja seit langem offensichtlich, insofern konnte man nicht einmal von einer übereilten Heirat sprechen, sagten die einen. Man müsse abwarten und Olivia Kilbournes Bauch im Auge behalten, so die anderen.

Von Olivia hingegen hatte eine vibrierende Erregung Besitz ergriffen, die sie unter anderen Umständen auch als Angst bezeichnet hätte. Plötzlich ging alles so schnell – viel zu schnell. Zwischen ihr und John war noch so viel ungeklärt, und seinen Brief, in dem er um Verzeihung bat, weil er in solch einem rüden Ton mit ihr gesprochen hatte – dass es ihr weniger um das Wie ging, sondern um das, was er gesagt hatte, wusste er entweder nicht, oder er wollte es nicht wissen –, beantwortete sie mit einigen belanglosen Zeilen, auf die er wiederum geschwiegen hatte, als sei damit alles geklärt.

Selbst Olympia wollte sich nicht zu Papier bringen lassen an diesen Abenden vor ihrer Hochzeit, sie entzog sich Olivia und machte sich rar. Nur wenige Sätze lang konnte sie ihr folgen, sich ihre Kleider leihen, ihren Stolz, ihr ungestümes Lieben.

Olympia wendet sich ab, lächelt, liebt und ist doch noch nicht bereit, ihn dies wissen zu lassen. Sie dreht sich nicht wieder zu ihm um, sondern geht, singt seinen Namen lautlos in ihre Herzschläge hinein, indes der Tag sein silbergraues Gewand ablegt und die Straßen in mondloser Dunkelheit ertrinken.

Ihr Vater bezahlte große Summen, damit ihre Kleider bis zur Hochzeit fertig wurden, und das Brautkleid war in der Tat wunderbar. Als es geliefert wurde und Olivia es zur letzten Anprobe trug, war ihr erster Gedanke der, was John dazu sagen würde. Der zweite, dass ihr das gleichgültig sein konnte, solange ihr selbst das Kleid gefiel. Ihre Mutter stand schweigend daneben, und erst auf Olivias bittenden Blick hin rang sie sich ein beifälliges Nicken ab. Ihre Hochzeit schien genauso wenig aufsehenerregend zu werden wie ihre Verlobung.

Am Vorabend der Heirat kam ihre Mutter zu ihr ins Zimmer, was Olivia erstaunte, denn das tat sie nur, wenn sie etwas Wichtiges zu sagen hatte oder wenn einer von ihnen krank war. Sie blieb an ihrem Bett stehen und wirkte nachdenklich. Olivia hatte sich eben erst hingelegt, wohl wissend, dass sie nicht würde schlafen können.

»Ich will nicht viele Worte machen, und es gibt auch nicht viel, was ich dir noch mit auf den Weg geben könnte. Wie man einen Haushalt führt, weißt du, auch wenn bei Sir John in dieser Hinsicht schwerlich etwas zu führen sein wird.« Langsam ließ sie sich am Bettrand nieder. »Ich weiß nicht, wie viele verbotene Treffen du schon mit ihm hattest, was ich jedoch weiß, ist, dass du dich zu der einen Dummheit, die dir am verhängnisvollsten geworden wäre, nicht hast hinreißen lassen.« Sie verstummte und wirkte, als suche sie nach den richtigen Worten. »Es wird weh tun das erste Mal. Wenn du klug bist, nimmst du es hin, ohne zu jammern, denn gänzlich verhindern kann er es nicht. Ich nehme an, er wird Gentleman genug sein, Rücksicht zu nehmen. Danach wird es normalerweise besser. Wenn du dich ihm hingibst wie eine spanische Geliebte und nicht wie eine englische Ehefrau, wird er dir womöglich sogar treu bleiben.« Mit diesen Worten stand ihre Mutter auf, und ehe Olivia ihrer Verblüffung Ausdruck verleihen konnte, hatte sie das Zimmer bereits verlassen.

Olivia stand auf, um ans Fenster zu treten, schob den Vorhang beiseite und sah hinaus. Sie war unsicher und verwirrt, und am liebsten hätte sie all das, was sie bewegte, aufgeschrieben, aber ihre Habseligkeiten waren bereits verpackt und in Johns Haus gebracht worden. Mit plötzlichem Erschrecken fragte sie sich, ob er ihre Sachen auspacken und womöglich lesen würde, was sie geschrieben hatte. In ihrem Tagebuch standen nur alltägliche Dinge, was sie wirklich bewegte, stand in ihrem Manuskript. Je länger sie schrieb, umso mehr Türen schienen in ihrem Innern aufgestoßen zu werden. Und während sie nach und nach diese fremden Räume erkundete, schien ihr, als schäle sich der Mensch heraus, der sie in Wahrheit schon immer gewesen war. Was, wenn John sie in Olympia erkannte und sich über ihr Geschriebenes amüsierte? Hitze stieg ihr in die Wangen. Überhaupt wurde ihr jetzt erst bewusst, dass sie ab dem kommenden Tag keinen privaten Rückzugsraum mehr hatte, denn sie zweifelte nicht daran, dass sie Johns Zimmer mit ihm teilen würde. Für getrennte Schlafzimmer bot sein Haus keinen Platz.

Sie legte sich wieder in ihr Bett, aber der Schlaf kam nur in kurzen Wellen, gestört von seltsamen Träumen, in denen Ruby wieder und wieder versuchte, ihr etwas zu erzählen, aber ihre Worte drangen dumpf hinter der Totenmaske, die sie trug, hervor, und Olivia konnte sie nicht verstehen. Mit einem Ruck fuhr sie aus dem Schlaf hoch, befreite sich aus den Laken und strich sich verschwitzte Haarsträhnen von der Stirn. Der Atem ging ihr in raschen Zügen, und sie vermochte kaum, ihn zu beruhigen. Um sie herum war Dunkelheit, die noch kein Frühlicht berührte.

An Schlaf war nicht mehr zu denken, und Olivia setzte sich auf. Irgendetwas entging ihr, aber so sehr sie darüber nachdachte, sich die Zeit in England ins Gedächtnis rief und das, was sie zwischen ihren Eltern und Geschwistern beobachtetet hatte, sie kam nicht darauf. Mehr und mehr setzte sich der Gedanke in ihr fest, dass eine Ehe mit John sie in diesen Wirbel aus Finsternis hineinreißen würde, aus dem kein Entkommen mehr möglich war.

Als das erste Licht des Morgens den Vorhängen einen grauen Schimmer verlieh, wurden ihr die Lider doch noch schwer. Sie glaubte, sie eben erst geschlossen zu haben, als die übertrieben gutgelaunte Stimme ihrer Zofe laut neben ihr ertönte. Mit einem kurzen Blinzeln lugte sie zwischen den Kissen hervor und wollte sich wieder in die Schwere des Schlafes sinken lassen, der so bar jeder Erholung gewesen war, aber ihre Zofe zog bereits die Vorhänge auf, und die Sonne kitzelte ihre geschlossenen Augen.

Trotz der gemischten Gefühle, mit denen Olivia dem Nachmittag entgegensah, rührte sie die Mühe, die ihr Vater sich gab, obwohl ihre Mutter ihn, wenn die Familie unter sich war, mehr als einmal spüren ließ, dass sie sein Verhalten lächerlich fand. Dabei bemühte ihre Mutter sich selbst durchaus, denn schließlich war dies die Hochzeit ihrer Tochter, und nach außen hin musste alles stimmen. Als sie für einen Moment allein waren, strich sie Olivia über die Wange und sagte, sie solle sich nicht grämen, sie träfe keine Schuld.

Die Trauung würde im Salon mit der Mosaikwand stattfinden, das Büfett hatte man im kleineren Salon aufgebaut, weil dieser am schattigsten und somit nicht zu befürchten war, dass die Hitze das Essen allzu schnell verdarb. Olivia hatte keinen Appetit, obwohl ihre liebste Leckerei angeboten wurde: heiße Schokolade, die dick und sämig auf der Zunge zerfloss. Außerdem allerlei spanische Köstlichkeiten, Süßspeisen aus Marokko, klebriges Gebäck, Geflügel gefüllt mit Reis, Pinienkernen und Mandeln, Fleisch in fetten Soßen und Fisch in verschiedensten Variationen.

Olivias Kleid war ein cremeweißes Gebilde aus Seide und Spitze. Der Rock war vorne gerafft und in zwei Bauschen rechts und links gefasst, so dass er ein Unterkleid freigab, das üppig mit Brüsseler Spitze besetzt war, jene Spitze, die aus allerfeinstem glänzendem Leinenfaden bestand und deren Muster der herrschenden Mode der Asymmetrie folgte. Um den Hals trug sie ein goldenes Collier.

Als Olivia sich vor dem Spiegel drehte, wich ihre Unruhe ein wenig. In diesem Kleid konnte man nicht anders, als sich wie eine Königin zu fühlen. Der mit winzigen Perlen bestickte Rock wog schwer und sah aus wie mit Tautropfen übersät. Das gesamte Kleid war mit Goldfäden durchwirkt und schimmerte bei jeder Bewegung. Ein an einem Diadem befestigter Schleier wölbte sich über ihrem hochgesteckten Haar und fiel über ihren Rücken bis zum Rocksaum. Ihre Mutter sah sie prüfend an, zupfte ein wenig an ihr herum und schickte die Zofe und die übrigen Dienstmädchen mit einer Handbewegung fort.

»Wenigstens an deinem Kleid wird niemand etwas auszusetzen haben. Mein eigenes war kaum prachtvoller. Du bist wunderschön, die Leute werden noch lange über dich sprechen.« Sie nahm Olivias Gesicht zwischen die Hände und sah sie prüfend an. »Dein Vater wird gleich kommen und dich holen, Sir John ist soeben eingetroffen. Ab heute wirst du Lady Retallick sein, was ich zwar nicht begrüße, aber es ist dennoch ein guter Name. Dass du dich dessen würdig erweist, die Schwiegertochter von Lady Anne zu werden, daran zweifle ich keinen Augenblick.«

Olivias Herz begann wild zu schlagen, als Johns Name fiel.

»Wenn es ein so großer Name ist, warum bist du dann so unzufrieden?«

»John Retallick ist keine gute Wahl, daran ändert auch der Name nichts. Ich hätte mir nichts mehr gewünscht, als ihn so weit weg wie möglich von meiner Familie zu wissen. Von ihm kommt nichts Gutes, das ahne ich.« Als erkenne ihre Mutter in diesem Moment, dass das, was sie sagte, wie ein schlechtes Omen klang, lächelte sie und strich Olivia über die Wange. »Aber er wird dich gut behandeln, über ihn sind nie Frauenskandale laut geworden. Und wenn du erst Kinder hast, wirst du nur noch seinen Namen brauchen, ihn jedoch nicht mehr.«

»Du meinst, dann kann ich ihm bedenkenlos Gift ins Essen mischen?«, spöttelte Olivia.

Ihre Mutter sah sie erst verblüfft an, dann lachte sie.
»Ihr amüsiert euch?«, fragte ihr Vater, der unbemerkt die Tür geöffnet hatte. Seine Frau in offenkundig guter Laune zu sehen, machte ihn sichtlich froh. Ihr Lachen jedoch zerfiel augenblicklich.
»Zumindest taten wir das, ehe du hinzugekommen bist«, sagte sie. »Dem Anlass war dies allerdings nicht geschuldet.«
Olivia zuckte zusammen und wandte den Blick ab, weil sie es nur schwer ertrug zu sehen, wie sich Verletztheit auf den Zügen ihres Vaters widerspiegelte. Dieser räusperte sich und trat zu Olivia.
»Du bist hinreißend, mein Kind.«
Ihre Mutter verließ den Raum.
In seinen Augen stand ein feuchter Schimmer, als er Olivia ansah. »Ich habe nie eine schönere Braut gesehen.« Er schien noch etwas sagen zu wollen, zögerte jedoch. »Ich hätte John Retallicks Antrag nicht stattgegeben«, sagte er dann, »wäre ich nicht sicher gewesen, dass er der Richtige für dich ist.«
»Das weiß ich, Papa.« Sie küsste ihn auf die Wange.
»Bist du bereit?«, fragte er.
Sie nickte, legte ihre Hand auf seinen Arm und ließ sich von ihm zur Tür führen. In so heftigen Schlägen klopfte ihr das Herz, so laut rauschte ihr das Blut in den Ohren, dass kaum ein anderes Geräusch zu ihr durchzudringen vermochte. Als sie den Salon betrat und mit ihrem Vater an der Tür stehen blieb, flog ihr Blick durch den Salon und blieb an John hängen, ehe sie die Lider senkte, zu Boden blickte, weil sie nicht wusste, wohin ihre Augen sonst ausweichen sollten. Niemanden wollte sie ansehen in diesem Moment, niemandem Zeugnis ablegen über die Verwirrung, die sie ergriffen hatte:

darüber, ob das, was sie hier tat, das Richtige war. Auf die Anwesenden freilich musste es wirken wie eine Geste sittsamer Scham, die man bei der jungen Braut so reizend fand, dass sich in die Ausrufe der Bewunderung die leise gurrenden Beifallsbekundungen der älteren Damen mischten.

Als ihr Vater den ersten Schritt tat, hob sie die Lider, blickte John erneut an, der ihr entgegensah. Sie suchte auf seinem Gesicht nach einer Regung, die ihren eigenen Gefühlen entsprach, sah aber nichts außer jener Bewunderung, die ihr von allen Seiten so überreich zuteil wurde und die ihr plötzlich schal erschien. Sie wandte ihre Aufmerksamkeit von seinem Gesicht ab und seiner Kleidung zu. Hiervon wenigstens verstand sie etwas, und erneut fragte sie sich, wie er sich mit einer solchen Eleganz zu kleiden vermochte. Sein Kammerdiener musste ein wahrer Könner darin sein, seine Kleider der herrschenden Mode anzupassen. Sein dunkelroter, an den Aufschlägen bestickter Rock war an der Brust geöffnet, so dass er das Spitzenhalstuch enthüllte, das am unteren Ende nicht gebunden, sondern durch das Knopfloch gezogen war und der Form einer Steinkerke entsprach. Ebenfalls aus Spitze waren die Manschetten, die ihm bis auf die Hände fielen.

Ihr Vater übergab ihre Hand an John, dessen Finger sich in ruhigem, festem Griff darum schlossen. Etwas von seiner Ruhe übertrug sich wohl auch auf Olivia, denn ihr ging das Herz nun langsamer, und das Rauschen in ihren Ohren schwand. Durch die offene Verandatür war das Zwitschern der Vögel zu hören, und der Duft nach Gras wehte in den Salon. Olivia spürte die Blicke der Menschen in ihrem Rücken, spürte, wie ihr winzige Schweißtropfen zwischen den Schulterblättern das Rückgrat hinunterrannen.

Erst als ihr die Frage gestellt wurde, ob sie Sir John Newland Retallick zum rechtmäßigen Ehemann nehmen wolle, richtete sie ihre Aufmerksamkeit auf den Geistlichen. John hieß mit Zweitnamen Newland? Ein alberner Lachreiz stieg in ihr auf, den sie eilig niederzukämpfen versuchte, in der Sorge, er möge genau in dem Moment aus ihr hervorbrechen, wenn sie den Mund öffnete, um ihr Jawort zu geben. Als sie John ansah, bemerkte sie jedoch das Zucken um seine Mundwinkel und den Blick, als wolle er sagen: »Meine Wahl war das nicht.«

Ihr Lächeln geriet vielleicht eine Spur zu breit, als sie laut und vernehmlich mit »Ja« antwortete.

Der Ring an ihrem Finger fühlte sich fremd an, ein zierliches goldenes Schmuckstück, verziert mit einem Smaragd. Sie ertastete ihn immer wieder, während sie die Glückwünsche entgegennahm. Constance, die eine ihrer Brautjungfern war – ihr dies noch so kurzfristig zu verweigern, hätte unweigerlich Gerede nach sich gezogen –, umarmte sie, was Olivia steif über sich ergehen ließ. Sie spürte Johns Blick und sah auch die Verzweiflung in dem von Constance, aber sie blieb ungerührt und wandte sich den nächsten Gratulanten zu. An Johns Seite trat sie schließlich hinaus auf die Veranda.

Auf der Wiese tollten Marys Kinder mit denen anderer Gäste herum, zwei hübsche Jungen mit noch runden Gesichtern und dem sandbraunen Haar ihres Vaters. Einer von ihnen lief auf Olivia zu, hängte sich an ihren Rock und riss sie in seinem Übermut fast von den Beinen, was ihm einen scharfen Verweis von Richter Holbrooke einbrachte. Ein Kindermädchen eilte mit hochrotem Gesicht herbei und nahm sich des kleinen Übeltäters an.

Olivia und John hatten noch kein persönliches Wort gewechselt, sondern wurden sofort von den Gästen vereinnahmt. Im Grunde war ihr das sehr recht, denn so richtig wusste sie nicht, was sie ihm sagen sollte. So schlenderte sie durch den Garten, plauderte mit den Gästen und ließ sich sogar von einem Dienstmädchen einen kleinen Teller mit Leckereien vom Büfett und einen Becher heiße Schokolade bringen. Letztere war ein besonderer Genuss, und sie seufzte hingebungsvoll beim ersten Schluck und schloss die Augen.

»Ich habe auch schon zwei Becher davon getrunken«, hörte sie Mary sagen. »Aber verrate es niemandem.« Sie lachte.

Olivia sah sie an. Sie wirkte in der Tat, als habe sie zugenommen, obschon sie immer noch sehr schlank war. Um die Mitte allerdings wirkte sie ein wenig fülliger. »Meine Lippen sind versiegelt.«

Mary hakte sich bei ihr ein und spazierte mit ihr über die Gartenwege. »Willst du dich nicht wieder mit Constance versöhnen?«

»Nein«, sagte Olivia nur. Auf Marys Schweigen hin zuckte sie unbehaglich mit den Schultern.

»Sie leidet unter dem Zerwürfnis.«

»Dann soll sie dir auch erzählen, durch was es herbeigeführt wurde.«

»Das hat sie getan.«

Olivia blieb stehen und sah die Freundin erstaunt an. »Und dennoch erwartest du von mir, mich mit ihr auszusöhnen?«

»Gute Freunde sind viel wert, und eine gute Freundin ist sie trotz allem.«

Olivia antwortete nicht.

»Sie hat einen Fehler gemacht, das tun wir alle einmal.«

Später gesellte sich Olivia zu einigen Frauen, die ihr auch gleich Komplimente machten, sowohl zu dem Kleid als auch zu dem Ehemann, denn es war eine gute Partie, die sie an Land gezogen hatte. Olivia ermüdete das Geplapper, aber sie zwang sich zum höflichen Zuhören. Mary stand etwas abseits bei ihrem Mann, hatte die Hand auf seinen Arm gelegt und erzählte ihm etwas, dem er mit leicht gesenktem Kopf lauschte, lächelnd, dann gab er eine Antwort, die sie zum Lachen brachte. Olivias Blick flog zu John, der mit dem Rücken zu ihr stand und sich mit ihrem Vater unterhielt. Dann sah sie wieder zu Mary, bemerkte die flüchtige Geste, mit der Oliver Holbrooke ihr die Hand auf den Bauch legte, und in dem Moment durchzuckte sie die Erkenntnis. Ein Kind, dachte Olivia und sah wieder zu John. Und anstatt sich über mangelnde Vertrautheit zu grämen, durchfuhr sie ein süßer Hoffnungsschimmer.

Der Abend kam rasch, und während Olivia mit vom Tanz erhitzten Wangen an den offenen Fenstern des Salons stand und zu Atem zu kommen versuchte, fiel ihr Blick auf Ruby, die mit unbewegtem Gesicht am Rand der Tanzfläche stand. Ihre glänzenden Augen und die roten Wangen ließen sie noch hübscher wirken als sonst, was auch den jungen Männern auffiel. Und obwohl bekannt war, dass Ruby nicht als Ehefrau in Aussicht stand, bemühte man sich um sie, brachte ihr Getränke und unterhielt sich mit ihr. Nun jedoch stand Ruby allein da, und ihr Gesicht war wieder zu jener Maske erstarrt, die sie schon den ganzen Tag lang aufgesetzt und stets nur kurzzeitig abgelegt hatte. Als sie John gratuliert hatte, war etwas in ihren Augen aufgeblitzt, das

Olivia nicht zu benennen vermochte. Stanleys Glückwünsche hingegen waren zwar nicht unbedingt herzlicher gewesen, jedoch hatte er sich – wenn auch nur den Leuten zuliebe – darum bemüht, sie aufrichtig klingen zu lassen.
Als der Abend weit fortgeschritten war und es auf die Nacht zuging, bekundete John Aufbruchstimmung. Er hatte bereits einspannen lassen, und anstatt ihr formal den Arm zu reichen, nahm er Olivias Hand, was etwas sehr viel Vertraulicheres hatte. Immer mehr Gäste schlossen sich ihnen auf dem Weg zur Kutsche an, bis ihr Geleit einer lachenden und scherzenden Prozession glich. Olivias Vater umarmte sie, dann schloss ihre Mutter sie in die Arme, und Olivia bemerkte, wie ihr Vater John für sie unhörbar etwas sagte, woraufhin dieser nickte.
Anzüglichkeiten wurden gerufen, und John bekam unzählige Ratschläge mit auf den Weg, die Olivia das Blut in die Wangen trieben. John hingegen lachte, parierte die Scherze und bat, man möge seine Braut nicht so in Verlegenheit bringen, er wisse durchaus, was zu tun sei.
Mary trat zu ihr, legte ihr den Arm um die Schultern und flüsterte: »Bei mir ging es noch schlimmer zu.«
»Ah«, rief jemand, »sie bekommt noch einige Ratschläge von einer verheirateten Frau mit auf den Weg. John, das wird eine denkwürdige Nacht.«
Olivia glaubte, Mary würde nun ebenfalls verlegen werden, diese aber lächelte nur keck, was sich so ungewohnt an ihr ausnahm, dass Olivia unweigerlich den Blick ihres Mannes suchte, um zu sehen, wie dieser darauf reagierte. Er jedoch wirkte belustigt.
Schließlich gelang es ihnen, der wohlmeinenden Schar zu entkommen, und mit Johns Hilfe erklomm Olivia die

Kutsche. Als er ebenfalls Platz genommen hatte, setzte sich das Gefährt mit einem Ruck in Bewegung.
Die Dunkelheit und Stille empfand Olivia als wohltuend, wenn man auch das holprige Fahren über die unebenen Straßen nicht als bequem bezeichnen konnte. Sie versuchte, ein wenig Ordnung in ihre Gedanken und Gefühle zu bringen, entwirrte dieses seltsame Gemisch von erwartungsvoller Anspannung und dem Wunsch zu fliehen, fragte sich, warum etwas, zu dem sie im heimatlichen Garten nur zu versucht gewesen war, sie nun mit einer vagen Furcht erfüllte. Ihr Kleid raschelte leise, als sie die Hände in den Rock drückte. Sie schluckte an ihrer Angst und tat einige tiefe Atemzüge.
Im nächsten Moment spürte sie, wie Johns Hand im Dunkeln nach der ihren tastete und sie umschloss, mit derselben Ruhe, wie er es auch bei der Trauung getan hatte. Dieses Mal jedoch vermochte seine Berührung nicht, sie zu beruhigen, sondern wühlte sie vielmehr noch stärker auf.
»John!«, hatte sie ausrufen wollen, als die Kutsche zum Stillstand kam.
John öffnete den Kutschschlag und stieg aus, danach half er Olivia, deren Röcke ihr beim Aussteigen mehr als hinderlich waren. Er führte sie über jenen Vorhof, den sie von ihrem heimlichen Ausflug hierher noch kannte. Als sie eben die unterste der ausgetretenen Steinstufen betraten, wurde bereits die Tür geöffnet.
»Meine Glückwünsche, Sir John«, sagte der junge Mann, den die Tatsache, dass er sie an der Tür willkommen hieß, als Dienstboten auswies, der jedoch keine entsprechende Kleidung trug. »Herzlich willkommen, Lady Retallick«, sagte er an Olivia gewandt.

Lady Retallick. Olivia drehte die Anrede auf der Zunge, fand sie sperrig und ungewohnt. Am Morgen noch war sie Miss Kilbourne gewesen, und ihr kam es vor, als hätte sie das, was in all den Jahren sie selbst gewesen war, abgelegt und das Kleid einer Fremden übergezogen. Sie schloss sich Johns gemurmeltem Dank an und war erleichtert, als ihre Zofe Agnes sie in Empfang nahm, ein vertrautes Gesicht inmitten einer neuen Welt.

Agnes, die sich offenbar bereits mit dem Haus vertraut gemacht hatte, führte Olivia zielstrebig durch den schmalen Korridor in das Schlafzimmer. Der Raum war kaum größer als ihr eigenes Zimmer, und Olivia bemerkte sofort, dass der Einrichtung eine Frisierkommode hinzugefügt worden war, auf der Agnes bereits ihre Bürsten, Kämme, Spangen und was sie sonst noch benötigte, ausgebreitet hatte. An der Wand linker Hand zur Tür stand das Bett, ihr gegenüber nahmen Fenster beinahe die gesamte Breite des Raumes ein. Unter dem mittigen Fenster stand ein zierlicher Schreibtisch, auf dem ihr Kästchen mit ihren privaten Dingen stand. Sie öffnete es, und auf den ersten Blick schien alles unberührt, ihre beschriebenen Seiten, ihr Tagebuch, ihre Briefe.

Agnes machte sich daran, ihr das Diadem aus den Haaren zu nehmen und den Schleier sorgsam auf einen Stuhl zu legen, hernach löste sie Häkchen, Schleifen und Verschnürungen, befreite sie von dem schweren Kleid, von unzähligen Unterröcken, dem Unterkleid, dem Hüftpolster, dem engen Schnürleibchen. Olivia betrachtete sich im Spiegel, sah die rötlichen Abdrücke, die die Stangen des Mieders auf ihrer blassen Haut hinterlassen hatten und die im nächsten Augenblick wieder verdeckt waren, als das seidene

Nachthemd über ihren Körper glitt. Sie zog den Morgenmantel darüber, danach setzte sie sich, und Agnes machte sich daran, Nadeln und Kämmchen aus ihrem Haar zu ziehen und es mit kräftigen Strichen auszubürsten, dann fasste sie es im Nacken mit einem weißen Schal locker zusammen, damit es ihr nicht ins Gesicht hing.

»Benötigen Sie sonst noch etwas, Lady Retallick?« Es schien ihr sichtlich Freude zu machen, Olivia mit ihrem neuen Namen anzusprechen.

»Nein, geh nur.«

Agnes schlug die Bettdecke zurück, dann verließ sie den Raum.

Nervös ging Olivia im Zimmer umher, ließ sich schließlich an dem kleinen Schreibtisch nieder und öffnete erneut ihr Kästchen. Der Schreibtisch hatte Fächer und Schubladen, aber nur eine davon war abschließbar und nicht ausreichend groß, um mehr zu fassen als einige Briefe.

Das leise Klacken der Tür ließ sie innehalten, dann drehte sie sich langsam um, ohne jedoch aufzustehen. John hatte seinen Rock abgelegt, das Halstuch gelockert und die obersten Knöpfe seines Hemdes geöffnet. Er wirkte weniger ernst als sonst, was jedoch auch daran liegen mochte, dass das warme Licht die Konturen weicher machte. Er trat zu ihr, lehnte sich seitlich mit der Schulter an die Wand zwischen den Fenstern und sah sie an.

»Ich hoffe, der Schreibtisch ist ausreichend für deine Zwecke.«

Sie strich über das polierte Holz der Tischplatte und nickte lediglich. Was war so anders als in jener Nacht im Mai?, fragte sie sich. Dort war es ein aufregendes, verwegenes Abenteuer gewesen, etwas, das sie mit einem Nein hätte

beenden können, vor dem sie hätte fliehen können. Heute jedoch gab es keine Flucht. *Sie gehören mir, ganz und gar.*
»Olivia.« Johns leise und ungewohnt sanfte Stimme riss sie aus ihren düsteren Überlegungen. »Du musst keine Angst vor mir haben, du hattest auch in der Mainacht keine.«
Weil sie nicht wusste, was sie darauf antworten sollte, schwieg sie. Er richtete sich auf und ging durch den Raum zu einem der Kerzenleuchter.
»Möchtest du, dass ich das Licht lösche?«
Offenbar hatte er nicht die Absicht, noch viele Worte zu machen.
»Ja«, sagte sie kaum hörbar.
Sie gehören mir, ganz und gar. Olivia erhob sich. Während John die Kerzen löschte und nur zwei brennen ließ in einem Halter gegenüber vom Bett, zog Olivia sich den seidenen Schal aus den Haaren und ließ den Morgenmantel über ihre Schultern gleiten. Das Nachthemd folgen zu lassen, hatte sie zwar im Sinn gehabt, brachte dies jedoch nicht über sich. Und so beließ sie es dabei, die Verschnürung am Ausschnitt zu lösen. Als John sich ihr wieder zuwandte, wirkte er erstaunt, und Olivia hatte das Gefühl, Boden gewonnen zu haben.
Er umfasste ihr Gesicht, hob es leicht an und küsste sie, trank von ihrem Mund in langen Zügen, dann hob er sie hoch und trug sie zum Bett, ohne innezuhalten. Immer kürzer wurden seine Küsse, immer atemloser. Ihr wild klopfendes Herz trieb ihr den Atem in schnellen Stößen über die Lippen, ihr Körper bog sich ohne ihr Zutun unter seinen Händen, und ein Taumel ergriff sie, der sie schneller und schneller mit sich riss. Erst der Moment, in dem sie ihre Unschuld verlor, riss sie jäh aus ihrer Verzückung.

Denn trotz aller Zärtlichkeit und Behutsamkeit, mit der John vorging, war es so schmerzhaft, dass sie die Zähne in die Unterlippe grub, jedoch jeden Klagelaut herunterschluckte, wie ihre Mutter es ihr geraten hatte.
Als er sich von ihr löste, war jegliche sinnliche Freude nur mehr ein blasser Schatten, dafür pochte ein leiser Schmerz in ihr. John zog sie an sich, so dass sie mit dem Kopf auf seiner Schulter lag und unter ihrer Hand spürte, wie sich sein Herzschlag langsam wieder beruhigte, während seine Fingerspitzen liebkosend über ihr Rückgrat strichen. Sie war müde, und immer wieder fielen ihr die Augen zu.
»Schlaf ruhig ein wenig«, sagte John mit einer rauhen und etwas trägen Stimme, die sie noch nie an ihm gehört hatte. Irgendwie gefiel sie ihr.
Die schlaflose Nacht zuvor forderte nun ihren Tribut, und es gelang ihr nur mit Mühe, die bleischweren Lider offen zu halten. Dennoch sah sie zu ihm hoch, zögerte, dann fragte sie, die Worte ihrer Mutter ignorierend: »Versprichst du mir, dass es nicht wieder so weh tut?«
Auch seiner Antwort ging ein kurzes Zögern voraus. »Ja«, sagte er schließlich.

Das Erste, was Olivia einfiel, als sie die Augen öffnete und durch ihre wirren Strähnen ins Licht blinzelte, war: Er hat Wort gehalten. Nur eine kurze Erholung hatte er ihr gegönnt, ehe er sie behutsam geweckt und erneut mit dem Liebesspiel begonnen hatte. Weich und geschmeidig waren ihre Glieder, als hielten sie noch die Wärme, die Johns Küsse und Liebkosungen darin wachgerufen hatten. Ein Lächeln stahl sich auf ihre Lippen, und sie bemerkte, dass der Platz neben ihr im Bett leer war. Wie spät es war, wusste sie nicht, es konnte früher Morgen oder auch später Vormittag sein, aber das war ihr gleich. Sie überließ sich einer angenehmen Mattigkeit, umschlang das Kissen mit den Armen und vergrub ihr Gesicht darin. Obschon sie nur wenig Schlaf bekommen hatte, war sie nicht müde. Eine Mitwisserin jahrtausendealter Geheimnisse war sie geworden, und doch erschien ihr das ihre so einzigartig.

Sie drehte sich mit einem wohligen Laut auf den Rücken, streckte die Arme über den Kopf, wandte ihr Gesicht zur anderen Seite und erstarrte. John saß auf einem Stuhl nur wenige Schritt vom Bett entfernt, gekleidet in einen Morgenmantel, und betrachtete sie lächelnd. Olivia tastete nach ihrer Decke, die sich irgendwo auf Höhe ihrer Hüfte befand, und zog sie mit einem Ruck bis an ihr Kinn. Ihre Scham mochte nach einer Nacht wie der vorangegangenen befremdlich wirken, und er dachte wohl ähnlich, denn sein Lächeln vertiefte sich. Aber sich nachts im Halbdunkel zu lieben war eine Sache, sich im alles enthüllenden Licht des Tages unter seinen Blicken zu strecken, eine andere.

Es klopfte, und John stand auf, um zur Tür zu gehen. Verlegen versank Olivia tiefer unter der Decke, was jedoch nicht nötig gewesen wäre, denn John gewährte dem Dienstboten keinen Blick in das Zimmer, sondern trat hinaus. Sie hörte ihn mit ihm sprechen, dann kam er zurück und trug zu Olivias Erstaunen ein Frühstückstablett herein.

»Ich dachte, du bist bestimmt hungrig, wenn du wach wirst«, sagte er.

Olivia setzte sich auf und stopfte die Decke in ihrem Rücken fest, so dass sie nicht verrutschte. Halb erwartete sie, dass John sie dafür verspotten würde, aber er tat nichts dergleichen, sondern stellte das Tablett zwischen ihnen auf dem Bett ab, nahm ein Stück Brot, bestrich es mit süßer, sämiger Butter, tropfte Sirup darauf und schob es ihr in den Mund. Olivia, die in der Tat großen Hunger hatte, seufzte genießerisch. Dann stieß sie einen Laut des Entzückens aus, als sie den Becher mit heißer Schokolade entdeckte. Ohne zu fragen, ob dieser wohl für sie gedacht war, griff sie danach und hob ihn an die Lippen.

»Woher wusstest du, dass ich dieses Getränk so liebe?«, fragte sie.

»So, wie du ihm bei unserer Hochzeit zugesprochen hast, hätte ich mit Blindheit geschlagen sein müssen, um es nicht zu bemerken.«

Sie kicherte, biss sich dann jedoch auf die Lippen, um diesen albernen Impuls zu unterdrücken. Langsam trank sie die Schokolade aus und ließ sich von John füttern. Bisher fühlte sich das Verheiratetsein überaus angenehm an. Vielleicht waren ihre Bedenken ja allesamt unbegründet gewesen.

Als er das Tablett wegstellte, dachte sie, er würde nun aufstehen, aber er blieb im Bett, klopfte sein Kissen zurecht, so dass er sich bequem dagegenlehnen konnte, und spielte mit einer Haarsträhne von ihr. »Du solltest nachher unbedingt noch ein wenig schlafen, ich weiß nicht, wie zeitig wir den Ball heute Abend verlassen können.«

Olivia zog die Stirn kraus. Ball? Dann fiel es ihr ein, es war der vierte Juni, der Geburtstag von König George III. Dem konnte nicht einmal ein Sir John Retallick nebst Gattin fernbleiben. Sie stöhnte leise.

»Ich sehe, du erinnerst dich.« John feixte.

Mit einem gemurmelten »Ja« kuschelte sie sich wieder in die Kissen, war jedoch nicht so recht müde. John neigte

sich über sie, küsste sie, und kurz darauf spürte sie, wie seine Hände suchend unter die Decke glitten.
»Sagtest du nicht etwas von schlafen?«, fragte sie, als er ihre Lippen lange genug freigab.
»Ich sagte *nachher*«, antwortete John und zog sie an sich.

Zum Geburtstag von König George III. wurde zu seinen Ehren mit den Kanonen der Garnison für jedes Lebensjahr ein Schuss abgefeuert, 1779 waren es einundvierzig. Wie jedes Jahr gab der Gouverneur, derzeit war es General George Augustus Eliott, eine große Feier. Nach dem Abschuss der Kanonen entzündeten die Truppen der Garnison ein Freudenfeuer, ein großartiges Spektakel, das die anwesenden Gäste zu Begeisterungsrufen hinriss. Olivia, die diesem Ereignis das erste Mal beiwohnte, sah beeindruckt auf die Blitze und Flammen, die sich in Qualmwolken von Schießpulver mischten, das den Geruch nach Schwefel hinterließ. In einer langen Linie standen die Regimenter und feuerten abwechselnd Schüsse aus ihren Musketen ab.
In Gouverneur General Eliotts Residenz fand danach eine Gala statt, die in einem Ball gipfelte. Lichter erhellten Innenhof und Säulengang. Der Garten grenzte an die Spanische Kirche und erstreckte sich über den Hügel in Richtung Süden, wo das Haus des Gouverneurs lag und das Kloster, das nun als seine Residenz diente. Es war ein schönes, ordentlich aus rotem Backstein errichtetes Gebäude mit einem gepflasterten Innenhof und einem großartigen Ausblick auf die Bucht, außerdem hatte es einen zweiten Garten, der dem rein vegetarisch lebenden Gouverneur Eliott zweckdienlich war.

Olivia hatte ihre Familie noch nicht gesehen und blickte sich suchend um. Sie war müde, was man ihr zweifellos ansah, denn immer wieder verbarg sie ein Gähnen hinter ihrem Taschentuch. Tagsüber zu schlafen hatte nie erholsam auf sie gewirkt, so auch nicht an diesem Tag. Mehr als einmal war ihr ein wissender Blick zugeworfen worden, denn man wusste ja, was es mit ihrer Müdigkeit auf sich hatte.

»Kümmert euch doch um eure eigenen Angelegenheiten«, murmelte Olivia, als sie erneut bemerkte, wie eine ältere Dame sie lächelnd ansah, indes deren Ehemann John zuzwinkerte.

John, der sie offenbar gehört hatte, lachte. »Keine Sorge, meine Liebe, in ein paar Tagen hat sich auch diese Neuigkeit abgenutzt.«

Als sie durch den Säulengang schlenderten, begegneten sie Olivias Eltern, die ebenfalls gerade erst gekommen waren. Ihre Mutter begrüßte Olivia mit einem Kuss auf die Wange und sah sie prüfend an. Unwillkürlich brannten ihr die Wangen vor Verlegenheit darüber, dass ihre Eltern so genau wussten, wie sie die letzte Nacht verbracht hatte. Ihre Mutter hob eine Braue und lächelte, ihr Vater hingegen schien selbst etwas verlegen zu sein und wandte sich, nachdem er sie zur Begrüßung geküsst hatte, John zu und verstrickte ihn in ein Gespräch.

»Männerthemen«, meinte ihre Mutter, berührte sie am Arm und ging mit ihr durch den Säulengang und den Innenhof.

»Sag, Olivia«, begann sie, »was genau ist zwischen dir und Constance Stockwell vorgefallen? Im Grunde interessiert es mich nicht, aber ich wurde gestern so häufig gefragt, ob ich mehr wüsste.«

Olivia zuckte mit den Schultern. »Wir hatten eine Meinungsverschiedenheit.«
»Vielleicht solltest du deine Zurückweisung nicht ganz so offensichtlich werden lassen.«
»Ich gebe mir Mühe, aber wenn sie mich ständig in der Öffentlichkeit anspricht, bleibt mir ja keine andere Wahl.«
Ihre Mutter nickte. »Sehr aufdringlich, fürwahr.«
Ein leiser Anflug von schlechtem Gewissen streifte Olivia, während ihre Mutter Constance schmähte. Unwillkürlich fielen ihr die Momente ein, in denen sie mit der Freundin gelacht hatte. Das konnte man gut mit Constance, lachen. Entschieden verdrängte sie diese Erinnerung zugunsten der an jenes Treffen, bei dem Constance gestanden hatte, mit John gegen sie paktiert zu haben. Aber ganz so war es ja nun auch nicht, flüsterte eine unwillkommene Stimme in ihr.
Olivia grüßte im Vorbeigehen einige Bekannte. »Sind Ruby und Stanley auch hier?«, fragte sie, weniger aus Interesse als vielmehr, um das Thema zu wechseln.
»Ruby wollte nicht mitkommen, dabei geht es ihr gut, und Stanley hat Dienst in den hochgelegenen Geschützstellungen.« Sie gingen zum Salon, in dem das Dinner für die älteren britischen Offiziere und deren Ehefrauen stattfand, und hier stießen sie auch wieder auf John und ihren Vater. Sie und John konnten sich dem Ereignis nicht anschließen, daher verabschiedeten sie ihre Eltern hier. Durch die offenen Flügeltüren konnte Olivia einen Blick in den Salon erhaschen und die anderen geladenen Gäste sehen, unter ihnen den spanischen Gouverneur von San Roque, Don Joaquín de Mendoza und seine Ehefrau, ebenso etliche spanische Offiziere. Dieser Austausch von Höflichkeiten war

zwar üblich, aber in diesen Zeiten nahm er sich seltsam aus, denn die umfangreiche Bewaffnung und Aufrüstung wurde offen zur Schau gestellt. Es war kein Geheimnis, dass Gibraltar sich in dauernder Alarmbereitschaft befand.

Weil John recht schnell wieder von einigen Offizieren mit Beschlag belegt wurde und Olivia sich bei den Gesprächen langweilte, machte sie sich daran, allein durch die Residenz zu gehen. Sie grüßte Bekannte, hielt sich aber nirgendwo länger auf, denn ihr stand nicht der Sinn nach Plaudereien und diesen unerträglich wissenden, wohlmeinenden Lächeln der verheirateten Frauen. Es war das erste Mal, seit sie an ihrem Hochzeitsmorgen aufgewacht war, dass sie ein wenig allein sein und über alles nachdenken konnte. Nur wenige Gäste waren unterwegs, und auf den dunklen Wegen konnte man ihnen leicht ausweichen. Sie dachte an John und daran, wie verändert er schien. Den ganzen Tag über war er aufmerksam gewesen, und er war ihr mit jenem Charme begegnet, an dem er es vorher oft hatte fehlen lassen. Ihre eigenen Gefühle für ihn waren durch den Vollzug der körperlichen Liebe verwirrend geworden, vielleicht ging es ihm ja ähnlich? Andererseits war er sicher nicht unerfahren. John war dreiunddreißig, elf Jahre älter als sie, und obwohl ihre Lebensspanne zwei Drittel der seinen betrug, kam es ihr vor, als sei er ihr um das Hundertfache an Lebenserfahrung voraus. Sie hatte sich ihm die ganze Nacht hindurch nahe gefühlt, jedoch nie so nahe, dass sie es gewagt hätte, ihm persönliche Fragen zu stellen. Vielleicht jedoch, so ihre Hoffnung, würde er von sich aus anfangen, ihr zu erzählen, was sie so dringend zu wissen wünschte. Von seinem Leben, wie es war, ehe er sie kennengelernt hatte, von dem, was er fühlte und dachte.

Olivia sah in der Dunkelheit die Umrisse der Spanischen Kirche und merkte, dass sie sich schon ein ganzes Stück von der Residenz entfernt hatte. Sie drehte sich um und wollte zurückgehen, als sie zwischen den Bäumen eine Bewegung ausmachte. Erst dachte sie an wilde Hunde und erschrak, dann jedoch hörte sie Stimmen, einen Mann und eine Frau, die mit einem Kichern antwortete. Die Frau erkannte sie nicht, der Mann jedoch kam ihr vage vertraut vor. Olivia trat einige Schritte auf die Bäume zu. Im Dunkeln schimmerten die bloßen Schultern und Arme der Frau hell, der Rest ihres Körpers wurde von der dunklen Gestalt des Mannes verdeckt, der nun wieder etwas sagte. Jetzt erkannte Olivia James Everett, Constance' Verlobten. Die Frau hatte die Arme um ihn geschlungen, und was nun an Olivias Ohren drang, war so unverkennbar, dass ihr das Blut in die Wangen schoss und sie sich eilig umdrehte und floh.

Er betrügt sie. Sie liebt ihn, und dieser elende Schuft betrügt sie. Sie musste es Constance sagen. Dann jedoch dachte sie, dass sie ja eigentlich gar nichts richtig hatte sehen können. Sollte sie nur auf einen Verdacht hin Constance' Vertrauen in ihren Verlobten zerstören? Und ging sie die ganze Sache überhaupt etwas an? Wieder dachte Olivia an Constance' schändlichen Verrat. Vielleicht würde Constance gar einen kleinlichen Racheakt vermuten, wenn sie ihren Verlobten verunglimpfte. Olivia beschloss zu schweigen.

Eine Woche Liebe wie letzte Nacht, dachte John, und er wäre für keinerlei militärische Übung mehr zu gebrauchen.

Als er Olivias Körper behutsam aus seinen Armen gleiten ließ, waren seine Glieder bleischwer, und es schien ihm, als habe er die Augen eben erst geschlossen. Die Badewanne im Ankleidezimmer war bereits mit warmem Wasser gefüllt, doch dieses war mitnichten dazu angetan, die Müdigkeit zu vertreiben. Starker arabischer Kaffee wäre jetzt genau das Richtige. Er hoffte, dass Esperanza welchen aufgebrüht hatte, der etwas taugte. So gut sie kochen konnte, Kaffee gelang ihr einfach nicht, sondern war meist nur eine wässrig braune Flüssigkeit.

Er war gerade dabei, sich anzukleiden, als sein Kammerdiener Thomas den Raum betrat und ein Tablett vor sich herbalancierte. Darauf stand – John hatte es kaum zu hoffen gewagt – neben einem Frühstück auch kräftiger schwarzer Kaffee.

»Ich habe mich lieber selbst darum gekümmert, ihn aufzubrühen, Sir«, sagte Thomas.

»Du bist Gold wert.« John nippte an dem heißen Getränk und widmete sich wieder seiner Kleidung.

Die ehemalige Uniform der Soldaten war im Stil der der preußischen Truppen angepasst worden. Der rote, goldbetresste Armeerock lag nun enger an, Gürtel und Riemen waren strammgezogen, über den weißen Kniehosen trug man lange, schwarze geknöpfte Stulpen. Das Haar musste immer in einem Zopf getragen und gepudert werden, und um den Hals schlang man eine lederne Halsbinde. Das Ankleiden und Frisieren nötigte jedem Offizier und Soldaten einen großen Aufwand ab, und es dauerte bis zu zwei Stunden, ehe man zur Parade fertig war. War auch nur eine Kleinigkeit in Unordnung geraten, zog dies unweigerlich Strafen nach sich. Man sagte, dass sich jene Offiziere glück-

lich schätzen konnten, denen ein Kammerdiener zur Verfügung stand.
John trat seinen Dienst pünktlich an. Er gehörte dem 72. Regiment an, den Royal Manchester Volunteers, und war somit Stanleys Vorgesetzter. Die Royal Manchester Volunteers waren ein neues Regiment, das erst seit dem siebzehnten Dezember 1777 existierte und am achten Juli 1778 nach Gibraltar geschickt worden war.
John hatte bereits ausgerechnet, wie viel von Olivias Mitgift übrig bleiben würde, wenn er einen Teil seiner Schulden bezahlt hätte. Sein Sold als Major betrug pro Tag neunzehn Schilling und sechs Pence. Als Lieutenant-Colonel bekäme er ein Pfund und zwei Schilling, aber an eine Beförderung war nicht zu denken, denn dafür fehlte es ihm an Geld und Gelegenheit. Eine Beförderung vom Major zum Lieutenant-Colonel kostete dreitausendvierhundert Pfund. Hätte John damals gewusst, in welch prekäre finanzielle Lage er einmal kommen würde, hätte er sich während seiner Zeit im aktiven Dienst um eine Beförderung bemüht, die finanziellen Mittel dazu hätte er seinerzeit noch ohne weiteres aufbringen können. Der Unterhalt, die Ausstattung, die Waffen, all das musste ein Offizier selbst bezahlen, weshalb die Offizierslaufbahn meist nur den Männern aus adligen Familien offenstand. Ein gewöhnlicher Soldat erhielt nur acht Pence pro Tag, wovon er sechs Pence an seinen Kommandanten für seine tägliche Versorgung zahlen musste.
Als John in der Bastion ankam, wurde er den Offizieren und Soldaten vorgestellt, die unter seinem Kommando standen. Die Offiziere kannte er bereits – bei einer so kleinen Gesellschaft wie der in Gibraltar konnte man nicht

lange unerkannt aneinander vorbeileben. Die einfachen Soldaten hingegen waren ihm vollkommen fremd.
Er begegnete Stanleys Blick, als dieser in der Reihe einiger Offiziere vor ihm stand, ihm Gehorsam schuldend, und dachte, dass das Leben doch eine interessante Sache sei. John gab knappe, präzise Befehle während der Übungen an den Waffen, übergab während des Manövers das Kommando an seinen Captain und beobachtete, wie dieser mit den Männern zurechtkam und wie gut geschult diese waren. Als es auf den Mittag zuging, gab er das Zeichen für eine Pause, dann befahl er einen Lieutenant zu sich, der sich dreier Soldaten anzunehmen hatte, deren Disziplin zu wünschen übrig ließ. Er würde ihnen noch den Nachmittag geben, sich zu besinnen.
Als er etwas essen gehen wollte, kam ihm Stanley entgegen, sichtlich verunsichert, wie er ihm begegnen sollte, als Verwandtem oder als untergeordnetem Offizier. John nahm ihm die Entscheidung ab.
»Du schuldest mir nach wie vor Geld, Schwager«, sagte er leise.
»Ich tue, was ich kann. Aber die Mitgift wirst du doch wohl noch nicht aufgebraucht haben?«
»Wirst du unverschämt?«
Stanley zuckte mit den Schultern, trat jedoch den Rückzug an. »Du bekommst dein Geld.«
»Das will ich hoffen.«
»Warum Olivia?«, fragte Stanley nun unvermittelt. »Dir liegt doch gar nichts an ihr.«
»Dir doch ebenfalls nicht, möchte ich meinen. Was also interessiert es dich?«
»Ich bin es doch, den du hasst, warum ziehst du sie mit hinein?«

Johns Lippen deuteten ein Lächeln an. »Weil es sich eben so anbot.«
»Und weil der Weg durch das Bett einer Frau vermutlich recht unterhaltsam zu werden verspricht, nicht wahr?«
»Bisher kann ich mich nicht beklagen.«
Stanley zog die Brauen zusammen. »Für das, wofür du sie brauchst, hättest du jede Hure nehmen können.«
»Ja, nun, das ist wohl wahr, aber davon abgesehen, dass es mich zu Huren nie hingezogen hat, würde es mir für eine bezahlte Geliebte an Geld mangeln. Nun sag mir, warum soll ich für etwas zahlen, das ich umsonst bekommen kann und wofür ich obendrein auch noch Geld erhalten habe?«
Stanley rang sichtlich nach einer passenden Antwort. »Hast du nicht die Sorge, ich könnte Olivia all das erzählen?«
»Um sie unglücklich zu machen? Wo dir doch angeblich an ihrem Glück so gelegen ist? Wobei mir gerade einfällt: Dein Vater hat keine Ahnung von deinen Schmuggelaktivitäten, ja? Oder wie ist es sonst zu erklären, dass du ihn nicht um das Geld bittest, das du mir schuldest?« Erneut lächelte John. »Aber weil du schon gefragt hast: Nein, ich mache mir keine Sorgen, dass du es Olivia erzählen könntest.«
Mühsam verhaltener Zorn ließ Stanleys Lippen zucken. »Du bist ein mieser Schuft, John Retallick. Ich mag Fehler begangen haben, aber wenigstens weiß ich, wie man Frauen behandelt.«
»Ja, das hast du mir im Haus deiner Eltern seinerzeit sehr eindrucksvoll vor Augen geführt.«
Ohne ein weiteres Wort ging Stanley an ihm vorbei. John drehte sich um und sah ihm nach, bis er um eine Biegung des Korridors verschwunden war. Ein dumpfes Unbehagen breitete sich in seiner Brust aus. John dachte an die ver-

gangene Nacht, deren Nachhall noch den ganzen Morgen seine Stimmung gehoben hatte und nun dem Geschmack von brackigem Wasser gewichen war. Er setzte seinen Weg fort, langsam und in Gedanken versunken.

Was genau Stanley sich von dem Besuch bei seiner Schwester versprach, wusste er selbst nicht, vielleicht einfach nur in Erfahrung bringen, ob Olivia an Johns Seite zufrieden war oder ob es etwas gab, wo man ansetzen konnte, um sie ein klein wenig gegen ihren Ehemann aufzubringen.
Olivia war sichtlich erstaunt, als er in den Salon trat. »Ist etwas passiert?«
Er küsste sie auf die Wange. »Muss es das? Ich wollte mir ansehen, wie du wohnst.« Stanley sah sich um, jeglicher abwertende Kommentar erstarb ihm jedoch auf den Lippen. Was brachte es, das kleine Haus zu schmähen, wenn er damit eher Olivia verletzte als John?
»Wie geht es dir?«, fragte er stattdessen.
Olivia bot ihm einen Sessel an und setzte sich ihrerseits. »Sehr gut«, sagte sie. Sie biss sich auf die Lippen, als falle ihr etwas ein. »Du wirst dich einen Augenblick gedulden müssen, ehe ich dir etwas anbieten kann, meine Köchin ist noch nicht wieder hier.«
»Unzuverlässiges Personal?«
»Nein, eigentlich nicht. Sie sollte schon seit einer Stunde wieder zurück sein.«
Stanley schlug ein Bein über das andere. »Das darfst du ihr nicht durchgehen lassen, sonst kommt und geht sie irgendwann, wie es ihr passt.«

»Ja, ich weiß.« Zu zaghaft klang jedoch Olivias Stimme, und Stanley ahnte, dass sie es bei einer halbherzigen Ermahnung belassen würde.
»Wie macht sich John als Ehemann?«
Olivias Lächeln geriet etwas schief und spöttisch. »Was möchtest du hören? Ich weiß ja, dass du ihn nicht magst.«
»Bin ich im Recht?«
»Schickt Mama dich?«
Stanley lachte. »Nein.«
Die Tür öffnete sich, und ein Mädchen trat ein, bei dessen Anblick sich Stanleys Augen weiteten. Schlank, dunkeläugig mit einer Fülle schwarzer Locken, die ihr gelöst bis auf die Hüften fielen. Gekleidet war sie wie ein Fischermädchen, und Stanley konnte sich beim besten Willen nicht vorstellen, warum sie so selbstverständlich den Salon betrat.
»Ich bin wieder zurück, Mylady«, sagte das Mädchen mit spanischem Akzent, der ihre Stimme weich und melodisch machte.
»Du bist spät.«
»Ich habe eine Freundin getroffen unterwegs.« Lange Wimpern senkten sich langsam, täuschten Verlegenheit vor in der Art, wie sie den Blick verbargen. Und Olivia fiel darauf herein.
»Es ist schon gut, Esperanza, nur sei das nächste Mal pünktlich. Ich habe Besuch, bereite meinem Bruder bitte eine Tasse Schokolade zu.«
Ein kurzer Blick traf Stanley, dann nickte das Mädchen und ging.
»*Das* ist deine Köchin?«
»Sie kocht wirklich gut, nur leider ist sie noch nicht daran gewöhnt, als Dienstbotin zu arbeiten.«

»Warum habt ihr euch keine erfahrene geholt?«
»Ihr Bruder ist ein guter Freund von John, und das Mädchen ist irgendwie wie eine Schwester für ihn, er kennt sie seit ihrer Kindheit.« Olivia zuckte mit den Schultern. »Na ja, wie auch immer, sie arbeitet jetzt auf jeden Fall hier, und wie ich das verstanden habe, hat John ihrem Bruder versprochen, auf sie achtzugeben.«
Stanley sah zur Tür, durch die das Mädchen verschwunden war. »Ah, was du nicht sagst.«

London, Februar 1777

Du hättest wenigstens den Ofen anheizen können«, sagte Stanley. Er ließ sich auf dem Bett nieder, und eine Staubwolke stieg auf. Im milchigen Licht der Talgkerzen lag der Raum voller Schatten, die jedoch kaum verbargen, dass er allmählich sein vormals so sorgsam gepflegtes Gewand ablegte und sich in alter Schäbigkeit präsentierte. Wenigstens war dies kein Liebesnest mehr, dachte Stanley.
Jared kniete am Boden und lockerte die Dielenbretter, die sein Versteck verbargen. »John weiß noch nicht, wie viel Geld du ihm schuldest, ich habe ihm nichts gesagt.« Er blickte kurz auf. »Er wird meine Spielschulden zahlen, den Rest muss ich selbst irgendwie aufbringen. Wenn ich alles bezahlt habe, steige ich aus diesem unseligen Geschäft aus.«
»Hmhm«, machte Stanley unbestimmt.
»Ich verkaufe noch die Dinge, die ich hier habe, zweige aus meiner nächsten Lieferung die entsprechende Menge für das Lager ab, und dann werde ich meine Schwarzmarkt-

kontakte beenden. Das bringt weniger ein, als ich dachte.« Nachdenklich klappte er die Kiste auf, die er aus dem Versteck gezogen hatte. »Ich wüsste zu gerne, wann die neuen Waren hier ankommen.« Als Stanley ihm keine Antwort gab, drehte er sich zu ihm um. »Dich scheint das ja nicht sonderlich zu interessieren. Dein Geld steckt doch auch mit drin.«

»Ehrlich gesagt interessiert mich eine andere Frage derzeit viel dringender«, antwortete Stanley kühl. »Wie lange treibst du es schon mit meiner Schwester?«

Jared sah ihn an, schwieg.

»Spiel nicht den Ehrenmann. Sie kam letztens erst im Morgengrauen heim.« Stanley beugte sich vor und blickte seinen Freund eindringlich an. »Wenn du sie schon auf Abwege führst, dann sorg wenigstens dafür, dass sie sich nicht auch noch daheim in Schwierigkeiten bringt.«

»Ich liebe sie.«

»Ja, wie schon so viele vor ihr«, höhnte Stanley. »Du hast sie entehrt, ihre Möglichkeiten gemindert, einen vernünftigen Ehemann zu finden, und dann sprichst du von Liebe?«

»Ich werde sie heiraten.« Jared hob eine Hand, als Stanley den Mund öffnete, um zu antworten. »Es ist mir ernst.«

»Dann hättest du deine Finger von ihr lassen sollen, bis es so weit ist.«

»Sobald ich gesellschaftlich rehabilitiert bin, werde ich mit deinem Vater sprechen, mit John an meiner Seite.«

»Ich rate dir, das wirklich zu tun«, sagte Stanley drohend leise. »Du bist mein bester Freund, aber Ruby ist meine Schwester, Bande, die mehr zählen als jede Freundschaft.«

»Ich gebe dir mein Wort als Ehrenmann.«

Stanley verengte die Augen. »Bis dahin wirst du sie nicht mehr anrühren.«
»Das kann ich dir nicht versprechen.«
Mit einem Satz war Stanley auf den Beinen, packte Jared am Kragen und schleuderte ihn durch den Raum. »Geh doch zum Teufel, du verdammter Kerl!«
Jared, der zu verblüfft gewesen war, um sich zu wehren, richtete sich wieder auf. »Tu das nie wieder«, sagte er, seinen Zorn nur mühsam zügelnd. »Ich habe dir mein Wort gegeben, und ich werde es halten. Wenn sie sagt, dass sie mich nicht mehr sehen möchte, ehe unsere Beziehung offiziell ist, dann werde ich mich fügen, nicht aber, weil du es forderst.«
Stanley stützte die Hände in die Hüften und senkte den Blick, dann sah er wieder auf. »Ich werde mit Ruby sprechen, obwohl ich gehofft hatte, ihr diese Peinlichkeit ersparen zu können.«
Es wirkte, als wolle Jared etwas antworten, doch er kam nicht dazu, weil jemand mit der Faust an die Tür schlug. Jared wirkte erschrocken und legte den Finger an die Lippen. Es kostete Stanley nicht viel Überlegung, um zu ahnen, um wen es sich handeln könnte. Sein Blick flog zu dem Versteck, zu der geöffneten Kiste. Jetzt wurde wieder mit der Faust gegen die Tür geschlagen, schließlich klang es, als werfe sich jemand mit der Schulter dagegen.
»Schnell, hilf mir«, sagte Jared, in dessen Augen nun nackte Panik stand. Stanley beeilte sich, mit ihm die Kiste wieder in das Loch unter den Dielen zu verstauen, stopfte zwei Säcke daneben und legte die Dielenbretter wieder darüber. Sie waren gerade im Begriff, das letzte zu befestigen, als die Tür aus den Angeln flog.
Ein Mann trat in das Zimmer, drei weitere folgten, langsam

und bedrohlich. Einer von ihnen zumindest hatte das Aussehen eines gesellschaftlich höherstehenden Mannes, wenn auch die dunkle Kleidung und das schlechte Licht keine rechte Unterscheidung zwischen ihnen zuließ. Stanley griff nach seinem Degen, der Mann tat es ihm gleich.
»Wir beobachten das Treiben schon seit Wochen«, sagte er, dann wandte er sich an Jared. »Und es ist nicht zu fassen, mit welcher Dreistigkeit Sie Ihren Geschäften nachgehen. Dass allerdings der Lieutenant darin verstrickt ist, wussten wir nicht.« Er gab den Männern hinter ihm ein Zeichen, und alle drei traten neben ihn.
»Du«, sagte er zu einem, »nimmst alles mit, was du hier findest, und bringst es zurück. Wir folgen dir, wenn wir hier fertig sind.« Er ging auf Stanley los, der sofort mit dem Degen parierte, die beiden anderen Männer griffen Jared an.
Zunächst konnte Stanley die Angriffe mühelos abwehren, aber der Mann war wendiger und geschickter, als es zunächst den Anschein hatte. Stanley hörte Jareds Stöhnen, konnte aber nichts sehen, weil sein Gegner seine Aufmerksamkeit gefangen hielt. Er wehrte einige Finten ab, dann behinderte das Bett seine Bewegungen, und er geriet in die Defensive. Der Mann jedoch, im voreiligen Gefühl eines errungenen Sieges, wurde unvorsichtig, stieß überhastet zu, woraufhin Stanley parierte, die Degen bis an den Griff aneinanderrutschten und sich verkeilten. Die beiden Männer rangen miteinander, dann gab Stanley zum Schein nach, sein Gegner stolperte, und im nächsten Moment befreite Stanley seinen Arm und stieß mit aller Kraft nach vorne. Der Mann ging mit einem Röcheln in die Knie, krümmte sich über dem Degen, der in seinem Bauch steckte.

Stanley griff nach dessen Waffe und wandte sich Jared zu, der in übler Bedrängnis war. Einer der Männer hielt ihn fest, der andere schlug zu. Jareds Gesicht war blutüberströmt, er sah aus, als sei er bereits tot. Stanley riss den Angreifer von ihm weg, nutzte dessen Überraschung und streckte ihn mit einem Fausthieb nieder. Er blickte Jared an, der reglos auf dem Boden lag, gleichzeitig sah er aus den Augenwinkeln den dritten Gegner von hinten auf sich zustürmen. Stanley fuhr herum, holte mit dem Degen aus und fügte ihm eine klaffende Wunde am Hals zu, aus der das Blut wie eine Fontäne schoss.

Der Mann, den er zuvor niedergeschlagen hatte, rappelte sich vom Boden auf, starrte wild um sich und stürmte an Stanley vorbei hinaus. Stanley ließ den Degen zu Boden fallen und kniete neben Jared nieder, konnte jedoch keine Atmung ausmachen.

»Verdammt«, murmelte er. »Verdammt, verdammt, verdammt.« Er stand auf, zog seine Waffe aus dem Körper seines ersten Gegners und schob sie, blutig, wie sie war, in die Scheide. Seine Gedanken überschlugen sich.

Draußen waren Schritte zu hören, eilig und zielstrebig. Stanley sah sich um. Hier durfte er nicht gefunden werden – allein mit drei Toten, und niemandem, der bezeugen konnte, dass er sich nur verteidigt hatte. Er verließ das Haus durch das rückwärtige Fenster und tauchte in das Dunkel der Gassen ein.

11

Gibraltar, Juli 1779

Obgleich Olivia sich nie ernsthaft für Politik interessiert hatte, beschlich sie angesichts der angespannten politischen Lage nun auch Unruhe. Sie hatte sich die Hintergründe von John erklären lassen.

Am Samstag, dem neunzehnten Juni, war der Gouverneur General George Augustus Eliott mit einer Gruppe von Offizieren in San Roque gewesen, um dem Gouverneur des *Campo*, Joaquín de Mendoza, zu seiner Beförderung zum Lieutenant-General der spanischen Armee zu gratulieren. Die Beziehungen zwischen dem *Campo* und Gibraltar waren seit vielen Jahren freundschaftlich gewesen, etliche britische Familien hatten sich in San Roque oder anderen kleinen Dörfern im spanischen Inland niedergelassen. Mendoza jedoch, der nur zwei Wochen zuvor noch Gast in der Residenz von General Eliott gewesen war, empfing die Gesandtschaft sehr kühl und bot allein dem Gouverneur eine Tasse Schokolade an. General Eliott und seine Offiziere waren verärgert. Der Besuch fiel kurz aus, und bereits am nächsten Tag gab man Eliott und seinen Offizieren eine halbe Stunde, um aufzubrechen.

Schon am darauffolgenden Montag ließ Mendoza in einem persönlichen Brief an Eliott mitteilen, dass er Befehl erhalten habe, sämtliche Kontakte mit Gibraltar zu beenden. Alle Engländer, die in San Roque lebten, waren eilig in die Garnison beordert worden, und davon wurde nie-

mand ausgeschlossen, selbst an Pocken erkrankte Kinder nicht.
Am Zweiundzwanzigsten schlossen die Spanier die Grenzen, und wer es bis zu diesem Tag nicht nach Gibraltar geschafft hatte, durfte hernach nicht mehr passieren, sondern wurde nach Portugal geschickt.
Gouverneur Eliott hatte zudem umgehend den Befehl erteilt, das Wachbataillon zu bewehren und zu gewährleisten, dass die abseits gelegenen Posten geladene Musketen bereithielten. Er hielt einen Kriegsrat ab – allein bei dem Wort Krieg war es Olivia kalt überlaufen – und besprach die Möglichkeiten der Verteidigung. Den Zivilisten wurde befohlen, die Sanddünen an der Landenge einzuebnen, und ihnen wurde gesagt, dass allein diejenigen, die Eigentum besaßen oder bei der Verteidigung halfen, sich innerhalb der Stadt aufhalten durften. Mr. Logie, der britische Konsul aus Marokko, der für einige Tage in Gibraltar geweilt hatte, kehrte nach Tanger zurück und bereitete alles vor, damit eine regelmäßige Belieferung Gibraltars mit Vorräten aufgenommen werden konnte, hernach kümmerte er sich um die Weiterleitung von Briefen und Paketen nach England.
Viele Familien, die in San Roque oder in anderen Dörfern einige Meilen im spanischen Inland gelebt hatten, hatten das meiste von ihrem Besitz zurücklassen müssen, so eilig waren sie nach Gibraltar zurückgeholt worden. Die Arbeiten an den Geschützstellungen schritten schnell voran, die Barrieren am Hafen waren geschlossen, und ein Wachbataillon wurde in Devil's Tower aufgestellt, das an der Landenge und somit außerhalb der Verteidigungslinien lag. Ein Artillerie-Offizier wurde an den Willis's Batteries stationiert mit dem Befehl, die außerhalb liegenden Verteidi-

gungslinien und die Bewegungen der Spanier zu beobachten. Leere Fässer wurden mit Erde gefüllt und in Reihen entlang der obersten Kanten der Wälle aufgestellt, um ihre Höhe aufzustocken und vor Schüssen zu schützen. Vierzehn Tage nach Beginn der Maßnahmen wurde auf das ständige Mitführen von geladenen Musketen wieder verzichtet, weil die Spanier, obwohl sie hinter den eigenen Linien durchaus aktiv schienen, keine Anstalten machten, Gibraltar anzugreifen. In der Zeit hatten die Zivilisten, inzwischen dreihundert an der Zahl, weiterhin Sanddünen abgegraben bis auf fünfzig Yards vor den spanischen Wachtposten, die keinerlei Anstalten gemacht hatten, sie an diesem Vorgehen zu hindern.

Olivia stand am Fenster des Salons und sah auf den Fels, der sich hinter der Mauer, die den Garten umschloss, erhob. Seufzend wandte sie sich ab und ging zum Klavier, hob den Deckel und schlug eine Taste an, verzog dann das Gesicht ob des Missklangs. Sie musste unbedingt einen Klavierstimmer auftreiben.

John, der mit der Post in der Hand den Raum betrat, streifte sie mit einem kurzen Blick. »Es wird sich nicht besser anhören, auch nicht, wenn du jeden Tag eine beliebige Taste anschlägst.«

Olivia sagte darauf nichts, sondern schloss lediglich den Deckel. Ihr Blick fiel auf die Briefe in seiner Hand. »Ist etwas für mich dabei?«

»Leider nicht. Der einzige Brief aus England ist von meiner Mutter.«

Damit brachte er sie auf eine Frage, die schon länger an ihr nagte. »Warum ist deine Mutter eigentlich nicht zu unserer Hochzeit gekommen?«

John setzte sich an den Sekretär und griff nach dem Brieföffner. »Sie wäre sicher gekommen, wenn ich ihr davon erzählt hätte.«
Olivia verschlug es für einen Moment die Sprache. »Das ist nicht dein Ernst.«
»Sie hätte sich nur aufgeregt, und wenn sie gekommen wäre, hätte sie ihren Unmut kaum verborgen. Ich dachte mir, es reicht, wenn wir uns in der Hinsicht mit deiner Mutter und deinem Bruder herumschlagen müssen.«
»Ich galt eigentlich immer als gute Partie«, entgegnete Olivia konsterniert.
John sah von seinem Brief auf und lachte. »Oh, das hätte meine Mutter auch so gesehen. Es sind vielmehr meine Beweggründe, von denen ich glaubte, dass sie sie nicht befürworten würde.« Er hob den Brief, von dem er die ersten Zeilen gelesen hatte. »Und damit lag ich richtig, wenn ich mir so ansehe, was sie schreibt.«
»Das heißt, sie weiß es nun?«
»Ja, ich habe es ihr umgehend nach der Trauung geschrieben, ehe sie es aus dem Gesellschaftsklatsch erfährt.«
»Wie umsichtig.«
John las, runzelte die Stirn und faltete den Brief schließlich wieder zusammen, legte ihn beiseite und wandte sich dem nächsten zu.
»Was schreibt sie?«
»Oh, alles Mögliche«, antwortete er zerstreut, während er las.
»Na, so genau habe ich es jetzt nicht wissen wollen.«
John streifte sie mit einem kurzen Blick. »Was geht dich meine Post an? Ich frage dich ja auch nicht nach Gesprächen zwischen dir und deiner Mutter.«

»Wenn es um unsere Hochzeit geht, möchte ich wissen, was sie schreibt.«
»Und ich möchte mit dir nicht darüber reden, damit wäre die Angelegenheit wohl beendet.« John überflog den folgenden Brief nur, dann legte er alle auf einem Stapel ab, schlug die Beine übereinander und sah Olivia an. »Ich fürchte, das Gesellschaftsleben wird in nächster Zeit zu wünschen übrig lassen. Mir liegt ja nicht viel daran, aber für dich könnte es langweilig werden.«
Das ist ohne Worte, dachte Olivia. »Ich spreche mit dir darüber, dass deine Mutter deine Ehe mit mir nicht gutheißt, und du bedauerst mein fehlendes Gesellschaftsleben?«
»Was zwischen mir und meiner Mutter zur Sprache kommt, geht dich nichts an, Olivia.« John war immer noch ruhig, jedoch schwang in seiner Stimme ein Unterton mit, der ihr riet, es nicht auf die Spitze zu treiben.
»Wenn es mich betrifft, dann habe ich doch wohl ein Recht, es zu wissen. Immerhin ist sie meine Schwiegermutter.«
»Sie wird es dir gegenüber nicht an Freundlichkeit fehlen lassen, sei unbesorgt. Ganz im Gegensatz zu deiner eigenen Mutter mir gegenüber, wenn ich das anmerken darf.«
Olivia zupfte an dem Spitzenbesatz ihres Ärmels, wurde sich dessen bewusst und zwang ihre Hände zur Ruhe. »So wird es nicht gehen, John.«
»Ach, und warum nicht?«
»Weil ich es nicht hinnehme.«
John wirkte nachdenklich. »Und warum sollte mich das interessieren, hm?«
Es war so weit, ihr kamen die Tränen. Dagegen war sie machtlos. Sie blinzelte, spürte die Nässe in ihren Wimpern.

Ihrer Stimme jedoch fehlte es nicht an Festigkeit. »Weil du mich in diese Ehe gezwungen hast und ich ein Recht auf Antworten habe.«

»Darüber haben wir doch schon geredet, und ich dachte, ich sei deutlich gewesen.«

»Würdest du es hinnehmen, wenn ich dir Teile meines Lebens verheimlichte?«

Er zuckte mit den Schultern. »Ich wüsste zwar nicht, welche Teile deines bisherigen Lebens interessant genug sein könnten, um ein Geheimnis daraus zu machen, aber wenn dir daran gelegen ist, nur zu.«

»Du bist unausstehlich, John, unausstehlich.« Olivia erhob sich, zu aufgebracht, um ruhig sitzen zu bleiben. »Ich dachte, du hättest dich geändert.«

In seinem Blick stand Spott und auch eine Spur Mitleid. »Warum wohl hätte ich das tun sollen? Weil du seit einem Monat mein Bett teilst?«

Olivia drehte sich um und riss die Tür auf, um den Salon zu verlassen.

»Wenn du Thomas siehst«, rief John ihr hinterher, »sag ihm bitte, er soll kommen.«

Ohne eine Antwort zog Olivia die Tür heftig hinter sich zu. Sie durchquerte den Eingangsbereich und sah Johns Kammerdiener, den der Lärm, den sie beim Verlassen des Zimmers gemacht hatte, offenbar alarmiert hatte.

»Dein Herr verlangt nach dir«, sagte sie kalt, dann wandte sie sich ab und betrat das erstbeste Zimmer, dessen Tür sie mit einem Knall ins Schloss warf, dass ihr war, als erzitterten die Wände.

Sie stand in Johns Arbeitszimmer, das sie bisher kaum betreten hatte. Hier waren auch seine Bücher untergebracht.

In England, so hatte er ihr erzählt, besaß er eine große Bibliothek, aber weil er nicht für immer in Gibraltar zu bleiben gedachte, hatte er nur wenige Bücher mitgebracht, die jedoch immerhin ein Wandregal füllten. Nun aber hatte Olivia keinen Blick dafür. Alle Scheu vergessend und nur von ihrer Wut beseelt, setzte sie sich an seinen Schreibtisch und öffnete nacheinander alle Schubladen in der Hoffnung, etwas darin zu finden, das ihr Aufschluss über ihn gab. Dass er sie dabei erwischen könnte, bereitete ihr keine Sorge. Vielmehr wünschte sie es sich sogar, weil ihr ein Wutausbruch seinerseits lieber gewesen wäre als diese kühle und beherrschte Zurückweisung.

Sie entdeckte jedoch nichts von Bedeutung. Lediglich zwei verschlossene Schubladen weckten ihr Interesse. Sie suchte nach dem Schlüssel, fand aber keinen.

John betrat den Raum, sah sie und zog die Brauen hoch. »Wie ich sehe, setzt du deine Suche nach Antworten beharrlich fort. Aber bitte, tu dir keinen Zwang an.« Er trat neben sie, zog einen kleinen Schlüssel hervor und öffnete die untere der beiden Schubladen. Olivia sah über seinen Arm hinweg hinein, sie enthielt jedoch nur seine Steinschlosspistole. Er nahm die Waffe, steckte sie in den Waffengürtel seiner Uniform und schob die Schublade zu, ohne sie zu verschließen, dann ging er zur Tür. »Es wird sicher spät heute.«

»Keine Sorge, ich warte nicht auf dich.«

Eine Zeitlang starrte Olivia auf die geschlossene Tür, dann stützte sie die Ellbogen auf den Tisch und barg ihr Gesicht in den Händen. *Mit Ihnen habe ich andere Pläne. Sie gehören mir, ganz und gar, schon ehe Sie auf das Schiff hierher gestiegen sind, gehörten Sie mir.* Angesichts dessen, was sie eben hatte erfahren müssen, bekamen Johns Worte eine beängstigende Intensität, und sie ahnte, dass es ihm nicht allein um ihre Mitgift ging, denn dies wäre kaum ein Anlass für seine Mutter gewesen, sich zu echauffieren. Als sie wieder aufblickte, bemerkte sie den Stapel Briefe auf dem Schreibtisch, und nun fiel ihr auf, dass John die Briefe nicht wie sonst in seinem Arbeitszimmer gelesen hatte, sondern im Salon, was den Schluss nahelegte, dass er ihr Gesellschaft hatte leisten wollen.

Schuldbewusstsein keimte in ihr auf, und Olivia schüttelte leicht den Kopf, als könne sie es damit wieder loswerden.

Langsam stand sie auf und ging in ihr Zimmer, entnahm der Schublade ihres Schreibtischs ihr Manuskript und starrte auf die letzten Zeilen, die sie geschrieben hatte:

Es ist Abend in London, Stimmen wispern, Schatten breiten sich aus wie vergossene Tinte, kriechen durch die Gassen, verdichten sich zu Dunkelheit. Olympia verlässt eine private kleine Feier, geht zu Fuß heim, lässt die Equipage folgen. Ihr Mantel hüllt sie ein, eine schwarze Silhouette in der Finsternis und doch von jener Verführungskraft, dass ihr Geliebter an ihrer Seite schweigsam geht wie jene Schatten, die kurz zuvor die Nacht in sich trugen.

Olivia hielt inne. Sie schwankte zwischen Wut auf sich und auf John, dann wieder war sie voller Verzweiflung. Wäre sie wie Olympia, geheimnisvoller, verführerischer, würde John vielleicht anders mit ihr verfahren, nicht so herablassend, als habe er ein unverständiges Kind vor sich, das er gelegentlich zur Räson rufen musste.

Es war der fünfte Juli, und erstmals kam es von Spaniens Seite aus zu einer kriegsähnlichen Aktion. Ein spanisches Schwadron von zwei Vierundsiebzigern, fünf Fregatten

und anderen Schiffen kam in Sicht, lag dann bewegungslos, jedoch nicht verankert, auf der Westseite von Gibraltar.
Obwohl Frank wusste, was für Entbehrungen eine mögliche Belagerung mit sich brachte – und Gibraltar hatte derer schon dreizehn erlebt –, war er dennoch von einer Art Erregung gepackt, die ihm bisher völlig fremd gewesen war. Sollte dies die Möglichkeit sein, sich militärisch zu beweisen? Wie eine Strafe war ihm die Versetzung auf den kargen Fels erschienen. Er sah sich um, bemerkte, dass die Stimmung der Offiziere und Mannschaftssoldaten bisher abwartend war, niemand schien allzu besorgt. An der Europa-Plattform fiel ein Schuss. Die Damen auf den Straßen zuckten erschrocken zusammen, und – sehr zum offensichtlichen Missfallen des Gouverneurs – die meisten seiner Offiziere ebenfalls.
Nur wenige Schritt entfernt fiel Franks Blick auf John, der recht übel gelaunt zum Dienst erschienen war und jetzt Kommandos über den Platz bellte. Er beobachtete ihn stirnrunzelnd, dann wandte er sich wieder der Bucht zu.
Während der fünfundsiebzig Jahre dauernden Besetzung durch die Briten war die Felsenstadt oftmals vom Festland abgeschnitten gewesen, aber alles, was die Garnison benötigte, konnte in Form von mit Salz haltbar gemachten Vorräten und Mehl aus England bezogen werden. Frisches Obst, Gemüse und Vieh war ohne Probleme aus Marokko und Menorca zu bekommen. Während dieser Jahre gab es keine nennenswerten Veränderungen in der Marine-Überlegenheit Englands auf der Meeresstraße, und selbst die jahrhundertealte Feindschaft zwischen Marokko und Spanien – aufrechterhalten über die spanische Besetzung Ceutas – gewährleistete England die Bündnispartnerschaft

mit dem Sultan von Marokko. Nun jedoch lag eine Flotte aus spanischen und französischen Schiffen zwischen der Meerenge und dem Mittelmeer.
Frank blickte noch einmal zu John, der an diesem Tag außer einem kurzen Gruß kein Wort für ihn übrig gehabt hatte. Anstatt nach Hause zu gehen, beschloss er, Olivia einen Besuch abzustatten. Er war bisher noch nicht bei ihr gewesen, Besuche waren immer nur von ihrer Seite erfolgt. Vielleicht, weil sie wusste, dass ihre Mutter keine Einladung in John Retallicks Haus wünschte und es kein harmonisches Beisammensein wäre. Frank tat das leid. Eine junge Frau sollte die Möglichkeit haben, ihre Familie in ihr neues Heim einzuladen.
Fieberhaft war die Unruhe, die sich der Stadt bemächtigt hatte. Wilde Hunde liefen durch die Straßen, und Franks Pferd, obschon gut geschult, warf gelegentlich unwillig den Kopf hoch ob des Kläffens und des Menschenlärms. Die Familien aus den spanischen Dörfern mussten sich hier neu einrichten, was nicht einfach war, wenn man nur das Nötigste hatte mitnehmen dürfen. Unwille hatte sich allenthalben breitgemacht, und viele wollten nicht so recht einsehen, warum die Umsiedlung derart rüde hatte geschehen müssen.
Als Frank das Haus seines Schwiegersohns betrat, hörte er aus dem Salon, wie jemand ein Klavierstück in solch unharmonischen Tönen spielte, dass sich selbst ihm, der sich nie als sonderlich musikalisch bezeichnet hatte, die Haare aufstellten.
»Ihre Tochter ist im Salon, Sir«, sagte der Dienstbote mit einem Gesicht, als habe er Zahnschmerzen, und deutete auf den Raum, aus dem die Missklänge ertönten.

John scheuchte seine Untergebenen herum, Olivia malträtierte das Klavier, damit schien Frank ziemlich klar zu sein, was hier los war. Zwar bedauerte er, dass es bereits so kurz nach der Hochzeit zu einem Streit gekommen war, dennoch hielt er die Sache für nicht sonderlich besorgniserregend, denn John schien sie ebenso nahezugehen wie Olivia. Wäre er gutgelaunt oder gar selbstgefällig gewesen, während Olivia traurig oder wütend war, ja, dann hätte es womöglich Anlass zur Sorge gegeben, so jedoch würde beiden an einer Versöhnung gelegen sein.
Er öffnete die Salontür, und das Klavierspiel endete abrupt.
»Papa!« Olivia freute sich sichtlich. Sie stand auf, kam zu ihm und küsste ihn auf die Wange. »Wie schön, dich zu sehen.«
»Wie geht es dir, mein Kind?« Frank nahm auf einem Sessel Platz, während Olivia den Dienstboten, der Frank zuvor die Tür geöffnet hatte, anwies, Erfrischungen zu bringen. Dann setzte sie sich ihm gegenüber.
»Sehr gut.« Sie wirkte, als habe sie noch etwas hinzufügen wollen, schwieg jedoch.
Er überlegte, ob er den Streit ansprechen solle, unterließ es dann jedoch, weil er sie nicht in Verlegenheit bringen wollte. Wenn sie einen Rat brauchte, wusste sie, dass sie zu ihm oder ihrer Mutter gehen konnte. Zudem fand er es besser, wenn junge Leute von Anfang an lernten, ihre Probleme ohne Einmischung der Eltern zu bewältigen. Stattdessen erzählte er ihr von den spanischen Schiffen.
»Ihr habt geschossen?«, fragte Olivia. »Heißt das, es gibt möglicherweise Krieg?«
»Nun, das wissen wir nicht, es kam noch keine Nachricht

aus England. Aber dass Frankreich sich offensichtlich mit Spanien verbündet hat, ist kein gutes Zeichen.«

Sie nickte. »Und was für Folgen hätte das für uns hier?«

»Die sind noch nicht abzusehen, aber seit England im Besitz von Gibraltar ist, gab es zwei Belagerungen, und keine hat uns nennenswert schwächen können. Es gab zwischen 1727 und jetzt immer mal wieder Krieg aus verschiedenen Anlässen mit Spanien, aber Gibraltar war in dieser Zeit nie ernsthaft bedroht. Man kann Gibraltar als nützliches Pfand in Verhandlungen zwischen uns und Spanien bezeichnen.«

Olivia runzelte die Stirn, wirkte, als klaube sie Erinnerungen zusammen. »Aber war es nicht so, dass Spanien Gibraltar immer zurückhaben wollte?«

»Ja, aber nach 1727 gab es zwar diplomatische Verhandlungen für die Rückgabe an die Spanier, aber diese führten nie zu einem Ergebnis. Gibraltar hat einen großen strategischen Nutzen für uns.«

Der junge Dienstbote betrat den Raum erneut, dieses Mal trug er ein Tablett mit heißer Schokolade. Frank konnte mit dem süßen Zeug zwar nicht so viel anfangen, wusste jedoch, wie gerne Olivia es trank, und nahm die Tasse lächelnd entgegen.

Wieder wirkte seine Tochter, als wolle sie etwas sagen, und wieder entschloss sie sich zu schweigen. Er ahnte, dass das Gespräch über die Konflikte mit Spanien nur dem Zweck diente, eine unverfängliche Unterhaltung zu führen, denn nichts interessierte sie weniger als Politik. Frank ging darauf ein und erzählte ihr von den Kontroversen mit Frankreich und dass England derzeit politisch in einer schwierigen Situation sei, denn ihnen drohte der Verlust der amerikanischen Kolonien. Frankreich kämpfte an der Seite der Rebellen und hatte England offen den Krieg erklärt.

Johns Kammerdiener, der an diesem Nachmittag offenbar freigehabt hatte, kam heim, kurz bevor Frank aufbrach, und wusste zu erzählen, dass es später am Tag zu einem weiteren Schuss von derselben Batterie auf dem Europa-Plateau aus gekommen war, dieses Mal auf ein englisches Schiff, die *Enterprise*, die sich durch das Schwadron schob und Konsul Logie aus Tanger nach Gibraltar brachte.

»Grundgütiger«, sagte Frank. »Wie konnte es dazu kommen?«

»Der Kapitän hat das vereinbarte Signal, das es als befreundetes Schiff erkennbar machte, nicht gegeben, weil er die Aufmerksamkeit der Spanier nicht auf sich ziehen wollte, Sir. Glücklicherweise ist nichts passiert.«

»Logie ist hier? Hat er Neuigkeiten?«

»Davon weiß ich nichts, Sir.«

Frank verabschiedete sich von seiner Tochter, erwog für einen Moment, heimzugehen, jedoch übte sein Zuhause keinen großen Reiz auf ihn aus, und so machte er sich noch einmal auf den Weg zur King's Bastion.

Constance hatte wiederholt versucht, Olivia zu besuchen, war aber nie empfangen worden. Der Dienstbote hatte sie jedes Mal mit den Worten fortgeschickt, dass Lady Retallick gerade unpässlich sei. Sie erwog, ihr zu schreiben, verwarf diesen Gedanken jedoch. Was sie ihr zu sagen hatte, ging nur mündlich, und sie wusste gar nicht, ob Olivia einen Brief von ihr überhaupt lesen oder einfach verbren-

nen würde. Mary hatte ihr erzählt, sie habe mit ihr gesprochen, könne aber nicht sagen, ob es Wirkung zeigen würde. Constance war froh darüber, dass Mary sich neutral verhielt, denn diese auch noch als Freundin zu verlieren, hätte sie nicht ertragen. Obwohl Mary ihr Verhalten Olivia gegenüber nicht guthieß, verurteilte sie sie nicht.
James war derzeit der einzige Lichtblick, den die eintönigen Tage verhießen. Er kam beinahe täglich und brachte immer wieder zum Ausdruck, wie sehr er die Ehe mit ihr herbeisehnte, niemals mit leeren Floskeln, sondern stets charmant und voller Wärme. Im August würde es endlich so weit sein. Constance konnte es kaum noch erwarten. Natürlich überschatteten die Vorkommnisse mit Spanien ihre Vorfreude ein wenig, aber selbst das konnte sie ihr nicht rauben. Es war selbstverständlich beunruhigend zu sehen, wie die spanische Flotte säbelrasselnd vor der Küste kreuzte, aber sie weigerte sich derzeit, dem allzu viel Bedeutung beizumessen. Sorgen konnte sie sich immer noch machen, wenn es zu Übergriffen kam.
Es war viel zu tun, so kurz vor der Hochzeit, und obwohl Constance ihrer Mutter die Organisation nur zu gerne überließ, gab es dennoch immer wieder Dinge, bei denen sie selbst entscheiden wollte. Ihr Kleid und ihr Brautschmuck gehörten dazu, denn ihre Mutter schien einfach nicht einsehen zu wollen, dass Constance' Figur nicht der ihrer Schwester Alexandra entsprach und zu viele Rüschen demnach einfach unvorteilhaft waren. Zudem gefiel ihr der Schmuck nicht, sie wollte ein Perlencollier, ihre Mutter jedoch bestand auf Diamanten. Es gab erschöpfende Dispute, Tränenausbrüche, und irgendwann legte ihre Mutter sich zu Bett und ließ sich von Constance pflegen. Erschöp-

fende Stunden waren das, in denen Constance allein von Pflicht- und Schuldbewusstsein getrieben wurde. Gleich, was sie tat, es schien nie zu genügen. Das Kissen war zu weich, das Kissen war zu hart. Mit geöffneten Vorhängen stach die Sonne, mit geschlossenen war es zu dunkel. Ihr Kopf tue weh, klagte ihre Mutter, ihr Rücken tue weh – und ihr Herz tue weh. Wenn sie nicht mehr wäre, würde sie dann überhaupt jemand vermissen? Constance gab nach und entschied sich für die Diamanten.

Ihr Vater kam schließlich ins Zimmer und riss die Vorhänge auf. Wer tagsüber im Dunkeln liege, so seine Worte, könne ja nur krank werden. Ihre Mutter – nach Klärung der Collierfrage erstaunlich schnell genesen – erhob sich denn auch, um mit alter Tatkraft ans Werk zu gehen. Die Hochzeit stand an, es gab eine Menge zu tun.

»Möchte die arrogante Kilbourne-Tochter immer noch nicht mit dir sprechen?«, fragte ihre Mutter, während sie überlegte, welcher Tafelaufsatz am angemessensten war.

»Sie ist nicht arrogant.«

Die Bemerkung wurde mit einem unwirschen Handwedeln abgetan, als verscheuche ihre Mutter Fliegen. »Natürlich ist sie das. Du solltest ihr nicht so hinterherlaufen. Es liegt auf der Hand, dass sie dir böse ist, nur Sir Johns zweite Wahl gewesen zu sein. Der hat ja nichts eiliger zu tun gehabt, als sie vollkommen überstürzt zu heiraten, kaum dass deine Verlobung verlautbart wurde.«

Constance seufzte. »Ach, Mama.«

»Eine Lady Westlake«, fuhr ihre Mutter unbeirrt fort, »macht natürlich mehr her als eine Lady Retallick, das weiß sie auch. Sie hätte vermutlich nicht gedacht, dass von euch beiden du den besseren Ehemann abbekommst.«

»Olivia wollte John heiraten und er sie. Das war doch schon lange bekannt.«
Ihre Mutter legte ihr die Hand auf die Schulter, und in ihren Augen schienen tatsächlich Tränen zu glitzern. »Du warst immer schon so gutmütig, Kind.«
Constance fächelte sich Luft zu. Sie war zu eng geschnürt und hungrig, aber ihre Mutter hatte sie auf strikte Diät gesetzt, weil sie befürchtete, dass Constance ihr Kleid am Ende nicht passte. Constance hingegen vermutete, es würde ihr nun eher zu weit sein. Sie nahm ja nicht zu, wenn sie aß, sondern behielt ihre Figur. Es würde wohl wieder darauf hinauslaufen, dass sie sich heimlich in der Küche bediente und ihre Mutter am Ende, wenn das Kleid passte, das Ergebnis ihrer rigiden Maßnahmen loben würde. So war es vor allen größeren Ereignissen, die vormals dem Zweck gedient hatten, einen Mann zu finden, und nun dazu, diesen zu halten.
James kam am frühen Nachmittag, aufgekratzt und gut gelaunt. »Ist das alles nicht unglaublich aufregend?«, fragte er, als er mit ihr im Garten saß. »Ich habe noch nie kriegerische Auseinandersetzungen aus dieser Nähe mitbekommen.«
»Ja, unglaublich aufregend«, echote Constance mit kaum verhohlener Missstimmung. Dass sie nach den Disputen mit ihrer Mutter nun auch noch über Krieg reden sollte, war wirklich zu viel verlangt.
James jedoch bemerkte nichts von ihrer mangelnden Begeisterung. »Ich meine, in England sieht man doch nie so richtig, was während des Krieges passiert. Irgendwo werden Schlachten geschlagen, und dann kommen die Nachrichten von Siegen oder Verlusten. Aber es ist etwas völlig

anderes, diese Siege zu spüren und den Schmerz der Verluste mitzuerleben.«

»Vielleicht hättest du eine Offizierslaufbahn einschlagen sollen«, sagte Constance mit unschuldigem Augenaufschlag.

Er war entsetzt. »Auf gar keinen Fall. Ich würde niemals kämpfen wollen und womöglich sterben oder zum Krüppel werden.«

Zuzuschauen, wie andere dieses Schicksal traf, stellte hingegen offenbar kein Problem dar, dachte Constance gehässig, rief sich dann jedoch mit schlechtem Gewissen zur Ordnung. Viele Männer mochten Kriegsgetümmel, und wenn James sonst keine Laster hatte, würde sie damit leben können. Dass er jedoch an diesem Tag ausschließlich davon redete, war ihr nun doch ein wenig lästig, denn während sie schwieg, plauderte er in einem fort.

»Wenn es zur Belagerung kommt«, erklärte er, »werden wir wohl länger hierbleiben müssen, als ich beabsichtigt hatte.«

Constance horchte auf. »Denkst du wirklich?« Vereinbart hatten sie, dass sie zurückkehrten, sobald sein maroder Landsitz wieder bewohnbar gemacht worden war.

»Nun ja, sollten uns die Umstände dazu zwingen, bleibt uns wohl nichts anderes übrig.« Er wirkte richtiggehend zufrieden mit diesem möglichen Ausgang der Ereignisse. Constance hingegen wurde flau im Magen bei dem Gedanken, noch ein weiteres Jahr auf diesem kargen Felsen festzusitzen.

»Bist du mit dem Haus zufrieden?«, fragte er.

»Ja, natürlich.« James hatte ihr freie Hand beim Einrichten gelassen, und ihr Vater hatte alles bezahlt, das gehörte zu seinem Hochzeitsgeschenk.

»Etwas Größeres ist hier leider nicht zu bekommen.«
»Das macht nichts.« Es war ja ohnehin nur als vorübergehende Lösung gedacht, daher hatte Constance es nicht ganz so opulent ausgesucht, wie James das gerne gehabt hätte. Sie sah es vom praktischen Standpunkt, und mochte James auch dagegenhalten, dass man später alles verkaufen konnte, wenn es zurück nach England ging, so sah sie eine derartige Verschwendung einfach nicht ein. Aber vermutlich war das anders, wenn man aus einer Adelsfamilie kam und nicht aus der eines Schiffsingenieurs.
»Wie bedauerlich, dass niemand aus deiner Familie zur Hochzeit kommen kann.«
»Das tut mir auch leid, aber es gibt nur noch meine Cousins, die sind auf der ganzen Welt im britischen Empire verstreut, das hatte ich dir ja erzählt.«
Constance nickte. Der Gedanke daran, dass er in England niemanden mehr hatte, hatte ihr das Herz gebrochen. Sie dachte daran, wie furchtbar einsam sie an seiner Stelle gewesen wäre.
»Spanien hat England bereits den Krieg erklärt«, sagte er.
Constance sah ihn irritiert an. »Davon habe ich nichts mitbekommen.«
»Der Brief aus England kam auch erst gestern an, ein befreundeter Offizier hat mir davon erzählt.« Er grinste breit. »Spaniens Anfeindungen haben nämlich nicht erst hier in Gibraltar begonnen. Schon am sechzehnten Juni kam der spanische Botschafter in London mit einer langen Liste von Beschwerden gegen die Briten zum Staatssekretär – stell dir das nur vor.« James lachte ungläubig. »Man kann das durchaus bereits als Kriegserklärung sehen. Fünfzigtausend Mann französische Truppen befanden sich an den

nordfranzösischen Häfen, fertig für eine Invasion in England. Mit einer kombinierten Flotte aus französischen und spanischen Kriegsflotten von fünfundsechzig Schiffen haben sie danach versucht, so schnell es ging, die Royal Navy aus dem Kanal zu treiben. Gelungen ist es ihnen allerdings nicht.« Mit einem süffisanten Grinsen lehnte er sich zurück. »Sie wurden von Admiral Hardy ausmanövriert mit einer Flotte von nur achtunddreißig Kriegsschiffen.«

Constance wurde kalt. »Das ist in der Tat eine unmissverständliche Kriegserklärung. Und was stand noch in dem Brief?«

James' Grinsen bekam etwas Sensationslüsternes. »Ab jetzt sind alle Schüsse, Gefangennahmen und Tötungen auf beiden Seiten erlaubt.«

Zwei Tage war ihr Streit her, und Olivia war so ungewohnt kühl, dass John ihre Nähe mied. Er hatte derzeit genug andere Sorgen, und dass er sich nun daheim auch nicht mehr wohl fühlen konnte, zehrte an ihm. Es würde sicher schwer werden, wenn nicht gar unmöglich, Briefe zwischen Gibraltar und England hin und her zu schicken. Aber genau das musste er tun, wollte er über alles, was er in Auftrag gegeben hatte, auf dem Laufenden bleiben. Ausgerechnet diesen Zeitpunkt hatten sich die Spanier – verwünscht sollte ihre Kriegslust sein – für ihre Differenzen mit England ausgesucht.

Es war ja nicht einmal so, dass er Olivia nicht verstand, aber er wusste nicht, inwieweit er ihr vertrauen konnte. Schließlich waren es nicht allein seine Geheimnisse, die er zu hüten hatte. Es war denkbar, dass ihr Familiensinn und ihre möglichen Gewissenskonflikte die Oberhand gewinnen würden. Ein falsches Wort von ihr, und alles, was er seit über einem Jahr zu erforschen suchte, wäre hinfällig. John hatte bereits Mitteilung erhalten, dass zwei oder drei spanische Schiffe östlich von Gibraltar kreuzten. Bisher war die Blockade aber noch nicht sonderlich effektiv, und Sir Thomas Rich hatte seine Beliebtheit erhöht, indem er nach Tanger gesegelt war und mit einer Flotte kleiner Boote zurückkam, die frischen Proviant für zwei Wochen mit sich führte, genug für jeden Soldaten. Später kam ein weiteres Boot mit Vieh, das siebenhundertsechzig Pfund Fleisch ergeben würde.

Aus dem Korridor hörte er Frauenstimmen. Olivia und Esperanza vertrugen sich nicht so gut, wie er gewünscht hatte, was jedoch weniger an Olivia als vielmehr an Esperanzas Unzuverlässigkeit lag.

»Du musst lernen, pünktlich zu sein«, hörte er Olivia sagen.

»Ich habe eine Freundin getroffen.«

»Das ist schwerlich mein Problem. Was ist, wenn ich Besuch habe? Soll ich mich dann vielleicht in die Küche stellen?«

Das, so dachte John mit mokantem Lächeln, würde ich zu gerne sehen. Sein Bild von Olivia in Küchenschürze zersprang jedoch jäh, als die Tür aufgestoßen wurde.

»John«, sagte Esperanza, »sag ihr, sie soll nicht immer so mit mir reden.«

Er blickte über ihre Schulter hinweg Olivia an, die sichtlich fassungslos dastand. Er räusperte sich. »Das geht so nicht, Esperanza. Und erst recht geht es nicht, dass du dich bei mir über meine Ehefrau beschwerst, die mit gutem Recht von dir verlangt, nicht ständig zu spät zu kommen.«

Das Mädchen stemmte die Hände in die Hüften, und John

wartete förmlich darauf, dass sie trotzig mit dem Fuß aufstampfte. Sie wusste, dass sie eine hervorragende Köchin war und selbst Olivia nur ungern auf sie verzichten würde. Er lehnte sich zurück und betrachtete sie.

»Möchtest du gerne wieder zu deinem Bruder zurück?«

Sie riss erschrocken die Augen auf. Er wusste, wie froh sie gewesen war, der engen Fischerhütte zu entkommen.

»Nein, natürlich nicht.«

»Dann sei bitte achtsamer mit deinen Pflichten.«

Sie nickte. »Bist du mir böse?«

»Nein.«

Ob Olivia ihr böse war, interessierte sie sichtlich wenig. Sie drehte sich um, murmelte ihr eine Entschuldigung zu und verschwand dann in Richtung Küche. John erwartete nun, dass seine Ehefrau ebenfalls gehen würde, diese jedoch schloss die Tür und wirkte ernst und nachdenklich. John, der weitere lästige Fragen auf sich zukommen sah, legte die Fingerspitzen aneinander und wartete ergeben. Olivia kam zu ihm und lehnte sich mit dem Rücken an seinen Schreibtisch, so dass sie ihn ansehen konnte. Schweigend wartete er, während sie ihn taxierte, eine kleine Falte zwischen den Brauen, die er inzwischen zu fürchten gelernt hatte, verhieß sie doch nichts anderes als weitere Momente voll Kälte und Unbehagen.

»Willst du noch lange so weitermachen?«, fragte sie.

»Ich bin nicht derjenige, der es an Versöhnungsbereitschaft fehlen lässt.«

Sie verschränkte die Arme vor der Brust, eine Haltung, die sie nur einnahm, wenn sie auf Distanz ging und zugleich unsicher war. Man konnte in ihr lesen wie in einem offenen Buch.

»Wenn du mir nicht sagst, was deine Mutter über unsere Ehe schreibt, werde ich ihr selbst einen Brief schicken und sehen, was sie mir antwortet.«
John hob die Brauen. »Und wie willst du diesen Brief durch die Blockade bringen? Schwimmend?«
»Die Belagerung wird sicher nicht ewig dauern.« Sie löste sich aus ihrer angespannten Haltung und begann, an ihrem Ärmel zu zupfen. Wieder eine Geste, die Zeugnis darüber ablegte, dass sie keineswegs so selbstsicher war, wie sie sich gab.
John strich mit dem Rücken seiner Finger sanft ihren Unterarm auf und ab, was sie sichtlich irritierte, denn ihre Hände kamen zur Ruhe. Im nächsten Moment umschloss er ihr Handgelenk, nicht fest genug, um ihr weh zu tun, aber auch nicht so, dass man es für eine Zärtlichkeit hätte halten können.
»Hör mir zu, meine Liebe«, sagte er freundlich. »Du kannst meiner Mutter schreiben, ganz so, wie es sich für eine Schwiegertochter gehört. Aber sollte auch nur ein Wort darüber fallen, wie es zwischen uns steht – was außer dir und mir nur schwerlich jemanden etwas angeht –, wird es zwischen uns beiden zu einer Szene kommen, die ich sowohl dir als auch mir gerne ersparen möchte. Meine Mutter hat genug durchgemacht, auch ohne mit deinen Sorgen belastet zu werden.«
Sie befreite ihren Arm mit einer Drehung, verweigerte ihm jedoch die Antwort. John schob den Stuhl zurück und stand auf. Er hatte nicht die geringste Lust, den Abend daheim zu verbringen.
»Es wird sicher spät. Sag Thomas, es braucht niemand wach zu bleiben, ich sperre die Tür selber ab, wenn ich komme.«

John trat in den Korridor. Plötzlich flammte eine unbändige Wut in ihm auf, Wut auf sie, auf sich selbst und auf seine Unfähigkeit, sich aus dieser verfahrenen Situation hinauszumanövrieren.

Stanley sah sich auf den Zinnen der Bastion um, wusste jedoch, dass hier nichts zu finden war, das eine Illusion von Schatten erzeugte. Sein Haar war im Nacken und an den Schläfen feucht, und die Uniform mochte schneidig aussehen, die passende Kleidung für diese Hitze war sie nicht. Wie sollte man den ganzen Tag Haltung bewahren, wenn einem überall der Schweiß ausbrach, einen klebrigen Film auf der Haut erzeugte und dafür sorgte, dass das Hemd am Rücken und unter den Armen unangenehm klebte? Von der juckenden Wärme, die sich unter den schwarzen Stulpen staute, ganz zu schweigen. Dennoch stand er unbewegt und sah aufs Meer, tat das, was ihm aufgetragen und nicht zu hinterfragen war.
Offizier zur See wollte er in diesem Moment drängender sein als je zuvor. Im Seewind auf einem Schiff stehen, die fiebernde Aufregung verspüren, wenn das erste Gefecht anstand. Um wie viel aufregender war das, als hier darauf zu warten, dass die ersten Kanonenkugeln einschlugen und sich ein Regen aus Staub und Sand auf die klebrige Haut legte? Die Freiheit auf dem Meer war dem Eingeschlossensein auf diesem Felsen allemal vorzuziehen, selbst wenn der erste gezielte Treffer ein Schiff versenken konnte.
Seit dem Vortag, dem achtzehnten Juli, war Gibraltar unter geschlossener Belagerung. Die Spanier hatten einen

wahren Balztanz um den Sultan von Marokko aufgeführt, indem sie Schmeichelei und großzügige Bestechungsgelder nutzten – mit Erfolg. Sie stationierten ein kleines Schwadron von Fregatten, Kuttern und Kanonenbooten unter Admiral Barcelo in Algeciras und Ceuta.
Landwärts rüsteten sie ihre Batterien an der Landenge auf, direkt an der Grenze zu Spanien. Durch ihren Zusammenschluss mit dem nordafrikanischen Land und der Seeblockade, die zu der Grenzblockade hinzukam, schlossen sie Gibraltar gänzlich von der Außenwelt ab. Rufe nach Hilfe verhallten ungehört, es lag allein an England, nun von außen gegen die geeinten Mächte vorzugehen. Denn die grauenvolle Wahrheit, die sich jetzt eröffnete, war, dass es auf der ganzen Welt keine freundlich gesinnte Nation gab, die bereit gewesen wäre, England zur Seite zu stehen. Man erntet, was man sät, dachte Stanley.
Der Effekt der Blockade machte sich bereits bemerkbar, denn man hatte nicht genug Vorräte gelagert. Die Preise, die die Zivilbevölkerung für Nahrung bezahlen musste, stiegen rapide an, und sie würden noch weiter steigen, denn die Händler hielten ihre Ware absichtlich zurück, weil sie ahnten, dass damit später ein noch höherer Preis zu erzielen wäre.
Gouverneur Eliott leitete zwei Maßnahmen ein. Er rationierte alle frischen Nahrungsmittel und befahl den Soldaten, ihr Haar nicht mehr zu pudern, denn das Mehl würde sicher in Zukunft anderweitig Verwendung finden – eine Maßnahme, die nicht nur Stanley begrüßte. Auch die Pferde kamen unter die Hand des Gouverneurs. Einzig jene Zivilisten, die beweisen konnten, dass sie tausend Pfund Futter für ein Pferd hatten, erhielten die Erlaubnis, es zu

behalten. Feld- und Stabsoffizieren wurde befohlen, jedes Pferd, für das keine absolute Notwendigkeit bestand, abzugeben oder zu schlachten. Eliott, der mit gutem Beispiel vorangehen wollte, erschoss eines seiner eigenen Pferde. Ähnlich wurde mit den Mulis der Zivilbevölkerung verfahren. Zudem sollten streunende Hunde erschossen werden, jedoch wurde diese Anweisung erschwert, weil nach dem Befehl plötzlich jeder Hund einen Besitzer zu haben schien.

Die Garnison hatte eine Stärke von fünftausenddreihundertsechsunddreißig Personen und bestand aus fünf britischen Regimentern, von denen vier sechshundert und eins tausendfünfhundert Männer umfassten. 1776 war sie um drei Hannoveraner Regimenter mit je vierhundertfünfzig Soldaten aufgerüstet worden, jenen Einheiten, die das größte Vertrauen von George III. genossen. Hinzu kamen vierhundertachtundzwanzig Artilleristen, einhundertsechs Ingenieure, außerdem Offiziere und Marineeinheiten.

Stanley ließ seine Augen über den Horizont schweifen, tastete mit Blicken die schwarze Linie feindlicher Flotten ab. Die King's Bastion war ein beeindruckender Verteidigungspunkt, der unter Belagerung und Angriff einen immensen Wert hatte. Die Bastion war an der Küstenlinie erbaut, ein paar hundert Yards südlich der Neuen Mole, und kommandierte den gesamten Streifen zwischen dieser und der Neuen Mole.

Mit der Hand fuhr Stanley über seinen Nacken. Unerträglich war sie, diese Hitze, aber sobald er an Schuld dachte, an Sühne, an die Hölle, die ihn in den Träumen heimsuchte, dann ertrug er es, ertrug die Sonnenstrahlen, die ihm stechende Kopfschmerzen bereiteten und seine Augen zum

Tränen brachten, ertrug das Gefühl, sein Körper würde verglühen. Als er den Blick vom Horizont löste und ihn die Küste entlangwandern ließ, sah er John zum Dienst kommen, finster und schweigsam, wie so oft in letzter Zeit.
Wieder sah Stanley aufs Meer. Zwar freute er sich nicht gerade auf mögliche Landgefechte, aber sie machten ihm keine Angst. Feinde, die einem offen entgegentraten, denen wusste man zu begegnen; selbst wenn es einen das Leben kostete, so wusste man, was man setzte. Manchmal jedoch kleideten sich Tod und Verrat in die Gestalt des besten Freundes.

London, März 1777

Es war ein weißer, seltsam blinder Tag, an dem Stanley erwachte, ein metallischer Geschmack auf der Zunge und hinter den Augen ein Schmerz, als versuche jemand, sie ihm mit einem Löffel aus dem Kopf zu drücken. Im ersten Moment war er orientierungslos, verwirrt, weil er in Uniform auf dem Bett lag und die Vorhänge weit geöffnet waren. Dann fiel sein Blick auf seinen Degengürtel, der nachlässig hingeworfen auf dem Boden lag, und schlagartig kehrte die Erinnerung zurück. Stanley erhob sich, ging zum Fenster, das einem dunstigen, weißen Rechteck glich, in dem die Häuser wie dunkelgraue Silhouetten gerade eben zu erahnen waren. Selbst der Himmel war weiß.
Mit einem Ruck zog Stanley das Fenster auf und ließ die kalte Morgenluft ins Zimmer, dann lehnte er sich vor und sah über den Häusern ein kaum erkennbares Rot, das sich in den milchigen Himmel mischte. Ein wenig schwankend

drehte er sich um, ging zu seinem Waffengürtel und zog den Degen aus der Scheide. Getrocknetes, bräunliches Blut klebte daran, zog sich in Schlieren bis an den Knauf. Angewidert warf Stanley die Waffe von sich. Jared. Er musste wissen, ob man Jared gefunden hatte. Bei dem Gedanken an seinen toten Freund ballte sich ein schmerzhafter Klumpen in seinem Magen zusammen. Es fehlte nicht viel, und er hätte sich übergeben.

Mit fahrigen Bewegungen streifte er seine Uniform ab, löste das Band aus seinem Haar, in dem das Mehlpuder verkrustet war und juckte. Er läutete nach seinem Kammerdiener, wies diesen barsch an, ihm ein Bad zu bereiten, und ließ sich wieder auf sein Bett fallen, bereit für das Schlimmste – oder das, was er dafür hielt. Erst als er zwei Stunden später beim Frühstück saß und seine Mutter ihm von den Neuigkeiten des Tages erzählte, die durch London rannen wie ein zäher Strom, traf ihn die Nachricht wie ein Schlag.

»Was redest du da?«, fragte er heiser, die Tasse Tee vergessen auf halbem Weg zum Mund.

Seine Mutter aß ungerührt ein Stück Fisch. »Es ist ja nicht so, dass es uns nicht schon allen lange klar gewesen wäre, dass er nichts taugt, nicht wahr? Ich weiß, er ist dein bester Freund, aber die Tatwaffe war vor Ort, und beide Männer sind mit einem Degen getötet worden. Jared Retallick hat am Boden gekniet und so getan, als sei er vollkommen verwirrt, als sie ihn fanden.«

Stanleys Blick flog zu Ruby, die bleich war, die Augen geweitet, verstört. Kurz zuvor war sie noch mit blendender Laune ins Frühstückszimmer gekommen, hatte allen fröhlich einen guten Morgen gewünscht und Stanley geneckt, weil er so elend aussah. Ihr Blick war fragend, hilfesuchend. Er wich ihr aus.

»Jared hat niemanden getötet«, sagte Stanley mit ausgedörrter Stimme. »Dazu wäre er niemals imstande.«

Seine Mutter winkte ab. »Es wurden keine Stadtstreicher ermordet, sondern der Sohn von Lord Wiltshire, der eine wichtige Position im Oberhaus bekleidet, und einer seiner Diener. Offensichtlich hat Jared Dinge aus dem Privatbesitz von Edward Wiltshire entwendet, dieser hat es entdeckt und ist zusammen mit zwei Dienstboten hingegangen, um sein Eigentum zurückzufordern. Während einer seiner Diener die ersten Gegenstände fortgebracht hat, hat Jared Retallick wohl die Nerven verloren und wie ein Wilder mit dem Degen gewütet.«

»Wer hat sie gefunden?«, fragte Stanley beinahe tonlos.

»Der erste Diener brachte einen weiteren Mann mit, der ihm beim Verladen helfen sollte – es war wohl so einiges, habe ich mir sagen lassen –, und da hat er die beiden Toten und ihren Mörder entdeckt.« Augusta Kilbourne goss sich Tee nach. »Man soll es ja nicht glauben. Er hat Kaffee, seltene Gewürze und viele andere Dinge von Wert gestohlen, selbst Stoffe – und das als Sohn von Sir Jasper. Der würde sich im Grab umdrehen. Offenbar wollte er das ganze Zeug zu Geld machen.«

Stanley gab keine Antwort, aber in seinem Kopf arbeitete es, und seine Gedanken wirbelten durcheinander. Er stellte seine Tasse mit lautem Klirren ab und stand auf. »Entschuldigt mich.«

Als er die Halle durchquerte, hörte er Ruby, die hinter ihm hereilte und ihn rief. Als sie bei ihm war, umfasste sie seinen Arm. »Das kann nicht stimmen«, sagte sie, »das kann nicht … Weißt du, was vorgefallen sein könnte? Du bist doch sein Freund.«

Er musterte sie nur stumm.

»Bitte, Stanley, du darfst jetzt keine Geheimnisse vor mir haben.«

»Im Gegensatz zu dir, nehme ich an? Oder hattest du vor, mir irgendwann zu erzählen, dass du dich seit Monaten von Jared beschlafen lässt?« Böse klang seine Stimme, höhnisch und gehässig, genährt von seiner Verwirrung, seiner Wut auf sie und Jared und Angst, wilder, heftiger, bodenloser Angst.

Rubys Hände sanken langsam von seinem Arm. »Ich muss dir etwas gestehen, Stanley«, flüsterte sie.

»Ich habe momentan andere Sorgen, Ruby, mein Bedarf an pikanten Enthüllungen ist fürs Erste gedeckt.«

Sie öffnete den Mund, schien Worte formen zu wollen, er jedoch ließ sie stehen.

12

Gibraltar, September 1779

Am zwölften September wurde die erste Kanone gegen die spanische Grenze abgefeuert. Gouverneur Eliott hatte einen Tag zuvor einen Kriegsrat einberufen, nachdem Ende August klargeworden war, dass es den Spaniern gezielt darum ging, die Garnison auszuhungern.

Den ganzen August über war der Ernstfall geübt worden. Gouverneur Eliott stockte die Artillerie auf, indem er weitere einhundertachtzig Infanteristen darin ausbilden ließ, Geschütze abzufeuern. Trotz Hunderter schussbereiter Kanonen waren nur vierhundertfünfundachtzig Kanoniere verfügbar, und davon waren fünfzehn Trommler und fünfundzwanzig Offiziere.

Mehrere Schiffe schafften es trotz des Beschusses von spanischen Kanonen, Nahrungsmittel zu bringen, und so wurden Schafe, Ochsen, Hühner, Reis, Zwiebeln, Früchte, Eier, Mehl und etliches mehr, das die Garnison so dringend benötigte, in die Stadt geschafft. Jedes der Schiffe, das Gibraltar verließ, war vollgestopft mit Flüchtlingen. Gouverneur Eliott hatte ausgerechnet, dass in der Stadt an die viertausendsiebenhundert Zivilisten lebten, die Hälfte davon nutzlos, weil es sich um Alte, Frauen und Kinder handelte.

In der Nähe des Militärlagers, unterhalb von Windmill Hill im Süden und Europa Point, bauten die Truppen Hütten und stellten Zelte auf, für den Fall, dass die Stadt beschossen und somit unbewohnbar wurde. Kanonen wurden ausgerichtet, Magazine mit Pulver aufgestockt. Palisaden wurden verstärkt und verlängert. Von Gibraltar aus war erkennbar, dass die Spanier ebenfalls nicht zur Ruhe kamen und sich um die Aufstockung von Männern und Material bemühten. Sie brachten Kanonen und Mörser ins Lager, bauten Magazine und neue Lager entlang ihrer Verteidigungslinien auf und feierten die Ankunft neuer Regimenter.

Am vierten September begann es zu regnen, was in Gibraltar überaus willkommen war, denn es gewährleistete die Trinkwasserzufuhr. Bereits am Freitag, dem zehnten September, machten in Gibraltar Gerüchte die Runde, England werde das Feuer auf den Feind eröffnen, am Samstag jedoch verneinte der Gouverneur, dass er eine solche Absicht verfolge. Dennoch hielten die Soldaten und viele Offiziere es für angebracht, ihre Familien auf die Südseite zu bringen. Die Fischer verließen ihre Boote in der Bucht, die Genuesen, die im Niemandsland in der Landenge zwischen Spanien und Gibraltar in geringem Umfang Ackerbau betrieben, verließen ihre Gärten, die genuesischen und jüdischen Händler schlossen ihre Geschäfte, um sich außerhalb der Reichweite spanischer Geschosse in Sicherheit zu bringen.

»Wir warten noch«, sagte John, der sich wie einige wenige Offiziere der allgemeinen Flucht nicht hatte anschließen wollen, eines Morgens zu Olivia, »oder möchtest du lieber, dass ich dich von hier fortbringe?« Diese schüttelte zaghaft den Kopf. Sie hatte gehört, dass sich einige besonders unerschrockene Frauen den Offizieren anschlossen, um zu sehen, was als Nächstes geschah, wagte jedoch nicht, John

darum zu bitten. Zum einen, weil es ihr Stolz verbot, denn sie grollte ihm noch immer, zum anderen, weil sie schlicht befürchtete, er könne ihr diesen Wunsch verweigern.
Anstatt wieder schlafen zu gehen, wie er ihr nahelegte, kleidete sie sich ebenfalls an, wartete, bis er zum Dienst aufbrach, entschied sich nach kurzem Zögern gegen die Kutsche und legte den kurzen Weg zum Haus ihrer Eltern zu Fuß zurück. Als sie eintraf, war ihr Vater gerade im Begriff, sein Pferd zu besteigen.
Er sah sie bestürzt an. »Ist etwas passiert?«
»Nein, ich wollte nur nicht allein zu Hause bleiben. Ich habe gehört, dass sich einige der Damen den Offizieren angeschlossen haben.«
»Das ist richtig, deine Mutter jedoch nicht, sie ist Rubys wegen auf die Südseite gezogen.«
Olivia klopfte dem Hengst ihres Vaters sanft den Hals. »Kann ich dich nicht begleiten?«
»Ähm, ja, natürlich, mein Kind. Aber warum hast du nicht John gefragt?«
Sie zuckte mit den Schultern und antwortete nicht. Ohne weiter in sie zu dringen, nahm er das Pferd am langen Zügel und bot Olivia seinen Arm.
In der grauen, dunstigen Morgendämmerung dieses Herbsttages war die gesamte Stadt auf den Beinen. Es war fünf Uhr in der Frühe, als eine kleine Kompanie der Royal Artillery die Parade exerzierte und dann in die Berge zu den dort stationierten Batterien aufbrach, gefolgt von dem Gouverneur und Mitgliedern des Rates auf ihren Pferden, den älteren Offizieren der Garnison, den Subalternen, die gerade keinen Pflichten in ihren Regimentern nachkommen mussten, und einer Gruppe waghalsiger Da-

men, die auf Mulis ritten. Olivia war von ihrem Vater mit auf sein Pferd genommen worden und saß im Damensitz vor ihm.

Die Geschützbatterien befanden sich auf dem hohen Berggrat, der die Stadt von den Spaniern abschirmte, östlich des gedrungenen, gelblichen Turms des maurischen Kastells. Der nördliche Gipfel krümmte sich tausend Fuß über ihnen, und unter ihnen erstreckte sich in vierhundert Fuß Tiefe die flache sandige Landenge bis zum Festland. Diese Stellungen waren als Willis's Batteries bekannt und verfügten über achtundsechzig befestigte Kanonen. Es gab sechs Positionen entlang der Batterie, von denen fünf loyal nach weiblichen Mitgliedern des Königshauses benannt worden waren: Queen's, Princess Ann's, Princess Amelia's, Princess Caroline's und Queen Charlotte's. Die sechste benannte man nach den spanischen Revolutionären, die 1705 an der Seite der Briten gekämpft hatten, Catalan. Die vorderste Position, Queen's Battery, auf der Spitze des Felsens war abschüssig, und der Stein war abgekratzt worden, bis der weiße Kalkstein wie ein Knochen hervorschimmerte. In der auf den Bergen gelegenen Militäranlage herrschte ein reges Getümmel von roten Offiziersmänteln, blauen Kanoniersjacken, gesäumt von zarten Pastellfarben und Spitzen der Damen, die sich am Rande der Versammlung eingefunden hatten. Der Platz war nicht mehr als eine unebene Plattform, begrenzt von dem Fels, der als Wand daneben aufragte, überdacht von einer Holzkonstruktion und eingefasst mit Steinen und Zement. In der Mauer waren Schießscharten für die Kanonen angebracht, halb verdeckt von ledernen Vorhängen, die den Kanonier vor den Stichflammen der Explosionen schützen sollten. Eiserne Ringe

waren in den Wänden um die Schießscharten versenkt, durch die Drahtseile bis zu den hölzernen Lafetten verliefen, so dass die Kanonen nach jedem Rückstoß wieder in Position gebracht werden konnten.
In den Befestigungen der Willis's Batteries war es dunkel, klamm und kalt. Es war fünfzig Jahre her, seit eine Kanone von hier aus auf den Feind abgefeuert worden war. Olivia fröstelte und sah sich um. Die Frauen kannte sie natürlich, wenn auch nur flüchtig, sie war mit keiner von ihnen näher befreundet. Mary hielt sich vermutlich zusammen mit den Kindern im Süden der Stadt auf. Allerdings hätte Olivia erwartet, Constance hier zu sehen. Dann jedoch fiel ihr ein, dass diese als Ehefrau nicht mehr dieselben Freiheiten zu haben schien wie als unverheiratete Tochter – normalerweise war es umgekehrt der Fall. Olivia hatte sie auf ihrer Hochzeit gesehen, und Constance hatte glücklich gewirkt. Allerdings schien sie danach nur wenig am Gesellschaftsleben teilzunehmen. Einige munkelten, es läge daran, dass sie ihr Eheleben genießen wolle – woraufhin stets ein anzügliches Augenzwinkern folgte. Offenbar gab es nur eins, was die Leute mit der Ehe in Verbindung brachten. Andere hingegen waren der Meinung, Lord Westlake verhalte sich über die Maßen streng.
Der Platz in der Militäranlage reichte bei weitem nicht für alle, die gekommen waren, so dass etliche Leute sich auf dem ansteigenden Gelände dahinter sammelten. Eine leichte Brise kam von Osten, trug den Geruch des anbrechenden Tages heran und strich über spärliches Gebüsch. Eine Zikade zirpte, ein Affe stieß weit oben auf dem Berg ein schrilles Kreischen aus, und Möwen flogen über die Klippen. Im Osten glitten zitternde Wellen über das Mittel-

meer, die Gipfel der braunen Berge Andalusiens schienen zu glühen und wurden zu fransigen Silhouetten vor einer aufgehenden Sonne. Die Militäranlage lag im Schatten des Felsens, wirkte umso kälter, als das Sonnenlicht das übrige Land überflutete und eine Ahnung von Wärme mit sich brachte. Olivia fühlte sich plötzlich wie vom Rest der Welt isoliert, und in der Stille, die sie umgab, ahnte sie, dass es nicht nur ihr so ging.

Die spanische Grenze war eine Meile über die Landenge von Gibraltar entfernt, das Land war umschlossen von der Bucht, den braunen Hügeln, an den Rändern bedeckt von einem grau-grünen Teppich aus Korkeichen, und tausend Meilen entfernt lag England, das Olivia wie ein verlorener Kontinent erschien und nach dem sie sich stärker als je zuvor zurücksehnte. Wie lange würden sie alle auf diesem kleinen dunklen Fels jenem Land, das im Frühlicht in Flammen zu stehen schien, trotzen können?

Die jungen Offiziere bewegten sich, wirkten unbehaglich, zum Teil gar ängstlich. Dies war ihr erster Krieg. Die älteren Lieutenants und Captains sammelten sich auf der höheren Ebene, von wo aus sie die feindlichen Posten besser beobachten konnten. Gestikulierend begannen sie, ihre Ansichten untereinander darzulegen, und benahmen sich im Allgemeinen so, wie Offiziere es taten, wenn sie das Augenmerk der Vorgesetzten und das der Damen auf sich gerichtet wussten. Unwillkürlich musste Olivia lächeln.

Ihr Blick schweifte über die roten Uniformen und blieb an John hängen, der zusammen mit einigen anderen Offizieren recht weit vorne stand. An dem wichtigtuerischen Treiben beteiligte er sich nicht, sondern wirkte vielmehr

still und ernst. Er hatte sie bisher noch nicht bemerkt, sondern blickte, wenn er aus seinen kurzen Unterhaltungen aufsah, stets in Richtung Spanien.
Das spanische Lager lag drei Meilen entfernt, zwei Reihen von Zelten, die von Point Mala an der Bucht bis zu den Hügeln verliefen. Die Grenze zu Spanien erstreckte sich über die Landenge wie eine Garotte um den Hals eines unglücklichen Feindes spanischer Justiz. Auf jeder Seite war eine steinerne Festung, St. Philip auf der Seite der Bucht und St. Barbara zum Mittelmeer hin gelegen. Zwischen ihnen befanden sich mehrere Bastionen und Wachhäuser, das Ganze bildete einen Wall von achtzehn Fuß Höhe. Es waren Kanonen und Mörser zu sehen, die in den Schießscharten bereitstanden, was deutlich machte, dass man vorhatte, Gibraltar zu beschießen, sobald die Vorbereitungen abgeschlossen waren. Man sah Menschen das Fort verlassen, Männer auf Pferden, Fuhrwerke, die aus dem Lager rollten, sie alle wirkten für die Beobachter in Gibraltar so klein wie Spielzeugfiguren, unpersönliche Farbflecken, die im Sand verteilt worden waren.
Die Kanonen auf der britischen Batterie waren geladen, das Ziel offen zu sehen und inzwischen auch gut beleuchtet. Es gab keinen Grund mehr, zu warten. Olivia wurde flau im Magen. Sie wusste auf einmal nicht mehr, ob sie dazu imstande war zuzusehen, wie eine Kanonenkugel in diese friedliche Szenerie einschlug – mochte es auch der Feind sein, der selbst nicht zögern würde, dergleichen zu tun. Was genau sie erwartete, wusste sie nicht. In ihren Kreisen sprach man in Gegenwart von Frauen nicht davon, mit welcher Zerstörungskraft Artilleriegranaten und Kanonenkugeln einschlugen. Aber sie malte es sich in ihrer Phanta-

sie aus, auch wenn sie ahnte, dass das Bild nicht einmal annähernd der Wirklichkeit entsprach.
Der Gouverneur war kein Mann vieler Worte. Er stand rechts von den Kanonen, von wo aus er die feindlichen Geschütze sehen konnte und gleichzeitig von jedem gesehen wurde. Die Offiziere seines Rats standen in einem Halbkreis um ihn herum, nicht nahe genug, um zwanglos zu wirken, aber auch nicht so weit entfernt, dass es aussehen könnte, als lasse man ihn allein. Sein Gesichtsausdruck war grimmig, und den Dreispitz hatte er fast bis an die Augenbrauen gezogen. Er wandte sich an seinen besten Ingenieur, Colonel Green, eine Ehre, die dessen Corps für ihre Arbeit an den Geschützen verdient hatte. Der Colonel seinerseits wandte sich an Lieutenant Skinner, der vor einem Monat geheiratet hatte, und sagte ihm, er solle seine Ehefrau zu seiner Exzellenz, dem Gouverneur, bringen. Ein Raunen ertönte, und Olivia hielt die Luft an, starrte wie gebannt auf die Szene. Die Menschen gerieten in Bewegung, als eine erschrocken dreinblickende, nervöse junge Frau durch die Menge geführt wurde. Eine Wachskerze wurde ihr in die Hand gedrückt, als sei sie in einer Kirche, und ein gichtiger Sergeant deutete auf die Höhlung an der Oberfläche der Kanone.
Gouverneur Eliott hob seinen Hut, schwenkte ihn in Richtung Spanien und rief: »Briten, trefft ins Ziel!«
Mit einer zitternden Bewegung senkte sich die Hand der jungen Dame mit der Kerzenflamme in die Zündhöhlung der Kanone. Ein ohrenbetäubender Knall ertönte. Die Kanonenkugel schlug im Sand mehrere hundert Yards vor der spanischen Grenze auf, Arbeiter rannten aufgeschreckt auf die Grenzlinie zu. Eine Kavallerieeinheit galoppierte vom

Lager weg, offensichtlich in der Absicht, sie zu beschützen, und die Fahrer der mit Proviant beladenen Fuhrwerke brachten sich in Sicherheit, ohne dass die Wagen vorher entladen worden wären.

In diesem Augenblick wandte John sich um und erblickte Olivia. Seine Augen weiteten sich. Plötzlich wünschte sich Olivia mit verstörender Intensität, Colonel Green hätte seine Bitte an John gerichtet. Als habe es ihre Ängste vorab nicht gegeben, wurde der Wunsch, in einem solchen Moment in Johns Augen blicken zu dürfen, beinahe übermächtig. Was sie nun jedoch darin las, war eine stumme Frage und eine Spur von Missbilligung. Er sagte etwas zu den neben ihm stehenden Offizieren, allem Anschein nach eine Entschuldigung, denn sie machten ihm Platz, und er kam zu ihr. Die Art, wie er ihren Arm berührte und sie mit sich aus den Stellungen herausführte, erweckte den Anschein, er wolle lediglich ein wenig mit ihr plaudern – Grund dazu gaben die Ereignisse des Morgens ja genug.

»Was tust du hier?«, fragte er.

»Das, was die anderen Frauen auch hier tun.«

Er sah sich um, als müsse er sich besinnen, was die anderen Damen hier zu suchen hatten. »Mit wem bist du gekommen?«

»Mit meinem Vater.«

»Warum hast du mir nicht gesagt, dass du herkommen möchtest?«

Sie senkte den Blick auf die goldenen Tressen seines Uniformrocks und zuckte mit den Schultern.

»Nun, wie auch immer«, fuhr er fort. »Geh jetzt heim und sag deiner Zofe, sie soll das Nötigste für dich zusammenpacken. Ich komme heute Mittag und bringe dich zu den

Hütten. Angesichts unseres ersten Angriffs müssen wir vermutlich mit Vergeltungsschlägen rechnen.«
Olivia sah auf. »Wenn die anderen Kanonen hier ebenso effektiv sind wie die, die Mrs. Skinner abgefeuert hat, werden wir eine ziemlich erbärmliche Vorstellung abliefern. Denkst du, den Spaniern ist das überhaupt eine Antwort wert?«
Zu ihrer Überraschung zuckte es um Johns Mundwinkel. »Meine Hand würde ich dafür nicht ins Feuer legen.« Er wurde wieder ernst. »Du gehst dennoch.« Mit der Hand deutete er nach oben. »Siehst du die Geschütze da oben auf der höchsten Spitze der North Front? Die haben eine wesentlich größere Reichweite. Und du kannst sicher sein, dass sie abgefeuert werden.«
Olivia wollte ihr Haus nicht verlassen, aber sie sah ein, dass es sinnlos war, deswegen einen Streit vom Zaun zu brechen, denn die Notwendigkeit der Maßnahme leuchtete ihr ein. Auch wenn sich alles in ihr gegen den Gedanken sträubte, womöglich monatelang in einer kleinen Hütte wohnen zu müssen. Der Felsen bekam auf einmal für sie etwas Erdrückendes, und der Gedanke an die Enge, aus der kein Fluchtweg führte, ließ eine irritierende Angst in ihr aufkeimen.

Die Bombardierung wurde fortgeführt, und während Olivia auf John wartete, hörte sie das Krachen und Dröhnen der Kanonen, die Explosionen aufschlagender Granaten. Von Spanien jedoch kam keine Reaktion. Ihre Zofe Agnes war einem Zusammenbruch nahe und sagte fortwährend »Wo soll das noch hinführen« und »Wären wir doch in England geblieben«. Letzterem konnte Olivia nichts entgegensetzen.

Sie ging in ihr Zimmer, nahm ihr Manuskript, schrieb, ließ Olympia an den Hafen gehen, wo ihr Geliebter auf sie wartete, ehe dieser gegen die Spanier ziehen musste. Olivia hatte sich überlegt, die beiden vorher heiraten zu lassen, sich dann aber dagegen entschieden. Derzeit fiel es ihr leichter, über eine traurige Olympia zu schreiben als über eine, die das vollendete Eheglück gefunden hatte. Und so ließ sie die Liebenden Abschiede flüstern, Versprechen und letzte Berührungen austauschen. Olympia musste keine Heldentaten vollbringen, keine Kanonen auf den Feind abfeuern, um von ihrem Liebsten gesehen zu werden.
John kam, kurz nachdem sie zu Mittag gegessen hatte – ein Essen, das von dem Gedanken begleitet gewesen war, wie lange sie noch so selbstverständlich würde Nahrung zubereiten lassen können. Die Rationierungen hatten bereits begonnen, aber derzeit verfügten sie noch über eine recht gut gefüllte Speisekammer. Doch die Vorräte würden nur eine begrenzte Zeit reichen, und niemand konnte wissen, was danach geschah. Was es bedeutete zu hungern, davon konnte Olivia sich kein rechtes Bild machen. Natürlich wusste sie, wie es sich anfühlte, wenn einem der Magen knurrte, aber dies war stets ein Zustand gewesen, dem durch das Läuten nach einem Dienstboten abgeholfen werden konnte. Richtigen Hunger kannte sie nur aus dem, was über die Armenviertel erzählt wurde. Sie hatte auch im Vorbeigehen oder -fahren schon Männer, Frauen und Kinder mit ausgemergelten Gesichtern und dürren, zweigartigen Gliedmaßen gesehen, aber diese schienen stets einer vollkommen anderen Welt anzugehören, einer Welt, die Olivia sich auch jetzt noch nicht vorzustellen vermochte. Zwar hatte sie stets Mitleid gehabt, aber ihre Reaktion auf

dergleichen Anblicke, die ihr behütetes Leben nur am Rand gestreift hatten, war wie die der meisten jungen Frauen in ihren Kreisen gewesen: Man sah rasch hin, dann wieder weg und entfernte sich eilig, trug noch kurz danach ein aufkeimendes Unbehagen mit sich, das man mit dem Gedanken niederkämpfte: Meine Schuld ist dies nicht.
John betrat den Eingangsbereich des Hauses, sah sich kurz um und wies seine beiden Diener an, Olivias Gepäck zur Hütte zu bringen. Agnes und Esperanza sollten sie begleiten und dort auf Olivia warten.
»Die Stadt ist wie ausgestorben«, wusste er zu berichten. »Man befürchtet, die Spanier könnten von der Grenze aus zurückschlagen oder von Fort St. Philip.« Sie verließen das Haus, und John verschloss die Tür.
»Bringen alle Offiziere ihre Familien jetzt in den Süden der Garnison?«
»Ja, mir ist zumindest niemand bekannt, der es nicht täte. Die Sicht ist heute sehr klar, was für uns von Vorteil ist – aber auch für den Feind. Und die Häuser der Stadt sind für ihre Kanonen gut zu erreichen, das hat sich ja schon in der Vergangenheit gezeigt.« Er band sein Pferd los und reichte ihr die Hand, um ihr in den Sattel zu helfen. »Das machst du heute ja nicht zum ersten Mal, hat dein Vater mir erzählt. Ich dachte mir, so geht es schneller, ich muss gleich in die Bastion zurück.«
Er saß hinter ihr auf, nahm die Zügel und gab ihr gleichzeitig Halt mit dem rechten Arm. Olivia hielt sich an der Mähne des Pferdes fest und neigte sich leicht vor. Berührungen waren selten geworden in den letzten beiden Monaten.
»Welche Maßnahmen unternimmt der Gouverneur?«, fragte sie, nur um überhaupt etwas zu sagen.

»Er lässt den Kirchturm abtragen, weil der ein zu gut sichtbares Ziel ist, ebenso verfährt er mit allen anderen markanten Landmarken, wie der Kuppel des Klosters und den beiden Uhren in der Stadt.«

»Wie sieht es mit den Vorräten aus?«

»Auf eine längere Belagerung sind wir nicht eingestellt. Aber ich denke, Gouverneur Eliott wird klug genug rationieren, um fürs Erste alle Soldaten und Offiziere versorgen zu können. Im April erst haben wir eine große Menge an Proviant erhalten, außerdem in den darauffolgenden Monaten eine stetige Versorgung aus Marokko.«

Sie kamen bei der Hüttensiedlung an, und Olivia sanken mutlos die Schultern.

»Es entspricht nicht ganz dem, was du gewohnt bist«, sagte John, als wisse er um ihre Stimmung. »Aber du wirst fürs Erste damit vorliebnehmen müssen.«

»Und du?«

»Ich werde dann und wann kommen, um nach dem Rechten zu sehen.« Er stieg ab und half ihr hinunter, dann band er das Pferd fest und begleitete sie in die Hütte. Es ging in der kleinen Siedlung zu wie in einem Taubenschlag.

»Wohnst du in der Bastion?«, fragte sie. »Irgendwo musst du ja schließlich auch schlafen.«

»Mach dir keine Gedanke um mich.«

»Ah, stimmt, ich vergesse das zuweilen«, sagte Olivia bissiger, als es angesichts dieser nur so dahingesagten Antwort nötig gewesen wäre.

John hob die Brauen. »Gereizt?«

Eine heftige Antwort lag ihr auf der Zunge, die ihr jedoch nicht über die Lippen wollte. »Ach, verdammt«, sagte sie stattdessen kaum hörbar.

Er umfasste ihren Arm, ob versöhnlich oder um dem, was er möglicherweise zu sagen gedachte, mehr Nachdruck zu verleihen, vermochte sie nicht zu unterscheiden. Doch sie reagierte, ohne zu überlegen, gab ihm, als sie ihren Arm mit einem Ruck befreite, einen Stoß vor die Brust.
Jetzt war er wirklich wütend, und sein erneuter Griff fiel um einiges härter aus. »Das«, sagte er, wobei er sein Gesicht dicht an ihres brachte, »tu nie wieder.«
Wieder riss sie sich los. »Untersteh dich, mich anzurühren.«
»Ich soll mich unterstehen? Du bist meine Ehefrau, hast du das schon vergessen? Ich kann dich anfassen, wann es mir passt.« Wie zum Beweis griff er erneut nach ihrem Handgelenk. Ihre Versuche, sich zu befreien, endeten in einem würdelosen Gerangel. Als sie ihre andere Hand zu Hilfe nahm, um seine Finger zu lösen, griff er danach, drückte ihr beide Arme mühelos auf den Rücken, so dass er sie umfing und sie dicht an ihn gepresst dastand. Ihr Widerstand erlahmte, und nur ihre Brust senkte sich bei ihren Atemzügen heftig auf und ab.
»Hast du dich beruhigt?«, fragte er und lockerte seinen Griff, so dass sie sich leicht hätte befreien können.
Sie sah auf und wollte ihm eine wütende Antwort entgegenschleudern. Sein Blick jedoch hatte sich verändert. Wo vorher Wut war, glomm nun etwas Dunkles, das ihr für einen Moment Angst machte. Als sie zurückweichen wollte, schlossen sich seine Arme wieder enger um sie.
»Bleib«, sagte er nur, und ehe sie antworten konnte, küsste er sie, ein Kuss, der schmerzte und sie an ihren ersten im Haus der Stockwells erinnerte. Olivia wollte sich erst dagegenstemmen, kämpfte gegen Johns Umarmung und wusste

selbst nicht so recht, wann aus ihrem Widerstand eine ebenso heftige Erwiderung seiner Küsse wurde. Ihr war, als breche ein Damm in ihr, und die Wucht, mit der diese Gier, der nichts Liebliches oder Romantisches anhaftete, über sie hereinbrach, ließ sie schwindeln, taumeln. Sie nahm nur am Rande wahr, wie hart der Boden unter ihrem Rücken, wie rauh das Holz war, spürte kleine Steinchen unter ihren bloßen Schultern, und doch hätte nichts ihr gleichgültiger sein können, während ihr Körper sich wölbte, sie den Kopf zurückbog und mit beiden Händen Johns Schultern umklammerte, getrieben von einem Strom, der sie in derselben Heftigkeit wieder ausspie, in der er sie mitgerissen hatte.

Langsam öffnete sie die Augen. Im Zwielicht flimmerte der Staub, ihr Körper pochte, fühlte sich an wie wundgerieben, und nun spürte sie jeden brennenden Splitter in ihren Schulterblättern. John küsste sie, dann erhob er sich, um seine Kleidung in Ordnung zu bringen. Sein Schweigen und die Art, wie er sich fertig machte zum Aufbruch, während sie immer noch zwischen Holzmehl und Staubflusen am Boden lag, machte sie so wütend, dass sie den unbezähmbaren Wunsch verspürte, ihn zu verletzen. Sie richtete sich auf, das Kleid verrutscht und die Frisur halb aufgelöst.

»War dieser schäbige kleine Akt eine angemessene Entschädigung für die mehr als zwei Monate des Verzichts?«, fragte sie.

Er hielt inne in der Bewegung, mit der er gerade seinen Uniformrock schloss, dann drehte er sich um und sah sie an. Dass sie ihn getroffen hatte, konnte er nicht gut verbergen, aber ihre Befriedigung angesichts dessen verflog im

nächsten Augenblick. »Was gibt dir die Gewissheit, dass ich verzichtet habe?«, fragte er, schloss ruhig die letzten Knöpfe, griff nach seinem Degengürtel und verließ die Hütte.
Olivia starrte ihm sprachlos nach. Sie wollte ihm jenes Wort nachrufen, mit dem er sie festgehalten hatte. *Bleib.* Aber sie schwieg.

Frank stand auf der King's Bastion und sah hinunter auf die Bucht. Derzeit war ihm jeder Aufenthaltsort lieber als sein Zuhause. War Augusta daheim, herrschte meist eine unterkühlte, ja beinahe eisige Stimmung, die ihm das Nachausekommen verleidete. War sie nicht da, so ertrug er die Leere nicht. Er liebte seine Ehefrau, wusste ihr aber einfach nicht zu begegnen. Und so sehr er sich den Kopf zerbrach, er hatte nicht die geringste Ahnung, was er eigentlich falsch machte, warum sie an seiner Seite nicht glücklich war und es somit auch ihm verwehrte, glücklich zu sein. Vielleicht, so dachte er, konnte er sich in diesem Krieg auszeichnen und dadurch in ihrer Achtung steigen.
Er wandte sich um und sah zu den Willis's Batteries. Bei der Erinnerung daran, wie konsterniert viele der Offiziere gewesen waren, als Mrs. Skinner den ersten und so bedeutsamen Schuss auf den Feind gefeuert hatte, musste er lächeln. Unwillkürlich hatte er sich vorstellen müssen, wie es wohl gewesen wäre, hätte Colonel Green sich an John gewandt anstatt an Lieutenant Skinner. Er wäre so stolz auf Olivia gewesen. Aber eine solche Gelegenheit würde es wohl nicht mehr geben. Zwei Tage nach dem bedeutsamen

Ereignis war ein neuer Garnisonsbefehl erlassen worden, der es den Ehefrauen von Soldaten und Offizieren verbot, den Berg zu betreten. Offenbar wollte man dafür sorgen, dass es nicht wieder zu einem solchen »Zwischenfall« kam.

Er sah Stanley im Gespräch mit einigen seiner Kameraden. Vielleicht würde dieser Konflikt seinem Sohn die Möglichkeit bieten, sich militärisch zu beweisen. Es konnte einen jungen Mann doch schwerlich zufriedenstellen, sein Leben hier zu fristen. Für die jungen Offiziere war Gibraltar die schlimmste Garnison der Welt, mit wenig Gelegenheiten, sich zu amüsieren, und nahezu ohne die Möglichkeit, befördert zu werden. Gibraltar war drei Meilen lang und an keiner Stelle ebenerdig breiter als eine Dreiviertelmeile; die Stadt selbst war nur eine Meile lang und drei Straßen breit, und es konnte einem passieren, dass man derselben Person fünf- oder sechsmal am Tag über den Weg lief. Dies brachte mit sich, dass die jungen Offiziere ständig unter Beobachtung des Gouverneurs standen. Über Stanleys Lippen war jedoch nie die geringste Klage gekommen, vielmehr war er – obgleich immer schon von stillem Charakter – noch schweigsamer geworden. Frank fand das beunruhigend, es beschwor für ihn stets das Bild beginnenden Irrsinns herauf.

Während er die reglos in der kalten Herbstsonne liegenden Schiffe der spanischen Flotte betrachtete, fragte er sich erneut, wie viele Monate oder gar Jahre man wohl würde ausharren müssen. So lange hatte er mit sich gehadert, weil man ihn in diese Einöde abschob, und nun wartete ausgerechnet hier die Gelegenheit, auf die er scheinbar vergeblich gehofft hatte. Die verschlungenen Wege, die das Leben nahm, waren in der Tat unergründlich. Hatte er vor einem Jahr noch gedacht, hier sei seine Karriere beendet, so würde er später vielleicht mit Stolz sagen können: »Ich war in Gibraltar.«

Glücklicherweise stand es Dienstboten nicht zu, Fragen zu stellen, war Olivias erster Gedanke gewesen, als sie Agnes anwies, ihr die Splitter aus den Schultern zu ziehen. Darüber, was die Frauen der anderen Offiziere, die sich plaudernd zwischen den Hütten einfanden, durch die dünnen Holzwände gehört haben mochten, wollte sie nicht nachdenken. Sie hatte die Hütte seither kaum verlassen, und wenn, dann immer erst, wenn sie von draußen keine Stimmen mehr hörte und sich sicher sein konnte, dass sich zumindest in unmittelbarer Umgebung ihrer Hütte niemand befand. Viel Grund, draußen herumzulaufen, gab es ohnehin nicht, die Umgebung konnte mitnichten als erbaulich bezeichnet werden.

Als sie eines Nachmittags die Hütte verließ, um einen Spaziergang zu machen, tobten draußen einige Kinder unter Aufsicht ihrer Kindermädchen und Gouvernanten herum. Für sie bedeutete die Belagerung nichts weiter als ein Abenteuer, vor allem für die Jungen, unter denen gerade ein lautstarker Streit entbrannte, denn die Kleineren waren es offenbar leid, immer die Spanier und Franzosen spielen zu müssen. Olivia ging an ihnen vorbei zu den Klippen und ging einen schmalen Pfad hinunter. Am Meer fiel der Boden leicht ab, und sie ging langsam am Wasser entlang, gerade weit genug entfernt, damit die ans Ufer schwappenden Wellen sie nicht berührten.

Sie war nicht allein am Strand, immer wieder kamen ihr

andere Frauen entgegen, die allein oder in kleinen Gruppen ebenfalls spazieren gingen – die einzige Abwechslung, die das Einerlei in der Siedlung bot. Olivia grüßte im Vorbeigehen, schenkte ihnen aber ansonsten wenig Beachtung und blieb in Gedanken versunken. So bemerkte sie Constance erst, als diese nur noch wenige Schritte von ihr entfernt war. Sie blickte auf, den üblichen Gruß pflichtbewusst auf den Lippen, hielt dann jedoch inne. Constance war ebenfalls stehen geblieben, sichtlich unsicher, ob sie etwas sagen oder einfach weitergehen sollte. Es wunderte Olivia, dass sie Constance hier antraf, denn ihr Ehemann war Zivilist, kein Offizier. Dann jedoch fiel ihr ein, dass Mr. Stockwell als Schiffsingenieur immerhin für die Royal Navy arbeitete. Daher konnte er durchaus veranlasst haben, dass Constance mit den anderen Offiziersfrauen und -töchtern hierhergebracht wurde.
Olivias erster Impuls war, einfach an ihr vorbeizugehen, ihr eigener Groll ermüdete sie jedoch und kam ihr, je länger sie ihn hegte, sinnlos vor. »Dein Brautkleid hat mir gefallen«, sagte sie.
Ein kurzes Erstaunen zeichnete sich auf Constance' Zügen ab, wich dann einem Ausdruck ungeheuchelter Freude. »Wirklich? Fandest du nicht, es hatte zu viele Rüschen? Ich kam mir vor, als hätte ich mich als Sahnetorte verkleidet.«
Olivia musste lachen. »Ich fand es schön, aber du weißt ja, dass ich eine Schwäche für überladene Kleider habe.«
»*Du* kannst sie ja auch tragen. Aber angesichts der Lebensmittelrationierung war es vielleicht nicht einmal das Schlechteste, wie eine Torte auszusehen, wenn schon das Büfett so mager ausfiel.«
»Dafür hatte jeder Verständnis. Es hat sich einfach sehr un-

glücklich ergeben, dass deine Hochzeit direkt in die Belagerung fiel.«
Constance schnitt eine Grimasse. »Meine Mutter hat es den Spaniern persönlich sehr übelgenommen. Wenn man sie gehört hat, hätte man glauben können, es sei bei der ganzen Sache allein darum gegangen, einen Querschläger in meine Hochzeit zu jagen.«
Wieder musste Olivia lachen. »Und das, wo sich die spanische Gesandtschaft noch einige Wochen vorher auf der Feier in der Gouverneursresidenz den Bauch vollgeschlagen hat.«
»Ha, *genau das* hat Mama auch gesagt.«
»Und wie fühlst du dich als Ehefrau?«, fragte Olivia und versuchte, sich ihre eigene Ernüchterung nicht anmerken zu lassen.
Constance' Lächeln wirkte blass. »Sehr gut. James ist reizend. Und was ist mit dir und John?«
»Hm, ebenfalls sehr gut.«
Sie blickten aneinander vorbei, und erst in diesem Moment wurde Olivia bewusst, wie sehr sie die Freundin vermisst hatte. »Sag, kennst du seine Mutter?«, drängte es aus ihr heraus, als habe es die Monate des Zerwürfnisses nie gegeben.
Und Constance schlüpfte zurück in die Rolle der Vertrauten wie in ein gerne getragenes Gewand, das man lange hatte entbehren müssen. »Lady Anne? Flüchtig. Warum?«
»Nur so.« Der Wind brachte Gischtspritzer von der Küste her, die sich wie feiner Sprühregen auf Olivias Gesicht legte. Sie hob den Arm und rieb sich über die Wangen.
»Sie wird dich sicher mögen. Die paar Male, die ich ihr begegnet bin, machte sie einen sehr freundlichen Eindruck, wenn auch ein wenig einschüchternd. Da fällt mir ein, sie war gar nicht da, oder? War sie verhindert?«

»Ja, durch Unwissenheit.«

Constance sah sie ungläubig an. »Sie wusste es nicht? Aber John erzählt ihr doch sonst alles.«

»Er ahnte, dass sie nicht einverstanden sein würde, und offenbar hat er recht behalten.«

»Das verstehe ich nicht so recht. Ich weiß, dass Lady Anne sich gewünscht hat, John würde entweder in eine Adels- oder wohlhabende Offiziersfamilie einheiraten.«

Olivia wandte sich ab und sah aufs Meer hinaus.

»Hat John denn gesagt, was ihr an dir nicht gefallen würde?«

Nach kurzem Zögern löste Olivia ihren Blick vom wolkenverhangenen Horizont. »An mir selbst wohl nichts, aber an seinen Beweggründen, mich zu heiraten.«

»Ah, so ist das«, murmelte Constance.

»Verstehst du es?«

»Nein, er hat sich verändert, seit Jared tot ist. Ich kannte seinen jüngeren Bruder allerdings kaum. In der Gesellschaft hieß er stets nur ›der sittenlose Bruder von Sir John‹. John hat die Vaterrolle übernommen, was ja stets eine sehr undankbare für den Ältesten ist, nicht wahr?«

Es begann zu regnen, und Olivia sah zur Hüttensiedlung. »Kommst du mit zu mir? Ich werde Esperanza sagen, sie soll uns einen Tee kochen. Wer weiß, wie lange das noch möglich ist.«

Constance rührte sich nicht, sondern sah sie in seltsam eindringlicher Weise an. »Bist du glücklich?«

Erst nach langem Zaudern rang sich Olivia zu einer Antwort durch. »Nein.«

»Ich auch nicht«, sagte Constance.

Ruby konnte sich kaum etwas vorstellen, das ihr stärkere Beklemmungen verursachte als der Gedanke daran, auf diesem Stück Land festzusitzen. Eine Belagerung spielte auf Zeit, und wie viel sie davon noch hatte, wusste allein Gott. Sie spürte, wie ihr das Leben mit jedem Atemzug, den sie einst so selbstverständlich getan hatte, durch die Finger rann.

Es machte ihr nichts aus, in der Hüttensiedlung zu leben, nur das enge Beisammensein mit ihrer Mutter zehrte an ihren Nerven. Bevorzugte Gesprächsthemen waren die Unfähigkeit ihres Vaters und die Tatsache, dass dieser Olivias Leben ruiniert hatte. Ruby reagierte zunehmend gereizt darauf. Sie war selbst nicht gut auf die Hochzeit ihrer Schwester mit John zu sprechen gewesen, aber immerhin hatte Olivia noch ein Leben vor sich. Wann immer in Ruby dergleichen bittere Gedanken aufstiegen, wusste sie, dass sie nur noch wenige Schritte vom Neid entfernt war, und dem wollte sie weder sich selbst noch ihre kleine Schwester aussetzen. Olivia zu grollen war, als schieße man auf das einzige Ziel, das sich nicht bewegte und daher gut zu treffen war.

Sie hatte Olivia seit ihrer Hochzeit nur selten gesehen, meist vermied sie es, weil sich ihr beim Anblick ihrer Schwester zusammen mit John unweigerlich die Erinnerung an jene verschwiegenen Momente mit Jared aufdrängten. Und damit verbunden war der Schmerz über die kurze Zeit, die ihnen nur geblieben war, und über ihren eigenen törichten Stolz, der sie dazu gebracht hatte, einen kostbaren Monat davon zu vergeuden, indem sie grollte. Was ihr zudem zusetzte, war, dass sie John angucken musste, um Jareds Bild wieder Klarheit zu geben, denn seine Züge verblassten, waren manchmal verschwommen wie hinter blindem Glas. Sie wusste, wie seine Augen ausgesehen hatten – braun mit kleinen grünen Sprenkeln. Seine Brauen waren sehr gerade gewesen. Sie erinnerte sich an seinen Mund, an die feinen Linien auf seiner Stirn, die sie manchmal mit den Fingerspitzen nachgezeichnet und sich darüber lustig gemacht hatte, dass Denkerposen doch so gar nicht zu ihm passten. Aus all dem sein Gesicht zu modellieren, gelang ihr jedoch oftmals nicht mehr, und wenn sie glaubte, ihn in aller Klarheit vor sich zu sehen, brauchte es nur einer kurzen Ablenkung, und er entglitt ihr wieder.

Es war stürmisch an der Küste, aber Ruby ging dennoch spazieren, denn die enge Hütte wirkte erdrückend. Sie blieb stehen und schaute aufs Wasser.

»Du wirst dich erkälten«, hörte sie Stanley hinter sich sagen. Sie drehte langsam den Kopf und sah zu ihm auf.

»Mir ist nicht kalt.«

Er stieg vorsichtig die Felsen herunter und kam zu ihr. »Ich wollte nach dem Rechten sehen.«

»Das hast du ja nun getan.«

»Wo ist Mama?«

»Irgendwo bei einer Bekannten oder Freundin. Sie hat mir nicht gesagt, wo sie hinwollte.«

Stanley nickte nur. Sein Blick glitt an ihr vorbei, und als sie aus dem Augenwinkel eine Bewegung bemerkte, drehte sie sich ebenfalls um. Unwillkürlich musste sie lächeln.

»Du bist auch hier, Esperanza?«

»Ich arbeite jetzt für Sir John, Señorita«, antwortete das Mädchen.

»Olivias Köchin«, ergänzte Stanley.

Ruby sah ihn an, bemerkte das feine Lächeln, das seine

Lippen umspielte, charmant und bezaubernd, jenes Lächeln, das er so freigiebig verschenkte, wenn er sich anschickte zu verführen. Sie wandte sich dem Mädchen zu, das nun ebenfalls lächelte. *Ermutige ihn nicht*, wollte Ruby ihr sagen, wusste jedoch, dass eine solche Warnung unbeachtet verhallen würde.

Esperanza setzte ihren Weg fort, den Kopf leicht gesenkt, als müsse sie schauen, wo sie hintrat. Ihr Haar war von einem Tuch gehalten, flatterte jedoch auf ihrem Rücken im Wind, ebenso ihr langer Rock, der sich im Gehen um ihre Beine schmiegte.

Mary Holbrooke war ebenfalls am Meer. Ihre beiden Ältesten liefen ihr einige Schritte voraus, und sie hielt ihr Neugeborenes im Arm. Jäh wandte Ruby sich ab, begegnete Stanleys Blick, sah, wie er den Mund leicht öffnete, als wolle er etwas sagen. Dann jedoch besann er sich und folgte Esperanza, so langsam, dass sich der Abstand zwischen ihnen nicht zu verringern schien. Seine Fußspuren gingen in ihre kleinen zierlichen über. Wellen schwappten bis kurz davor, dann, mit dem kräftigeren Wind, leckten sie daran, wieder und wieder, bis es aussah, als seien sie nie da gewesen.

Ein paar Tage nach dem ersten Schuss auf Spanien war es von dessen Seite zu keinem Vergeltungsakt gekommen, und in der Garnison entspannte man sich wieder. Die Leute kehrten zurück in ihre Häuser, die Fischer in ihre Hütten und die Händler in ihre Geschäfte, auch wenn wenig genug zu verkaufen war.

Es ging auf den späten Nachmittag zu, und John hatte bereits den ganzen Tag bei den Willis's Batteries verbracht und die Feindbewegungen im Auge behalten. Am Morgen hatte er drakonische Strafen über zwei Soldaten verhängen müssen, die betrunken zum Dienst erschienen waren, und über einen weiteren, der einen Streit mit einem Kameraden vom Zaun gebrochen hatte, infolge dessen es zu einer unschönen Schlägerei gekommen war. Schon den ganzen Tag über fiel stetiger Regen, und die Luft in den Befestigungen war feuchtkalt. Draußen schufteten die Männer sich ab, um eine Straße zu der in neunhundert Fuß Höhe gelegenen Green's Lodge zu verlegen. Etwas weiter oben, auf dem höchsten Punkt der North Front, war die Rock Gun, ein Vierundzwanzigpfünder, positioniert worden.
John blickte durch den Regen zur Landenge. Von den Spaniern aus gesehen ragte die North Front nahezu tausendvierhundert Fuß senkrecht in die Höhe, ein großer weißer Kalkfelsen in Form eines Keils, der steil vom Mittelmeer aufstieg und stufenweise bis zur Bucht abfiel. Der Fels stieg noch höher an bis zum Mount Misery und dem Sugar Loaf Point, dem höchsten Teil Gibraltars mit tausendvierhundertdrei Fuß, dessen Klippen vertikal bis zum Meer hin abfielen. Der Bereich zwischen den Molen wäre im Falle einer Bombardierung durch Spanien den Angriffen ausgesetzt, so dass man die britischen Schiffe in den Buchten vertäut hatte, dort verborgen, wo sich einige Hügel an der Küste erhoben. Festungslinien und Batterien würden den Küstenstreifen verteidigen, der nicht ebenmäßig verlief, sondern felsig und an vielen Stellen abschüssig war. Zwischen der Camp Bay und der Little Bay lag Buena Vista, so benannt wegen seiner großartigen Aussicht auf die Bucht

von Algeciras in Richtung Spanien und über die Straße von Gibraltar auf Nordafrika. Die in der Höhe plazierten Batterien hatten nicht nur das Kommando über weite Areale an Land, sondern auch über die Verteidigung auf dem Wasser südlich der Neuen Mole.
Gouverneur Eliott wusste um die Stärke seiner Zitadelle und die Schwäche seiner Garnison. Seine Entscheidung, das Feuer auf Spanien zu eröffnen, basierte eher auf diesem Bewusstsein als auf der Angst, dass der Feind zuerst schießen würde. Es hatte sich bereits im Juli abgezeichnet, dass die Spanier planten, die Garnison durch das Verriegeln der Landenge und die Blockade der Buchten zur Kapitulation zu zwingen. Der Hunger war die Achillesferse dieser Festung, die durch einen reinen Beschuss nicht ohne weiteres zu bezwingen wäre.
Wichtig war es, die Moral der Männer aufrechtzuerhalten, um jeglicher Art von Meuterei gegen die Offiziere vorzubeugen. Jeder Soldat musste zur Parade seine beste Uniform anziehen: einen scharlachroten Uniformrock mit den Farben seines Regiments, einen Dreispitz, weiße Weste und Kniehosen, schwarze Stulpen und Stiefel, einen überkreuzten Gürtel, einen Behälter mit Sprengkapseln, ein kurzes Schwert, ein Bajonett und eine Brown-Bess-Muskete. Er hatte glattrasiert zu sein, sein Haar lang und zu einem Zopf gebunden zu tragen. Sie bekamen ihre Bettwäsche und ihre Lagerausstattung sowie ihre wöchentliche Ration von trockenen und salzigen Nahrungsmitteln, die aus sieben Pfund Brot, zweieinhalb Pfund gesalzenem Rindfleisch, einem weiteren Pfund Trockenfleisch, zehn Unzen Butter, einer halben Gallone Erbsensuppe und Graupen bestand.

Die Soldaten der Royal Artillery trugen dunkelblaue Uniformröcke, und ihre Pflichten setzten sich aus der Feldwache und dem Dienst im Wachbataillon zusammen, sowohl bei Tag als auch bei Nacht. Sie hatten eine Reihe von Aufgaben vom Transport der Kanonen und des Schießpulvers hoch auf den Berg bis zum Aufschütten von Verteidigungsanlagen und dem Sammeln von Holz, das in Faschinen zusammengebunden den Abrutsch der Erdmassen verhindern sollte. Ihre Besoldung war daher wesentlich höher als die der anderen Soldaten.
Die Offiziere erhielten ebenfalls eine wöchentliche Ration Bevorratung, die jedoch höher ausfiel als die der Soldaten. Ein Oberstabsfeldwebel, Fähnrich und Lieutenant erhielten anstelle von einer zwei Rationen, ein Captain erhielt drei, ein Major und Lieutenant-Colonel vier und ein Colonel sechs. Der Lieutenant-General und der Gouverneur erhielten jeweils vierundzwanzig Rationen. Wenn es das Bedürfnis nach privater Bevorratung gab, hatte es für die Offiziere vor der Blockade die Möglichkeit gegeben, einen Teil ihrer Rationen bei den Händlern zu verkaufen, aber mit Beginn der Belagerung hörte dies auf.
Angesichts der Bezahlung und der Rationierung bedauerte John erneut, dass er seinerzeit auf weitere Beförderungen verzichtet hatte, als er sie sich noch hätte leisten können und es sicher auch Gelegenheiten gegeben hätte, eine solche zu erlangen. Eigentlich wäre die Offizierslaufbahn ohnehin Jareds Part in der Familie gewesen, während ihm, als Ältestem, das Familienvermögen die Möglichkeit zum Müßiggang geben sollte – dieser jedoch entsprach nicht Johns Charakter. Allerdings hatte er mehr Freude daran gehabt, das Landgut in Cornwall zu verwalten, als Offizier zu sein,

hatte jedoch gewusst, wie viel seinem Vater daran gelegen gewesen war, dass einer seiner Söhne die militärische Laufbahn einschlug. So war John Offizier geworden und Jared Müßiggänger.
John hatte Olivia, seit er sie zu den Hütten gebracht hatte, nur einmal kurz gesehen. Am frühen Morgen war er dort gewesen und hatte Thomas und Ian angewiesen, die Kutsche zu holen und Olivia mitsamt den beiden weiblichen Dienstboten und dem Hausrat heimzubringen. Als er danach die Hütte betreten hatte, um Olivia Bescheid zu sagen, hatte diese noch geschlafen und er sie nicht wecken wollen. Er ahnte bereits, dass ihn eisiges Schweigen empfangen würde, wenn er nach Hause kam. Auf Dauer konnte es so natürlich nicht weitergehen.
Seit ihrem Streit hatte er sie nicht angerührt – bis auf das eine Mal in der Hütte. Im Großen und Ganzen hatte er durchaus damit gerechnet, dass eine Ehe mit ihr nicht ohne Auseinandersetzungen ablaufen würde. Aber irgendwie war seine Vorstellung vom täglichen Zusammenleben davon nicht berührt gewesen, ganz zu schweigen davon, dass er sich nie vorgestellt hatte, auf jegliche körperliche Liebe verzichten zu müssen. Nicht, weil sie sich ihm verweigert hätte, sondern weil ihm einfach der Gedanke widerstrebte, Hingabe von ihr zu fordern, während sie sich von ihm zurückgewiesen fühlte. Dass er damit richtiglag, bewies das eine Mal in der Hütte. *Schäbiger kleiner Akt.*
Als sein Dienst beendet war, holte er sein Pferd und machte sich auf den Weg nach Hause. Daheim streifte er sich seinen wollenen Übermantel ab, der schwer war von der Regennässe. Ian nahm den Uniformrock und den Dreispitz entgegen.

»Wo ist Lady Retallick?«, fragte er den Diener.
»Im Schlafzimmer, Sir.«
»Lass etwas zu essen zubereiten.«
»Wie Sie wünschen, Sir.«
John ging zum Zimmer, legte die Hand an den Türgriff, atmete tief durch und drückte die Klinke hinunter. Als er den Raum betrat, saß Olivia mit dem Rücken zu ihm an ihrem Schreibtisch und schrieb. Sie hatte ihn offensichtlich gehört, denn ihre Hand verharrte, dann führte sie sie noch einmal kurz über das Blatt, als wolle sie einen angefangenen Satz beenden, und legte die Schreibfeder schließlich zur Seite. John fragte sich schon länger, was sie da eigentlich schrieb. Ihr Tagebuch war es nicht und ein Brief offenbar auch nicht, denn er hatte den stetig anwachsenden Stapel in dem offenen Fach auf dem Schreibtisch bemerkt.
Olivia drehte sich um, anstelle der Kühle, die er erwartet hatte, lag jedoch eine vorsichtige Zurückhaltung in ihrem Blick. John setzte sich aufs Bett und lehnte sich halb mit dem Rücken gegen das Kopfteil. Abwartend sah sie ihn an, die Hände in den Schoß gelegt und verborgen in den Falten ihres Kleides.
»Wie geht es dir?«, fragte er, um einen unverfänglichen Anfang zu machen.
»Hast du mich betrogen?« Sie stieß die Frage in jener atemlosen Hast aus, als wolle sie sie stellen, ehe sie der Mut dazu verließ. Er antwortete nicht sofort – einfach, weil er mit einem solch direkten Vorstoß nicht gerechnet hatte. Sie wich seinem Blick aus, ihre Haltung war angespannt, die Schultern starr. Er bemerkte die Schluckbewegung ihrer Kehle, und es schien, als sei sie den Tränen nahe.
»Ich war dir nicht untreu«, sagte er.

Sie nickte so zaghaft, dass es kaum zu erkennen war. »Ich möchte wissen, warum deine Mutter nichts von unserer Ehe halten könnte. Ich habe ein Recht darauf, es zu erfahren.«

»Das alles hatten wir doch schon.«

»Eine Ehe ist mehr als das Teilen desselben Bettes, auch wenn du offenbar der Meinung bist, darin erschöpfe es sich. Wenn Offenheit fehlt, gibt es überhaupt nichts zwischen uns, nicht das Geringste.«

John hob die Schultern. »Dem kann ich nichts entgegensetzen, so leid es mir tut.«

»Ich kann so nicht leben, John.«

»Du wirst es müssen, meine Liebe. Je eher du dich damit abfindest, umso besser, diese ständigen Dispute sind ermüdend.«

Sie wandte sich ab, rückte die Dinge auf ihrem Schreibtisch zurecht. Als er aufstand und hinter sie trat, behutsam ihre Schultern umfasste und sich vorbeugte, um ihren Nacken zu küssen, spürte er, wie sie sich unter seinen Händen versteifte. Sie stand auf und befreite sich mit einer sanften Drehung von ihm.

»Es geht auch um mich, John, nicht nur um dich. Ich habe dich nicht nach privaten familiären Dingen gefragt, sondern darum, was deine Mutter über unsere Ehe zu sagen hat. Mir ist klar, dass ich von uns beiden in der schwächeren Position bin, und ich mache mir auch keine Illusionen über deine Gefühle für mich. Du hättest mich selbst dann geheiratet, wenn ich in einen andere Mann verliebt gewesen wäre und dich nicht hätte ausstehen können – einfach, weil es dir gerade so gepasst hat. Aber gefallen muss mir das nicht.« Sie zögerte. »Manchmal denke ich an Henry

Adair, daran, wie das Leben an seiner Seite verlaufen wäre, aber selbst diese Vorstellung lässt sich nicht mehr so recht fassen, zu blass erscheint er mir nun, die Heimlichkeiten kindisch, die Küsse sinnloses Geplänkel.«

John sah an ihr vorbei an die Wand, wog seine Worte ab, ehe er sie aussprach. »Sie war wütend auf mich. Wenn ich ehrlich sein soll, hat sie mir eine solche Standpauke seit meiner Kindheit nicht mehr gehalten.« Sein Blick glitt zu Olivia, die ihre Verblüffung nur schwer verhehlen konnte. »Dich wird sie mögen, sie hat sich immer eine Tochter gewünscht und hat ihre ganze Hoffnung dareingelegt, dass Jared und ich irgendwann heiraten.«

»Warum denkst du, sie wird mich mögen, wenn sie doch dagegen ist, dass wir geheiratet haben?«

»Es ist, wie ich dir schon einmal gesagt habe: Dass sie dagegen ist, betrifft allein mich.«

Sie runzelte leicht die Stirn, und John hoffte, sie würde die Frage, die ihr zweifellos im Kopf herumging, nicht stellen, denn mehr würde er ihr nicht erzählen können.

»Du hast gesagt, sie hätte genug Sorgen, auch ohne dass ich sie mit unserem Streit belaste. Es muss in der Tat schwer für sie gewesen sein, einen Sohn zu verlieren, und nun bist du so weit weg.« Ihre Stimme erstarb, als befürchte sie, wieder zu weit vorgestoßen zu sein.

»Jared und ich«, begann er zögernd, »standen uns nie so nahe, wie ich es gewünscht hätte. Ich war wohl sehr streng mit ihm. Er war immer so leichtfertig, und ich wollte ihn in die richtigen Bahnen lenken.« Er verstummte und gestand schließlich seine Niederlage ein. »Geholfen hat es ihm nicht.«

London, März 1777

Jareds Gesicht hatte dort, wo es nicht von Blut und dunklen Ergüssen entstellt war, einen gräulich-bleichen Ton angenommen, als hätten die Gefängnismauern auf ihn abgefärbt. Als Adelsspross war er etwas besser untergebracht, als es bei einem einfachen Mann der Fall gewesen wäre, dennoch war es kalt in seiner Zelle. Auf der Pritsche lagen fleckige Tücher, die Wände wirkten feucht, und durch das winzige Fenster weit oben drang kaum Licht herein. Jared saß leicht vornübergebeugt auf der Pritsche, die Hände ineinander verschränkt. Als John durch die Tür trat, sah er auf. Mit einem schweren Knall fiel die Tür ins Schloss, und der Schlüssel knirschte.

»Gut, dass Vater dich so nicht sehen muss«, war das Erste, das John zu sagen einfiel.

Dass Jared nicht antwortete, sprach für seine Gemütsverfassung. Er schien über Nacht in sich zusammengefallen zu sein. Seine Augen lagen tief in den Höhlen, Blut verkrustete seine Brauen und das Haar an seinen Schläfen.

John stemmte die Hände in die Hüften, sah sich um und blickte danach erneut seinen Bruder an. »Erzähl mir, was vorgefallen ist – und sag die Wahrheit, Jared. Vor mir musst du dich nicht verteidigen, aber ich kann dir nur helfen, wenn ich genau weiß, was geschehen ist.«

Jared hob die Hand, befühlte sein Gesicht. »Ich sehe schlimm aus, ja?«

»Das dürfte derzeit deine geringste Sorge sein.«

»Ich habe niemanden getötet.«

John nickte, um ihn dazu zu ermutigen, weiterzureden, dennoch dauerte es einige Momente, ehe Jared fortfuhr.

»Die Dinge in meinem Zimmer waren gestohlen«, sagte er. »Aber sie gehörten nicht dem Sohn von Lord Wiltshire, sondern waren Schmuggelware.«

»Warst du darin verwickelt, in Schmuggelgeschäfte?«

John bekam nur ein kaum sichtbares Nicken als Antwort.

»Und dann?«

Es dauerte, bis Jared alles erzählt hatte, er zauderte, flüsterte stellenweise nur, erzählte von unglaublichen Summen, die er investiert hatte, dann wiederum schwieg er einfach und war erst auf Johns beharrliches Nachfragen dazu zu bewegen, weiterzusprechen. »Am Ende haben sie es gemerkt. Stanley hatte schon lange befürchtet, dass es darauf hinauslaufen würde. Er hat sich an meinen Schwarzmarktgeschäften nicht beteiligt, mir aber geholfen, damit sie mich nicht dabei erwischen. Als sie kamen, war er bei mir. Einer von ihnen war ein Mann aus guter Familie, das war nicht zu übersehen.«

»Der Sohn des Lords.«

»Er ging mit dem Degen auf Stanley los, während mich die beiden anderen Männer – ich glaube, es waren seine Diener – verdroschen haben.«

»Was geschah dann?«

Jared schüttelte den Kopf. »Ich weiß es nicht«, murmelte er kaum hörbar. »Als ich zu mir gekommen bin, waren dort mehrere Männer. Zwei lagen am Boden, einer von ihnen derjenige, mit dem Stanley gefochten hatte, der andere war einer der beiden, die auf mich losgegangen waren.«

»Es war die Rede von einem Offizier vor Ort, als ich mit dem Ankläger gesprochen habe. Du sagst, es war Stanley Kilbourne?«

»Ist ihm etwas passiert?«

»Als die Männer dich gefunden haben, war er fort.« John rieb sich nachdenklich den Nacken. »Es gab nur einen Degen in dem Zimmer, ich nehme an, dass Stanley Kilbourne seinen mitgenommen hat, demnach müsste der persönliche Diener von Lord Wiltshire den Degen seines Herrn erkennen. Und der wird ihn dir schwerlich überlassen haben, um ihn damit zu erstechen.« John bemerkte ein Aufflackern von Hoffnung in Jareds Blick. »Ich kümmere mich um alles.«

Der Gefängniswärter öffnete die Tür. »Die Besuchszeit ist vorbei, Sir John.«

In diesem Moment kam Leben in Jared. Er sprang von der Pritsche auf und umschloss Johns Schultern mit beiden Händen. »Hilf mir, John, bitte hilf mir.«

»Mach dir keine Sorgen, es ist nur eine Frage der Zeit, ehe sich alles klärt«, versprach John, fest davon überzeugt, dass er die Wahrheit sagte.

13

Gibraltar, Dezember 1779

»Wo willst du hin?«
Constance hielt an der Tür inne und drehte sich um. »Ich besuche eine Freundin.«
»Wen?« James' Fragen erinnerten an Gewehrsalven.
Es lag ihr auf der Zunge, ihm zu sagen, er solle sich zum Teufel scheren und sich um seine eigenen Angelegenheiten kümmern, aber weil sie wusste, dass laut Gesetz ihre Angelegenheiten auch die seinen waren, drängte sie die Antwort zurück. »Mary Holbrooke.«
Mit einer scheuchenden Handbewegung gewährte James ihr den Ausgang, und Constance öffnete die Tür mit einem Ruck, trat hinaus und zog sie unsanft hinter sich ins Schloss. Ein Alptraum war es, verheiratet zu sein. Darauf hatte sie niemand vorbereitet. Sie ging in Richtung von Marys Haus, weil sie wusste, dass James ihr nachschauen würde, aber kaum war sie außer Sichtweite, ließ sie sich auf einem Felsen nieder und starrte in die Ferne. Mary würde es ihr nachsehen, wenn sie später kam, zuerst brauchte sie wieder Luft zum Atmen.
Der Wind blies über die Garnison, und vor allem auf den hochgelegenen Plattformen war es bitterkalt. Die Situation in Gibraltar hatte sich rapide verschlechtert, und nicht selten sah man auf den Straßen Menschen, die miteinander um Nahrungsmittel kämpften, teilweise nur um ein Stück Brot. Männer rangen einander nieder, Frauen flehten um

Gaben, und Kinder weinten, ein wildes Gemisch aus allen Sprachen der Stadt. Die Bäckereien öffneten nur noch für eine oder zwei Stunden jeden Morgen, um ihre Tagesration Brot zu verkaufen, und die Fischer und Gärtner brachten ihre magere Tagesausbeute zum Markt. Ein kleiner Fisch kostete bereits zwei Pence, was beinahe die Hälfte des Tageseinkommens eines einfachen Soldaten bedeutete. Für einen kleinen Kohlkopf bezahlte man fünf Pence, für einen Pint Milch und Wasser einen Schilling und drei Pence. Die Wohlhabenden bemerkten von der Hungerzeit noch nichts, denn man bekam eine Ente für eine Guinee oder zwei Hühner für achtzehn Pence, Preise, für die ein Kaufmann in England ausgepeitscht worden wäre. Constance gehörte ebenfalls zu den Nutznießern dieser Privilegien. Und wenn sie sah, wie die Armen – und das war der größte Teil der Stadtbevölkerung Gibraltars – vor den Bäckereien standen, um ein oder zwei Stück Brot aus Sauerteig für ihre paar Pennys zu bekommen, packte sie regelmäßig das schlechte Gewissen.

James war nach wie vor ein Verschwender, was sie angesichts der derzeitigen Situation mehr als leichtsinnig fand, aber offenbar war ihm der Ernst der Situation noch nicht so recht bewusst. Noch konnte er ja essen, was er wollte. Ihre Ehe mit ihm war unerträglich, und es war nicht abzusehen, dass es mit der Zeit besser würde – über diesen Punkt machte Constance sich keine Illusionen. Er ließ sie keinen Schritt tun, ohne dass sie ihm Rechenschaft darüber ablegen musste, er besaß kaum Bücher, und wenn sie sich welche von ihrem Vater auslieh, kontrollierte er jedes einzelne davon und entschied dann, ob sie es lesen durfte oder nicht. In den ersten Tagen ihrer Ehe war ihr alles noch recht glücklich erschienen, James war aufmerksam gewesen und ein überaus guter Liebhaber. An Letzterem hatte sich nichts geändert, weil jedoch körperliche Liebe für Constance zwingend mit Liebe verbunden war, erstarb mit dieser auch ihr Verlangen. Ihr Mann hatte sich jedoch mit einer gewissen Selbstgefälligkeit in den Kopf gesetzt, dass eine Frau sein Bett nur vollkommen zufriedengestellt verlassen durfte, und so täuschte Constance stets heftige Gefühle vor, damit er schnell zu einem Ende kam.

Jetzt jedoch war all dies in den Hintergrund gerückt, ihre eigenen Bedürfnisse hintangestellt, denn seit wenigen Tagen wusste sie, dass sie ein Kind erwartete. Nun ergab all das Sinn, ihre Ehe hatte einen Zweck bekommen. Sie hatte es ihm noch nicht erzählt, weil dies ihr Geheimnis war, über das sie eifersüchtig wachte und das sie mit niemandem teilen wollte. Lange, das wusste sie, würde sie ihren Zustand natürlich nicht verheimlichen können, aber wenigstens für kurze Zeit sollte das Kind allein ihr gehören.

Olivia drehte sich vor dem Spiegel, strich sich das kurze Hemdchen unter der Brust glatt, hob es dann an und betrachtete ihren bloßen Bauch, der flach und straff war. Das Oberteil ihres leichten Unterkleides hatte sie hinuntergeschoben, so dass es ihr von den Hüften hing. Seit mehr als einem halben Jahr war sie verheiratet, und Monat für Monat erwartete sie dieselbe Enttäuschung. Olivia hatte ihre ganze Hoffnung dareingelegt, dass ein Kind ihrer Ehe die Tiefe an Gefühlen geben würde, die sie so sehr darin vermisste. Und sie konnte es einfach nicht glauben, dass ihr dieser Wunsch verwehrt blieb. Jede Frau, die sie kannte, bekam ein Kind, und es war ihr nicht einmal in den Sinn

gekommen, dass sie keines bekommen könnte. Kinderlos zu sein bedeutete mitleidige Blicke allerorten, während man den Mann bedauerte und ihm womöglich flüsternd nahelegte, sich doch anderweitig umzuschauen.
Sie hatte zwar von Frauen gehört, die monatelang nichts von einer Schwangerschaft ahnten, bis ihr Bauch anschwoll, der ihre jedoch zeigte keinerlei Andeutung einer verräterischen Wölbung. Sie ließ das Hemdchen wieder fallen und biss sich auf die Lippen, während sie nachrechnete. Gut, streng genommen musste man von ihrem halben Jahr Ehe mehr als zwei Monate abziehen, denn in dieser Zeit war es zwischen ihr und John zu keinerlei ehelichem Beisammensein gekommen. Also blieben knappe vier Monate. Sie überlegte, wann ihre Freundinnen die ersten Kinder bekommen hatten. Es gab durchaus welche, die nicht gleich nach der Hochzeit schwanger geworden waren.
John betrat das Zimmer und zog die Brauen hoch. »Möchten Sie mich so kurz vor Dienstantritt auf Abwege führen, Lady Retallick?« Er schlang die Arme von hinten um sie und hob sie leicht an.
Sie zog eine Schulter hoch, weil sein Mund ihren Hals kitzelte. »Nein, ich habe nur über etwas nachgedacht.«
»Eine reizende Bekleidung für Denkerposen.« Er lachte leise und stellte sie wieder zu Boden. »Sonderlich erfreulich scheinen die Gedanken, die du hegst, nicht zu sein«, sagte John, der ihre Mimik im Spiegel beobachtet hatte.
Sie zwang sich ein Lächeln auf. »Das kommt dir nur so vor.«
Zwar wirkte er nicht überzeugt, gab jedoch nach und ließ sie los. »Ich bin wahrscheinlich erst nachts wieder zurück.«

Das konnte durchaus ein weiterer Grund dafür sein, dass sie nach wie vor nicht guter Hoffnung war – John war in letzter Zeit nachts meist so müde, dass er kaum mehr als eine flüchtige Liebkosung für sie übrig hatte. So oft wie in der kurzen Zeit nach ihrer Ehe vor ihrem Streit sowie in den Wochen unmittelbar nach ihrer Versöhnung gaben sie sich derzeit nicht mehr der körperlichen Liebe hin. Olivia hatte zwar keine Ahnung, ob eine gewisse Häufigkeit zwingend nötig war, aber sie wollte den Gedanken auch nicht so ohne weiteres ausschließen. Sie seufzte.
»Warum gehst du nicht ein wenig aus?«, fragte John. »Wenn man so viel daheimsitzt, muss man ja trübsinnig werden.«
»Ja«, antwortete sie halbherzig.

Nachdem John gegangen war und sie sich angekleidet hatte, verließ Olivia das Haus, um ihre Eltern zu besuchen. Es war nur ein kurzer Weg, aber sie nahm dennoch die Kutsche, weil die Stadt insgesamt unruhig war. Raubüberfälle auf den Straßen mehrten sich, es wurde in Häuser eingebrochen und Quartiere geplündert. Inzwischen waren Wachposten aufgestellt worden, die in der Stadt regelmäßig patrouillierten. Es ging zwar ausschließlich um Essen, Übergriffe auf Frauen waren nicht zu befürchten, aber Wagemut hatte noch nie zu Olivias Eigenschaften gezählt, und so fuhr sie lieber mit der Kutsche.
Als sie bei ihrem Elternhaus ankam, war jedoch nur Ruby daheim, die in der Bibliothek saß und in einem dicken Buch über die Geschichte Spaniens las. Dergleichen geschichtliche Abhandlungen hatten Olivia nie besonders interessiert, ihre Welt waren Romane und Poesie. Erst vor zwei Tagen hatte sie von John ein neues Buch erhalten: Ma-

non Lescaut. Sie wollte es demnächst lesen, denn was sie davon gehört hatte, klang überaus vielversprechend. Zudem hing ein wenig der Reiz des Verbotenen darüber, denn es war jene Art von Literatur, die ihr Vater ihr als Unverheirateter verboten hatte.

»Mama ist ausgegangen, und Papa ist mit Stanley zum Dienst«, sagte Ruby, nachdem sie sich zur Begrüßung verhalten auf die Wangen geküsst hatten.

Olivia setzte sich mit jener vorsichtigen Bewegung, die einem eigen war, wenn man nicht so recht wusste, ob man bleiben sollte oder nicht. Rubys Lächeln war einladend, wenn auch zurückhaltend.

»Wie geht es dir und John?«, fragte sie. »Man sieht euch so selten.«

»Von euch besucht mich ja auch so gut wie nie jemand.«

Ruby schlug das Buch zu, klemmte jedoch ihre Finger zwischen den Seiten, was nahelegte, dass sie die Lektüre in Kürze fortzusetzen wünschte. Ob das allerdings auch bedeutete, sie wünsche, dass Olivia sich kurzfasste und baldmöglichst wieder ging, vermochte diese nicht zu sagen.

»Das ist ein Versäumnis«, sagte Ruby, »da hast du recht.«

Olivia wartete auf eine weitere Erklärung, die jedoch nicht kam. »Wie macht sich John als Ehemann?«, fragte ihre Schwester stattdessen.

Olivia sah sie aufmerksam an. Zu leicht schien Ruby die persönliche Anrede Johns über die Lippen zu gehen, zu viel Vertrautheit lag in der Frage. Urplötzlich kam ihr die Szene auf dem Schiff wieder in Erinnerung, Rubys offensichtlich erregtes Sprechen, Johns Ruhe. *Du und John?*

»Gut«, sagte sie.

Rubys Lächeln wirkte aufrichtig. »Das freut mich.«

»Kennst du ihn eigentlich schon aus London?« Olivia wandte den Blick keinen Lidschlag lang vom Gesicht ihrer Schwester ab, und so konnte diese ihre Überraschung nicht rasch genug verbergen, das leichte Weiten der Augen, dann das Zucken der Brauen, ehe sich wieder die reglose Maske darüberlegte.
»Wie kommst du darauf?«
»Ihr habt euch auf dem Schiff unterhalten.«
»Du auch, wenn ich mich recht erinnere.«
Olivia schüttelte leicht den Kopf. »Nein, kein Gesellschaftsgeplänkel. Ich dachte an dem Tag, dass du so aufgewühlt seiest wegen des Hustens, aber vielleicht hat John etwas gesagt, das dir naheging?«
»Vor allen Leuten an Deck? Was denkst du?« Ruby legte gerade genug Spott in ihre Stimme, um den Gedanken absurd erscheinen zu lassen. Jetzt war sie wieder zu erkennen – die alte Ruby, die Widerspenstige, die ungestüme Reiterin, die elegante Tänzerin, in diesen wenigen Augenblicken, in denen ihr Gesicht den Ausdruck stummer Duldsamkeit abgelegt und ihre Stimme sich in das vertraute Gewand überlegener Selbstsicherheit gekleidet hatte. Und für einen Moment wünschte Olivia, sie müsse nur die Luft anhalten, um diesen Anblick andauern zu lassen.
»Du warst aufgewühlt«, wiederholte sie, und das Bild jener alten Ruby zerfiel, noch ehe diese antwortete.
»Mir ging es nicht gut an dem Tag.«
Aufmerksam betrachtete Olivia ihre Schwester. »Dafür, dass es nur ein höfliches Gespräch gewesen sein soll, erinnerst du dich aber noch recht gut daran, wenn sogar deine Befindlichkeiten jenes Tages nicht vergessen sind.«
»Warum ist das so wichtig für dich?«

»Weil ich denke, dass er Geheimnisse vor mir hat.«
Ruby lächelte. »Aber Olivia, jeder Mensch hat Geheimnisse.«
»Ich rede nicht von kleinen Verschwiegenheiten.«
»Hast du ihn danach gefragt?«
Olivia lachte bitter. »Was glaubst du denn?«
»Und nun hoffst du, dass ich dir erzählen kann, was er vor dir verbirgt? Das kann ich nicht.«
»Wie gut kennst du ihn?«
»Ich bin ihm in London nur dreimal persönlich begegnet.«
Ruby senkte den Blick auf ihr Buch, das in ihren reglosen Händen lag, ein Finger immer noch zwischen den Seiten. Langsam zog sie ihn hervor und umschloss das Buch, bis ihre Fingerknöchel weiß hervortraten.
»Warst du verliebt in ihn, und er hat dich zurückgewiesen?«
Ruby sah sie überrascht an, dann lachte sie, jenes übersprudelnde Lachen, das einmal so untrennbar zu ihr gehört hatte, in das sich nun jedoch ein Missklang mischte, weich, schmerzlich. »Du bist hier nicht in einem deiner Romane, Olivia. Glaubst du wirklich, wenn ich John hätte haben wollen, hätte ich ihn seinerzeit nicht gekriegt? Ist denn das vorstellbar: Ich und dieser verschlossene Offizier?«
»Euch verbindet etwas, das ahne ich, und du streitest es ja nicht einmal direkt ab, sondern weichst mir aus.«
Ruby wirkte auf einmal sehr ernst. »Was ich hüte, hat mit deinem und Johns Zusammenleben nichts zu tun. Selbst wenn ich es dir enthüllte, würde sich nichts ändern. Ich weiß nicht, welche Absichten John verfolgt.«
»Er hat mich bereits auf dem Schiff in seine Pläne einbezogen.«

»Eine Ehe ist doch oft ein Abkommen, das zu beidseitigem Vorteil geschlossen wird. Hätte dich jemand anders geheiratet, weil er sich erhoffte, durch Papa zu Geld zu kommen und vielleicht schneller eine Beförderung zu erreichen, wäre es doch nichts anderes als das, was du jetzt hast.«

»Aber dann wüsste ich, woran ich bin.«

»Behandelt John dich schlecht?«

Olivia schüttelte nur den Kopf.

»War nicht er es, für den ich dich nachts ankleiden musste, damit du ihm deine Unschuld im Garten opferst?«

»Ich habe ihm nichts geopfert.«

»Vermutlich, weil er nichts gefordert hat. John ist ein Ehrenmann.«

»Es geht dich auch überhaupt nichts an«, schnappte Olivia und merkte in dem Moment, dass sie sich in eine Falle manövriert hatte.

Ruby entging dies ebenfalls nicht, sie antwortete nicht einmal darauf, sondern trug nur ein kleines Lächeln zur Schau.

»Stanley kennt ihn ebenfalls«, nahm Olivia den Faden wieder auf, »und ich glaube, auch er teilt mit ihm Geheimnisse. John war einmal hier und hat Stanley getroffen, als ihr alle aus wart. Ich bin früher heimgekommen, sonst wäre mir der Besuch sicher entgangen.«

»Ich habe nicht die geringste Ahnung, was John von ihm gewollt hat, Stanley hat mir nichts davon erzählt.«

»Und wenn er es getan hätte, würdest du es mir sagen?«

Wieder dieses leise Lächeln. Olivia hätte die Wände hochgehen können.

»Wenn du es wissen willst«, sagte Ruby, »dann frag ihn.«

»Du weißt, dass er mir eine solche Frage niemals beantworten würde.«

Ruby legte das Buch auf den kleinen Tisch neben ihrem Sessel. »Dann wirst du dich mit dem Schweigen abfinden müssen, Olivia, denn ändern kannst du es nicht.«
»Vielleicht hatte Mama doch recht mit dem, was sie über John gesagt hat.«
»Weißt du«, sagte Ruby, »du kannst einen Menschen auf zwei Arten beurteilen: indem du dir anhörst, was andere über ihn erzählen, und indem du darauf achtest, was er über andere erzählt.«
Olivia dachte darüber nach. Die Stille zwischen den Schwestern trug eine leise Vertrautheit, so vage wie ein flüchtiger, bereits verblassender Duft in der Luft, den man gerade eben noch wahrnahm.

Den ganzen Oktober lang waren die Arbeitstruppen ihren Aufgaben nachts nachgekommen und hatten die Brustwehr und die Stützmauern nahe der Bucht aufgeschüttet. Lieutenant Witham hatte einen Lichtball erfunden, eine Art Leuchtgeschoss, und in der Nacht zum neunzehnten Oktober waren mehrere davon abgefeuert worden, ohne dass auch nur eine Arbeitstruppe erkannt werden konnte, vielleicht, weil die Lichtbälle mehr Rauch als Licht abgegeben hatten. Am Morgen darauf stellten die Offiziere des Wachbataillons fest, dass fünfundzwanzig Schießscharten an der Grenze geöffnet worden waren, in drei Batterien waren zwei von jeweils vierzehn Kanonen auf Willis's Batteries gerichtet, und eine von sieben Kanonen zielte auf die Stadt. Lieutenant Burleigh gab daraufhin einen geringschätzigen Kommentar zu Withams Lichtbällen ab, und die Garnison bereitete sich darauf vor, als Antwort auf diese vermeintlichen Geschosse bombardiert zu werden. Aber die Spanier feuerten nach wie vor nicht.

Falls sie von den Umständen in der Garnison wussten – und es lag nahe, dass sie dies von den Gärtnern im neutralen Gebiet erfuhren –, dann hatten sie gute Gründe, anzunehmen, dass ihre Blockade erfolgreich war und Gibraltar fallen würde, ohne dass sie auch nur einen einzigen Schuss abgeben mussten. Während der Gouverneur verkünden konnte, dass seine Truppen nach wie vor gesund waren, krankte die Stadt am Nahrungsmangel. Die Bäcker hatten die täglich verkaufte Brotmenge inzwischen verringert. Sie verschlossen ihre Türen und gaben ihre Ware durch Tore aus, an denen Wachleute postiert worden waren, um Ausschreitungen zu verhindern. Nichtsdestotrotz schafften es auch hier nur die Stärksten, im Andrang an Brot zu gelangen. Das Nachsehen hatten Frauen, Kinder und Gebrechliche, die nach Schließung der Bäckereien oftmals ohne etwas zu essen heimkehren mussten, und das manchmal mehrere Tage hintereinander.

Allerdings waren die Stadtbewohner nicht die einzigen Leidtragenden in dieser Szenerie von Elend. Viele Offiziere und Soldaten hatten Familien, die zum Teil bereits von Almosen abhängig waren, ein Soldat wäre mit seiner Frau und seinen drei Kindern gestorben, hätte sein Corps nicht für ihn gespendet. Etliche Frauen und Kinder waren jetzt schon geschwächt und ernährten sich von Disteln, Löwenzahn, wildem Lauch und Ähnlichem, um sich am Leben zu erhalten. Eine Hungersnot ließ bereits ihr düsteres Antlitz sehen.

In einer jüdischen Familie, die in Irish Town lebte, brachen die Pocken aus, und die Familie wurde umgehend unter Quarantäne gestellt, um eine Ausbreitung der Krankheit zu verhindern. Alle Soldaten, die diese Krankheit noch nicht gehabt hatten, wurden in die South Barracks geschickt und ihr Platz wurde durch Soldaten besetzt, die bereits eine Pockenerkrankung hinter sich hatten.

Der November war trist gewesen, mit stetigem Regen und ohne jede Beschäftigung für die Männer. Kein Schiff lief mehr die Häfen der Stadt an, die sturmumtost und trostlos dalag. Und beinahe unmerklich war der November in den Dezember übergegangen, ein kalter, ruhiger Monat, in dem eine lähmende Langeweile über der Garnison lag. Am St.-Stephen's-Tag gab es einen heftigen Sturm mit Blitz, Donner und anhaltendem Regen. In jener Nacht war es vielen erschienen, als habe sich alles gegen die Garnison gewendet. Am nächsten Morgen jedoch fand man den Küstenstreifen entlang dem Line Wall übersät mit Holz und Kork, der aus dem spanischen Depot am Orange Grove gespült worden war – genug für sechs Wochen.

John stand am Europa Point und blickte über das tintenschwarze Meer. Er dachte an die Nacht, in der er mit Olivia hier gestanden hatte, an seine Reise nach Marokko und daran, ob Ruby eine Hungersnot überleben konnte. Ihr Vater war reich genug, auch jetzt noch Nahrungsmittel besorgen zu können, aber wie mochte das werden, wenn die Belagerung andauerte? Er hatte ihr ein Versprechen gegeben, und es schien, als sei er nie weiter davon entfernt gewesen, es erfüllen zu können.

Was für ein Aufruhr würde hier ausbrechen, wenn der Garnison das Mehl ausging? Wenn es nicht einmal mehr Brot gab? Einer der wichtigsten Bäcker der Stadt, Mr. Holliday, weigerte sich, weiterhin Brot zu backen, und begründete dies damit, dass es ihm an Feuerholz fehle. Gouverneur Eliott konfiszierte daraufhin neunundvierzig der siebenundfünfzig Säcke Mehl, die Mr. Holliday noch besaß. Inzwischen zahlte man für ein Fass Mehl nahezu fünfzehn Pfund. Die Situation verschlechterte sich rasant, und selbst für John würde es eng werden, wenn die Belagerung noch über mehrere Monate andauerte. Die meisten Nahrungsmittel waren unerschwinglich für ihn, er ernährte sich und Olivia fast ausschließlich von seinen Militärrationen.

Wenn Schiffe Gibraltar verließen, nahmen sie Flüchtlinge mit, oftmals auch Ehefrauen und Kinder von Soldaten, und in der Garnison war man froh um jeden nutzlosen Esser weniger. Für die Familien der einfachen Soldaten war das Leben in Gibraltar auch ohne die Belagerung schon elend gewesen, John konnte es ihnen nicht verübeln, dass sie flüchteten und in Malaga Zuflucht suchten. Für die Zivilbevölkerung, die in Gibraltar blieb, war ein Lager aus Bretterhütten errichtet worden, jenseits des südlichen Endes der Stadt, hinter dem Krankenhaus auf dem geneigten Grund des Hügels zwischen den Felsen am Fuß des Berges und nahe der South Barracks. Es erhielt den Namen Black Town, aufgrund der entsetzlichen Bedingungen, die dort herrschten. Irgendwann ging man dazu über, den Ort Hardy Town zu nennen nach dem Quartiermeister, der das Areal verwaltete.

John verließ seinen Aussichtspunkt am Europa Point, wechselte mit dem einen oder anderen Offizier ein paar Worte, klopfte einigen aufmunternd auf die Schulter und machte sich an den Abstieg. Unten angekommen, schlug er den Weg zu dem Unterstand mit den Pferden ein, band seinen Grauschimmel los und ritt zur Catalan Bay, um Pablo zu besuchen. Fisch war ein rares Gut geworden, und es kam nicht selten vor, dass die Spanier nachts die Netze und Fischleinen zerstörten, die die genuesischen Fischer ausgelegt und angepflockt hatten.

»Ist das unser Krieg?«, hatte Pablo mehr als einmal grimmig gefragt, und obwohl John mitnichten etwas für all das konnte, hatte er ein schlechtes Gewissen. Dabei ärgerte er sich selbst darüber, dass derzeit alles aus dem Ruder zu laufen schien. Er hatte geglaubt, sich nach der Hochzeit mit Olivia seinen Angelegenheiten in England widmen zu können, anstatt seinen wenig aufsehenerregenden Dienst in Gibraltar zu versehen. Das Geld, das er nutzen wollte, um seine Kontaktleute in London zu bezahlen, würde nun womöglich vollkommen für Nahrungsmittel draufgehen. Briefe nach England zu schicken war bereits jetzt ein schwieriges Unterfangen, ebenso, welche zu erhalten. Er saß hier fest, und seine Angelegenheiten glitten ihm aus den Händen.

Als er bei Pablos Hütte ankam, hatte es aufgehört zu regnen. Zwischen Wolkenfetzen ließ sich ein blasser Mond sehen, in dessen silber-blauem Licht Hütten und Felsen nass glänzten. Pablo hatte ihn offenbar gehört, denn er trat aus der Tür hinaus ins Freie, das Gesicht noch mürrischer, als es in den letzten Wochen der Fall gewesen war.

»Wie geht es meiner Schwester?«, fragte er. »Sie besucht mich nur noch selten.«

»Esperanza geht es gut.«

Pablo sah ihn schweigend an, dann nickte er. »Du weißt, dass ich dir vertraue.«

Ohne zu wissen warum, beunruhigte John diese Zusiche-

rung. Dabei passte er wirklich auf Esperanza auf. Allerdings hatte er nicht gewusst, dass sie Pablo so selten besuchte, er war davon ausgegangen, dass sie zu ihm ging, wenn sie freihatte, denn sie war in dieser Zeit nicht in seinem Haus. Er würde dem nachgehen müssen.
»Ich kann dir leider nicht viel anbieten«, sagte Pablo.
»Das brauchst du auch nicht, ich bin nicht zum Essen gekommen.«
Pablo grinste schief. »Du hast doch eine Frau daheim, warum bist du nicht lieber dort, in deinem warmen Bett? Das erscheint mir ungleich reizvoller, als die Nacht an einem kalten, windigen Strand zu verbringen.«
Ja, dachte John, warum eigentlich nicht? Aber wenngleich der Gedanke an nächtliche Umarmungen in der Wärme seiner Decken durchaus verführerisch war, so verlangte es ihn dennoch danach, noch ein wenig am Strand zu bleiben, in der ruhigen Gesellschaft seines Freundes.
»Mir ist mein Haus derzeit zu eng«, antwortete er. An manchen Tagen erschien es ihm, als sei es das Spiegelbild dessen, was Gibraltar im Großen für die englische Bevölkerung war – ein Gefängnis. Er wollte seine Angelegenheiten in Ordnung bringen, seinem Bruder und Ruby Gerechtigkeit widerfahren lassen und heimkehren auf seinen Landsitz in Cornwall oder in das Haus in London. Wohin, das war ihm gleich, nur zu Hause wollte er sich fühlen, nicht mehr gehetzt von Versprechen und Schuld. Immerhin hatte er bereits einen Teil seiner Schulden zahlen können, denn er hatte direkt nach der Eheschließung einen großen Teil der Mitgift nach England geschickt, noch ehe die Blockade begonnen hatte.
Anstatt in die Hütte gingen sie bis ans Wasser und setzten

sich einfach in den Sand, ungeachtet der Nässe. Pablo hatte die Knie leicht gespreizt aufgestellt und die Arme darauf abgestützt.

»Wenn ihr euch nicht bald mit Spanien und Frankreich einigt, dann verhungern wir.«

»Das liegt leider nicht in meiner Hand. England wird Gibraltar nicht kampflos aufgeben.«

»Wünschst du dir, sie täten es?«

John zuckte mit den Schultern. »Mir liegt nichts daran, und für euch Fischer macht es doch keinen Unterschied, ob eure Landesherren Engländer oder Spanier sind.«

»Da magst du recht haben. Ehrlich gesagt wäre es mir fast lieber, ihr würdet kapitulieren, damit wir endlich wieder normal weiterleben können.«

»Wenn du Essen brauchst, Pablo …«

Sein Freund hob die Hand und brachte ihn zum Schweigen. »Ich nehme keine Almosen. Du ernährst meine Schwester, das reicht mir.«

Wieder dieser Stich von Unbehagen beim Gedanken an Esperanza. John blickte auf die Wellen, die ans Ufer schwappten und schwarzen Glanz hinterließen. Er war so in seine Gedanken vertieft, dass Pablo die Schritte im Sand zuerst hörte.

»Du bekommst Besuch.«

Irritiert sah John ihn an. »Wie bitte?«

»Na, zu mir möchte die englische Dame bestimmt nicht.«

John fuhr herum und starrte Olivia ungläubig an, als diese an der Küste entlang auf ihn zukam. Sein erster Impuls war, aufzuspringen und ihr entgegenzueilen, denn dass sie hier war, konnte nur bedeuten, dass etwas passiert war. Dann jedoch – er hatte sich bereits halb erhoben – bemerkte er,

wie langsam sie ging, ja, beinahe spazierte, obwohl sie ihn zweifelsohne gesehen haben musste.
»Aber das ist doch …«
Pablo grinste. »Ich gehe jetzt wohl lieber. Was auch immer du jetzt tust: Denk daran, die Versöhnung danach ist immer das Beste.«
John stieß ihn in die Seite und stand auf. Er blieb stehen und ließ Olivia zu sich kommen, was seine Missbilligung deutlicher zeigte, als wenn er ihr entgegengelaufen wäre. Als sie näher kam, entdeckte John jedoch keinerlei Unsicherheit in ihren Zügen, vielmehr schien sie sogar einigermaßen gut gelaunt zu sein.
»Was machst du hier?«, fragte er anstelle einer Begrüßung.
»Ich wollte dich sehen.« Ihr Lächeln entwaffnete.
John jedoch war nicht bereit, seine Verärgerung darüber, dass sie mitten in der Nacht am Strand herumlief, aufzugeben, auch wenn sie bereits ohne sein Zutun wich. »Warum?«
»Muss es dafür einen Grund geben?«
»Wer hat dich hierhergebracht?«
»Ian.«
John sah an ihr vorbei, konnte jedoch in der Dunkelheit keine Kutsche jenseits der Klippen ausmachen. Auch sein Dienstbote hielt sich außerhalb seines Sichtfeldes auf und wachte anscheinend aus der Entfernung über seine Frau.
»Na warte, Bürschchen«, murmelte er.
»Thomas ist auch hier«, fuhr Olivia fort, »allerdings solltest du ein ernstes Wort mit ihm sprechen. Er hat sich strikt geweigert, mich hierherzufahren und ist erst mitgekommen, als Ian sich dazu bereit erklärt hat – und zwar im wahrsten Sinne des Wortes, denn Thomas hat es ihm ver-

boten.« Eine Falte bildete sich zwischen ihren Brauen. »Ich musste sehr deutlich werden, damit er versteht, dass er mir eher Folge zu leisten hat als Thomas.«

»Er wollte sicher nicht respektlos sein und hat gedacht, er hört lieber auf den Vernünftigeren der beiden.«

Sie ließ sich nicht aus der Ruhe bringen. »Wie auch immer, jetzt bin ich ja hier.«

»Unverkennbar. Woher wusstest du, wo du mich findest?«

»Von Thomas. Nachdem ich ihm gesagt habe, ich würde ansonsten die ganze Nacht überall nach dir suchen, hat er mir erzählt, dass du nachts, wenn du freihast, gerne hier bist.«

»Ich hätte auch noch im Dienst sein können.«

Ein weiches Lächeln umspielte ihre Lippen. »Ich wusste, dass du es nicht bist, weil ich meinen Vater ganz beiläufig danach gefragt habe.«

Ganz beiläufig, dachte John. Das erklärte wenigstens, warum sein Schwiegervater ihm gegenüber den ganzen Tag lang so auffallend kühl gewesen war. »Und nun, nachdem du auf so verschlungenen Pfaden zu mir gefunden hast, möchtest du was genau von mir?«

»Spazieren gehen und ein klein wenig deiner Aufmerksamkeit.«

Ein spätabendlicher Spaziergang am Strand hatte durchaus seinen Reiz, und so fügte er sich. »Sie sollen beides bekommen, Lady Retallick, es wird mir ein Vergnügen sein.«

Sie schob die Hand in seine Armbeuge. »Es ist immer ganz erstaunlich, wie du dich von einem Moment zum anderen vom flegelhaften Rüpel zum vollendeten Gentleman wandeln kannst.«

»Die letzte Person, die mich flegelhaft genannt hat, war meine Mutter. Da war ich fünfzehn gewesen und hatte mir den Arm gebrochen, weil ich ein Dienstmädchen durchs Haus gejagt habe und dabei die Treppe hinuntergefallen bin.«

Olivia lachte. »Warum hast du sie gejagt?«

»Dazu möchte ich lieber galant schweigen.«

»Ah«, antwortete sie knapp, und er fragte sich, ob sie verstimmt war, als sie fortfuhr: »Und dafür musstest du sie verfolgen?«

»Meine liebe Unschuld, sie wollte gefangen werden. Sie blieb immer lange genug stehen, bis ich sie fast hatte, lachte dann und rannte fort.«

»Ich nehme an, der gebrochene Arm hat deine Leidenschaft abgekühlt?«

»Fürs Erste, ja, aber endgültig gebremst hat sie mein Vater, der mir mit dem Riemen eine Tracht Prügel verabreicht hat, nach der ich – ungelogen – einen vollen Tag lang nicht sitzen konnte.«

Wieder lachte Olivia, ein silberhelles Lachen, dass sie viel zu selten hören ließ. John dachte in diesem Moment unvermittelt, dass er sie wirklich gernhatte. In dem Wunsch, sie an diesem Gefühl teilhaben zu lassen, legte er seine Hand über ihre, die in seiner Armbeuge ruhte, und drückte sie leicht. Dann entzog er ihr seinen Arm und legte ihn ihr um die Schultern, was sie für einen Moment sichtlich überraschte, aber sie ließ sich widerstandslos näher an ihn ziehen und legte ihrerseits den Arm um seine Mitte, so dass sie aneinandergeschmiegt gingen wie Liebende.

Der Wind hatte aufgefrischt, und die Wellen brandeten gegen Ufer und Klippen, tosend, schäumend, und Gischtspritzer benetzten ihre Gesichter mit feinen Wasserperlen, die wie Sprühregen waren und salzig schmeckten. John sah über Olivias Kopf hinweg auf die Meerenge. Es hieß, dass Spanien allein auf See derzeit über sechstausend Soldaten verfügte, das war deutlich mehr, als die gesamte Garnison von Gibraltar aufzuweisen hatte.

»Woran denkst du?«, fragte Olivia, in den Worten ein leises Zaudern, als habe sie Scheu, sie auszusprechen. Irgendwie bedauerte er das, denn es war nicht so, dass sie rein gar nichts wissen durfte. Aber wo sollte er die Grenze ziehen?

»Nichts von Bedeutung«, sagte er und verstärkte ganz leicht den Druck seiner Hand an ihrer Schulter.

»Ah ja.« Sie klang enttäuscht.

»Militärische Dinge«, führte er aus, um von vornherein keine Missverständnisse aufkommen zu lassen. Das Letzte, was er sich für diesen Abend wünschte, war ein erneuter Streit. »Und die haben dich doch noch nie interessiert.«

»Nein, da hast du recht. Nicht einmal angesichts der Belagerung.« Sie sagte es, als erstaune sie diese Tatsache selbst ein wenig. »Ich möchte gerne denken, dass alles bald wieder gut wird, und wenn ich erst anfange, mir Gedanken darüber zu machen, auf welch verlorenem Posten wir stehen, könnte ich das nicht mehr.«

»Es wird sicher Hilfe aus England kommen.«

»Papa sagte, wir hätten noch nie einem so starken Feind gegenübergestanden. Und in England hat man derzeit doch ganz andere Sorgen als die paar Menschen auf diesem kargen Fels.«

»Immerhin ein Fels von äußerster strategischer Wichtigkeit.«

»Daher wird von uns sicher verlangt auszuharren, damit dieser wichtige Fels nicht verlorengeht. Du siehst, wie man es dreht und wendet, Hilfe ist nicht zu erwarten. Gibraltar ist nicht wichtig genug, sämtliche Kräfte darauf zu verwenden, aber auch nicht unwichtig genug, damit man Gouverneur Eliott sagt, er solle kapitulieren, ehe wir alle verhungern.«

John lächelte. »Dafür, dass du nichts damit zu tun haben willst, weißt du aber recht gut Bescheid.«

»Es führt wohl kein Weg daran vorbei, wenn man Offizierstochter, -schwester und -ehefrau ist.«

John blieb stehen, drehte sie zu sich und küsste sie. Als er den Kopf hob, war da eine kleine Bewegung, die er aus dem Augenwinkel wahrnahm und die ihm – ob ihrer Lautlosigkeit, denn das Tosen der Wellen verschlang jedes leise Geräusch – beinahe entgangen wäre. Es waren jedoch keine Fischer, denn jene ausladenden Kleider trugen nur englische Frauen. Er zog Olivias Kopf an seine Brust und barg sie in seiner Umarmung, während er über sie hinweg in die kaum erhellte Dunkelheit spähte. Die Frau schien sich gewiss zu sein, dass sie hier niemand sah, denn sie verhielt sich sorglos. Ihr folgte ein Mann, der ihre Hand ergriff und sie an sich zog, um sie zu küssen. Sie taumelte leicht. John kniff die Augen leicht zusammen, er glaubte, die Frau zu erkennen. Glauben mochte er es indes nicht, dass es seine Schwiegermutter war, die sich da so albern wie ein verliebtes Mädchen aufführte. Er wartete, bis die beiden nicht mehr zu sehen waren, dann lockerte er seine Umarmung ein wenig. Das, so dachte er, durfte Olivia nicht erfahren – noch nicht. Sie hob den Kopf und sah ihn an, ungeübt darin, ihre Gefühle vor ihm zu verbergen. Bestürzt wollte er

den Blick senken, wollte nicht sehen, wie viel Verletzlichkeit sie ihm offenbarte.
»Komm«, sagte er und berührte mit den Lippen ihre Stirn. »Wir gehen heim.«

Es war Augustas aufregendste Affäre, seit sie nach Gibraltar gekommen war. Frederic Caruthers war Lieutenant des 12. Regiments, ein Mann, der ihre Aufmerksamkeit zunächst nicht weiter auf sich gezogen hatte, weil er ihr irgendwie gewöhnlich erschienen war. Dann jedoch hatte er sie in ein Gespräch verwickelt, als sie bei der Ehefrau eines Offiziers eingeladen gewesen waren – nicht zum Essen freilich, sondern um selbst in Zeiten der Not nicht auf Geselligkeit zu verzichten. Der Mann hatte ihr nicht direkt Avancen gemacht, aber seine Absichten eindeutig erkennen lassen. Augusta wollte ihn zunächst empört zurückweisen, aber sie erkannte in der Art, wie er sie ansah, etwas, das ihr unwiderstehlich erschien. Sie verabredeten sich in der Abgeschiedenheit der Catalan Bay, und falls Augusta gedacht hatte, von dort aus würde es zu einem verschwiegenen Ort gehen, so belehrte er sie rasch eines Besseren. Etwas Aufregenderes als die folgende Stunde auf dem eiskalten Boden zwischen Steinen, Sand und Geröll hatte sie nie zuvor erlebt. Als sie – wacklig auf den Beinen – wieder zwischen den Klippen hervortrat, nahm er ihren Arm und fragte sie, ob sie bereits genug hatte. Sie hatte nicht.
Jetzt ging es auf den Morgen zu, und sie verließ sein Haus, in das er sie schließlich mitgenommen hatte. Frederic war kein zärtlicher Liebhaber, vielmehr hatte er etwas Rohes, beinahe Gewalttätiges an sich, das unvermittelt Nachgiebigkeit weichen konnte – eine Mischung, die Augusta

zunächst schockiert und danach fasziniert hatte. Sie wusste, dass sie mit dem Feuer spielte, aber das war ihr gleich in jenen Momenten, wo sie nichts suchte als Zerstreuung – ein Erbe ihres Vaters.

Augustas Kindheit war glücklich gewesen, sie war die einzige und überaus verwöhnte Tochter von Viscount Ailmore. Im Gegensatz zu ihrer Mutter war ihr Vater ein sehr sinnenfroher Mensch, und Augusta zweifelte keinen Augenblick daran, dass er jede Menge Bastarde außerhalb des ehelichen Bettes gezeugt hatte. Dennoch war er ihrer Mutter sehr zugetan, ja, man konnte sicher sagen, er liebte sie. Für Augusta war das kein Widerspruch, ihre Mutter jedoch grämte sich sehr wegen der Untreue ihres Ehegatten. Augusta war, solange sie sich erinnern konnte, der Liebling ihres Vaters gewesen, ein Kind, das auf seinen Schultern ritt, an seiner Seite auf dem Pferd durch die Felder jagte und später an seinem Arm Bälle in ihrem großen Londoner Stadthaus eröffnete. Nichtsdestotrotz schien er froh zu sein, als sie verheiratet war, vielleicht, weil er in ihr einen ähnlichen Charakter erkannte wie sich selbst, und das konnte für ein junges Mädchen überaus verhängnisvoll werden. Er würde ihren jetzigen Lebenswandel nicht gutheißen. Dennoch würde er vermutlich schweigen, wenn er davon wüsste – laut dem Grundsatz, dass nicht war, was nicht sein durfte, solange er nur vermied, es auszusprechen. Sollte ihr Tun jedoch laut werden, dann wäre er sicher einer der Ersten, der sie scharf zur Rechenschaft zog, denn auf die Familienehre ließ er nichts kommen. Die Gefahr einer öffentlichen Demütigung bestand jedoch nicht, denn Augusta achtete stets darauf, dass über ihr Treiben nicht einmal ein Flüstern laut wurde.

Sosehr die Haltung ihres Vaters an Doppelmoral gemahnte, so wenig konnte Augusta ihn verurteilen, denn sie teilte selbst diesen Charakterzug. Allein der Gedanke daran, dass Olivia sich durch die Betten der Männer in Gibraltar schlafen könnte, erzeugte nichts als Abscheu in ihr. Sie fand die Vorstellung, dass all diese Männer, die ihre Freizeit nicht selten bei Huren verbrachten, hernach ihre Tochter umarmten, zutiefst abstoßend. Zudem war Olivia so gänzlich anders als sie selbst. Olivia war schwärmerisch, und ohne den Glauben daran, dass sie liebte, würde sie sich keinem Mann hingeben. Sie war der Liebling ihres Großvaters, der weder mit Stanley noch mit Ruby viel anfangen konnte. Vielleicht war Olivia für ihn ja irgendwie die vollkommenere Form von Augusta, ein Mädchen, das ihm äußerlich ähnelte, seine Eleganz und Belesenheit hatte, um dessen Tugend man jedoch nie ernsthaft fürchten musste.
Augusta jedoch wurde das Gefühl nicht los, dass in dieser Ehe zwischen ihrem Kind und John ein Verhängnis lag, das über ihnen schwebte, sich aber noch nicht offenbarte. Wenn sie wenigstens gewusst hätte, worauf sie wartete, hätte sie Vorkehrungen treffen können. Dabei hatte sie doch alles, wirklich alles versucht, um ihre Kinder zu schützen und dafür zu sorgen, dass sie aus dieser unseligen Geschichte unversehrt hervorgingen. Nur Olivia hatte sie über all dem vernachlässigt, denn sie war ja nicht betroffen gewesen. Und genau hier hatte John Retallick zugestoßen, wie ein Raubvogel, der sich das schwächste Ziel aussucht, jenes, auf das nicht ausreichend achtgegeben wurde. Dabei war Augusta sich ihrer Sache so sicher gewesen.

London, April 1777

Damit kommen Sie nicht durch.«

Der Satz, den John Retallick ihr voller Verachtung entgegengeschleudert hatte, hallte noch immer in Augusta nach, während sie die Nacht im baldachingeschmückten Bett des Stadtrichters von London verbrachte. *Das wollen wir ja mal sehen, mein lieber Sir John.* Er hatte die Frechheit besessen, ihr auf der Straße aufzulauern, nachdem Stanley ihn nicht empfangen hatte, und er hatte wohl gleich den Hebel bei ihr ansetzen wollen, als sie sich auf der Straße gegenübergestanden hatten. Vielleicht war ihm auch erst in jenem Moment, als sie ihn von oben herab abfertigen wollte, bewusst geworden, dass es nicht Stanleys Idee gewesen war zu schweigen.

Erst war er freundlich gewesen, hatte darum gebeten, dass sie zwischen ihm und Stanley vermittelte, hatte ihr eindringlich klarzumachen versucht, dass das Leben seines Bruders davon abhing. Doch schließlich hatte er ihr unverhohlen gedroht – nun, zumindest was man so drohen nennen konnte, wenn man auf offener Straße stand und leise sprechen musste, um nicht das Gerede der Leute auf sich zu ziehen. Aber Augusta machte nicht den Fehler, ihn zu unterschätzen, den würde keiner machen, der einmal in diese frostig grünen Augen geblickt hatte.

Sie schlang die Decken um sich und setzte sich im Bett auf, forschte im Gesicht von Oscar Summers, ob sie es geschafft hatte, diesen genussübersättigten Mann zufriedenzustellen.

»Der Name deines Sohns taucht in keinem Protokoll mehr auf«, sagte er und zerstreute damit ihre Bedenken. »Die beiden Diener, die ihn gesehen zu haben *glauben*«, er lächelte, »sagen nun, es müsse bei der ersten Befragung ein Missverständnis gegeben haben.«

Bei der Summe, die sie gezahlt hatte, sollten sie das wohl auch, dachte Augusta. Dennoch wurde ihr vor Erleichterung flau im Magen.

»Man hat sich auf folgende Version geeinigt«, fuhr er fort. »Der Sohn von Lord Wiltshire und sein Diener haben Jared Retallick verprügelt, nachdem dieser auf sie losgegangen ist, dabei ist er irgendwie an den Degen von Lord Wiltshires Sohn gekommen, hat ihn gezogen und zugestochen, noch ehe jemand reagieren konnte. Gegen diesen bewaffneten Mann waren die beiden ohnehin vollkommen hilflos.«

»Das ist hervorragend, Oscar, hab vielen Dank.«

Er stand auf und zog sich seinen Morgenmantel an. »In dieser Nacht wirst du noch ausreichend Zeit haben, deine Dankbarkeit unter Beweis zu stellen. Was deinen Sohn angeht: Dir ist hoffentlich klar, dass er nicht in London bleiben kann, keiner von euch kann das.«

Augusta hatte das geahnt, hoffte aber immer noch darauf, dass er irgendwo ans andere Ende von England versetzt würde, eine Hoffnung, der Oscar Summers kalt lächelnd den Todesstoß versetzte.

»Ich dachte an Gibraltar.«

Erschrocken riss Augusta die Augen auf. Gibraltar, das Ende einer jeden Karriere, die bei Soldaten und Offizieren gleichermaßen verhasste Garnison. Sie selbst hatte Frauen, die ihre Männer dorthin begleiten mussten, stets nur mitleidig belächelt. »Wie soll ich das veranlassen?«

»Überzeug den vorgesetzten Offizier deines Mannes, dass du es für unbedingt notwendig erachtest dorthinzuziehen.«

»Und wie soll ich das tun?«

Sein Lächeln bekam etwas Boshaftes. »Er soll schönen Frauen gegenüber nicht abgeneigt sein, habe ich mir sagen lassen.«
Augusta runzelte die Stirn und antwortete nicht.
»Wie auch immer, ihr müsst hier verschwinden. Dein Sohn ist ein Mörder, der seiner gerechten Strafe entgehen wird, und ich habe nicht vor, ihn gänzlich ungeschoren davonkommen zu lassen. Ich will deine ganze Familie fort aus London haben, es darf nicht der Schatten eines Verdachtes auf mich fallen, hast du das verstanden?«
»Ja.«
»Das will ich hoffen. Und ehe ich es vergesse: Du solltest dich besser nicht daran erinnern, dass ich es war, der dir geholfen hat, denn mein Name ist nirgendwo in Erscheinung getreten, sondern stets nur deiner. Wenn du also irgendwann mal glaubst, du könntest mich erpressen, schneidest du dir ins eigene Fleisch, du würdest mich zudem von einer Seite kennenlernen, von der mich nur die schlimmsten Verbrecher Londons kennen, und von denen weiß keiner Gutes zu berichten.«
»Ich habe nichts dergleichen vor. Ich möchte einfach nur mit alldem abschließen.«
»Das hast du, sobald du auf dem Schiff Richtung Gibraltar stehst.«
Sie zögerte. »Versprichst du mir das?«
»Aber ja, wofür hältst du mich?«
»Warum Gibraltar?«
»Weil ihr dort am ehesten in Vergessenheit geratet. Ihr könnt dort gänzlich ungestört euer Leben fristen, falls es für deinen Sohn überhaupt möglich ist, ungestört zu leben, nachdem er seinen besten Freund für sich an den Galgen hat gehen lassen.«

14

Gibraltar, Januar–Februar 1780

Es gab für Olivia im Grunde genommen keinen rechten Grund, sich außerhalb ihres Hauses aufzuhalten, denn das Gesellschaftsleben unter den Offizieren war nach sechs Monaten Blockade weitgehend zum Erliegen gekommen. Jeder war darauf bedacht, seine Vorräte zu hüten. Dennoch trieb sie die Untätigkeit hinaus auf die Straße. John, das wusste sie, würde einer Hinrichtung beiwohnen müssen. Ein Soldat des 58. Regiments unter Lieutenant-Colonel Cochrane war des Raubes angeklagt und zum Tode verurteilt worden. Vielleicht war es auch dieser Umstand, der sie dazu gedrängt hatte, das Haus zu verlassen. Hinrichtungen waren stets etwas gewesen, mit dem ihr behütetes Leben nicht belastet worden war. Man richtete Verbrecher hin, Mörder, Menschen, die ein Leben führten, das mit ihrem keinerlei Berührungspunkte hatte. Dieses Mal jedoch war es anders. Zwar kannte sie den Soldaten nicht persönlich, aber es war beileibe nicht auszuschließen, dass sie ihm über den Weg gelaufen war. Vielleicht war er einer der Männer, die am selben Tag wie sie bei den Willis's Batteries gestanden und über den ersten Schuss mit den anderen Männern zusammen gejubelt hatte.

Natürlich war stehlen nicht recht, sagte sie sich, aber dafür gleich sterben? Sie ging durch die von Soldaten bewachten Straßen, ihre Unruhe verdrängte sogar ihre sonstige Angst vor dem Überfall durch Gesindel. Freilich erntete sie den einen oder anderen fragenden Blick, denn sie hatte hier draußen, so gänzlich allein und inmitten einer Stadt im Aufruhr, mitnichten etwas zu suchen. Olivia jedoch scherte sich nicht darum, vielmehr stand sie im Bann ihrer lebhaften Phantasie, die ihr Bilder eines vor Angst zitternden Soldaten, der zu seiner Hinrichtung geführt wurde, vorspielte. Der Galgen befand sich am Southport, und Olivia fragte sich, wie viele Menschen dort dem Ereignis beiwohnten, um ein wenig Abwechslung zu bekommen. Sie schauderte und setzte ihren Spaziergang fort.

Ihr Weg führte sie aus den Straßen hinaus direkt am Fels entlang. Sie lehnte sich mit dem Rücken gegen die steinerne Wand und sah zu den Mauern der Garnison hinauf. Es war ein düsterer, kalter Tag, und sie fragte sich, wie man ihn wohl wahrnahm, wenn man wusste, dass man in Kürze sterben würde.

Ein leises Knurren links von ihr riss sie aus den Gedanken, und sie wandte den Kopf, sah einen großen Hund, nur zwei Schritte von sich entfernt, und fuhr ruckartig herum, was ein Fehler war, denn das Grollen wurde lauter. Der Hund machte einen Schritt auf sie zu und zog die Lefzen höher. Nun stand Olivia wie erstarrt und versuchte, sich daran zu erinnern, wie sich Hunde untereinander verhielten. Sah er es als Herausforderung an, wenn sie ihm in die Augen blickte? Aber wenn sie unterwürfig den Blick senkte, forderte sie ihn dann nicht erst recht zum Angriff heraus? Sie war ohnehin nicht fähig, die Augen von ihm abzuwenden. Der Hund war ebenso regungslos wie sie, nur das Knurren ließ er nach wie vor hören. Im nächsten Augenblick vernahm Olivia ein metallenes Klicken hinter sich, dem das Zischen abbrennenden Zündkrauts folgte, dann krachte

ein Schuss, der den Hund mitten in die Brust traf. Das Tier brach mit einem Jaulen zusammen und blieb mit halbgeöffneten Augen liegen, eine Pfote zuckte noch kurz. Langsam drehte Olivia sich um. Stanley steckte die Steinschlosspistole eben wieder zurück in den Gürtel und kam auf sie zu.
»Danke«, sagte sie.
»Ich bezweifle ja, dass er dir wirklich etwas getan hätte, aber das Risiko wollte ich nicht eingehen. Komm.« Er umfasste ihren Unterarm und zog sie ruhig mit sich.
»Wieso bist du hier und nicht bei der Hinrichtung?«
Er blieb stehen, drehte sich zu ihr, sah sie jedoch nur wortlos an, die Augen ungewöhnlich dunkel in dem bleichen Gesicht. Dann ging er weiter, ließ jedoch ihre Hand los, so dass sie über seinen Arm glitt und dort zum Liegen kam.
»Ich habe keinen Dienst.«
Es war nur selten, dass zwischen ihnen schweigendes Einvernehmen bestand, und dies war einer jener raren Momente. Gelegentlich, wenn er in galanter Stimmung gewesen war und sie in London auf dem Weg in den Speisesaal oder einer Ausfahrt im Korridor aufeinandergetroffen waren, hatte er ihr seinen Arm geboten und sie die Treppe hinuntergeführt. In diesen Augenblicken hatte sie sich vorzustellen vermocht, wie es sei musste, in ihrem Zwillingsbruder einen Vertrauten zu haben, und sie verlor ihn nach diesen kurzen Atemzügen nur ungern an Ruby, der er sich hernach stets zuwandte.
»Darf ich dich etwas fragen?« Olivias Stimme klang zaghaft, zögerlich.
»Nur zu.«
»Warum war John Retallick letztes Jahr bei uns, als ich zu früh heimgekommen bin?«

Hätte sie nicht das kurze Anspannen in Stanleys Arm bemerkt, hätte sie ihm die Ahnungslosigkeit in der Stimme abgenommen. »Wann genau meinst du? Ich hatte oft Besuch.«
Es war der Abend, an dem du auf mich losgegangen bist, lag ihr auf der Zunge, aber sie wollte die zerbrechliche Nähe nicht zerstören.
»John war doch keiner deiner Freunde, du erinnerst dich sicher. Ihr wart in der Bibliothek und habt geredet. Es schien kein Freundschaftsbesuch gewesen zu sein.«
»Hmhm, und aus welchem Grund ist das nun wichtig für dich?«
»Es interessiert mich einfach.«
Stanley hob kurz die Schultern. »Es war nichts von Belang.«
Sie hatte mit dieser Antwort gerechnet, dennoch war sie nur schwer hinnehmbar. »Ihr verschweigt mir etwas.«
»Wen meinst du mit *ihr*?«
»Du, Ruby und John.«
Er blieb stehen und sah sie unter zusammengezogenen Brauen an, was seinem Blick eine beängstigende Intensität gab. »Kümmere dich um deine eigenen Angelegenheiten, Olivia. Ruby geht es nicht gut, ich hoffe, du bedrängst sie nicht mit dergleichen Fragen. Und was John angeht, hättest du von Anfang an die Finger von ihm lassen sollen. Dass er dir nicht in Liebe verfallen ist, ist wohl kaum zu übersehen.«
Olivia nahm die Hand von seinem Arm, und der feine Faden Vertrautheit riss. »Warum erzählt ihr mir nichts? Was darf ich nicht wissen?«
»Weißt du, warum ich dich so wenig ertrage? Du bist einfach lästig, du warst es immer schon.«

Das war so verletzend, dass es Olivia die Sprache verschlug. Sie trat einen Schritt von ihm zurück und sah Stanley starr an. Er streckte die Hand nach ihr aus, umfasste ihren Unterarm.
»Komm«, sagte er, »ich habe es nicht so gemeint.«
Sie entzog sich seinem Griff und ließ ihren Bruder stehen. Mit gerafftem Kleid eilte sie auf die Straßen der Stadt zu. Hinter sich hörte sie Stanley leise fluchen, dann kam er ihr nach, wobei er sie mühelos einholte.
»Lass mich dich wenigstens nach Hause bringen.«
»Ich finde den Weg auch allein.«
»Falls dir wieder ein gefräßiger Hund über den Weg läuft. Du magst zwar lästig sein, aber ohne dich ist es auch nicht das Rechte.«
Olivia drehte sich um und sah ihn argwöhnisch an. Er schien in der Tat zu scherzen, auch wenn sich sein leicht angehobener rechter Mundwinkel in dem bleichen Gesicht fast geisterhaft ausnahm. Sie fragte sich, ob er krank war oder warum er so elend wirkte.
»Nun gut«, sagte sie. »Wenn du unbedingt möchtest.«
Er ging neben ihr her, ohne ihr den Arm zu bieten, und den Weg über schwiegen sie beide. Vor dem Tor zu ihrem Haus verabschiedete er sich mit einem höflichen brüderlichen Kuss auf die Wange. Olivia schlug die Haustür hinter sich zu und lehnte sich mit dem Rücken dagegen, die Augen geschlossen. Auch wenn Stanley wirklich zu bedauern schien, was er gesagt hatte, so hallte es dennoch in ihr nach.
»Wo warst du?«
Sie fuhr heftig zusammen und öffnete die Augen. »Du bist wieder zurück?«
»So lange dauert es ja glücklicherweise nicht, zuzusehen,

wie jemand gehängt wird.« John lehnte in der offenen Tür seines Arbeitszimmers. »Und du? Wo kommst du her?«
Olivia nahm ihren Hut ab. »Ach, spazieren war ich, nichts weiter.«
»Scheint dir ja arg zugesetzt zu haben, der Spaziergang.«
»Ich habe Stanley getroffen, wir hatten eine kleine Meinungsverschiedenheit.« Es lag ihr auf der Zunge, die Ursache des Streits weiter auszuführen, sie schwieg jedoch. Stattdessen ging sie an John vorbei ins Schlafzimmer und bemerkte, dass er ihr folgte.
»Hat er etwas gesagt, das dich bekümmert?« John knöpfte seinen Offiziersrock auf, dann setzte er sich auf die Bettkante und zog sich Stiefel und Stulpen aus. Offenbar musste er an diesem Tag nicht mehr fort.
Olivia kniete auf dem Bett neben ihm und umschlang seinen Hals. Dort, wo das Band es zusammenhielt, war sein Haar noch feucht vom frühmorgendlichen Regen, und seine Kleidung fühlte sich klamm an. »Es war nicht der Rede wert«, murmelte sie an seine Halsbeuge.
»Ja, den Eindruck macht es.«
Sie hob den Kopf, drehte sein Gesicht zu sich, küsste ihn und fuhr mit den Fingern über die Knopfleiste seines Hemdes. Dann jedoch ließ sie ihn unvermittelt los und lehnte sich mit dem Rücken gegen den Bettpfosten, berührte ihre Lippen mit den Fingerspitzen, tastete dem Gefühl nach, das in ihr schwang, noch vage und diffus, als habe jemand eine Saite ganz sacht angeschlagen. Ich verliebe mich in ihn, dachte sie.
»Was ist los, Olivia?«, fragte er, und als sie ihn ansah, bemerkte sie, wie aufmerksam er sie taxierte. Und sie dachte in diesem Moment, dass sie es nicht ertrug, wie sie vor ihm

bloßlag, während er alles vor ihr verbarg. Sie ertrug nicht, ihn zu lieben.

Um ihn nicht ansehen zu müssen – denn auch dies ertrug sie nicht –, stand sie auf, setzte sich mit dem Rücken zu ihm an ihren Schreibtisch, in der Hoffnung, er möge sie allein lassen, ein Gefallen, den er ihr jedoch augenscheinlich nicht zu tun gedachte. Sie zog einen Bogen Papier hervor, tunkte die Feder in die Tinte und senkte die Hand auf das Blatt.

Seine Art, ihren Namen auszusprechen, klingt noch in Olympia nach, als sie das Zimmer längst wieder verlassen hat. Er möchte ihr nah sein, sie jedoch zieht sich zurück, verschließt jedes Gefühl in sich wie in eine Schatulle, um es, wenn er fort ist, hervorzuholen und wie ein lange vergessenes Schmuckstück bei Licht zu betrachten. Sie weiß, er liebt sie, er jedoch weiß nicht, wie nah er ihr ist, denn eine solche Verletzlichkeit wird sie ihm nie offenbaren.

Möglicherweise hatte John sie gern, aber jemanden gernhaben erschien ihr so furchtbar blass im Vergleich zur Liebe, die, könnte sie sie malen, die feurigen Farben eines Sonnenaufgangs hatte. Gernhaben hingegen war wie zartblaue, zartrosa und zartviolette Aquarelltöne.

Als sie Johns Schritte hinter sich hörte, zuckte Olivia zusammen, streute eilig Sand auf das Geschriebene und legte ein Blatt darüber, ungeachtet dessen, dass sie riskierte, das Geschriebene zu verschmieren. Zögernd wandte sie sich zu ihm um. Er hielt ein Buch in der Hand, und sie erkannte den Roman, in dem sie zuletzt gelesen hatte, aufgeschlagen auf jenen Seiten, zwischen die sie ein seidenes Band gelegt hatte. Margarete von Navarras *Heptameron.*

»Achtundsechzigste Erzählung«, las John laut vor. »Eine

Frau gibt ihrem Mann spanische Fliegen, um ein Liebeszeichen zu erhalten, und bringt ihn darob schier um.« Er schlug das Buch zu. »Offenbar muss ich deine Lektüre besser überwachen.«

Sie wollte zu einem Widerspruch ansetzen, sah dann jedoch, dass er scherzte. Er legte das Buch auf ihren Schreibtisch und beugte sich leicht vor, so dass sein Gesicht dem ihren näher war.

»Muss ich mir Sorgen um mein Wohlergehen machen?«, fragte er mit einem Lächeln.

»Muss ich denn solche Mittel anwenden, um ein Liebeszeichen zu bekommen?«

»Vielleicht sollten wir uns zuerst darauf einigen, was ein Liebeszeichen ist.« Sein leicht anzügliches Zwinkern wies indessen darauf hin, dass er eine recht genaue Vorstellung davon zu haben schien.

»Ich ... ach, John.« Olivias Stimme lief in einem Seufzer aus.

Er zog sie an sich, und sie bog den Körper kaum merklich zurück, ein kleiner Moment des Widerstrebens, ein winziges Zugeständnis an die Angst davor, sich in einer Hingabe aufzugeben, die weit über alles Körperliche hinausging. Wenige Wimpernschläge lang hielt er inne, als wäge er ab, sie gehen zu lassen, entschied sich jedoch dagegen. Er nahm jedes ihrer Gefühle für ihn, sog es mit dem Atem aus ihrer Kehle, forderte mit den Zärtlichkeiten, die er an ihre Lippen murmelte, und ließ zu, dass sie sich gänzlich in ihm verlor.

Als sie später neben ihm lag, die Arme um das Kissen geschlungen und das Gesicht darin vergraben, spürte sie seine leichte Berührung an der Schulter. Langsam drehte sie sich auf den Rücken, vermied es, ihn anzusehen, und legte sich beide Hände auf den flachen Bauch. Sie zählte die Tage, ab wann sie sicher sein könnte, guter Hoffnung zu sein, und überlegte. Dies wenigstens wollte sie John abringen, ein Teil von ihm, der aus ihr hervorgehen würde.

John lag auf der Seite, hatte einen Ellbogen aufgestützt und fuhr mit dem Finger die Linien ihrer Augenbrauen nach, und so gern sie es wollte, sie konnte sich ihm nicht entziehen, nicht seinem Blick, nicht seinen Berührungen. Er fuhr fort, ihr Gesicht nachzuzeichnen, sanfte Liebkosungen, die kaum spürbarer waren als Schmetterlingsflügel.

»Stanley hat gesagt … er hat gesagt …« Sie verstummte, wollte die Worte nicht wiederholen, wollte nicht in Johns Gesicht lesen müssen, dass es womöglich tatsächlich so war, wie Stanley sagte.

John beließ es bei ihrem Schweigen, und seine Fingerspitzen setzten ihr Spiel fort, ihr Gesicht zu erkunden, wurden einen Lidschlag später von seinem Mund ersetzt, der federleichte Küsse auf ihre Lippen atmete, ihre Wangen, ihre geschlossenen Augenlider.

Constance ließ den Blick über die kleine Gemeinschaft schweifen, die der Beerdigung beiwohnte. Zwar hatte sie selbst den Soldaten nicht gekannt, der an diesem Tag auf dem Friedhof im neutralen Grund der Landenge beigesetzt wurde, aber er gehörte im weiteren Sinne zum Bekanntenkreis von James. Sie fröstelte, zog die Schultern hoch und hörte dem Geistlichen nur mit halbem Ohr zu. In letzter Zeit war sie ständig müde und konnte nur an ihr Bett den-

ken. Sie fragte sich, wann es wohl so weit war, dass man die ersten Kindsbewegungen spürte, und überlegte im nächsten Augenblick, ob es nicht langsam an der Zeit wurde, James zu sagen, dass ihm Vaterfreuden ins Haus standen.
Constance' Blick wanderte über den Friedhof und blieb an Fort St. Barbara hängen, wo man aus der Ferne an den Schießscharten Bewegungen ausmachen konnte. *Worauf wartet ihr nur?* Einen Lidschlag später ertönte ein Donnern, ähnlich einem Gewitter, jedoch von einer stärkeren Intensität. Ehe Constance jedoch so recht fassen konnte, dass Spanien reagierte, als habe es ihre Gedanken gelesen, flog etwas Schwarzes auf die kleine Menschenansammlung zu. Sie war wie erstarrt, hörte die erschrockenen Ausrufe um sich herum, und im nächsten Moment schlug das Geschoss mit einem ohrenbetäubenden Knall auf den Friedhof auf, ließ die Worte des Geistlichen in Schreien untergehen. Die Gesellschaft stob auseinander, schob, drängelte, um zurück hinter die rettenden Mauern der Stadt zu kommen. Der Körper des Toten wurde einfach fallen gelassen. Constance stolperte, fiel auf die Knie und wurde von James wieder hochgezogen. Ohne sie loszulassen, lief er auf die Garnison zu, und Constance vermochte kaum, ihm zu folgen. Sie war außer Atem, hielt sich die Seite und konnte nur denken: mein Kind, hoffentlich passiert meinem Kind nichts.
Als James endlich stehen blieb und sie wieder zu Atem kam, war ihr, als laufe ein Ziehen durch ihren Bauch. Sie legte die Hände darauf und sog die Luft in langen Zügen ein. Das Ziehen ließ nach, dafür zitterten ihr nun die Knie. Konnte das Kind Schaden von dem Laufen oder dem Knall des Geschosses nehmen? »Bitte nicht«, murmelte sie.

»Was ist denn?«, fragte James und gab sich keine Mühe, seine Ungeduld zu verbergen.
»Nichts.« Sie presste eine Hand an die Brust, als könne sie ihr wild schlagendes Herz dadurch beruhigen. John kam zu ihnen. Sie hatte ihn auf der Beerdigung gar nicht bemerkt, aber vielleicht hatte er nur Garnisonsdienst und war daher in der Nähe gewesen.
»Geht es dir gut?«
»Ja, vielen Dank.« Constance versuchte, die Schultern zu straffen, und in der Tat ging es ihr langsam wieder besser. Nur die Angst um ihr Kind blieb und ließ ihren Herzschlag nicht zur Ruhe kommen.
Indes war die Garnison in heller Aufregung. Der Zeitpunkt der ersten Bombardierung seitens der Spanier hatte einen bitteren Beigeschmack, und Constance war sich sicher, dass sie nicht die Einzige war, die an den vergessenen Toten auf dem Friedhof dachte.
»Werden sie nun die Stadt beschießen?«, fragte Constance, auch wenn sie wusste, dass John dies unmöglich wissen konnte.
»Wir werden sehen.« John sah zu den Schiffen und wandte sich dann zur spanischen Grenze. »Lord Westlake, Sie sollten Ihre Frau besser heimbringen. Es kann sein, dass Spanien uns nur aufscheuchen wollte, aber falls nicht, machen Sie sich bereit, an die Südseite in die Hütten zu ziehen.«
James nickte, und Constance bemerkte, wie blass er geworden war. Er ließ sie die Kutsche besteigen, und der Kutscher trieb die beiden Pferde nach Hause, so schnell es möglich war. Constance stützte sich ab, um nicht ganz so arg durchgerüttelt zu werden. Sie wusste, es war Unsinn,

aber derzeit fühlte sie sich, als trage sie eine zerbrechliche Last, ähnlich einem Gebilde aus zartem Glas. Was, so dachte sie, ertrugen da erst die Frauen der Bauern, die bis kurz vor der Geburt auf den Feldern standen? Aber mit Vernunft kam sie dem Gefühl nicht bei.

Als sie daheim ankamen, versetzte James sofort das Personal in Aufruhr, indem er anordnete, umgehend alles zu packen, was sie für ihren Aufenthalt in der Hütte benötigten.

»Ich weiß wahrhaftig nicht, wie ich es erneut in diesem zugigen Verschlag aushalten soll, womöglich sogar für mehrere Tage«, sagte er.

Constance wollte auf das Jammern nicht eingehen und zuckte nur mit den Schultern. Schon beim letzten Mal hatte James nicht aufgehört, sich zu beklagen. Dabei war es ja nicht so, als habe er die ganze Zeit dasitzen und warten müssen. Er war oft unterwegs gewesen und hatte auf ihre Fragen, wohin er denn gegangen sei, nur barsch geantwortet, er müsse an die frische Luft und ob sie ihm das verwehren wolle.

Als Constance gerade überlegte, ob sie sich hinlegen solle oder nicht, kam Mary zu Besuch. Sie ließ sie in den Salon führen und machte sich eilig ein wenig frisch, um nicht gar so abgekämpft auszusehen.

»Meine Liebe«, sagte Constance, als sie den Salon betrat und die Freundin begrüßte. »Ich hatte schon ein schlechtes Gewissen, weil ich dich so lange nicht besucht habe.«

Mary lächelte. »Das musst du nicht. In diesen Tagen ist jeder ausreichend mit seinen eigenen Belangen beschäftigt. Allein die Sorge darum, wie lange wir mit den Vorräten haushalten müssen, hat mich schon wegen der Kinder pausenlos beschäftigt.«

Daran hatte Constance auch schon gedacht, an Hunger, den auch das Ungeborene zu ertragen haben würde, wenn sie ihn litt. »Ich war auf der Beerdigung, als die Spanier die Kanone abgefeuert haben.«

»War es sehr schlimm?«

Constance nickte.

»Du siehst unwohl aus. Hat es dich arg mitgenommen?«

Nicht um meiner selbst willen, lag Constance auf der Zunge, aber sie beschränkte sich darauf, erneut zu nicken.

Mary öffnete den Mund und schien etwas sagen zu wollen, als der Dienstbote Olivia meldete. »Da sehen wir uns so lange nicht, und dann haben Olivia und ich denselben Gedanken.«

Olivia war blass, als sie den Raum betrat. »War das nicht furchtbar? Ich habe mich fast zu Tode erschrocken, als ich den Knall gehört habe.«

»Mich wundert, dass John dir erlaubt hat, das Haus zu verlassen«, antwortete Constance.

»Er war gar nicht daheim, also konnte er es mir auch nicht verbieten.«

»Oliver wäre sicher auch nicht begeistert«, sagte Mary, »aber auch er war nicht daheim …« Sie zuckte mit den Schultern.

»Na, so was«, sagte Constance mit gespieltem Erstaunen, »sehe ich da womöglich einen Akt der Auflehnung von unserer sanftmütigen Mary gegen ihren strengen Gemahl?«

Diese lächelte. »So streng ist er gar nicht.«

»Den Umstand weiß er aber gut zu verbergen.«

Nun lachte Mary. »Dem kann ich nichts entgegensetzen.« Sie wandte sich an Olivia. »Aber hier ist ja noch eine Dame, die da mitreden kann.«

»John ist nicht streng, er ist unleidlich und unerträglich bestimmend.«

Ah, dachte Constance, das glaube ich aufs Wort. Und Olivia sah dennoch so aus, als sei sie dem unleidlichen John rettungslos verfallen, auch wenn sie sich bemühte, sich nichts anmerken zu lassen. Mary war es wohl auch nicht entgangen, wenn man ihr kleines Lächeln richtig deutete. Eine flüchtige Bitterkeit stieg in Constance auf und hinterließ einen schlechten Nachgeschmack. Mary führte eine glückliche Ehe, und mochte Olivia auch nicht glücklich sein, so war John doch ein gänzlich anderes Kaliber als James. Constance zweifelte nicht daran, dass John zumindest versuchen würde, Olivia ein glückliches Leben zu ermöglichen.

In dem plötzlichen Wunsch zu zeigen, dass auch an ihr das Glück nicht gänzlich vorbeigegangen war, sagte sie unvermittelt: »Ich erwarte ein Kind.«

Die Reaktionen der beiden Frauen waren gänzlich unterschiedlich zueinander. Während Marys Gesicht aufleuchtete, schien sich über Olivias Züge ein flüchtiger Schatten zu legen, den jedoch ihr Lächeln sofort wegwischte.

»Wie wunderbar«, sagte Mary. »Wann ist es so weit?«

»Ich bin noch ganz am Anfang. Es sind noch sechs Monate, wenn ich richtig gerechnet habe.«

Mary legte ihr die Hand auf den Arm. »Du solltest dich angesichts der Lage auf jeden Fall so gut wie möglich schonen. Was sagt dein Mann dazu?«

»Er weiß noch nichts, ihr seid die Ersten.«

»Oh.« Mehr sagte Mary nicht, und Constance wurde klar, dass sie gerade ein deutlicheres Bild ihrer Ehe abgegeben hatte, als es ihr je in Worte zu fassen möglich gewesen wäre.

Olivia, die ja wusste, wie es zwischen ihr und James stand, sah Constance nur nachdenklich an.

Am frühen Abend, als die Freundinnen sich verabschiedet hatten, lag Constance im Bett und starrte an den Betthimmel, als sie James das Nebenzimmer betreten hörte. Wie es in ihren Kreisen nicht unüblich war, teilten sie nicht das Schlafzimmer. Anfangs war Constance ein wenig enttäuscht gewesen über diesen Mangel an Nähe, dann jedoch hatte sie das Arrangement zu schätzen gelernt.
Sie musste eingeschlafen sein, denn als sie die Augen wieder aufschlug, war es mitten in der Nacht, und sie hörte jemanden über den Korridor gehen. Es konnte nur James sein, sie kannte seinen Schritt. Sie wartete darauf, dass er zu seinem Zimmer zurückkehrte, aber es blieb still. Irgendwann vernahm sie, kaum hörbar, wie die Haustür ins Schloss fiel. Was für eine seltsame Uhrzeit, um auszugehen, dachte sie, selbst für James. Aber dergleichen hatte bereits aufgehört, sie zu kümmern.
Das nächste Mal erwachte sie, als der frühe Morgen angebrochen war, und sie wusste zunächst nicht so recht, was sie geweckt hatte, als im nächsten Moment ein Knall die Stadt erzittern ließ. Constance fuhr zusammen, stürzte ans Fenster, konnte jedoch außer dichtem Rauch über den Häusern nichts erkennen. »Zwölfter Januar«, sagte sie halblaut zu sich selbst, »das sind exakt vier Monate, seitdem der erste Schuss auf Spanien abgegeben worden war.« Die Spanier hatten sich mit der Revanche wahrhaftig Zeit gelassen. Aber nun schienen sie die Stadt ins Visier genommen zu haben.
Constance zog sich einen Morgenmantel an und trat auf den Korridor hinaus. Sie schaute in James' Zimmer, sah

sein Bett jedoch unberührt. Das Personal fand sich in der Eingangshalle ein, alle schreckensbleich, zwei sehr junge Mädchen schluchzten leise. Obwohl sie selbst nicht minder erschrocken war, bemühte Constance sich, die Dienstboten zu beruhigen.

Keine halbe Stunde später ging die Haustür auf, und James trat ein. Ihre Blicke trafen sich. *Wo warst du?* Er lächelte mit spöttelnder Überlegenheit und wirkte trotz seiner Übermüdung überaus zufrieden. Seine Kleidung jedoch sah aus, als habe er sich in aller Eile angezogen. Vermutlich, so dachte sie verächtlich, hatte er es mit seinen Freunden bei einem Trinkgelage lang werden lassen.

»Es wurde eine Frau verletzt«, sagte er mit jener Spannung in der Stimme, die jemand anschlug, der wusste, dass er als Erster Neuigkeiten überbrachte. »Eine Putzmacherin, die hier in der Nähe ein Geschäft führt.« Er wandte sich an Constance. »Du wirst sie sicher kennen. Sie wollte wie immer zu ihrem Geschäft, als das Geschoss einschlug. Ihr Bein wurde von mehreren Splittern getroffen.« James' Stimme bekam etwas Verächtliches. »Sie fühlt sich vermutlich als Heldin.«

Und warum auch nicht, dachte Constance. Ein Mann, der das erste Opfer dieser Belagerung geworden wäre, hätte sich sicher ebenfalls als Held gefühlt und seine Geschichte erzählt. Sie kehrte in ihr Zimmer zurück und legte sich ins Bett, obschon sie lange genug geschlafen hatte, aber sie wusste einfach nichts Rechtes mit sich anzufangen. Zum Lesen fehlte ihr die Ruhe, und sonst gab es nichts zu tun. Besuche waren gänzlich ausgeschlossen.

Zwei Stunden später fiel der nächste Kanonenschuss, zwei weitere folgten, alle Kugeln schlugen in die Stadt ein. Jetzt gab es für die Stadtbevölkerung kein Halten mehr, und alles strebte zur Südspitze. James ließ die Wertgegenstände in die Bunker bringen, wie es die anderen Familien ebenfalls handhabten, dann gab er das Zeichen zum Aufbruch. Es war ein, wie sich herausstellte, vollkommen sinnloser Aufwand. Noch in derselben Nacht kehrten alle in ihre Häuser zurück, denn die Spanier verharrten wieder regungslos.

Niemand wusste so recht, woher das Gerücht stammte, dass Rettung aus England geschickt worden war, aber unversehens hörte man es an jeder Ecke. Am Abend des dreizehnten Januar rief Colonel Ross die kommandierenden Offiziere der verschiedenen Regimenter zu sich und sagte ihnen, dass der Gouverneur eine Kürzung der wöchentlichen Rationen für alle Soldaten angeordnet hatte, derzufolge sie nur noch ein halbes Pfund gesalzenes Rindfleisch, ein Viertelpfund gesalzenes anderes Fleisch und ein Pint Erbsensuppe bekamen. Als man dies am nächsten Tag den Männern mitteilte, wurde es ohne das geringste Murren akzeptiert. In der Garnison kam man zu der Auffassung, dass der Gouverneur ahnte, dass Entsatz nahe war, und er die Moral seiner Leute auf die Probe stellen wollte. Die Hoffnungen wurden genährt, als man beobachtete, wie Vizeadmiral Duff von der Alten Mole aus aufs Meer blickte.

Es folgten zwei Tage bangen Wartens, bis schließlich, am Samstag, den fünfzehnten Januar, mehrere Schiffe im Osten auftauchten, von denen eines die Bucht ansteuerte. Beim Näherkommen war zu sehen, dass es sich um eine Brigg handelte, die unter britischer Flagge segelte. Eine Schebecke und mehrere Galeeren kamen vom Cabrita Point, um sie abzufangen, aber die Brigg war zu schnell für sie, und ihre Schüsse gerieten zu kurz. Die Szenen, die sich dann an der Neuen Mole abspielten, waren tumultartig. Es schien, als habe sich die gesamte Garnison eingefunden. Die Menschen lachten und brachen in Jubelgeschrei aus. Bei der Brigg handelte es sich um die *Sophia*, die Militärmaterial geladen hatte, und ihr Kapitän berichtete, dass er fünf Tage zuvor in der Bucht von Biscaya vom Hauptschiffskonvoi getrennt worden war. Der Enthusiasmus in der Garnison erfuhr einen Dämpfer, als der Kapitän sagte, dass er neun feindliche Kriegsschiffe vor Cádiz hatte liegen sehen, jedoch war allein die Tatsache, dass die britische Flagge wieder die Meeresstraßen kreuzte, ausreichend Grund zur Freude.

Schon am Abend des nächsten Tages erreichte eine weitere Brigg Gibraltar und brachte die Neuigkeit mit, Admiral Rodney steuere mit einem großen Konvoi, der Nahrungsmittel, allerlei Vorräte und Verstärkung mit sich führte, Gibraltar an.

Am Abend des Achtzehnten waren die Mauern der Festung von Männern bevölkert, die mit Fernrohren aufs Meer schauten. Das Wetter war diesig, und es tobte ein Sturm, in den sich ein heftiges Gewitter entlud. John rieb sich den Regen aus den Augen und zog die Schultern hoch. Er war vollkommen durchnässt, und seine Kleidung klebte kalt an seiner Haut. Ein kurzer Blick zeigte ihm, dass es Olivia nicht besser erging, aber sie harrte aus, ebenso wie viele andere. Er hatte sie nicht davon abhalten können, sich Tag für Tag an der Alten Mole einzufinden. Weil er wusste, wie unerträglich es war, untätig daheimzusitzen und zu warten, erhob er keine Einwände, wenn sie bis spätabends am Hafen war, vorausgesetzt, er, ihr Vater oder ihr Bruder begleitete sie später nach Hause. Jetzt verließ er seinen Aussichtsplatz und ging zu ihr. Beim Näherkommen bemerkte er, dass sie vor Kälte zitterte. Obwohl er wusste, dass es nicht viel half, legte er ihr den Arm um die Schulter und zog sie an sich.

»Willst du nicht heimgehen?«, fragte er. »Du erkältest dich.«

»Du bist doch auch hier und nicht weniger nass als ich.« Sie lehnte den Kopf an seine Schulter.

Die Dunkelheit kam früh an diesem Tag, und ihr ging kaum eine Dämmerung voraus, sondern es war, als senke sich ein schwarzer Schleier abrupt über die Garnison. Vom Europa-Plateau aus erscholl plötzlich ein Ruf. Olivia richtete sich auf und stellte sich auf die Zehenspitzen, als könne sie dann mehr sehen.

»John.« Aufgeregt umklammerte sie mit einer Hand seinen Arm und wies mit der anderen aufs Meer, als zeige sie ihm etwas, das er selbst noch nicht wahrgenommen hatte. »Die Schiffe. O John, die Schiffe.« Sie schlug eine Hand vor den Mund, rang um Fassung. »Die Schiffe. Sieh nur.«

Gewitterblitze beleuchteten die Flotte, die am Horizont sichtbar wurde. Aufschreie wurden laut, Jubel folgte. Olivia konnte kaum an sich halten, fiel John um den Hals, und er hob sie hoch und wirbelte sie lachend im Kreis herum.

Nach und nach kamen die Schiffe in Sicht, zunächst die Fregatte *Apollo*, ihr folgten zwei weitere Kriegsschiffe, dann ein spanisches Schiff, die *Phoenix*, die in Gefangenschaft geraten war. Immer mehr Schiffe wurden sichtbar, und schließlich kamen die letzten Schiffe mitsamt ihrer Eskorte, in der Mitte Admiral Rodney selbst auf der

Sandwich, einem der größten und gefürchtetsten britischen Kriegsschiffe. Olivia hatte eine Hand gehoben und beschirmte ihre Augen, um sie vor dem Regen zu schützen. »Meinst du, es wird jetzt alles besser?«, fragte sie. »Kann es sein, dass es vorbei ist?«

»Vorbei sicher nicht«, antwortete John, der ihr nur ungern die Hoffnung nahm, »ein Friedensschluss scheint angesichts der Schlachten, die die Flotte unterwegs zu schlagen hatte, nicht in Sicht. Aber vielleicht bekommen wir jetzt mehr Hilfe aus England. Möglicherweise sieht Spanien dann auch ein, dass die Belagerung sinnlos ist, und gibt auf – das wäre nicht das erste Mal in der Geschichte.«

Die durchweichte Krempe ihres Hutes drohte ihr die Sicht zu nehmen, und Olivia hob sie leicht an. »Denkst du, sie entladen heute noch?«

»Nein, auf gar keinen Fall. Aber wir sollten morgen zeitig hier sein.«

Ein flüchtiges Lächeln stahl sich auf ihre Lippen. »Willst du mich damit diskret darauf hinweisen, dass ich heimgehen soll, gerade jetzt, wo es so spannend wird?«

Er zwinkerte ihr zu. »Ich komme auch mit. Und was die Spannung angeht: Hier passiert heute nicht mehr viel, glaub mir.«

Sie schien zu zögern, schließlich jedoch gab sie nach und begleitete ihn zur Kutsche. Er half ihr hinein, was mit ihren nassen Röcken nicht so ganz einfach war, dann holte er sein Pferd und folgte der Kutsche auf den Heimweg. Inzwischen fror er erbärmlich und wünschte sich nichts mehr, als die Uniform ausziehen zu dürfen. Sein zurückgebundenes Haar klebte ihm trotz Dreispitz nass im Nacken, und immer wieder lösten sich Tropfen davon, die ihm in den

Kragen rannen. Sein Pferd schüttelte den Kopf, und John hätte nichts dagegen gehabt, es ihm gleichtun zu dürfen. Daheim ließ er Olivia den Vortritt im Ankleidezimmer, wohin sie in Begleitung ihrer Zofe verschwand, kaum dass sie das Haus betreten hatten. Er selbst ging ins Schlafzimmer und schälte sich die Kleidung vom Körper. In seinen Morgenmantel gekleidet, wartete er höflich darauf, dass Olivia fertig wurde. Indes dachte er darüber nach, ob ihn wohl am kommenden Tag Briefe erreichen würden. Er wartete dringend auf Antworten auf einige seiner letzten Schreiben.

Aus dem Korridor wurden Stimmen laut, eine davon gehörte Ian, die andere Esperanza. John hörte, wie Ian das Mädchen ungehalten fragte, wo es gewesen sei und was es sich vorstelle, wer den Herrschaften das Abendessen bereite. Esperanzas Antwort war zu leise, als dass er sie hätte verstehen können, aber ihm fiel siedend heiß ein, dass er sich darum hatte kümmern wollen, was sie trieb. Am nächsten Tag würde er unbedingt mit ihr reden müssen.

Am nächsten Morgen jedoch fand er nicht die Zeit für das Mädchen, denn Olivia drängte bereits zum Aufbruch, kaum dass er die Augen aufgeschlagen hatte. Die gesamte Stadt schien bereits vor der Morgendämmerung auf den Beinen zu sein. Gehortete Bestände von Luxusartikeln wie Tee und Kaffee wurden unbekümmert verteilt, die Damen trugen ihre besten Hüte.

Die Parole des Tages war »Sieg«, und Gouverneur Eliott befahl, dass die Willis's Batteries einundzwanzig Salutschüsse abfeuern sollten. Der verantwortliche Artillerie-Offizier ordnete an, dass die Kanonen für den Salut auf Fort St. Barbara an der Grenze zu Spanien zielen sollte. Als der letzte Schuss verklungen war, gab es glücklicherweise keine Antwort vonseiten der Spanier, stattdessen jubelten die Menschen, und die *Edgar* umrundete den Europa Point und eskortierte das gefangene Flaggschiff, die *Phoenix.* Es gab weitere Jubelschreie, als Admiral Langara in einer Sänfte an Land gebracht wurde, und seine Eskorte musste die neugierigen Damen regelrecht zurückdrängen, als diese versuchten, einen Blick auf den Spanier zu werfen, von dem man sagte, er sei in der Leistengegend verwundet.

John stand neben Olivia und beglückwünschte sich innerlich dazu, dass seine Frau sich nicht inmitten dieser drängenden Schar befand. Er zog sie an sich, weil er der Meinung war, dass so viel Benehmen eine gewisse Würdigung verdiente. Sie indes war einzig auf das Schiff konzentriert, der spanische Admiral verlangte ihr keine Aufmerksamkeit ab.

Allerdings ging das Entladen nicht so schnell vonstatten, wie man es erwartet hatte. Den ganzen Tag über herrschte ein reges Gedränge, aber die Schiffe mit den Vorräten waren noch nicht eingetroffen. In dieser Nacht lief die *Prince George* unter dem Kommando von Admiral Digby ein, der Prinz William Henry, den drittältesten Sohn von König George III., an Bord hatte. Diesen Zeitpunkt wählte John, um mit Olivia heimzugehen, es wurde erneut eine kurze Nacht, und am nächsten Morgen standen sie wieder an der Bucht. Es dauerte bis zur Mittagsstunde, als der Prinz, der auf dem Schiff als Seekadett diente, für eine Weile an Land ging, und allenthalben wurde versichert, dass er eine glänzende Figur machte in seiner Uniform. Der zwanzigste Januar war der Geburtstag des Königs von Spanien, und entlang der Bucht von Algeciras wurden seine Flaggen gehisst unter dem Schutz der Landbatterie, die eilig erstellt worden war.

Am einundzwanzigsten schließlich liefen immer mehr Schiffe nach und nach in der Bucht ein. Das Gerücht machte die Runde, dass Admiral Langara beim Anblick von Prinz William Henry, als dieser seinen Pflichten nachkam, gesagt haben solle: »Großbritannien hat sich das Empire auf See verdient, wenn sie die geringsten Positionen ihrer Navy mit reinblütigen Prinzen besetzen.«

Schon bald war die Fläche entlang der Neuen Mole mit einer wachsenden Menge an Kisten, Bottichen, Fässern und Stoffballen vollgestellt. Dazwischen liefen blökend Schafe umher. Es war ein freudiges Durcheinander, und dieses setzte sich fort, wohin man auch blickte: Unordnung, weil vier Kriegsschiffe zum feindlichen Lager abgedriftet waren und zurückgeschleppt werden mussten, Verwirrung, weil die Offiziere der Navy zu viele Einladungen annahmen, und Irritation, als drei Schiffe nach Tetuan geschickt wurden, wo sie Rinder und Holz abholen sollten, das Mr. Logie dort bereitgestellt hatte, und bei der Ankunft feststellten, dass ihr Lager so voll war, dass nicht einmal eine Kuh hineingepasst hatte, so dass sie gezwungen waren, nach Gibraltar zurückzukehren. Was jedoch vermisst wurde, waren frische Vorräte – in dieser Hinsicht war es um die Garnison nicht besser bestellt als vorher. Ein Schiff aus Neufundland hatte fünfhunderttausend Pfund gesalzenen Kabeljau geladen. Es machte den Anschein, als gebe es nun genug Nahrungsmittelvorräte, so dass man keinen weiteren Versuch machte, andere Schiffe nach Tetuan zu schicken.

John hatte Olivia aus den Augen verloren. Sie war irgendwo in der Menge untergetaucht. Er hatte sie ziehen lassen, und so wandte er sich seinen eigenen Belangen zu. Besonders glücklich konnten sich jene schätzen, die wohlmeinende und fürsorgliche Verwandte und Freunde in England hatten, und so fand auch John einiges an Paketen vor, die ihm seine Mutter und zwei enge Freunde geschickt hatten, zudem Butter, Zucker und gesalzenes Fleisch, außerdem Tee, Kaffee und ein Schaf, das ihn die nächsten Tage mit frischem Fleisch versorgen würde. Das restliche Fleisch würde er salzen und haltbar machen lassen. Er stieß ein stilles Dankgebet aus. Der Zucker war durch die Nässe klumpig geworden, und John wies Ian und Thomas an, die Vorräte daheim umzufüllen. Während sie die Kutsche beluden, ging er feststellen, ob Briefe für ihn gekommen waren.

Drei Schreiben waren an ihn adressiert, und John verspürte eine eigenartige Erregung, als er die Absender studierte. Einer war von seiner Mutter, damit hatte er gerechnet, einer von Stadtrichter Oscar Summers, in dem dieser ihn mit den knappen Worten abfertigte, die Ermittlungen bezüglich Jared Retallick seien ihren richtigen Weg gegangen, und schließlich der Brief eines Mannes, den er dafür bezahlte, dass sich dieser in Gassen herumtrieb und Nachforschungen anstellte. John riss den Brief auf und begann zu lesen:

Bezüglich der Angelegenheit Lieut. S. Kil. ergab sich bisher Folgendes: Einer der Männer, die ich in Ihrem Auftrag befragt habe …

John wusste nicht, wie er gemerkt hatte, dass er nicht mehr allein las, aber einem Impuls folgend, faltete er den Brief zusammen und drehte sich um. Olivia stand hinter ihm, sah ihn aus geweiteten Augen verstört an.

»Was tust du hier?«, fragte er barsch.
»Ich wollte dich fragen, ob wir heimfahren.« Ihre Stimme zitterte leicht. »Ist in dem Brief die Rede von meinem Bruder?«
Er war so wütend auf sie, dass er sie vor allen Leuten hätte durchschütteln können. »Warum schleichst du dich von hinten an und liest meinen Brief mit?«
»Das war nicht meine Absicht, ich wollte dich überraschen. Meine Tante hat uns ein Hochzeitsgeschenk geschickt, und du standest da mit dem Brief in der Hand. Wäre mir nicht diese Abkürzung direkt ins Auge gesprungen, hätte ich nicht …«
»Fahr heim«, schnitt er ihr das Wort ab. »Du hast doch alles, oder nicht?«
Sie nickte nur und wirkte nach wie vor verstört. »Sag mir doch wenigstens, ob mein Bruder gemeint ist. Es kann ja niemand sonst sein.«
»Vergiss es einfach, sei so gut. Und nun geh.« John wandte sich abrupt ab und ließ sie stehen. Er faltete den Brief erneut auf und las im Gehen, ohne sich noch einmal nach ihr umzuschauen.

Obwohl der Zorn wild in ihrer Brust gebrodelt hatte, war es Olivia zu ihrem eigenen Erstaunen gelungen, zu Ruhe und Besonnenheit zu finden, als John später heimkam. Weil sie wusste, dass es nichts gebracht hätte, weiter in ihn zu dringen, schwieg sie zu dem Brief und zu seiner rüden Zurechtweisung. Im Nachhinein erschien es ihr unklug, ihn überhaupt darauf angesprochen zu haben, noch dazu am Hafen in aller Öffentlichkeit. Sie war froh, dass im allgemeinen Trubel niemand auf sie geachtet hatte.

Zwar schien John der Ruhe nicht so recht zu trauen und warf ihr bei Tisch den einen oder anderen argwöhnischen Blick zu, sie jedoch schaffte es sogar, zu lächeln. Da John an ehelicher Harmonie – oder dem, was er darunter verstand – eher gelegen war als an einer Aussprache, akzeptierte er ihren Stimmungsumschwung und schwieg ebenfalls.

Nach dem Essen zog er sich in sein Arbeitszimmer zurück, und Olivia ging ins Schlafzimmer, um noch ein wenig zu schreiben. Als sie jedoch vor dem Blatt saß und die Schreibfeder in der Hand hielt, wollte sich kein Satz formen lassen. Stattdessen standen ihr wieder und wieder die Ereignisse am Hafen vor Augen. Halbherzig begann sie eine Szene, die am Hafen der Themse spielte, fügte Satz an Satz und hielt inne. Das klang hölzern, ohne Leben. Sie schloss die Augen und ließ sich von ihren Gefühlen treiben. In diesem Moment schlug Olympia die Lider auf, war lebendig und getrieben von Gefühlen, die sie an diesem Morgen an den Hafen führten. Olivia begann zu schreiben, und jetzt konnte sie die Bilder, die ihr vor Augen standen, kaum schnell genug zu Papier bringen, so rasch wechselten sie, waren beseelt von Leidenschaften, atmeten, lebten. Und während die stolze, unbeugsame Olympia am Hafen stand und später durch die Straßen lief, das Kleid aus Schutz vor Unrat so hoch gerafft, dass es gerade noch dem Anstand entsprach, und wagemutig genug, keine verschlossenen Türen zu akzeptieren, suchte Olivia vergebens nach einem Ausweg für ihr eigenes Leben.

Das Wetter war während der gesamten Zeit, in der die Flotte vor Anker lag, regnerisch und stürmisch. Die Spanier verhielten sich bemerkenswert ruhig, nur hin und wieder fiel ein Schuss, wenn ein Schiff den spanischen Batterien zu nahe kam. Die Hauptaktivität der spanischen Armee bestand derzeit darin, Deserteure aus den eigenen Reihen zu verfolgen. Am Fünfundzwanzigsten kam es zu einem unerfreulichen Zwischenfall in der Landenge, als die Verfolger unter den Deserteuren ein wahres Massaker anrichteten. Um acht Uhr in der Frühe desertierten ein Korporal und fünf Soldaten. Kavallerie und Fußsoldaten jagten hinter ihnen her über die Landenge, fingen den Korporal ein, prügelten zwei nieder und stachen mit den Bajonetten auf sie ein, schlugen danach mit den Gewehrkolben zu. Wer das überlebte, wurde öffentlich gehängt. Drei Soldaten schafften es jedoch bis in die Garnison und konnten von überfluteten Schützengräben und großen Unannehmlichkeiten auf spanischer Seite berichten.
Die Anwesenheit einer großen britischen Flotte sorgte dafür, dass die Bevorratung der Spanier zunächst stillgelegt wurde, denn für Länder mit schlechten Straßen, wie es in Spanien der Fall war, war die Versorgung über Schiffe, die die Küsten anliefen, essenziell. Nun bestand ein Engpass, was Nahrung und die Versorgung mit alltäglichen Waren anging.
Inzwischen war es der Garnison auch möglich, sich über die Meerenge zu bevorraten, und so kamen Ochsen, Zitronen, Orangen – letztere beiden wertvoll gegen Skorbut, wie man erst kürzlich entdeckt hatte – und etliche andere Waren in den Häfen an. Es gab täglich Unterredungen, um die Bedingungen auszuhandeln, unter denen die spanischen

Gefangenen, insbesondere die kranken und verwundeten, in ihre Heimat entlassen wurden. Mehrere spanische Offiziere sollten ebenfalls freigelassen werden, allerdings auf Bewährung, was bedeutete, dass sie versprechen mussten, in diesem Krieg nicht mehr aktiv zu werden. Unter den Freigelassenen befand sich auch Admiral Langara. Man plante, sie zu überstellen, wenn die Flotte in See gestochen war.

In der Garnison war man zuversichtlich. Admiral Rodney hatte zwar reichlich Proviantierung mitgebracht, aber es wurde weitaus mehr gebraucht, und so versorgte man sich auch an dem, was man auf den spanischen Kriegsschiffen fand, insbesondere Kanonen, Schwarzpulver und Kohle. Während die Flotte vor Anker lag, gab es viele Feiern unter den Offizieren, sowohl an Land in den Häusern der Stadt als auch in den Offiziersmessen der Schiffe.

Auf einer dieser Feiern traf Stanley im Februar, wenige Tage vor der geplanten Abreise der britischen Flotte, auf einen ehemaligen Freund, Lieutenant Andrew Brenthoven, der nun Offizier zur See war. Sie befanden sich im Haus von Richter Holbrooke, und die Feier wurde immer ausgelassener, je weiter die Nacht fortschritt.

»Du hättest uns sehen sollen, als wir aufgebrochen sind«, erzählte der junge Lieutenant Stanley, während sie beisammenstanden, und untermalte seinen Bericht mit lebhaften Gesten. »Wir sind Ende Dezember aus dem Kanal gesegelt, Rodney und unter seinem Kommando zweiundzwanzig Kriegsschiffe.« Andrew Brenthoven grinste. »Was für ein Anblick das war, kannst du dir sicher vorstellen.«

Oh ja, dachte Stanley, nur zu gut, und eine unbeschreibliche Sehnsucht weitete sein Herz.

»Wir sind am siebten Januar West-Indien-Schiffen und ihrer Eskorte begegnet, die für die Kompanie unterwegs waren, und wurden mit fünfzehn Kanonenschüssen begrüßt. Am nächsten Morgen haben wir zweiundzwanzig spanische Segel gesichtet, sie verfolgt, und alle Schiffe«, Lieutenant Brenthoven öffnete die Hand und schloss sie zur Faust, »wurden gefangen genommen, eines davon trug vierundsechzig Kanonen.«

»So einfach?«

»Nun ja, nicht ganz«, räumte Andrew Brenthoven ein. »Es war ein hartes Gefecht, zweifellos. Aber ohne Kampf kein Ruhm, nicht wahr?«

Das Vierundsechzig-Kanonen-Schiff war mit einer britischen Crew bemannt und nach Gibraltar vorausgeschickt worden, in seiner Gefolgschaft ein Dutzend gefangene Versorgungsschiffe, die für die spanische Flotte vor Cádiz gedacht gewesen waren.

»Am sechzehnten Januar sind wir auf eine spanische Flotte mit elf Linienschiffen und zwei Sechsundzwanzig-Kanonen-Fregatten gestoßen. Rodney hat das Signal zur Schlacht gegeben, und die Spanier haben die Herausforderung angenommen. Wir haben die ganze Nacht gekämpft, bis in den frühen Morgen, und dabei sechs feindliche Schiffe erobert. Allerdings hat Spanien danach eines der Schiffe zurückerobert und wahrscheinlich nach Cádiz gebracht.«

Stanley hatte die Details der Schlacht bereits mehrfach gehört, man sprach allerorten davon, sie trug bereits jetzt schon den Namen *Moonlight Battle*, Rodneys Mondlichtschlacht, die er in sturmumtoster Dunkelheit geschlagen hatte.

»Aber sag mal«, Andrew Brenthoven neigte sich vertrau-

lich näher, »warum hast du mir Olivia nicht freigehalten?« Er zwinkerte.
»Sir John war leider schneller als du, da hätte selbst ich nichts ausrichten können.«
»Ein Major von Adel, na, da kann jemand von meinem Rang natürlich nicht mithalten.« Sein Grinsen strafte den jungen Lieutenant Lügen, denn als jüngster Sohn eines Viscount und im Gegensatz zu Sir John nicht mittellos, hätte er durchaus im Rennen liegen können, wäre er etwas älter gewesen.
»Mama hätte schwerlich darauf gewartet, dass du in den entsprechenden Rang aufsteigst, der dir eine Heirat ermöglicht hätte.«
Olivia verließ an Johns Seite die Tanzfläche, und Andrew Brenthoven klopfte Stanley auf die Schulter. »Du entschuldigst mich?«
Stanley jedoch dachte gar nicht daran, sich diese kleine Szene entgehen zu lassen, als sein Freund auf Olivia zulief, ihre Hände nahm und sagte: »Ah, mein Herz, warum hast du nicht auf mich gewartet?«
Über Olivias Gesicht ging ein Strahlen – ein seltener Anblick in letzter Zeit. »Andrew. Ich wusste gar nicht, dass du hier bist.«
»Die Pflichten, mein Liebes.« Er blickte auf und ließ Olivias Hände los. »Und Sie müssen der glückliche Ehemann sein.«
Glücklich, dachte Stanley, war in just diesem Moment nicht gerade das erste Wort, das einem einfiel, wenn man John ansah.
»Lieutenant Andrew Brenthoven, Sir«, stellte sein Freund sich vor.

»Major Sir John Retallick«, antwortete John.
»Ich müsste Sie fordern, mein Bester«, sagte Andrew, »aber leider verstehe ich mich nicht besonders aufs Fechten. Sind Sie gut mit der Pistole?«
John hob eine Braue, und im selben Moment setzte die Musik wieder ein.
»Sie erlauben?«, fragte Andrew und hatte Olivias Hand bereits wieder ergriffen, noch ehe John antworten konnte. Dieser bemerkte die vertrauliche Geste zweifellos, aber außer dem kurzen Anspannen seines Kiefers zeigte er keine Reaktion. Er nickte und machte eine kurze Geste zur Tanzfläche hin.
Stanley wusste nicht, ob sein Schwager ihn bemerkt hatte oder nicht, denn dieser drehte sich nun halb weg von ihm und behielt die Tanzfläche im Auge. Olivia lachte, wirkte geradezu ausgelassen, und erst jetzt fiel Stanley auf, wie lange er sie nicht mehr in dieser Stimmung erlebt hatte. Mit Erstaunen erkannte er, dass nicht nur Ruby und er sich gewandelt hatten, sondern auch seine Zwillingsschwester. Ihr schien die Freude am Leben irgendwo auf dem Weg von England hierher abhandengekommen zu sein, anfangs mochte sie sich noch daran geklammert haben, aber irgendwann war daraus ein schlichtes Überleben in der Fremde geworden. Man hätte sie nie hierherbringen dürfen, und man hätte ihr einen Mann aus Kreisen suchen müssen, die ihr vertraut waren und in denen sie sich zu bewegen wusste. Einem Mann wie John wäre Ruby gewachsen gewesen, nicht jedoch Olivia.
Diese kehrte nach dem ersten Tanz nicht zu John zurück, sondern wurde von dem nächsten jungen Offizier aufgefordert, der sie danach weiterreichte an einen Lieutenant

zur See, einen Captain, wieder an einen Lieutenant und dann, weil dem Anstand mit den Wechseln dazwischen Genüge getan worden war, zurück an Andrew. Nach dem Tanz raunte er ihr etwas ins Ohr, das sie hell auflachen ließ. Stanley machte sich bereit, jetzt einzuschreiten. Sie vergaß sich. Andrew jedoch wusste, was sich gehörte, und führte sie zu John.

Erhitzt und mit geröteten Wangen sah sie zu ihm auf. Ein junger Captain trat zu ihr und bat um den nächsten Tanz, sie jedoch gab ihm einen Korb.

»Ich bedaure, aber den nächsten Tanz habe ich meinem Mann versprochen«, sagte sie mit einem hinreißenden Lächeln an John gewandt.

Dieser lächelte ebenfalls, aber im Gegensatz zu Olivia ahnte Stanley, dass das nichts Gutes bedeuten konnte, was sich im nächsten Moment bestätigte. »Tun Sie sich keinen Zwang an, Captain«, sagte John. »Ich überlasse Ihnen den Tanz gerne. Es dürfte außer Ihnen nicht viele Männer geben, an die meine Frau heute noch nicht weitergereicht wurde.«

Olivia sah aus, als habe er sie ins Gesicht geschlagen, und der bedauernswerte Captain befand sich nun in einer Zwickmühle. Tanzte er mit ihr, musste er annehmen, John damit noch mehr zu verärgern, ließ er sie stehen, handelte er zutiefst unhöflich. Stanley trat vor und tat das einzig Mögliche.

»Ich bin heute noch nicht in den Genuss gekommen, Schwesterchen«, sagte er und bot ihr seinen Arm. »Ihr entschuldigt uns?«

Olivia wich seinem Blick aus, tanzte, als absolviere sie eine Pflichtübung, geriet mehrmals aus dem Takt, und als der Tanz vorbei war, war nicht nur Stanley froh.

»Danke«, murmelte sie.

»Aber nicht doch.«

Er hielt sich abseits und tanzte kein weiteres Mal, beobachtete jedoch aus der Ferne Olivia und John, und nicht nur er tat dies, sondern seine Mutter ebenfalls. Auch die Blicke seines Vaters zu John waren keinesfalls wohlwollend. Die Feier hingegen nahm scheinbar ungetrübt ihren Fortgang. Olivia jedoch wurde an diesem Abend kein weiteres Mal zum Tanzen aufgefordert.

»Haltung«, hatte ihre Mutter ihr ein ums andere Mal gesagt, und Olivia gab sich alle Mühe, den Rat zu beherzigen, als sie in der Kutsche saß und John neben ihr Platz nahm. Die ganze Zeit hatte sie sich zusammengerissen, aber nun, in der Dunkelheit, stiegen Schluchzer auf, an denen sie würgte. Hitze sammelte sich hinter ihren Lidern, und obwohl sie sich bemühte, die Tränen zurückzudrängen, konnte sie nicht verhindern, dass Nässe ihre Wimpern netzte. Je mehr sie sich darauf zu konzentrieren versuchte, nicht zu weinen, umso stärker wurde der Drang dazu. Daher zwang sie sich, ihre Gedanken in eine andere Richtung zu lenken, und stellte sich vor, mit welchen Worten sie die Situation beschreiben würde, wenn Olympia sie erlebt hätte.

Die Bilder, in denen Olympia voller Würde das Fest verließ, standen ihr deutlich vor Augen, wechselten mit jenen, in denen sie in der dunklen Kutsche saß, neben ihr der Geliebte, der wortreich sein Bedauern bekundete, hatte er doch nur aus Eifersucht und dem Gefühl verschmähter Liebe heraus gehandelt. Olivia hielt den letzten Gedanken fest, drehte ihn und legte das Bild der Eifersucht über John.

Konnte das in der Tat der Grund gewesen sein? Nein, dachte sie, John war ihr gegenüber nicht das erste Mal verletzend, und Eifersucht dahinter zu vermuten, nährte all jene Gefühle, die sie selbst so verletzlich machten. Sie schüttelte unmerklich den Kopf, als ließe sich der Gedanke dadurch vertreiben.

»War Lieutenant Brenthoven ein Bewerber um dich?«, fragte John wie beiläufig.

Olivia bemühte sich, sich keine Regung anmerken zu lassen. »Nein, nicht direkt. Er wäre Mama zu jung gewesen.«

»Aber ihr kennt euch gut?«

»Ja, er ist ein Freund von Stanley.«

»Ich verstehe.«

Garantiert tust du das, dachte Olivia und sank tiefer in ihren Sitz.

John räusperte sich leise. »Kanntest du mehrere Männer auf dem Ball?«

»Den einen oder anderen.«

Danach kehrte wieder Schweigen ein. Es lastete auf den Schultern, summte in den Ohren.

»Hast du es heute genossen?«, nahm John den Faden wieder auf.

Sie wollte zu einer heftigen Antwort ansetzen, die ihm das Ausmaß ihrer Gekränktheit vor Augen führte, hielt dann jedoch inne und stellte sich vor, sie sei Olympia. »Ja«, sagte sie mit so viel Ruhe, wie sie aufbringen konnte.

»Das ist schön, es war nämlich vorläufig sicher das letzte Mal.«

»Was meinst du?« Gänzlich ließ sich das verräterische Beben nicht aus ihrer Stimme heraushalten, gleich, wie viel Kälte sie hineinlegte. »Willst du mich daheim einsperren?«

»Habe ich Anlass dazu?«

»Nein.«

»Es wird sicher keine weiteren Feiern mehr geben, das meinte ich.«

Die Kutsche hielt im Hof vor ihrem Haus. John stieg aus, reichte Olivia die Hand, um ihr hinauszuhelfen. Sie ließ seine Hand los, kaum, dass sie die Kutsche verlassen hatte, und mied seinen Blick. In dem kleinen Eingangsbereich wünschte sie ihm eine gute Nacht und ging ins Schlafzimmer. Zunächst wartete sie, lauschte auf seine Schritte, aber wie sie es erwartet hatte, zog er sich zunächst in sein Arbeitszimmer zurück. Er würde warten, bis sie sich schlafen gelegt hatte, so gut kannte sie ihn inzwischen. Und weil sie sich sicher war, dass niemand kommen und sie stören würde, erlaubte sie es sich, die starre Haltung von ihren Schultern gleiten zu lassen, dann ließ sie sich aufs Bett fallen und brach in haltloses Weinen aus, das sie Schluchzer für Schluchzer in ihrem Kissen erstickte.

Das Wetter besserte sich, kurz bevor die Flotte am dreizehnten Februar wieder in See stach. Die Schiffe boten ausreichend Platz für Passagiere, und wer nach England zurückwollte, konnte dies nun im Schutz des britischen Admirals tun. Gouverneur Eliott legte zudem fest, dass die Frauen und Kinder jener Soldaten zur Abreise gezwungen wurden, die keine Vorräte für zwölf Monate gelagert hatten. Jede Person musste zweihundertfünfzig Pfund Mehl oder dreihundertsechzig Pfund Zwieback für den eigenen Bedarf übrig haben. Bei dieser Gelegenheit konnte man

gleich, wie gesagt wurde, vielen nutzlosen Essern den Weg aus der Garnison weisen.
Es gab keine große Zeremonie, als die Flotte aufbrach, und Stanley fragte sich, ob er der Einzige war, der von Wehmut erfasst wurde. Er wusste, dass Ruby hatte heimkehren wollen. Großtante Patty hatte ihr geschrieben, sie sei bereit, sie jederzeit bei sich aufzunehmen, aber das war am Widerstand seiner Mutter gescheitert. Auch der nachgiebige Vater sprach sich dagegen aus, als ihm glaubhaft dargelegt wurde, dass die Flotte ja immerhin in ein erneutes Gefecht geraten konnte – nach Stanleys Dafürhalten ein kalkulierbares Risiko. Er hatte ebenfalls einen Brief seiner Großtante erhalten, in dem sie ihn mit wenig schmeichelhaften Bezeichnungen bedachte.
Übel mitgespielt habt ihr dem Mädchen, Du und Deine Mutter. Von Dir, Stanley, gerade von Dir hätte ich das nicht erwartet, weiß ich doch, was sie Dir bedeutet. Du hättest Deine Mutter überzeugen können, auf Dich hört sie doch.
Das, so hatte Stanley gedacht, war ein Irrtum, dem viele aufsaßen.
Du hast eine große Schuld auf Dich geladen. Kannst Du es Ruby verdenken, dass sie Dir nicht verzeiht? Vielleicht bis in den Tod hinein?
Diese Sätze klangen immer noch in ihm nach. *Bis in den Tod hinein.* Und dabei hatte seine Tante nicht einmal eine Ahnung, worin seine größte Schuld bestand.

London, Mai 1777

Hätte Stanley seinen Freund in dem Haus nicht verteidigt, hätten die Männer ihn umgebracht. Aber nun würde er sterben, weil Stanley für ihn getötet hatte. Es stellte sich vor Gericht so dar, dass Jared den unbescholtenen Sohn eines hochangesehenen Mannes bestohlen und, als dieser sein Hab und Gut zurückholen wollte, umgebracht hatte. Konnte man sich in dem Fall noch darauf berufen, sich nur verteidigt zu haben? Wo war der Beweis, dass die Männer ihn wirklich töten und nicht nur ihr Eigentum hatten zurückholen wollen und ihm dabei einfach eine ordentliche Tracht Prügel verabreicht hatten? Stanley konnte es drehen und wenden, wie er wollte, es sah schlecht aus für Jared, und er wusste, dass er einschreiten musste.

Immer wieder war er drauf und dran, selbst vor Gericht zu erscheinen und eine Aussage zu machen, aber seine Mutter erklärte ihm, dass das nun, nachdem alle ausgesagt hätten, ihn nicht gesehen zu haben, das Dümmste wäre, was er tun konnte. Dann nämlich deutete alles auf ein Komplott hin, und dann werde nicht nur Jareds, sondern auch sein Kopf rollen. Jared, so sagte sie beruhigend, werde den seinen schon aus der Schlinge ziehen, schließlich habe ihm Sir John einen hervorragenden Anwalt an die Seite gestellt.

Stanley klammerte sich an die Hoffnung, dass man Jared schließlich freisprechen würde. Dieser konnte doch gar nicht mit dem Degen umgehen, wie sollte er dann zwei Männer überwältigen, noch dazu mit einer Waffe, die ihm nicht gehörte?

Als der Gerichtsprozess lief, schwieg er. Als Sir John ihn erneut aufsuchen wollte, schwieg er ebenfalls. Als das Gerichtsurteil verkündet wurde, schwieg er. Und als ihm zugetragen wurde, dass Jared im Gerichtssaal verzweifelt und den Tränen nahe seine Unschuld beteuert hatte, schwieg er weiterhin. Er ging den ganzen Tag durchs Haus, gekrümmt wie unter Schmerzen, wälzte Gedanken und sagte sich, dass man Jareds Unschuld erkennen werde. Und er verdrängte, dass dies nur möglich wäre, würde man Jared glauben, dass er ebenfalls anwesend gewesen war.

Drei Wochen vergingen, und Stanley erwachte am Hinrichtungsmorgen mit wild klopfendem Herzen. Er wollte das Schweigen beenden. Jetzt, dachte er, so lange noch Zeit ist. Lieber sterben als mit dieser Schuld weiterleben. Er zögerte jedoch, tat einen Schritt aus dem Zimmer, dann den nächsten, bis der letzte ihn an die Haustür führte. Auch hier zögerte er, wartete, zählte seine Atemzüge und versuchte zu vergessen, dass er weiterleben wollte. Hatte er wirklich den Tod dafür verdient, dass er Jareds Leben hatte retten wollen? Er ging dennoch weiter, schaffte es sogar, sein Pferd zu besteigen. Dann ritt er zum Richtplatz, ließ das Pferd die Gangart selbst wählen, und dieses entschied sich für die langsamste. Er war noch nicht angekommen, als er wusste, dass er zu spät kommen würde. Die Menschen zerstreuten sich wieder, Jared war tot.

Anfängliche Erleichterung, dem Tod entgangen zu sein, schlug um in namenloses Entsetzen, als ihn die Erkenntnis überfiel, dass das Leben schlimmer sein mochte als der Tod.

15

Gibraltar, Juni 1780

John hielt sein Gesicht in die Sonne, während er am Europa Point stand und aufs Meer blickte. Die Monate von März bis Mai waren gänzlich ereignislos gewesen, nur gelegentlich mal legte ein Schiff an. Windmill Hill, das über den tiefer gelegenen südlichen Teil des Felsens hinausragte, war ebenfalls bewehrt worden, sowohl nach Westen als auch nach Osten hin. An diesem Punkt lief die Halbinsel spitz zu, und ein enger, kurvenreicher Pass bildete den Zugang zum Gipfel. Die verfallenen Hütten am Fuß von Windmill Hill bis zum Europa Point waren bewaffnet worden mit weiteren Batterien, die über das steile und felsige Uferland wachten.

Über den langen, schmalen und zerklüfteten Bergkamm des Felsens, der von Willis's aus nach Süden verlief, verteilten sich mehrere Beobachtungsposten, einer davon im alten Maurischen Kastell, ein weiterer in Middle Hill, das nahe der nördlichen Verteidigungsstellungen gelegen und der Catalan Bay zugewandt war, und zwei ebenfalls mit Blick auf das Mittelmeer. Richtung Süden, verbunden mit den Abwehrstellungen an Windmill Hill, befanden sich die Stationen an Mount Misery und Sugar Loaf Point. Unterhalb dieser Wach- und Beobachtungsposten fiel die abschüssige westliche Front des Felsens ab auf gewaltige und unüberwindliche Massen von Stein, Geröll und Gefällen aus Sand bis hin zu der langen, unzugänglichen Küste. An einem isolierten Punkt, direkt unter Sugar Loaf Point, wo sich ein kleiner Strand und eine Höhle befanden, war ein Posten aufgestellt worden, der den Namen Cave Guard trug.

Was die Deserteure anging, hatte sich inzwischen ein recht reger Verkehr in beide Richtungen entwickelt, und die spanischen Soldaten desertieren in größeren Mengen nach Gibraltar als umgekehrt – was nicht gerade für die Spanier sprach. Warum englische Soldaten aus der Garnison nach Spanien flohen, war angesichts der Situation verständlich, wenn auch nicht tolerierbar. Manchmal schafften sie es bis an die spanischen Linien, manchmal wurden sie zurückgeholt, ehe sie weit kamen. Bisweilen fielen sie über die Steilhänge und ihre zerschmetterten Körper wurden daraufhin geborgen. Betroffen waren alle Regimenter von den Royal Manchester Volunteers bis zur Hannoveraner Garde, und es desertierten sowohl die jungen Soldaten als auch die abgebrühten Veteranen. Ein eher erheiternder Vorfall hatte sich Anfang Dezember ereignet, als die Spanier eine formelle Delegation geschickt hatten, um Colonel Greens Muli zurückzubringen, das einen Tag zuvor desertiert war.

Die spanischen Deserteure wurden mit wesentlich mehr Härte bestraft, und den Engländern bot sich mehr als einmal ein blutiges Schauspiel, wenn sie auf die Landenge blickten und dort sahen, wie die Flüchtigen von Dragonern gejagt und niedergeschlagen wurden. Hatte man die Deserteure gefangen, paradierten die spanischen Regimenter, und es folgte eine öffentliche Hinrichtung an hohen Galgen, die Körper ließ man bis zum Einbruch der Dunkelheit hängen.

Über die Garnison legte sich wieder lähmende Langeweile, die für John jedoch erst dadurch unerträglich wurde, dass er nach dem Dienst stets in ein unbehagliches Zuhause kam. Natürlich war es nicht recht gewesen, Olivia so anzuherrschen, als sie damals am Hafen eher ungewollt den Anfang seines Briefes mitgelesen hatte. Und selbstverständlich war sein Auftritt auf dem Ball mehr als ungalant gewesen – um es milde auszudrücken. Sein Schwiegervater hatte harschere Worte dafür gefunden. Auf der Heimfahrt nach dem Ball hatte John in der Kutsche nur zu deutlich gemerkt, wie sehr Olivia sich zusammenreißen musste, um nicht in Tränen auszubrechen. Allein schon ihre langsamen, konzentrierten Atemzüge hatten davon gezeugt, ebenso das unterschwellige Beben ihres Körpers. Daher hatte er sich auch, als sie daheim waren, in sein Arbeitszimmer zurückgezogen, um ihr Zeit zu geben, sich auszuweinen, und war erst zu Bett gegangen, als sie bereits schlief. Er hatte sich am nächsten Tag bei ihr entschuldigt, was sie mit einem Nicken und einem distanzierten Lächeln zur Kenntnis genommen hatte. Doch sie wussten beide, dass dieser Friede brüchig war, denn irgendwann würden sie zwangsläufig wieder aneinandergeraten.
John blickte über die Catalan Bay hinweg und dachte plötzlich an Pablo. Angesichts dessen, dass in Gibraltar jede Völkergruppe streng für sich blieb, von Genuesen und Spaniern einmal abgesehen, war seine Freundschaft mit Pablo eher ungewöhnlich. Sie hatten sich seinerzeit kennengelernt, als John Fisch bei ihm kaufte. Zwar waren noch viele seiner früheren Kameraden in Gibraltar stationiert, so dass er problemlos gesellschaftliche Kontakte neu aufleben lassen konnte, echte Freundschaften hatte er hier je-

doch nicht geschlossen, und gelegentlich fehlten ihm seine Freunde aus England. Warum er sich für seinen Wiedereintritt in die Armee ausgerechnet Gibraltar ausgesucht hatte, hatte keiner von ihnen verstanden. Jedoch war man wohl der Meinung, dass er den Abstand suchte, um über den Tod seines Bruders hinwegzukommen, so dass man seine Entscheidung nicht weiter in Frage gestellt hatte.

Jared. John massierte sich mit den Fingerspitzen die Augenlider. Wann hätte er seinem Bruder besser zuhören müssen? Wann Nuancen in dem, was dieser sagte, erkennen müssen, um ihm frühzeitig helfen zu können? Die Bilder von Jared, der auf seine Hinrichtung wartete. Jared, der in der Gefängniszelle saß, fassungslos nach dem Todesurteil und gelähmt vor Entsetzen. Jared, der sich in der Gerichtsverhandlung vergeblich Gehör zu verschaffen suchte. John hatte viel Geld dafür bezahlt, damit sein Bruder nicht irgendwo in einem namenlosen Grab verscharrt wurde. Zwar durfte er ihn nicht im Familiengrab beisetzen lassen, aber er begrub ihn auf einer Waldlichtung auf seinem Grund und Boden. Hier würde niemand die Ruhe des Toten stören.

Das Thema Jared führte unweigerlich zu Olivia zurück, und John wusste, dass er zu unleidlich mit ihr verfuhr. Er verengte die Augen und spähte in die dunstigen Konturen der nordafrikanischen Küste. Ein Kompromiss, dachte er, ein kleines Entgegenkommen seinerseits, anders wäre kein friedvolles Zusammenleben möglich. Am kommenden Tag würde er kaum Zeit finden, mit ihr zu sprechen, daher hoffte er, sie nachts noch wach anzutreffen. Im nächsten Moment fiel ihm ein, dass sich an diesem Tag ihr Hochzeitstag zum ersten Mal jährte, die Gelegenheit für eine

Aussöhnung könnte nicht günstiger sein. Diese Aussicht auf die Wiederherstellung häuslichen Friedens hob seine Laune ein wenig.

Olivia hatte Tee nie zuvor als wirkliches Luxusgut empfunden, obschon sie wusste, dass er zweifellos eines war. Aber er war immer verfügbar gewesen, das Gefühl, ihn entbehren zu müssen, war ihr fremd. Nun, als ihre Mutter indischen Tee servierte, kam ihr das wie eine unglaubliche Verschwendung vor. Nichtsdestotrotz freute sie sich über das nachmittägliche Teeritual, das etwas Vertrautes und damit Tröstliches barg – denn Trost, so schien ihr, hatte sie unbedingt nötig.

»Du siehst nicht wohl aus«, sagte ihre Mutter und beugte sich leicht vor, um die Hand auf Olivias Arm zu legen, die oftmals so kühlen Augen jetzt warm und mitfühlend.

Olivia erwiderte kurz den Blick ihrer Mutter und senkte dann die Lider. »Ich weiß nicht so recht mit ihm umzugehen.« Sie musste nicht sagen, wen sie meinte.

»Zu deinem Trost kann ich dir sagen, dass John Retallick ein schwieriger Mann ist. Es liegt sicher nicht an dir, dass eure Ehe dich unglücklich macht.«

»So einfach ist das nicht«, erklärte Olivia, die es bei einer so simplen Darstellung nicht belassen wollte. »Unsere Ehe hat durchaus ihre guten Seiten.«

Ihre Mutter lächelte. »Du bist noch jung, und er ist ein erfahrener Mann, da liegt es in der Natur der Dinge, dass es zwischen euch ein gewisses Einvernehmen gibt. Aber ebenso zwangsläufig reicht es irgendwann nicht mehr, wenn das Einzige, was dich an ihn bindet, die Tatsache ist, dass er dich als Liebhaber zufriedenstellt.«

Olivia errötete so heftig, dass ihr Gesicht brannte. Verlegen rührte sie in ihrer Tasse herum und nippte an dem Tee. »Das allein ist es nicht«, rang sie sich schließlich ab. »Ich liebe ihn.«
»Du glaubst, du liebst ihn.«
»Nein, Mama, ich weiß, dass ich ihn liebe.«
Ihre Mutter lehnte sich zurück und sah sie nachdenklich an. »Und er?«
»Ich weiß es nicht. Er hat nie gesagt, dass er mich liebt, aber er war auf der Feier so eifersüchtig.«
»Sein Stolz war verletzt, weil andere Männer das schaffen, was er nicht vollbringt – dich glücklich aussehen zu lassen.«
Nach ihrer Hochzeit hatte sie an seiner Seite glücklich ausgesehen, da war sich Olivia sicher, denn John war anfangs reizend gewesen. Bis es dann zum ersten Streit kam, danach herrschte eigentlich immerwährende Spannung zwischen ihnen. Es war nicht nur sein Stolz, das ahnte sie. Sie zupfte an ihrem Ärmel und überlegte, wie sie das Folgende formulieren sollte, ohne zu viel von sich und John preiszugeben.
»Hat Stanley eigentlich irgendetwas mit John zu tun?«, fragte sie schließlich. Sie wusste nicht, ob sie es sich einbildete, aber in den Blick ihrer Mutter schien sich eine plötzliche Wachsamkeit geschlichen zu haben.
»Was genau meinst du?«
Olivia befeuchtete ihre Unterlippe mit der Zungenspitze. »Ich habe unabsichtlich den Anfang eines Briefs gelesen, den John aus England erhalten hat. Darin klang es, als habe er jemanden beauftragt, Nachforschungen über Stanley anzustellen.«

Jetzt konnte ihre Mutter ihr Erschrecken nicht mehr verbergen. »Nachforschungen über Stanley? Was genau stand dort?«
»Das konnte ich nicht lesen. John war sehr ungehalten und hat den Brief sofort zusammengefaltet und mich heimgeschickt.« Allein bei dem Gedanken daran stieg die Wut wie bittere Galle in Olivia auf.
Ihre Mutter griff nach der Teetasse, führte sie jedoch nicht an die Lippen, sondern wirkte, als wolle sie lediglich ihre Hände beschäftigen, was Olivia noch nie bei ihr gesehen hatte. »Kannst du herausbekommen, was in dem Brief stand?«, fragte sie.
»Ich wüsste nicht, wie ich das bewerkstelligen sollte. John hält seine Briefe alle unter Verschluss, und den Schlüssel trägt er bei sich.«
»Er wird doch wohl auch irgendwann einmal schlafen.« Ihre Mutter klang ungehalten, was ihr wohl auch selbst bewusst wurde, denn sie versuchte, die Worte durch ein Lächeln zu mildern.
»Ich …« kann nicht in seinen Sachen herumwühlen, hatte Olivia sagen wollen, aber dann fiel ihr ein, dass sie ja eben das bereits einmal getan hatte, was bei ihm eher Spott als Zorn ausgelöst hatte – wohl, weil er wusste, dass sie nichts finden würde. Ihm jedoch den Schlüssel zu entwenden und sich in sein Arbeitszimmer zu schleichen, das erschien Olivia gänzlich falsch – und doch barg es auch einen gewissen Reiz, der ihr ein Flattern im Magen verursachte. Endlich alle Geheimnisse zu lüften, musste ihr das nicht als die ideale Lösung erscheinen?
»Ich sehe dir an, dass du Vorbehalte hast«, sagte ihre Mutter, die sich wieder gefangen hatte. »Aber du solltest wis-

sen, dass dein Mann dich vielleicht benutzt, um deiner Familie zu schaden.«

Erstaunen zeichnete Olivias Gesicht. »Warum wohl sollte er das tun?«

Der Antwort ihrer Mutter ging ein kurzes Zaudern voraus. »Du hast sicher davon gehört, dass er seit dem Tod seines Bruders etwas, hm, durcheinander ist. Er hat sich damals darauf versteift, dass seinem Bruder Unrecht getan wurde, und so sucht er verzweifelt nach einer Möglichkeit, jemand anderem die Schuld dafür zu geben.«

Das war Olivia neu, und wenn John eines garantiert nicht war, dann verwirrt. »Und was hat das alles mit Stanley zu tun?«

»Jared Retallick war seinerzeit Stanleys bester Freund.«

Mit einem Schlag schien sich alles zusammenzufügen, Stanleys oftmals so melancholische Stimmung, die versteckte Feindseligkeit zwischen ihrem Bruder und John, Johns Verschwiegenheit. Nur wie Ruby dort hineinpasste, wollte Olivia nicht klar werden. Es lag ihr auf der Zunge, ihre Mutter zu fragen, doch sie schwieg. Ruby hatte von Geheimnissen gesprochen, und es war nicht anzunehmen, dass sie ausgerechnet mit ihrer Mutter darüber geredet hatte. Sollte es also etwas geben, das ihre Schwester mit John teilte, und sprach sie, Olivia, das Thema jetzt an, dann brachte sie die Ältere womöglich in Schwierigkeiten. Denn ihre Mutter würde nicht so schnell nachgeben wie sie.

»Du denkst also«, sagte Olivia schließlich, »dass John vorhat, Stanley das Verbrechen seines Bruders anzuhängen?« Sie schüttelte den Kopf. »Das glaube ich nicht.« Ein winziger Keim des Zweifels war jedoch gesät.

Ihre Mutter lehnte sich leicht vor. »Du scheinst nicht gänzlich überzeugt davon, dass er nicht dazu imstande wäre.«
Mit Ihnen habe ich andere Pläne. Sie gehören mir, ganz und gar, schon ehe Sie auf das Schiff hierher gestiegen sind, gehörten Sie mir. Das schien auf einmal einen Sinn zu ergeben, ebenso Johns oftmals befremdliches Verhalten. Olivia wurde übel.
»Du siehst, dass es unumgänglich ist herauszubekommen, was genau in dem Brief stand.« Ihre Mutter legte ihr die Hand an die Wange. »Ich weiß, dass dir schwerfällt, Liebes, aber wenn John sich in etwas verrennt und deinen Bruder und somit die ganze Familie in Schwierigkeiten bringt, wird das große Kreise ziehen. Da ist es besser, im Stillen gegenzusteuern.«
Olivia hingegen fragte sich, wie sie reagieren sollte, wenn das wirklich stimmte. »Warum habe ich nie etwas mitbekommen von der Freundschaft zwischen Stanley und Jared Retallick?«
Das Gesicht ihrer Mutter verhärtete sich. »Jared Retallick war nicht gerade die Art Mann, die man unverheirateten Mädchen vorstellen sollte. Ich wollte ihn nicht im Haus haben.«
»Und wie kommst du darauf, dass John versucht, Stanley die Schuld zuzuschieben?«
»Er hat damals schon in England so seltsame Andeutungen gemacht, und wenn du sagst, er lässt jemanden Nachforschungen anstellen – nun, man kann es sich leicht zusammenreimen.«
»Aber wenn Stanley nichts getan hat, würde John doch auch nichts finden.«
»Das weiß ich.« Eine Spur von Ungeduld schwang in der

Stimme ihrer Mutter mit. »Oft jedoch reicht es schon, wenn nur ein Verdacht ausgestreut wird. Du kennst die Gesellschaft, sie ist gnadenlos. Eine solche Verleumdung wäre natürlich ungeheuerlich, und dein Vater würde das mitnichten auf sich beruhen lassen, aber wenn der Schaden einmal angerichtet ist, bleibt ein Makel auf der Familie.«

Olivia verabschiedete sich kurz darauf und ging tief in Gedanken versunken heim. Den ganzen Nachmittag über bis in die Abendstunden rang sie mit sich. Einerseits widerstrebten ihr derartige Heimlichkeiten entschieden, andererseits wäre so vieles einfacher, wenn sie endlich Gewissheit hätte, woran sie war. Wenn sie allerdings erführe, dass einer der Gründe, warum John sie geheiratet hatte, der war, über sie ihrer Familie schaden zu können, was sollte sie dann tun? Und es ging ja nicht nur darum, seine Briefe zu lesen, sie tat dies ja, um ihrer Mutter davon zu erzählen.

»Das kann niemals gutgehen«, murmelte sie, während sie im Zimmer auf und ab ging.

Sie trat ans Fenster und sah hinaus. Weich lag das Licht der spätnachmittäglichen Sonne auf dem Grün und verlieh dem Tag einen safrangelben Schimmer. Blumen waren wie Farbtupfer auf dem Gras verteilt, Efeu wucherte an der Gartenmauer hoch. Sie nutzten den Garten viel zu selten. Als sie noch bei ihren Eltern gelebt hatte, hatte Olivia oft mit Freundinnen im Garten gesessen, in London in einem großen Kreis, hier mit Constance und Mary. Beide waren jedoch seit Ausbruch der Belagerung so sehr in ihre eigenen Belange eingebunden, dass ein zwangloses Beisammensitzen nur selten möglich war.

Beinahe unmerklich ging der Nachmittag in eine bronzefarbene Dämmerung über, rotgoldenes Licht ergoss sich

durch das Fenster auf den Holzboden, wich jenem Moment zwischen Dämmerung und Dunkelheit, in dem die Welt seltsam farblos wirkte, übertüncht von einer blaugrauen Patina. Olivia hatte darauf verzichtet, Licht zu machen, und stieß das Fenster auf. Olympia, dachte sie, Olympia würde in so einer Nacht im Garten lieben, silbriges Mondlicht auf den verschlungenen Körpern.
Mit einem leisen Knall zog Olivia die Fenster wieder zu und drehte sich um. Sie zündete Kerzen an, vertrieb die Dunkelheit und mit ihr sämtliche melancholischen und romantischen Anwandlungen. Ihr Blick fiel auf den kleinen Schreibtisch mit ihren Schriftstücken, dem Tagebuch, dem kleinen Fach mit den Briefen. Angst, dass John darin lesen könnte, hatte sie nicht mehr, das war einfach nicht seine Art. Anfangs hatte sie genau darauf geachtet, wie alles auf ihrem Schreibtisch angeordnet war, und selbst ein verschobenes Blatt hätte ihre Aufmerksamkeit geweckt. Der Gedanke, ihm gegenüber anders zu verfahren, brachte ein ungutes Gefühl mit sich. Aber vielleicht, dachte sie, täusche ich mich auch, und er liest in meinen Sachen, seit ich hier lebe. Er war immerhin Offizier und vielleicht sogar darin ausgebildet zu spionieren, so dass er nichts in Unordnung brachte und alles hinterließ, wie es war, wenn er den Feind auslotete. Der Gedanke daran, dass John ihren Schreibtisch durchforstete wie ein Spion, der Landesgeheimnisse suchte, löste einen nervösen Lachreiz in Olivia aus.
Weil sie nicht wusste, wie sie John begegnen sollte, wenn er heimkam, ging sie früh zu Bett. Sie war sich immer noch nicht im Klaren darüber, was sie als Nächstes tun sollte. Dem Wunsch ihrer Mutter zu folgen, widerstrebte ihr zutiefst. Andererseits, ja, andererseits wollte sie endlich

wissen, was ihr Mann alles vor ihr verbarg. Dann brauchte sie ihn auch nicht mehr mit Fragen zu bedrängen, die er ihr nicht beantworten wollte. Je länger sie darüber nachdachte, umso mehr schien ihr, dass es ihrem Eheleben nur nützen konnte, wenn sie seine Briefe las. Und was, so führte sie ihren Gedanken fort, wenn er wirklich versuchte, den Mord seines Bruders Stanley zuzuschieben? Dann, so antwortete sie sich selber, wäre es ihrer Ehe umso dienlicher, wenn sie diese Möglichkeit vereiteln konnte. Das Unbehagen blieb, gleich, wie oft sie Für und Wider gegeneinander abwog. Während sie einschlief, formte sie einen letzten zusammenhängenden Gedanken. *Ich tue es nicht.*

Johns ruhige Atemzüge waren zu hören, als sie wach wurde. Sie richtete sich auf und betrachtete sein Gesicht, das in der Dunkelheit beinahe konturenlos schien. Dann schlug sie leise die Decke zurück und rieb sich mit den Händen den Schlaf aus den Augen. Sie konnte das Ziffernblatt der Uhr nicht sehen, ahnte aber, dass es nach Mitternacht sein musste. Unschlüssig blieb sie im Bett sitzen. Derzeit konnte John doch ohnehin nichts gegen ihren Bruder ausrichten, durch die Belagerung war er praktisch von England abgeschnitten. Dennoch hatte er den Brief gewiss beantwortet, und vielleicht war schon ein Schreiben aus England unterwegs. In diesen Zeiten konnte man nie wissen, wann Post kam, es konnte Monate dauern oder nur wenige Wochen. Aber hatte sie sich nicht schon entschieden, es nicht zu tun? Olivia wusste, dass der Gedanke sie nicht loslassen würde, auch nicht in den Folgenächten, und John würde bemerken, dass etwas nicht stimmte, dass sie etwas vor ihm verbarg, und vielleicht würde ihn das wachsamer machen. Ohne einen Laut von sich zu geben, schwang sie die Beine aus dem Bett und stand auf. Sie ging durch das Zimmer und bemerkte zu spät den Degengürtel, der halb auf dem Stuhl lag, die Degenscheide wie eine Stolperfalle. Sie blieb mit dem Fuß hängen, konnte sich gerade noch fangen, aber der Gürtel fiel mit einem Klirren zu Boden. Olivia verharrte reglos, hielt den Atem an und sah zum Bett. Das leise Rascheln der Bettdecke war zu hören, John drehte sich auf die andere Seite und kam wieder zur Ruhe. Langsam zog sie ihren Fuß unter dem Degen hervor, umrundete den Stuhl und betrat das Ankleidezimmer. Sie ging vorsichtig, um nicht wieder zu stolpern, zu Johns Uniform, die ordentlich aufgehängt war, um am nächsten Morgen vor dem Ankleiden ausgebürstet zu werden. Tastend suchte sie nach dem Schlüssel und fand diesen schließlich an einer schmalen Kette an der Innenseite der Uniform. Behutsam löste sie ihn und verließ das Ankleidezimmer durch die Tür zum Korridor. Hier erst fiel ihr ein, dass sie vergessen hatte, einen Morgenmantel über ihr durchscheinendes Nachthemd anzuziehen, aber sei's drum, es war unwahrscheinlich, dass ihr um diese Uhrzeit ein Dienstbote über den Weg lief. Dennoch beeilte sie sich, zu Johns Arbeitszimmer zu gelangen, wobei ihre bloßen Füße kein Geräusch auf dem kühlen Boden machten.

Im Arbeitszimmer erst wagte sie, eine Kerze zu entzünden, was ihr aufgrund ihrer zitternden Hände erst nach mehrmaligen Versuchen gelang. Sie ließ sich auf Johns Stuhl nieder und tat einige tiefe Atemzüge, um wieder ruhiger zu werden, dann steckte sie den Schlüssel ins Schloss, entriegelte die Schublade und zog sie auf. Ordentlich gebündelt lagen dort mehrere Briefe und Schriftstücke, und Olivia nahm eines der zuoberst liegenden Schreiben und entfaltete es. Nach kurzem Überfliegen stellte sie jedoch fest, dass es sich nur eine Aufstellung von Johns Einnahmen handelte, die sein Landgut in Cornwall abwarf. Sorgsam faltete sie den Brief und legte ihn an seinen Platz zurück, dann griff sie nach dem nächsten. Sie hatte ihn eben erst zur Hand genommen, als ein leises Klicken sie auffahren ließ, und im nächsten Moment schwang auch schon die Tür auf, und John betrat den Raum. Sie hatte ihn nicht kommen hören, vielleicht, weil er ebenfalls barfuß war, vielleicht, weil ihr der eigene Herzschlag in den Ohren dröhnte.

Olivia erschrak so sehr, dass sie ihn nur mit weit aufgerissenen Augen ansehen konnte. Unzählige Gedanken wirbelten wie wild durcheinander, von denen sich keiner fassen ließ, nicht zuletzt, weil ihr unterschwellig bewusst war, dass hieraus womöglich ein nicht wieder zu kittender Bruch entstehen würde. John schlug die Tür hinter sich zu und kam mit wenigen Schritten um den Schreibtisch herum. Olivia konnte sich nicht entsinnen, je einen solchen Zorn in seinem Gesicht gesehen zu haben. Er entriss ihr das Schreiben, warf es in die Schublade und hob im nächsten Augenblick die Hand. Olivia fuhr zurück und riss abwehrend die Arme hoch.

»Nicht!«, rief sie.

John ballte die Faust, wandte sich ab und ließ sie mit einem Krachen auf den Schreibtisch niedergehen, dann stand er reglos da, den Blick starr auf die Tischplatte gerichtet.

»Geh«, sagte er kaum hörbar.

Olivia wollte etwas sagen, aber er kam ihr zuvor.

»Geh, bevor ich mich vergesse.«

Sie stand auf, schob sich an ihm vorbei und eilte aus dem Zimmer. Auf dem Korridor lehnte sie sich an die Wand, weil ihr schwindelte. Warum war sie nicht einfach im Bett geblieben? Warum hatte sie ihrer Mutter überhaupt von dem Brief erzählt? Warum hatte sie auf sie gehört? Hätte John sie wirklich geohrfeigt? Für eine reine Drohgebärde war die Geste zu impulsiv gewesen. Es war ihr vorgekommen, als hätte erst ihre Reaktion ihn wieder zur Besinnung gebracht. Sie kannte John nur als ruhig und beherrscht, selbst in größter Wut, umso erschreckender war dieser Ausbruch.

Anstatt in ihr Zimmer – an Schlaf war nicht mehr zu denken –, ging sie durch den Salon hinaus auf die Veranda. Es war eine milde Sommernacht, jene Art von Nächten, in denen sie mit ihren Freundinnen kichernd im Garten gesessen und romantische Pläne für die Zukunft geschmiedet hatte. Sie setzte vorsichtig einen Fuß in das kühle Gras. Am knorrigen Stamm eines Olivenbaums ließ sie sich auf dem Boden nieder, zog die Beine unter das Nachthemd und überlegte, wie es nun weitergehen sollte. Während sie Grashalme aus dem Boden zupfte, fragte sie sich, was John wohl gerade tat. Daran, wie sich sein Zorn in den nächsten Tagen über sie entladen würde, wollte sie lieber nicht denken. Andererseits hätte es vielleicht etwas Erlösendes, wenn er sie einfach anschreien würde, aber sie ahnte bereits, dass damit nicht zu rechnen war. Vielmehr würde er wieder zu seiner Ruhe zurückfinden und ihr mit kalten, verächtlichen Worten vorhalten, was er von dem, was sie getan hatte, hielt. Möglicherweise verhängte er eine Reihe von Verboten, wobei es ja nicht viel gab, was er ihr verbieten konnte, denn gesellschaftliche Vergnügungen gab es keine mehr, seit die Flotte von Admiral Rodney ausgelaufen war.

Dann kam ihr der Gedanke, dass er nun umgekehrt in ihren

Schriftstücken lesen würde, was sie jedoch seltsamerweise auf einmal vollkommen unberührt ließ – vielleicht, weil sie wusste, dass er sich niemals auf eine so erbärmliche Art rächen würde. Aber was, wenn er sie einfach verletzen wollte? Wenn er ahnte, dass das Geschriebene ihr wichtig war, und er es in den Ofen steckte? Unsinn, sagte sich Olivia – die Unruhe indes blieb. Sie stand auf und kehrte ins Haus zurück, durchquerte den in nächtlicher Stille daliegenden Salon und ging durch den Korridor zurück ins Schlafzimmer. Natürlich war alles unberührt. Sie setzte sich auf das Bett, strich mit einer Hand über die Matratze und Johns Kissen, ließ die Hand unter seine Decke gleiten, aber jede menschliche Wärme war bereits daraus gewichen, und das Laken fühlte sich kühl und glatt an.

Die ganze Nacht könnte sie so sitzen, dachte sie, und weder würde sie in erlösenden Schlaf fallen, noch würde John zurückkommen. Sie glaubte, ihn gut genug zu kennen, um zu wissen, dass er bis zum Morgengrauen nicht mehr in das Zimmer zurückkehren würde. Wenn es Zeit war, sich anzukleiden, würde ihn sein Weg direkt ins Ankleidezimmer führen, von dort aus zum Frühstückstisch und dann zum Dienst. Schlafen würde er nicht und folglich den Tag völlig übermüdet sein, übellaunig heimkehren, ihr mit eisiger Kälte begegnen und ihr mitteilen, was sie in der nächsten Zeit zu erwarten hatte. Oder aber er sagte gar nichts und ignorierte sie vollkommen, was womöglich das Schlimmste wäre.

Und wenn sie selbst entschied, wann er mit ihr sprach? Aber wie, dachte sie, wie? Sie starrte auf die Tür, als könne sie John allein durch die Kraft ihrer Gedanken dazu bewegen, ins Zimmer zu kommen. Natürlich rührte sich nichts, und irgendwann ließ Olivia sich rücklings aufs Bett sinken und schloss die Augen. Und wenn sie zu ihm ging? Ausgeschlossen, widersprach sie sich selbst im nächsten Moment. John war so wütend, dass er – ja, dass er was? Sie schlug? Ein zur Ruhe gekommener John – und das wäre er nun zweifellos – würde sie nicht schlagen. Anschreien? Wenn er das doch nur täte, dann könnte sie zurückschreien, und vielleicht hätte dies eine ähnliche Wirkung wie ein Gewitter, das nach einem schwülen Sommertag kühle und frische Luft brachte, in der man wieder richtig atmen konnte. Natürlich war nicht ausgeschlossen, dass John sie wegschickte, aber sie würde einfach bleiben. Das besonnene Abwägen hatte ihr einen großen Teil ihrer Unruhe genommen, und sie fühlte sich jetzt sogar dazu imstande, John gegenüberzutreten. Ehe sie wieder damit anfangen konnte, Gründe zu suchen, die dagegen sprachen, stand sie auf.

Vor der Tür des Arbeitszimmers verließ sie jedoch ihr Mut, und sie blieb stehen, die Hand am Türgriff, und lauschte, wenn sie auch nicht so recht wusste, worauf. Es war schließlich nicht zu erwarten, dass John laut Selbstgespräche führte oder auf einmal vom Stuhl aufsprang und auf die Tür losstürzte. Sie tat einen tiefen Atemzug, drückte die Klinke hinunter und betrat das Zimmer. John saß immer noch beim Lichtschein der Kerze, die sie angezündet hatte, am Schreibtisch. Das spärliche Licht malte Schatten in sein Gesicht, was ihn noch düsterer erscheinen ließ.

»In deinem eigenen Interesse rate ich dir, zu gehen«, sagte er, »und mir erst wieder unter die Augen zu kommen, wenn es mich danach verlangt.«

Olivia schluckte schwer, schloss aber die Tür und lehnte sich mit dem Rücken dagegen, als könne sie mit dem Holz

verschmelzen. »Sonst was?«, presste sie durch ihre eng gewordene Kehle.
»Ich glaube nicht, dass du das wissen willst.«
Sie zwang sich dazu, einen Schritt nach vorne zu tun, und gab den vermeintlich sicheren Halt auf. »Doch, ich möchte es wissen, John. Sonst was? Schlägst du mich?«
»Ich muss dich nicht schlagen, um dich zu bestrafen. Und jetzt geh mir aus den Augen.«
Olivia ging zu dem Stuhl auf der anderen Seite des Schreibtisches, legte eine zitternde Hand auf die Lehne und zog ihn ein kleines Stück zurück. »Du kannst mich nicht zwingen, mich stets wie ein Kind zu fügen.«
»Nein?« Johns Stimme hatte etwas Beunruhigendes. »Aber natürlich kann ich dich zwingen.«
Zögerlich ließ Olivia sich auf dem Stuhl nieder und zog die Beine an. Die Armlehnen und Rückenlehne boten einen trügerischen Schutz. »Du musst mit mir reden.«
»Ich *muss* gar nichts, meine Liebe. Du hingegen musst mir gehorchen, und ich sage dir jetzt ein letztes Mal, dass du gehen sollst.«
Ohne jede Regung blieb Olivia sitzen und erwiderte seinen Blick. »Ich hatte ja nie eine andere Wahl, als deinem Willen zu folgen, nicht wahr? Ich musste dich treffen, wenn du es wolltest, ich musste dich heiraten, weil du es wolltest. Und auf dem Ball der Stockwells musste ich mir gefallen lassen, wie du Gefühle, die mir kostbar waren, hervorgezerrt und verächtlich gemacht hast.« Eine Haarsträhne fiel ihr vor die Augen, als sie den Kopf leicht senkte, weil die Erinnerung an diesen Moment immer noch schmerzte. Sie strich sie zurück und sah John wieder an. »Das hatte ich deiner Meinung nach dafür verdient, dass ich dich auf der Tanzfläche

habe stehen lassen. Um wie viel mehr hast du mich auf unserem letzten Ball gedemütigt, aber das war für dich mit einer Entschuldigung abgegolten.« Sie verstummte, und ihr Herz schlug so heftig, als sei sie eine weite Strecke gelaufen. »Dieses Mal werde ich mich nicht einfach fügen«, setzte sie beinahe lautlos hinzu.

»Und all das soll nun rechtfertigen, dass du hinter meinem Rücken meine Briefe liest?«

»Du hast keine Ahnung davon, wie mir zumute war, seit du mit deinen perfiden Spielchen begonnen hast, für die ich nach wie vor nach einer Erklärung suche. Ich dachte, wenn wir erst verheiratet sind, wird sich alles ändern, und ich lerne dich und deine Beweggründe besser kennen. Und als ich meiner Mutter dann von dem Brief erzählt habe …«

»Du hast was?«, fiel John ihr rüde ins Wort. »Ausgerechnet deiner Mutter erzählst du, was du in meinem Brief gelesen hast?«

»Wem denn sonst? Mary oder Constance?«

»Wie wäre es mit Schweigen über Dinge, die dich nicht betreffen und nichts angehen?«

»Es ging um meinen Bruder, wie kann ich da schweigen? Dich durfte ich ja nicht fragen.«

John antwortete nicht darauf, sondern rieb sich stumm mit den Fingerspitzen über die Augen. Er sah müde und übernächtigt aus. »Und deine Mutter hat dir gesagt, du sollst meine Briefe lesen?«

Olivia nickte.

»Hat sie auch gesagt, warum? Ich kann mir nicht vorstellen, dass du die Idee nicht bereits gehabt und verworfen hast. Womit hat deine Mutter dich dazu gebracht, es doch zu tun?«

Nervös zupfte Olivia an ihrem Ärmel, hielt dann inne und wickelte sich stattdessen eine Haarsträhne um den Finger. »Sie sagte – du darfst ihr nicht böse sein, John, sie hat dabei nur an mich und Stanley gedacht –, sie sagte, dass du nach dem Tod deines Bruders verwirrt seiest und versuchen würdest, den Mord Stanley anzuhängen.«
Langsam nickte John, als verstehe er, was Olivia ein vollkommenes Rätsel war. »So ist das also«, murmelte er halblaut.
»Plötzlich«, fuhr Olivia zaghaft fort, »war mir klar, warum du mich unbedingt hast heiraten wollen.«
»So?« John lehnte sich zurück und betrachtete sie mit leicht schräggelegtem Kopf.
Sie nickte zögernd.
»Ich habe dich also aus einer Verwirrung heraus geheiratet, um deinen Bruder schuldlos an den Galgen zu bringen?«
»Ich denke, dass du wirklich davon überzeugt bist, dass er schuldig ist, und daher so handelst.«
»Na, immerhin.«
»Hat meine Mutter recht?«
»Nein. Weder bin ich verwirrt, noch möchte ich deinen Bruder schuldlos an den Galgen bringen.«
Olivia wurde das Gefühl nicht los, dass er ihr nicht die Antwort gegeben hatte, die sie hören wollte.
»Was die Sache von heute Nacht angeht«, John runzelte die Stirn, »kann ich das schwerlich auf sich beruhen lassen. Ich könnte dir jetzt wochenlang grollen oder dich bestrafen. Aber damit wäre nichts gewonnen, nicht wahr?«
»Hättest du in meiner Situation anders gehandelt, wenn du Angst haben müsstest, ich plante etwas, um deiner Familie zu schaden?«, fragte sie anstelle einer Antwort.

»Vermutlich nicht«, räumte er ein. »Nichtsdestotrotz wirst du meine Briefe nie wieder anrühren. Kann ich dir vertrauen, oder muss ich mein Arbeitszimmer künftig vor dir verschließen? Thomas wirst du den Schlüssel bei Nacht weniger leicht entwenden können als mir.«

Sie taxierte ihn, dann nickte sie.

»Du kannst mich alles fragen«, fuhr er fort, »aber sobald du merkst, dass ich dir keine Antwort gebe, wirst du schweigen und dich fügen.« Er hob die Hand, als sie zu einem Widerspruch ansetzte. »Bitte lass mich ausreden. Dafür werde ich dir im Gegenzug irgendwann, wenn ich den Zeitpunkt für richtig halte, alles erzählen, dir auf jede offene Frage eine Antwort geben und dir nichts schuldig bleiben. Können wir uns darauf einigen?«

»Habe ich dein Wort?«

Er wirkte erstaunt, dann nickte er. »Ja, das hast du.«

»Und«, sie zauderte, »habe ich auch dein Wort, dass du meiner Familie keinen Schaden zufügst?«

»Ich werde niemandem aus deiner Familie Unrecht tun, darauf hast du mein Wort als Ehrenmann.«

Wieder hatte das, was er sagte, einen eigenartigen Beigeschmack, den Olivia nicht zu benennen vermochte. »Waren sie wirklich die besten Freunde? Stanley und dein Bruder?«

»Ja, das waren sie.«

Olivia schwieg, und vor ihr tat sich unvermittelt eine abgründige Traurigkeit auf, ein dunkler Sog, Schwärze.

»Olivia!«

Sie schrak auf, und im nächsten Moment sah sie John vor sich knien. »Du sahst aus, als würdest du ohnmächtig«, sagte er.

Ihre Füße glitten zu Boden, und sie wollte aufstehen. »Es geht mir gut.«
John erhob sich ebenfalls. »Du solltest ins Bett gehen.«
Sie nickte, fragte nicht, ob er ihr folgte, sondern ging zur Tür und auf den Korridor. Auf das leise Klicken hin drehte sie sich nicht um, den ganzen Weg zu ihrem Zimmer nicht, und fragte sich, ob sie spüren würde, wenn er ihr folgte. Ihre bloßen Füße bewegten sich lautlos. An ihrer Zimmertür angekommen, blieb sie stehen. Als sie im Begriff war, sich umzudrehen, dachte sie an Orpheus, der, in dem Moment, in dem er sich umdrehte, Eurydike verloren gab. Was für ein ausgemachter Unsinn, dachte sie und drehte sich um.
Der Korridor hinter ihr war leer.

Stanley löste sich aus Esperanzas Umarmung, sie jedoch zog seinen Kopf erneut zu sich, und es fehlte nicht viel, und Stanleys Vorsatz, vor der Dämmerung heimzukehren, wäre unter diesem Ansturm schlicht in sich zusammengefallen. Es kostete ihn seine gesamte Selbstbeherrschung, den Kuss zu beenden.
»Wären alle englischen Ehefrauen von deiner Sorte«, sagte er ein wenig atemlos, »dann würde kein Ehemann in ganz England mehr fremdgehen.«
Sie lächelte, und dieses Lächeln hatte beinahe eine ebenso fatale Wirkung auf seine Selbstbeherrschung wie ihre Küsse. »Willst du damit sagen, du bist mir treu?«
Ja, dachte er zu seinem Erstaunen, ja, er war ihr treu. Sie schien keine Antwort zu erwarten, vielmehr versuchte sie

erneut, ihn zu küssen, und dieses Mal drehte er den Kopf weg.
»So gerne ich bliebe, Esperanza, du weißt, dass du heimmusst. Wenn John oder dein Bruder von uns erfahren, wirst du in größte Schwierigkeiten geraten.« Seit Monaten spielten sie dieses Versteckspiel, und die Sommernächte verführten zur Unvorsichtigkeit.
Sie zuckte mit den Schultern. »Mein Bruder bekommt nicht mehr mit, wann ich komme und gehe, und John kümmert es nicht.«
Stanley legte ihr den Arm um die Schultern und schlenderte mit ihr langsam zu Johns Haus. Sie war leicht zu erobern gewesen, ja hatte geradezu darauf gebrannt, sich ihm hinzugeben, so dass er ihr anfangs nicht geglaubt hatte, dass er wirklich ihr erster Mann sei. Umso größer war sein Erstaunen, als sich ihre Worte bewahrheitet hatten. Er war irritiert gewesen, bestürzt. Esperanza hatte ihre Unschuld verloren und er sein Herz.
»Wir sollten das nicht mehr tun, solange wir nicht verheiratet sind.« Er konnte kaum glauben, was er da sagte.
»Männer von deinem Schlag heiraten keine Mädchen wie mich.«
Damit hatte sie nicht unrecht, das lag jedoch weniger an der Unehrenhaftigkeit der Männer als vielmehr an den strengen Regeln, die die britische Krone ihren Offizieren auferlegte. Da war zunächst Stanleys noch sehr junges Alter, in dem man ihm auf keinen Fall eine Heirat erlauben würde. Zudem war Esperanza die Schwester eines Fischers, und schon aufgrund des gesellschaftlichen Status würde man ihm eine derartige Ehe sicher nicht gestatten.
»Ich finde einen Weg«, sagte er.

Sie widersprach ihm nicht, aber er sah ihr an, dass sie daran zweifelte. »Ich nehme von dir, was ich kriegen kann«, sagte sie nur. »Aber ich würde dir gerne glauben«, fügte sie leise hinzu.

Stanley zog sie enger an sich, und aneinandergeschmiegt setzten sie ihren Weg fort. »Warum ich? Du hast so lange gewartet, und mich kanntest du doch gar nicht.«

»Die Fischer kenne ich mein ganzes Leben lang, und ich wollte keinen von ihnen. Sie verachten mich, reden, als sei ich leicht zu kriegen, obwohl mich keiner von ihnen je gehabt hat.«

»Ich hätte doch auch sein können wie sie.«

»Nein, du verachtest mich nicht, du verachtest nur dich selbst.«

Stanley verschlug es die Sprache. Schweigend gingen sie weiter.

Es war eineinhalb Stunden nach Mitternacht, die Garnison lag in tiefer Dunkelheit unter einem wolkenverhangenen Himmel. Ein leichter Wind kam von Westnordwest, und Stanley bemerkte, dass ein Schiff reglos auf dem Wasser lag. Er verlangsamte seinen Schritt und runzelte die Stirn. Hier ankerten die zurückgebliebenen britischen Schiffe. Man hatte sie so nahe es ging an die Küste gebracht. Die unter britischer Admiralität stehende *Enterprise* grüßte das fremde Schiff zunächst und erhielt als Antwort: »Frisches Fleisch aus Barbary«. Jetzt blieb Stanley stehen, und als Esperanza ihn fragend ansah, legte er den Finger an die Lippen, gebot ihr zu schweigen. Die *Enterprise* grüßte erneut, dann eröffnete sie urplötzlich das Feuer und gab das vereinbarte Alarmsignal von drei Kanonenschüssen. Das fremde Schiff entflammte sofort in einer Feuersbrunst, ebenso ein zweites und drittes, die im Lichtschein nun dicht hinter ihm zu sehen waren. Esperanza stieß einen gellenden Schrei aus. Stanley ergriff ihren Arm und schob sie von der Mole weg. »Lauf!«, rief er.

Sie stand jedoch wie angewurzelt, starrte entsetzt auf die nun folgenden spanischen Schiffe, die aussahen, als trieben neun große Feuerberge auf die Bucht zu.

»Grundgütiger«, keuchte Stanley. Er zog Esperanza mit sich, lief vom Hafen weg und blieb dann stehen. »Du musst allein weiter. Lauf, dir passiert nichts.«

»Ich habe keine Angst um mich.«

Er zog sie an sich und küsste sie. »Mach dir keine Sorgen. Und nun geh.«

Erst schien sie widersprechen zu wollen, dann jedoch drehte sie sich um und rannte vom Hafen weg in die Richtung, in der Johns Haus lag. Inzwischen schlugen überall in Gibraltar Trommeln an, sowohl auf den Schiffen als auch an Land, und die gesamte Garnison eilte zu den Waffen. Das britische Schwadron und die nahe gelegenen Batterien eröffneten das Feuer. Schlingernde Wolken aus Rauch und Flammen gaben nur Bruchstücke der Szenerie preis. Die Feuerschiffe mit ihren hohen Masten und brennenden Segeln erhellten Teile der Küste, ebenso das Mündungsfeuer der Kanonen von Gibraltar.

Stanley traf auf etliche seiner Kameraden, als er an der King's Bastion ankam. Die Nacht hatte etwas Unwirkliches bekommen, und er wusste nicht, ob er erleichtert sein sollte, dass endlich die lähmende Wartezeit vorbei war, oder ob das Entsetzen angesichts der riesigen brennenden Schiffe überwog.

Die spanische Crew hatte die Feuerschiffe verlassen und

war an Bord der Schiffe des Schwadron von Admiral Barcelo gegangen, das auf britische Schiffe lauerte, die die Sicherheit der Neuen Mole und der umliegenden Buchten aufgab. Die Mitglieder der Royal Navy jedoch waren gut geschult. Offiziere und ihre Mannschaften bemannten die Rettungsbote, ergriffen die Feuerschiffe, indem sie sich von unten näherten, und schoben sie langsam von der Küste weg, trotz der Gefahr, die ihnen von der großen Hitze drohte, und der Möglichkeit, dass Schießpulver explodierte, das man für solche Fälle zwischen den einzelnen Decks für eine Abschlussexplosion lagerte.

Ein Sturzbach von Kanonenkugeln regnete auf die Garnison herab. Die Menschen flüchteten auf die Straßen, die nun erfüllt waren vom schrillen Schreien zu Tode verängstigter Kinder, dem Kreischen der Frauen, den lauten Stimmen der Männer. Die Garnison war taghell erleuchtet.

Stanley entdeckte John in der Bastion. Er stand hinter den Kanonieren und besprach sich mit einigen ranghöheren Offizieren. Als er Stanley bemerkte, nickte er kurz in seine Richtung und gab ihm durch ein Zeichen zu verstehen, er möge warten. Stanley salutierte und wandte sich dem Ausblick auf die Bucht zu. Die Spanier schienen auf Schwarzpulver verzichtet zu haben, denn keines der Schiffe richtete Schaden an. Zwei von ihnen drifteten aufs offene Meer ab, eins kam der *Panther* nahe, die an der Rosia Bay verankert war, die restlichen strandeten nahe dem Europa Point. John trat zu ihm.

»Lieutenant Kilbourne, auf Windmill Hill werden Männer gebraucht. Sie gehen zusammen mit mehreren Soldaten, die ich noch auswähle, hinüber und melden sich bei Major Carlsson.«

»Ja, Sir.«
Stanley wurden zwanzig Soldaten unterstellt, die er zu den Batterien auf Windmill Hill führen sollte. Während er sich auf den Weg machte, hielt er unauffällig Ausschau nach Esperanza. Er hoffte, sie hatte sich wirklich in Sicherheit gebracht. Als er sich bei Major Carlsson meldete, teilte ihm dieser einige Soldaten zu und setzte ihn bei den wachhabenden Offizieren ein, die erst einmal nichts anderes taten, als die Lage zu beobachten. Stanley schaute aufs Meer. Stundenlang.
Um sieben Uhr in der Frühe brannten die Schiffe immer noch heftig, dann begann es zu regnen. Löschbeginn um sieben Uhr am siebten Juni, dachte Stanley. Das hatte was. Zwei der größten Schiffe brannten den ganzen Tag weiter, eines davon war ein Siebenhundert-Tonnen-Schiff mit fünfzig Kanonen. Einige gut gezielte Schüsse eines Zweiunddreißig-Pfünders an der Neuen Mole trieben es in Richtung Süden. Stanley wurde von seinem Posten entlassen und zurück in die King's Bastion geschickt, wo er erneut auf John traf.
»Wir werden am kommenden Morgen viel zu tun haben mit der Bergung, Lieutenant«, sagte dieser. »Sie können heimgehen, wenn Sie möchten, nur melden Sie sich morgen frühzeitig.«
Stanley blickte in die Dämmerung, die sich langsam vom Horizont her näherte. »Ich werde bleiben, Sir, wenn es noch etwas zu tun gibt.«
John taxierte ihn prüfend, dann nickte er. »Lassen Sie sich für den Wachdienst einteilen. Sie dürfen abtreten.«
Stanley salutierte und ging. Militärische Begegnungen waren stets von weniger Unbehagen geprägt als private, denn

hier ging es ausschließlich um Befehle und deren Ausführung. Er meldete sich bei dem diensthabenden Offizier, der ihn zum Europa Point schickte. Inzwischen hatte Stanley eine bleierne Müdigkeit überkommen, gegen die er ernsthaft ankämpfen musste. Er weigerte sich jedoch, ihr nachzugeben und sich eine Ruhepause zu gönnen.

Der Morgen dämmerte trüb und verlieh dem anbrechenden Tag eine mattgraue Färbung. In der Garnison jubelte man, aber John teilte die frohe Stimmung nicht, auch wenn er erleichtert war. Dieser Vorstoß der Spanier wäre beinahe geglückt, der Wind war günstig gewesen, die Nacht gut gewählt. Das größte der feindlichen Schiffe war bis auf hundertfünfzig Yard an die Neue Mole herangekommen, wo mehrere Flottenschiffe und an die zwanzig Transport- und Handelsschiffe befestigt waren. All diese Schiffe waren in großer Gefahr gewesen, ebenso die Handelshäuser mitsamt ihren Waren entlang der Uferstraße. Vier der Feuerschiffe hatten sich der *Panther* genähert, eines so nahe, dass das Pech an einer Seite geschmolzen war. Gottlob hatte der Wind im rechten Moment gedreht.
Gouverneur Eliott sagte, die Wracks seien exzellentes Feuerholz. Seine Sicht der Dinge gefiel John. Was erneut Anlass zur Sorge gab, war, dass das Pulvermagazin hervorragend vom Meer aus gesehen werden konnte. Wäre Spaniens Anschlag auf die Garnison erfolgreich gewesen und die gesamte Wasserfront in Flammen aufgegangen, hätte man nur noch ein Bombardement hinterherschießen müssen, und das Leben der gesamten Stadt wäre in ernsthafter Gefahr gewesen. Was John zum Schmunzeln brachte – und sicher nicht nur ihn –, war die Tatsache, dass inmitten des

nächtlichen Durcheinanders ein Schiff aus Tanger gekommen war, beladen mit Leder und Geflügel, das ohne jegliche Schwierigkeit die Garnison hatte anlaufen können und dabei den spanischen Schiffen geschickt ausgewichen war.
Als John sich auf den Heimweg machte, begegnete er Augusta, die mit einem kühlen Gruß an ihm vorbeigehen wollte, er jedoch ergriff ihren Arm. Sehr langsam wandte sie sich zu ihm um.
»Was unterstehst du dich?«
»Ich habe mit dir zu sprechen.«
»Dann bitte mich darum.« Sie versuchte vergeblich, ihren Arm zu befreien. »Eine solche Respektlosigkeit dulde ich nicht.«
Er ließ sie los. »Ich bin dir einmal mit Respekt begegnet, und da hast du mich stehen lassen. Danach gab es für mich keinen Anlass mehr, dir erneut welchen entgegenzubringen. Ich bin auch nicht hier, um mit dir zu streiten. Es geht um Olivia.«
Ihr Blick wurde wachsam. »Ach ja?«
»Du musst sehr überzeugend gewesen sein, um sie dazu zu bringen, heimlich meine Briefe lesen zu wollen.«
Jetzt war das Erschrecken in ihren Augen unverhohlen zu sehen, ehe sie eilig die Lider senkte. Als sie ihn wieder anblickte, wirkte sie so kühl und gelassen wie immer. »Sie hat dir alles erzählt, nehme ich an?«
»Nein, sie hat versucht zu tun, was du von ihr wolltest. Sie hat dabei nur vergessen, dass ich als Offizier gründlich geschult worden bin und auf ungewohnte Geräusche sofort reagiere, gleich, wie tief ich schlafe.«
Augusta faltete die Hände vor ihrem Bauch, was an ihr eigenartig sittsam anmutete. »Und?« Er sah ihr an, dass es

ihr schwerfiel, das, was sie sagen wollte, zu artikulieren.
»Was hast du mit ihr gemacht?«
»Denkst du, sie hat eine Bestrafung verdient?«
»Sie hat aus Sorge gehandelt.«
John lächelte kalt. »Das soll wohl *nein* heißen. Deine Lügengeschichte hat Wirkung gezeitigt, meine liebe Augusta, Olivia war überaus verstört. Ich habe sie natürlich nicht bestraft, denn vielmehr bist du es, die dergleichen verdient hätte, dafür, dass du sie einer solchen Situation ausgesetzt hast.«
Augusta zog die Brauen hoch und lächelte spöttisch. »Ich muss mich wohl vor dir in Acht nehmen.«
»Das solltest du.«
»Ich werde es mir merken. War das alles?«
»Nein, eins noch. Wenn du Olivia je wieder gegen mich aufhetzen solltest, schicke ich sie dir zurück.«
Sie konnte nur schwer verbergen, dass sie alarmiert war, auch wenn sie versuchte, ihre spöttische Miene beizubehalten. »Du willst damit sagen, du trennst dich dann von ihr? Aber was würde ihr Vater sagen? Was die Leute? Du hast sie aus einem bestimmten Kalkül heraus geheiratet. Ich glaube nicht, dass du dich von ihr trennst, solange sie dir nützt.«
»Was ihr Vater und die Leute sagen, kann mir gleichgültig sein, ein Mann, der seine Frau vor die Tür setzt, hat immer plausible Gründe, das weißt du doch. Und selbst du als liebende Mutter wirst gesehen haben, dass sie bei der letzten Feier ein wenig über die Stränge geschlagen hat. Man würde sich das eine oder andere zusammenreimen. Was mein Kalkül angeht«, er hob die Schultern, »ich habe ihre Mitgift ja schon, und sie bleibt meine Frau, also wird mir ihr

gesamtes Erbe zufallen. Ich kann mir auch nach einer Trennung jede Frau nehmen, die ich haben will, sie jedoch wird aufpassen müssen, dass sie nie mit einem anderen Mann ins Gerede gerät, denn sonst werde ich sie irgendwo auf einem Landgut einsperren, wo sie vielleicht einmal im Jahr Besuch von einer Freundin erhält.« John sah Augusta an, dass das, was er sagte, Wirkung zeigte. Er selbst verabscheute sich allerdings für diese Reden und tat innerlich Abbitte.

»Das würdest selbst du nicht tun.«

Wieder lächelte John. »Denkst du? Ein Mann, der versucht, einen Unschuldigen an den Galgen zu bringen?«

In ihrem Gesicht arbeitete es, und so sehr sie versuchte, sich die Maske kühler Gelassenheit überzustülpen, es gelang ihr nicht. Sie wandte sich ab und ging, den Kopf hoch erhoben, die Schultern starr.

Es kostete Ruby nie viel Überzeugungskraft, damit ihr Vater ihr einsame Spaziergänge am Meer erlaubte, wenn ihre Mutter nicht daheim war. Anfangs hatte er sich immer Sorgen gemacht, sie könne einen Zusammenbruch erleiden, aber seit sie ihm sagte, dass ihr die sommerliche Meerluft so guttat, willigte er ein. Und in der Tat nahm sie ein wenig zu, und ihre Wangen hatten eine Röte, die gesund aussah und nicht fiebrig, auch wenn sie sich diesbezüglich keine Illusionen machte. Sie hatte so sehr darauf gehofft, mit Admiral Rodney heimfahren zu dürfen, aber alles Bitten hatte nichts genützt, ihre Mutter war bei ihrem Entschluss geblieben.

Während sie an der Küste entlangging, wehte Ruby ein

leichter, warmer Wind einzelne Haarsträhnen ins Gesicht, eine davon verfing sich in ihrem Mundwinkel, und sie strich sie beiläufig zurück. Es tat gut, die Meerluft in tiefen Zügen zu atmen, und das flimmernde Gefühl, das ihr in der Nacht zuvor die Brust eng gemacht hatte, war gänzlich verflogen.

Sie blieb stehen, als sie hörte, wie hinter ihr jemand ihren Namen rief. Als sie sich umdrehte, sah sie John, der nur noch wenige Schritte von ihr entfernt war und ihr zuwinkte. Sie winkte zurück und wartete, bis er sie eingeholt hatte.

»Ich wollte gerade heimgehen, als ich dich gesehen habe«, sagte er und musterte sie prüfend. »Wie geht es dir?«

»Der Husten wird im Sommer meist besser. Mama hatte wohl doch recht, die Luft hier ist besser als in London.«

»Auf dem Land würde es dir auch in England gutgehen.«

Sie schlang die Arme um den Oberkörper. »Ja, daran glaube ich fest.« Mit einem kurzen Blick auf das Meer fügte sie hinzu: »Es ist wieder so ruhig geworden, fast schon unheimlich. Ich habe es ja nur von weitem gesehen, aber die brennenden Schiffe müssen ein schauderhafter Anblick gewesen sein.«

»Das waren sie in der Tat. Aber immerhin hatten sie zur Folge, dass es in den zwei Tagen darauf möglich war, die Blockade erfolgreich zu stürmen und frische Nahrungsmittel zu holen, daran bestand dringender Bedarf.«

Ruby setzte an Johns Seite ihren Spaziergang an der Küste fort. »Weißt du, es klingt vielleicht seltsam, aber beinahe wünschte ich mir, die Spanier hätten es geschafft, uns zu vertreiben.« Ihre Stimme verlor sich bei den letzten Worten, und obwohl sie wusste, dass niemand außer John in Hörweite war, blickte sie sich kurz um, weil ihr das, was sie sagte, wie Landesverrat vorkam.

»Aus deiner Sicht ist das durchaus verständlich«, sagte John in einem Ton, als müsse er ihre Bedenken zerstreuen. »Mama ist übrigens ziemlich wütend auf dich, auch wenn sie nicht sagt, warum. Ich nehme an, es hat mit Olivia zu tun. Papa hingegen hat sich wieder beruhigt und ist durchaus bereit einzuräumen, dass Olivia sich auf dem Ball ein wenig zu, hm, übermütig verhalten hat.« Der Wind warf leichte Kräuselwellen auf, die ans Ufer leckten, und schmeckte sonnenwarm und salzig auf den Lippen. »Ich bedaure sie. Im Grunde genommen kann sie es nur falsch machen, gleich, was sie tut.«

»So streng bin ich nun auch wieder nicht.«

Sie lächelte ein wenig wehmütig. »O John, doch, das bist du. Du hast nicht die geringste Ahnung, wie vernichtend du in deinem Zorn sein kannst.«

Kummer und eine tiefe Verzweiflung legten sich wie Schatten über sein Gesicht. »Ein Grund, warum ich Olivia geheiratet habe, hat ja genau dort seinen Ursprung, in jenem vernichtenden Zorn damals«, sagte er. »Und vielleicht lasse ich zu oft an ihr aus, was ich mir selbst nicht verzeihen kann.«

Ungeachtet möglicher Zuschauer legte Ruby ihm die Hand auf den Arm. »Aber das musst du, wenn du dich nicht selbst zerstören willst und Olivia gleich mit.«

John jedoch schien sie nicht zu hören. Sein Blick war unverwandt in die Ferne gerichtet, und es war nur unschwer zu erraten, woran er dachte. Ein warmer Sommertag, Gärten mit Blumen, die wie in weiße Sahne gebuttert waren, glänzende Blüten, smaragdfarbene Blätter an Bäumen, die grünschattige Inseln warfen. Inmitten dieser Pracht das Stadthaus, der Salon ging zum Garten hinaus, aber die

Verandatüren waren verschlossen, die Spiegel verhängt, schwarzer Krepp war um das Gemälde einer Familie drapiert, von der nur noch zwei Menschen übrig waren. Dies war ein Haus der Trauer.

London, Juni 1777

Es gab viele Arten von Verzweiflung, das wusste Ruby nun. Da war jene von Hoffnung durchwirkte, als sie versucht hatte, zu Jared ins Gefängnis vorgelassen zu werden, und die auch noch den Prozess überdauerte. Dann folgte jene, in die sich eine Traurigkeit wob, die einen bis in die tiefsten Träume verfolgte, gleich einem wilden Tier ihre Zähne und Krallen in die Brust grub, so dass man stöhnte und schrie wie unter Schmerzen, bis das Tier sich irgendwann auf der Brust zusammenrollte, als schwerer Druck blieb, der den Atem nahm und nichts zurückließ als Erschöpfung. Und dann gab es eine Verzweiflung, die von Leugnung genährt wurde, von Verneinung, als mache erst das Anerkennen einer Sache, die nicht sein durfte, diese real. Aber irgendwann ließ sich nicht mehr leugnen, was Rubys Körper ihr in aller Deutlichkeit mitteilte.

Dass es ausgerechnet John Retallick war, zu dem es sie trieb, lag auf der Hand. Kein Bruder und kein Vater würde dergleichen mit Ruhe und Besonnenheit anhören, ein Schwager jedoch war verpflichtet, ihr zu helfen, würde aber nicht mit großen Gefühlen reagieren, denn er sah nicht die Ehre der Schwester oder Tochter befleckt. John Retallick, so Rubys Gedanke, würde zwar von einer Eheschließung überrascht sein, sicher aber nicht in dem Maße

schockiert, wie das von ihren Eltern und Stanley zu erwarten stand.
Man ließ sie widerspruchslos eintreten, und Ruby kam sich in dem fliederfarbenen Kleid – das einzige, das wenigstens Halbtrauer zeigte – furchtbar fehl am Platz vor. Ihre Kleider komplett schwarz einzufärben, war ihr jedoch aus naheliegenden Gründen nicht möglich.
»Lady Anne ruht derzeit, Miss Kilbourne«, sagte der Butler beflissen. »Ich werde ihr jedoch Ihre Karte geben und ihr ausrichten, dass Sie kondoliert haben.«
»Ich möchte zu Sir John«, korrigierte Ruby ihn. »Es ist dringend.«
Der Butler war zu gut geschult, um sich seine Verwunderung ansehen zu lassen, denn der Zeitpunkt, Damenbesuch zu empfangen, könnte nicht ungünstiger gewählt sein. Er bat sie, im Besuchersalon zu warten, und ließ sie allein. Ruby stand mit wild klopfendem Herz inmitten des Raums, von dem sie nichts wahrnahm außer der Tür, auf die sie wie gebannt starrte. Kurz darauf kehrte der Butler zurück und bat sie, ihm zu folgen. Er führte sie durch einen weitläufigen Korridor und blieb schließlich vor einer Tür stehen.
»Miss Kilbourne, Sir.« Er ließ Ruby eintreten und schloss die Tür hinter ihr.
Es war das erste Mal, dass Ruby John bei vollem Tageslicht von Angesicht zu Angesicht gegenüberstand. Er hatte verblüffende Ähnlichkeit mit Jared, aber nicht in dem Maße, dass es geschmerzt hätte, ihn anzusehen. Unter seinen Augen lagen dunkle Ringe, was darauf schließen ließ, dass er sich schon lange keine Ruhe mehr gegönnt hatte, der harte Zug um seinen Mund zeugte von Kummer. Nicht erklären jedoch konnte Ruby sich die Kälte, mit der er sie ansah.

»Was kann ich für Sie tun, Miss Kilbourne?«
Ruby hatte sich genau zurechtgelegt, wie sie beginnen sollte, nun jedoch suchte sie vergeblich nach Worten. »Mein herzliches Beileid«, sagte sie und sah ihm an, was für ein erbärmlicher Anfang dies war.
»Vielen Dank. Ich kann mir jedoch nicht vorstellen, dass dies Ihr dringendes Anliegen war, das Sie zu mir geführt hat.« Er stand in der Nähe des Kamins und hatte einen Arm auf den Sims gelegt, und so musste auch sie stehen bleiben, denn einen Platz bot er ihr nicht an.
»Sie erinnern sich vielleicht an unsere letzte Begegnung«, begann sie zögernd, und obwohl sie nicht zum Erröten neigte, stieg ihr eine leichte Wärme in die Wangen. John Retallick lächelte mokant, und eilig sprach sie weiter. »Zwischen mir und Ihrem Bruder bestand eine sehr enge Beziehung.«
»Darauf wäre ich ohne weiteres auch ohne diese Ausführung gekommen.«
»Wir sind Ihnen gegenüber nicht wirklich ehrlich gewesen, Jared hat Ihnen etwas Wichtiges verschwiegen.« Sie machte eine atemlose Pause, wartete darauf, dass er nachfragte. Er hob jedoch nur eine Braue, und so fuhr sie hastig fort: »Wir haben heimlich geheiratet, in Coldham.«
Sein Lachen kam so unvermittelt, dass Ruby ihn erschrocken ansah. Abrupt verstummte es, aber der Anblick zynischer Belustigung blieb. »Heimlich geheiratet? Das ist neu. Haben Sie sich zu lange geziert, so dass Jared zu diesem Trick gegriffen hat? Er ließ sich nie gerne zurückweisen, dafür war er bekannt.«
Ruby war es, als habe er ihr einen Schlag in die Magengrube verpasst. »Es war eine gültige Ehe.«

»Nun gut, setzen wir einmal voraus, was Sie sagen, stimmt. Was wollen Sie nun von mir? Ein Erbe steht nicht zu erwarten, und abgesehen davon würde ich mit allen Mitteln verhindern, dass es Ihnen ausgezahlt wird, denn mir scheint, als könnten Sie keinen rechtskräftigen Beweis für Ihre Behauptung erbringen.«

»Ich … aber ich will doch kein Geld.« Ruby schwindelte ein wenig, wie so oft in letzter Zeit, und eine leichte Übelkeit stieg in ihr auf. Nicht jetzt, bitte, betete sie im Stillen. Zweifellos musste er sehen, wie es um sie stand, dennoch bot er ihr nicht an, sich zu setzen. Ihre Entschlusskraft brach beinahe vollends zusammen. Sich *ihm* anvertrauen? Und doch, hatte sie eine andere Wahl?

»Ich bin …« Sie holte tief Luft, sah ihm an, dass er ahnte, was sie sagen wollte. »Ich erwarte ein Kind.«

»Na, da wären wir doch beim Kern des Anliegens angelangt.« Jetzt wirkte er wahrhaft erheitert. »Schwanger, meine Liebe? So etwas trifft einen unvorhergesehen, nicht wahr? Auch wenn es selbst einer behütet aufgewachsenen Tochter kein Geheimnis sein dürfte, dass die körperliche Liebe oftmals nicht ohne Folgen bleibt.«

Der Schwindel wurde heftiger. »Bitte, darf ich mich setzen? Wir sind verwandt, es besteht nun doch kein Anlass zu solch formellem Gehabe.«

Er deutete auf einen Sessel. »Bitte, nimm nur Platz, *Ruby*. Beenden wir also die Förmlichkeiten, auch wenn wir nach diesem Treffen zweifellos keinen Anlass mehr haben werden, uns in dieser neuen Vertraulichkeit zu ergehen.«

Ruby gaben die Knie nach, als sie sich setzte, und plötzlich keimte in ihr das wilde Verlangen auf, für sich und ihr Kind zu kämpfen. Widerstände hatten sie immer schon provoziert, und an John Retallicks Benehmen reizte sie alles. Eine kleine rebellische Flamme, die wie verschüttet gewesen war unter der Verzweiflung, machte ihr Recht geltend, wieder Besitz von ihr zu ergreifen. Noch war Ruby jedoch nicht stark genug, sich ihr gänzlich hinzugeben.

»Ich frage mich«, fuhr er fort, »warum du damit ausgerechnet zu mir kommst. Angeblich seid du und dein Bruder doch ein Herz und eine Seele.«

»Glauben Sie – glaubst du wirklich, er würde mir in aller Ruhe zuhören, wenn ich ihm erzählte, dass ich schwanger bin?« Die vertrauliche Anrede kam ihr ungelenk über die Lippen.

John Retallick nickte, als verstehe er. »Hätte Jared mir nicht erzählt, wenn er geheiratet hätte? Er hat jedoch geschwiegen, sowohl im Angesicht seines nahenden Todes als auch in jener Situation, die für dich doch zweifellos mehr als peinlich gewesen sein muss.«

»Er musste mir versprechen, es nicht zu erzählen. Die Gefahr, dass du zu meinen Eltern gehst, im Glauben, damit meine Ehre herzustellen, war zu groß. Wir wussten, bei einer Liebschaft würdest du schweigen.«

»Das klingt plausibel. Nichtsdestotrotz hast du dich umsonst herbemüht, denn ich werde nichts für dich tun.«

Fassungslos sah Ruby ihn an. »Aber …«

»Dein Bruder, meine Liebe, frag deinen Bruder, wo er war, als Jared angeblich die Männer getötet hat.«

»Was? Aber Stanley hat nicht … Was Jared getan hat, war doch nicht Stanleys Schuld.«

Unverhohlene Wut zeichnete sich auf Johns Gesicht ab, und unwillkürlich zuckte Ruby zurück. »Du hältst Jared für einen Mörder?«

Sie schüttelte den Kopf, wie gebannt von seinem Blick. »Nein«, flüsterte sie. »Er hat sich verteidigt, und dann …«
»Nein«, fiel er ihr barsch ins Wort, »so war es nicht.«
Sie war irritiert, machte aber weder Stanley verantwortlich für das, was geschehen war, noch John einen Vorwurf dafür, dass er in seiner Trauer danach suchte, seinen Bruder von aller Schuld freizusprechen. Nicht jedoch verstand sie den Zorn ihr gegenüber. »Was habe ich mit alldem zu tun?«
»Ich will mit deiner gesamten Sippschaft nichts zu tun haben.«
»Aber …«
»Kein Aber. Ich habe dich sagen lassen, was du zu sagen hattest, auch wenn mir deine Gesellschaft zuwider ist, und ich habe dir geantwortet. Nun geh.«
Ruby blieb sitzen, erst reglos, dann griff sie an ihren Ausschnitt und zog fieberhaft die Kette mit Jareds Ring hervor. »Ich weiß nicht, was dir meine Familie getan hat, aber ich verstehe, dass du aus Trauer und Verzweiflung sprichst.« Sie ignorierte sein verächtliches Schnauben. »Aber hier, John, hier ist der Ring, den Jared mir bei unserer Eheschließung gegeben hat.«
Zum ersten Mal schien John interessiert, als er sich über das Schmuckstück beugte. »Ja, ich erkenne ihn, ich habe ihn bezahlt.« Er richtete sich wieder auf. »Aber behalte ihn nur. Wenn du ihn verkaufst, reicht der Erlös sicher für etwas Besseres als eine Kurpfuscherin, so dass du dein kleines Problem aus der Welt schaffen kannst, ohne deinen Vater um Geld zu bitten.«
Ihr Herz schien ihre Rippen zu sprengen, und Ruby zitterte bei jedem Atemzug. »Es ist von deinem Blut!«, schrie sie. »Deine Nichte oder dein Neffe.«

»Deren«, entgegnete er kalt, »gibt es sicher nicht wenige in England, aber sie interessieren mich nicht. Und du interessierst mich ebenfalls nicht. Sieh zu, dass du verschwindest. Wende dich an deinen Bruder, er hat den Schaden angerichtet, nun soll er auch die Konsequenzen aus der Welt schaffen.«
Ruby bemühte sich um Fassung, konnte jedoch nicht verhindern, dass ihr Tränen in die Augen schossen und in warmen Rinnsalen über die Wangen liefen, ihr die Sicht trübten. Sie sah zu ihrem Schwager auf. »Hilf mir, John, bitte hilf mir.«
Sein Gesicht zeichnete keine Spur von Weichheit. »Nein.«

16

Gibraltar, Oktober 1780

»Ach, sie ist *so* ein kleiner Schatz.« Mrs. Stockwell trug die kleine Lilian durch das Kinderzimmer und herzte sie, was Constance mit nachsichtigem Lächeln beobachtete. Sie lag auf einer Liege mit einer Decke auf dem Schoß. Obwohl nie von schwacher Gesundheit, hatte Constance sich nach der Niederkunft nicht so recht zu erholen vermocht.

Seit sie James von ihrer Schwangerschaft erzählt hatte, war er ausnehmend freundlich zu ihr gewesen und hatte der Hoffnung Ausdruck verliehen, dass ihr erstes Kind ein Sohn würde. Constance war es zwar letztendlich gleich, aber ein klein wenig hatte der Wunsch nach einer Tochter überwogen. Als Lilian schließlich geboren worden war, hätte Constance nicht glücklicher sein können, und selbst James schien hingerissen.

»Aber dieser Name«, sagte ihre Mutter. »Elizabeth – das wäre ein guter, englischer Name gewesen, stattdessen straft ihr sie mit einem, der klingt, als wolle die Kleine eine Laufbahn im Tanztheater einschlagen.«

»Du weißt doch, dass James sie nach seiner Großmutter benennen wollte.«

Ein leises Schnauben sagte recht deutlich, was ihre Mutter von James' Entscheidung hielt. Constance zupfte die Decke um sich herum zurecht und schloss die Augen. Das leise Summen ihrer Mutter hatte etwas Einschläferndes. Seit

Lilian auf der Welt war, hatte sie das Gefühl, vollständig zu sein. Dieses kleine Wesen, das so energisch einen Platz in der Welt forderte, gab ihrem Leben ein neues Ziel. Auf einmal ging es nicht mehr nur darum, sich selbst zu erfüllen, sondern auch den Weg zu bereiten, damit Lilian die sein konnte, die sie sein wollte.

Auch Ängste waren hinzugekommen, von denen Constance zuvor nicht einmal geahnt hatte. Von Januar bis August hatten die Pocken gewütet, in einem Ausmaß, das man zuvor in Gibraltar nicht gekannt hatte. Man gab die Schuld dafür den Spaniern, die man gefangen genommen hatte, jedoch war nicht auszuschließen, dass die Krankheit von britischen Seeleuten eingeschleppt worden war. Im Sommer hatte die Krankheit ihren Höhepunkt erreicht, und im Juni, der sehr heiß gewesen war dieses Jahr, hatte man nachts auf den Straßen das Weinen der kranken Kinder gehört. In der Garnison hielt sich das Gerücht, eine höhergestellte Person habe gesagt, es seien glückliche Umstände, die nun dazu führten, dass Soldaten mit großen Familien drei von vier Kindern verloren. Am Ende der Epidemie lagen Hunderte von Kindern in namenlosen Gräbern. Constance hatte dergleichen immer schon schlimm gefunden, aber nach der Geburt war sie besonders oft den Tränen nahe. Sie musste nur an die zahllosen kleinen Gräber denken, um umgehend einen Weinkrampf zu bekommen. Dann stand sie auf, wiegte ihre Tochter und fragte sich, wie sie dieses kleine Geschöpf beschützen konnte.

Ein Dienstbote kündigte Olivia an, mit der Constance sich für den Nachmittag verabredet hatte. Seit das Kind geboren war, sah sie ihre Freundinnen nur selten, weil sie nicht ausgehen konnte. Offenbar glaubte man, nur weil sie Ruhe nötig hatte, hieße das gleichzeitig, dass sie keine Besuche empfangen durfte.

»Die stolze Lady Retallick beehrt dich?«, fragte ihre Mutter, kaum dass der Dienstbote gegangen war, um Olivia zu ihr zu führen.

Constanze seufzte. »Mama, bitte. Ich weiß nicht, warum du sie nicht magst.«

»Ehrlich gesagt, weiß ich das selbst nicht«, gestand ihre Mutter.

Ehe Constance jedoch ihre Überraschung in Worte fassen konnte, betrat Olivia das Kinderzimmer. Sie begrüßte Mrs. Stockwell, dann Constance und bat schließlich darum, die Kleine halten zu dürfen. Es war ihr anzusehen, wie sehr sie sich ein eigenes Kind wünschte, während sie sich hinsetzte und die Kleine wiegte. Sie lächelte, und eine zauberhafte zarte Röte lag auf ihren Wangen.

»Ich lasse euch ein wenig allein«, sagte Mrs. Stockwell und verließ das Zimmer. Olivia wirkte hernach entspannter.

»Dir scheint es besserzugehen in letzter Zeit«, sagte Constance. »Benimmt John sich?«

»Ja, seit wir uns im Sommer versöhnt haben, gab es keinen weiteren Streit mehr, er kann sogar richtig charmant sein.«

»Ich nehme an, den Vorfall auf der Feier im Februar hast du ihm endgültig verziehen?«

Olivia nickte.

»Er muss ja rasend eifersüchtig gewesen sein, um sich derart hinreißen zu lassen.«

Vages Erstaunen spiegelte sich in Olivias Augen. »Ich hatte das auch gedacht, aber meine Mutter sagte, es sei wohl eher Stolz. Aber du kennst ihn länger, und wenn du sagst, es sei Eifersucht …« Sie ließ den Satz in der Luft hängen.

»Ich denke, verletzten Stolz hätte John dir später, wenn ihr alleine gewesen wärt, recht deutlich vor Augen geführt, so wie auf unserem Ball damals. Aber wenn er so unbesonnen handelt, dann sind stärkere Gefühle im Spiel, da bin ich mir sicher.«

»Hatte er viele Affären in London?«

»Er war sehr diskret, mitbekommen habe ich nie, ob er gerade eine Frau an seiner Seite hatte und wen. Sein Bruder war da schon wesentlich offenherziger.«

»Wie war er?«

»Jared?« Constance blähte die Wangen auf und versuchte, sich den jungen Retallick ins Gedächtnis zu rufen. »Ich bin ihm nicht oft begegnet, aber er war schon sehr anziehend. Die jungen Frauen waren wie verrückt hinter ihm her. Er hatte ein sonniges Gemüt, so ausgelassen und lebenslustig. John hatte alle Hände voll zu tun, wenn sein Bruder mal wieder über die Stränge geschlagen hat. Ich glaube, er hat viele aufgebrachte Väter beruhigen müssen.«

Olivia war aufgestanden und mit Lilian im Zimmer umhergegangen, aber nun setzte sie sich auf einen Stuhl und wiegte die Kleine. »Hat Jared leichtfertige Eheversprechen gemacht?«

»Nein, ich glaube, das hat er nicht. Aber du weißt ja, wie das ist. Die Frauen waren verliebt in ihn, und jede hat gedacht: ›Mit mir macht er das nicht, ich bin etwas Besonderes, *mich* verlässt er nicht.‹ Er hat sicher unzählige Herzen gebrochen.« Constance drehte eine Kinderklapper zwischen den Fingern. »Dass es so mit ihm hat enden müssen, ist sehr traurig, und plötzlich will jeder gewusst haben, mit dem jungen Retallick habe es von Anfang an kein gutes Ende nehmen können. Dabei war er zum Schluss gar nicht mehr so schlimm. Seit gut einem Jahr war von keiner Affäre mehr zu hören gewesen, er ist so ruhig geworden, dass viele glaubten, er habe sich endgültig die Hörner abgestoßen und sei besonnener geworden. Böse Stimmen behaupteten allerdings, er habe sich die französische Krankheit eingefangen und sieche vor sich hin – ungeachtet dessen, dass er nach wie vor auf Bällen und Soireen aufgetaucht ist und sich offensichtlich bester Gesundheit erfreute.«

»Bestand eigentlich jemals ein Zweifel an seiner Schuld?«

Erstaunt sah Constance ihre Freundin an. »Nein, die Situation war absolut eindeutig.«

Aus irgendeinem Grund schien Olivia beruhigt von dieser Antwort. Sie neigte den Kopf wieder über den Säugling und summte leise ein Wiegenlied.

»Hast du in letzter Zeit etwas von Mary gehört? Außer einem Brief mit Glückwünschen zur Geburt herrscht schon seit zwei Monaten Schweigen zwischen uns.«

Olivia nickte. »Vor ein paar Tagen. Dass ihr Ältester die Pocken überlebt hat, hast du ja mitbekommen, und Mary sagte, er habe nur wenige Pusteln am Körper gehabt, von denen lediglich drei aufgebrochen seien. Er behält also kaum Narben zurück. Sie geht aber fast nicht mehr aus dem Haus, ich glaube, sie hat Angst, dass es immer noch in der Luft liegt.«

Mit einem Schaudern stellte Constance sich vor, wie schlimm es sein musste, wenn das eigene Kind an Pocken erkrankte. Wieder standen ihr die namenlosen kleinen Gräber vor Augen, und prompt kamen ihr die Tränen.

»Oh, es geht ihnen allen gut«, beeilte Olivia sich zu sagen, weil sie offenbar glaubte, die Sorge um die Freundin bringe Constance zum Weinen.

Diese schniefte undamenhaft und suchte nach ihrem Taschentuch. Sie hatte nie verstehen können, wie manche Frauen es schafften, selbst beim Weinen noch hübsch zu sein. Sie selbst bekam sofort eine verquollene Nase, rote Augen und schniefte und schluchzte fortwährend, und wenn es besonders arg kam, hatte sie am Ende auch noch einen Schluckauf.

»Die Kinder von Major Emmet sind alle gestorben«, erzählte Olivia. »Er hatte letztes Jahr noch zu John gesagt, er habe Angst davor, dass ihm die Kinder vor seinen Augen verhungern, und jetzt sind sie an den Pocken gestorben. Es ist so traurig.«

Damit war es um Constance' Beherrschung endgültig geschehen, und mit einem Schluchzen brach das mühsam zurückgehaltene Weinen aus ihr hervor. Olivia war sichtlich erschrocken, und die kleine Lilian, deren halbgeschlossene Augen davon zeugten, dass sie kurz davor gewesen war, einzuschlafen, gab ein Quietschen von sich, das sich unmittelbar darauf zu ohrenbetäubendem Gebrüll steigerte. Constance' Mutter und die Amme kamen gleichzeitig so schnell ins Zimmer, dass der Verdacht nahelag, sie hätten an der Tür gelauert.

»Aber mein liebes Kind«, rief eine jede, und während die Amme Olivia den Säugling aus den Armen nahm, ließ sich Constance von ihrer Mutter an die Brust drücken. Sie bekam noch mit, dass Olivia sich verabschiedete und dies mit sichtlicher Erleichterung tat.

Schweigen war zermürbend. So belastend es Frank erschienen war, ständig mit Augusta aneinanderzugeraten, so zerrieb ihn diese Stille, die nun zwischen ihnen herrschte. Solange man stritt, hatte man sich wenigstens noch etwas zu sagen. Was man Augusta jedoch zugutehalten konnte, war, dass sie sich nicht beschwerte. Sie war ihm widerspruchslos nach Gibraltar gefolgt und ertrug auch alle Entbehrungen stoisch.

Es war ein ungewöhnlich langer Sommer gewesen. Die Vorräte in den Lagerhallen begannen zu verderben. Mehl wurde modrig und bitter, Butter schmolz und erstarrte zu Klumpen aus ranzigem Fett. Erbsen schrumpften zu schrumpeligen kleinen Kügelchen, salziges Fleisch blähte sich auf, sprengte die Fässer, in denen es gelagert wurde, und verfärbte sich grün an der Luft. Eingesalzener Kabeljau lag in stinkenden Haufen und war schwerlich noch als Fisch zu erkennen. Der Geruch von Mahlzeiten, die aus diesen Ingredienzien bereitet wurden, reichte meist aus, um einem den Magen umzudrehen, noch ehe man etwas gegessen hatte. Und die Ärmsten der Stadtbevölkerung hatten nicht einmal das.

Neben dem Hunger und Krankeiten war die Langeweile der größte Feind der Garnison. Ein Soldat war zu dreihundert Peitschenhieben verurteilt worden, weil er versucht hatte zu desertieren, ein anderer erhielt fünfhundert, weil er im Dienst eingeschlafen war. Obgleich Auspeitschungen Teil der militärischen Routine waren, wohnte Frank ihnen ungern bei und verhängte diese Strafe selten. Indessen verschlechterte sich die Lage in der Garnison immer weiter. Essen wurde zum Herbst hin knapper, die Bäcker hörten auf zu backen, und ab Anfang Oktober gab es für die Regimenter nur noch Zwieback anstelle von weichem Brot. Die Anzahl der Skorbutkranken stieg. Auf See paradierten die

Spanier vor den Augen der hilflosen Garnison mit den umgekehrten Flaggen jener Blockadebrecher, die sie gefangen genommen hatten, und auch an Land zeigten sie mehr Lebhaftigkeit als zuvor.
Noch, so dachte Frank, noch betreffen Krankheit und Auszehrung mich und meine Familie nicht. Im Juni bestanden die Einzelrationen für Offiziere monatlich aus fünf Pfund gesalzenem Fleisch, neun Pfund Fisch, acht Pint Erbsensuppe, fünf Pfund Weizen, vier Pfund Reis, sechs Pint Haferbrei und vierzig Unzen Butter. Die Genuesen verkauften nach wie vor geringe Mengen Fisch auf dem Markt, und gelegentlich schlüpfte ein kleines Schiff durch die Blockade und brachte ein wenig Geflügel oder einige Lämmer mit sich sowie kleine Mengen Öl und Honig, es konnten sich jedoch nur wenige Menschen leisten, diese Luxusartikel zu bezahlen. Wer reich genug war, um sich Schafe oder Kühe mit der Flotte aus England liefern zu lassen oder Waren aus Marokko zu kaufen, wurde meist ungewollt das Ziel freundlichster Aufmerksamkeiten seitens seiner Kameraden, die er wiederum entgelten musste, wenn es daranging, die Tiere zu schlachten.
Frank gehörte zu jenen, die über ausreichend finanzielle Mittel verfügten, und gelegentlich ließ er Olivia das eine oder andere Luxusgut bringen, was allerdings ein Geheimnis zwischen ihnen blieb, denn weder wollte er, dass John das Gefühl bekam, er wolle ihm vor Augen führen, dass er als Vater besser für Olivia sorgen konnte als ihr Ehemann, noch wollte er John verächtlichen Kommentaren seitens Augusta aussetzen.
Jetzt gesellte Frank sich zu John, der so übernächtigt aussah, dass seine Augen in bläulichen Schatten lagen. Weil er

nie so recht Zugang zu seinem Schwiegersohn fand, hatte Frank nicht die geringste Ahnung, was diesem schlaflose Nächte bescherte. Es konnten ebenso gut allgemeine Sorgen sein wie Streit mit Olivia. Oder aber sie verstanden sich gut und die schlaflosen Nächte nährten sich aus diesem Einverständnis, ein Gedanke, der Frank in gewisser Weise fast unangenehm war.

»Der September war der ruhigste Monat, seit wir letztes Jahr das Feuer auf Spanien eröffnet haben«, sagte Frank. »Nur sechs Schuss.«

John drehte sich zu ihm um, nickte ihm zu und wirkte dabei, als blicke er durch ihn hindurch in die Ferne. Den ganzen Oktober hindurch war es heiß gewesen, aber an diesem Tag hing dichter Nebel in der Meerenge. Die Schatten von Schiffen waren zu sehen gewesen, wie sie durch die Straße von Gibraltar fuhren und den Europa Point umrundeten, in völliger Stille die Ruder bewegten. Eines der Schiffe war näher gekommen, hatte den Nebel verlassen. Es war ein dänisches zweimastiges Schifferboot gewesen, das Orangen, Zitronen, Rosinen und Feigen geladen hatte. Dänemark war Mitglied der *Armed Neutrality*, die sich aus dem Krieg gänzlich heraushielt.

»Die Ladung des Fischerbootes heute war dringend nötig«, sagte John. »Zweihundertsechzig Tote durch Skorbut und mehrere hundert Erkrankte.«

»Ja, seit die Gärten in der Landenge aufgegeben werden mussten. Dass es so schnell geht, hätte ich nicht erwartet.«

»Die Männer waren schon vorher geschwächt, da dauert es meist nicht lange.«

Am ersten Oktober hatten die Spanier in der Landenge die Gärten überfallen und versucht, Palisaden in Brand zu setzen. Die Palisaden hatte man retten können, die Hütten in den Gärten jedoch brannten lichterloh. Zwar war dieser Übergriff nur ein Ablenkungsmanöver gewesen, zeitigte jedoch eine Wirkung, die verheerend für die Garnison war, denn die Gärtner weigerten sich, in ihre Gärten zurückzukehren. Wenn diese auch nicht viel erwirtschaftet hatten, so war dennoch ein Teil der Bevorratung an frischen Nahrungsmitteln aus ihnen bezogen worden, und dass dieser nun wegfiel, hatte nicht nur auf die Gesundheit der Soldaten schlimme Auswirkungen, sondern auch auf ihre Moral.

»Hör zu, John«, fuhr Frank nun fort, »warum kommt ihr uns nicht mal besuchen, du und Olivia? Augusta sagte …«

»Nichts Schmeichelhaftes, möchte ich annehmen.«

Frank verstummte angesichts dieser Unhöflichkeit, die sich von John so ungewohnt ausnahm. »Sie ist nicht einfach, das weiß ich.«

»Aber ich nehme deine Einladung natürlich an, Olivia wird sich freuen.«

»Was Augusta angeht …« Frank suchte nach den richtigen Worten, denn die offene Abneigung seiner Frau war ihm nicht nur ein völliges Rätsel, sondern oftmals richtiggehend unangenehm. Schlimm genug, dass sie sich weigerte, ihre Tochter in ihrem neuen Heim zu besuchen. »Sobald die Belagerung vorbei ist, du mit Olivia in England bist und alles sich ein wenig normalisiert hat, wird sie zur Besinnung kommen. Allein schon deshalb, weil sie Olivia vermissen wird.«

John schwieg und sah aufs Meer.

Olivia lag in ihrem Unterkleid auf dem Bett und rollte sich auf die Seite, um John zu betrachten, der neben ihr schlief. Sie hatte sich am frühen Nachmittag hingelegt, und währenddessen war John heimgekommen und holte nun ein wenig von dem verpassten Nachtschlaf nach. Er trug nur sein Hemd, seine Hose und Strümpfe, der Uniformrock lag nachlässig auf einen Stuhl geworfen, daneben, halb auf dem Boden, die Stulpen. Die Stiefel standen genau dort, wo er sie ausgezogen hatte, einer umgekippt, der andere stehend. Olivia musste lächeln, dann beugte sie sich über John und berührte mit ihren Lippen ganz zart die seinen, tat dies ein zweites Mal, und als sie nach dem dritten Mal den Kopf heben wollte, legte sich urplötzlich eine Hand an ihren Hinterkopf, und ihr erschrockener Aufschrei wurde in einem atemlosen Kuss erstickt.
»Was für eine reizende Art, mich zu wecken«, sagte John, als er sie losließ.
Olivia befühlte mit den Fingerspitzen ihre Unterlippe. »Flegel.«
Sie ließ sich auf den Rücken sinken und wehrte eine Zeitlang spielerisch Johns Zudringlichkeiten ab, bis er ihr schließlich kurzerhand beide Hände über den Kopf drückte und dort festhielt.
»Und nun, Prinzessin?«
Sie wand sich und versuchte, sich aus seinem Griff zu befreien, kapitulierte aber schließlich lachend. »Also gut, du hast gewonnen, und jetzt lass mich los.«
Er dachte jedoch nicht daran, sondern küsste sie und begann mit einigen zögernden Liebkosungen, kleine Versprechen darauf, was sie erwartete, wenn sie ihn gewähren ließ. Schließlich kam seine Hand auf ihrem flachen Bauch zur

Ruhe, und der jäh aufflackernde Gedanke an ihre Unfruchtbarkeit ließ Olivias Verlangen abrupt ersterben, was John nicht entging. Fragend sah er sie an, ließ ihre Hände los, mit denen sie nichts Besseres anzufangen wusste, als sie ebenfalls auf ihren Bauch zu legen.
»Wünschst du dir kein Kind?«, fragte sie.
Sie sah ihm an, dass ihm nicht danach war, darüber ausgerechnet jetzt zu sprechen. Er zog seine Hand zurück und legte sich nun ebenfalls auf den Rücken.
»Ich habe nie darüber nachgedacht, ob ich mir eines wünsche. Wenn du ein Kind bekommst, freue ich mich natürlich, aber wenn nicht, dann fehlt mir nichts.«
Sie richtete sich auf, um ihm ins Gesicht zu sehen. »Ist das dein Ernst? Wünschst du dir keinen Erben?«
»Wie ich schon sagte, ich wäre glücklich, einen zu bekommen, aber wenn nicht, dann verursacht mir der Gedanke daran, dass ein Verwandter von mir alles erbt, auch keine schlaflosen Nächte.«
Es dauerte einige Augenblicke, bis Olivia das verdaut hatte.
»Das bedeutet, du würdest mich nicht verstoßen, wenn ich dir keine Kinder schenke?«
Jetzt richtete er sich ebenfalls auf. »Großer Gott, nein. Wie kommst du darauf?«
»Ich habe schon gehört, dass Männer dergleichen tun.«
»Ich nicht. Was für ein absurder Gedanke.«
Olivia drehte sich auf die Seite und stützte sich auf ihren Ellbogen, mit den Fingern der anderen Hand spielte sie an den Rüschen von Johns Hemd. Sie wollte das Gespräch nicht weiter ausführen, denn sie wusste, dass John außer einigen Trostworten nichts würde sagen können. Und unausgesprochen hing ohnehin in der Luft, dass es in diesen

Zeiten besser war, nicht schwanger zu werden. Zudem wollte sie die Stimmung nicht trüben, harmonische Momente wie diese waren immer noch selten.

»Bekümmere dich nicht deswegen«, sagte er, als habe er ihre Gedanken gelesen. »Wenn du Mutter wirst, freue dich darüber, und wenn nicht, dann bleibt dir nichts anderes übrig, als das Unabänderliche hinzunehmen.« Er küsste sie erneut, als wollte er seine Worte abmildern.

»Bin ich eigentlich wie eine spanische Geliebte?«, fragte sie, als sie, die Stirn an seine Brust gebettet, wieder zu Atem kam.

»Wie bitte?«

Sie hob den Kopf, um ihn anzusehen. »Meine Mutter sagte, damit du mir treu bleibst, sollte ich wie eine spanische Geliebte sein, nicht wie eine englische Ehefrau.«

Eine seiner Brauen zuckte nach oben, dann grinste er spöttisch. »Ah, tatsächlich? Hättest du das früher gesagt, hätte ich dich ganz anders unterwiesen.«

»Du denkst gerade vermutlich an etwas Unanständiges.«

»Ja, furchtbar unanständig«, bestätigte er und küsste sie, dann flüsterte er ihr etwas ins Ohr, woraufhin sie ihm mit der flachen Hand einen Klaps gegen die Schulter versetzte.

»John Retallick! Untersteh dich, dir so etwas auch nur vorzustellen!«

»Also *das* kannst du mir nun nicht verbieten.« Er feixte. »Deine Mutter erstaunt mich, das ist nicht gerade ein Ratschlag, den man einer Tochter zur Hochzeit mitgibt.«

»Findest du das schlimm?«

»Nein, nur verblüffend.« Wieder grinste er.

»Wie sie allerdings ausgerechnet auf eine Spanierin ge-

kommen ist, weiß ich nicht. Es gibt doch auch englische Geliebte.«
John zog eine Strähne aus ihrer ohnehin schon derangierten Frisur. »Diese Frage könnte ich dir beantworten, aber du wirst das zweifellos als sehr unanständig bezeichnen.«
»Erzähl's mir trotzdem.«
»Also gut.« Er stopfte sich das Kissen zurecht und setzte sich halb auf, zog sie dabei mit sich hoch, so dass ihr Kopf an seiner Schulter lag. Sein Hemd war bis zum Bauch geöffnet, und obschon seine Haut hell war, wirkte sie vor dem Blütenweiß beinahe bronzefarben.
»Es gibt eine alte Redewendung darüber, wie die perfekte Frau sein sollte: Englisch bis zum Nacken, französisch bis zur Taille und holländisch unterhalb davon. Ihre Hände und Füße sollten spanisch sein. Darüber hinaus sagt man: Lass die französische Frau den Tanz schmücken, die holländische die Küche, die italienische das Fenster, die englische die Kammer und die spanische Lady das Bett.«
Olivia richtete sich auf. »Also das ist … das ist …«
»Unanständig?«
»Ja!«
Sie versetzte ihm einen Schlag gegen die Brust, und er fing ihre Hand auf. »Du bestrafst den Falschen, ich habe mir das nicht ausgedacht.«
»Nein, aber an deinem Grinsen sehe ich, dass es dir gefällt.«
Er rang mit ihr und drückte sie schließlich rücklings aufs Bett. »Ich liebe es, wenn du von Anstand sprichst und dabei nur dieses Nichts von einem Unterkleid trägst.«
Sie tauchte unter seinem Arm hindurch und war mit einem Sprung aus dem Bett. Ohne Anstalten zu machen, ihr zu

folgen, betrachtete er sie mit jenem trägen Lächeln, das stets eine so verheerende Wirkung auf ihren Herzschlag hatte. Eine plötzliche Euphorie durchströmte sie, und sie stieg zurück ins Bett, um John die Arme um den Hals zu schlingen.

»Weißt du, was wir tun, wenn wir wieder in England sind?«, fragte sie. »Wir gehen tanzen, jeden Abend, bis mir so schwindelig wird, dass du mich heimtragen musst.«

»Und wir essen jeden Tag frisches Fleisch oder frischen Fisch.«

»Und jeden Morgen warmes Brot.«

»Und frische Butter.«

»Und trinken dazu heiße Schokolade.«

»Und richtigen Kaffee.«

Olivia besiegelte das Geplänkel mit einem Kuss, und John hielt sie fest, als sie sich von ihm löste. Unvermittelt war er sehr ernst geworden, und die Art, wie er sie ansah, ließ kühne Erwartungen in ihr aufsteigen. Atemlos erwiderte sie seinen Blick, wartete auf jene Worte, die sie ihm in jeder ihrer Umarmungen abzuringen versuchte. Er senkte kurz die Lider, und als er wieder aufblickte, war der Zauber gebrochen.

Nachdem ihre Mutter sich vom Tisch erhoben und somit das Abendessen beendet hatte, schob Ruby den Stuhl zurück und stand auf, um das Zimmer zu verlassen. Ihr Vater strich ihr, als sie an ihm vorbeiging, über die Wange, und sie blieb kurz stehen und lächelte ihn an. Seit sie in Gibraltar lebten, hatte er Farbe bekommen, und sie fand, es stand ihm. Zudem schien ihm das Gefühl, endlich in der Armee gefordert zu werden, gutzutun. Der einzige Wermutstropfen war, dass sie ihn nun so selten sah. Er kam nur heim, um sich seine benötigten Ruhezeiten zu holen und etwas zu essen. Aber Ruby verstand das. An seiner Stelle hätte sie nicht anders gehandelt.

Sie drückte seine Hand und durchquerte die Halle, um sich ein Buch aus der Bibliothek zu holen. Am Tag zuvor hatte sie einen geschichtlichen Abriss der Länder am Mittelmeer entdeckt, und mit diesem wollte sie sich bis zum Schlafengehen die Zeit zu vertreiben. Sie wusste, dass Stanley ihr folgte, hoffte aber, dass er sie nicht ansprach, wenn sie ihn ignorierte.

»Wie lange willst du mir noch grollen?«, fragte er, kaum, dass die Tür der Bibliothek hinter ihm ins Schloss gefallen war.

»Ich grolle dir nicht«, antwortete sie, ohne ihn anzusehen. Sie zog das Buch aus dem Regal, hielt es sich wie einen Schild an die Brust und verschränkte die Arme davor. Stanley jedoch machte keine Anstalten, den Weg freizugeben.

»Sprich mit mir.«

Sie schwieg.

»Warum kannst du mir nicht verzeihen?« Er hob die Hände, wollte ihre Schultern umfassen, verharrte jedoch, ohne sie zu berühren.

Sie wollte nicht antworten, jedoch bewegten sich ihre Lippen wie von selbst. »Weil du alles, was zwischen uns war, in einer einzigen Nacht zerstört hast«, sagte sie lautlos.

»Ich … wir dachten doch, wir tun das Richtige.« Seine Stimme klang belegt, als könne sie all die Gefühle, die ihn bestürmten, nicht fassen.

Ruby sah an ihm vorbei zur Tür, versuchte, ihm stumm zu verstehen zu geben, er möge zur Seite treten.

»Du weißt, ich würde sterben für dich«, sagte Stanley.
»Was nützt mir dein Tod?«
Sie presste das Buch enger an sich, schloss die Augen und versuchte, die Erinnerung zu fassen an jene Wärme an ihrer Brust, lebend, atmend, voller süßer Verheißungen und Hoffnungen. Tränen stiegen ihr in die Augen, und sie presste eine Hand an ihr Gesicht, als sich Schluchzer und ein plötzlicher Hustenreiz mischten.
Stanley trat einen Schritt auf sie zu, und im selben Moment ging die Tür auf, und ihr Vater betrat die Bibliothek. Sein Blick flog von Ruby zu Stanley.
»Was ist hier los?« Dann kam er zu ihr und legte ihr die Hände auf die Schultern. »Was ist, mein Liebes?« Er klang hilflos, wie immer, wenn sie weinte. Sie ließ das Buch fallen und warf sich in seine Arme.
»Papa«, rief sie und brach in hemmungsloses Weinen aus.

Cornwall, November 1777

Das Haus lag an der rauhen Küste Cornwalls, und Ruby liebte den Ausblick auf das sturmumtoste Meer, die steilen Klippen, die Farben, die im Sommer satt und kräftig waren und im Winter von Grau- und Blautönen beherrscht wurden. Schaumkronen ritten auf Wellen, die ans Ufer brandeten, sich kräuselten und wieder zurück ins Meer gesogen wurden. Wenn es nicht gerade regnete, saß Ruby bei jedem Wetter an den Klippen und sah hinunter aufs Meer. Ihr Bauch war inzwischen so dick, dass ihr lange Spaziergänge schwerfielen, und so begnügte sie sich mit den paar Schritten, die vom Haus zu den Felsen führten.

Sie wusste, dass die Retallicks aus Cornwall kamen, und sie fragte sich, ob Jared auch oft aufs Meer geblickt hatte, so wie sie jetzt.

»Unser Kind, Liebster«, flüsterte sie. »Ich wünschte, du könntest bei uns sein.«

Sich Stanley anzuvertrauen war leichter gewesen, als sie erwartet hatte, vielleicht, weil er auf ihre Enthüllung, heimlich geheiratet zu haben und nun guter Hoffnung zu sein, nicht mit Entsetzen und Zorn reagiert hatte, sondern leichenblass geworden war und in seiner Fassungslosigkeit nur die Worte »Warum hast du mir nie etwas gesagt?« hervorgepresst hatte.

»Das habe ich doch versucht«, hatte sie geantwortet, »aber du sagtest damals, dein Bedarf an pikanten Enthüllungen sei gedeckt.«

Er hatte darauf nicht geantwortet, ihr jedoch versichert, er werde ihr helfen, und es werde alles gut. Danach hatte er es ihrer Mutter erzählt, die all das an Wut in sich zu tragen schien, was Stanley gefehlt hatte. Rubys Gesicht hatte noch lange danach gebrannt von der Ohrfeige, die ihre Mutter ihr verpasst hatte. Ihr Vater, so ihre Mutter, dürfe davon selbstverständlich nichts erfahren. Das war Ruby nur recht, auch wenn sie wusste, dass es letzten Endes unumgänglich war, es ihm zu erzählen. Schließlich würde er wissen müssen, wo das Kind herkam. Alles zu seiner Zeit, hatte sie gedacht und in den Plan eingewilligt, nach Cornwall zu gehen, wo man die Sache diskret über die Bühne zu bringen gedachte. Stanley war ihr wenige Wochen nach der Abreise gefolgt und leistete ihr Gesellschaft.

»Wenn du erst hier bist, mein Kleines«, sagte sie und streichelte ihren Bauch, »dann wird dein Großvater so hingerissen sein, dass ihn nicht einmal die Nachricht erschüttern kann, dass ich deinen Vater heimlich geheiratet habe.«

Sie hatte recht genaue Vorstellungen davon, wie es weitergehen würde. Wenn das Kind erst einmal da wäre, würde sie mit ihm in Cornwall bleiben, bis sie sich ausreichend von der Geburt erholt hatte, danach wollte sie mit dem Kind nach London gehen, wo sie die Beziehung zwischen sich und Jared öffentlich zu machen gedachte.

»Und wenn dann alle Bescheid wissen«, erzählte sie dem Ungeborenen, »dann wird mich vermutlich keiner mehr heiraten wollen, aber das kümmert mich nicht. Für mich gibt es nur deinen Vater.« Sie würde bei ihren Eltern leben und irgendwann, wenn Stanley alles erbte, einen Trakt des Hauses beziehen, damit er mit seiner Ehefrau für sich sein konnte.

»Und später«, spann sie den Faden weiter, »wenn du alt genug bist, dann fahre ich mit dir hierher, und du läufst am Strand entlang und spielst im Sommer im Wasser.«

Schritte näherten sich, und Ruby blickte auf, lächelte, als sie Stanley erblickte. »Da bist du ja. Du warst lange aus.«

»Ich bin ausgeritten und war bei der Gelegenheit kurz im Dorf.« Er setzte sich neben sie, lehnte sich zurück und stützte sich mit beiden Ellbogen auf. »Wie geht es dir?« Er streifte ihren Bauch mit einem kurzen Blick.

»Gut. Ich schmiede Pläne für die Zukunft für mich und Anne oder Jasper.«

Stanley nickte nur. Sie hatte bemerkt, dass er ihr oft auswich, wenn sie über diese Angelegenheit sprach, und führte das auf sein Unbehagen zurück, weil sie ihm in diesem Zustand gegenübersaß. Es konnte nicht einfach für ihn sein, auch wenn er sich alle Mühe gab, so zu tun, als sei alles in bester Ordnung.

»Ich weiß nicht, Stanley«, sagte sie, »aber ich bin auf einmal so voller Hoffnung.«

»Wie kannst du von Hoffnung reden?«, fragte Stanley barsch. »Jared ist tot, verstehst du, und er wird nie mehr wiederkommen.«

»Ja«, antwortete Ruby ruhig, »Jared ist tot, und alles in mir weint um ihn. Aber nun muss ich weiterleben.«

Er hatte sich wieder gefasst und setzte sich auf, barg das Gesicht in beiden Händen. »Es ist … Entschuldigung, Ruby, ich wollte dich nicht so anfahren, es ist nur …«

Behutsam legte sie ihre Hand auf seinen Unterarm. »Ich weiß, und ich verstehe dich ja.« Sie nahm seine Hand und legte sie auf ihren Bauch, was gegen jedes Gebot der Schicklichkeit verstieß. »Es bewegt sich, spürst du das? Ich weiß, dass niemand Jared ersetzen kann, aber ich weiß auch, dass ich es mit diesem Kind leichter ertragen kann, ohne ihn zu sein.«

Stanley riss seine Hand zurück, sprang auf und lief zum Haus.

Die Wehen kamen in dieser Nacht. Erst war es nur ein leichter Schmerz, ein Ziehen, ähnlich dem, der ihr monatliches Unwohlsein begleitete. Ruby ignorierte es zunächst, weil sie Ähnliches schon Tage zuvor erlebt hatte. Irgendwann jedoch steigerte es sich zu einem heftigen Schmerz, der vom Rücken bis in den Bauch zog. Nach Abklingen der ersten heftigen Wehe rang Ruby nach Luft und läutete nach dem Dienstmädchen.

»Ruf die Hebamme«, sagte sie dem schlaftrunkenen Mädchen und keuchte auf, als die nächste Schmerzwelle über sie kam, ihren Höhepunkt fand und langsam abebbte.

Es schien eine Ewigkeit zu dauern, bis die Hebamme kam, wohingegen es das Kind furchtbar eilig zu haben schien. Als die ältere Frau das Zimmer betrat, hatte Ruby das Gefühl, am Ende ihrer Kräfte zu sein. Die Wehen kamen in kurzen Abständen, und insbesondere die letzte hatte es in sich gehabt. Die Hebamme hob das Nachthemd und blickte zwischen Rubys Beine.

»Na, da ist aber jemand ungeduldig«, sagte sie gut gelaunt, und Ruby hätte sie dafür am liebsten geschüttelt.

»So, mein Mädchen, jetzt greifen Sie mit beiden Händen hinter sich an den Rand des Kopfteils vom Bett und klammern sich bei der nächsten Wehe richtig fest, und dann pressen Sie.«

Ruby tat wie geheißen und presste mit aller Kraft, schnappte nach Luft, presste noch einmal und ein weiteres Mal, dann war die Wehe abgeebbt, und sie konnte kurz durchatmen. Als die nächste Wehe kam, war ihr, als reiße jemand ihren Körper auseinander. Sie biss die Zähne zusammen, neigte den Kopf nach vorne und presste. Sie bekam kaum mit, wie ein Mädchen mit Schüsseln und Tüchern hin und her lief, hörte die beruhigenden Worte der Hebamme jedoch erstaunlich klar. Sie hatte immer gehört, dass Frauen bei Geburten schrien, und fragte sich, woher sie die Kraft dazu nahmen. Als der Schmerz sich erneut durch ihren Körper wühlte, klammerte sie sich am Bett fest und hoffte, dass das Kind nun endlich seinen Weg hinausfand. Im nächsten Moment spürte sie etwas Warmes aus sich herausgleiten, und dann war ein maunzendes Weinen zu hören. Ruby schloss die Augen und atmete in tiefen Zügen.

»Ein gesunder kleiner Junge«, sagte die Hebamme und gab das Neugeborene an das Mädchen weiter, das in helles Entzücken ausbrach.
»Bitte«, Ruby streckte die Arme aus, »geben Sie ihn mir.«
»Sofort, Kindchen, wir sind hier noch nicht fertig.«
Als die Reste der Geburt ihren Körper verlassen hatten, gab ihr das Mädchen das in eine weiche Decke gewickelte Kind. Ruby nahm es und dachte beim Blick in das rote Gesicht, dass dies das schönste war, das sie je gesehen hatte. Das Haar war nur ein heller Flaum, der feucht am Köpfchen klebte. Das Kind machte kleine schmatzende Laute, und Ruby schlug die Decke zurück, um zu sehen, ob alles dran war. Fasziniert betrachtete sie die winzigen Finger und Zehen.
»Er ist wunderbar«, sagte sie, den Tränen nahe.
»Ja, das ist er.« Die Hebamme nahm ihr das Kind aus den Armen und reichte es an die Amme weiter. »Sie bekommen ihn gleich wieder«, sagte sie, als Ruby protestieren wollte, »aber jetzt bringe ich Sie zum Nachtstuhl, und in der Zeit kann das Mädchen Ihr Bett neu herrichten.«
Nachdem Ruby diesen Gang hinter sich gebracht und ein frisches Nachthemd angezogen hatte, bekam sie ihr Kind zurück, und kurz darauf erschien Stanley, in dessen Gesicht sich Spuren von tiefer Sorge zeigten.
»Wie geht es dir?«, fragte er.
Sie lächelte. »Es geht mir gut, Stanley. Sieh nur, ist er nicht wunderschön?«
Stanley sah das Kind flüchtig an und nickte nur.
»Jasper – ich habe irgendwie geahnt, dass es ein Junge wird. Ich … ich habe gedacht, nach Jareds Tod sei mein Leben vorbei, aber jetzt bin ich so glücklich. Es wird alles gut, Stanley, das spüre ich.«

»Du solltest schlafen.« Ein bemühtes Lächeln trat auf seine Lippen. »Morgen ist noch Zeit genug, um Pläne zu schmieden.«
Sie war in der Tat müde, jedoch viel zu aufgekratzt zum Schlafen. Als alle das Zimmer verlassen hatten, lag sie auf der Seite, neben sich ihr Kind. Sie hatte sich geweigert, es der Amme zu überlassen, und ihr gesagt, sie könne es holen, wenn es weinte und Hunger bekam. Zärtlich strich sie über die seidenweiche Wange, über die Händchen und konnte sich kaum sattsehen an ihm. Als sie einschlief, hatte sie ihn an ihre Brust gezogen, und das Letzte, was sie spürte, war seine Wärme und sein Atem.

Sonnenlicht flutete durch einen Spalt zwischen den Vorhängen, als Ruby in den Morgen blinzelte, ein strahlend schöner Tag war angebrochen. Sie tastete nach dem kleinen warmen Bündel, fand es jedoch nicht und lächelte bei der Erinnerung an ihren Sohn. Sicher hatte ihn die Amme doch geholt, weil sie geglaubt hatte, sie bedürfe der Ruhe. Ruby fühlte sich in der Tat erholt, hatte Hunger und wollte frühstücken, am liebsten zusammen mit Stanley.
»Ich möchte essen«, erklärte sie, als das Mädchen eintrat, »und dann sag der Amme, sie soll mir mein Kind bringen.«
Ruby fragte sich später unzählige Male, wann sie das erste Mal gemerkt hatte, dass etwas nicht stimmte. Das Mädchen hatte genickt und war gegangen, und danach saß Ruby in ihrem Bett und wartete. Die Amme ließ sich Zeit, und Ruby lag schon ein Tadel auf den Lippen, als die Tür geöffnet wurde. Jedoch war es das Mädchen, das ein Tablett mit Frühstück vor sich hertrug.

»Hast du der Amme nicht Bescheid gegeben?«
Das Mädchen starrte sie nur an.
»Was ist los?«, fragte Ruby. »Wo ist mein Kind?«
»Ich … ich habe mit Lieutenant Kilbourne gesprochen, er wird gleich kommen.«
Jetzt hielt Ruby nichts mehr im Bett. Sie stieß das Tablett zur Seite, das mit lautem Klirren zu Boden fiel, dann packte sie das Mädchen an den Schultern und schüttelte es leicht.
»Wo ist mein Kind?«
Die Tür wurde aufgestoßen, und Stanley war mit wenigen Schritten bei ihr und löste sie von dem Mädchen. »Beruhige dich.«
»Wo ist mein Kind, Stanley? Warum bringt man es mir nicht?«
»Leg dich erst einmal hin.« Er drehte sich zu dem Dienstmädchen um. »Geh.« Eine Aufforderung, der es nur zu gern zu folgen schien.
»Ich will mich nicht hinlegen. Wo ist mein Kind?«
Stanley ließ sie los und trat einen Schritt zurück. »Mama und ich hielten es so für das Beste, Ruby. Ich meine, du reist aus London ab und kommst mit Kind zurück, wie hast du dir das denn vorgestellt?«
»Du bringst mir auf der Stelle mein Kind, Stanley!«, schrie sie.
»Das geht nicht, es ist nicht mehr hier.«
Fassungslos starrte sie ihn an. »Dann hol es zurück.«
Mit einer unwirschen Bewegung schüttelte Stanley den Kopf. »Das kann ich nicht, ich weiß nicht, wo es ist. Mama hat einen Mann geschickt, der es abholen sollte. Mir hat sie nicht gesagt, in welchen Teil Englands es gebracht wird.«
»Ihr …« Ruby schwankte und ließ sich auf dem Bettrand

nieder. »Ihr habt meinen Sohn einer wildfremden Person anvertraut? Wann?«

»Die Amme hat es geholt, als wir sicher sein konnten, dass du tief genug schläfst, um es nicht zu bemerken.«

In seinen Worten lag eine Härte, die ihm unmöglich bewusst sein konnte. Das war doch Stanley, ihr Freund, ihr Vertrauter. »Das war mitten in der Nacht. Ihr habt mein Kind mitten in einer eiskalten Herbstnacht einem Fremden mitgegeben?«

»Mama sagt, er sei vertrauenswürdig. Er wird das Kind in ein Waisenhaus bringen.«

Entsetzen packte sie. »Ist euch nichts Grausameres eingefallen als ein Waisenhaus?«

»Uns war klar, dass du es suchen würdest, und Mama sagte, dass du es bei einer Pflegefamilie findest, sei wahrscheinlicher als in einem Waisenhaus irgendwo in England. Es wird ihm an nichts fehlen, Ruby, Mama hat den Mann gut bezahlt.«

Ihre Lippen zitterten, und sie konnte kaum Worte artikulieren. »Du hast doch gesagt, dass … dass du mir hilfst. Du kanntest meine Pläne …«

»Sie waren undurchführbar. Wie hättest du je heiraten wollen mit dem Kind?«

»Aber das will ich doch gar nicht.«

»Natürlich heiratest du wieder. Wie hast du dir das gedacht, bist du närrisch?«

»Bring mir mein Kind, Stanley.«

»Ich sagte doch schon, es geht nicht.«

»Bring mir mein Kind! Bring mir mein Kind! Bring mir mein Kind!« Ihre Stimme steigerte sich zu einem schrillen Kreischen.

»Du bist hysterisch. Leg dich hin und ruh dich aus. Wenn du in Ruhe über alles nachgedacht hast, wirst du sehen, dass es das einzig Richtige war. Du wirst andere Kinder bekommen, unter besseren Umständen, und die wird dir kein Mensch nehmen dürfen.«

Ruby wiegte ihren Oberkörper wie unter Schmerzen vor und zurück, dann richtete sie sich mit einem Ruck wieder auf, weinte und sah ihren Bruder an. »Hol mein Kind zurück, bitte, Stanley, bitte.«

In seinen Augen lag Mitgefühl, was in ihr einen kurzen Anflug von Hoffnung weckte. »Nein«, sagte er.

17

Gibraltar, Februar 1781

Wir leben nun schon so lange im Schatten, dass wir die Sonne vergessen haben und die Dunkelheit ihren Schrecken für uns verloren hat.

Olivia legte die Feder nieder, streute Sand über die Seite ihres Tagebuchs und zog sich ihren Schal enger um die Schultern. Obwohl nur wenige Meilen Gibraltar von Afrika trennten, konnten die Winter, wenn kaum noch Heizmaterial zur Verfügung stand, hier bitterkalt sein. Selbst im kältesten Winter hatte sie in England nicht so gefroren wie in diesem Winter hier in Gibraltar, und das, obwohl er erst spät eingesetzt hatte. Der Dezember hatte mit einem Sturm und einer wahren Regenflut begonnen, in der lawinenartig Erde, Steine und Geröll den Felsen hinabstürzten und durch die Straßen der Stadt gespült wurden. Keller liefen voll mit Wasser, Kleidung und Bettwäsche wurden durchnässt, und weil es an Feuerholz fehlte, gab es auch keinerlei Möglichkeiten, sie zu trocknen.

Kleider wurden in kaltem Wasser gewaschen, trockneten zu dieser Jahreszeit nur schwer und konnten wegen des fehlenden Heizmaterials nicht geplättet werden, so dass Stoffe und Seide stets klamm waren und modrig rochen. Olivia strich über die knittrige Baumwolle ihres Kleides und dachte, dass sie vom Leben nicht die geringste Ahnung gehabt hatte. Dinge wie geplättete Kleidung oder heißes Wasser waren eine solche Selbstverständlichkeit gewesen, dass sie nie auch nur einen Gedanken daran verschwendet hatte. Nun war es sogar eine Überwindung, sich zu waschen, und sie beeilte sich meist, morgens die Wäsche mit dem eiskalten Wasser hinter sich zu bringen.

Noch schlimmer stand es um die Verpflegung. Selbst die beste Köchin vermochte aus dem modrigen Fisch und dem gelben Mehl aus den Rationen ihres Ehemanns kein vernünftiges Essen kochen, und diese Mahlzeiten in ihrer oftmals schleimigen Konsistenz führten regelmäßig dazu, dass sich Olivia allein beim Anblick der Magen hob. Alles, was über die Bevorratung der Offiziere hinausging und selbst erworben werden musste, war für sie und John unerschwinglich. Für zwei Enten zahlte man inzwischen achtzehn Schilling und neun Pence anstelle des vorherigen Preises von einem Schilling und elfeinhalb Pence, eine Muskatnuss kostete nicht mehr einen Penny, sondern einen Schilling und beinahe sieben Pence. Der Preis für ein Hühnerei war auf über fünf Pence gestiegen, und für ein Pfund Butter bezahlte man nicht mehr einen halben Penny, sondern zwei Schilling und vier Pence.

Olivia hatte sich noch nie in ihrem Leben Gedanken darum gemacht, was Essen kostete. Wann immer es sie nach Essen verlangt hatte, war dies kurz darauf gebracht worden. Das in Frage zu stellen oder darüber nachzudenken, war ihr nie in den Sinn gekommen. Jetzt genügte der Gedanke an warmes, frisches Brot oder eine Suppe, um ihr das Wasser im Mund zusammenlaufen zu lassen. Und sie hatte Hunger, richtigen Hunger, der in ihr nagte, sich in ihrem Bauch verbiss, so dass sie oftmals vor Schmerzen kaum stehen konnte. Es kostete sie viel Selbstbeherrschung, John nichts merken zu lassen, und noch mehr kostete es sie, ihren Vater

nicht um Geld zu bitten oder jeden Mittag zu ihren Eltern zum Essen zu gehen.
Von ihren Dienstboten waren Agnes und Ian im Januar mit der Flotte heimgeschickt worden. Thomas blieb bei ihnen und Esperanza, Letztere nur, weil John sich seinem Freund gegenüber verpflichtet fühlte und ihm das Mädchen nicht in dieser Notlage nach Hause schicken wollte. Esperanza ging es dieser Tage ohnehin nicht besonders gut, sie war blass und erschöpft und wurde von ständigem Schwindel geplagt. Olivia hatte sie angewiesen, nur noch eine Mahlzeit am Tag zu kochen, und sie darüber hinaus von allen übrigen Pflichten entbunden. Seit die Zugehfrau, die für das Putzen und die Wäsche zuständig war, nicht mehr kam, fielen alle möglichen zusätzlichen Pflichten an, und so recht wusste Olivia nicht, wie sie dies in Zukunft handhaben sollte. Es war ausgeschlossen, Esperanza mit all diesen Dingen auch noch zu belasten. Thomas übernahm es, gelegentlich das Haus zu fegen, aber es blieb immer noch genug anderes zu tun.
Es waren Olympias Gewänder, die Olivia sich lieh, ihre Gestalt, in der sie die Flucht aus Gibraltar antrat, sich in England vor Kaminfeuer in Decken schmiegte. Der Duft von frischgebackenem Brot hing in der Luft, von Zimtgebäck, von Mandelkuchen. Butter schmolz auf warmem Kuchen, Schokolade zerlief auf der Zunge.
Kristallglas fängt den goldenen Schein der Flammen auf, als Olympia es an die Lippen hebt, indes ihre Augen über den Rand hinweg die des Geliebten suchen. Der Krieg fordert seinen Tribut von ihm, und schon bald wird er wieder auf See sein, weit fort von ihr, und jegliche Köstlichkeit zerfällt zu Asche auf ihrer Zunge, während ihr Körper zittert, angefüllt von Kälte, die sie gefangen hält.

Der Nachmittag war bereits weit fortgeschritten, und bis zur Dämmerung war es nicht mehr lange hin, als Olivia sich auf den Weg machte, Mary zu besuchen. Sie hatte die Freundin schon seit einigen Tagen nicht mehr gesehen, und ihr schien, als bedrücke sie etwas. Seit John sich schweren Herzens von dem Kutschpferd getrennt hatte, ging Olivia ausschließlich zu Fuß, wenn sie Besuche machen wollte. In dieser Zeit schienen alle enger zusammenzurücken, man nahm wenig Anstoß an Dingen, die vorher undenkbar gewesen wären.

Ein feiner Nieselregen netzte jetzt Olivias Kleidung und ließ die Umgebung aussehen, als habe man über ein in graugrünen Farben gemaltes Bild Wasser gegossen, so dass alles ineinander verschwamm. Seit am fünften Dezember auf Anweisung des Gouverneurs damit begonnen worden war, die Straßen abzutragen, waren die Besuche der Offiziersgattinnen untereinander auf ein Minimum reduziert worden. Mary öffnete ihr selbst die Tür. Sie hatte nur noch ihre Köchin, und gelegentlich kam eine Frau, die sauber machte. Um die Kinder kümmerte sie sich selbst, seit sie das Kindermädchen nach England zurückgeschickt hatte.

»Ach, Olivia, wie schön.« Selbst das zauberhafte Lächeln konnte die feinen Linien von Sorge und Erschöpfung in Marys Gesicht nicht mildern. Sie führte Olivia in den Salon. Irgendwo im Haus hörte man die Jungen spielen.

»Der Kleine schläft.« Mary setzte sich in einen Sessel, nachdem Olivia Platz genommen hatte. »Dass Kinder so anstrengend sind, hätte ich nie gedacht, dabei gehöre ich schon zu den Müttern, die sich viel mit ihren beschäftigen.«

»Hättet ihr das Kindermädchen nicht behalten können?«

Selbst Marys Kopfschütteln zeugte von Müdigkeit. »Wir hatten es überlegt, aber man weiß nicht, wie schlimm es hier noch wird, und da wollten wir nicht das Risiko eingehen, am Ende nicht genug Essen für alle aufbringen zu können. Die beiden Großen sind ja recht verständig.«

Der Raum war kalt, und Olivia bedauerte, ihren Schal mit ihrem Mantel zusammen abgelegt zu haben. »Fehlt dir etwas, Mary, oder ist dir das alles einfach nur zu viel?« Sie beobachtete ihre Freundin aufmerksam, bemerkte, dass diese nur mühsam die Tränen zurückzuhalten schien.

»Ich bin wieder schwanger«, sagte sie schließlich. »Und das in diesen Zeiten. Oh, ich weiß, es klingt undankbar, und ich freue mich über jedes Kind, aber wir haben gerade eben genug zu essen für die Kinder. Wie soll ich da so viel für mich nehmen, dass es ausreicht, dieses kleine Geschöpf zu ernähren.«

Olivia schwieg mehrere Lidschläge lang. »Was sagt dein Mann dazu?«

»Oliver macht sich Vorwürfe. Er sagt, er hätte besser aufpassen müssen. Nun ja, das hat er zwar, aber eben nicht immer …«

Sie brauchte nicht mehr zu sagen, Olivia verstand auch so. John machte es seit einigen Wochen ebenso, er sagte, sie dürfe jetzt unter keinen Umständen schwanger werden. Obwohl ihr Verstand sagte, dass er recht hatte, gab es tief in ihr eine Stimme, die auf keine Vernunft hören wollte und sich an jene Momente klammerte, in denen er zu selbstvergessen war, um aufzupassen. Sie bemerkte die Blicke anderer Frauen auf ihre Körpermitte durchaus, und sie wusste, wie groß das Versagen war, das man ihr anlastete. Immerhin oblag es ihr, den Retallick-Erben zu gebären.

»Kann ich dir irgendwie helfen? Mit den Kindern?« Olivia hatte nicht die geringste Ahnung, was sie mit den Jungen anfangen sollte, aber sie wollte wenigstens irgendetwas für ihre Freundin tun, und etwas anderes fiel ihr nicht ein.

»Das ist lieb von dir. Wenn du sie gelegentlich tagsüber ein wenig beim Spielen beaufsichtigen könntest, wäre das eine große Hilfe. Ich bin immer so müde, das hatte ich bei jeder Schwangerschaft. Du musst gar nichts tun, nur da sein.«

»Vielleicht nehme ich sie mit zu Constance, dann hast du ein wenig Ruhe.« Marys Ältester war verrückt nach Constance und hatte bereits erklärt, er wolle sie heiraten, wenn er erwachsen war. »Sie hat für die Kleine immer noch die Amme.«

»Weil James Everett ein hirnloser Verschwender ist«, sagte Mary, die sich in ihrem offen geäußerten Urteil über andere normalerweise zurückhielt. »Sie hätte das Kind selbst stillen sollen. Ungewöhnliche Umstände erfordern ungewöhnliche Maßnahmen. Niemand hätte Anstoß genommen.«

»Sie ist immer noch schwach, vielleicht handelt Lord Westlake aus Sorge um sie.«

»Eher aus Sorge darum, was die Leute sagen könnten. Und es fällt ihm ja auch leicht, denn im Gegensatz zu John hat er keine Skrupel, seinen Schwiegervater jederzeit um Geld anzugehen.«

Der Wind trieb einen Regenschauer gegen die verschlossenen Läden. Olivia hoffte, dass es aufhörte, ehe sie sich auf den Heimweg machte. »Ich bin manchmal auch sehr versucht, muss ich gestehen.«

»Ach, Olivia, wer wäre das denn nicht? Sich zu wünschen, den eigenen Vater um Hilfe zu bitten, ist ja auch gänzlich normal. Aber es ist ja nicht einmal Constance, die ihn fragt,

sondern Lord Westlake, und dabei lässt er ständig anklingen, dass er allein um Constance' Wohl besorgt sei.«
Olivia hingegen war eher um Marys Wohl besorgt, denn ihre Blässe hatte etwas Wächsernes, und die Haut unter ihren Augen schien durchscheinend. »Ich komme morgen und kümmere mich um die Jungen. Du solltest dich viel mehr ausruhen, du siehst sehr unwohl aus.«
Ein zaghaftes Lächeln spielte um Marys Mundwinkel. »Die beiden werden sich freuen.« Sie seufzte leise. »Constance tut mir furchtbar leid, sie ist so unglücklich.«
»Mit dem Kind ist es besser geworden, scheint mir. Sie ist zwar noch recht schwach auf den Beinen, aber die Kleine scheint genau jene Lücke in ihrem Leben zu füllen, für die James Everett zu sperrig war.«
Mary lachte leise. »Ein treffendes Bild. Ich muss sie mal wieder besuchen, aber in den letzten Wochen war ich immer so erschöpft.«
Unvermittelt beugte Olivia sich vor und legte ihre Hand über Marys, obwohl sie zu derartigen Gefühlsäußerungen sonst nicht neigte. »Kümmere dich erst einmal um dich selbst. Du kennst doch Constance, sie nimmt so etwas nicht übel.«
»Ja, die Gute. Ich hoffe, ihr Mann benimmt sich ihr gegenüber nun etwas anständiger. In das Kind ist er ja wohl sehr vernarrt, heißt es. Dabei hatte er vorher groß herumerzählt, wie sehr er sich einen Sohn wünscht.«
Die beiden Frauen zogen eine Grimasse und lachten gleichzeitig.
Der Nachmittag ging unbemerkt in den Abend über, und erst als Richter Holbrooke heimkam, warf Olivia einen Blick auf die Uhr und bemerkte zu ihrem Erschrecken, wie

spät es geworden war. Marys Ehemann bot an, sie heimzubringen, was sie ablehnte.
»Natürlich begleite ich Sie.« Lieutenant-Colonel Holbrookes Stimme erlaubte keinen Widerspruch, und Olivia war in seiner Gegenwart stets zu scheu, einen solchen zu versuchen. Wie sie Marys belustigtem Zwinkern entnehmen konnte, entging dieser das nicht.
Den kurzen Weg nach Hause legten sie schweigend zurück, und als sie den Hof betraten, bedankte Olivia sich. Sie hatte den Eindruck, im stets so ernsten Gesicht des Richters dieselbe Belustigung wie bei Mary zu erkennen.
»Sie erlauben mir, Ihnen noch etwas mit auf den Weg zu geben?«
Olivia sah irritiert auf die nur wenige Fuß lange Strecke bis zur Haustür und nickte. Er griff in seine Rocktasche und zog eine Orange hervor, eine pralle Frucht, deren Schale im kargen Mondlicht glänzte. Olivia widerstand dem Impuls, wie ein Kind sofort danach zu greifen, denn sie befürchtete, es könne wirken, als seien sie und John so sehr auf Almosen angewiesen, dass sie darüber ihr gutes Benehmen vergaß. Hatte sie womöglich gar den Eindruck gemacht, sie hätten nichts mehr zu essen und bräuchten die Zuwendung anderer?
Offenbar deutete er ihre Zurückhaltung richtig. »Ein Geschenk guter Freunde sollte man annehmen.«
Zögernd griff Olivia nach der Orange. »Vielen Dank, Lieutenant-Colonel Holbrooke.«
Sie hatte den Blick kurz gesenkt und sah nun wieder auf, begegnete jenem seltenen Lächeln des Richters.
»Sie brauchen keine Angst vor mir zu haben, Olivia, für gewöhnlich beiße ich nur, wenn ich vorher gereizt werde.«

Ein leichte Wärme stieg ihr in die Wangen, und ihre Mundwinkel zeigten ein behutsames Lächeln. »Verzeihen Sie, ich benehme mich wohl töricht.«
»Nein, keineswegs. Sie sind meiner Frau eine gute Freundin, und sie sah heute glücklicher aus als in den letzten Tagen. Erlauben Sie mir nun, auch Ihnen ein Freund zu sein. Wenn ich etwas für Sie tun kann, zögern Sie nicht, mich um Hilfe zu bitten.«
»Ich danke Ihnen«, antwortete Olivia leise.
Ein matter Lichtschein fiel auf den Hof, als die Tür geöffnet wurde. Olivia drehte sich um, und ihr Herz tat einen Satz, als John heraustrat. Sie hatte kaum zu hoffen gewagt, dass er an diesem Abend daheim war.
»Da bist du ja«, begrüßte er sie. »Guten Abend, Oliver.«
»Gute Abend, John. Ich habe mir erlaubt, Ihre Ehefrau heimzubringen.«
»Das ist sehr aufmerksam.«
Die Männer tauschten einige höfliche Worte, dann verabschiedete Lieutenant-Colonel Holbrooke sich, und John legte den Arm um Olivia, um mit ihr ins Haus zu gehen. In dem kleinen Eingangsbereich bemerkte er schließlich, dass sie in den Händen etwas vor ihm verbarg. Er sah sie fragend an, und nach kurzem Zaudern hob sie die Hand, um ihm die Orange zu zeigen.
»Von Mary Holbrooke?«
»Nein, von ihrem Mann.« Mit angehaltenem Atem wartete sie darauf, dass er etwas von Almosen sagte. Natürlich würde er nicht erwarten, dass sie die Frucht zurückgab, aber allein dieser Missklang würde dazu beitragen, dass sie sie nur mit Unbehagen essen konnte. »Ich passe künftig auf Marys Kinder auf«, sagte sie, ohne zu überlegen, dass es

nun so aussah, als sei sie das bezahlte Kindermädchen ihrer Freundin.

»Na, wenn die Holbrookes wüssten, worauf sie sich da einlassen, hätten sie dir vermutlich nicht im Voraus ein solches Luxusgut geschenkt.« Seine Mundwinkel zuckten.

Erleichtert stieß sie die Luft aus. »Du zumindest wirst nicht in den Genuss dieses Geschenks kommen, nicht eher, als bis du dich für diese Unverschämtheit entschuldigt hast.« Sie versteckte die Orange in beiden Händen hinter ihrem Rücken.

»Ah, meine Liebe, du denkst doch nicht ernsthaft, sie sei dort sicher.«

Sie versuchte, wie er, eine Braue hochzuziehen, was ihr, wenn sie sein Grinsen richtig deutete, nicht gelang. »Ich denke, du bist Gentleman genug, mich in dieser falschen Sicherheit zu wiegen.«

»Den Gentleman habe ich nur vorgetäuscht, um dich einzuwickeln, damit du mich heiratest.«

In gespieltem Erschrecken zog sie die Stirn kraus. »Willst du damit sagen, du bist gar nicht so charmant und galant, wie du dich mir gegenüber immer gegeben hast?«

»So leid es mir tut, mein Herz. Und derzeit stelle ich mir eine kleine Rangelei mit dir überaus reizvoll vor.«

»Thomas und Esperanza könnten uns hören.«

Mit einem Kopfschütteln fegte er ihre letzte Trumpfkarte vom Feld. »Sie sind beide nicht da. Du siehst, du bist mir auf Gedeih und Verderb ausgeliefert.«

Olivia lachte und warf ihm die Orange zu, die er mit einer Hand auffing. »Ich kapituliere.«

»Spielverderberin.«

Das Arbeitszimmer war der am nächsten gelegene Raum, und sie stellten sich an den Schreibtisch, wo Olivia John dabei zusah, wie er die Orange schälte. Aromatischer Duft breitete sich aus, und Olivias Mund zog sich bei dem Gedanken an das süßsaure Fruchtfleisch zusammen. Als John ihr den ersten Fruchtspalt zwischen die Lippen schob, prickelte es leicht auf ihrer Zunge, und Wasser sammelte sich in ihrem Mund. Sie hatte das Gefühl, nie zuvor etwas so Köstliches gegessen zu haben. John setzte sich auf den großen Stuhl, zog Olivia auf seinen Schoß, und sie fütterten sich gegenseitig, langsam und jedes Stück auskostend. Als er sie küsste, trug sein Mund den Geschmack sonnenwarmer Tage.

John fand keinen Schlaf. Er hatte einen Vorhang beiseitegeschoben und sah hinaus in den Garten. Unvermittelt überkam ihn die Vorstellung, wie Olivia seinerzeit um sein Haus herumgeschlichen war und in die einzelnen Zimmer geguckt hatte. Er fragte sich, was er getan hätte, hätte er in seinem Arbeitszimmer gesessen und plötzlich ihr Gesicht am Fenster gesehen. Bei der Vorstellung lachte er leise. Er hörte Olivia im Schlaf seufzen und wandte sich zu ihr um. Sie drehte sich auf die andere Seite, zog in einer schläfrigen Bewegung die Decke bis ans Kinn und kam wieder zur Ruhe.

Während er sie betrachtete, fragte er sich, wie er zu ihr stand. Er wusste, dass sie ihn liebte, in manchen Nächten, wenn er mit ihr schlief, bis zur Verzweiflung. Dann umschlang sie ihn, als versuche sie, ihm jene Worte abzuringen, die auszusprechen sie nicht wagte. Es war nicht so, dass John sich nicht wünschte, diese unausgesprochenen

Bekenntnisse erwidern zu können, denn er mochte Olivia, sehr sogar. Aber seine Motive ihr gegenüber waren zu egoistisch, als dass eine Erwiderung ihrer Gefühle mehr als halbherzig ausgefallen wäre, und das hatte sie nicht verdient. Später, dachte er, vielleicht, wenn sie in England waren und all das hier hinter ihnen lag …

Ihm war aufgefallen, wie sehr sie abgenommen hatte, und wenn er sich Pablo gegenüber nicht verantwortlich fühlen würde, hätte er Esperanza heimgeschickt, weil er sich kaum noch leisten konnte, sie zu ernähren. Vor kurzem hatten die Spanier angefangen, ihren Griff um die Garnison zu verstärken, indem sie ihre Kanonenschiffe gegen die Fischerboote gerichtet hatten. Seither wurde nur noch wenig Fisch an Land gebracht.

Lieutenant-Colonel Boyd hatte in einem Brief an England eine Aufstellung dessen geschickt, was derzeit für die einzelnen Nahrungsmittel gezahlt werden musste, und dazugeschrieben, dies möge in Oxford in die Arbeitszimmer gehängt werden. Aber es folgten auch auf dieses Schreiben hin keine Hinweise, dass Hilfe unterwegs war. Unterdessen grassierte der Skorbut, und John behielt Olivias Gesundheitszustand genau im Auge, voller Angst, die ersten Anzeichen für die Krankheit an ihr zu entdecken.

»John?« Olivias schläfrige Stimme wurde begleitet vom Rascheln der Laken, als sie sich bewegte.

»Ja, Liebes?«

Sie richtete sich auf und strich sich mit einer trägen Bewegung, von der sie unmöglich ahnen konnte, wie verführerisch sie wirkte, das Haar aus dem Gesicht. »Warum stehst du dort?«

»Ich konnte nicht schlafen.«

Die Decke um sich geschlungen, setzte sie sich halb auf. »Gibt es beunruhigende Neuigkeiten?«

Der Holzboden knarrte leise, als er zum Bett ging. »In der Garnison? Nein, alles wie gehabt.« Er ließ seinen Morgenmantel zu Boden fallen und legte sich zu ihr ins Bett, teilte die Wärme der Decke mit ihr.

»Mein Vater hat mir erzählt, dass der Sultan von Marokko die Spanier inzwischen als seine besten Freunde bezeichnet.«

»Ja, von der Seite ist keine Hilfe zu erwarten.« Der britische Konsul Logie war mit seiner Frau und allen britischen Bürgern aus Tanger und Tetuan unter der Parlamentärflagge nach Gibraltar gekommen. »Was uns zudem Sorge bereitet, ist, dass trotz Regen und Stürmen und dem andauernden Beschuss von unserer Seite die Gräben, Batterien und Stellungen der Spanier über die Landenge in Richtung der North Front vorrücken.« John hatte sich eine Haarsträhne von Olivia um den Finger gewickelt, so dass das vordere Ende wie ein kleiner Pinsel hervorstand, und strich damit in einer sanften Bewegung über ihren Hals, ihre Schulter, ihr Schlüsselbein. »Eliott hat eine sehr detaillierte Beschreibung nach London geschickt, damit man sich dort vorstellen kann, wie es um uns steht. Die Antwort war, dass die Dinge, die der Gouverneur angefordert hat, erst in frühestens sechs Monaten kommen können.«

Olivia hatte die Augen geschlossen. »Papa sagte, in England hätten sie selbst alle Hände voll zu tun, um sich gegen die spanischen Schiffe zur Wehr zu setzen.«

»Das mag stimmen, aber in England haben sie wenigstens noch etwas zu essen.«

Sie öffnete die Augen halb, um ihn anzusehen. »Du glaubst, sie lassen uns im Stich, nicht wahr?«
»Ich glaube einfach, sie können sich nicht so recht vorstellen, was es heißt zu hungern.«
»Hättest du es früher gekonnt?«
»Nein, vermutlich nicht.«
In dem warmen Licht der Kerze wirkte Olivias Gesicht wie in weichen Farben gemalt, mit zarten Schatten auf den Wangen, wenn sie die Lider senkte. Er strich wieder mit ihrer Haarsträhne ihre Kehle auf und ab, dann senkte er seine Lippen auf jene kleine Vertiefung zwischen ihren Schlüsselbeinen. Als er sich wieder aufrichtete und das zarte Pochen an ihrem Hals sah, hatte er das Gefühl, nie zuvor etwas Verletzlicheres gesehen zu haben.

Olivia fand es überaus mühselig, auf den vom Regen aufgeweichten und unebenen Wegen zu laufen, und mehr als einmal wäre sie beinahe ausgeglitten, während sie, das Kleid so weit angehoben, wie es so eben noch schicklich war, heimging. Sie hielt sich an den Rändern der Straßen, weil es dort nicht ganz so schlammig war wie in der Mitte.
Den Nachmittag hatte sie mit Marys Jungen bei Constance verbracht, die von der Idee entzückt gewesen war, im Gegensatz zu ihrem Ehemann, der sichtlich unerfreut gewesen war über den Lärm, den die Kinder veranstalteten. Olivia vermutete, dass dieser Umstand mit ein Grund gewesen war, dass Constance die Kinder am nächsten Tag wieder bei sich haben wollte. Dass sich die Aufsicht über zwei Jungen als so anstrengend herausstellen würde, hatte Olivia

nicht erwartet, und als sie die beiden bei Mary ablieferte, war sie erschöpfter gewesen, als sie es für möglich gehalten hätte. Mit einem Anflug von schlechtem Gewissen hatte sie gedacht, dass sie froh war, die Kleinen nach einigen Stunden ihrer Mutter zurückzugeben und sich hernach um nichts mehr kümmern zu müssen. Aber der Nachmittag war dennoch schön gewesen, und sie hatte Constance lange nicht mehr so gut gelaunt erlebt.

»Grundgütiger, und das nach nur einigen Stunden als Kindermädchen«, mokierte sich John, als sie sich in einen Sessel fallen ließ, die Beine ausstreckte und die Augen schloss. Sie hob ein Lid an und sah ihn im Türrahmen stehen, so unverschämt grinsend, dass sie ihm am liebsten einen Tritt vors Schienbein versetzt hätte.

Als könne er ihre Gedanken lesen, hob er begütigend die Hände, ohne dass jedoch die Belustigung schwand. »Hast du Hunger?«

»Frag mich lieber, wann ich mal keinen habe.«

»Thomas hat heute gekocht. Esperanza sah so elend aus, dass ich sie ins Bett geschickt habe. Etwas stimmt nicht mit ihr, ich hoffe, sie wird nicht krank.«

Olivia lockerte einige Haarnadeln. »Was fehlt ihr denn?«

»Sie sagte, es gehe ihr gut, aber ich glaube, sie hatte Schmerzen, und sie war sehr blass.«

»Vielleicht sollte sie einige Tage ausruhen, sie sieht schon seit längerem nicht wohl aus.«

Besorgnis zeichnete sein Gesicht in feinen Linien. »Wenn es schlimmer wird, muss ich ihren Bruder benachrichtigen.«

»Vielleicht ist das nicht notwendig.«

Es wurde notwendig noch in derselben Nacht.

Der Schlaf hielt Olivia so fest umfangen, dass sie glaubte, das stete und immer heftiger werdende Klopfen sei ein Teil ihres Traums. Erst als sie bemerkte, wie John aufstand, das Knarren der Holzdielen unter seinen Füßen hörte und kurz darauf Thomas' erregte Stimme, wurde ihr bewusst, dass dieser es gewesen sein musste, der so laut an die Tür geklopft hatte. Im nächsten Moment vertrieb der Gedanke, dass etwas wirklich Schlimmes passiert sein musste, schlagartig jede Müdigkeit. Im ersten Augenblick dachte sie, jemandem aus ihrer Familie sei etwas zugestoßen, und im nächsten war sie sich beinahe sicher, dass Ruby im Sterben lag. Mit heftig pochendem Herzen richtete sie sich auf.

»John?«

Er drehte sich um, das Gesicht verborgen in der Dunkelheit. »Zieh dir etwas über.« Seine Stimme klang brüchig. »Du musst nach Esperanza sehen. Thomas sagt, sie schreit in ihrem Zimmer vor Schmerzen.«

Erleichterung überflutete Olivia, dann Beschämung. »Ich komme.« Sie schlüpfte in ihren Morgenmantel und folgte John aus dem Zimmer. Jetzt hörte sie die Wehlaute ebenfalls, die erst leise waren und sich dann in einem Schrei entluden. Warum hatte Thomas nicht direkt einen Arzt gerufen? Wie sollte sie dem Mädchen denn helfen, sie wusste ja nicht einmal, was man bei einer leichten Erkältung machen musste, außer im Bett liegen und heiße Kräuteraufgüsse trinken.

Vor Esperanzas Zimmer atmete Olivia tief durch, dann stieß sie die Tür auf, und ein Schwall stickiger Luft, in die sich der metallische Geruch von Blut und noch etwas anderem mischte, nahm ihr beinahe den Atem. Sie drehte sich um und streckte die Hand nach der Lampe aus, die Thomas trug.

»Esperanza?«

Das Mädchen gab nur ein leises Stöhnen von sich, und Olivia leuchtete zum Bett hin. Vor Entsetzen hätte sie beinahe die Lampe fallen lassen, und jetzt war sie es, die heiser aufschrie. Die Decke lag auf dem Boden, und sowohl Esperanzas bis an den Bauch hochgeschobenes Nachthemd als auch das Laken waren getränkt von Blut, das auch in Schlieren ihre Beine bedeckte, teils getrocknet, teils feucht glänzend. Olivia ging rückwärts aus dem Zimmer, drehte sich an der Tür um und wäre fast in John hineingelaufen.

»Du musst einen Arzt holen.« Ihre Stimme drohte überzukippen.

»Ich habe Thomas bereits losgeschickt. Was ist los? Was fehlt ihr?«

»Sie …«, Olivia zitterte am ganzen Körper, »sie blutet stark, sie …«

»Was meinst du?«, fiel er ihr ins Wort. »Ist sie verletzt?«

»Nein.« Sie schrie beinahe. »Sie blutet, wie man monatlich blutet, nur furchtbar stark.«

John starrte sie erst ungläubig an, dann wurde er so bleich, wie sie ihn noch nie gesehen hatte. »Ich muss ihren Bruder holen. Geh, kümmere dich um sie.«

»Aber … aber ich weiß doch gar nicht, was ich machen soll.«

»Lieber Himmel, setz dich zu ihr, sprich mit ihr, denk dir etwas aus. Hast du noch nie bei einem kranken Menschen am Bett gesessen?« Ohne ihr einen weiteren Blick zu gönnen, wandte er sich ab, ging ins Zimmer, um sich etwas anzuziehen. Sie hörte ihn noch sagen: »Ich hoffe, ich irre mich.«

Zögernd ging Olivia zurück zu Esperanza, ließ sich auf dem Boden neben dem Kopfende des schmalen Bettes nieder und strich dem Mädchen das verschwitzte Haar aus der Stirn. »Gleich kommt der Arzt«, war alles, was ihr zu sagen einfiel.

Esperanza weinte. »Ich wollte es behalten. Ich wollte es so gerne behalten.« Sie presste beide Hände auf ihren Bauch und krümmte sich. Zwischen ihren Beinen rann Blut hervor.

»Wovon redest du?«, fragte Olivia, obschon sie es ahnte. Sie hatte nie gewusst, dass es mit so viel Blut einherging. Von Esperanza kam keine Antwort, nur leise Wehlaute und Schluchzer. Stetig strich Olivia ihr über das Haar und murmelte Trostworte, die keinen rechten Sinn ergaben, aber offenbar beruhigend auf das Mädchen wirkten. Als sie noch einen weiteren Blick auf Esperanzas Unterleib wagte, war ihr, als habe das Bluten aufgehört.

»Lady Retallick?« Es war Thomas. »Dr. Johnston ist hier.«

Erleichtert erhob Olivia sich und verließ das Zimmer. Der Arzt grüßte knapp und widmete sich sofort seiner Patientin. Er bat um eine Schüssel mit Wasser, die Thomas umgehend holte und Olivia hineinbrachte. Um ihre Nerven zu beruhigen, ging sie in dem kleinen Korridor auf und ab, lauschte auf Geräusche aus dem Zimmer, konnte jedoch außer stetem Gemurmel nichts hören. Kurz darauf erschien John mit seinem Freund Pablo, den Olivia nur wenige Male flüchtig gesehen hatte. Der junge Mann hielt sich nicht mit Höflichkeiten auf und wäre am liebsten sofort zu seiner Schwester gestürzt, hätte John ihn nicht aufgehalten.

»Lass den Arzt seine Arbeit tun, du würdest nur stören.«
Der Mann murmelte einige Worte auf Spanisch. Sein Haar, ebenso dick und schwarz wie Esperanzas, stand in alle Richtungen ab, und unter seinen Augen lagen tiefe Ringe. »Warum hat sie mir nicht gesagt, dass es ihr schlechtgeht? Ich dachte, es sei das Essen.«
»Das haben wir alle gedacht.«
Olivia beobachtete John. Sie kannte ihn inzwischen gut genug, um ihm anzusehen, dass er vor seinem Freund etwas verbarg, und wenn ihre Ahnung sie nicht trog, dann wusste sie nur zu gut, um was es sich handelte. Angesichts dessen fürchtete sie sich fast vor dem Moment, in dem der Arzt aus dem Zimmer kam.
John stand mit dem Rücken an die Wand gelehnt, die Arme vor der Brust verschränkt, als die Tür geöffnet wurde und Dr. Johnston heraustrat. Der Arzt wischte sich die Hände an einem Tuch trocken, das er danach in seine Tasche steckte.
»Es ist nicht so schlimm, wie es aussah«, sagte er und wandte sich an Pablo. »Sie sind der Ehemann?« Noch ehe Pablo ihn korrigieren konnte, fuhr er fort: »Eine Fehlgeburt, unerfreulich natürlich, aber dergleichen kommt vor. Sie braucht jetzt viel Ruhe und sollte nach Möglichkeit das Bett nicht verlassen, um ein böses Fieber zu vermeiden.«
Pablo sah aus, als habe er einen Hieb in den Leib bekommen. Unglaube flackerte über sein Gesicht, als er den Arzt ansah, dann Zorn, als er ruckartig den Kopf wandte, um John anzublicken. Dr. Johnston bemerkte offenbar, dass hier etwas nicht stimmte.
»Wenn die Herren mich nun entschuldigen möchten? Ich kann hier nichts weiter tun.«

John bat Thomas, den Arzt zu bezahlen, und stellte sich dann dem Blick seines Freundes.
»Ich habe es geahnt«, sagte Pablo, »ich habe es verdammt noch mal geahnt, dass so etwas passieren wird, wenn ich sie zu dir ins Haus gebe. Warst du es?«
»Großer Gott, natürlich nicht.«
»Einer deiner Gäste?«
»Deren gab es wenige in letzter Zeit, und keiner von ihnen hat sich heimlich davongestohlen, um deine Schwester zu entehren. Es muss jemand außerhalb meines Hauses gewesen sein.«
»Seltsamerweise ist das nicht passiert, als sie noch bei mir gelebt hat«, schnappte Pablo. »War es dein Dienstbote?«
John sah Thomas an, der kein Zeichen von Empörung zeigte, sondern nur mit stoischer Miene den Kopf schüttelte. »Ich war es nicht, Sir.«
Mit einer heftigen Bewegung wandte Pablo sich ab und hieb mit der flachen Hand gegen die Tür. »Englisches Pack«, sagte er kaum hörbar. »Warum vergreift ihr euch nicht an euresgleichen? Weil ihr denkt, es ist besser, ein Fischermädchen zu entehren als die Tochter eines englischen Mannes?«
Ohne zu antworten, sah John zur Tür, hinter der Esperanza lag. Olivia konnte sehen, wie es in ihm arbeitete und wie mühsam er seine Wut im Zaum hielt. Sie wusste, dass Pablo sein einziger wirklicher Freund hier war – eine Freundschaft, deren Tage wohl gezählt waren. Gerne wäre sie zu ihm gegangen, um ihn in die Arme zu schließen, wusste jedoch, dass es nichts gab, nach dem es ihn in diesem Augenblick weniger verlangte.
»Ich nehme sie mit nach Hause.«

»Das geht nicht«, widersprach John, »du hast doch gehört, was der Arzt gesagt hat.«
»Denkst du ernsthaft, ich lasse sie noch einen Tag länger hier?«
Eine kleine Verhärtung trat seitlich an Johns Kiefer hervor, ein deutliches Zeichen dafür, wie viel es ihn kostete, ruhig zu bleiben. »Du glaubst doch nicht wirklich, dass hier jemand durch das Fenster in mein Haus klettert, um deiner bettlägrigen Schwester beizuwohnen. Wenn sie jemals vor männlichen Avancen sicher war, dann doch wohl jetzt.«
Es war offensichtlich, wie sehr es Pablo widerstrebte nachzugeben, aber er tat es schließlich mit einem Nicken, dann wandte er sich ab, verließ in großen Schritten den Korridor, und kurz darauf hörte Olivia, wie die Haustür ins Schloss fiel. Sie sah John an und tat einen Schritt auf ihn zu, aber er hielt die Hand hoch, als wolle er ihr bedeuten, Abstand von ihm zu halten, dann ging er ebenfalls, und kurz darauf hörte Olivia die Haustür erneut zufallen.

»Mama würde der Schlag treffen.« Zu Rubys Erstaunen hatte Olivia selbst ihr die Tür geöffnet, Mehlreste an der rechten Wange und an der Schläfe, als habe sie sich mit bemehlten Händen eine Strähne weggestrichen.
»Meine Köchin ist krank, und jemand muss das Brot backen.« Auf Olivias Wangen hatten sich zwei hektische rote Flecken gebildet. »Und ich habe es verdorben. Also eigentlich ist es ja ganz leicht, einen Teig zu machen, aber er war viel zu klebrig, und jetzt habe ich fast das ganze Mehl verbraucht, und er ist immer noch nicht richtig.« Sie wirkte,

als sei sie den Tränen nahe. »Und was soll ich jetzt John sagen, wenn wir kein Mehl mehr für den Rest des Monats haben?«

»Sag ihm, er ist selbst schuld, wenn er dich in die Küche lässt«, scherzte Ruby.

»Das wird er sicher einsehen, auch ohne dass ich es ihm sage«, antwortete Olivia verzagt.

»Was macht Thomas? Kann er sich nicht um das Brot kümmern?«

»Er wird immer mehr in militärische Belange eingebunden, weil er sich gut in der Pflege von Waffen auskennt.« Olivia biss sich auf die Unterlippe. »Ach, es ist zum Verzweifeln. Dabei hat er mir vorher genau erklärt, wie es geht.« Sie sah Ruby an, als würde ihr erst jetzt klar, dass der Besuch ihrer Schwester ungewöhnlich war. »Ist daheim etwas passiert?«

»Nein.« Ruby legte mit einiger Verspätung ihren regenfeuchten Mantel ab.

»Gut, dann …«, Olivia sah sich um, als müsse sie überlegen, wo sie ihre Schwester unterbringen sollte, »… geh doch einstweilen in den Salon, ich kümmere mich noch schnell um den Teig, dann komme ich.«

Anstatt in den Salon zu gehen, sah Ruby sich in dem Eingangsbereich um. Sie war nur einmal, kurz nach der Hochzeit, hier gewesen und fand es interessant, wie präsent ihre Schwester hier war, obwohl sie nicht viel verändert hatte. Es war dem Haus anzusehen gewesen, dass es für John nur eine vorübergehende Heimat sein sollte, entsprechend karg und ohne jede persönliche Note waren die Räume gehalten gewesen. Nun hing ein Bild hier, das ganz eindeutig Olivias Geschmack für melancholische Landschaftsgemälde entsprang, irgendeine Stadt am Mittelmeer, und der Signatur zufolge ein arabischer Maler. Auf der Kommode lag ein elfenbeinfarbener Seidenschal, auf dem kleinen Tischchen ein dickes Buch, daneben stand eine fein ziselierte Schale aus Bronze.

Im Hof war der Hufschlag eines Pferdes zu hören, dann die Stimmen zweier Männer. Ruby drehte sich zur Haustür um. Die beiden Steinstufen wurden mit einem Schritt genommen, und im nächsten Moment stieß John die Tür auf und hielt verblüfft inne, als er seine Schwägerin sah, eine Verblüffung, die rasch in Sorge umschlug.

»Ist etwas passiert?«

»Olivia fragte das auch schon, als ich gekommen bin. Das spricht wohl nicht gerade für mich.«

John lächelte, nun wieder sichtbar entspannt. »Du bist ein seltener Gast.« Er sah sich um. »Warum stehst du eigentlich hier, wo ist Olivia?«

»In der Küche, Brot backen.«

»Grundgütiger, Thomas hatte etwas in der Art angedeutet, aber ich dachte, er wolle mir nur Angst machen.«

»Sei nachsichtig mit ihr«, sagte Ruby, als er Anstalten machte, in die Küche zu gehen. »Sie gibt sich wirklich alle Mühe.«

»Ich bin immer nachsichtig«, antwortete er, ohne sich umzusehen oder im Schritt innezuhalten.

Aus der Küche war Olivias Stimme zu hören, kurz darauf John, dann wieder Olivia, die jedoch abrupt verstummte. Die Stille legte den Schluss nahe, dass sie sich küssten, denn Olivia klang etwas atemlos, als sie wieder anfing zu sprechen. Ruby sah sich das Gemälde an, verschränkte die Arme vor der Brust und drängte die Gedanken an Jared zurück. Diesen Schmerz ertrug sie nur, wenn sie sich gänzlich allein wusste.

Olivias eilige Schritte näherten sich. »Warum bist du nicht im Salon? Viel wärmer als hier ist es dort zwar auch nicht, aber wenigstens zieht es nicht unter der Tür durch.«

Ruby musste lachen, als sie ihre Schwester sah. Mit einer Grimasse fuhr Olivia sich mit dem Ärmel über das Gesicht.

»Lach nicht, ich wollte Feuer machen und habe zu früh in die Asche gepustet. John hat das Brot noch gerettet, glaube ich, und das Feuer hat er auch gemacht, aber ich glaube, bis morgen habe ich schon wieder vergessen, wie das geht.«

»Nun ja, die Küche ist nicht gerade dein gewohntes Umfeld.«

»Wenn es nach mir ginge, würde sie das auch nie, aber ich habe ja keine Wahl, nicht wahr?« Wieder wischte Olivia sich über das Gesicht und blähte die Nasenflügel leicht, dann nieste sie. »Diese Asche ist furchtbar, sie kribbelt und beißt überall. Entschuldige mich bitte einen Moment, ich muss mich waschen und umkleiden. John kommt sicher auch gleich. Er sagte, er wolle sehen, ob die letzten paar Krümel Tee noch für drei Tassen reichen, auch wenn es vermutlich nur blass gefärbtes Wasser ergibt. Aber glücklicherweise kann man seine Phantasie ja in dem Fall bemühen.«

Erneut lachte Ruby. »Du ganz sicher, aber für mich ist gefärbtes Wasser gefärbtes Wasser.«

Sie sah ihrer Schwester nach, als diese in den Korridor trat, dann ging sie zum Bild und stand längere Zeit grübelnd davor. Schließlich schlug sie den Weg zur Küche ein. John stand mit dem Rücken zu ihr am Ofen und hob kaum den Kopf, als sie im Türrahmen stehen blieb.

»Komm nur rein, Ruby.«

»Woher hast du gewusst, dass ich es bin?«
»Olivia würde sich nicht so zögerlich anschleichen.« Er drehte sich um und lächelte. »Sie hat das mit dem Brot ganz ordentlich hinbekommen, dafür, dass es das erste Mal war. Ich habe mit Schlimmerem gerechnet.« Mit einem leisen Schaben zog er einen hölzernen Stuhl unter dem Tisch hervor. »Setz dich nur, ich bin gleich so weit.«
Ruby jedoch trat zu ihm. »Kann ich dir helfen?«
Erst jetzt sah er sie genauer an, die Augen leicht zusammengekniffen, forschend, so dass sie den Blick abwenden musste. »Sie gibt keine Ruhe, ja?«
Ein leichtes Kopfschütteln war Rubys einzige Antwort.
»Bist du deshalb hier? Um ihr zu entkommen?«
Ihre Stimme war kaum mehr als ein Flüstern. »Ja.«
Er berührte ihren Arm, ließ seine Hand einen Lidschlag lang darauf ruhen, leicht, tröstlich. Als sie Schritte hörten, fuhren sie auseinander, als hätten sie etwas Verbotenes getan. Olivia betrat die Küche, und das Lächeln auf ihren Lippen verblasste. Sie standen zwei Schritte auseinander, dennoch glaubte Ruby, das schlechte Gewissen müsse ihr ins Gesicht geschrieben stehen. Aber für was, dachte sie. Sie hatte doch nichts Unrechtes getan.
»Ist der Tee fertig?«, fragte Olivia.
John hielt die Kanne hoch. »Als Tee würde ich das zwar nicht gerade bezeichnen, aber ja, es ist fertig.«
Er balancierte das Tablett in einer Hand und legte den anderen Arm um Olivias Schultern. Als die beiden Ruby voran die Küche verließen, wollte diese anbieten, das Tablett zu tragen, aber der Anblick stiller Vertrautheit und die Art, wie John Olivia ansah, ließ die Worte auf ihrer Zunge ersterben. *Derselbe Blick wie Jared.*

London, Februar 1778

Schnee fiel in winzigen Flöckchen, bildete eine pudrige Schicht auf den gefrorenen Straßen, die wirkten, als habe man spinnwebfeines Tuch darübergebreitet, das an vielen Stellen zerrissen war. Ruby zitterte in der Kälte, obschon ihre Wangen glühten wie im Fieber. Zu jener Wohnung hochzublicken, in der sie und Jared ihren Bund besiegelt und stetig erneuert hatten, ließ sie wieder jene feinen Widerhaken spüren, mit denen sich der Schmerz in ihrer Brust festgesetzt hatte, um dort – so schien es ihr – ein Leben lang zu bleiben. Mit Jasper im Arm hatte diesem Schmerz etwas Bittersüßes angehaftet, nun jedoch peinigte er sie grausamer als je zuvor.

Auf der Straße stand Johns Kutsche, daher wusste sie, dass der Diener im Haus der Retallicks ihr die Wahrheit gesagt hatte. An der Wohnung selbst waren die Läden fest verschlossen. Wenige Schritte nur trennten Ruby vom Eingang zum Haus, und doch brachte sie es nicht über sich, diese kurze Distanz zu überwinden. Sie hatte sich jedes Wort sorgsam zurechtgelegt, würde keine Anklagen erheben, ihm nicht ihren Zorn ins Gesicht schreien.

Trotz Stanleys Beteuern, dass sich ihr Kind nicht mehr in Cornwall aufhalte, hatte Ruby, kaum dass sie kräftig genug war, längere Wege in der Kutsche zurückzulegen, zwei Waisenhäuser im weiteren Umkreis aufgesucht, doch in beiden war ihr versichert worden, in den letzten Wochen kein Neugeborenes aufgenommen zu haben. Weil Stanley um ihre Gesundheit fürchtete, brachte er sie nach London zurück, doch auch dort setzte sie ihre Suche fort. Sie hätte in jedem Teil Englands suchen können, warum sollte sie da nicht direkt vor der Haustür anfangen? Die meisten Waisenhäuser waren traurige Orte, trist und farblos, und meist wurde sie schon am Tor sehr unfreundlich abgefertigt, denn man hielt sie für eine ledige Mutter, und einer solche Person konnte man kein Kind anvertrauen. Einige der Häuser lagen in dunklen Gassen, in denen Krankheiten grassierten und schwindsüchtige Frauen sich an Rubys Kleidern festhielten, klauenartige, abgemagerte Hände ausstreckten und um Gaben baten.

Ein einziges Mal gelang es ihr, Zutritt zu einem der Waisenhäuser zu erhalten, dies gewährt durch ein mitleidiges junges Mädchen, das aussah, als sei ihm selbst Ähnliches widerfahren. Das Mädchen führte sie in einen Raum, in dem kleine Bettchen in zwei Reihen aufgestellt waren, und in jedem lag ein Säugling, einige schlafend, andere wimmernd. Beim Anblick dieser Säuglinge musste Ruby sich zu ihrem Entsetzen eingestehen, dass sie ihren eigenen Sohn nicht würde erkennen können. Es könnte ein jeder sein. Sie sah die Kinder an, hoffte vergeblich darauf, dass ihr mütterlicher Instinkt ihr sagen würde, ob eines davon das ihre war. Dann jedoch erschien die Heimleiterin und wies ihr die Tür, weigerte sich, die Frage zu beantworten, welches der Kinder im November geboren worden und ob eines davon aus Cornwall hierhergebracht worden war. Man hatte ihr ihr Kind weggenommen, und das, so war die Frau überzeugt, konnte nur aus gutem Grund geschehen sein. Sollte der Vater des Kindes erscheinen, so lenkte sie ein, oder ein männlicher Anverwandter, dann werde sie mit sich reden lassen.

»Ich bin verwitwet«, entgegnete Ruby. »Dass mir das Kind weggenommen wurde, ist ein Missverständnis.«

»Es wird sich in dem Fall sicher ein Mann finden lassen, der dies bezeugt«, antwortete die Frau, ehe sie die Haustür vor ihr zuschlug.
Ruby stand auf der Straße, schlug sich beide Hände vor das Gesicht und brach in Tränen aus. Eine junge Arbeiterin blieb stehen, sah sie an, aus rotgeränderten, entzündeten Augen.
»Mir haben sie meins auch weggenommen, sagten, es sei das Beste fürs Kind.«
Ohne eine Antwort zu geben, wandte Ruby sich ab und eilte durch die Gassen zu der Straße, wo sie die Kutsche zurückgelassen hatte. Es war ihr letzter Versuch, ihr Kind aus eigener Kraft zu finden.
Tagelang hatte sie daheimgesessen, gegrübelt, geweint, Stanley angefleht, ihr zu helfen. Weil sie sich nach der Geburt zu wenig Zeit der Ruhe gegönnt hatte, fühlte sie sich krank und fiebrig, und zuerst glaubte sie, es handele sich um das berüchtigte Fieber, das oftmals Frauen befiel, die gerade niedergekommen war. Aber dafür, so beruhigte sie sich, lag die Geburt doch zu lange zurück, oder nicht? Kaum war ihr diese Sorge genommen, gesellte sich zum Fieber ein hartnäckiger Husten. Eine Verkühlung, sagte sie sich zunächst und beharrte darauf, auch als sich sonst keinerlei Zeichen einer Erkältung einstellten und der Husten nicht besser werden wollte. Und in einer jener Nächte, als sie wach lag, dachte sie an den einzigen Mann, an den sie sich nun noch wenden konnte, auch wenn sie ahnte, dass er sie ähnlich gnadenlos zurückweisen würde, wie er dies bereits getan hatte.
Und nun stand sie hier auf der Straße vor seiner Wohnung, die Arme um den Oberkörper geschlungen und

außerstande, sich von der Stelle zu rühren. Sein Butler hatte ihr nicht sagen wollen, wo er war, sondern ihr lediglich angeboten, ihm auszurichten, dass sie vorgesprochen hatte. Erst als sie sagte, sie werde sich auf die Treppe vor dem Haus setzen und darauf warten, dass Lady Anne sie sah, um dieser ihr Anliegen zu erklären – eines, von dem Sir John schwerlich wünschen konnte, dass seine Mutter davon erführe –, verriet er widerstrebend, wo sie den Hausherrn finden konnte.

Langsam setzte sie einen Fuß vor den anderen, fühlte sich wie in jenen Träumen, in denen man laufen wollte und die Beine sich anfühlten wie von Gewichten beschwert. Ehe sie den Hausflur betrat, holte sie tief Luft, stellte sich der Flut an Erinnerungen, die jedoch weniger schmerzhaft waren als erwartet. Das Geländer war kühl und glatt unter ihrer Hand, als sie die Treppe hochstieg, leise knarrten die Holzdielen des Korridors unter ihren Schritten. Vor der Tür zur Wohnung hielt sie inne, fuhr sich mit dem Handrücken über die heiße Stirn, dann griff sie zum Türklopfer.

John selbst öffnete ihr. Seine Augen weiteten sich erstaunt, und sie straffte die Schultern, wappnete sich für die barsche Frage, was sie hier zu suchen habe. Er jedoch schwieg, sah sie an und trat schließlich zurück, um sie einzulassen. Langsam ging sie an ihm vorbei, sah sich um, und ihr schwindelte leicht. In Dämmerlicht getaucht haftete dem Salon so viel Vertrautes an, dass es Ruby war, als müsse Jared hinter ihr an der Tür stehen. *Lange nicht gesehen, meine Schöne.* Sie drehte sich ruckartig um, ließ Johns Anblick die Erinnerung an Jared vertreiben und keuchte leise wie unter Schmerzen. Sein Erstaunen wich Besorgnis.

»Ist dir nicht wohl?«, fragte er.
Irritiert sah sie ihn an. »Warum bist du so freundlich zu mir?«, war das Einzige, was ihr zu sagen einfiel. Sie bemerkte das Anspannen seines Kiefers und befürchtete, ihn mit ihrer Frage verärgert zu haben, jedoch offenbarte sein Gesicht eher Reue als Zorn.
»Setz dich bitte.« Er deutete auf einen Sessel. »Möchtest du Tee trinken? Ich bin gerade dabei, meine Angelegenheiten hier zu ordnen, um die Wohnung zu verkaufen.«
Zögernd ließ sie sich auf dem Sessel nieder und sah ihm dabei zu, wie er mit dem Teegeschirr hantierte.
»Deiner letzten Frage entnehme ich«, sagte er, ohne sie anzusehen, »dass du meine Nachricht nicht erhalten hast.«
»Nein«, antwortete sie kaum hörbar.
»Ich habe sie dir wenige Tage nach deinem, hm, Besuch bei mir zukommen lassen, und als du nicht geantwortet hast, dachte ich, du grollst mir zu sehr, als dass ich es mit einer verspäteten Entschuldigung noch hätte ändern können.«
»Da war ich schon nicht mehr in London. Die Nachricht muss verlorengegangen sein.« Ruby dachte an ihre Mutter. Diese musste von der Tatsache, dass ein Kontakt zwischen ihr und John bestand, zutiefst alarmiert gewesen sein und hatte offenbar um ihre Pläne gefürchtet. »Ich war in Cornwall und habe mein Kind zur Welt gebracht. Dass sie ausgerechnet Cornwall ausgesucht haben, erschien mir passend, weil doch Jared dort geboren worden ist.« Ihre Worte verloren sich.
»Wo ist das Kind nun?« Er reichte ihr eine Teetasse, und sie griff mit kalten, zitternden Händen danach.
»Fort. Sie haben es mir weggenommen, als ich geschlafen habe.« Sie senkte den Kopf, um ihn nicht anzusehen, so als

gestehe sie eine Niederlage ein. »Ich hätte nicht so tief schlafen dürfen, aber ich war so müde von der Geburt …«

»Wer?« Keinerlei Gefühl färbte seine ruhige Stimme. »Deine Eltern?«

»Stanley.« Jetzt hob sie den Kopf, blickte ihn an, als könne sie damit das Ausmaß des Verrats noch deutlicher machen. »Stanley war es. Er sagte, Mama und er hielten es für das Beste. Ich habe ihn angebettelt, mir mein Kind zurückzugeben, aber er ist hart geblieben, als müsse er mich für etwas bestrafen. Ich habe Jasper überall gesucht, in Waisenhäusern in Cornwall und in London, aber niemand will mir etwas sagen, weil alle denken, ich sei eine ledige Mutter.«

John hatte ihren Ausbruch schweigend angehört, doch nun trat er zu ihr, ging neben ihr in die Hocke und legte ihr die Hand auf den Unterarm, sanft, als befürchte er, ihr weh zu tun. »Wann war die Niederkunft?«

»Im November.«

»Ein Sohn, ja? Und du bist sicher, dass er in einem Waisenhaus zu finden ist?«

»Stanley sagte das, irgendwo in England. Er sagte, es sei sinnlos, ihn zu suchen.«

»Das werden wir ja sehen«, murmelte John, mehr zu sich selbst. Laut fügte er hinzu: »Du hast ihn nach unserem Vater benannt?«

Sie nickte. »Im Gedenken an Jared. Jasper Retallick, auch wenn du mir euren Namen nicht zugestehen willst.«

»Es tut mir leid, Ruby, es tut mir so leid.«

Der Hustenreiz überkam sie so plötzlich, dass sie kaum schnell genug die Hand an den Mund heben konnte. Tränen traten ihr in die Augen, und sie kramte nach einem Taschentuch. Als sie John wieder ansah, bemerkte sie das

Begreifen in seinen Augen und das Entsetzen. Bitte, bat sie stumm, sprich es nicht aus. Er nickte, als habe er sie verstanden, dann erhob er sich, ging zum Kamin, stützte sich mit beiden Händen am Sims ab und starrte in die Flammen, den Rücken ihr zugewandt. Als er sich wieder umdrehte, hatte er sich gefangen.

»Geh heim, Ruby. Ich finde dein Kind, und wenn deine Eltern dir nicht erlauben, mit ihm daheim zu wohnen, ziehst du zu uns. Als verwitweter Schwägerin steht dir Jareds Wohntrakt zu.«

»Meine Familie geht nach Gibraltar.«

Diese Nachricht schien ihn zu erschüttern, wenn ihr auch nicht klarwerden wollte, warum. »Wann?«

»Im Sommer.«

Er schwieg einige Augenblicke, als müsse er darüber nachdenken. »Bis dahin ist Zeit genug. Ich werde dir helfen, das verspreche ich dir.«

Sie wollte erleichtert sein über seine Worte, darüber, dass er ihr von sich aus helfen wollte, ohne dass sie all die mühsam zurechtgelegten Argumente vorbringen musste. Jedoch brach stattdessen in aller Bitterkeit aus ihr hervor: »Warum hast du das nicht schon im Mai gesagt?«

»Weil es auf eine verdrehte Art aussah, als sei ich es Jared schuldig, deine ganze Familie zu bestrafen.« Er wirkte unschlüssig, als wolle er etwas sagen und wisse nicht, wie. »Ich habe daheim einen Brief für dich, erst habe ich ihn dir mit meinem Schreiben zuschicken wollen, glücklicherweise habe ich jedoch entschieden, es sei besser, ihn dir persönlich zu geben. Er war bei Jareds Sachen. Dieser Brief war es, der mich dazu veranlasst hat, dir zu schreiben.«

»Du hast ihn gelesen?«

»Nein, er war versiegelt.«

»Und was hat dich dann dazu bewegt, deine Meinung über mich zu ändern?«

Manche Dinge, das sah sie ihm an, waren auch für ihn zu schmerzhaft, um sich ihnen auch nur in Gedanken zu stellen. »Er hat niemandem von uns einen letzten Brief hinterlassen. Zwischen uns war so viel ungesagt geblieben, und als ich das Schreiben gesehen habe, hatte ich gehofft, es sei für mich. Stattdessen stand auf dem Brief: *Für Ruby.*«

18

Gibraltar, April 1781

Wenn Augustas Entschluss, die Affäre mit Frederic Caruthers zu beenden, vorher noch auf wackligen Beinen gestanden hatte, so war sie nun, angesichts der blauen Flecken auf ihrem Unterarm, umso entschlossener. Was wild und aufregend begonnen hatte, hatte sich abgenutzt, und zurückgeblieben war der Anstrich des Vulgären. Zudem wurde ihr Liebhaber zunehmend besitzergreifender, und sie war nicht gewillt, ihm dieses Recht einzuräumen. In letzter Zeit hatte sie sich wieder mehr und mehr James zugewandt, den seine Ehe langweilte – wer konnte es ihm verdenken? Er war vielleicht nicht so aufregend wie Frederic, dafür aber verlässlich und erfreulich unaufdringlich. Gelegentlich belebte sie noch die eine oder andere Affäre, denn in Zeiten wie diesen waren so gut wie keine anderen Zerstreuungen möglich.

Frederic kniete in Hemd und Kniebundhose neben dem Bett und suchte darunter nach seiner zweiten Stulpe. Während Augusta ihm dabei zusah, wie er sich aufrichtete und leise fluchend den Staub von seinem Hemdsärmel wischte, setzte sie ihren Hut auf und drapierte den Schleier darum herum. Sie wusste nicht, warum sie so lange brauchte, um die richtigen Worte zu finden, normalerweise war es ihr stets ein Leichtes, eine Liaison, die sie langweilte, zu beenden. Aber vielleicht war es gerade das – er langweilte sie nicht, er machte ihr Angst.

»Wann sehe ich dich das nächste Mal?«, fragte er.
Nie wieder, dachte Augusta. »Das weiß ich noch nicht«, kam es ihr stattdessen über die Lippen.
»Seit wann so vage, meine Liebe? Glaubst du, ich warte unentwegt darauf, dass du nach mir rufst, oder denkst du, du kannst hier hereinspazieren, wie es dir gerade passt?«
Mit Wut, so stellte Augusta fest, ging es leichter. »Keins von beidem, mein lieber Frederic. Ich dachte eher daran, dass ich nicht weiß, wann wir uns das nächste Mal sehen, indem wir uns zufällig über den Weg laufen.«
Er brauchte keine weitere Erklärung. Mit angehaltenem Atem wartete sie auf seinen Zornesausbruch, aber er lächelte lediglich. »So einfach, ja?«
Ihr knappes Nicken war die einzige Antwort.
»Du glaubst also, du kannst dich eine Zeitlang mit mir vergnügen, bis dir nicht mehr der Sinn danach steht?«
Männliche gekränkte Eitelkeit, damit kannte Augusta sich aus. Sie fühlte wieder sicheren Boden. »Das Vergnügen war doch wohl keineswegs einseitig, denke ich.«
»Aber liebe Augusta, gerade weil es nicht einseitig war, passt es mir nicht, dass du unsere kleine Affäre so ohne weiteres beenden möchtest. Ich habe immer schon eifersüchtig über alles gewacht, was mir Vergnügen bereitet.«
Augusta sah ihn schweigend an, ließ die Stille für sich sprechen, weil sie befürchtete, dass ihre Stimme zu viel von der diffusen Furcht verriet, die er in ihr auslöste. Dabei war es nicht einmal so, dass sie glaubte, er würde ihr Gewalt antun oder ihr auflauern, sie konnte einfach nicht benennen, was es war, das ihr so ein tiefes Unbehagen einflößte. Was sie jedoch mit Sicherheit ahnte, war, dass sie es irgendwann bereuen würde, sich auf ihn eingelassen zu haben.

Er neigte den Kopf leicht, lächelte, als wisse er um ihre Gedanken. Dann wies er mit der Hand zur Tür. »Wenn du mir nichts weiter zu sagen hast, dann geh nur. Solltest du es dir anders überlegen, dann bin ich so großzügig, deinen Trennungswunsch als nicht gesagt zu betrachten.«
Einen solchen Ton hatte sie sich von noch keinem Mann bieten lassen müssen. Doch statt dass sich Stolz in ihr aufbäumte, war sie nur noch von dem Wunsch beherrscht zu fliehen. Ohne ein weiteres Wort öffnete sie die Tür und ging hinaus. Vorbei, dachte sie und wollte davon überzeugt sein. Mit einem Mal sehnte sie sich nach Vertrautheit, und sie wünschte sich mit einer irritierenden Heftigkeit, sie möge Frank daheim antreffen. Nicht ihr Ehemann war es jedoch, der sie im Salon empfing, sondern John.
»Bist du mit Olivia hier?«, fragte sie anstelle einer Begrüßung.
»Siehst du sie hier irgendwo?«
Ein leiser, noch kaum spürbarer Druck in ihren Schläfen kündigte Kopfschmerzen an, und das Letzte, wonach Augusta der Sinn stand, waren perfide Spielchen von John Retallick, dem sie sich in diesem Augenblick nicht gewachsen fühlte. »Ich dachte, sie sei vielleicht bei Ruby. Wartest du auf Frank oder Stanley?«
»Auf dich, Augusta. Und ich warte schon etwas länger, wenn ich das anmerken darf. Du scheinst ja immer noch ein sehr reges Gesellschaftsleben zu führen. Beachtlich, wenn man bedenkt, dass doch so ziemlich jede andere Offiziersgattin sich dergleichen Zerstreuungen derzeit nicht mehr hingibt.«
Augusta setzte sich in einen Sessel. »Gelegentlich bin ich mir selbst die beste Gesellschaft.«

Ein feines Lächeln spielte um Johns Mundwinkel, und er setzte sich ebenfalls. »Gelegentlich. Und bei anderen Gelegenheiten kommt Frederic Caruthers in das Vergnügen. Er weiß es zu würdigen, möchte ich annehmen. Du bist bereits seit den Morgenstunden aus, habe ich mir sagen lassen.«
Für die Länge zweier Wimpernschläge war es Augusta, als habe ihr Herzschlag ausgesetzt, dann jedoch schlug er in einem wilden Trommelwirbel, der ihr beinahe den Atem nahm.
»Ein Liebhaber, der weit herumgekommen ist«, fuhr John im Plauderton fort. »Es heißt, er habe die französische Krankheit, hast du das gewusst?« Er beugte sich vor, nahm ihren Arm und drehte ihn, so dass ihr glockenförmiger Ärmel zurückfiel und die bläulichen Abdrücke auf der Innenseite ihres Unterarms zu sehen waren. »Mit einem Hang zu Gewalttätigkeit, sagt man.«
Mit einer heftigen Bewegung entriss sie ihm ihren Arm. »Was erlaubst du dir?«
Erneut umfasste er ihr Handgelenk, dieses Mal mit einem Griff, der kein Befreien duldete. »Was *ich* mir erlaube, meine liebe Augusta?«
Er spricht mit mir wie Frederic. Die Kopfschmerzen wurden schlimmer, und obwohl sie wusste, dass es sinnlos war, machte Augusta den Versuch, sich aus Johns Griff zu befreien, was sie recht schnell bereute, denn seine Hand schloss sich fester um ihren Arm, und ein scharfer Schmerz ließ sie aufkeuchen. »Was willst du von mir, John? Meinen Richter spielen?«
»Oh, das würde ich nur zu gerne, aber was das angeht, sind mir die Hände gebunden.«

»Du hast für die Ungeheuerlichkeit deiner Anschuldigung keinerlei Beweise.«

»Aber Augusta«, sagte er seidenweich, »die brauche ich nicht, um dein Treiben öffentlich zu machen. Ich muss nicht einmal selbst in Erscheinung treten. Eine kleine Andeutung hier, eine Bemerkung dort, und plötzlich will jeder etwas Verräterisches gesehen haben. Aber sei unbesorgt, du weißt, ich bin ein Ehrenmann, und als solcher verleumde ich keine Frau nur aufgrund einer Vermutung. Ich hielt es nur für das Richtige, dich wissen zu lassen, dass dein Treiben nicht unbeobachtet bleibt. Mein persönlicher Rat wäre, dich künftig so zu verhalten, wie man es von einer Ehefrau erwarten darf. Darüber hinaus solltest du deine Qualitäten als Mutter überdenken.«

Erneut machte Augusta den Versuch, sich zu befreien, dieses Mal mit einem heftigen Ruck, und John ließ sie so unvermittelt los, dass sie sich den Ellbogen an der hölzernen Armlehne anstieß. Der Schmerz trieb ihr die Tränen in die Augen.

»Verschwinde, John, und wag es nicht, dich hier noch einmal blicken zu lassen, wenn dich nicht Frank oder Stanley ausdrücklich dazu einladen.«

John indessen machte keinerlei Anstalten, sich zu erheben. Vielmehr legte er eine geradezu provozierende Gelassenheit an den Tag. »Ich gehe, sobald ich hier fertig bin. Du hast zwei Töchter, Augusta, und irgendwie versagst du bei beiden. Bei der einen, die deinem Einfluss nun glücklicherweise entzogen ist, hast du versucht, die Ehe zu zerstören. Bei der anderen, der Todkranken, tust du anscheinend alles, um das Ende schneller herbeizuführen.«

»Was du da sagst, ist ungeheuerlich.«

»Nein, Augusta, nicht *was* ich sage, sondern *dass* ich es sagen muss.«
Augusta rieb sich ihr Handgelenk, wo Johns Griff blassrote Abdrücke hinterlassen hatte. »Was geht es dich an, wie ich mit Ruby verfahre? Fühlst du dich verantwortlich, weil dein Bruder auf seinen nächtlichen Streifzügen mein Kind verführt und ruiniert hat? Weil er daran schuld ist, dass eine junge Frau, die zeitlebens eine beinahe unverwüstliche Gesundheit hatte, nun auf der Schwelle zum Tod steht?«
»Ich fühle mich verantwortlich«, sagte John gedehnt, »weil sie die Witwe meines Bruders und die Mutter meines Neffen ist. Sieh mich nicht so erschrocken an, du musst doch geahnt haben, dass sie es mir erzählt. Oder was glaubst du, warum sie bei mir war und ich mich veranlasst gefühlt habe, mich in meinem Brief bei ihr zu entschuldigen? Aber wer trägt die Schuld daran, dass sie, geschwächt von der Niederkunft, durch die Straßen gelaufen ist, um nach ihrem Kind zu suchen?«
Kurz hing das Schweigen schwer in der Luft, dann machte Augusta eine unwirsche Handbewegung, als könne sie alles damit beiseiteschieben. »Eine Witwe steht unter dem Schutz ihres Vaters.«
»Der trotz seiner bewundernswerten Eigenschaften leider nicht in der Lage ist, sie vor dir zu schützen. Was Rubys Sohn angeht, so gestehe ich, dass es mein Versäumnis war, mich seinerzeit nicht darum zu gekümmert zu haben. Aber das hat dir nicht das Recht gegeben, ihn einfach fortzugeben. Er ist derzeit der einzige legitime Erbe des Titels und der Retallick-Ländereien. Das Kind einer Witwe gehört zur Familie des Vaters, nicht zu der der Mutter, diesem Umstand hättest du Rechnung tragen müssen.«
»Um dein Versäumnis wiedergutzumachen?«

»Wenn du es so nennen willst, ja.« John erhob sich und zog seinen Uniformrock zurecht. »Wenn du Ruby weiterhin so zusetzt, wie du es bisher getan hast, wirst du allen Grund haben, es zu bereuen, das verspreche ich dir.«

Augusta stand ebenfalls auf. Sie wollte wütend auf John sein, ihn von oben herab abfertigen, ihm sagen, dass er sich nicht in ihre familiären Angelegenheiten mischen sollte. Aber sie spürte keinen Zorn, und was sie vorher an Unbehagen empfunden hatte, war wie weggespült und hatte einer tiefen Bestürzung Platz gemacht. *Der derzeit einzige legitime Erbe des Titels und der Retallick-Ländereien.* Vielleicht, so dachte Augusta, würde das Olivia von ihrer Pflicht entbinden, den Erben zu gebären. Sie bekam durchaus mit, dass hier und da spitze Bemerkungen über die offensichtliche Unfruchtbarkeit ihrer Tochter fielen. Möglicherweise konnte sogar dieser entsetzliche, seit Jahren andauernde Konflikt beigelegt werden, den zu führen sie müde geworden war. Und möglicherweise sah John dann sogar davon ab, Stanley weiter zuzusetzen. Die einzige Bedingung, die sie allerdings stellen müsste, war die, dass nicht öffentlich würde, wer die Mutter des Kindes war und dass Ruby zu Lebzeiten nichts davon erfuhr. Er schien keine Antwort mehr zu erwarten, sondern ging an ihr vorbei zur Salontür.

»Ich kann dir sagen, in welches Waisenhaus das Kind gebracht worden ist«, rief sie ihm hinterher.

John blieb stehen und drehte sich langsam um, zog die Brauen hoch, hätte gar belustigt gewirkt, wäre das Lächeln, das seine Mundwinkel hob, nicht wie Eis gewesen. »Zu spät, Augusta. Zu spät.«

Eines Morgens hatte Frank auf der Straße vor seinem Haus eine Frau gesehen, die weinend ihre drei kleinen Kinder an sich drückte, das kleinste davon lag noch an ihrer Brust. Eines der älteren fragte seine Mutter nach Brot, und sie gab hernach auch diesem die Brust und sagte: »Saugt zuerst mich zu Tode.« Frank war ins Haus zurückgekehrt und hatte unter wütenden Protesten Augustas den am Vortag gebackenen Brotlaib genommen und ihn der Frau gegeben. Unvermittelt stand ihm das Leben, wie er es seinerzeit in England gekannt hatte, vor Augen. Weltmännisch war er sich vorgekommen, so, wie man sich zwangsläufig fühlte, wenn man privilegiert aufgewachsen war und glaubte, weil man das Nachtleben in Londons Armenvierteln kannte, kenne man die Armut der ganzen Welt. Nun stellte er fest, dass er überhaupt nichts vom Leben außerhalb jener Schicht gekannt hatte, die nur einen kleinen Teil der englischen Bevölkerung ausmachte und dennoch ein ganzes Land repräsentierte. Etwas Geisterhaftes hatte die Straßen beherrscht, auf denen Menschen gingen, deren Gesichter ausgezehrt waren und deren Kleidung es nicht mehr vermochte, die Magerkeit zu verbergen.

Als am ersten April jedoch ein Kutter angelegt und die Neuigkeit mit sich gebracht hatte, dass eine Flotte den Weg über das Mittelmeer nahm, war die Garnison in helle Aufregung geraten. Das Gesellschaftsleben schien erneut aufzublühen, und man sah die Menschen wieder lächeln, wenn sie einander grüßten.

Zehn Tage waren seither vergangen, Tage, in denen Frank nur heimging, wenn er sich vor Müdigkeit nicht mehr aufrecht zu halten vermochte. Wann immer er sich in Gesellschaft befand, ließ er sich von der allgemeinen Euphorie anstecken, die jedoch von ihm abfiel, sobald er allein war. Er mochte sich einfach nicht ausmalen, was geschah, wenn diese Hoffnung zerstob, wenn die ersehnte Flotte ausblieb und den Menschen hier bewusst würde, dass ihnen weitere lange Monate des Hungerns bevorstanden. Erst in diesem Monat waren die Nahrungsmittel erneut rationiert worden. Und noch weniger vermochte er sich auszumalen, was würde, wenn all das hier vorbei war und er zurückkehrte in das Leben an Augustas Seite, stille Stunden, die so lang sein konnten, wenn man innerlich zu erfrieren glaubte, und die wie im Sturm dahinflogen, wenn man sein Kind innerlich verglühen sah.

»Was treiben sie nur?«, fragte Stanley, der an der Seite seines Vater die spanischen Linien beobachtete. »Seit Tagen diese Geschäftigkeit bis hin zur Mill Battery.«

Frank tat seine Bemerkung mit einer knappen Handbewegung ab. »Letztes Jahr ist es ähnlich zugegangen, ehe die Entsatzflotte angekommen ist. Vermutlich handelt es sich wieder um eine reine Drohgebärde.«

»Oder sie machen dieses Mal Ernst, und wir messen dem in unserer allgemeinen Vorfreude auf die Flotte zu wenig Wert bei.«

Manchmal war Stanley erstaunlich scharfsichtig, denn genau dies war der Punkt. Warum gerade jetzt, mochte sich der eine oder andere fragen, warum sich jetzt, im Freudentaumel, mit den Spaniern befassen?

Dennoch winkte Frank erneut ab, wenn auch nur halbherzig.

»Ich hoffe, die Flotte kommt bald«, fuhr Stanley fort. »Mama hat sich heute wieder darüber beklagt, wie karg unsere Speisekammer bestückt ist.«

»Davon bekomme ich nicht viel mit.«
»Ich bin wohl häufiger daheim als du.«
Frank streifte seinen Sohn mit einem Seitenblick, lotete aus, ob in seiner Bemerkung eine Missbilligung mitschwang oder gar eine Andeutung einer Beschwerde seitens Augusta. Letzteres wäre in der Tat ein Grund, wieder häufiger heimzukommen. Stanleys Miene jedoch gab nichts preis.
»Wir haben zu wenig Brot, das ist mir auch aufgefallen«, antwortete Frank. »Es fehlt nicht nur der eine Laib, den ich genommen habe. Vielleicht muss man die Köchin im Auge behalten.«
»Das wird nicht nötig sein. Ich habe das Brot genommen.«
Frank runzelte leicht die Stirn. »Den ganzen Laib? Was hast du damit gemacht?«
»Es jemandem geschenkt, der es dringender braucht als wir.«
Noch immer sah Stanley ihn nicht an, sondern hielt den Blick geradeaus auf die spanische Grenze gerichtet. Wohltätige Gesten gegenüber fremden Menschen waren nichts, was man mit Stanley in Verbindung bringen konnte, wollte man seine Phantasie nicht gar zu arg bemühen, und so vermutete Frank, dass eine Frau dahintersteckte.
»Wer ist sie?«, wagte er kurzerhand einen Vorstoß.
Jetzt wandte Stanley den Kopf, sah ihn an, ohne dass seine dunklen Augen eine Regung preisgaben. »Sie ist keine Engländerin.«
Das hatte Frank befürchtet, und noch während er überlegte, ob es sinnvoller war, zu schweigen oder seiner Sorge – die bei der Wahl von Stanleys Frauengeschichten immer angebracht war – Ausdruck zu verleihen, wurde sein Sohn von einem vorgesetzten Offizier gerufen.

Es ergab sich keine weitere Gelegenheit mehr zu einem Gespräch, denn kurz darauf nahmen andere Angelegenheiten Franks Aufmerksamkeit gefangen: Eine Feluke hatte Signale nach Algeciras gesandt. Man wartete. Zum Abend hin wurden viele Lichter und Leuchtsignale auf den Bergen nach Westen hin gesichtet. Eine vibrierende Erregung lag über der Garnison, als um Mitternacht ein Kutter unter der britischen Flagge zur Neuen Mole segelte und deren Kapitän dem wachhabenden Offizier auf dessen lauten Anruf hin antwortete: »Von der Flotte.«
In dieser Nacht würde wohl niemand zu Bett gehen.

Frühlicht bleichte den Himmel in ein lichtes Grau. Von der Orange's Bastion bis zur South Bastion war der Line Wall mit Schaulustigen bevölkert, ein buntes Gemisch von Händlern und Fischern, Reich und Arm, verheirateten Frauen und jungen Mädchen, einfachen Soldaten und Offizieren, Trommlern und Colonels. Lachend und in einem wilden Durcheinander von Worten verliehen sie ihrer Vorfreude darüber Ausdruck, dass nach so langer Zeit wieder die britische Flagge die Meerenge kreuzte. Gouverneur Eliott und General Boyd ritten zur Neuen Mole, um die Kapitäne der Schiffe zu begrüßen, und wiesen an die fünfhundert Männer an, die Läden hier und an der Rosia und Camp Bay freizuräumen. Selbst die Kranken im Naval Hospital standen an den Fenstern der Westseite, und es schien, als seien die einzigen Menschen, die nicht in Richtung Westen blickten, diejenigen, die ihre Dienstpflicht als Wachen und Kanoniere an die North Front geschickt hatte. Dicker Nebel lag über dem Wasser, so dass nur die Toppmasten von Admiral Darbys Schiffen zu sehen waren,

und wälzte in dicken Massen an Land bis zum Kamm des Felsens.
Olivia hielt nach John Ausschau, konnte ihn jedoch nicht bei den Offizieren sehen. Neben ihr hatte Mary alle Hände voll zu tun, ihre beiden zappelnden Söhne zu ermahnen, während ihr Jüngster auf Constance' Arm seinen Kopf an deren Schulter gelegt hatte und schlief.
»Oh, Olivia, nimm ihn bitte an die Hand«, sagte Mary und schob Henry, ihren Ältesten, zu ihr. Dieser jedoch verschränkte beide Hände hinter dem Rücken.
»Ich bin doch kein Kleinkind mehr«, empörte er sich.
Der Jüngere, Alexander, hingegen war auf einmal erstaunlich gefügig und griff sogar von sich aus nach der Hand seiner Mutter. Ein Blick nach rechts, und Olivia wusste, warum. Sie fragte sich, wie lange Oliver Holbrooke das Treiben seiner Söhne schon beobachtete. Er kam zu ihnen und legte seinem Ältesten die Rechte auf die Schulter.
»Henry, möchtest du, dass ich dich heimbringe? Das wird kein Vergnügen, das verspreche ich dir.«
»Nein, Papa.«
Oliver Holbrooke fuhr ihm kurz mit der Hand über das Haar und wandte sich dann Constance zu, um ihr das schlafende Kind aus dem Arm zu nehmen. »Ich weiß, dass er schon ganz schön schwer geworden ist«, sagte er auf ihren halbherzigen Prostest hin. Das Kind schlug kurz die Augen auf und schlief dann an der Schulter seines Vaters weiter.
Constance trat näher zu Olivia, ergriff ihre Hand und drückte sie fest. »Es ist unfassbar«, sagte sie. »So lange haben wir gewartet. Ich mochte schon nicht mehr daran glauben, dass England wirklich Hilfe schicken würde.«

»Die Spanier sehen nun, dass man mit uns rechnen muss«, sagte eine Männerstimme, und Constance drehte sich um. Ihr Ehemann schob ihr einen Arm um die Taille und stellte sich zwischen sie und Mary. »Vielleicht merken sie nun, dass die Blockade sinnlos ist, und brechen sie ab.«

»Dass sie so weit gehen, glaube ich nicht«, sagte Oliver Holbrooke, »aber einen herben Rückschlag verpasst es ihnen ganz sicher.«

Der Himmel nahm eine zartblaue Färbung an, wirkte durchscheinend wie Glas, und unter den blassgelben Strahlen der Sonne, die sich zögernd über das Land tasteten, wurde der Nebel zu zerfaserndem Dunst. Umrisse schälten sich silhouettenartig hervor, wurden klarer, und schließlich offenbarte sich die Flotte in all ihrer Pracht.

Wie der Vorhang einer langerwarteten Vorstellung hebt sich der Nebel und gibt den Blick frei auf ein Bild, das sich Olympia nach den Monaten des Wartens und der Sehnsucht nicht schöner hätte vorstellen können.

In Olivias Phantasie war es jedoch nicht der Hunger, der Olympia an den Hafen geführt hatte – denn diese lebte nach wie vor in England –, sondern ihr Geliebter, der als Offizier zur See in den Krieg gegen die Spanier und Franzosen gezogen war. Olivia war sich unschlüssig gewesen, ob er verschollen sein sollte oder nicht. In den Monaten des Hungerns war sie nicht abgeneigt gewesen, auch Olympia ein wenig leiden zu lassen. Nun jedoch erfüllte sie der Anblick der Flotte mit einer solchen Freude, dass die Geschichte beinahe ohne ihr Zutun eine gänzlich andere Wendung nahm.

Der Schiffskonvoi bewegte sich in Richtung Hafen, eskortiert von mehreren Kriegsschiffen, während der Rest der

Flotte sich abseits hielt und nicht in die Bucht einfuhr. Atemlos verfolgte Olivia, wie sich an der Küste Spaniens vor Algeciras ebenfalls Schiffe in Stellung brachten – fünfzehn zählte sie beim Näherkommen.

»Dass sie nicht reagieren, war nicht zu erwarten«, sagte Oliver Holbrooke beruhigend. »Unsere Flotte ist bei weitem überlegen, ich denke, ein ernstzunehmender Angriff steht nicht zu befürchten.«

In der Tat eröffneten die Spanier zwar das Feuer auf die nächstgelegenen Schiffe, als jedoch ein Linienkriegsschiff und zwei Fregatten der britischen Flotte abdrehten und die Verfolgung aufnahmen, zogen sie sich recht schnell wieder zurück.

Langsam fuhren die ersten Schiffe in die Bucht ein, triumphierend flatterte die britische Flagge im Wind. Die Menschen brachen in ungestümen Jubel aus, Familienmitglieder umarmten einander, Freunde und Nachbarn beglückwünschten sich gegenseitig dazu, in Geduld ausgeharrt zu haben. Oliver Holbrooke drückte Mary und die Kinder an sich, und Constance fiel nacheinander James und Olivia um den Hals.

»Heute Abend gibt es Rindfleisch und Gemüse«, sagte Constance mit der Wange an Olivias Schulter, »und Obst und Hammel – oh, ich vermag es kaum zu glauben.«

Der Konvoi war vor der Neuen Mole sowie in der Rosia Bay und Camp Bay vor Anker gegangen, außer Reichweite der spanischen Linienkanonen.

Es war wie das Grollen des Donners, das laute Krachen hundertfacher Blitze, und Olivia dachte im ersten Moment, es könne doch unmöglich inmitten von Sonnenschein gewittern. Um sie herum waren die Menschen einen Lidschlag lang regungslos, die lächelnden Gesichter zu Grimassen erstarrt. Die ersten Kanonenkugeln und Granaten waren gegen den Felsen gekracht, und ein Hagel aus Steinen und Geschosssplittern fiel auf die Stadt. Weitere Geschosse folgten, schlugen gegen Dächer und Mauern. Jetzt begannen die Schreie.

Olivia jedoch schrie nicht, war vielmehr immer noch wie erstarrt, drehte sich langsam nach links, als eine Granate in unmittelbarer Nähe einschlug, wo eben noch Menschen gestanden hatten. Sie starrte auf ein Durcheinander von Gliedmaßen in einer Mulde aus blutgetränktem Sand, und ihr Atem ging in schnellen Stößen, während sie unfähig war, sich zu bewegen oder auch nur den Blick abzuwenden. Sie bekam mit, wie jemand an ihrem Arm zog, sie hörte verschwommen inmitten des Krachens von Schüssen ihren Namen. Aber erst, als Oliver Holbrooke sie an den Schultern nahm, sie herumriss und schüttelte, kam sie zu sich. Er ließ ihr keine Zeit, sondern schob sie zu Mary und Constance.

»Wir müssen zur King's Bastion«, schrie er über den Lärm hinweg.

»Aber die Menschen laufen nach Süden«, widersprach James.

»Die Bastion ist bombensicher.«

»Mein Kind!«, schrie Constance, die Stimme schrill in Hysterie. »Ich muss Lilian holen.«

James hielt sie fest, als sie loslaufen wollte. »Du gehst mit Lieutenant-Colonel Holbrooke, ich hole das Kind.«

»Ich komme mit dir.«

»Nein.« James schob sie unsanft von sich. »Sorgen Sie dafür, dass sie mir nicht folgt«, sagte er, als habe Oliver

Holbrooke mit seinen drei Söhnen und seiner schwangeren Frau nicht ohnehin schon alle Hände voll zu tun. Olivia griff nach Constance' Handgelenk, wobei sie wusste, dass sie einem ernsthaften Widerstand ihrer Freundin nichts würde entgegensetzen können. Diese jedoch ließ sich mitziehen, als Olivia Mary und deren Ehemann folgte. Das panische Schreien der Kinder mischte sich in die schrillen Entsetzenslaute der Frauen. Häuser brannten, einen Mann zerriss es, als ein Teil einer Granate in der Luft explodierte, und zu Olivias Entsetzen gab es wirklich Menschen, die in ihre Häuser flohen, als würde eine verriegelte Tür sie schützen. Sie dachte an ihre Mutter und Ruby, denn beide, das wusste sie, hatten sich nicht unter die Schaulustigen gemischt. Was, wenn ihr Haus getroffen würde? Was, wenn es brannte und sie gefangen waren? Und wo war John? Wo ihr Vater, wo Stanley? Sie blickte sich im Laufen um, sah Offiziere Befehle brüllen, sah einfache Soldaten, aber nirgendwo die vertrauten Gesichter ihrer Familie.

»Warum gehen wir nicht in die Montague's Bastion?«, fragte sie Oliver Holbrooke atemlos. »Ist das nicht sicherer?«

»Dort wären wir zu nahe an den Feindeslinien. Die Bastion ist zwar sicher, aber wenn wir noch lange in Reichweite der spanischen Mörser bleiben, sind wir womöglich zu Brei zermahlen, noch ehe wir ankommen.«

Wie ein Hagelsturm prasselten Kanonenkugeln und Artilleriegranaten auf die Stadt nieder, und Olivia kam es vor, als könne es nirgendwo mehr einen sicheren Ort in der Garnison geben, überall war Zerstörung, loderten Feuersbrünste. Gibraltar stand in Flammen.

Schon bei der ersten Salve hatte Gouverneur Eliott sein Pferd gewendet und war zurück in die Stadt zur Grand Battery geritten, von wo aus er die gesamte Garnison im Falle eines Angriffs kommandieren konnte. Achtzehn Monate lang hatte die Garnison unter der beständigen Drohung eines Angriffs vonseiten der Spanier gelebt, und dennoch hatte niemand damit gerechnet, dass es ausgerechnet jetzt so weit sein würde. Dabei hatten die Soldaten an der North Front die ungewöhnliche Aktivität in den Forts und Geschützstellungen des Feindes gesehen. Die Kanonen waren hochgezogen worden, aber immer noch hatten Zweifel bestanden.

John befand sich mit dem 72. Regiment in der Sicherheit der King's Bastion, gab den immer gleichen Befehl an den Kanonen. Seine Gedanken jedoch weilten bei Olivia. Beim Anblick der schreienden, panisch fliehenden Menschenmenge vibrierte sein Körper vor Anspannung, nicht entgegen seinen Befehlen zu handeln und die Bastion zu verlassen. Mit aller Gewalt zwang er seine Aufmerksamkeit auf die ihm unterstellten Männer.

»Geschütze in Stellung bringen! Laden! Zurücktreten! Feuer!«

Es schien, als gebe es für die Menschen auf den Straßen kein Entkommen. Die Spanier feuerten blind auf die Stadt, gleich wen oder was sie trafen. Der britischen Flotte selbst geschah dabei nicht sonderlich viel, lediglich ein kleines Schiff wurde nahe den Wassertanks mit einem direkten Schuss versenkt. Eilig begannen die fünfhundert für diese Aufgabe abkommandierten Männer mit dem Entladen der Fracht.

John hoffte, dass Olivia sich inmitten dieser wild durcheinanderlaufenden Menschenmenge entschieden hatte, nach Süden zu gehen, wo der Großteil der britischen und hannoverschen Infanterie die Positionen um Windmill Hill und das Europa-Plateau besetzt hielt.

Das Bombardement wurde in seinem ungeheuren Ausmaß beibehalten, bis es um ein Uhr, zwei Stunden nach Beginn des Angriffs, plötzlich abflaute und schließlich gänzlich aufhörte. Die nun einsetzende Stille war beinahe ebenso ohrenbetäubend, wie es der Lärm zuvor gewesen war. John spähte mit den anderen Offizieren durch die Schießscharten, um den Grund für das schlagartige Einstellen des Feuers herauszufinden. In der Mittagssonne sahen sie die spanische Artilleristen essen, rauchen und sogar schlafen.

»Sie halten Siesta«, rief jemand ungläubig.

Diese unantastbare Gepflogenheit der Spanier verschaffte der Garnison eine höchst willkommene Atempause, und eilig nahm man eine Aufstellung der Anzahl von Kanonen vor, die der Feind in Aktion gebracht hatte. Von den Batterien und Bastionen der Garnison kamen Soldaten, um Meldung zu machen. Mehrere Offiziere standen um einen Tisch herum, auf dem eine Karte ausgebreitet war. John stand neben Lieutenant-Colonel Hayworth, dem er unmittelbar unterstellt war.

»Black Battery hinter Fort St. Philip hat vierzehn Kanonen befestigt.« Hayworth markierte den Punkt auf der Karte. »Zwölf davon sind auf die Garnison gerichtet. In der Infanta's Battery«, er zeigte auf den Osten des spanischen Forts, »zeigen elf von siebenundzwanzig Kanonen auf die Garnison.« Sie zählten die Kanonen in den anderen Batterien und in Fort St. Barbara. »Problematisch ist es hier«, sagte Hayworth und deutete auf die Positionen zwischen den Batterien und der Mill Battery. »Hier zielt der Feind mit fünfzig dreizehn-Inch-kalibrigen Mörsern auf uns. Rechnen wir alle Kanonen zusammen, kommen wir auf hundertvierzehn schwere Geschütze, mit denen sie nicht nur auf die Stadt schießen, sondern auch in unseren höher gelegenen Stellungen schwere Schäden anrichten können.«

»Was ist mit den Frauen und Kindern?«, fragte John.

»Die Offiziere sollen ihre Familien in den Süden bringen«, sagte Lieutenant-Colonel Hayworth. Er nickte seinen Männern zu. »Sie können abtreten.«

John wandte sich an Stanley, aber ehe er etwas sagen konnte, sah er Oliver Holbrooke, der auf ihn zukam und ihm mit einer Handbewegung zu verstehen gab zu warten.

»Auf ein Wort, Major.« Er nahm John an die Seite. Dieser gab Stanley ein Zeichen zu warten.

»Um Ihre Frau brauchen Sie sich nicht zu sorgen«, sagte Oliver Holbrooke, dieses Mal ohne jede Förmlichkeit. »Ich habe sie hier in die Bastion gebracht. Sie ist in der Kasematte, zusammen mit meiner Familie und Lady Westlake.«

John schloss vor Erleichterung einen kurzen Moment lang die Augen und atmete tief aus, dann sah er sein Gegenüber an. »Haben Sie vielen Dank, Oliver.«

»Es war ein Massaker. Mit den Frauen und Kindern dort zu laufen, während um einen herum Menschen in Stücke gerissen und ganze Häuserwände weggesprengt wurden – das zu beschreiben, dafür gibt es kaum Worte.«

Die Männer verabschiedeten sich voneinander, und John ging zu Stanley. »Lieutenant, warten Sie mit zwei Soldaten unten am Tor auf mich.« Damit ging er zur Kasematte, lief die letzten Schritte und betrat die Unterkünfte der Soldaten. Man hatte drei Betten zusammengeschoben, und

darauf saßen Olivia, Mary und Constance, zwischen sich die drei kleinen Jungen, die sich mit bleichen Gesichtern und schreckensweiten Augen aneinanderschmiegten.
»John!« Olivia sprang auf, lief zu ihm und schlang ihm ungeachtet möglicher Zeugen die Arme um den Hals. Er drückte sie an sich und legte kurz die Wange an ihr Haar.
»Ich hatte Angst, du könntest unter den Menschen auf der Straße sein«, sagte sie.
»Und ich wusste, du bist unter ihnen«, erwiderte er, schob sie ein winziges Stück von sich und umfasste ihr Gesicht mit den Händen, um sie anzusehen. Sie wirkte blass und verstört, und ihr Haar fiel ihr in wirren Strähnen auf die Schultern. Er schob es nach hinten und drückte ihr einen Kuss auf die Stirn, dann legte er ihr den Arm um die Schultern und ging zu den anderen beiden Frauen.
»Constance, wo sind dein Mann und deine Tochter?«
»Ich weiß es nicht.« Constance war den Tränen nahe. »Ich hatte die Kleine daheim gelassen, bei ihrer Amme. Als es … als es losging, wollte ich sie holen, James jedoch hat mich mit Lieutenant-Colonel Holbrooke weggeschickt und gesagt, er würde sich um sie kümmern. Aber ich habe keine Ahnung, wo er ist und ob er es überhaupt bis zu ihr geschafft hat.«
John versprach, in ihrem Haus nach dem Rechten zu sehen, und verabschiedete sich. Am Tor vor der Bastion wartete Stanley mit zwei Soldaten auf ihn. Sie hatten nicht viel Zeit, und so beschloss John, zuerst nach Ruby und Augusta zu sehen, danach wollte er prüfen, ob Constance' Haus noch stand. Er hoffte, dass James Everett wirklich erst das Kind geholt hatte.
Viele Menschen kehrten in die brennende Stadt zurück, um

aus ihren Häusern oder dem, was davon übrig war, ihre Habe oder wenigstens das, was wertvoll oder ihnen teuer war, zu retten. Es offenbarte sich jedoch schnell, dass sie auch in der Feuerpause der Spanier allen Grund hatten, erneut zu fliehen, weil die Stadt von marodierenden Soldaten heimgesucht wurde, die durch die Straßen zogen und die verlassenen Häuser plünderten. Die Straßen waren übersät mit Kanonenkugeln, Fragmenten von Artilleriegranaten, Backsteinen, Schiefer und zerborstenen Fenstern und Türen zerschmetterter Häuser. Durch die klaffenden Löcher, die in die Wände der Handelshäuser gerissen waren, konnte man unzählige Nahrungsmittelvorräte sehen, die der Bevölkerung verwehrt worden waren, um die Nahrungsmittelpreise so hoch wie möglich zu treiben.

»Verdammtes Händlerpack«, zischte einer der Soldaten. »Haben gehortet, was sie konnten, und zugesehen, wie ihre Nachbarn verreckt sind.«

Vom Haus der Kilbournes stand die Nordmauer nicht mehr, und es befanden sich bereits Soldaten darin, die an sich rafften, was sie kriegen konnten. Stanley schlug einen Mann zu Boden, der dabei gewesen war, sich den Schmuck seiner Mutter in die Taschen zu stopfen. John wies ihn an, die plündernden Soldaten unter Arrest zu stellen und das Wichtigste aus dem Haus mitzunehmen. Er selbst sah nach, ob sich noch jemand darin befand. Doch Augusta musste mit Ruby geflohen sein, als die Bombardierung begonnen hatte.

Sie gingen weiter zum Haus von Lord Westlake. Die Tür war unverschlossen, und nachdem John sich mit einem Blick in alle Zimmer vergewissert hatte, dass niemand mehr darin war, nahm er an, dass James mit dem Kind nach Süden geflohen war. Zuletzt ging er in sein eigenes Haus, das ebenfalls noch stand. Er würde nicht viel mitnehmen können, und als er in seinem Arbeitszimmer stand und seine Briefe aus der Schreibtischschublade holte und in seine Tasche steckte, wurde ihm ein wenig wehmütig zumute bei dem Gedanken, seine Bücher hierzulassen. Aber ansonsten gab es in dem Haus nichts, was ihm viel bedeutete. Alles, was ihm wichtig war, hatte er in England gelassen, wohl wissend, dass dieses Haus nur eine vorübergehende Wohnstatt sein sollte. Bei Olivia sah es jedoch anders aus. Er ging in das Zimmer und steckte zunächst ihren Schmuck ein. Dann sah er sich um und überlegte, was ihr wichtig genug war, um es zu retten. Sein Blick fiel auf ihren Schreibtisch, und er nahm ihr Tagebuch aus der Schublade. Außerdem lag da noch dieser große Stapel beschrifteter Blätter, der seit ihrer Hochzeit stetig angewachsen war. John hatte nicht die geringste Ahnung, was sie da schrieb, aber offenbar hatte es eine gewisse Bedeutung für sie. Er band einen langen Bindfaden darum und drückte den Stapel einem der Soldaten in die Arme. Dann machten sie sich auf den Weg zurück in die Garnison.

Um fünf Uhr nachmittags wurde die Bombardierung fortgesetzt. Olivia, in der die vage Hoffnung gekeimt hatte, es möge vorbei sein, hätte sich am liebsten die Ohren zugehalten und die Decke über den Kopf gezogen. Sie hielt ihr Tagebuch im Arm, strich über den ledernen Einband und legte es dann unter das Bett zu ihrem Manuskript. Dass John daran gedacht, ja, dass er überhaupt bemerkt hatte, wie viel es ihr bedeutete, löste in Olivia trotz der Schrecken, die dieser Tag mit sich gebracht hatte, ein warmes

Glücksgefühl aus, das jedoch sofort wieder von der Sorge um ihre Familie verdrängt wurde.

Als es auf den Abend zuging, kam Stanley und brachte um die drei zusammengeschobenen Betten herum einen Vorhang an. So waren sie vor den Blicken der Soldaten geschützt, als diese kamen und sich zur Ruhe legten – sofern eine solche überhaupt möglich war. Marys Haut hatte einen ungesunden wächsernen Ton angekommen, ihre Augen wirkten eingesunken. Sie lag auf dem mittleren Bett auf der Seite und war in einen leichten Schlummer gesunken, ihren jüngsten Sohn in den Armen haltend. Der mittlere, Alexander, hatte sich an ihren Rücken gekuschelt und schlief, wie nur Kinder selbst unter solchen Umständen schlafen konnten, während der Älteste seinen Kopf in Constance' Schoß geschmiegt hatte und ebenfalls eingeschlafen war. Olivia hielt Marys Hand, die gelegentlich unruhig zuckte. Sie saß auf der einen Seite der Betten, Constance auf der anderen.

»Wenn Lilian tot ist«, sagte Constance, »weiß ich nicht, wie ich weiterleben soll.«

»Ich bin mir sicher, es geht ihr gut.«

»Wie kannst du dir da sicher sein? John sagte, er *vermute*, James habe sie geholt und sei nach Süden gegangen.«

Olivia streckte ihre andere Hand über Mary hinweg zu Constance aus und berührte flüchtig ihren Arm. »Das Haus war verlassen und unversehrt. Hätte James die Kleine nicht geholt, hätte John sie dort gefunden.«

»Vielleicht ist ja auch die Amme einfach kopflos mit ihr nach draußen gerannt.« Constance' Lippen bebten, als bringe allein der Gedanke an diese Möglichkeit sie an den Rand der Selbstbeherrschung. »Ich wollte sie bei Mama lassen, sie hätte sie genommen.« Sie schniefte und fuhr sich mit der Hand undamenhaft über die Nase. »Papa hat Mama bestimmt sofort in Sicherheit gebracht. Um die beiden mache ich mir seltsamerweise nicht die geringsten Sorgen. Mama ist sicher nicht in Panik verfallen.«

»Aber vielleicht haben sie ja Lilian abgeholt, weil sie wussten, dass sie allein mit ihrer Amme ist.«

Hoffnung flackerte in Constance' Augen auf. »Daran ... daran habe ich noch gar nicht gedacht. Glaubst du wirklich? Aber ihr Haus liegt südlicher als unseres, und dann hätten sie zuerst in die andere Richtung laufen müssen. Sicher haben sie gedacht, James und ich kümmern uns um sie.«

»Selbst wenn die Amme mit ihr einfach hinausgelaufen wäre, dann wäre sie dorthin gegangen, wo die meisten Menschen hingelaufen sind – nach Süden.«

Constance kaute auf ihrer Unterlippe herum und starrte an Olivia vorbei ins Leere. »Das wäre eine Möglichkeit.« Sie strich Marys Sohn das verschwitzte Haar aus der Stirn. »Glaubst du, es sind viele Menschen heute gestorben?«

»Ich weiß es nicht.« Olivia ließ Marys Hand los und lehnte sich mit dem Rücken an das Kopfende des Bettes. Sie dachte an ihre Mutter und Ruby. John hatte zuversichtlich geklungen, als er bei ihr gewesen war, aber vielleicht wollte er auch einfach nicht, dass sie sich sorgte, hilflos, wie sie hier nun einmal sitzen musste.

Die Morgendämmerung schickte eine Ahnung rötlichen Schimmers voraus, der den Kamm des Felsens zartrosa bestäubte. John hatte nach einer schlaflosen Nacht, während derer das Bombardement ohne Unterbrechung weitergegangen war, in aller Frühe die Kasematte verlassen. Das Zwielicht wurde von Feuersbrünsten erhellt, und bei jedem Abfeuern der Kanonen wurde der Himmel wie von Wetterleuchten erhellt. Soldaten eilten umher, schwarze Schlieren von Schießpulver im Gesicht, Befehle wurden über den Lärm hinweggebrüllt. Die Luft war von beißendem Pulverdampf geschwängert, und dicke Qualmwolken waberten über das Land, quollen aus Mauerrissen und Schuttbergen. Es war Samstag, der vierzehnte April, der dritte Tag der Bombardierung.

Am Vortag hatte man hundertfünfzig Männer geschickt, um Pulver und Kanonenkugeln in die höher gelegenen Magazine zu schaffen, deren Bevorratung sich durch den ständigen Beschuss erschöpft hatte. Die Kranken hatte man ins Marinehospital bringen lassen, und für die Mannschaft, die durch die Stadt ging, um ihren Pflichten nachzukommen, mussten die vollen Vorratsspeicher der Händler und das auf den Straßen aufgeschreckt flatternde Geflügel eine kaum zu widerstehende Verlockung darstellen. Nach all diesen Monaten, in denen die Händler, die sie nun retteten, sie hatten hungern lassen, war nun die Gelegenheit zur Vergeltung gekommen. Erschienen Soldaten unpünktlich oder mit prallgefüllten Taschen und Beuteln zum Dienst, schauten die Offiziere in eine andere Richtung.

»Wie lange bist du schon wach?« Olivia trat ins Freie und hielt sich mit einer Hand das Haar im Nacken zusammen, während sie sich mit der anderen die Augen rieb, als brenne der Rauch darin.

Er bemühte sich um ein Lächeln. »Die ganze Nacht schon.«

Olivia trat neben ihn und sah schweigend über die Stadt,

dann wandte sie den Blick nach links, und jetzt sah auch John Stanley kommen. Sein Gang war leicht schleppend, ihm war anzusehen, dass er sich vor Müdigkeit kaum noch auf den Beinen halten konnte.

»Hast du etwas von Mama und Ruby gehört?«, fragte Olivia.

»Nein, ich weiß nur, dass Papa immer noch in der Montague's Bastion ist.« Stanley umfasste ihre Schultern und senkte kurz den Kopf, so dass es wirkte, als gebe sie ihm Halt und nicht umgekehrt, dann ließ er sie los und trat einen Schritt zurück. »Du solltest nicht so lange hier draußen bleiben, es ist zu gefährlich«, sagte er, als sei John nicht da. Dieser schwieg und kräuselte nur leicht die Lippen. Ein Offizier rief nach Stanley, der sich daraufhin abwandte, um den Befehl entgegenzunehmen.

»Pass auf dich auf«, sagte Olivia.

Er drückte kurz ihren Arm.

Olivia zog ihr Haar über die linke Schulter und entwirrte beiläufig die Strähnen, während sie weiterhin auf die Stadt blickte. »Constance macht sich große Sorgen um ihre Tochter. Sie sagte sogar, sie wolle selbst losgehen, um sie zu suchen.«

»Auf gar keinen Fall.« John schüttelte nachdrücklich den Kopf.

»Ich halte ihre Sorge für verständlich«, sagte Olivia, »und ich würde an ihrer Stelle nicht anders handeln.«

»Dass eine Mutter, die von ihrem Kind getrennt wurde, die Fähigkeit, ruhige Entscheidungen zu treffen, verliert, verstehe ich. Dennoch wird sie die Bastion nicht verlassen.«

»Du kannst ihr das wohl mitnichten verbieten.«

»Und ob ich das kann, meine Liebe, und ich werde es tun, denn im Gegensatz zu euch beiden weiß ich, was derzeit auf den Straßen los ist.«

Olivia ließ ihren Blick kurz über die Stadt schweifen, dann sah sie John wieder an. »Sie würde warten, bis sie das Bombardement einstellen.«

»Von den Kanonen rede ich nicht.«

Olivia senkte die Lider und zog die Brauen leicht zusammen. Sie fuhr fort, Strähne für Strähne ihres Haars mit den Fingern zu kämmen. Müde massierte John sich die Augen mit den Fingerspitzen, und Olivia sah ihn an, streckte die Hand aus und berührte seine Wange.

»Sie kann unmöglich dort hinaus«, sagte er noch einmal. »Die Leute plündern, es ist zu gefährlich.«

»Schaffen die Soldaten es nicht mehr, für Ordnung zu sorgen?«

»Die treiben es am schlimmsten.«

Olivias Augen weiteten sich kaum merklich.

»Vergiss die Ordnung, die du bisher kanntest«, sagte er. »Sie existiert nicht mehr.«

Die Spanier feuerten unaufhörlich, und inzwischen erreichten ihre Schüsse auch Green's Lodge. Gouverneur Eliott befahl den höher gelegenen Batterien, ihren Beschuss einzustellen und sich hinter die Schießscharten zurückzuziehen, in der Hoffnung, den Schaden durch das Bombardement zu minimieren, indem der Feind seine Aufmerksamkeit von ihnen abzog. Eliott selbst entging nur knapp einer Artilleriegranate, die in das Fenster seines Arbeitszimmers einschlug. Währenddessen schritt das Entladen der Schiffe weiter voran. Zwar unternahmen spanische

Kanonenschiffe erneut den Versuch eines Angriffs, wurden aber von den britischen Marineschiffen vertrieben.

Es war häufig so, dass die einfachen Soldaten gänzlich außer Kontrolle gerieten, wenn die für gewöhnlich harte Disziplin durch neue und unvorhergesehene Umstände zerfiel. Die Armee setzte sich zum Teil aus Landstreichern, Verbrechern und sogar Vergewaltigern zusammen, denen der Militärdienst ein regelmäßiges Einkommen versprach, die sich dem militärischen Drill jedoch nur unter strenger Hand unterwarfen. Der unerwarteten Bombardierung der Garnison folgten Plünderungen, Prasserei und Zerstörung, so dass Gibraltar nicht nur unter dem Ansturm der Spanier litt, sondern auch unter den Bewohnern, denen der Schutz der Stadt oblag. Zwischen explodierenden Artilleriegranaten und zertrümmernden Rundumschüssen lagen Soldaten, betrunken bis zur Besinnungslosigkeit. Ein Soldat des 12. Regiments starb infolge seiner Trunkenheit, ein weiterer konnte nur mit Mühe gerettet werden. Jedes Tier, das die Männer fanden, wurde augenblicklich getötet – Enten, Truthähne, Gänse und Hühner wurden entweder erschossen oder mit dem Bajonett erstochen und in riesigen Feuern mitten auf der Straße gesotten, geröstet oder gebraten. Selbst die der Obrigkeit gehörenden Läden wurden überfallen und beraubt, während jede Frau, die sich in die Stadt hinauswagte, mit übelsten Schmähungen rechnen musste. Auffällig war, dass allein die britischen Truppen derart aus dem Rahmen fielen, die Hannoveraner benahmen sich tadellos.

In der Feuerpause schickte Gouverneur Eliott seinen Stadtmajor und eine Gruppe streng disziplinierter Soldaten in die Stadt mit dem Auftrag, alle Fässer mit alkoholischen Getränken zu zerstören. John führte seine Pflicht ebenfalls auf die Straßen, zusammen mit zweien seiner Offiziere und vier Soldaten.

Die Stadt war gänzlich verwaist, bis auf das Militär. Den ganzen Tag schon hatte man von der Bastion aus dem Treiben zugeschaut, hatte gesehen, wo Granaten in Weinhandlungen einschlugen und Männer sich auf die Spirituosen stürzten, die in Strömen auf die Straßen rannen, ungeachtet der Gefahr, ihr Leben oder zumindest einzelne Gliedmaßen bei der Explosion einzubüßen. Sie tranken und grölten lauthals »Vernichtung dem Feind«, feierten, aßen nach all den Wochen, in denen es nur trockene Brotkanten gegeben hatte, frisches Fleisch, und der fettige Dunst von Frittiertem und Gesottenem mischte sich schwer mit dem scharfen Geruch des Pulverqualms. Jede Disziplin war vergessen, und die Truppen mischten sich und spalteten sich wieder zu Gruppen auf, die miteinander prassten und plünderten und sich in Kellern und Löchern verbarrikadierten.

John war nicht der einzige Offizier, der auf der Suche nach seinen Männern durch die Stadt zog, diese ergriff und zur Bastion zurückschleppen ließ. Dennoch waren ihre Versuche, die Mannschaften zusammenzuhalten, nicht gerade von Erfolg gekrönt, denn sie konnten nicht alle Soldaten verhaften, und sosehr sie sich auch auf das Androhen von Strafen verlegten oder gar – als letzten Ausweg – darum flehten, dass die Männer ihren Dienst wieder aufnahmen, die meisten Soldaten blieben ungerührt. Es blieb nichts anderes übrig, als sie zurückzulassen, als die Bombardierung erneut aufgenommen wurde, einfache Männer, für die das Leben inmitten explodierender Granaten in Luxus zerbarst.

Wie eine Herde waren Ruby die Frauen und Familien von Mannschaftssoldaten und Offizieren vorgekommen, eine Herde, die nach Süden getrieben wurde, weit fort von Bombardement und Gefahr. Dort angekommen, fanden nur wenige Unterschlupf in den Zelten, die eilig errichtet worden waren, die meisten hatten sich einen Unterstand in den Felsen suchen müssen. Aber selbst hier gab es keine Sicherheit, denn die spanischen Kanonenschiffe hatten entlang der Küste Stellung bezogen und beschossen die feindliche Flotte im Schutz der Dunkelheit. Die Kugeln, die an den Schiffen vorbeigingen, schlugen an Land auf. Eine improvisierte Brustwehr aus Möbeln, Karren, Matratzen und Möbelpolstern war nur wenig nützlich, und es wurde eine miserable Nacht für die Frauen und Kinder in den Mauerspalten im Gefälle. Es gab etliche Tote, und schon am folgenden Tag war klar, dass diese erste schlimme Nacht nicht die letzte sein würde.
Als das Bombardement begonnen hatte, war Ruby eher irritiert als erschrocken gewesen. Sie hatte im Salon gesessen und versonnen aus dem Fenster geblickt, als die ersten Kugeln in umliegende Häuser einschlugen und Artilleriegranaten mit ohrenbetäubendem Knall explodierten. Langsam, sehr langsam war sie aufgestanden und hatte sich umgewandt, in dem plötzlichen Bewusstsein, dass niemand außer ihr im Haus war. Es blieb Ruby nicht viel Zeit zum Überlegen, denn im nächsten Augenblick brachte ein wahrer Hagel aus Kugeln und Granaten die Wände zum Erzittern, und sie, die nie zu Kopflosigkeit geneigt hatte, lief aus dem Salon, durch den Korridor und die Halle zur Eingangstür, riss diese auf und stürzte auf die Straße. Um sie herum rannten Menschen schreiend durcheinander, ein

kleines Kind stürzte, und für einen Schreckensmoment glaubte Ruby, es sei allein. Dann erschien die Mutter, hob es hoch und wurde von der Menge mitgerissen. Nur Ruby stand an der Tür, die Augen aufgerissen, bewegungslos, unschlüssig, in welche Richtung sie laufen sollte, während es um sie herum Trümmer regnete und der Splitter einer Granate sie nur knapp verfehlte.

Es war James Everett, der, seine kleine Tochter im Arm, über die Straße zu ihr gelaufen kam. »Weg hier!«, schrie er. »Nicht stehen bleiben.« Er griff nach ihrem Handgelenk, was Ruby sich zu jeder anderen Zeit empört verbeten hätte, nun jedoch ließ sie sich mitziehen.

»Nach Süden«, rief er. Jetzt erst sah sie, dass die meisten Menschen diese Richtung einschlugen. Offiziere ritten durch die Stadt, sammelten Frauen und Familien ein. »Nach Süden«, riefen sie. James Everetts Griff um ihr Handgelenk begann zu schmerzen, aber Ruby machte keine Anstalten, sich zu befreien, sondern trieb in der Menschenmenge mit, in der dieser Mann, den sie nicht einmal besonders mochte, ihr einziger Halt war.

Zwar gehörte Ruby zu den Privilegierten, die in einem Zelt schlafen durften, aber dennoch war die erste Nacht alptraumhaft gewesen. Sie lag inmitten der Frauen und Kinder, hörte das Weinen und Wimmern, die Explosionen und das Bersten von Mauern, die Schreie der Menschen in den Felsspalten. Was sie zudem wach hielt, war die Sorge um ihre Familie, denn in der allgemeinen Panik hatte es keine Möglichkeit gegeben, nach ihrer Mutter oder Olivia zu suchen. Auch ihren Vater und Stanley hatte sie unter den anwesenden Offizieren nicht entdecken können. Erst am nächsten Tag war es ihr möglich gewesen, sich umzu-

schauen, und sie hatte ihre Mutter gefunden. James Everett hatte die Eltern von Constance ausfindig gemacht und ihnen das Kind übergeben. Er selbst war zu den Händlern und jenen Männern, die nicht zur Armee gehörten, gegangen, weil er ja schlecht bei den Frauen bleiben konnte.
Trotz des Bombardements funktionierte der Nachrichtenfluss in der Garnison, und einige Tage nach Beginn des Angriffs erfuhren sie, dass sich Olivia in der King's Bastion befand, wo auch Stanley und John stationiert waren. Ihr Vater hielt sich in der Montague's Bastion auf. So hatte denn auch das tägliche Lamentieren ihrer Mutter ein Ende, die nicht damit aufhören konnte zu klagen, dass sie keine Ahnung habe, was aus Olivia und Stanley geworden sei.
Am Morgen des zwanzigsten April, als das Löschen der Ladung beendet war und sämtliche Güter an Land waren, kam John ins Lager. Im Gegensatz zu Stanley und ihrem Vater war dies sein erster Besuch hier, und Ruby fragte sich, ob er nur kam, um nach dem Rechten zu sehen, oder ob ihn ein bestimmtes Anliegen hergeführt hatte. Er grüßte sie und wandte sich sogleich an ihre Mutter.
»In den leeren Frachtschiffen ist Platz genug für Passagiere, und du hast sicher mitbekommen, dass viele Frauen Gibraltar verlassen.«
Ihre Mutter nickte nur kaum merklich. »Ja, das habe ich, aber ich gedenke zu bleiben.«
Ein schmales Lächeln spielte um Johns Mund. »Ich habe nicht von dir gesprochen.«
Mit angehaltenem Atem wartete Ruby die Antwort ihrer Mutter ab, die aus einem knappen »Nein« bestand, und stieß die Luft dann aus, als falle ihre Lunge in sich zusammen. Es war eine vergebliche Hoffnung gewesen, das hätte

sie wissen müssen. Nichtsdestotrotz schmerzte es, sie zerschlagen zu sehen, auch wenn sie nur einem Atemzug lang gedauert hatte.

»Das kann nicht dein Ernst sein, Augusta. Du siehst doch, wie gefährlich es hier ist, und sie ist krank.«

»Schickst du Olivia fort?«

John runzelte die Stirn. »Ich weiß zwar nicht, was das damit zu tun hat, aber ja, gefragt habe ich sie. Sie hat sich jedoch entschieden zu bleiben. Was Ruby angeht, so ist auch Frank der Meinung, dass es richtig ist, sie heimzuschicken.«

Auf den Wangen ihrer Mutter erschienen rote Flecken. »Es ist zu gefährlich. Schiffe könnten von den Spaniern gekapert und versenkt werden. Ich bezweifle, dass Frank darüber nachgedacht hat, er sieht nur das Bombardement und denkt an Flucht.«

John gab keine Antwort, widersprach der unerhörten Unterstellung, Frank Kilbourne sei ein Feigling, nicht, sondern sah ihre Mutter mit einem Blick an, dessen unverhohlene Verachtung selbst Ruby zusammenzucken ließ. Dann wandte er sich ab und ging hinunter zur Küste, wo er mit Mr. Stockwell sprach, zweifellos um zu wissen, wie mit Constance in der King's Bastion verfahren werden solle, als obliege ihrem Vater die Entscheidung und nicht ihrem Ehemann.

»Sie bleibt«, hörte Ruby auch schon im nächsten Moment James Everetts laute Stimme das Gespräch unterbrechen.

Mit einem ungläubigen Kopfschütteln kam John zurück, was Augusta Kilbourne zum Anlass nahm, ihnen den Rücken zuzudrehen und sich zu einigen Frauen zu gesellen.

»Ich frage mich, was hier los ist«, schimpfte er. »Versteht

niemand den Ernst der Lage? Wenn eine Frau sich entschließt zu bleiben, dann soll sie das tun. Aber wenn sie gehen möchte, wie kann man sie dann daran hindern? Wer möchte denn die Folgen tragen, wenn ihr etwas passiert? Ich verstehe James Everett nicht, dass er nicht ebenfalls geht. Was hält ihn denn hier?«

Ruby wusste darauf keine Antwort. »Danke für deine Fürsprache«, sagte sie stattdessen.

Er sah sie an und dann die Flotte. »Du musst mir nicht danken.«

»Sie wird mich nicht fahren lassen, ich weiß nicht, warum.«

»Behandelt sie dich inzwischen besser?«

Ruby umschlang ihren Körper, als müsse sie ihn daran hindern, auseinanderzufallen. »Ja, sie ist wie ausgewechselt.«

Ihn schien das im Gegensatz zu ihr nicht zu verwundern, ihrem forschenden Blick jedoch hielt er stand, ohne eine Miene zu verziehen, und Ruby wusste, es würde nichts bringen, ihn zu fragen. Sie gingen gemeinsam die Küste entlang und beobachteten die Offiziersdamen, die Soldatenfrauen, die Kinder, wie sie über die Molen gingen und zu den Schiffen gebracht wurden, um nach England aufzubrechen. Die Flotte setzte Segel, ließ die zerstörte Stadt hinter sich, die wild lodernden Feuer, die geschwärzten Mauern, zwischen denen Rauch waberte gleich Gespenstern gestorbener Hoffnungen. Der Wind trieb die Schiffe aus der Bucht, und bald waren sie nur noch Silhouetten, dann feine Federstriche und schließlich verschwimmende Punkte am Horizont. Ruby wandte sich ab und ging zum Lager zurück.

Ostindienfahrer Athena,
Atlantischer Ozean, Juli 1778

Die Menschen am Kai wurden zu bunten Schemen, dann zu Farbflecken, und als sie kaum mehr waren als eine ineinander verschmelzende Masse, vermochte Ruby sich endlich von der Seite ihres Vaters zu lösen und Stanley über das Deck zu folgen. Ihre Augen hatten die Menge noch während des Ablegens abgesucht, jedoch vergeblich. Das, was sie so dringend zu wissen wünschte, blieb unbeantwortet. John war nicht gekommen, hatte nicht geschrieben.

Aber sie vertraute ihm, wenn ihr auch nicht so recht klarwerden wollte, warum. Mit den Fingern tastete sie nach Jareds Brief, den sie stets bei sich trug, aus Sorge, ihre Mutter könne ihn finden und vernichten. Vielleicht war es der Brief, der ihr Vertrauen in John gefestigt hatte, denn indem er ihr diesen ausgehändigt hatte, hatte er eingestanden, dass sie es gewesen war, der Jareds letzte Worte gegolten hatten.

Gischt benetzte ihr Gesicht, als Ruby neben Stanley stand, denn ihrer alten Gewohnheit zufolge war es immer noch seine Nähe, die sie eher suchte als die ihrer Schwester. Jedoch vermied sie es, ihn anzusehen, und hielt ihren Blick starr auf den Horizont gerichtet, hinter dem sich eine neue Welt auftun würde.

Grau und düster war das Wetter, regenschwer hingen die Wolken und ließen das Meer bleifarben erscheinen. Mit einem Mal wurde der Impuls, wieder ans Heck des Schiffes zurückzulaufen und noch einen Blick auf den Hafen zu werfen, so übermächtig, dass Ruby sich mit beiden Händen an der Reling festhielt, als könne sie sich damit zum Bleiben zwingen. Ihr war auf einmal, als sei dies die letzte Möglichkeit, die Küste Englands zu sehen, als sei es an der Zeit, Abschied zu nehmen. Aber Ruby war nicht bereit für Abschiede.

Aus dem Augenwinkel nahm sie wahr, dass ihre Mutter sich ebenfalls zu ihnen gesellte. Irgendjemand hatte ihr mal gesagt, ein Kind vermisse man körperlich, und Ruby wusste nun, dass dies stimmte. Sie fragte sich, ob das auch für erwachsene Kinder galt und ob ihre Mutter sich auch einst vor Schmerz über diesen Verlust krümmen würde. Ein plötzlicher Hustenreiz stieg in ihr hoch, und sosehr sie es auch versuchte, sie vermochte ihn nicht zurückzudrängen. Sie hustete und hustete und spürte, wie Stanley ihr den Arm um die Schultern legte. Ich sterbe, dachte sie, ich sterbe. Der Horizont verschwamm vor ihren Augen und zerlief wie flüssiges Silber.

Teil III

»Schaut euch um, Männer, und seht,
wie schön der Fels erscheint,
im Licht dieses siegreichen Feuers.«

General George Augustus Eliott,
späterer Lord Heathfield (Gouverneur von Gibraltar)

19

Gibraltar, August 1781

Wie die Kuppel eines düsteren Palastgewölbes aus längst vergangenen Zeiten wirkte die Decke der Tropfsteinhöhle, in der das einfallende Licht einen sanften Schimmer bekam. Selbst der Wind, der vom Meer hereinwehte, war nur mehr ein leises Wispern, das über Geröll strich. Esperanzas Haar war wie ein Fächer auf dem steinigen Boden ausgebreitet, ineinander verschlungene Locken, die Stanley behutsam mit den Fingern entwirrte. Sie schlang die Arme um seinen Hals, zog ihn zu sich hinunter und nahm seinen Mund in einem Kuss gefangen. Es kostete Stanley viel Selbstbeherrschung, ihren Verführungskünsten nicht gänzlich zu erliegen, denn sie setzte alles daran, von ihm mehr zu bekommen als Küsse und Zärtlichkeiten.

»Esperanza.« Er löste sich von ihr und umfasste ihr Handgelenk, so dass sie ihr Liebesspiel nicht fortsetzen konnte. Mit einer leichten Drehung befreite sie ihre Hand und stützte sich auf einen Ellbogen auf. »Denk nicht an die Sache damals. Es muss nicht jedes Mal so enden.«

Nach ihrem plötzlichen Verschwinden seinerzeit aus Johns Haushalt, über das nur vage gesagt wurde, sie sei krank gewesen, hatte er alles darangesetzt, mehr zu erfahren, und schließlich dem Arzt bei einer Plauderei entlocken können, dass Sir Johns Köchin eine Fehlgeburt erlitten hatte. Einem einheimischen Dienstmädchen gegenüber war man sicher nicht zum Schweigen verpflichtet, und Stanley gehört ja immerhin zur Familie. Die Sache, so der Arzt vertraulich, war kurz davor gewesen, in einem handfesten Skandal zu eskalieren. Fast hatte er erwartet, dass man am kommenden Tag in sämtlichen Gassen munkelte, Sir John genügten die Reize seiner hübschen jungen Frau möglicherweise nicht – womit er, wie er eilig hinzufügte, natürlich nicht behaupten wolle, dass *er* selbst das auch glaube. Stanley jedoch waren mögliche Gerüchte gleich, selbst wenn sie die Demütigung seiner Schwester bedeuteten, die ihm entsetzlich gering neben der Tatsache erschien, dass sein eigenes Verlangen Esperanza fast das Leben gekostet hätte. Er wusste ja ganz genau, dass es nicht John war, dessen Leibesfrucht Esperanza nachts in einem See aus Blut hatte schwimmen lassen. Und allein dieses Bild, das ihn bis in den Schlaf verfolgte, genügte, damit er jeder Verführung widerstand, so schwer es ihm auch fiel.

Es waren viele Wochen vergangen, ehe er Esperanza wiedergesehen hatte, einsam am Strand mit Blick auf das Meer. Als sie sich zu ihm umdrehte, erstarb ihm jede Bitte um Verzeihung auf den Lippen, denn in ihren Augen lag eine solch wilde und verzweifelte Sehnsucht, dass ihm jedes Wort schal und bedeutungslos erschienen wäre. Esperanza war zu ihm gelaufen, hatte sich an seine Brust geworfen und geweint.

»Ich möchte es nicht riskieren«, sagte er. »Das letzte Mal habe ich auch geglaubt, wenn ich aufpasse, passiert nichts.«

Sie schüttelte den Kopf. »Das meine ich nicht, nicht die Schwangerschaft, sondern dass ich das Kind erneut verliere.«

»Du willst wieder schwanger von mir werden? Bist du närrisch?«

»Nein, ich bin vernünftig genug, um mir zu nehmen, was ich kriegen kann. Du sprichst davon, mich zu heiraten, aber wir beide wissen, dass Männer aus Familien wie der deinen keine Frauen wie mich heiraten.« Sie setzte sich auf und legte beide Hände um sein Gesicht, als wolle sie ihre Worte abmildern. »Und ich möchte etwas von dir, das mir bleibt.«
»Das Einzige, was du in dem Fall von mir hättest, wäre ein vaterloses Kind, und was dir bliebe, wäre die Schande und der schlechte Ruf. Das ist kein Vergnügen, glaub mir. Ich habe in England ledige Mütter gekannt. Man wird mit dem Finger auf dich zeigen, dich anspucken, das Kind mit Steinen bewerfen und es ein Hurenbalg nennen.«
Sie lehnte sich mit dem Rücken an die Wand, zog die Knie bis unter ihr Kinn, umschlang die Beine mit den Armen und machte sich klein, als wolle sie mit dem Felsen hinter sich verschmelzen. »Pablo hasst mich seit jenem Vorfall.«
»Ich bin mir sicher, dass er das nicht tut. Wenn die eigene Schwester schwanger wird, ist man von ihr enttäuscht, aber man hasst nicht sie, sondern den Mann, der ihr das angetan hat.«
»Als wüsstest du, wovon du sprichst«, murmelte sie. »Deine eine Schwester ist zu krank für einen Liebhaber, die andere unfruchtbar wie ausgedörrter Ackerboden.«
Wut schoss in ihm hoch wie eine lodernde Flamme, und er musste an sich halten, Esperanza nicht in groben Worten zurechtzuweisen. »Du weißt überhaupt nichts«, antwortete er nur kalt, stand auf und drehte ihr den Rücken zu. Zwei Hiebe hatte sie ihm erteilt, und jeder wohlgesetzt, wobei er wenigstens an Olivias Kinderlosigkeit keine Schuld trug. Dennoch verursachte ihm die Schmähung beinahe körperliches Unbehagen.

Er ging zum Ausgang der Höhle und kniff in der Helligkeit leicht die Augen zusammen. An diesem Tag war die Sicht über die Meerenge klar, und in einem sanften Schwung zeichnete sich die Küste Nordafrikas ab. Als er hinter sich ein leises Scharren hörte, drehte er sich um und sah Esperanza ebenfalls zum Höhlenausgang kommen. Sie hatte ihr Haar zu einem Zopf geflochten und ihre Bluse wieder zugeschnürt.

»Ich gehe wohl besser«, sagte sie, und als er den Mund protestierend öffnete, legte sie ihm behutsam die Finger an die Lippen. »Wir sollten jetzt jeder allein sein, ehe wir anfangen, uns mit Worten zu verletzen. Ich weiß, dass du mir böse bist, auch wenn du jetzt sagen wirst, dass das nicht stimmt. Und auch ich bin dir böse, aber das ist nicht deine Schuld, sondern meine eigene Torheit.« Sie stellte sich auf die Zehenspitzen und berührte seinen Mund mit einem flüchtigen Kuss. »Auf bald.«

Noch ehe er etwas sagen konnte, sprang sie leichtfüßig die Felsen hinab und lief zur Catalan Bay. Stanley sah ihr so lange nach, bis sie nicht mehr zu sehen war, dann drehte er sich um, um sich ebenfalls an den Abstieg zu machen, als er aus dem Augenwinkel eine Bewegung wahrnahm und erstarrte.

»Na, was verschlägt Sie hierher, Kilbourne?«, fragte Frederic Caruthers mit einem süffisanten Lächeln. »Die Suche nach Einsamkeit oder eine Frauengeschichte?«

Stanley widerstand dem Impuls, sich in die Richtung zu drehen, in die Esperanza verschwunden war. »Ich nehme an, Sie suchen die Einsamkeit?«, antwortete er mit einer Gegenfrage.

»Oh, aber sicher, was sonst sollte man in diesen Zeiten

suchen, wo nicht nur das Essen, sondern auch die Frauen rar geworden sind?«

»Nun denn.« Stanley nickte ihm zu und ging an ihm vorbei, spürte jedoch seinen Blick im Rücken. Ein unangenehmer Zeitgenosse, dessen nähere Bekanntschaft er tunlichst mied.

Er ging zu Fuß zurück zum Lager um Windmill Hill, holte sein Pferd und ritt in die Stadt, die einem Trümmerfeld glich. In den ersten Tagen nach Beginn des Bombardements war man überall auf Soldaten gestoßen – betrunkene Soldaten, tote Soldaten, Soldaten, die nach Dingen suchten, die sich zu stehlen lohnten. Die Plünderer waren beseelt von dem Wunsch, sich bei den Händlern für die Monate des Hungerns zu rächen, und anstelle von schimmeligem Fleisch und trockenem Brot aß man nun Fleisch, das in einem Feuer aus Zimt briet. Am sechsundzwanzigsten April war ein Garnisonsbefehl erlassen worden, nach dem jeder Soldat, der schlafend auf seinem Posten oder beim Plündern erwischt wurde, unverzüglich hinzurichten war, und am vierten Mai wurde dieser Befehl erstmals vollstreckt. Die Körper der exekutierten Plünderer ließ man bis zum Sonnenuntergang hängen als Warnung für die Soldaten alle Regimenter. Außerdem hatte man drei Soldatenehefrauen öffentlich ausgepeitscht, weil diese Diebesgut von den Plünderern gekauft hatten. Zwölf Hiebe mit der neunschwänzigen Katze auf den Rücken, und Stanley erinnerte sich nur ungern an die Szene, als der Henker die drei Frauen mit entblößten Oberkörpern quer durchs Lager getrieben hatte, ein Schild mit ihrem Vergehen um den Hals, das vor den bloßen Brüsten pendelte.

Das Bombardement war mehrere Wochen lang in unverminderter Heftigkeit weitergegangen und hatte den Willis's Batteries heftigen Schaden zugefügt. Nur an den dicken Mauern des maurischen Kastells waren die Kanonenkugeln wie Bälle abgeprallt. Die Spanier waren zusätzlich dazu übergegangen, oft am frühen Morgen, noch ehe die Dämmerung anbrach, von ihren Kanonenschiffen aus die Stadt zu beschießen. Als am vierten Juni wie jedes Jahr der Geburtstag des Königs gefeiert wurde, richteten die britischen Offiziere die Kanonen und Mörser für die Salutschüsse auf die spanische Mill Battery und warteten für einen besseren Effekt mit dem Abschuss bis zur Siestazeit. Ab Ende Mai hatte der Beschuss vonseiten der spanischen Batterien nachgelassen, und ab Ende Juli hatten sie damit begonnen, ihre Kanonen tagsüber nur noch dreimal abzufeuern, während sie die Garnison weiterhin bei Nacht drangsalierten. Stanley sah über die Mauern und Felsen hinweg aufs Meer und dachte an das Zusammentreffen mit Lieutenant Caruthers. Es hatte einen verstörenden Nachhall hinterlassen, wenn er auch nicht zu benennen gewusst hätte, warum dem so war. Kurz erwog er, das kleine Liebesnest, das er und Esperanza sich ausgesucht hatten, aufzugeben und sich künftig woanders mit ihr zu treffen, dann jedoch verwarf er den Gedanken als töricht.

Olivia wischte sich mit dem Handrücken den Schweiß von der Stirn und fuhr fort, Kleidung über ein zwischen zwei Hütten gespanntes Seil zu hängen. Glücklicherweise hatte sich die Ehefrau eines Mannschaftssoldaten bereit erklärt, ihr gegen Bezahlung mit dem Waschen zu helfen, denn auch wenn sie sich eigentlich keine Hilfe leisten konnten, hatte John einsehen müssen, dass Olivia selbst mit derartigen Tätigkeiten ganz einfach überfordert war. Bereits am ersten Abend hatten ihr die Schultern und der Rücken so sehr geschmerzt, dass sie nachts kaum Schlaf gefunden hatte, und das Ergebnis ihrer Bemühungen war kaum mehr als bescheiden zu nennen. Maura, die junge Frau, die ihr zur Hand ging, war Irin, nur wenige Jahre älter als Olivia. Sie wusste stets gut gelaunt Geschichten zu erzählen, weshalb die Zeit bei der Arbeit nur so dahinflog. Ihr rotblondes Haar war derart kraus, dass es sich stets im Laufe des Tages aus der Frisur löste und fein gekräuselte Härchen ihren Kopf wie einen Glorienschein umgaben. Meist kam sie morgens so früh, dass sie Olivia dabei helfen konnte, sich anzukleiden, ein Vorgang, dessen Umständlichkeit Olivia erst in vollem Ausmaß aufging, seit sie damit gänzlich auf sich allein gestellt war, denn John war kaum noch daheim. Von all ihren Kleidern hatte sie nur die Alltagskleider behalten, für die teuren Roben fand sie nun keine Verwendung mehr. Das meiste davon war inzwischen ohnehin unter Schutt begraben, John hatte lediglich einen Teil seiner Bücher retten können, die nun in einem Stapel neben dem Bett lagen. Allerdings waren viele davon auf Spanisch und Deutsch, so dass Olivia nur wenige zum Lesen übrig blieben.

Sie fand nur noch selten Zeit zu schreiben, und Olympia ließ sich in Olivias raren müßigen Momenten schwer fassen. Aber wenn es ihr gelang, sie in Worte zu bannen, erstand London vor ihren Augen auf, die Ballsäle, die vertrauten Straßen, das Rascheln der seidenen Kleider. Und inmitten dieser Pracht war Olympia in der ihr eigenen Einsamkeit, die sich in jedem Blick offenbarte, den sie aufs

Meer richtete, während sie vergeblich mit den Augen den Horizont absuchte. In diesen Momenten fand Olivia sich gänzlich in ihr wieder.
Sie richtete sich auf und stemmte die Hände ins Kreuz. Es war ein heißer Sommer, und wenn man Captain Spilsbury vom 12. Regiment glauben durfte, dann war es sogar der heißeste seit zehn Jahren. Vielleicht kam das jedoch allen nur so vor, denn in den Holzhütten staute sich eine immense Hitze. Rund um Windmill Hill und die Europa-Plattform hatte sich ein Lager gebildet, das im Laufe der Zeit immer größer wurde. Man bemühte sich, den Platz so sauber und geordnet wie möglich zu halten, und auch die Straßen in der Stadt wurden bei Tag geräumt sowie die Geschütze und Unterkünfte instand gesetzt. Die Holzhütten erschienen Olivia nicht größer als Puppenstuben, ein kleiner rechteckiger Raum mit einer Tür, einem Schornstein und einem kleinen überdachten Anbau auf der Rückseite. Es gab auch Offiziershäuser, die aus Stein gebaut waren, jedoch von der Art, in der man normalerweise Rinderställe baute. Aber immerhin hatten diese Behausungen zwei Schornsteine und waren eingezäunt, so dass wenigstens ein Mindestmaß an privatem Leben möglich war.
Maura hatte ihr erzählt, dass sich für die einfachen Soldaten nicht viel geändert hatte, sie waren auch unter normalen Bedingungen kaum anders untergebracht. Ob sie nun in einer Kasematte mit vielen anderen Männern lebten oder zusammengepfercht in einer Hüttensiedlung nahe der Rosia Bay, an Wachstationen bei den Willis's Batteries oder gar an abgelegenen Siedlungen an der Catalan Bay – einen Unterschied machte das nicht.
Olivia verließ das Lager und stieg hinunter zu den Klippen.

Auf einem glatten Felsen ließ sie sich vorsichtig nieder, wobei sie aufpasste, dass sie auf dem abschüssigen Untergrund nicht ausrutschte. Zum wiederholten Mal fragte sie sich, ob sie nicht verrückt gewesen war, Johns Aufforderung, nach England zu fahren, gleich dreimal abgelehnt zu haben. Im April hatte Mary mit den Kindern Gibraltar verlassen, und im Mai waren wieder Schiffe nach England gesegelt. Jedoch war es gut gewesen, dass sie sich nicht an Bord von Letzteren befunden hatte, denn diese Schiffe waren von den Spaniern in Besitz genommen worden, und erst im Juni hatte man die über hundertvierzig Frauen und Kinder aus der Gefangenschaft entlassen. Mehrere Ostindienfahrer, die in Gibraltar haltmachten, gaben Frauen und Kindern die Gelegenheit zur Rückreise. Aber so verlockend es war heimzukommen, so war es dennoch eine innere Unruhe, die Olivia davon abhielt. Zum einen war zwischen ihr und John so viel ungeklärt, und sie konnte sich nicht für Monate oder gar Jahre von ihm trennen in dem Bewusstsein, ihn möglicherweise nie wiederzusehen. Diese Art von Abschied würde für immer auf ihr lasten. Dann war da ihre Familie. Der Vorfall im Mai hatte die Position ihrer Mutter bestärkt, dass man Ruby nicht fahren lassen durfte. Constance war ebenfalls geblieben, allerdings weniger auf ihren eigenen Wunsch hin, sondern weil James Everett sie nicht hatte fahren lassen – warum, das verstand wohl niemand. Constance' Mutter blieb aus freien Stücken, denn sie wollte weder ihren Ehemann noch ihre Tochter und das Enkelkind allein lassen, was nicht gerade ein Kompliment für Lord Westlake war.

Das Klackern von Geröll und ein leichtes Schlittern ließ sie aufhorchen, und sie drehte sich um.

»Ich dachte mir, dass ich dich hier finde«, sagte John.
Sie beschattete die Augen mit einer Hand und blinzelte zu ihm hoch. »Bleibst du, oder ist das nur ein kurzer Abstecher?«
Er setzte sich neben sie. »Ich dachte mir, ich bleibe den Rest des Tages bei dir.« Er zwinkerte ihr zu. »Vorausgesetzt, du hast keine anderen Pläne.«
Lächelnd ging sie auf sein Geplänkel ein. »Eine Menge gesellschaftlicher Verpflichtungen, wie du weißt, aber die lasse ich dir zuliebe heute ruhen.«
Schweigend blickte er aufs Meer, und als Olivia ihn von der Seite ansah, bemerkte sie die tiefen Linien der Erschöpfung in seinem Gesicht. Sie selbst konnte sich wenigstens noch tagsüber gelegentlich hinlegen, die Offiziere und Soldaten hingegen waren den ganzen Tag über beschäftigt, seien es die Spanier oder der Versuch, die Ordnung in der Stadt wiederherzustellen. Nachts wiederum waren es die Kanonen der feindlichen Schiffe, die oftmals nicht an Schlaf denken ließen.
»Die Zivilbewohner der Stadt sind verbittert«, sagte John. »Aber wer sollte es ihnen verdenken? Nicht nur, dass unsere eigenen Leute marodierend durch die Straßen gezogen sind, sie wurden auch noch zu Reparaturarbeiten verpflichtet. Unsere Soldaten haben die Stadtbevölkerung behandelt, als sei sie ebenfalls unser Feind.«
Der Gouverneur hatte darüber hinaus angeordnet, dass sämtliches Bauholz, das die Flammen verschont hatten, konfisziert werden sollte, worin die Bewohner geradezu einen Aufruf zur Plünderung ihrer Behausungen gesehen hatten. Sie führten nun ein elendes Leben in Hardy Town, wo es nur wenig Schutz vor Gewitterstürmen gab, und

wann immer die Spanier mit ihren Kanonenbooten einen Abstecher an die Küste machten, mussten sie fliehen und sich zwischen den Felsen verstecken.

»Bereust du, dass du geblieben bist?«, fragte John.

Olivia wollte erst verneinen, beschloss dann jedoch, ehrlich zu sein. »Manchmal«, räumte sie ein, »aber meistens nicht.« Sie wartete auf eine Antwort, er jedoch schwieg und sah aufs Meer.

»Früher«, sagte er schließlich übergangslos, »hat mein Vater mich und Jared oft mit ans Meer genommen, wenn wir in Cornwall waren.«

»Liegt euer Haus an der Küste?«

»Nein, aber auch nicht weit davon entfernt. Wenn es stürmt, dann hört man, wie die Brandung gegen die Felsen schlägt. Im Sommer hat mein Vater uns im Meer das Schwimmen beigebracht. Meiner Mutter hat er es erst erzählt, als wir es schon konnten.« John lachte leise. »Sie hat sich immer Sorgen gemacht, ständig hatte sie Angst, uns könnte etwas passieren. Insbesondere Jared war ihr Sorgenkind.« Das Lachen war aus Johns Stimme gewichen, und es klang beinahe, als würde diese ihm versagen.

Olivia zögerte, streckte dann die Hand aus und umfasste die seine, halb in der Erwartung, dass die Geste zurückgewiesen würde und er sich wieder verschloss. Er umschloss ihre Finger jedoch und drückte sie leicht, den Blick immer noch aufs Meer gerichtet. So, dachte Olivia, sollte es immer sein, so vertraut. Wenn es doch nur immer so wäre.

Im nächsten Augenblick ließ John ihre Hand los und stand auf. »Möchtest du einen kleinen Spaziergang machen?«, fragte er.

Olivia erhob sich ebenfalls, was mit ihrem Kleid kein leichtes Unterfangen auf dem glatten Fels war, und John kam ihr zu Hilfe, indem er ihren Arm stützte. Als sie gemeinsam an der Küste entlanggingen, suchte Olivia nach Worten, mit denen sie die Vertrautheit wieder aufleben lassen konnte. Sie wollte nach dem Haus in Cornwall fragen, wollte alte Geschichten hören von sturmumtosten Küsten und dem alten Baronet Retallick, der zwei heranwachsenden Jungen das Leben zeigte. Aber jeder Versuch, etwas zu sagen, erstarb beim Blick in Johns Gesicht, das, so verschlossen es war, kleine Nuancen eines tiefen Schmerzes offenbarte, und Olivia wusste, dass er den Weg, den er in Gedanken beschritt, allein gehen wollte.

»Oh, James, ich bitte dich.« Constance verlagerte Lilians Gewicht von einer Hüfte auf die andere. »Du wolltest unbedingt, dass ich bleibe, gut, dagegen kann ich nichts tun. Aber ich werde mich nicht den ganzen Tag in diese Hütte sperren lassen.«

James hob die Schultern. »Ich wüsste nicht, was du dagegen tun könntest. Kümmere dich um deine Tochter, dann hast du genug Beschäftigung. Hat deine Mutter eigentlich die Milch gebracht?«

Seit die Amme während des Bombardements geflohen und die Kleine allein im Haus gelassen hatte, wo James sie dann fand, musste Constance sich mit normaler Milch behelfen. Lilian schien dies indes nicht zu stören, und sie gedieh trotz der kargen Nahrung zu einem recht properen Kind.

»Constance?« Ungeduld schwang in James' Stimme mit.

»Ja, hat sie.«

James machte keine Anstalten, den Platz an der Tür zu verlassen, sondern verschränkte die Arme vor der Brust und

sah sie abwartend an. Dieses Mal wollte sie nicht klein beigeben, ahnte jedoch, dass es letzten Endes wieder darauf hinauslaufen würde.
»Ich werde meinen Vater nicht wieder um Geld bitten«, sagte sie, als müsse sie ihren Standpunkt noch einmal verdeutlichen.
»Doch, Constance, das wirst du. Wenn nicht um deinetwillen – und du weißt, ich kann dich hier einsperren, so lange ich will –, dann doch für Lilian.«
Constance neigte leicht den Kopf und berührte mit der Wange das flaumige Haar ihrer Tochter. »Was machst du nur mit all dem Geld?«, fragte sie müde. »Ich bin mit einer hohen Mitgift in die Ehe gekommen, und mein Vater hat uns immer wieder Geld gegeben.«
»Ich hatte Schulden zu zahlen.«
»Wenn wir nach England gehen würden …«
»Das Thema hatten wir bereits«, fiel er ihr rüde ins Wort. »Wir bleiben. Derzeit ist weder mein Haus noch mein Landsitz bewohnbar, es wurde zu lange nichts daran gemacht.«
Ein wenig ungläubig verengte Constance die Augen. »Das Geld hat doch wohl gereicht, um wenigstens eines der Häuser herzurichten.«
»Stell nicht immer in Frage, was ich sage«, schnappte er. »Wir bleiben, und damit hat es sich.«
Dass er es in seiner Abenteuerlust billigend in Kauf nahm, dass sie, Constance, den Aufenthalt hier möglicherweise nicht überlebte, war schon schlimm genug, aber dass er selbst seine Tochter, die nur ein unschuldiges Kleinkind war, dieser Gefahr aussetzte, das würde sie ihm nicht verzeihen.

»Ich weiß gar nicht«, fuhr er fort, »warum du dich immer so zierst. Dein Vater hat außer deiner Mutter niemanden zu versorgen, da wird er doch wohl Geld für seine einzige Tochter und sein Enkelkind haben.«
»Ich bin nicht seine einzige Tochter«, fauchte Constance.
Er wischte den Einwand mit einer Handbewegung beiseite. »Die anderen beiden leben in Indien wie die Maden im Speck mit ihren gut situierten Ehemännern und sind daher wohl schwerlich auf das Geld deines Vaters angewiesen.«
»Sie würden ihn auch nicht darum bitten, wenn sie es wären, dafür haben ihre Männer zu viel Stolz.«
Für einen Moment sah es aus, als wolle er sie schlagen, und Constance wich unwillkürlich zurück. Er öffnete jedoch die Tür, trat rückwärts hinaus und zischte: »Wag es nicht, dich heimlich davonzumachen.« Dann zog er die Tür zu, und kurz darauf waren nur noch seine davoneilenden Schritte zu hören.
Lilian stieß ein leises Wimmern aus, und Constance setzte sie auf den Boden, damit sie ein wenig krabbeln konnte. Halbherzig hielt sie ihr eine Rassel hin, aber Lilian hatte mehr Interesse an ihren klingenden Armreifen. Constance zog sie vom Arm und gab sie ihr, dann ließ sie sich auf dem Bett nieder und vergrub das Gesicht in den Händen. Sie war am Ende ihrer Kräfte. Tagsüber kümmerte sie sich um die Kleine, und nachts brachten die Kanonen sie um den Schlaf. Und als würde das nicht reichen, führte sie Tag für Tag diese ermüdenden Dispute mit James. Sie wollte heim, dabei wusste sie gar nicht mehr, wo das sein würde – daheim. Ihr fehlte ihr Mädchenzimmer in London, aber wenn sie Lilian ansah, konnte sie diese Ehe einfach nicht bereuen, und sie wusste, dass sie aus der Welt ihres Elternhauses

herausgewachsen war. Es würde nie wieder mehr als ein Ort sein, an dem man nostalgischen Erinnerungen nachhängen konnte.
Als es an der Tür klopfte, hätte sie am liebsten so getan, als sei sie nicht da, aber Lilian krähte bereits vergnügt, so dass sie den Gedanken im selben Moment wieder fallen ließ. Sie stand auf und schleppte sich mit müden Schritten zur Tür.
Olivia hatte Farbe bekommen, was ihre Haut aussehen ließ wie Milch mit einem Goldschimmer. Constance hingegen hatte Sommersprossen bekommen und an den falschen Stellen abgenommen. Sosehr sie es versuchte, sie konnte das Selbstmitleid einfach nicht beiseiteschieben, und so vermochte sie es beim besten Willen nicht, das zaghafte Lächeln ihrer Freundin zu erwidern.
»Ich wollte schon gestern bei dir vorbeischauen«, sagte Olivia.
»Ja, ich weiß, du hast viel zu tun. Deine Bücher lesen sich schließlich nicht von selbst.«
Olivias Lächeln schwand, und sie reagierte sichtlich befremdet auf die Schroffheit ihrer Freundin, woraufhin sich bei Constance augenblicklich das schlechte Gewissen meldete. Schließlich war auch an Olivia die Zeit der Entbehrungen nicht spurlos vorbeigegangen. Vordem schlank, war sie nun zu dünn, ihr Kleid warf Falten, wo es eng hätte sitzen müssen, und in ihrem Gesicht zeigten sich Hohlwangigkeit und Augenringe.
»Entschuldige, ich wollte nicht grob werden, ich bin nur so wütend auf James, und da hat eben der Erste, der hier an die Tür klopft, das Nachsehen.« Sie bemühte sich um ein Lächeln.
»Ist nicht schlimm. Soll ich später wiederkommen?«

Constance trat von der Tür zurück. »Nein, komm nur. Ich habe Ausgangsverbot, daher bin ich für jeden Besuch dankbar.«
Erstaunen und Unglaube glitten im raschen Wechsel über Olivias Gesicht. »Er stellt dich unter Arrest?«
»Na ja, so ungefähr kann man es wohl nennen.«
Olivia betrat die Hütte und berührte Constance' Schulter. »Du siehst müde aus. Ich habe dir doch gesagt, du kannst mir die Kleine bringen.«
Unbehaglich zog Constance die Schultern hoch. »In diesen Zeiten bin ich so furchtbar unruhig, wenn ich sie nicht bei mir habe. Meine Mutter würde sie auch nehmen, aber ich wüsste, ich könnte da kein Auge zutun. Und dass jemand sie hier betreut, während ich schlafe, ist auch schwierig, es ist einfach zu eng.«
Mit einem Jauchzen zog Lilian sich an Olivias Rock hoch und strahlte sie an. Zwei kleine Zähnchen zierten ihren Unterkiefer. »Sie ist so süß.« Mit einem Lächeln ging Olivia in die Knie und zog das Kind an sich.
Constance setzte sich aufs Bett und lehnte sich seitlich an die Wand. »Mary lebt jetzt bestimmt in ihrem Stadthaus in London. Ich frage mich, ob wir ihr ebenso fehlen wie sie uns.«
»Bestimmt.« Olivia ließ sich neben ihrer Freundin nieder, die Kleine immer noch auf dem Arm. »Irgendwann werden die Erinnerungen an unsere Flucht vor dem Bombardement und das Leben jetzt Geschichten sein, die wir unseren Kindern erzählen. Und die Jungen werden bedauern, dass sie nicht dabei waren, weil sie denken, das alles sei ein großes Abenteuer gewesen.« Sie sog die Lippen ein. »Wer weiß, in unserer Erinnerung ist es das später möglicherweise auch.«

»Ich für meinen Teil könnte gut darauf verzichten«, antwortete Constance, besann sich dann jedoch und fügte hinzu: »Zumindest auf einiges davon.« Sie klopfte mit der flachen Hand gegen die Wand. »Darauf, wie im Gefängnis eingesperrt zu sein, zum Beispiel.«
»Handelt er aus Sorge, dir könnte draußen etwas passieren?«
Die Vorstellung, James sei derart besorgt um sie, dass er sie einsperre, brachte Constance zum Lachen. »Er will Geld«, sagte sie. »Und solange ich meinen Vater nicht darum bitte, muss ich eben in der Hütte bleiben. Im Grunde genommen weiß ich jetzt schon, dass ich nachgeben werde. James hat es wirklich geschafft, das ganze Geld durchzubringen, und Lilian braucht ja etwas zu essen. Ich müsste das hier«, sie machte eine ausholende Handbewegung, »gar nicht auf mich nehmen, sondern könnte mich den ganzen Tag draußen aufhalten. Aber vielleicht tue ich es einfach, um mich selbst zu bestrafen, weil ich so unsagbar dumm war und auf schöne Worte und ein hübsches Gesicht reingefallen bin.«
Lilian zappelte in Olivias Armen, und diese setzte sie zurück auf den Boden. »Mit Dummheit hat das nichts zu tun.«
Doch, dachte Constance, das hat es, weil die Angst vor dem Alleinsein stärker gewogen hat als die Angst, sich selbst zu verlieren.

20

Gibraltar,
November–Dezember 1781

Ein Überfall auf die spanischen Batterien – das klang gleichsam waghalsig wie selbstmörderisch. Anfangs nur eine vage Idee, reifte diese nach Ankunft zweier Deserteure des in Spanien stationierten Walloon Regiments zu einem präzisen Plan. Einer der beiden war ein Corporal, und er beschrieb die neuen Arbeiten, die die Engländer auf Spaniens Seite schon länger beobachteten, in allen Details. Und, was noch wichtiger war, er konnte genauestens Auskunft geben über Anzahl und Position der Wachen. So waren derzeit einundzwanzigtausend Männer im spanischen Lager stationiert, wo sie auf eine Flotte warteten, um Gibraltar zu stürmen. Zur selben Zeit zählte die Besatzung in Gibraltar weniger als sechstausend Männer, nahm man Offiziere und Mannschaft zusammen, und davon waren sechshundert krank oder verwundet. Zudem waren die Soldaten erschöpft angesichts des anhaltenden Bombardements und des Mangels an Nahrung. Man hatte die Rationen in den letzten Monaten wieder kürzen müssen, und frische Nahrung war für die meisten rar und unerschwinglich. Ein Pfund Zwiebeln kostete inzwischen zwei Schilling und fünf Pence, für eine Orange oder Zitrone zahlte man siebeneinhalb Pence, für ein Huhn über zwölf Schilling. Luxusgüter wie grüner Tee für zwei Pfund, fünf Schilling und sechs Pence das Pfund oder Zucker für siebzehn

Schilling das Pfund waren ohnehin nur den sehr wohlhabenden Bewohnern der Garnison vorbehalten.
Es war ein großes Risiko, das Gouverneur Eliott mit diesem Vorhaben einging, denn wenn der Überfall misslang oder die zweitausendzweihundert Männer, die bei Nacht im Schutz der Dunkelheit aufbrachen, verraten wurden, dann würde die gesamte Garnison fallen.
Der Corporal der Walloon Guards erzählte von einer neuen Mörser-Geschütztruppe und zwei Kanonen-Batterien. Darüber hinaus setzte sich das spanische Lager hauptsächlich aus Miliz-Regimentern zusammen, Männern, die sehr unzufrieden waren mit ihrer gegenwärtigen Situation und sehr ernste Verluste durch das Bombardement der Briten erlitten hatten. Von Willis's aus zeigte er ihnen die verschiedenen Teile des Feindeslagers und beschrieb diese.
Das Wetter war so stürmisch, dass der Wind Zelte mit sich riss und die Bewohner schutzlos den starken Regenfällen auslieferte. Unter diesen Umständen war die Bewegungsfreiheit eingeschränkt, und die Männer auf beiden Seiten waren dazu gezwungen, Schutz zu suchen. Bis zum sechsundzwanzigsten November bewahrte der Gouverneur Stillschweigen über sein Vorhaben, erst nach Abschuss der Abendkanone und dem offiziellen Schließen der Tore wurde ein neuer Garnisonsbefehl öffentlich gemacht.
Als Frank die Kasematte der King's Bastion betrat, empfing ihn sein vorgesetzter Offizier mit den Worten: »Major, heute Nacht brennen wir die Mill Battery nieder.«
Frank runzelte die Stirn. »Sir?«
Der Mann deutete auf ein Schreiben:

Abendlicher Garnisonsbefehl

GIBRALTAR, 26. NOVEMBER 1781

Alle Grenadiere und die gesamte leichte Infanterie der Garnison, alle Männer des 12. und von Hardenbergs Regiment, Offiziere und Unteroffiziere im Dienst, sind sofort aus ihrer Verpflichtung zu entlassen und haben sich zu ihren Regimentern zusammenzufinden, um eine Abteilung zu bilden, bestehend aus dem kompletten 12. und Hardenbergs Regiment, den Grenadieren und der leichten Infanterie aller anderen Regimenter (die zu ihrer vollen Aufstellung aus den Kompanien der Bataillone abgezogen wird), einem Captain, drei Lieutenants, zehn Unteroffizieren und hundert Artilleristen. Außerdem drei Ingenieure, sieben Offiziere und zwölf Unteroffiziere im Rang von Aufsehern, einhundertsechzig Werkleute von den Linien und vierzig Werkleute von der Handwerker-Kompanie. Jeder Mann hat sechsunddreißig Stück Munition mit sich zu führen, einen guten Feuerstein in seiner Schusswaffe und einen weiteren in seinem Gepäck. Nur zwei Trommeln bei jedem Regiment. Freiwillige sind nicht erlaubt. Das Kommando hat Brigadier General Ross. Die Abteilung hat sich an Red Sands um zwölf Uhr in der Nacht zu versammeln, um einen Überfall auf die Batterien des Feindes zu unternehmen. Das 39. und 58. Regiment paradiert zur selben Zeit auf der Grand Parade unter dem Kommando von Brigadier General Picton, um den Überfall zu unterstützen, falls es notwendig werden sollte.

Dies war der Moment, auf den Frank all die Jahre gewartet hatte. Der Moment, sich zu bewähren, Ruhm zu ernten und zu beweisen, dass die Jahre als Offizier der Krone nicht vergeblich gewesen waren.
Zwei Regimenter, die besten Kompanien, eine starke Truppe Artilleristen und Werkleute, alle zusammengenommen über zweitausend Männer, waren eine beeindruckende Streitmacht für einen Überfall. Die Stunden vor Mitternacht verbrachten alle in stiller Vorbereitung ihrer Ausrüstung. Es herrschte eine Stimmung der Unwirklichkeit, und Frank wurde mit einem Schlag bewusst, dass er seine Familie möglicherweise nicht lebend wiedersah. Als habe er diesem Gedanken laut Ausdruck verliehen, betrat John die Waffenkammer.
»Ich habe gehört, dein Regiment wird vollständig antreten«, sagte er. »Endlich etwas zu tun, nicht wahr? Das Warten inmitten des Bombardements ist aufreibend, ich wünschte, ich könnte mit euch gehen.«
»Leider lautet der Befehl: keine Freiwilligen.« Frank seufzte. »Aber ich bin egoistisch genug, froh darüber zu sein, dass du hierbleibst. Wenn mir etwas zustößt, weiß ich zumindest dich an Olivias Seite, und ich bitte dich, in dem Fall auch meiner Familie beizustehen.«
John nickte. »Stanley wollte sich von dir verabschieden, aber sein Dienst hält ihn auf dem Europa-Plateau fest. Er wünscht dir viel Glück.«
Ein wenig unbeholfen legte Frank seinem Schwiegersohn die Hand auf die Schulter. »Ich weiß, ihr versteht euch nicht besonders gut, aber er ist noch so jung und hat nie wirklich gelernt, Verantwortung zu tragen. Ich wäre beruhigt zu wissen, dass du an seiner Seite stehst.«

Johns Zögern war unübersehbar, aber er rang sich zu einem »Ja« durch, und Frank, der wusste, dass sein Schwiegersohn solche Zusagen nicht auf die leichte Schulter nahm – sosehr sie ihm auch widerstreben mochten –, war beruhigt.

Viele der Soldaten schienen das Zeitgefühl verloren zu haben. So waren einige deutlich vor der Zeit fertig, andere brauchten zu lange für die Vorbereitungen. Ihre Kameraden, die in der Garnison blieben, wirkten nervös, liehen ihnen ihre Kleidung, ihre Feuersteine oder ihre Ausrüstung, so dass sie das Gefühl bekamen, ebenfalls Teil dieser Einheit zu sein. Währenddessen versammelte Gouverneur Eliott die Stabsoffiziere um sich, um ihnen ihre Befehle zu erteilen.

Die Abteilung wurde in drei Kolonnen aufgeteilt. Hardenbergs Hannoveraner-Regiment formte den Hauptteil der Kolonne unter Lieutenant-Colonel Hugo auf der rechten Seite, das 12. Regiment den auf der linken unter Lieutenant-Colonel Trigge. Der mittleren Abteilung unter Lieutenant-Colonel Dachenhausen, die sich aus sechs Grenadieren und der leichten Infanterie verschiedener Regimenter zusammensetzte, oblag der wichtigste Teil des Angriffs. Die rechte Kolonne würde als Erstes marschieren und den Weg durch die Forbes-Barriere nehmen, die verlassenen Gärten überqueren und direkt in die Mitte der spanischen Befestigungen vordringen. Der mittlere Teil hatte Anweisung, durch die Bayside-Barriere zu marschieren und auf die Mörser-Geschützstellungen zuzusteuern, während die linke Kolonne, der Frank angehörte, das Schlusslicht bildete und die Kanonen-Stellungen nahe der Westküste als Ziel hatte.

Um Viertel vor drei setzte sich die rechte Kolonne in Bewegung, die anderen folgten. Es war eine sternenlose Nacht, das Wasser in der Bucht bewegte sich sacht, und der Fels war nur ein Schattenriss vor dem blauschwarzen Himmel. Sie gingen durch die Ruinen der Stadt, durch das feuchte Loch des Landport-Tunnels, überquerten die Brücke über dem Graben und nahmen den Weg unterhalb der Batterien, von wo aus ihre Kanoniere sie beobachteten, unsichtbar hinter den Felsen. Frank spürte die Blicke der Männer im Rücken, und er fragte sich, ob Augusta von seinem Einsatz erfahren würde, ehe er wieder zurückkehrte, und ob sie sich um ihn sorgte.

Die Hannoveraner-Garde war wegen ihrer Disziplin und Ernsthaftigkeit ausgewählt worden, und sie machte auch jetzt ihrem Ruf alle Ehre. Frank folgte ihr mit den Blicken, während sie auf die Forbes-Barriere zuschritt. Die Männer marschierten in absoluter Stille, bis das Öffnen der Barriere sie verriet und einige spanische Wachen, die sich am Rand der Gärten postiert hatten, alarmierte. Die Wachen schossen erst auf sie, liefen dann aber davon.

»Der Stolz der spanischen Armee«, murmelte jemand neben Frank, und zwei Männer lachten leise.

Nun war es nicht mehr nötig, sich lautlos zu bewegen, und so befahl Lieutenant-Colonel Hugo seinen Grenadieren, sich in einer Angriffslinie zu formieren, und trieb sie voran. Frank sah ihnen nach und konnte nach einiger Zeit Geschützfeuer an der Mill Battery ausmachen. Dann wandte er seine Aufmerksamkeit kurz dem Marsch der mittleren Kolonne zu und richtete den Blick starr auf seinen Vorgesetzten. Die Aufregung ließ ihn innerlich vibrieren. Schließlich erreichte sein Trupp ebenfalls ihren Bestimmungsort,

wo sie auf einigen Widerstand vonseiten der Spanier stießen, der jedoch von der Flanken-Kompanie des 72. Regiments schnell niedergeschlagen wurde, und die Kolonne nahm St. Paschal's und St. Martin's ein. Einige spanische Offiziere wehrten sich erbittert, und es kam zu kleineren Gefechten, in deren Folge mehrere feindliche Soldaten und Offiziere gefangen genommen wurden. Bei den Geschützstellungen fand die Artillerie achtzehn Sechsundzwanzig-Pfünder sowie zwei Dreizehn-Inch-Mörser.
Es dauerte nicht lange, und die drei Kolonnen hatten das Kommando über alle Kanonen- und Mörserstellungen in der Mitte der Landenge übernommen. Die Truppen formierten sich zwischen den eroberten Militäranlagen, um einen möglichen Angriff der Spanier abzuwehren, während sich die Ingenieure, Artilleristen und Handwerker daranmachten, so viel wie möglich zu zerstören. Die Geschütze wurden zerlegt, Mörser und Kanonen zerschlagen, die Männer gingen mit Hämmern, Äxten und Brecheisen ans Werk und legten mit brennenden Reisigbündeln Brände. Feuerzungen leckten an den Wänden, loderten hoch in den Nachthimmel, feurige Wolken rollten über die brennenden Festungen. So hell erleuchtet war die Nacht, dass deutlich zu erkennen war, wie die Spanier in einiger Entfernung hinter ihren scheinbar sicheren Mauern in Panik gerieten. Sie nutzten die klare Sicht jedoch augenblicklich dafür, ihre Artillerie gegen die Stadt und die höher gelegenen Stellungen Gibraltars auszurichten, und es dauerte nicht lange, bis die ersten Kanonen abgefeuert wurden.
Wie eine flackernde Lohe wirkte der Fels von Gibraltar, als ihn das Licht der Flammen in rotes Licht tauchte. Indessen setzten die Truppen ihr Werk fort. Für die härtesten Arbei-

ten wurden einfache Soldaten und Seeleute eingesetzt, diese Arbeiter jedoch waren, trotz ihres Eifers, zu unerfahren, um die ihnen aufgetragenen Tätigkeiten mit der nötigen Sorgfalt auszuführen.
Frank sah über die Landenge, und er vermutete, dass das Erstaunen seiner Kameraden ebenso groß war wie sein eigenes, als er einen Senior-Offizier entdeckte und im ersten Moment nicht glauben mochte, dass die vertraute stämmige Gestalt Gouverneur Eliott selbst war, der, einen Degen in der Hand, auf den Befestigungen der Spanier stand. In bester Stimmung betrachtete er die Ruinen der spanischen Geschützstellungen, wandte sich zu den Truppen, die ihm am nächsten standen, und rief: »Schaut euch um, Männer, und seht, wie schön der Fels erscheint, im Licht dieses siegreichen Feuers!«
Brigadier Ross trat zu ihm, und der Gouverneur, offenbar in redseliger Stimmung, fügte hinzu: »Was denken Sie über die Angelegenheit, ist es nicht etwas Außergewöhnliches, dass wir die Befestigungen des Feindes so leicht erreicht haben?«
»Das Außergewöhnlichste ist, Sie hier zu sehen«, antwortete der Brigadier, sichtlich verstimmt darüber, den Ruhm mit jemandem teilen zu müssen, und stapfte davon.
Der Gouverneur, dem die Schwierigkeiten mit den ungeschulten Soldaten und Arbeitern beim Zerschlagen der Geschütze nicht entging, schickte nach Greens Kompanie, die in großer Eile herbeimarschiert kam und das Zerstörungswerk mit Effizienz beendete. Jetzt wurde das erste Mal deutlich, mit welch großem Geschick die Spanier ihre Stellungen erbaut hatten. Hinter einem dichten Wall aus Sand waren die Kanonen und Mörser eingebettet in gut geschützte Buchten, jede seitlich und von hinten durch Blen-

den vor einer Detonation geschützt. Viele der langen Kanonen waren von ihren normalen Fahrwerken abmontiert und halb im Erdreich in einem so hohen Anschlagwinkel vergraben, dass sie die bestmögliche Reichweite erzielten.
Captain Witham trat mit dem Schlüssel für die feindlichen Magazine, den er einem Captain der Artillerie abgenommen hatte, an den Gouverneur heran. Dieser unglückliche Offizier lag in den Ruinen der Mill Battery zusammen mit einem Highlander des 73. Regiments, den er verwundet und für tot gehalten und der dann wiederum ihn verwundet hatte. Als sich die Truppe anschickte, Mill Battery in Brand zu setzen, weigerte sich der spanische Offizier, sich zu bewegen, selbst als Gouverneur Eliott persönlich zu ihm ging und versuchte, ihn zu überreden. Der Offizier jedoch antwortete auf das Insistieren des Gouverneurs: »Nein, Sir, lassen Sie mich hier, lassen Sie mich inmitten der Ruinen meines Postens sterben.«
Frank hätte den Offizier am liebsten eigenhändig aus der Befestigungsanlage gezogen, zu schrecklich erschien ihm diese Art zu sterben. Als das Feuer loderte, meinte einer der Männer, er habe den Spanier sagen hören: »Wenigstens ein Spanier soll ehrenhaft sterben.«
Tod und Ehre, dachte Frank, werden zu oft für dasselbe gehalten.
Die Einheiten waren nun seit einer Stunde in der Landenge, und der Feind hatte noch keinen Versuch gemacht, Vergeltung zu üben, abgesehen von Kartätschen-Schüssen, Schrotladungen, die eine geringere Reichweite hatten als Kanonenkugeln. Eine kleine Einheit spanischer Kavallerie näherte sich von der rechten Flanke her. Der Gouverneur befahl zwei Kompanien von Hardenbergs Regiment, ihnen

entgegenzutreten. Es war Viertel vor drei, als die britischen Regimenter anfingen, Lunten zu den Pulvermagazinen zu legen, und achtzehn spanische Gefangene in die Garnison eskortiert wurden. Das Überfallkommando bereitete sich auf den Rückzug vor. Der Plan sah vor, dass das 12. und Hardenbergs Regiment in ihrer Position verharren sollten, während die Flanken-Kompanien, die Artillerie und die Werkmänner zu den Barrieren gingen. Danach sollte sich das 12. Regiment durch die Bayside-Barriere und das Hardenberg-Regiment durch die Forbes-Barriere zurückziehen. Alles lief gut, bis Colonel Hugo und sein Regiment die Barrieren von Forbes verschlossen vorfanden und niemand kam, um sie zu öffnen. Sie mussten sich nun beeilen, dem 12. Regiment durch Bayside zu folgen, ehe jemand auch diesen Zugang verschloss und sie allein in der Landenge zurückblieben. Hinter ihnen zerbarsten nacheinander die Magazine in einem Feuerregen.

Als die letzten Männer in die Sicherheit der Garnison zurückgekehrt waren, hörte Frank von spanischer Seite die Schreie eines Mannes, die jedoch in der ohrenbetäubenden Explosion des Hauptmagazins untergingen. Die Explosion schleuderte riesige Stücke Holz über die Landenge, die in die Feuersbrunst fielen und sie noch weiter anfachten. Es war fünf Uhr in der Frühe, und der Überfall war vorbei. Ein kleines Erinnerungsstück hatten sie mitgebracht, einen Report, den der kommandierende Offizier der Spanier – ein wenig zu voreilig – in der Absicht geschrieben hatte, ihn am kommenden Morgen abzuschicken: »Es ist nichts Außergewöhnliches passiert.«

Im Dunkeln tastete sich John über die Klippen, schlitterte ein kleines Stück über das Geröll, ehe er wieder Halt fand und sich langsam an den Abstieg zur Catalan Bay machen konnte. Es hatte ihn viel Überwindung gekostet, diesen Weg auf sich zu nehmen, aber das Zerwürfnis mit Pablo dauerte nun schon so lange an. Und mit jedem Tag, der verstrich, lastete es stärker auf ihm, drückte wie ein Mühlstein auf sein Gemüt. Niemand konnte sagen, wie lange die Belagerung noch andauern würde. Vierhundertzweiundachtzig Verluste hatte die Garnison seit Beginn der Belagerung zu beklagen, und erst vor wenigen Wochen war der Stadtmajor einer Artilleriegranate zum Opfer gefallen, die in sein Haus eingeschlagen war. John war sich durchaus im Klaren darüber, dass es jederzeit auch ihn treffen konnte, und er wollte die Dinge zwischen ihm und Pablo klären. Er hatte seinem Freund versprochen, auf dessen Schwester achtzugeben, und diese Pflicht sträflich vernachlässigt, obwohl alle Anzeichen darauf hingedeutet hatten, dass etwas mit dem Mädchen nicht stimmte. Wer für ihre Schwangerschaft verantwortlich war, hatte er indes nicht herausbekommen können.

Die Bucht lang in nächtlicher Einsamkeit vor ihm, umspült von schaumgekrönten Wellen, die der Novemberwind an die Küste trieb. Einsame Fischerboote schaukelten auf dem Wasser, rissen an den Leinen, als sei die Sehnsucht nach offener See unerträglich. Aus einigen Hütten schimmerte Licht durch die Ritzen der Fensterläden hervor, Fischernetze hingen an aufgespannten Seilen, um bei Tageslicht auf Schäden untersucht zu werden, alte Boote rotteten vor sich hin, in denen Löcher klafften wie offene Münder, denen der Wind Klagelaute entriss.

John klopfte an die Tür von Pablos Hütte, hörte ein leises Scharren, dann Schritte und das Knirschen des Riegels, der beiseitegeschoben wurde. Pablos Gestalt wirkte wie ein Schattenriss vor dem öligen Licht im Hintergrund, und während John, der im Gesicht seines Freundes nicht zu lesen vermochte, befürchtete, dass dieser die Tür wieder zuschlug, hörte er Esperanzas Stimme aus dem Inneren der Hütte.

»*Quién está*, Pablo?«

»*Vuelve a tu cama*«, antwortete ihr Bruder, ohne sie anzusehen.

»*Quién está?*«, erklang es erneut, dieses Mal drängender.

»John«, sagte Pablo nur, trat nach draußen und zog die Tür hinter sich ins Schloss. »Derjenige von uns beiden, der zuerst eingesehen hat, dass die Ehrlosigkeit meiner Schwester kein Grund für Groll zwischen Freunden sein darf.«

John stieß in einem langsamen Zug die angehaltene Luft aus. »Du beschämst mich, Pablo. Ich weiß sehr wohl, dass mich die Schuld trifft, nicht so auf sie aufgepasst zu haben, als sei sie meine eigene Schwester.«

Sein Freund ging an ihm vorbei zum Strand hinunter, und John, der wusste, dass dies eine stumme Aufforderung war, in Ruhe zu reden, folgte ihm.

»Sie trifft ihn weiterhin, da bin ich mir sicher«, sagte Pablo, »und ich kann sie ebenso wenig daran hindern wie du.« Er senkte den Kopf. »Die Leute reden und reden, und selbst wenn sich einer von den Unverheirateten dazu bereit erklären sollte, sie zu heiraten, müsste ich sie an den Haaren zum Altar schleifen.«

»Der Mann, den sie trifft …«

»Kann nur ein Engländer sein. Einen Einheimischen würde

sie mir nicht verheimlichen.« Aus Pablos Stimme war jeder Zorn gewichen, der ihn noch vor Monaten so glühend beherrscht hatte, er klang nur noch müde und resigniert. »Sie weiß, dass ich nicht heiraten kann, solange sie bei mir wohnt, dafür habe ich zu wenig Platz und zu wenig Geld. Dennoch zwinge ich sie zu nichts, aber glaubst du, das würdigt sie? Sie tut so, als hielte ich sie gefangen, als sei das Leben hier eine Bürde, die sie tragen muss.« Er stemmte die Arme in die Hüften und ließ seinen Blick über die Bucht gleiten. »Es ist kein schlechtes Leben, es ist nur eines, in das sie nicht hineinpasst, aber daran kann *ich* doch nichts ändern.« Er verstummte, atmete in schnellen Zügen, als habe ihn das Reden erschöpft. »Mir kommt es manchmal vor, als sei es vorbei, ihr Leben und meins. Wir werden unsere Tage zusammen fristen, und jedes Mal, wenn ich mit meinem Boot aufs Meer hinausfahre, werde ich daran denken, dass nur ein Sturm aufkommen müsste, von dem ich nicht mehr heimkehre, und Esperanza wäre gänzlich schutzlos.«
John, der in Ermangelung guter Ratschläge schweigend zugehört hatte, antwortete: »Wenn es zum Schlimmsten kommt, dann werde ich mich um sie kümmern.«
»Selbst wenn das bedeuten würde, von England hierherzukommen?«
»Selbst dann. Sie wird einen Weg finden, mir eine Nachricht zukommen zu lassen, es gehen immer Schiffe nach England.«
Ein knappes Nicken war Pablos einziges Zeichen des Einverständnisses, doch sah er mitnichten beruhigt aus, was John verstehen konnte. Ihm selbst wäre unter diesen Umständen ebenfalls nicht wohl, er wusste jedoch nicht, wie er seinem Freund sonst helfen sollte.

Derzeit war ihm, als rutsche ihm das ganze Leben aus den Fingern. Als er nach Gibraltar aufgebrochen war, hatte ihn das Bestreben nach der Rehabilitation seines Bruders getrieben, ebenso der Wunsch, Ruby zu helfen, wie er es versprochen hatte. Dass es eine Schwester gab, durch deren Ehelichung einige seiner Pläne greifbar wurden, hatte er seinerzeit als glückliche Fügung des Schicksals gesehen und bereits vor der Abreise aus England so viel wie möglich über Olivia in Erfahrung gebracht. Jedoch bedrückten ihn sowohl die Beweggründe, die zu der Ehe geführt hatten, als auch die Geheimnisse, die er vor Olivia wahren musste, zunehmend. Er wünschte sich auf einmal nichts mehr als geklärte Verhältnisse und ein Leben an ihrer Seite, das unbelastet war von Düsternis und Schuld.

Inzwischen hatte ihn die Zuversicht verlassen, Stanley jemals des Mordes überführen zu können, dessen man seinen Bruder verurteilt hatte. Zwar war es ihm möglich gewesen, den Dienstboten, der später zu Hilfe hinzugeholt worden war, ausfindig zu machen. Dieser sagte auch aus, dass ihm sein Schicksalsgenosse auf dem Weg zum Haus gesagt habe, die Männer seien zu zweit, einer von ihnen ein kampferprobter Offizier. Jedoch würde eine solche Aussage ohne weiteres als Missverständnis dargestellt werden können. Denn die Männer, die dabei gewesen waren, beharrten auf ihren Aussagen – und sie wären auch verrückt, es nicht zu tun, denn sie hatten damit einen Unschuldigen an den Galgen gebracht. Auf diesem Weg war nichts zu holen, und inzwischen gingen immer mehr Monate, ja Jahre ins Land. John wusste, dass das Gedächtnis einem oftmals Trugbilder vorgaukelte, je länger ein Ereignis zurücklag. Er hatte Männer ausgeschickt, um in den umliegenden Häusern

nachzufragen, ob man sich an einen flüchtigen Offizier erinnerte, und die Antworten waren vage geblieben. Seine Mutter hatte ihm gesagt, er solle damit aufhören.
»Jared war kein Kind mehr«, hatte sie ihm damals geschrieben, »und so weh es mir tut, dass es ein solches Ende mit ihm genommen hat, er war nicht unschuldig daran.«
»Ich verlange nichts anderes als Gerechtigkeit«, war seine knappe Antwort darauf gewesen.
Sie wiederum hatte ihm lediglich drei Wörter zurückgesandt: »Gerechtigkeit? Oder Rache?«

Olivia musste die Augen nicht öffnen, um zu wissen, dass John gegangen war. Dennoch streckte sie die Hand aus und strich über Kissen und Laken, in der Hoffnung, noch einen Rest Wärme seines Körpers zu finden. Es war eine jener selten gewordenen Nächte gewesen, in denen John ihr allein zu gehören schien, rare Augenblicke, in denen der Hunger unwichtig war und es nichts Wichtigeres zu sagen gab als gewisperte Zärtlichkeiten. Mager waren sie beide geworden. Während Olivia mit den Fingerspitzen über Johns Rippenbogen geglitten war, war ihr bewusst gewesen, dass auch ihr Körper seine Reize eingebüßt hatte, dass man ihre Rippen einzeln zählen konnte und ihre Hüftknochen zu spitz hervorstanden. Kantig schienen ihre Körper, und doch fügten sie sich ebenso wundervoll zusammen, wie sie es immer getan hatten.
Milchiges Zwielicht umfing sie, als sie blinzelnd die Lider hob. Hatte in der Nacht Johns Umarmung die Kälte vertrieben, blieb nun nur noch die Decke, in die Olivia sich bis

zur Nasenspitze einkuschelte. War ihr das Haus im Winter ohne Feuerholz schon kalt vorgekommen, so war es in der Hütte geradezu frostig. Die Zugluft verursachte ein leises Pfeifen unter der Tür, und die Läden vor dem kleinen Fenster klapperten. Es half ja alles nichts, sie konnte nicht den ganzen Tag im Bett liegen bleiben, auch wenn es sie jeden Morgen dazu verlockte. Mit angehaltenem Atem warf Olivia die Decke zur Seite, dann kam die allmorgendliche Waschung mit dem Wasser, das Thomas tags zuvor in einem Eimer in der Hütte bereitgestellt hatte. Schließlich griff sie nach ihrem wattierten Morgenmantel, hüllte sich zähneklappernd hinein und bereitete sich dann ein Frühstück aus Brot und Streifen von gesalzenem Rindfleisch zu. Sie hatte gerade den letzten Bissen gegessen, als Maura anklopfte und ihr mit dem Kleid half. Ihr Ehemann hatte zu den Mannschaftssoldaten gehört, die bei dem Überfall auf die Spanier dabei gewesen waren, und entsprechend stolz war sie.

»Ich denke, er ist schon fast so etwas wie ein Held«, sagte sie, während sie die Wäsche in dem Zuber einweichte, den die beiden Frauen gemeinsam in die Hütte geschleppt hatten. Es war einfach zu kalt, um draußen zu waschen. Vorher hatte Maura mehrere Eimer Wasser hereingetragen, während Olivia Flocken von der scharfen Seife hobelte. Bei Mauras Plauderei verging die Zeit schnell, und als sie mit dem Waschen fertig waren, hängten sie gemeinsam die Kleider auf. Olivia war erstaunt, dass ihre Arme trotz der Magerkeit viel kräftiger zu sein schienen als zuvor. Den Zuber mit der nässeschweren Kleidung trug sie nun mit Maura zusammen, ohne ihn zwischendurch absetzen zu müssen, und auch das Aufhängen ging ihr schneller von der Hand.

Nachdem Maura gegangen war, wusste sie zunächst nichts Rechtes mit sich anzufangen. Zum Lesen war das Licht bei dem düsteren Wetter zu schlecht, und mit den Kerzen hieß es sparsam umgehen. Für Besuche war es eigentlich noch zu früh, aber sie ging dennoch zur Hütte ihrer Eltern, in der Hoffnung, ihre Mutter möge schon wach sein. Vielleicht war sogar ihr Vater daheim, ihn hatte sie in der letzten Zeit nur selten gesehen.

»Du?« Ihre Mutter sah sie schlaftrunken an, lächelte jedoch, wenn auch ein klein wenig spöttisch. »Ich vergesse ständig, dass dich deine neuen Haushaltspflichten schon in aller Frühe aus dem Bett treiben. Komm nur rein.«

Angenehm warm war es in dem kleinen steinernen Haus mit dem winzigen Ofen in der Ecke, und Olivia seufzte vor Wohlbehagen. Feuerholz war rar, und sie wusste, dass der Ofen vor allem Rubys wegen ständig beheizt wurde, deren Bett hinter einem Vorhang stand, so dass sowohl sie als auch ihre Eltern ein gewisses Maß an privatem Raum hatten. Stanley besaß eine kleine Holzhütte direkt nebenan. Olivia wusste, dass ihr Vater angeboten hatte, ihm ebenfalls ein Haus aus Stein zu bauen, aber Stanley hatte, aus welchen Gründen auch immer, abgelehnt.

»Du weißt«, sagte ihre Mutter und zog sich einen Morgenmantel über, »dass dein Vater dir jederzeit Geld geben würde, damit jemand für dich kocht und wäscht. Ich verstehe nicht, warum du das alles selbst tun möchtest. Oder verlangt John das von dir, weil er es eher mit seinem Stolz vereinbaren kann, seine Ehefrau als Hausmagd zu behandeln, als Geld von seinem Schwiegervater zu nehmen?«

Olivia bereute bereits, dass sie gekommen war, denn es waren immer dieselben leidigen Themen, die ihre Mutter zur

Sprache brachte. »Ich habe jemanden, der mir bei der Wäsche hilft, und ansonsten bin ich froh über jede Beschäftigung. Die Tage hier können sehr lang werden, wie du sicher weißt.«

Wieder lächelte ihre Mutter. »Ja, da hast du recht, man muss sich zu beschäftigen wissen.«

Olivia hatte den Eindruck, dass in den Worten eine Zweideutigkeit steckte, deren Sinn ihr entging, und so antwortete sie lediglich mit einem Schulterzucken. »Ist Papa schon lange fort?«

»Er war über Nacht gar nicht hier. Ich möchte beinahe annehmen, dass kein Mann so vielbeschäftigt in den Bastionen ist wie dein Vater«, spottete Augusta.

»Warum sonst sollte er dort sein?«

»Ja, warum wohl?« Ihre Mutter hob mit einer eleganten Bewegung die Schultern. »Aber lassen wir das. Hast du schon gefrühstückt?«

Der Gedanke an ein zweites Frühstück ließ Olivia das Wasser im Mund zusammenlaufen, aber sie wusste, dass auch ihr Vater nicht unbegrenzt Essen kaufen konnte, denn irgendwann würden die Vorräte zur Neige gehen. »Ja«, antwortete sie.

Ihre Mutter durchschaute sie so mühelos wie stets. »Du kannst durchaus noch etwas vertragen. Setz dich nur.«

»Was ist mit Ruby? Willst du nicht warten, bis sie wach ist?«

»Ruby ist gar nicht da, sie muss in aller Frühe aus dem Haus gegangen sein. Ich weiß nicht, was sie Tag für Tag an die Klippen zieht, aber sie verbringt dort jeden Vormittag, wenn es nicht gerade so sehr stürmt, dass es einen von den Beinen reißt.« Unvermittelt schwang Besorgnis in der

Stimme ihrer Mutter mit. »Ich hoffe jeden Tag, dass sie heimkommt. Manchmal befürchte ich, sie wartet nur darauf, bis sie genug Mut gesammelt hat, um …« Sie verstummte abrupt und schüttelte den Kopf.

Dass Ruby sich von den Klippen ins Meer stürzen könnte, war für Olivia so undenkbar, dass der Gedanke daran nicht einmal ein vages Unbehagen auslöste. Es passte einfach nicht zu ihrer Schwester. Was sie jedoch mit einiger Traurigkeit beobachtete, war, wie ihre Familie zerbrach. Rückblickend erschien ihr die Zeit, in der sie in ihrem Haus in London gelebt hatten, in verklärter Harmonie.

»Werdet ihr alle nach der Belagerung nach Hause zurückkehren?«, fragte sie.

Ihre Mutter bestrich ein Stück Brot dünn mit Butter. »Ich glaube nicht, dass dein Vater so schnell wieder zurückversetzt wird. Wir werden wohl bleiben … fürs Erste.«

»Aber man kann doch sicher mit jemandem reden?«

»Wenn das so einfach wäre. Glaubst du, all die Offiziere, die so ungern hier sind, würden dann noch in der Garnison bleiben?« Ihre Mutter schüttelte den Kopf. »Ich denke, es ist besser, sich keine Hoffnungen auf eine Heimkehr zu machen. Wie sieht es mit John aus?«, wechselte sie im nächsten Atemzug das Thema. »Wird er seinen Dienst niederlegen, wenn die Belagerung vorbei ist? Ansonsten ist es doch gut möglich, dass er ebenfalls in Gibraltar bleiben muss.«

Diese Möglichkeit wollte Olivia sich nicht einmal vorstellen. »Ich weiß nicht, welche Pläne er hat«, antwortete sie vage.

Mit leicht hochgezogenen Brauen sah ihre Mutter sie an. »Spricht er mit dir nicht darüber?«

»Bisher hat sich keine Gelegenheit ergeben.«
Ihre Mutter wirkte belustigt. »Nun gut, wenn du ihn ebenso selten siehst wie ich deinen Vater, habt ihr sicher Besseres zu tun, als zu reden. Ach, wie schön es sein muss, noch so jung zu sein.«
Verlegen wandte Olivia sich ab und nahm nach kurzem Zögern noch ein Stück Brot. Ihr war, als fache das Essen ihren Hunger erst an, anstatt ihn zu stillen. »Was ist mit Stanley? Er wird doch nicht sein ganzes Leben hier verbringen müssen.«
Ein Schatten legte sich über das Gesicht ihrer Mutter. »Ich kann mir nicht vorstellen, dass er die Wahl hat.«
Olivia wartete auf eine weitere Erklärung und fragte schließlich in das Schweigen hinein: »Warum?«
»Ja, warum? Weil jemand wie er, dem die Welt offenstand, den Hals nicht voll genug bekommen konnte.« Auf Olivias befremdeten Blick hin fügte Augusta Kilbourne kaum hörbar hinzu: »Er ist ein erbärmlicher Offizier, er war es immer schon. Dein Vater hätte ihn zur See gehen lassen sollen. Ein Admiral zur See hat keine Zeit, seine Schwester in zwielichtige Gassen zu führen.« Der Blick ihrer Mutter verlor sich, die Augen wurden dunkel vor Zorn und Traurigkeit.
Olivia streckte die Hand aus, berührte ihre Schulter, und Augusta Kilbourne fuhr zusammen, als habe man sie unsanft aus dem Schlaf geweckt.
»Oh, Liebes, du wirkst verstört. Das tut mir leid.«
Wieder wartete Olivia auf eine Erklärung, erneut vergeblich. Sie stand so ruckartig auf, dass ihr Stuhl beinahe hintenübergekippt wäre. »Ich muss an die frische Luft.« Ohne ihre Mutter anzusehen, verließ sie das Häuschen, öffnete

das kleine Tor in der Umzäunung und stieß beinahe mit Stanley zusammen, der ihren Aufprall eben noch abfangen konnte.

»Wer ist dir denn auf den Fersen?« Der scherzhaft gemeinte Tonfall wirkte in der matten, rauhen Stimme wie ein Fehlklang.

Ihr mühsam verhaltener Zorn drohte sich Bahn zu brechen, aber Olivia besann sich. Mit der Hand strich sie sich über die Stirn, als könne sie damit Ordnung in ihre Gedanken bringen. »Nichts. Ich hatte Mama nur gefragt, ob ihr alle nach der Belagerung wieder nach London zurückkehrt.«

»Nach Hause«, sagte Stanley versonnen. »Ja, das wäre was.«

»Wirst du dich um eine Versetzung nach England bemühen?«

Er wich ihrem Blick aus und schüttelte den Kopf. Wieder erfasste Olivia der bereits vertraute Ärger angesichts der Geheimnisse, die ihre Familie mit John teilte und von denen sie ausgeschlossen war. Sie hielt sich an die Abmachung mit John, bei Fragen, die er nicht beantworten wollte, nicht in ihn zu dringen, bis er ihr selbst alles erzählte, aber mit ihren Geschwistern und ihrer Mutter – sie zweifelte nicht daran, dass ihr Vater so ahnungslos war wie sie – bestand keine solche Vereinbarung.

»Warum nicht, Stanley? Weil alles dort für dich voller Erinnerungen an Jared Retallick ist?«

Alle Farbe wich aus seinem Gesicht. »Was weißt du von ihm?«

»Nur das, was Mama mir erzählt hat.«

»Sie hat *was*?«

Olivia legte den Kopf leicht schräg und musterte ihren Bruder. »Warum ist es ein solches Geheimnis? Weil er gehängt wurde und du nichts damit zu tun haben möchtest? Oder weil du mehr damit zu tun hast, als du eingestehen willst?«

Er sah sie an, starrte dann an ihr vorbei zum Haus. »Was hat Mama dir erzählt?«

»Dass ihr die besten Freunde wart und dass John dir … dass er dir Böses will.«

»Ah, so hat sie es dargestellt.« Ein blasses Lächeln umschattete Stanleys Mundwinkel. »Mach dir keine Sorgen, John will mir kein Unrecht tun.« Er hielt inne, als müsse er überlegen, was er als Nächstes sagen sollte, öffnete den Mund, schien Worte formen zu wollen, die dann jedoch ungesagt blieben. »Ich schulde ihm Geld«, schloss er schließlich.

»Ehrlich gesagt, verstehe ich immer weniger, je mehr ihr alle erzählt.«

»Es ist nicht so kompliziert, wie es scheint. Jared und ich sind in, hm, sagen wir, unschöne Geschäfte verwickelt gewesen. Ich konnte Vater daher unmöglich um Geld bitten, und so hat Jared mir Kapital geliehen, das er jedoch von Johns Konten abgezweigt hatte. Und, nun ja, nun schulde ich es eben John.«

»Er könnte sich das Geld von Papa holen.«

»Könnte er, ich weiß nicht, warum er es nicht tut. Es gibt keinen Schuldschein, aber Vater hätte an seinem Wort sicher keinen Zweifel.« Stanley hob die Schultern, wirkte unbehaglich. »Und ich kann Vater nicht danach fragen, denn dann wird er wissen wollen, wofür ich es gebraucht habe.«

Olivia nickte nur.

»Ich kann nicht nach England zurück«, fuhr er fort. »Vielleicht nie mehr.«
Was kann so schlimm sein?, lag Olivia auf der Zunge, aber sie schwieg, weil sie ahnte, dass er ihr keine weitere Antwort mehr geben würde. Sie hatte nicht damit gerechnet, dass er ihr überhaupt etwas erzählen würde, und plötzlich keimte angesichts dieser für sie so gänzlich neuen Vertrautheit Hoffnung in ihr auf, dass es vielleicht immer so sein könnte. Und diese Hoffnung, so vage sie auch noch war, schlug eine winzige Wurzel. Olivia legte ihm kurz die Hand auf den Arm.
»Danke«, sagte sie leise.
Er verabschiedete sich mit einem Lächeln, das wie ein flüchtiger Lichtschimmer auf seinem Gesicht war.

Was war denn gewonnen, fragte sich Ruby angesichts des heftigen Bombardements, das dem Überfall auf die spanischen Befestigungen gefolgt war. Manchmal kam ihr die ganze Sache wie das Spiel großer Jungen vor, die sich gegenseitig ihre Sandburgen kaputt schlugen. In anderen Momenten wiederum, wenn das Zerbersten der Artilleriegranaten sie wach hielt, das donnernde Einschlagen von Kanonenkugeln, die Schreie, und wenn sie dann am nächsten Morgen hörte, wie Offiziere und Soldaten aus Trümmern ausgegraben wurden, tot oder mit zerfetzten Stümpfen, wo vormals ein Arm oder ein Bein gewesen war, dann schämte sie sich für solche Gedanken.
Dabei waren es die kleinen, persönlichen Tragödien, die ihr das Ausmaß dessen, was Tag für Tag hier geschah, in aller

Deutlichkeit und Gewalt vor Augen führten, stärker, als es der Anblick des Todes allein je vermocht hätte.

Da war der junge Baron von Helmstadt, ein überaus gutaussehender Mann, der mit einem bildschönen andalusischen Mädchen verlobt gewesen war. Er hatte auf Seiten der Spanier gekämpft und war bei dem Überfall auf die spanischen Geschützstellungen von den Briten gefangen genommen worden. Eine Wunde im Knie zwang ihn zu einer Amputation, der er erst nach langem Zögern zustimmte. Von seiner Verlobten und den Spaniern kamen Briefe, in denen sie sich dafür bedankten, dass man ihm eine gute Behandlung angedeihen ließ. Zudem schickten sie täglich unter dem Schutz der Parlamentärflagge Geschenke wie Geflügel, Früchte, Kleidung und Geld für den Baron und seinen Mitgefangenen, einen Lieutenant der Artillerie.

Seine Verlobte selbst sorgte dafür, dass es ihm an nichts fehlte. Ende des Monats jedoch verschlechterte sich sein Zustand rapide, irgendein inneres Fieber verzehrte ihn. Seine junge Verlobte kam selbst zur Garnison, um ihm ein letztes Lebewohl zu sagen, wurde jedoch von dem General-Adjutant mit der Begründung abgehalten, Zutritt könne er nur mit Einverständnis des Gouverneurs erteilen. Er beschied ihr, sie solle am nächsten Tag wiederkommen. Am kommenden Tag jedoch konnte man ihr nur noch den dekorierten Sarg, in dem der in volle Uniform gekleidete Leichnam ihres Verlobten lag, übergeben. Eliott selbst begleitete ihn mit einer Eskorte. Die Nahrungsmittel und das Geld, die Geschenke für den Baron gewesen waren, gab er ebenfalls zurück. Inzwischen kostete ein Pfund Kartoffeln einen Schilling und acht Pence, und in den Krankenhäusern der Garnison lagen über sechshundertvierzig Kranke, dennoch hätte das Einbehalten der Güter etwas Unehrenhaftes gehabt, und das war dieser sehr geringe Zugewinn nicht wert. Zudem bedauerte jeder in der Garnison das Ableben des bezaubernden jungen Barons.

Als ihr Vater davon erzählte und tiefes Mitgefühl seine Stimme färbte, war Ruby nahe daran gewesen, ihm alles zu erzählen, von ihrem eigenem Schmerz und dem eigenen Verlust. Aber sobald sich die Worte in der Kehle ballten, drängte sie sie zurück. Sie war immer noch der Meinung, dass es besser war, ihren Vater mit dem Kind vor vollendete Tatsachen zu stellen. Ansonsten blieb ihr nur das Geständnis, ihn hintergangen zu haben, eine heimliche Ehe mit einem Mann, der als nicht salonfähig galt, ein heimliches Kind – nichts, das ein Vater gerne hören wollte. Sah er jedoch seinen kleinen Enkel, würde er ihr alles verzeihen, dessen war sie gewiss. Keiner konnte sein Herz gegenüber einem Kind verschließen, das noch dazu von seinem Blut war und dem nicht der Makel des Illegitimen anhaftete. Ruby hatte nach wie vor Sorge, dass er ihr verbieten könnte, nach England zurückzukehren, wenn er von dem Kind erfuhr. Solange er es nicht sah, war es lediglich die Brut von Jared Retallick. Und sie brauchte den Beistand ihres Vaters, denn ihre Mutter war bestrebt, sie hierzubehalten, wo sie jeder Möglichkeit beraubt war, ihr Kind jemals wiederzusehen.

Zu lange hatte sie Jasper verloren geglaubt, und an jenem Tag, als sie John auf dem Schiff nach Gibraltar sah, war die Hoffnung, die sie aufrecht gehalten hatte, nahezu zerbrochen. Ihre Angst schwand erst in dem Moment, in dem sie John abfangen und mit ihm reden konnte – um gleich

darauf von einer anderen ersetzt zu werden. Das Kind, so John, habe er gefunden, es sei an einem sicheren Ort.
»Warum?«, hatte Ruby ausgerufen, »warum hast du es mir nicht mitgebracht? Du wusstest doch, dass ich England verlasse.«
»Damit deine Mutter es dir wieder wegnimmt und es nach Spanien oder Marokko verschwinden lässt? In dem Fall, dessen sei dir gewiss, ist es so gut wie unmöglich, es wiederzufinden.«
»Aber ich hätte darauf aufgepasst. Und mein Vater …«
Eine Handbewegung Johns hatte sie unterbrochen. »Schluss!«
Rubys Worte erstarben ihr auf den Lippen, hinweggespült von einem heftigen Hustenreiz. Im nächsten Moment hatte auch schon Olivia an ihrer Seite gestanden.
Ruby verbrachte die Tage meist damit, aufs Meer hinauszuschauen, denn wenn es etwas gab, das Gibraltar im Überfluss bot, so war es die Aussicht, selbst wenn sich das Wetter so wild gebärdete wie an den meisten Tagen in diesem Dezember. Starker Wind blies über die schwankenden Mauerreste der von Granaten zersprengten Häuser in der zertrümmerten Stadt, während Regen viele der behelfsmäßig errichteten Stein- und Lehmhäuser sowie Zelte unterspülte und zerstörte. Aber stets war das Meer von ungezähmter Schönheit, ob es sich unter dem schiefergrauen Himmel an die Küste wälzte oder an den wenigen windstillen, nebligen Tagen sanft unter weißen Schleiern an den Klippen leckte.
Weit entfernt schien Ruby an solchen Tagen jener Nachmittag im Juli, kurz vor ihrer Ankunft in Gibraltar, als sie John erneut begegnet war.

»Ich werde dir helfen«, hatte er ihr versprochen. »Ich bringe dich persönlich nach England zurück.«
»Wie«, hatte sie gefragt, »sollte das gehen?«
»Vertrau mir einfach.«
Das hatte sie getan und tat es noch. Aber hier war auch John an die Grenze seiner Möglichkeiten gelangt. Das Jahr 1781 verging ohne auch nur den Anschein von Frieden, und die Wahrheit war ganz einfach die, dass derzeit die Aussicht auf einen Sieg oder zumindest annehmbare Bedingungen denkbar gering war an diesem einsamen Stützpunkt Englands.

21

Gibraltar, April 1782

Zart und sehnsuchtsvoll war Esperanzas Flüstern gewesen, als streichele sie seinen Namen mit den Lippen, während sie ihn aussprach. Es war das, was am stärksten in Stanley nachhallte, als er ihren verschwiegenen Winkel in der Tropfsteinhöhle verließ und langsam zum Lager zurückkehrte. Jedes Mal kostete ihn dieser Weg mehr Überwindung, übermächtig war das Gefühl, ein Gefangener zu sein und für den Rest seines Lebens zu bleiben. Jene raren Momente in Esperanzas Armen gaukelten ihm die Illusion vor, die Freude könne anhalten, wenn er nur vermochte, jedes Wort und jede Berührung in sich zu verschließen und davon zu zehren, bis sie sich das nächste Mal wiedersahen.
Stanley blieb stehen und betrachtete den Sonnenuntergang. Weiches Rot ging über in samtiges Blau, in feuriges Gold und zerlief an den Rändern in blasses Rosa, während das Meer sich in sanften Wellen kräuselte und einen bronzenen Schimmer annahm. Das neue Selbstbewusstsein, das sich der Garnison nach dem erfolgreichen Überfall bemächtigt hatte, ließ ihn gänzlich unberührt. Vielleicht war er nicht mehr imstande zu leben, weil er das Leben im richtigen Moment nicht hatte loslassen können.
Lange saß Stanley da, betrachtete, wie das Abendblau vom Horizont her über den Himmel floss, der in jenem Moment zwischen Sonnenuntergang und Nacht wie entfärbt wirkte. Mit einem Seufzen setzte Stanley seinen Weg zum

Lager fort, in der Absicht, sich zur Ruhe zu begeben. Seit Beginn der Bombardierung bekam er kaum noch Schlaf, und so galt es, jede Möglichkeit zu nutzen.
Am ersten April hatte Gouverneur Eliott über einen Spion von einem geheimen Plan der Spanier und Franzosen erfahren. Damit wurden Vermutungen bestätigt, die man in der Garnison bereits seit März hegte, denn die Spanier legten in Algeciras eine ungewöhnlich große Aktivität an den Tag. Von einer schwimmenden Geschützstellung sprach der Informant, Schiffe, die miteinander verbunden wurden und angeblich sowohl unentflammbar als auch unsinkbar sein sollten. Seither wurden mehrere Schiffe gesichtet, die Algeciras oder Orange Groove anliefen. Die Garnison musste vorbereitet sein.
»Ah, Kilbourne, wieder vom Stelldichein zurück?«
Stanley blieb stehen, drehte sich langsam um und taxierte Frederic Caruthers aus schmalen Augen, gab jedoch keine Antwort.
»Hübsches Ding. Fischermädchen?«
Nur zu deutlich war sich Stanley der aufkeimenden Aufmerksamkeit der Männer und vor allem Frauen um sich herum bewusst. Es gab so wenig Ablenkung und Unterhaltung, man konnte es ihnen nicht einmal übelnehmen. Denn dass Frederic Caruthers auf Streit aus war, war unübersehbar, und der versprach immer Abwechslung. Nachdem Stanley sein erstes Erschrecken darüber, dass dieser Mann Esperanza gesehen zu haben schien, verdaut hatte, versuchte er, sich den Anschein kühler Gelassenheit zu geben.
»Na, was denn?«, fragte er. »Ist das das lüsterne Wunschdenken eines in dieser Hinsicht zu kurz Gekommenen?

Sehen Sie Affären, wo keine sind, weil Ihre letzte schon zu lange zurückliegt?«
Lieutenant Caruthers lachte auf. »Oh, keineswegs, da war durchaus die eine oder andere. Allerdings muss ich sagen, die charmanteste, ja, die liegt in der Tat lange zurück.« Er fuhr sich mit der Zungenspitze über die Lippen, was sowohl nachdenklich als auch anzüglich gemeint sein konnte. »Es dürfte jetzt ein gutes Jahr sein. Ja«, ergänzte er seufzend, »die Zeit vergeht schnell.«
Stanley nickte und wollte weitergehen.
»Ich nehme an«, rief ihm Frederic Caruthers hinterher, »Sie nehmen es mit dem Besitzerstolz bei einer Fischerhure nicht so genau?«
Langsam drehte Stanley sich erneut zu dem Mann um, legte die Hand an seinen Degen. »Rühren Sie sie an«, sagte er drohend leise ungeachtet der Tatsache, dass er damit die Affäre verriet, »und Sie sind tot.«
Mit einem breiten Grinsen neigte Frederic Caruthers den Kopf und musterte Stanley mit einer Art sonderbaren Interesses. »Tatsächlich, ja?«
Mit zwei Schritten war Stanley bei ihm und packte seinen Rockaufschlag. »Ich warne Sie.«
Frederic Caruthers machte keine Anstalten, sich zu befreien, und auch das Grinsen wich nicht aus seinem Gesicht. »So eifersüchtig? Da könnte sich Ihr Vater ja ein Beispiel dran nehmen, der hat nicht einmal bemerkt, dass ich mit Ihrer Mutter ins Bett gegangen bin.«
Wie ein roter Schleier senkte sich der Zorn vor Stanleys Augen, und er ließ den Mann los, um ihm im nächsten Augenblick einen Fausthieb vors Kinn zu versetzen. Frederic Caruthers hatte dies offenbar kommen sehen, denn er wich

zurück, so dass ihn der Schlag gegen die Schulter traf und ihn ein paar Schritte zurücktaumeln ließ. Er fing sich wieder und zog seinen Offiziersrock zurecht, dann massierte er sich die malträtierte Schulter und ruckte mit dem Kinn in Richtung der gespannt schweigenden Menschenmenge.
»Fragen Sie sich mal durch, welcher Offizier sie noch nicht hatte. Und Sie können wieder zuschlagen, wenn Sie wollen, aber das ändert nichts.«
Frederic Caruthers' Blick wanderte über die Leute – und Stanley war, als zögen in der Tat einige Offiziere den Kopf ein –, bis er schließlich auf James Everett verharrte.
»Nicht einmal vor dem Ehemann der besten Freundin ihrer Tochter hat sie haltgemacht.«
»Halt dein Schandmaul«, schrie dieser.
Stanley sah James Everett kurz an, dann fuhr er mit einem Ruck zu Lieutenant Caruthers herum. »Sie werden sich augenblicklich für diese Verleumdung entschuldigen, und dann werde ich dafür sorgen, dass Sie wegen übler Nachrede der Ehefrau eines höherrangigen Offiziers unter Arrest gestellt werden.«
»Ich mich entschuldigen? Wofür? Dafür, dass ich die größte Hure der Garnison gehabt habe – und das nicht einmal selten, wenn ich das dazu sagen darf.«
Erneut wollte Stanley zuschlagen, zügelte sich jedoch. Die Ehre seiner Mutter konnte er nicht durch eine würdelose Rauferei wiederherstellen. »Morgen früh, direkt nach Sonnenaufgang hier an der Küste. Bringen Sie Ihren Sekundanten mit.« Das Vorgehen verstieß zwar gegen die Duellregeln – korrekt wäre gewesen, seinen Sekundanten zu schicken, der Zeit und Ort übermittelte sowie die Wahl der Waffen klärte –, aber das war ihm gleich.

Frederic Caruthers neigte in schweigendem Einverständnis den Kopf. Duelle waren in Zeiten der Belagerung nicht selten und bisher stets glimpflich ausgegangen, das letzte hatte sogar gänzlich ohne Blutvergießen geendet. Es ging Stanley auch weniger darum, den Mann zu töten – auch wenn er gute Lust hatte, dies direkt an Ort und Stelle eigenhändig zu tun –, sondern darum, die Ehre seiner Mutter zu retten. Und um sich selbst davon zu überzeugen, dass dieser leise Stich Unbehagen, das keimende Misstrauen, unbegründet war. Frederic Caruthers – selbst wenn seine Mutter einen Liebhaber hatte, dann würde sie sicher mehr Stil an den Tag legen. Eine Affäre mit James Everett wäre zwar geschmacklos, aber wenigstens hatte dieser nicht die Ausstrahlung eines Straßenköters. Aber was dachte er denn da? Ein solches Doppelleben hätte seine Mutter doch niemals über Jahre hinweg verbergen können. Dennoch mied Stanley die Blicke der anderen Offiziere, aus Angst, es könnten sich darin Dinge offenbaren, die er nicht wissen wollte.

»Als Herausgefordertem«, riss ihn die Stimme von Frederic Caruthers aus den Gedanken, »obliegt mir die Wahl der Waffen. Ich wähle die Pistole.«

Stanley hätte ein Degenduell bevorzugt, aber er musste akzeptieren. Mit einem knappen Kopfnicken verabschiedete sich Lieutenant Caruthers und verließ das Lager, während Stanley mit gesenktem Blick den Weg zu seiner Hütte nahm und sich des Starrens der Menschen nur zu bewusst war. Er hatte die Tür eben hinter sich geschlossen, als er hörte, wie draußen das Geschwätz aufbrandete wie eine Flutwelle. Endlich etwas zu reden, dachte Stanley bitter und schlug mit der Faust auf einen kleinen hölzernen Tisch neben

seinem Bett. Dann fuhr er sich mit beiden Händen durchs Haar und ließ sich auf einem Stuhl nieder.
Die Vorwürfe machten ihm stärker zu schaffen als der Gedanke an das Duell. Was Letzteres anging, konnte er sich einfach nicht vorstellen, dass es mit ihm auf diese Weise enden würde. Womit er jedoch durchaus rechnete, war damit, verletzt zu werden, was er zwar als überaus schmerzhafte Erfahrung geschildert bekommen hatte, jedoch war dies nichts, was er ernsthaft fürchtete. Um wen er jedoch fürchtete, war seine Mutter. Das Gerede – so ahnte er bereits jetzt – würde auch nach dem Duell nicht zum Stillstand kommen. Und er wusste, wie zerstörerisch diese geflüsterten Andeutungen und Vermutungen waren, nie laut genug, um ihnen zu widersprechen, aber auch nicht leise genug, um ignoriert zu werden.
An Schlaf war nicht mehr zu denken, dennoch legte Stanley sich voll bekleidet auf seinem Bett auf den Rücken, verschränkte die Arme hinter dem Kopf und schloss die Augen. Wie immer, wenn er alleine in der Dunkelheit war, drangen Bilder auf ihn ein, denen er sich sonst mit aller Macht verschloss. Jetzt jedoch lieferte er sich seinen Dämonen aus, ließ vergangene Erinnerungen zu, tat mühsame Atemzüge unter dem Ansturm, der seine Brust zu sprengen drohte.

»Gab es keinen gemütlicheren Ort für ein Treffen?« Stanley zog frierend die Schultern hoch.
Jared spähte schweigend in die Dunkelheit.

Ruby drehte sich zu ihm, die Augen klar und wach. Ihr Körper zitterte leicht in der Kälte. »Mit einer Halsentzündung werde ich schwerlich singen müssen.«

Stanley widerstand der Versuchung, sich sein Surtout auszuziehen und ihr über die Schultern zu legen, und er verdrängte den Gedanken an sein warmes Zimmer und das einladende Bett. Stattdessen setzte er sich neben sie.
»Du musst nicht bleiben«, sagte Ruby und umschlang ihre Knie mit den Armen.
»Ich weiß«, sagte Stanley und blieb.

Ruby lehnte sich an das Geländer und gab ihm den Weg frei. »Ich werde dich begleiten.«
Er war bereits an ihr vorbei und hielt mitten in der Bewegung inne. »Das kommt überhaupt nicht in Frage.«
Sie lächelte maliziös. »Entweder ich begleite dich, oder ich lasse einspannen und fahre dir nach.«
»Was soll das, Ruby? Du hast ja keine Ahnung.«

»Du bringst dein Liebchen hierher? Was glaubst du, was das hier ist?«

»Jared Retallick, Miss, zu Ihren Diensten.«

»Ehrlich gesagt interessiert mich eine andere Frage derzeit viel dringender. Wie lange treibst du es schon mit meiner Schwester?«
Jared sah ihn an, schwieg.

Rubys Hände sanken langsam von seinem Arm. »Ich muss dir etwas gestehen, Stanley«, flüsterte sie.

Ruby wiegte ihren Oberkörper wie unter Schmerzen vor und zurück, dann richtete sie sich mit einem Ruck wieder auf, weinte und sah ihren Bruder an. »Hol mein Kind zurück, bitte, Stanley, bitte.«

Stanley öffnete die Augen, und die geisterhaften Stimmen verhallten. Etwas, so dachte er, etwas muss ich noch tun.

Constance war in die Hütte geflüchtet, kaum dass der Disput zwischen Stanley Kilbourne und Frederic Caruthers beendet war. Eiskalt war ihr geworden. Wäre James unschuldig, dann hätte er eine solche Unterstellung lediglich mit einem verächtlichen Kopfschütteln bedacht. Er jedoch hatte reagiert, als habe man ihn auf frischer Tat ertappt.
Die Tür wurde so heftig aufgestoßen, dass sie an die Wand knallte, und Lilian zuckte zusammen und begann zu weinen. James nahm sie auf den Arm, murmelte sanfte Trostworte, dann schloss er die Tür, leise dieses Mal. Er sah Constance über den Kopf ihrer Tochter hinweg an. Das Schweigen zwischen ihnen lastete schwer, und weil Constance ahnte, dass er nur auf eine Anklage wartete, schwieg sie.
»Und wennschon«, sagte er schließlich. Anscheinend war ihm bewusst, dass es nicht viel Sinn hatte, das Offensichtliche zu leugnen.
Sie schwieg weiterhin, und James setzte Lilian wieder auf den Boden.
»Und wennschon«, wiederholte er. »Du solltest gar nicht erst versuchen, eine Szene zu machen.«
Schweigen.
»Du kennst doch die gesellschaftlichen Regeln, und du bist gut beraten, dich so besonnen zu verhalten, wie es einer Frau deines Standes zukommt. Immerhin ist es ja nicht so, dass ich nicht diskret gewesen wäre.«

Constance stieß ein verächtliches Schnauben aus.
»Darüber hinaus«, fuhr er fort, »bleibt alles wie gehabt. Ich beende diese Affäre, und wir tun, als sei nichts gewesen, das dürfte das Gerede eindämmen, immerhin müssen wir an Lilian denken.«
Die Erwähnung ihrer Tochter sollte ihr scheinbar endgültig den Wind aus den Segeln nehmen. Aber Constance gab immer noch keine Antwort, sondern nahm ihre Tochter auf den Arm und wollte an James vorbei zur Tür gehen. Er verstellte ihr den Weg.
»Wo willst du hin?«
»Zu meinen Eltern.«
»Und dann? Dich ausheulen oder versuchen, deinen Vater gegen mich aufzubringen?«
»Das muss ich nicht versuchen«, zischte sie, »er kann dich ohnehin nicht ausstehen, nicht, seit er durch die Belagerung sieht, wie wenig du fähig bist, dich wie ein Mann zu benehmen.«
Die Ohrfeige kam so plötzlich, dass Constance nicht mehr ausweichen konnte. Fassungslos starrte sie James an, hob eine Hand an die brennende Wange und fand keine Worte. Nie zuvor hatte sie jemand geschlagen. James zuckte mit den Schultern.
»Es tut mir leid, das wollte ich nicht. Aber du bist selbst schuld. Und nun lass uns die Sache vergessen. Ich sagte bereits, ich beende die Affäre.«
Langsam ließ Constance die Hand wieder sinken und verlagerte Lilian von einem Arm auf den anderen. »Beende sie oder beende sie nicht, mir ist es gleich. Meinetwegen geh nur weiter mit dieser alten Frau ins Bett.«
Er wirkte tatsächlich beleidigt. »Sie ist nicht alt.«

Constance legte so viel Verachtung in ihren Blick, wie sie es vermochte, dann unternahm sie erneut den Versuch, an ihm vorbeizugehen, aber er wich nicht von der Stelle. »Geh zur Seite, James. Ich ziehe zu meinen Eltern.«
»Ohne meine Erlaubnis ziehst du überhaupt nirgendwo hin.«
»Keine Sorge, ich strebe keine Scheidung wegen Ehebruchs an, dein Ruf bleibt also unangetastet, und an meiner Gesellschaft liegt dir ohnehin nichts.«
»Es ist nicht deine Gesellschaft, um die ich mich sorge.«
Kurz war Constance irritiert, dann verstand sie. »Ah, du denkst, dass du von meinem Vater kein Geld mehr siehst. Nun, das ist richtig. Ich werde ihm darüber hinaus noch nahelegen, mich zu enterben. Du siehst also ohnehin nichts mehr von ihm, gleich, ob ich bei dir wohne oder nicht.« Die Idee, aus dem Moment heraus geboren, gefiel ihr zunehmend besser. »Und eine andere Frau heiraten kannst du auch nicht, denn du bist bereits verheiratet.«
»Ach, so hast du dir das gedacht.« Sein Kopfschütteln wirkte, als habe er es mit einem besonders hartnäckigen Fall von Naivität und Uneinsichtigkeit zu tun. »Ich denke nicht, dass du so unklug sein wirst.«
Es kostete Constance viel Mühe, Ruhe vorzutäuschen, während in ihr der Betrug bittere Galle hochspülte. Nicht, dass sie Zweifel daran gehabt hätte, wie die Beziehung zwischen ihr und James geartet war, aber seinem Ehebruch haftete eine solche Demütigung an, dass sie nicht wusste, wie sie damit umgehen sollte. Ihn bei seinen finanziellen Sorgen zu packen, war die einzige Möglichkeit der Rache, die ihr blieb, auch wenn sie wusste, dass sie und Lilian darunter würden zu leiden haben. Aber ihrer Tochter würde

es an nichts fehlen, das würde James nicht zulassen, gleich, wie gering seine Mittel waren.
»Bitte.« James trat einen Schritt zur Seite und wies auf die Tür. »Du kannst gehen. Geh und sag deinem Vater, dass er dich enterben soll. Aber Lilian bleibt hier, und du wirst an deiner vermeintlichen Freiheit nur wenig Freude haben, das verspreche ich dir. Denn sobald wir in England sind, wirst du nicht bei deinen Eltern wohnen, sondern auf meinem halbverfallenen Landsitz.«
Unwillkürlich drückte Constance Lilian fester an sich. »Das würdest selbst du nicht wagen. Ein Kind gehört zu seiner Mutter.«
»Das sieht das Gesetz anders, meine Liebe.« James berührte die rotbraunen Locken seiner Tochter, und Lilian lächelte ihn an. »Aber es muss sich ja nichts ändern, das sagte ich doch bereits.«
Kälte ballte sich in Constance' Magen zusammen, drückte sich durch ihre Brust und sammelte sich als dicker Klumpen in ihrem Hals. Sie setzte sich aufs Bett und legte die Wange auf Lilians Kopf, atmete den zarten Kinderduft ein.
»Das dachte ich mir«, antwortete James sanft. Er strich Constance mit dem Handrücken über die Wange, dann drehte er sich um und verließ die Hütte.
Constance saß bewegungslos, den Blick starr auf die gegenüberliegende Wand gerichtet. Einen Lidschlag später hingen Tränen in ihren Wimpern.

»Wie kannst du das zulassen?«, schrie Ruby ihre Mutter an. Sie hatte von dem Duell eben erst erfahren, als sie von ihrem Lieblingsplatz an den Klippen zurückgekehrt war.

Das Wetter an diesem Tag hatte ihr erlaubt, bis in die Dunkelheit hinein dort zu sitzen.
Mit einem Zorn, der so gar nicht zu der Blässe und sichtbaren Verstörtheit ihrer Mutter passen wollte, antwortete diese: »Was soll ich tun? Ihn daran hindern, meinen Ruf wiederherzustellen? Hast du auch nur die leiseste Ahnung, was diese … diese Unterstellungen von Lieutenant Caruthers anrichten können?«
»Und dafür opferst du Stanley?«
»Grundgütiger, Ruby, du weißt so gut wie ich, dass bei den letzten Duellen niemand zu Schaden gekommen ist. So viel Dramatik passt zu Olivia, von dir erwarte ich mehr Vernunft.«
Ruby hustete, presste sich ihr Taschentuch an den Mund und steckte es ein, ohne daraufzusehen. Zwei Wochen war es her, dass sie das erste Mal die feinen roten Sprenkel entdeckt hatte, wie ein Sprühregen aus Rubinsplittern. »Du musst ihn daran hindern.«
»Wenn ich das täte, dann könnte ich ebenso gut gleich auf die Straßen gehen und herausschreien, dass dieser Mann recht damit hatte, mich als … als Hure darzustellen! Kannst du dir vorstellen, wie es aussieht, wenn Stanley nun einen Rückzieher macht? Die Leute werden doch denken, er habe eingesehen, dass die Anschuldigungen der Wahrheit entsprechen.«
»Und?«, fragte Ruby kalt. »Tun sie es?«
Für einen Moment glaubte sie, ihre Mutter würde sie schlagen. »Geh«, sagte diese jedoch nur. »In dein Bett oder aus dem Haus, das ist mir gleich.«
»Ich verstehe dich nicht. Du hast Stanley doch immer über alles geliebt.«

»Denkst du, dass ich ihn gewähren lasse, weil ich ihn nicht mehr liebe?« Bitterkeit schwang in dem Lachen ihrer Mutter mit. »Du hast nicht die geringste Ahnung.« Ihre Mutter rieb sich die Arme, als friere sie. »Morgen wird dein Vater wieder hier sein, und er wird die Vorwürfe hören. Glaubst du, er würde das einfach so hinnehmen? Und glaubst du, Stanley könnte seinem Vater je wieder unter die Augen treten, wenn er die ganze Sache jetzt fallen lässt wie ein Feigling?«

Ruby drehte sich um, riss die Tür auf und lief aus dem Haus. Sie musste selbst mit Stanley sprechen. Ihr würde er zuhören und sich vielleicht von dieser Narretei abbringen lassen.

»Stanley!« Mit der flachen Hand schlug sie einmal gegen seine Tür. »Stanley!« Sie rüttelte an dem Griff und schlug erneut gegen die Tür. Die Stirn an das rauhe Holz gelehnt verharrte sie, lauschte auf Geräusche von innen. Jedoch war das Einzige, was sie hörte, ihr heftiger Herzschlag, der das Blut in ihren Ohren rauschen ließ. Frustriert schlug sie mit der Faust gegen die Tür, dann ließ sie die Hand langsam sinken. Wäre Stanley daheim, das wusste sie, hätte er ihr geöffnet. Sie richtete sich auf und sah sich um.

»Wo bist du?«, murmelte sie. Es war kalt geworden, und sie umschlang ihren Oberkörper mit den Armen. Vielleicht war er nur kurz fortgegangen, vielleicht hatte er aber auch vor, die ganze Nacht wegzubleiben. Möglicherweise gab es eine Frau in seinem Leben, bei der er blieb, oder er suchte die Einsamkeit – was es auch war, Ruby wusste es nicht, so, wie sie überhaupt nichts mehr aus dem Leben ihres Bruders wusste. Jene Zeiten, in denen es ihr unerträglich gewe-

sen war, dass er Geheimnisse vor ihr hatte, erschienen ihr ferner als je zuvor.
Zögernd ging sie zurück zum Haus und beschloss, die Nacht über wach zu bleiben, um vor Sonnenaufgang noch einmal zu ihm zu gehen oder, wenn es sein musste, zur Küste zu laufen, wo das Duell stattfinden sollte. Sie mied den Blick ihrer Mutter und setzte sich auf ihr Bett, glücklich über den Vorhang, der ihren kleinen Schlafbereich abtrennte.
»Hast du mit ihm gesprochen?«, hörte ihre Mutter fragen.
»Er ist nicht da.«
»Vermutlich sucht er Zerstreuung. Du siehst, er nimmt die Sache weitaus weniger ernst als du.«
Oder aber er war fortgegangen, weil er selbst Angst hatte und irgendwo sein wollte, wo er nicht gestört wurde. Ruby schloss die Augen und lauschte auf die Geräusche von draußen. Vor Sonnenaufgang würde sie mit ihm sprechen, dachte sie.
Als sie die Augen wieder aufschlug, war es hell.

In dem Augenblick, in dem Frank den Küstenstreifen vor sich sah, wusste er, dass er zu spät kam. Es war, als stehe die Zeit für wenige Wimpernschläge still, um dann in schwindelerregender Schnelligkeit weiterzueilen. Langsam, sehr langsam ging Frank zu dem lang am Boden hingestreckten Körper, blieb kurz stehen, drehte den Kopf nach rechts, sah Frederic Caruthers mit hängenden Schultern stehen, den Blick nicht wie im Triumph gehoben, sondern auf seiner Hand ruhend, die die Pistole hielt. Dann ging Frank weiter, hockte sich neben den Arzt, wollte im ersten Moment erleichtert aufatmen, als er die Bewegungen sah, in

denen sich Stanleys Brust hob und senkte, eine weiße Hemdbrust ohne jede Verletzung. Dann sah er den Arzt an, und dieser schüttelte den Kopf.
»Lungenschuss.«
Als Frank sich wieder zu Stanley drehte, bemerkte er den blutigen Schaum, der aus seinem Mund trat, und er fragte sich, wie er auch nur einen Moment hatte glauben können, sein Sohn könne überleben. Die dunklen Augen hielten das Leben fest, aber auch Stanley schien zu wissen, dass der Kampf nur ein kurzer sein würde. Dann kam der Schmerz, umklammerte Franks Brust und drückte sie zusammen, stieg dann in einem dumpfen Schluchzen seine Kehle hoch. Er sank von der hockenden Stellung in die Knie, beugte sich leicht vor, und Stanley wandte den Kopf, um ihn anzusehen.
»Er hat ihn in den Rücken geschossen«, hörte er jemanden sagen.
»Stimmt das?« Die Stimme von Richter Holbrooke. Frank drehte sich um, als sei von dieser Seite noch Hilfe zu erwarten.
»Es war keine Absicht!«, rief Frederic Caruthers.
»Er hat sich zu früh umgedreht und geschossen«, widersprach ein junger Offizier, vermutlich einer der Sekundanten.
»Der Schuss hat sich gelöst, ich wollte nur … ich wollte nur schon in Position stehen, wenn er sich umdreht, aber ich hätte … ich hätte ihn doch nie absichtlich in den Rücken geschossen. Da hätte ich ihn gleich heimtückisch ermorden können, ohne das Duell abzuwarten. Ich wollte ihn nur verletzen, nicht töten.«
Lieutenant-Colonel Holbrooke winkte seine Offiziere

heran. »Festnehmen. Wenn er versucht zu fliehen, erschießen.«
Frank interessierte all das nicht mehr, weder die schrillen Beteuerungen von Lieutenant Caruthers noch die Tatsache, dass er für den Mord hingerichtet werden würde. Mit zitternden Fingern umschloss er Stanleys Hand, wollte etwas sagen und fand nicht die richtigen Worte.
»Stanley?« Augustas zittrige Stimme, und als Frank aufblickte, sah er sie leicht schwankend auf sich zukommen. Ihre Haut hatte eine beinahe durchscheinende Blässe, in der ihre Augen unnatürlich groß wirkten. Dann ein weiteres Mal »Stanley?«, tränenschwer dieses Mal.
Frank hatte von dem Duell gehört, als er vom Dienst heimgekommen war, und sein erster Weg hatte ihn zur Küste geführt, als ein Schuss die morgendliche Stille zerriss.
»Warum hast du ihn nicht daran gehindert?«, fragte er.
Augusta antwortete nicht, und Stanley schloss die Augen, atmete schwer, hustete schaumiges Blut aus.
»Stanley!« Es war Ruby, die über die Küste lief, beinahe rannte, das Kleid weit angehoben. Sie ließ sich neben ihrem Bruder, gegenüber ihren Eltern, auf die Knie fallen. »Stanley«, kam es ihr weich über die Lippen. Er schlug die Augen auf, und sie umfasste sein Gesicht. »Sieh mich an«, sagte sie leise, und das tat er. Sein Mund schien Worte formen zu wollen, aber sie schüttelte den Kopf, neigte sich vor, brachte ihren Mund an sein Ohr. Als sie sich wieder aufrichtete, waren ihre Wangen tränennass. Stanleys Lider flatterten, und er hob die Hand, versuchte, die ihre zu umfassen, die auf seiner Brust lag. Seine Lippen bewegten sich kaum sichtbar. »Dann ist es ja gut«, flüsterte er.
Das Atmen wurde zur Qual, und Atemzug um Atemzug

rang er sich ab, stieß die mühsam erkämpften Züge zitternd aus, hustete roten Sprühregen. Als das Rasseln ausblieb, glaubte Frank im ersten Augenblick, das Luftholen fiele seinem Sohn auf einmal leichter. Erst als Ruby Stanleys Hand losließ und sich ihre Lippen bewegten, als bete sie lautlos, sah er in Stanleys Gesicht, bemerkte, dass aus den Augen jedes Leben gewichen war.

Augusta brach mit einem Schrei zusammen, sank neben Frank zu Boden, umfasste seinen Arm, drückte ihn, als wolle sie ihn entzweibrechen, grub ihre Nägel hinein, und Frank ließ sie gewähren. Als er aufblickte, sah er John und Olivia kommen. Olivia eilte von Johns Seite zu ihnen und fiel ihrem Vater um den Hals. »Papa«, murmelte sie und begann zu weinen. Frank streichelte ihren Rücken und sah John an, dessen Schritte schwer waren. Er ging neben Ruby in die Hocke, streckte die Hand aus und schloss Stanleys Augen, dann sagte er langsam, als müsse er sich Wort für Wort abringen: »Möge Gott deiner Seele gnädig sein.« Danach stand er auf, drehte sich abrupt um und ging.

»Warum hast du ihn nicht gehindert?«, fragte Frank erneut.

»Ich habe es versucht«, sagte Ruby.

»Ich habe es nicht gewusst«, wisperte Olivia.

Frank jedoch sah Augusta an.

John hatte, ebenso wie Frank und Oliver Holbrooke, erst bei seiner Rückkehr von dem Duell erfahren. Nachdem er die ganze Nacht im Dienst gewesen war, hatte er nur noch schlafen wollen und sich sofort zu seiner Hütte begeben, traf jedoch auf dem Weg dorthin auf Olivia, die ihm sichtlich aufgelöst entgegeneilte. Mit beiden Händen umfasste sie seinen Arm.

»Oh, John, ich bin so froh, dass du da bist. Ich wollte eben schon allein gehen. Stanley hat sich an der Küste duelliert, ich habe es gerade erfahren.«

Müde hatte er sich mit einer Hand über das Gesicht gerieben. »Beruhige dich. Was genau ist passiert?«

»Jemand hat Mama beleidigt und gesagt, er … er habe … sie sei seine«, sie musste sich sichtlich durchringen, weiterzusprechen, »seine Geliebte«, schloss sie hastig. »Stanley hat sich mit dem Mann deswegen duelliert, ich glaube, es ist Lieutenant Caruthers. Das ganze Lager spricht davon. Ich habe nichts mitbekommen, weil ich so früh schlafen gegangen bin. Niemand hat mir etwas gesagt, nicht einmal Mama. Vorhin war ein Schuss zu hören.«

»Komm.« John nahm ihren Arm, half ihr über die Felsen und Klippen auf dem Weg zur Küste. Schon als er den Aufruhr bemerkte, sah, wie Oliver Holbrooke Lieutenant Caruthers abführen ließ und die am Boden ausgestreckte Gestalt, da ahnte er, dass es für Stanley Kilbourne keine Rettung mehr gab. Olivia flüchtete in die Arme ihres Vaters, und John tat das, wozu anscheinend niemand die Kraft gefunden hatte, und schloss Stanley die Augen. Dann war er gegangen.

Es ging auf den frühen Nachmittag zu, und immer noch saß John auf der Ostseite des Felsens und sah aufs Meer. Er fragte sich, warum das alles. Er verspürte keinerlei Triumph, ja, nicht einmal Genugtuung darüber, dass es auch für Stanley keinen Ausweg gegeben hatte, dass der Tod an diesem Ort auf ihn gelauert hatte, an den er vor ihm geflohen war. John fühlte sich ausgebrannt und seltsam leer. Er stand auf, aber auch jetzt führte ihn sein Weg nicht

zu seiner Hütte. Weder vermochte er Olivia gegenüberzutreten noch Frank, deren Schmerz er verstand, aber nicht zu teilen vermochte.
Als er von weitem die einsame Gestalt auf den Klippen sitzen sah, wusste er, noch ehe er sie erkannte, dass es Ruby war. In ihrer Haltung, der Art, den Kopf zu neigen, lag Vertrautheit, und es mochten noch Spuren jener alten Ruby darin enthalten sein, Spuren einer längst vergangenen Hingabe an das Leben. Als er näher kam, bemerkte er, dass sie mehrere Bögen Papier in den Händen hielt, jedoch nicht darin las, sondern versonnen darüber hinwegblickte, und als er noch näher kam, sah er die feuchten Spuren auf ihren Wangen. Sie musste ihn gehört haben, drehte sich jedoch nicht um.
»Vor diesem Moment habe ich mich gefürchtet, weißt du«, sagte sie, die Stimme rauh vom Weinen. »Seit er ein kleines Kind war.« Erneut quollen Tränen aus ihren Augen, und sie hob eine Hand, strich sich mit dem Handrücken über die Wangen. »Ich hatte ihn so lieb, und ich hatte immer Angst, ihm könne etwas passieren, etwas Schlimmes.«
John ließ sich neben ihr auf dem Felsen nieder. »Er hat dir geschrieben?«
Sie nickte. »Der Brief lag auf seinem Bett. Papa hat ihn gefunden, als die Männer Stanley in seine Hütte gebracht haben.« Sie tat einen tiefen, zitternden Atemzug. »Du hattest recht mit deiner Anschuldigung damals, aber das muss ich dir nicht erzählen, nicht wahr? Hier steht alles drin, und hier«, sie hob nahm ein versiegeltes Schreiben von ihrem Schoß und reichte es ihm, »ist es noch einmal offiziell für das Gericht in London.«
John wurde ein wenig schwindelig, als er das Schreiben

entgegennahm. Konnte es wirklich sein, dass alles vorbei war?

»Jared«, sagte Ruby leise. »Er war unschuldig – und doch nicht gänzlich. Weißt du, was mich so verwirrt? Dass ich nicht weiß, wie ich damit gelebt hätte, wenn Stanley an den Galgen gekommen wäre, dafür, dass er getötet hat, um Jared das Leben zu retten – ob nicht zwischen ihm und mir alles zerbrochen wäre. Ich bin mir sicher, ich hätte Stanley dafür gehasst, Jared für sich an den Galgen gehen zu lassen, aber zur selben Zeit hätte ich Stanley nicht hängen sehen wollen. Es ist alles so furchtbar verworren.«

»Ja«, gestand John, »das ist es. Ich habe lange gedacht, es sei einfach, in schuldig und nicht schuldig zu unterscheiden.«

»In seinem letzten Brief an mich hat Jared nichts davon geschrieben …«

»Er wird geahnt haben, in welchen Gewissenskonflikt es dich stürzt, und diesen hat er dir sicher ersparen wollen. Welchen Sinn hätte es denn aus seiner Sicht auch gemacht, dich gänzlich allein zurückzulassen und sogar die Liebe zu deinem Bruder zu zerstören. Von dem Kind hat er nichts gewusst, und ihm wird daran gelegen gewesen sein, dass du wenigstens Stanley an deiner Seite hast.«

Ruby nickte zögernd. »Stanley hat mir auch von Mamas Rolle bei der ganzen Sache erzählt. Hätte sie ihm nicht so zugesetzt, wäre vieles vermutlich anders gekommen, sowohl was Jared angeht als auch Jasper. In seiner offiziellen Darstellung lässt er Mamas Rolle allerdings aus dem Spiel und nimmt alles auf sich. Ob einer der Richter beteiligt sei, weiß er nicht, aber dafür gäbe es ohnehin niemals einen Beweis. Ich wollte ihm von mir und Jared erzählen, aber er wollte mir damals nicht zuhören. Hätte er es gewusst, hätte selbst Mama ihn nicht davon abgehalten, sich zu stellen, damit Jared freikommt. Ich glaube, deshalb hat er einmal zu mir gesagt, er würde sterben für mich, und ich habe ihn gefragt, was mir sein Tod nütze.« Ihre Stimme brach, und sie presste eine Hand gegen das Gesicht.

John berührte mit der Rückseite seiner Finger ihre nasse Wange und schob ihr einige Haarsträhnen, die feucht an ihrer Haut klebten, hinter das Ohr. Sie nahm seine Hand, drückte sie trostsuchend und wandte ihm ihr Gesicht zu, sah ihn an. Im nächsten Moment erstarrte sie, und John, der ihren Blick bemerkt hatte, drehte sich um.

»Olivia«, sagte er kaum hörbar. Der Wind und das Meeresrauschen hatten ihre Schritte geschluckt. Er ließ Rubys Hand los und stand auf, ging auf seine Frau zu, sah ihre rotgeweinten Augen, den verstörten Blick. Olivia jedoch wich jeden Schritt, den er näher kam, zurück, dann drehte sie sich um und lief davon, als müsse sie vor ihm fliehen.

»Olivia!« Wütend trat er gegen einen Stein, der mit leisen Kollern den Felsen hinunter ins Meer rollte. »Verdammt!«

»John, geh zu ihr. Fang endlich damit an, sie zu sehen.«

»Was redest du da? Ich sehe sie doch täglich.«

Ruby schüttelte den Kopf. »Nein, das tust du nicht. Du nimmst sie wahr, aber du siehst sie nicht. Jeden von uns siehst du – mich, Papa, selbst Mama, und auch Stanley hast du gesehen, nur sie nicht. Wenn man jemanden aber nicht mehr sieht, dann fängt er irgendwann an, sich unsichtbar zu fühlen.«

Es war John ein Leichtes, Olivia einzuholen. Sie hatte noch nicht ganz die Hütte erreicht, als er an ihrer Seite war. Er schob seinen Arm um ihre Taille, verhinderte damit, dass sie ihn ignorierte, und nickte den Umstehenden knapp zu. Den ganzen Tag schon begegneten Olivia mitleidsvolle Blicke und unverhohlene Neugier, die jedoch ihren Weg nicht über die Lippen der Menschen um sie herum fand – noch nicht. Man würde ihnen ein wenig Zeit der Trauer zugestehen, ehe man anfing, unter dem Vorwand von Trauerbesuchen die Fragen zu stellen, die jetzt schon untereinander geflüstert wurden und auf die man sich so viele Antworten erhoffte. John legte ihr die Hand auf den Rücken, was auf jeden Zuschauer nur fürsorglich wirken konnte, und schob sie in die Hütte.

»Es ist nicht das, wonach es aussah«, sagte er, kaum dass er die Tür hinter sich geschlossen hatte.

Olivias glasige Augen taxierten ihn. »Wonach sah es denn aus?«

Er wirkte müde. »Willst du Spielchen treiben? Wir wissen beide, welcher Schluss naheliegend war, aber ich habe sie getröstet, mehr nicht.«

»Und ich nehme an, wenn mich jemals ein männlicher Anverwandter von dir auf diese Art tröstet, dann wirst du ebenso großzügig darüber hinwegsehen, wie du es von mir verlangst?«

»Nein«, gestand er. »Aber sie brauchte Trost, und …«

»Den hätte ich auch gebraucht, aber du bist ja sofort gegangen, kaum, dass du mich abgeliefert hast.« Eine Träne sammelte sich in ihrem Augenwinkel und lief als feines Rinnsal über ihre Wange. »Ich habe erst hier gewartet und dich dann gesucht.«

»Warum bist du nicht bei deinen Eltern geblieben?«

»Weil es furchtbar war. Sie haben sich entsetzlich gestritten,

ich glaube, Papa verlässt Mama.« Die letzten Worte gingen in einem Schluchzen unter.
John wirkte eher verblüfft als erschrocken angesichts dieser Ungeheuerlichkeit.
»Dieser Mann«, fuhr Olivia fort, »hat unaussprechliche Dinge über Mama gesagt, und Papa scheint ihm zu glauben ...« Sie konnte das Ausmaß des Verrates, den ihr Vater begangen hatte, immer noch nicht so recht fassen.
»Weil er recht hat.«
Entgeistert starrte Olivia John an, dann wallte Wut in ihr hoch. »Du auch? Warum? Weil ein Mann, der eine Frau verleumdet, recht haben muss?«
»Nein, weil ich sie mit ihm gesehen habe, und es war eindeutig. Wie eine verliebte Halbwüchsige hat sie sich aufgeführt.«
Seine Schmähung trieb Olivia Hitze in die Wangen.
»Echauffier dich nicht«, sagte er, noch ehe sie eine Antwort hatte artikulieren können, »sie hat es nicht einmal überzeugend geleugnet.«
Alle Kraft wich Olivia aus den Beinen, und sie setzte sich aufs Bett, ehe die Knie unter ihr wegknicken konnten. Das Gesicht in beiden Händen vergraben, schüttelte sie den Kopf, wieder und wieder, als könne sie damit alles verneinen, was in den letzten Stunden geschehen war. »Seit wann weißt du es?«, fragte sie, ohne ihn anzusehen.
»Schon länger.«
Alles um sie herum brach zusammen. Stanley war tot, ihr Vater verließ ihre Mutter, und diese hatte Affären, die wiederum Stanley das Leben gekostet hatten – und wie viel John von alldem wusste, konnte sie nur erahnen. John, der in dieser dunklen Stunde lieber Ruby beistand als ihr und

sich ausschwieg über das, was sie beide verband. Abrupt stand Olivia auf und ging zur Tür.
»Wo willst du hin?«
»Irgendwohin, wo ich dich nicht sehen muss.«
Sie streckte die Hand zum Türgriff aus, aber noch ehe sie ihn ergreifen konnte, umfasste John ihr Handgelenk. Obwohl sie wusste, dass es sinnlos war, wehrte sie sich gegen ihn, konnte sich jedoch nicht befreien.
»Ich bin nicht schuld an dem, was geschehen ist«, sagte er ruhig. »Und wenn ich von dem Duell gewusst hätte, hätte ich ihn daran gehindert, notfalls durch Arrest. Ich war sein vorgesetzter Offizier, auf mich hätte er hören müssen.«
»Hättest du ihm gesagt, dass das, was Lieutenant Caruthers über Mama sagt, stimmt?«
»Nein, ich glaube nicht.«
Olivia lehnte sich mit dem Rücken an die Wand und drehte ihren Arm leicht. »Lass mich los, John, ich bleibe ja.«
»Er hat Ruby einen Brief hinterlassen.«
»Das weiß ich, er lag auf dem Bett, als wir in die Hütte kamen. Mama ist beinahe zusammengebrochen, weil seine letzten Worte ausschließlich Ruby galten. Dabei sollte man annehmen, es würde reichen, dass er sich für sie hat erschießen lassen.«
John schien etwas sagen zu wollen, jedoch nicht so recht zu wissen, wie er beginnen sollte. »Er hat es gestanden«, sagte er schließlich. »Jared ist an seiner Stelle hingerichtet worden.«
Der Boden unter Olivia schien auf einmal seltsam weich, und ein wattiger Nebel trübte ihr die Sicht. Für einen Augenblick schien der festgestampfte Lehm auf sie zuzukommen, dann wurde sie abrupt abgefangen und hochgehoben.

Erst als sie in ihren Kissen lag und John ihr die Schläfen und Handgelenke massierte, klärte sich ihr Blick wieder. Sie wollte sich aufrichten, aber John hinderte sie daran.
»Bleib liegen, du wärst beinahe ohnmächtig geworden.«
Eher aus Mattigkeit und weniger aus dem Willen zum Gehorsam heraus entspannte Olivia sich wieder. »Was verbindet dich mit Ruby?«
Er schwieg, und sie sah ihn von unten her an. »Wart ihr ein Liebespaar?«
Seiner Antwort ging ein bitteres, kurzes Auflachen voraus. »Das wäre einfach, nicht wahr? Und denkst du wirklich, ich wäre ein solcher Schuft, sie in ihrer Krankheit zu verlassen und dich zu heiraten?«
Männer und ihre grenzenlose Arroganz. »Vielleicht war sie es ja auch, die dich verlassen hat«, stellte sie ihm die – in seinen Augen anscheinend gänzlich unwahrscheinliche – Alternative dar. »Und mich hast du geheiratet, um es ihr heimzuzahlen.«
Jetzt wirkte er in der Tat betroffen. »Das traust du mir zu?«
»Ich kenne dich so wenig, weil du nicht zulässt, dass ich dich kennenlerne.«
Er musterte sie auf eine sonderbare Art, beinahe so, als versuche er, etwas in ihr auszuloten.
»Hat Stanley in dem Brief auch von mir gesprochen?«, fragte sie leise.
»Das weiß ich nicht, Ruby hat nichts davon erzählt.«
Sie wandte den Blick ab und sah an die rohe Wand, der anzusehen war, in welcher Eile man sie zusammengezimmert hatte. »Ich weiß nicht, ob Stanley und ich jemals Freunde geworden wären, aber ich möchte gerne glauben,

dass es so gekommen wäre, hätte er weitergelebt.« Sie schloss die Augen, und Tränen quollen zwischen den Lidern hervor. Dann spürte sie die zarte Berührung von Johns Lippen auf den ihren. Erst wollte sie sich wegdrehen, sich ihm entziehen, ihn anschreien, dass er es sich zu einfach machte, aber ihr Verlangen, den Trost, den er ihr spenden wollte, anzunehmen, überwog. Später konnten sie streiten, später konnte sie weiter darüber nachdenken, was werden sollte, aber jetzt wollte sie nichts anderes, als ihr eigenes Leben zu spüren und alles darum herum für wenige Augenblicke zu vergessen. Gänzlich egoistisch nahm sie jede Liebkosung von John entgegen, ohne eine zurückzugeben, verlangte nach mehr, und er gehorchte. Er gab ihrem Drängen nach, ihrer Ungeduld, und Olivia ließ sich mitreißen in einem Wirbel, der sie schwindeln machte und nicht sanft aus seiner Umarmung entließ, sondern zu Tode erschöpft mit einer Sättigung, die nur von kurzer Dauer war. Sie schlug die Augen auf, kam langsam wieder zu Atem.

Durch die Ritzen in den Fensterläden schimmerte das rötliche Licht der Dämmerung, wurde bleifarben und verlosch schließlich in abendlicher Dunkelheit. Olivia lauschte auf Johns regelmäßige Atemzüge. Er war in ihrer Umarmung eingeschlafen, nachdem sie lange einfach nur schweigend beieinandergelegen hatten. Ihre Arme waren um ihn geschlungen, sein Kopf ruhte an ihrer Schulter, sein Atem strich über ihre Brust. Olivia konnte nicht schlafen, sie fragte sich, ob sie es jemals wieder können würde. Behutsam richtete sie sich auf und ließ Johns Körper auf das Bett gleiten. Er drehte sich um, wickelte sich in die Decke und schlief weiter, während sie aufstand und nach ihrem Unterkleid griff. Er musste sehr erschöpft sein, denn normalerweise schien er selbst im Schlaf stets in Alarmbereitschaft zu sein, und meist brauchte es nicht viel, ihn zu wecken. Mit leichtem Unbehagen erinnerte sich Olivia an die Szene mit seinen Briefen im Arbeitszimmer. Sie ging noch einmal zum Bett, beugte sich vor und sah ihn an. Oftmals hatte sie gesehen, dass Menschen im Schlaf weicher wirkten, aber an John war nichts Weiches, nicht einmal, wenn er schlief.

Dass sie so dünn geworden war, hatte den Vorteil, dass sie sich nicht lange mit dem Schnüren aufhalten musste, sondern das Unterkleid einfach über das Hemdchen ziehen konnte. Sie knöpfte es an der Brust zu und zog ihr Kleid darüber. Die Häkchen im Rücken schloss sie, soweit sie darankam. Ein kleines Stück weit stand das Kleid noch auf, aber sie behalf sich mit einem Schal, der diesen Umstand verbarg. Ihr Haar schlang sie zu einem Knoten auf, steckte einige Haarnadeln hinein, schlüpfte in ihre Schuhe und verließ leise die Hütte.

Auf dem Weg durch das Lager hielt sie den Blick gesenkt, den Schal eng um die Schultern geschlungen. Einige Offiziere standen beieinander, plauderten, stellten jedoch das Gespräch ein, als sie an ihnen vorbeiging, und setzten es in gedämpfter Stimme fort, als sie mehrere Schritte von ihnen entfernt war. Olivia war grußlos an ihnen vorbeigeeilt, hatte ihnen somit die Möglichkeit genommen, sie ihrerseits zu grüßen oder zu fragen, ob sie Hilfe brauche. Sie wollte keine peinlichen Situationen oder Schweigepausen.

Vor Stanleys Hütte blieb sie stehen und atmete tief durch. Sie und ihr Bruder hatten sich nie sehr nahegestanden, und doch empfand sie ein seltsames Gefühl von Leere, als fehle etwas von ihr und sie sei nun irgendwie im Ungleichge-

wicht. Vorsichtig stieß sie die Tür auf und betrat den von einer Kerze matt erhellten Raum. Ihr Blick fiel direkt auf das Bett, auf dem Stanley lag, in eine saubere Uniform gekleidet, sein Degengürtel auf der Brust. Links von sich hörte sie das leise Rascheln von seidenen Röcken, und Olivia drehte sich um, sah ihre Mutter auf einem Stuhl sitzen. Erst glaubte sie sie allein, dann jedoch fiel ihr Blick auf ihren Vater, der in einer Ecke des Zimmers saß, die das Kerzenlicht kaum mehr berührte. Die Stille lastete schwer.
Olivia trat an das Bett, blickte hinab auf ihren Bruder und horchte in sich hinein, aber da war nur Schweigen. »Stanley«, murmelte sie, und sein Name hallte in ihr wider wie in einem leeren Raum und verklang schließlich, geschluckt von Dunkelheit. So recht vermochte sie den Verlust noch nicht zu fassen, wesentlich greifbarer waren ihr Tragödien wie die Trennung ihrer Eltern. Aber diese Art von Verlust, die kannte sie noch nicht, und sie fürchtete sich vor dem Moment, an dem er ihr in vollem Umfang bewusst würde.
»Wo ist Ruby?«, fragte sie, ohne den Blick von Stanley abzuwenden.
»Sie war kurz hier«, antwortete ihre Mutter mit müder, leicht schleppender Stimme. »Blieb bei ihm stehen, dann sagte sie, er habe einige Dinge verfügt, und sie wolle seinen Siegelring haben. Als sie den hatte, ist sie gegangen.«
»Sie hat sich bereits an der Küste von ihm verabschiedet.« Ihr Vater klang, als glaubte er, Rubys Haltung verteidigen zu müssen.
Olivia schauderte bei dem Gedanken daran, was der Brief noch für ihn bereithielt, und sie fragte sich, wann Ruby ihm von Stanley und Jared Retallick erzählen würde. Sie drückte die Handballen leicht gegen ihre geschlossenen

Augen, drängte den Schmerz zurück, der sich dahinter aufzubauen drohte. Am Vortag hatte sie ebenfalls starke Kopfschmerzen gehabt, und diese waren der Grund dafür gewesen, dass sie sich schon in aller Frühe hingelegt und somit von dem Duell nichts mitbekommen hatte. Aber sie hätte es sowieso nicht verhindern können, dachte sie. Und wenn sie nach John geschickt hätte, damit er es verbot? Nein, antwortete sie sich im nächsten Augenblick, denn daran, dass dieser seine militärische Autorität geltend machen konnte, hätte sie gar nicht gedacht, sondern nur an ihre persönliche Beziehung. Und was das anging, wäre ihr Bruder sicher nicht gehorsam seinem Schwager gefolgt. Und ihr Vater? Ja, der hätte vielleicht etwas tun können. Warum nur hatte ihre Mutter nicht nach ihm geschickt? Aber hätte er seinen Dienstposten verlassen dürfen, nur weil sein Sohn und ein anderer Offizier über die Stränge schlugen? Hätte und würde … Olivia wollte aufhören, darüber nachzudenken.
Sie hob die Hand, zauderte, dann berührte sie ganz sacht Stanleys Schulter. Kein Wort des Abschieds fiel ihr ein, und so schwieg sie einfach nur und ließ jene raren Bilder vor ihren geschlossenen Augen ablaufen, in denen zwischen ihr und Stanley so viel geschwisterliches Einvernehmen geherrscht hatte, dass man es beinahe als Nähe hätte bezeichnen können. Als sie bei jenem Letzten ankam, dem flüchtigen Lächeln, das er ihr zum Abschied geschenkt hatte, brannten Tränen hinter ihren Lidern, blieben jedoch ungeweint, als sie die Augen wieder öffnete. Dann drehte sie sich um, sah ihre Eltern an, die nicht gemeinsam an Stanleys Bett wachten, sondern jeder allein, in einer neuen Art von Einsamkeit, in die sich beide blind vorzutasten schienen.

»Ich gehe zurück«, sagte sie.
Ihr Vater stand auf. »Ich begleite dich. Du solltest nicht allein im Dunkeln durch das Lager laufen.«
Im ersten Moment wollte sie entgegnen, dass das nicht nötig sei, es war nicht spät, und sie war ja auch allein hergekommen. Dann jedoch ahnte sie, dass ihr Vater einen Grund suchte, dem Raum zu entkommen, und dies nun tun konnte, ohne ein schlechtes Gewissen haben zu müssen. So nickte sie nur.
Obwohl es sich in der kurzen Zeit nicht abgekühlt haben konnte, fror Olivia auf einmal in der Abendluft. Ihre Hand zitterte leicht auf dem Arm ihres Vaters, und er legte seine Hand auf ihre und drückte sie leicht. Der Weg zu ihrer Hütte dauerte nicht lange, und vor der Tür löste sie sich von ihm und war unschlüssig, was sie sagen sollte. Zu viel war geschehen, und es erschien ihr unpassend, ihn mit einem einfachen Abendgruß zu verabschieden.
»Ich werde gleich noch nach Ruby sehen«, brach er das Schweigen. »Es geht ihr sehr schlecht.«
»Das mit Stanley hat sie mitgenommen.«
Er schüttelte den Kopf. »Das allein ist es nicht. Sie hustet Blut, ich habe es gesehen, sie konnte das Taschentuch nicht schnell genug verbergen. Sie sieht ja schon länger so elend aus, aber ich hatte die Hoffnung …« Er stockte, sprach dann schnell weiter, als wolle er rasch hinter sich bringen, was er zu sagen hatte: »Ich glaube, es wird nicht mehr lange dauern.«
Erschrocken sah Olivia ihn an. »Bitte, sag das nicht«, war alles, was ihr zu antworten einfiel, und das kam ihr schrecklich banal vor. Aber sie wollte die Wahrheit nicht hören.

Er legte die Hand an ihre Wange. »Wir sehen uns morgen. Versuch zu schlafen.«
In der Hütte war es so dunkel, dass sie keinen Fuß weit sehen konnte. Sie stieß die Tür langsam hinter sich zu und lehnte sich mit dem Rücken dagegen. Beide Hände vor das Gesicht gelegt, weinte sie, krampfhafte Schluchzer, unter denen sie sich krümmte.
»Es tut nur am Anfang so weh«, sagte John, und Olivia zuckte leicht zusammen. Sie wandte sich zum Bett hin, versuchte, ihn in der Dunkelheit zu erspähen.
»Erst ist es wie ein scharfkantiger Kiesel«, fuhr John fort, und das Bettzeug raschelte leise, als er sich bewegte, »er reibt und scheint überall in einem Wunden zu hinterlassen, aber mit der Zeit nutzt er sich ab, und der Schmerz wird erträglicher.«
Olivia wischte sich die Tränen mit der Hand ab, dann ging sie zum Bett, streifte ihre Schuhe ab, stieg über John hinweg auf die Wandseite, lehnte sich in die Ecke und schob ihre kalten Füße in die Wärme der Decke. »Es ist alles so endgültig.«
»Auch daran wirst du dich eines Tages gewöhnen, und es wird sich alles in eine neue Ordnung fügen, auch wenn dir das derzeit noch unmöglich erscheint.«
»Wie lange hat es bei dir gedauert?«
»Bei mir ist es noch nicht so weit. Zwischen mir und Jared blieb so viel ungesagt.«
»Es tut mir so leid, John.« Tränen erstickten ihre Stimme.
Er wollte sie an sich ziehen, aber sie gab ihm nicht nach, sondern griff nach hinten, löste die Häkchen an ihrem Kleid, spürte die Wärme von Johns Fingern, als er ihr zu Hilfe kam. Sie zog das Kleid über den Kopf, und er warf es

achtlos zu Boden, kurz darauf folgte das Unterkleid. Ohne den Blick von seinem Gesicht zu nehmen, das sie in der Dunkelheit nur umrisshaft wahrnahm, rutschte sie im Bett nach unten, bis sie auf dem Rücken lag.

»Komm«, sagte sie leise und streckte die Hände nach ihm aus.

22

Gibraltar, August–September 1782

Immer noch erwischte sich Augusta dabei, wie sie zu Stanleys Hütte blickte und sich fragte, ob er wohl schon vom Dienst zurück sei. Im nächsten Augenblick traf sie das Verlustgefühl mit einer Heftigkeit, die ihr den Atem nahm. Wie sehr wünschte sie sich, Frederic Caruthers nie begegnet zu sein. Sie hatte gehört, dass er sich vor seiner Hinrichtung wie ein Wahnsinniger gebärdet hatte. Seine Absicht war gewesen, sie zu demütigen und Stanley in dem Duell zu verletzen, ehe dieser ihm eine Verletzung zufügen oder ihn gar erschießen konnte. Es half ihm nicht. Er hatte einen Offizier hinterrücks erschossen, und Richter Holbrooke verurteilte ihn zum Tode – nicht durch den Strang, sondern durch Erschießen, ein Privileg, das Caruthers seinem Offizierstitel verdankte.

Ruby war die meiste Zeit bettlägerig, und auch wenn sich alles in Augusta dagegen sperrte, dass so kurz nach dem Tod ihres Sohns der ihrer ältesten Tochter folgen würde, ahnte sie doch, dass der Tag unweigerlich näher rückte. An den seltenen Tagen, an denen Ruby aufstand, schien es, als ginge es ihr in der Tat besser. Manchmal konnte sie sogar zu ihrem Lieblingsplatz an der Klippe gehen, eine zerbrechliche Gestalt, bei deren Anblick Augusta oft befürchtete, der Wind könne sie ins Meer wehen. An anderen Tagen reichte Rubys Kraft nur dazu aus, auf einem Stuhl vor dem Häuschen zu sitzen. Das Jahr ging dem Ende zu, und

Rubys junges Leben – da machte Augusta sich nichts vor – ebenso.
Sie würde nach England zurückkehren, es gab nun nichts mehr, was sie hier noch hielt. Stanleys Tod machte jede anderslautende Vereinbarung hinfällig. Zwar würde der Fall erneut aufgerollt werden – dafür hatte er mit seinem Geständnis gesorgt, das Ruby zu Augustas Entsetzen in der Tat John ausgehändigt hatte –, aber er nahm alle Schuld auf sich allein. Ob Frank mitkommen würde, wusste sie nicht, er sprach über diese Dinge nicht mit ihr. Ruby gegenüber hatte er jedoch offenbar erwähnt, dass er sich nach der Belagerung zur Ruhe setzen wollte.
Selbst vier Monate nach seinem Auszug wollte Augusta nicht glauben, dass es Frank ernst war mit der Trennung. Es war nicht nur ihr Leumund, der litt, vielmehr krankte sie geradezu körperlich an dem Zerwürfnis. Niemals hatte sie für möglich gehalten, ihn zu vermissen, und doch tat sie es. Sie war ihres Zuhauses beraubt, jener Ruhe, die sie an Franks Seite immer unweigerlich gefunden hatte. Wie wagemutig war sie sich vorgekommen, ihre Liebschaften selbst in der Zeit der Bombardierung aufrechtzuerhalten. Sie hatte sich mit ihnen in Kellern unter den zerstörten Stadthäusern getroffen, in Höhlungen im Felsen oder wo auch immer sich ein Ort für ein Stelldichein anbot. Die Affäre mit James war die ganze Zeit über weitergegangen, selbst am Morgen, als die Entsatzflotte von allen erwartet wurde, an jenem verheerenden Tag der Bombardierung, hatten sie eine Stunde zusammen verbracht, ehe er zu seiner Frau und sie zu ihren Freundinnen gegangen war. Wenn er ihr, Augusta, nun begegnete, grüßte er sie nicht einmal, so wie jeder ihrer früheren Liebhaber sie mied, als habe sie die Pest.

Es hatte einige hässliche Szenen mit Frank gegeben, aber er blieb standhaft bei seiner Entscheidung. Augusta ahnte, dass es nicht nur der Betrug an ihm war, den er ihr nicht verzieh, sondern auch der Umstand, dass dieser Stanley das Leben gekostet hatte. Niemand konnte beweisen, dass sie die Ehe gebrochen hatte, aber Frank sagte, dass er keinen Beweis benötige, um ein anderes Haus zu bewohnen als sie, er habe ja nicht vor, sich scheiden zu lassen – das wäre in der Tat sehr schwer geworden.

»Wenn du mir nicht glaubst«, so hatte sie ihn angefleht, »dann ist Stanley gänzlich umsonst gestorben.« Niemals würde sie die Verachtung vergessen, mit der er sie angesehen hatte.

Augusta hörte das Husten hinter dem Vorhang, das schwere Ringen nach Atem, dann war wieder Ruhe. Sie nahm einen Waschlappen, tauchte ihn in kaltes Wasser und ging zu Ruby, um ihr Stirn und Wangen zu kühlen. Diese schlief wieder, das Gesicht fiebrig heiß, die Hände, die unruhig auf der Decke lagen, so zart, dass die Finger beinahe durchscheinend wirkten. Unwillkürlich stand Augusta ein lange vergangenes Bild vor Augen, von einer kleinen Ruby, die damals gerade ihr drittes Lebensjahr vollendet hatte und mit einem fiebrigen Infekt im Bett lag. Schon als kleines Kind war sie selten krank gewesen, war stets zu ungeduldig, um darauf zu warten, bis sie wieder gesund wurde. Aber dieses eine Mal war sie wirklich schwach gewesen, hatte ohne Widerspruch im Bett gelegen, ein Kind mit runden Wangen, das kleine Gesicht gerötet im Fieber.

Mama, werde ich bald wieder gesund?

Aber ja, mein Liebes.

Augusta warf den Waschlappen mit einer heftigen Geste zu Boden, schlug sich die Hände vor das Gesicht und weinte.

Sie konnte nicht für immer mit verlegen gesenktem Blick an Constance vorbeieilen, dachte Olivia, auch wenn die Vorstellung, ihre Mutter könne mit dem Ehemann ihrer besten Freundin geschlafen haben, sie noch so sehr in Verlegenheit brachte. »Es ist nicht meine Schuld«, murmelte sie wieder und wieder vor sich hin, während sie zur Hütte ihrer Freundin ging. Sie spürte, wie ihr Blicke folgten, und sie konnte sich nur zu gut denken, was die Leute erzählten.

Aber gut, wenn sie es sogar geschafft hatte, sich an das tägliche Bombardement zu gewöhnen, dann würde sie auch das hier durchstehen. Es war ein heißer Sommer, und das Wasser war knapp, weil es im Winter nur wenig geregnet hatte. Der Proviant, den Admiral Darby mit der letzten Entsatzflotte mitgebracht hatte, verrottete in den Lagern, und Nahrungsmittel wurden zu exorbitanten Preisen verkauft. Wieder stand ein Hungerwinter bevor. Angesichts dessen, so sagte sich Olivia, war es doch geradezu ein Kinderspiel, die Blicke der Leute zu ignorieren.

Vor der Tür zur Hütte von Lord Westlake verharrte sie nicht lange, sondern hob sofort die Hand und klopfte. Zu Olivias Bestürzung war es Constance' Mutter, die ihr öffnete, und ihr Blick machte recht deutlich, dass zumindest sie nicht daran dachte, die Tochter von den Sünden der Mutter freizusprechen.

»Guten Tag, Mrs. Stockwell«, sagte Olivia, als ihr Gegenüber keine Anstalten machte beiseitezutreten. »Ist Constance daheim?«

»Einen schönen guten Tag, Lady Retallick«, antwortete Mrs. Stockwell betont höflich. »Ich fürchte, meine Tochter empfängt heute keinen Besuch.«

Constance tauchte hinter ihr auf und verdrehte die Augen. »Mama, bitte, lass sie rein.«

Widerwillig trat Mrs. Stockwell beiseite, gerade weit genug, dass Olivia sich an ihr vorbeischieben konnte, dann nahm sie Lilian und verabschiedete sich mit den Worten: »Ich bin in der Nähe, wenn du etwas brauchst.«

»Sie meint es nicht böse«, sagte Constance, kaum, dass ihre Mutter die Tür hinter sich geschlossen hatte. Sie deutete mit der Hand auf einen Stuhl und setzte sich auf den anderen. »Das alles gibt sich mit der Zeit, dich schützt Johns Name.« Müde und angespannt wirkte sie, und Olivia hatte ein elend schlechtes Gewissen, obwohl sie keinerlei Schuld trug.

»Es tut mir so leid«, war alles, was ihr zu sagen einfiel.

»Ich hätte es wohl merken müssen, es war ja keine glückliche Ehe. Dennoch … es ist so demütigend.«

Das verstand Olivia durchaus. Sie konnte sich nur wenig vorstellen, was demütigender wäre, und sie hatte sich oft gefragt, wie sie reagiert hätte, hätte John ihr etwas Derartiges angetan. »Meine Eltern haben sich getrennt«, sagte sie überflüssigerweise. Die Nachricht hatte sich wie ein Lauffeuer herumgesprochen.

»Für deinen Vater muss es unerträglich sein.«

Das ist es für uns alle, dachte Olivia, nickte jedoch. Sie ahnte, dass ihr Vater am schwersten daran trug, auch wenn ihr

eigener Schmerz ihr vorkam, als könne man mehr davon nicht ertragen.
»Hast du meinen Brief bekommen?«, fragte Constance.
»Ja.« Es war ein kurzes Schreiben gewesen, in dem Constance im Namen ihrer Familie Beileid wegen Stanleys Tod gewünscht hatte.
Constance räusperte sich leise, und Olivia hatte das Gefühl, dass sich trotz aller Bekundungen, dass keine Schuld am Leid der anderen trug, Fremdheit zwischen sie geschlichen hatte. Das bedauerte sie, wusste aber nicht, wie sie es ändern sollte.
»Kehrt ihr nach England zurück?«, fragte Constance.
»Ja, sobald die Belagerung vorbei ist, wird John seinen Abschied nehmen.« Das war die einzig gute Nachricht der letzten Tage gewesen. Stanleys letztem Willen folgend, hatte Ruby ihrem Vater von den Schulden erzählt und ihn in Stanleys Namen darum gebeten, sie John zurückzuzahlen. Ihr Vater war tief betroffen, schlimmer jedoch war der Moment gewesen, als Ruby ihm offenbarte, wie es zu den Schulden gekommen und was alles daraufhin geschehen war. Es war eine entsetzliche Situation für ihren Vater, und auf einmal sah er vieles, was John betraf, in einem anderen Licht. Die beiden hatten lange miteinander geredet, worüber, das wusste Olivia nicht, und sie hatte auch nicht danach gefragt, denn so bloßgestellt wollte sie ihren Vater nicht sehen, und sie wusste, dass auch er das nicht wollen würde. Was John ihr jedoch erzählte, war, dass ihr Vater ihm ein Darlehen gewährte, um seine Schulden zu bezahlen. Olivia kannte ihren Vater gut genug, um zu wissen, dass er ihm das Geld auch ohne Rückzahlung gegeben hätte, dies aber nicht tat, um einerseits Johns Stolz nicht zu

verletzen und weil es andererseits den Anschein erweckt hätte, er versuche, sich von Stanleys Schuld – die ja nun wahrlich nicht seine war – freizukaufen.

»Wir werden bleiben«, sagte Constance mit unverhohlener Bitterkeit, und Olivia glaubte, ihren Ohren nicht zu trauen.

»Aber warum?«

Constance schüttelte den Kopf. »Ich weiß es nicht, aber James will hierbleiben. Vielleicht, weil meine Eltern bleiben und er Angst hat, dass wir in England kein Geld mehr von ihnen bekommen. Sein Besitz dort muss ziemlich heruntergekommen sein. Ich frage mich, warum er nicht das Stadthaus in London oder wenigstens den Landsitz verkauft, aber als ich ihm das vorgeschlagen habe, ist er außer sich geraten vor Wut und sagte, der Landsitz sei das Familienerbe.« Constance lachte verächtlich. »Als sei mir daran gelegen, so etwas einem Sohn zu vererben. Abgesehen davon, aber das weiß er nicht, tue ich alles, um kein weiteres Kind von ihm zu bekommen.«

»Wie das?«

Mit einem verschwörerischen Zwinkern antwortete Constance: »Ich habe eine Hebamme gefragt, und sie hat mir empfohlen, ich solle Butterschmalz nehmen, es mit Honig vermischen und dann auf ein zusammengerolltes Stück Stoff streichen. Und das, na, du weißt schon.« Constance errötete leicht, was gänzlich untypisch für sie war.

»Wo bekommst du zu diesen Zeiten Honig her?«

»Oh, er war unsagbar teuer, aber in dem Fall habe ich nicht gezögert, meinen Vater um Geld zu bitten. Und er fragt mich nie, wofür ich es brauche. Den Honig muss ich natürlich gut verstecken, damit James ihn nicht findet. Und die

Butter, nun ja, die ist natürlich ranzig, erfüllt aber ihren Zweck dennoch.«

Bei dem Gedanken an Honig lief Olivia das Wasser im Mund zusammen, und fast glaubte sie, die schmelzende Süße zu schmecken. Sie berührte mit der Zungenspitze die trockenen Lippen. Constance lachte.

»Oh, du ahnst nicht, wie oft ich selbst kurz davorstand, zu kosten.«

Olivia hatte noch immer nicht verdaut, dass ihre Freundin nicht mit nach England kam. »Dass ihr hierbleibt, ist ja furchtbar. Ich hatte gehofft, dass wir uns in London weiterhin sehen können.«

»Ich hoffe ja, dass wir wenigstens gelegentlich zu Besuch kommen.« Sonderlich hoffnungsvoll klang Constance indes nicht. »Mein Vater bleibt hier, weil gerade jetzt Ingenieure gefragt sind, wenn die Stadt wieder aufgebaut werden muss.«

Ebenso wie Olivias, war auch Constance' Vater mit dabei gewesen, als es zum Angriff auf die spanischen Geschützstellungen gekommen war. Als Ingenieur würde er sich auch in den kommenden hoffentlich ruhigen Zeiten sicher nicht über einen Mangel an Arbeit beklagen können.

»Ich wünschte, ich könnte mich ebenso von James trennen wie dein Vater von deiner Mutter«, sagte Constance mit plötzlicher Heftigkeit.

»Warum tust du es nicht? Du kannst doch zu deinen Eltern ziehen?«

»Das wollte ich, aber wie das eben so ist, ziehe ich auch hier wieder den Kürzeren. James sagt, er lässt mich gehen, aber er behält Lilian, und ehe ich sie aufgebe, bleibe ich eben bei ihm und finde mich damit ab, wie es ist.«

Betroffen schwieg Olivia. Was hätte sie auch sagen sollen. Sie verspürte Constance gegenüber ein schlechtes Gewissen, ebenso wie ihr Vater wegen Stanleys Vergehen ein solches John gegenüber hatte. Und ebenso wie es ihren Vater schier zerriss zwischen dem Bewusstsein, dass sein Sohn einen anderen Menschen für sich an den Galgen hatte gehen lassen, und seiner großen Liebe zu ihm, war Olivia vom Wissen um das, was ihre Mutter getan hatte, und ihrer Liebe zu ihr zwiegespalten. Denn gleich, was sie getan hatte, sie war ihre Mutter.

»Vielleicht gehen deine Eltern irgendwann nach England zurück, dann würde dein Mann auch mit einer Heimkehr einverstanden sein.«

»Ja«, sagte Constance, »irgendwann.«

Die Spanier setzten ihre Berge in Brand, und schwarzer Qualm wälzte sich über die Sierra de Carbonera, legte sich über die Garnison wie rauchiger Dunst, durch den das Sonnenlicht schimmerte und der den Fels in Gelb und Grau tönte, seltsam unwirklich, als sei es nur ein Theaterlicht. Die Hitze war beinahe unerträglich, die Luft stand und machte das Atmen schwer. Kleine Flammenherde bewegten sich über die braunen Abhänge hinter der Bucht, hinterließen sie schwarz und qualmend und zogen eine Spur von toten Bäumen, brüchigem Farn, geschwärzten Dornenbüschen und Gras hinter sich her, das dort, wo das Feuer es nicht berührt hatte, wie von einer Staubschicht überzogen war.

Die Mannschaftssoldaten der Garnison schleppten sich den

Fels hinauf und hinunter, die einstmals roten Röcke nun von den Sommern der Belagerung ausgeblichen, so dass die Regimentsabzeichen nur noch schwer erkennbar waren. Ihre Hemden und Kniehosen waren fleckig von Schweiß und Staub, ihre Beine und Füße umwickelt mit Streifen, die man aus Laken gerissen hatte, denn oftmals waren ihre Stiefel gänzlich unbrauchbar geworden. Drei Jahre Belagerung hatten ihre Gesichter gezeichnet und sie verhärmt und hohlwangig werden lassen. Alles Leben schien allein in den erschöpften Augen zu glimmen. Gleich Holz, schienen auch die Männer in der Sonne härter zu werden, sie kratzten in die Felsen und gruben sich hinein, brachten Verteidigungsstellungen in die Tunnel, mit deren Bau man im Juni begonnen hatte.

Frank leistete seinen Dienst und erfüllte seine Pflichten, denn niemand würde sie ihm erlassen – er war wahrlich nicht der Einzige, der Verluste zu tragen hatte. Jedoch kostete es ihn Tag für Tag mehr Kraft, und er hoffte, dass die Belagerung bald vorbei war, damit er seinen Abschied nehmen konnte. Vor einigen Tagen war er wieder mit Augusta aneinandergeraten, und im Laufe des Streits, in dem sie ihm wieder vorhielt, er verhalte sich ihr gegenüber wie ein Schuft, wagte er, die Frage zu stellen, die ihn die ganze Zeit bewegte. War er der Vater von Stanley und Olivia? Augusta war sichtlich erschrocken, ja, beinahe entsetzt gewesen, und ihre Beteuerung, es käme kein anderer Mann in Frage, erschien ihm glaubhaft – oder vielleicht war sie das auch nur, weil Frank sie glauben wollte.

Was Stanley anging, so wusste er, dass ihm noch einiges bevorstand, wenn er zurück in London war. Warum nur hatte ihm seinerzeit niemand etwas gesagt? Er hatte Einfluss, er hätte ihn geltend machen können. Und selbst wenn das nichts gebracht hätte – einen Freund an den Galgen gehen lassen? Doch selbst wenn Frank Augusta den Betrug verziehen hätte, ihren Teil der Schuld an Stanleys Tat konnte er ihr nicht vergeben. Zutiefst beschämt hatte er vor John gestanden und um Worte gerungen, und selbst jetzt schaffte er es kaum, seinem Schwiegersohn in die Augen zu blicken.

Alles um ihn herum war unwichtig geworden, unwichtig war, dass kontinuierlich beide Seiten ausspioniert wurden, dass es kaum noch Nahrungsmittel gab, dass das Mehl von Rüsselkäfern befallen war, dass eine tote Kuh für sechs Schilling pro Pfund verkauft wurde, dass die Influenza ausbrach und inmitten der Hitze grassierte, dass der Skorbut wütete. Die Welt war für Frank auf die Tragödie um seine Familie zusammengeschrumpft, so dass außerhalb nichts mehr existierte. Frank fragte sich, ob er der Einzige war, der von der Untreue seiner Frau nichts bemerkt hatte. Es war ja nicht selten, dass jeder Bescheid wusste, nur der gehörnte Ehemann nicht. Eine unerträgliche Vorstellung, aber noch unerträglicher war es, sich Augusta vorzustellen, wie sie sich wollüstig in den Armen unzähliger Männer wand, Männer, für die sie eine willkommene Zerstreuung gewesen war, wie eine Hure, während er, Frank, sie geliebt hatte – und es immer noch tat.

Auch ohne das Darlehen seines Schwiegervaters hätte John die Armee verlassen, wenn dies auch bedeutet hätte, sich über Jahre hinweg einschränken zu müssen. Denn von dem, was sein Landgut einbrachte, hätten zum größten Teil die restlichen Schulden bezahlt werden müssen. Als er Olivia von dem Darlehen erzählte, war ihm zu seinem Erschrecken bewusst geworden, dass sie die ganze Zeit befürchtet hatte, sie blieben womöglich hier, bis er seine Schulden komplett bezahlt hatte. Dass sie glauben könnte, sie würden nicht sofort nach England gehen, damit hatte er nicht gerechnet, und immer noch plagte ihn ein schlechtes Gewissen deswegen. Er wusste, er hätte mit ihr darüber sprechen müssen. *Fang endlich damit an, sie zu sehen.*

Im Gegensatz zu Frank, von dem er wusste, dass er nur noch mit Mühe seinen Dienst versah, war dieser für John derzeit eine willkommene Ablenkung. Jared war rehabilitiert, aber John fühlte sich dennoch nicht gut, nicht, wenn er sehen musste, wie sehr Olivia, Ruby und Frank unter der Wahrheit litten – vielleicht stärker, als John unter dem Tod seines Bruders gelitten hatte. Denn während er bestrebt gewesen war, Unrecht an seinem Bruder gutzumachen, war ihnen eine viel größere Schuld, als Jared sie mit den vermeintlichen Morden getragen hatte, offenbart worden. Und er war wütend auf seinen Bruder, so wütend, dass er ihn, hätte er ihn vor sich gehabt, geschüttelt und zu Boden geschlagen hätte. Seine Habgier, die Art, seinen besten Freund in diese zwielichtigen Geschäfte zu ziehen, die Verführung Rubys, die sämtliche Folgen daraus alleine zu tragen hatte, der Diebstahl des Schmuggelguts, der zu diesen verhängnisvollen Todesfällen geführt hatte – all das lastete er Jared an.

Natürlich hätte Stanley sich heraushalten können aus diesen Geschäften, aber an dem Diebstahl war er unschuldig gewesen, und dennoch hätte er für dessen Konsequenzen an den Galgen gehen müssen. Dieser Umstand wurde John erst jetzt in vollem Umfang bewusst, jetzt, wo Stanley nicht mehr lebte und seine von schwelendem Hass genährte Wut verraucht war, so dass er mit klarem Kopf darüber nachdenken konnte. Und Ruby? Nun, sie hatte er gewarnt, und sie war kein Kind mehr, aber dennoch – er hatte sich abscheulich ihr gegenüber verhalten, als sie Hilfe gebraucht hatte. Ausgerechnet der einzigen Frau gegenüber, an deren Ehrbarkeit Jared offenbar wirklich gelegen gewesen und an deren Seite er in der Tat ruhiger geworden war. Umso mehr wäre dies ein Grund für ihn gewesen, mit all diesen Geschäften sofort aufzuhören, anstatt durch Spielen und Kredite einen so immensen Schuldenberg aufzutürmen.

John zog ein Tuch aus der Tasche und rieb sich über die Stirn. Das zusammengebundene Haar klebte feucht in seinem Nacken, und er spürte, wie ihm der Schweiß in Rinnsalen über den Körper lief. Er war derzeit mit seinem Regiment in der King's Bastion stationiert. Es war der Abend des zwölften September, und er beobachtete die schwimmenden Geschützstellungen der Spanier, die sie seit dem achten September unter Beschuss hielten.

Bereits im August hatte sich die Situation zugespitzt. Ende des Monats war die Zivilbevölkerung von Hardy Town auf die Europa-Plattform umgesiedelt worden, sichtlich unglücklich über diesen erneuten Umzug und darüber, den Platz, der ihnen zur neuen Heimat geworden war, der Gnade der Truppen im Süden zu überlassen. Einziger Trost mochte sein, dass es dieses Mal nicht mehr viel gab, das sich zu stehlen lohnte. Anfang September waren die Regimen-

ter neu aufgestellt worden, vierhundert Männer lagen krank oder verwundet im Hospital.
Bei Nacht leuchteten Lichter auf See, und Kanonenboote wurden gesichtet. Das Prinzip der schwimmenden Geschützstellungen war recht simpel, indem man alten Schiffskörpern eine neue Bootshaut verpasste. Den Zwischenraum zwischen der alten und der neuen Bootshaut füllte man mit Kork und Werg. Zudem wurden die Schiffe mit Holzschichten von bis zu einem Yard Dicke verstärkt, darin befanden sich Rinnen, durch die Wasser gepumpt wurde, um das Holz zu durchtränken und die Schiffe unsinkbar zu machen. Sechsunddreißig Pfund schwere Kanonen waren im Inneren montiert, mit denen durch Bullaugen geschossen werden konnte. Diese schwimmenden Stellungen wurden parallel zur King's Bastion manövriert und dort im Meer verankert.
Eliott war nicht davon überzeugt, dass die Schiffe unentflammbar waren. Hoffnungen legte man in den Beschuss mit rotglühenden Kanonenkugeln. Dabei wurden die Kanonenkugeln in einer speziellen Vorrichtung zum Glühen gebracht, wobei die Truppen der Garnison mit der Handhabung dieser Art von Geschoss ungeübt waren. Es galt, den richtigen Moment abzuwarten, denn wenn die Kugeln zu kalt waren, verfehlten sie ihren Zweck, waren sie jedoch zu heiß, verzogen sie sich möglicherweise, was zur Folge haben konnte, dass sie im Kanonenlauf stecken blieben, und das wiederum würde zu einem Desaster führen.
In der ersten Septemberwoche war die Situation zunehmend ungemütlicher geworden für die Menschen in der Garnison. An Land wartete die französisch-spanische Armee mit über dreißigtausend Männern, auf See warteten die schwimmen-

den Geschützstellungen auf ihren Einsatz, bemannt mit fünftausendzweihundert Offizieren und Mannschaftssoldaten. Dann gab es noch das Toulouse-Schwadron an der Küste und das französisch-spanische Cádiz-Schwadron mit vierundvierzig Linienschiffen.

Gegen diese enorme Streitmacht stand Eliott mit einer Handvoll Kanonenbooten, fünfhundert Kanonieren, fünfhundert bis sechshundert Matrosen, die diesen zur Hand gingen, neunzig Ingenieuren, viertausendzweihundert Mann Infanterie, tausend Deutschen und siebzig Korsen, die überraschend im Juli eingetroffen waren – alles in allem mit den Offizieren zusammen weniger als siebentausend Männer. Die Aussichten waren keineswegs ermutigend, und so gab es für Eliott nur einen möglichen Kurs, den es nun einzuschlagen galt: Er musste als Erster attackieren, ehe es zu einem Angriff der Spanier kommen konnte. So gab er am achten September frühmorgens den Befehl an die Kanoniere, das Feuer auf die spanischen Linien und schwimmenden Geschützstellungen zu eröffnen und dabei den Umgang mit den rotglühenden Kanonenkugeln zu üben. Der erste Schlag war erfolgreich, und so ging eine Stellung mit sechs Kanonen und eine weitere mit zwei Kanonen in Flammen auf. Die Spanier bemühten sich, alle Feuer zu löschen, und begannen erst über zwei Stunden später, den Beschuss zu erwidern. Bis in die Dunkelheit hinein dauerte die britische Kanonade, während die Gegner die ihrige bereits am Nachmittag beendet hatten.

Am nächsten Tag jedoch eröffneten die Spanier an der Landenge das Feuer, rüde Weckschüsse für die noch schlafende Garnison. Drei weitere Tage heftigen Bombardements folgten, in deren Folge beiden Seiten nur geringfügige Verluste zugefügt werden konnten. John wusste nicht, wie hoch die Zahl der Gefallenen auf Seiten des Gegners war, aber er konnte sehen, welchen Schaden die rotglühenden Kanonenkugeln anrichteten.

Seine Augen brannten vor Müdigkeit, als er am Morgen des dreizehnten September wieder auf seinen Posten trat – eine weitere Nacht, die er auf Abruf in der Bastion verbracht hatte. Sein Vorgesetzter Lieutenant-Colonel Hayworth hielt ein Fernrohr ans Auge und sah zur spanischen Küste hinüber.

»Major Sir John Retallick meldet sich zum Dienst, Sir.«

Hayworth drehte sich zu ihm um. »Alles noch unverändert, Major.«

Am Tag zuvor war eine kombinierte Kriegsflotte der Spanier und Franzosen neben den nach wie vor bewegungslos daliegenden schwimmenden Geschützstellungen in der Bucht vor Anker gegangen. Offenbar erwartete man die Kapitulation der Garnison, dies jedoch war das Letzte, was Eliott und die Kommandanten im Sinn hatten.

»Heute Morgen wurde als Erstes der Befehl erteilt, die Öfen wieder zu beheizen«, sagte Hayworth. »Wird sich ja zeigen, wer hier kapituliert.«

Gegen sieben Uhr bewegte sich etwas. Die Einheiten verließen ihren Standort vor Algeciras, drehten bei und segelten in der Nordwest-Brise durch die Bucht, um Aufstellung vor Gibraltar zu nehmen. Sie ankerten neunhundert Yards entfernt von der King's Bastion und verteilten sich, das am weitesten entfernte Schiff in einer Distanz von tausendzweihundert Yards zur Küste. Innerhalb von drei Stunden waren alle zehn Schiffe in Position. John überwachte die Aufstellung seiner Offiziere und Soldaten.

»Laden! Zurücktreten!«
Er wartete auf das Zeichen seines Vorgesetzten, dann das letzte Kommando: »Feuer!«
Eine gewaltige Kanonade ging auf die schwimmenden Batterien nieder, die mit all ihren zur Verfügung stehenden Geschützen antworteten, unterstützt von fast zweihundert Kanonen und Mörsern der spanischen Stellungen. Der Beschuss von dort aus war anfangs wenig effektiv, denn die Kugeln landeten im Wasser zwischen den Schiffen und der Küste. Dann jedoch korrigierten die Spanier die Ausrichtung ihrer Kanonen, und nun landeten sie Treffer, zerstörten lange Teile des Line-Wall und zerbombten die Zinnen der Grand Battery, Montague's und der King's Bastion. Es schien, als würden sie sich auf die Letztere konzentrieren, der sie recht schnell ernsthafte Beschädigungen zufügten, die jedoch nicht ausreichend waren, dass diese ihre Kanonade beendete oder auch nur darin nachließ.
Riesige Rauchwolken umhüllten den Felsen von Gibraltar und breiteten sich über dem Meer aus. In dieser Düsternis, in die sich die Garnison mitten im Sonnenschein kleidete, leuchteten die Abschüsse der Kanonen wie Lichtblitze auf. Der stetige sanfte Nordwestwind schob den Rauch von dem Felsen und ermöglichte beiden Seiten, einen zielgerichteten Beschuss beizubehalten.
Obwohl man Öfen schon früh beheizt hatte, waren die rotglühenden Kanonenkugeln noch nicht verfügbar. Währenddessen beobachtete John irritiert, wie die Dreizehn-Inch-Geschosse an den schrägen Dächern der schwimmenden Batterien hinabrollten und das Bombardement den Schiffskörpern nur wenig anzuhaben schien, ja, geradezu harmlos wirkte. Die Hitze der Öfen zusammen mit der

sengenden Mittagssonne setzte den Männern zu. John lief der Schweiß in die Augen, und seine Kleidung klebte ihm am Körper. Mittags konnten schließlich die ersten glühenden Kanonenkugeln eingesetzt werden, und zunächst schienen selbst diese nutzlos zu sein.

Als es auf den frühen Nachmittag zuging, machte sich in der Garnison Erschöpfung bemerkbar, und immer noch hielt sich das Bombardement die Waage, es war nicht erkennbar, dass eine der beiden Seiten die Oberhand bekam.

»Geschütze in Stellung bringen!«, brüllte John über den Lärm hinweg. Nur wenige Fuß von ihm entfernt schlug eine Artilleriegranate ein, und der Druck der Explosion schleuderte ihn gegen zwei Kanoniere. Seine rechte Schulter schmerzte, und er spürte, wie es warm seinen Arm hinabrann. Jedoch hatte er kaum mehr Zeit, als einen kurzen Blick auf seine blutverschmierte Hand zu werfen, dann rappelte er sich auf und nahm seine Position wieder ein.

Die müden und arg mitgenommenen Männer quälten sich an den Geschützen, Hände und Gesichter schwarz vom Schießpulver, die Augen trübe vom Schwefelqualm. Sie verbrannten sich beim Hantieren mit den Zangen an den gefährlichen glühend heißen Kanonenkugeln und an den Öfen, litten brennenden Durst und blieben dennoch standhaft bei der ihnen aufgetragenen Arbeit. John sah einen Mann, dessen linke Hand so böse Verbrennungen aufwies, dass er sie kaum benutzen konnte.

»Ich komm schon zurecht, Major Sir«, sagte der Mann, als John ihn ansprach. »Is' mein Fehler gewesen, hab nich' aufgepasst.«

John klopfte ihm auf die Schulter und ging die Reihen seiner Soldaten ab.

Einige Mörser- und Bombenschiffe versuchten, die Anstrengungen der schwimmenden Geschützstellungen zu unterstützen, der Wind jedoch hatte gedreht, wehte nun aus Südwest und sorgte für eine starke Dünung, die diesen Ansturm verhinderte. Schließlich fing das Flaggschiff der Stellungen um zwei Uhr am Nachmittag Feuer, und der Anblick der hochschlagenden Flammen ermutigte die Männer in der Garnison. Der Beschuss der Spanier ließ nach, während der der Briten auflebte. Die Landenge wurde gänzlich ignoriert, und Eliott sorgte dafür, dass sich die Kanonen und Mörser auf die feindlichen Schiffe konzentrierten.
Als sich abendliche Dunkelheit über die Bucht von Gibraltar senkte, waren nur noch auf zweien der Schiffe Kanonen im Einsatz, und gegen neun Uhr am Abend verstummten auch diese, und die Bombardierung wurde ausschließlich über die Landenge fortgesetzt. Es ging auf Mitternacht zu, als erneut eines der Schiffe Feuer fing. Sogar von der Küste aus waren die Schreie der Männer zu hören, und Boote kamen, um die Crew zu bergen.
»Endlich tut sich etwas«, sagte Lieutenant-Colonel Hayworth. »Vielleicht zeichnet sich jetzt ein Sieg ab.«
Die Briten setzten ihr Bombardement in unveränderter Härte fort. Es gab nichts, was Seeleute so sehr fürchteten wie ein brennendes Schiff, und so war unübersehbar, dass die glühenden Kanonenkugeln anfingen, sie in Panik zu versetzen.
»Machen Sie weiter, Major«, sagte Hayworth zu John, »gönnen wir ihnen keine Pause.« Er ballte die Faust, und John führte seine Befehle aus, ordnete die Kanonaden ohne Unterlass an und rieb sich die brennenden Augen, während er das Dröhnen nur noch wie durch Watte hörte.

In den frühen Morgenstunden war klar, dass der Versuch eines Angriffs vonseiten der Spanier fehlgeschlagen war, und auch die Franzosen mussten begriffen haben, dass die gesamte Aktion auf ein Desaster hinauslief. Einige der Schiffe versuchten abzudrehen, wurden jedoch an einer Flucht durch Captain Curtis gehindert, der mit seinen Kanonenschiffen den Spaniern den Weg abschnitt. John beobachtete die Szene durch sein Fernrohr und sah, wie Captain Curtis versuchte, den auf ihren brennenden Schiffen gefangenen Spaniern zu helfen, indem er so viele zu sich holte, wie es ihm möglich war. Er musste die Mission jedoch abbrechen, als die Magazine der Schiffe Feuer fingen und explodierten. Unter Einsatz seines Lebens versuchte er, weitere Männer zu retten, büßte dabei eines der britischen Kanonenschiffe ein, und auch sein eigenes Schiff nahm Schaden. Als er die Küste anlief, brachte er über dreihundertfünfzig Spanier mit sich.

John hörte die panischen Schreie der Männer auf See und schloss für einen kurzen Moment die Augen. Die Szene, die sich ihm darbot, war alptraumhaft mit den brennenden Wracks, die durch das schwarze Meer trieben, den Blitzen, wenn die Kanonen abgefeuert wurden, den grauen Rauchwolken, die geisterhaft durch die Dunkelheit waberten. Und inmitten der Flammen schrien die Männer auf den Schiffen, schrien und schrien und schrien, bis sie einen qualvollen Flammentod starben. Es war eine grausige Stille, die sich hernach über die Garnison legte, während die Männer auf den zerstörten Schutzmauern standen und aufs Meer blickten.

Die ersten Sonnenstrahlen traten zögernd hervor und beleuchteten eine Szenerie, die unbeschreiblich war. Das

Wasser war mit Wrackteilen bedeckt, dazwischen schwammen die brennenden Schiffskörper der verbliebenen Batterieschiffe. Auch Leichen trieben dazwischen, während wiederum immer noch etliche Männer versuchten, sich zu retten. Im Laufe des Morgens explodierten weitere Schiffe, bis nur noch drei übrig blieben, von denen zwei bis auf die Wasserlinie abbrannten und das dritte von den britischen Marineoffizieren verfolgt wurde, als es den Versuch machte zu fliehen. Die Bucht war verwaist.

John rieb sich die Augen, konnte sich kaum noch auf den Beinen halten, als sein Blick auf Gouverneur Eliott und seine wichtigsten Offiziere fiel. Ihren Gesten zufolge beglückwünschten sie sich und feierten ihren Triumph. Die Menge jubelte. Schweigend sah John auf die Bucht, den Kopf leicht gesenkt. Das Pochen in seiner rechten Schulter wurde mit einem Mal so heftig, dass ihm war, als zerspringe sie. Die Schreie der sterbenden Spanier hallten ihm in den Ohren wider, während er die brennenden Schiffe sah, sobald er die Augen schloss. Um sich herum hörte er das Wort »Sieg« fallen, einmal erst, dann wieder und wieder. John versuchte, es ebenfalls zu sagen, doch fühlte es sich falsch an, ließ sich nicht mit jener Leichtigkeit aussprechen, mit der seine Kameraden dies taten. Er musste die Sache aus der Distanz betrachten, denn wenn er sich jeden sterbenden Feind vorstellte, würde er an dem, was in den Jahren der Belagerung und insbesondere in der letzten Nacht geschehen war, zugrunde gehen. Die Garnison hatte einen Offizier, zwei Sergeanten und dreizehn Mannschaftssoldaten verloren. Auf spanischer Seite mochten es weit über tausend Tote sein. John schüttelte den Kopf, diese Art zu zählen war der falsche Ansatz.

Spanien hatte verloren, Großbritannien hatte gewonnen. Legte man diese schlichte Gleichung zugrunde, konnte man es wohl einen Sieg nennen.

24

Gibraltar, Januar–Februar 1783

Zart wob die Dämmerung einen Schleier aus Rot und Gold, in den sich das Bleigrau der Wolken in zerlaufenden Fäden zog. Es hatte Ruby viel Kraft gekostet, aufzustehen und das Haus zu verlassen, aber den Sonnenuntergang wollte sie unbedingt sehen. Jared hatte Sonnenuntergänge geliebt. Wenn sie schlief, träumte sie von ihm und von Jasper, und sie schlief viel. Oft verschlief sie ganze Tage, und wenn sie wach war, war sie meist zu schwach, sich zu erheben. Das Schlimmste war die Angst, die sie vor dem Einschlafen beherrschte, die Angst, nicht wieder aufzuwachen.

Manchmal brauchte sie nach dem Aufwachen einige Zeit, um sich zu orientieren, dann wähnte sie sich im ersten Moment in London, war irritiert von dem fremden Zimmer, und oftmals folgte der verstörende Gedanke, dass sie Jared später noch treffen wollte, als habe sie sich nicht von ihren Träumen lösen können. Oder sie sah sich um, weil sie glaubte, Jaspers Wiege müsse neben ihr stehen. Wenn diese Momente vorbei waren, wurde sie von der Angst ergriffen, den Verstand zu verlieren, und so sagte sie sich stets mit halblauter Stimme vor, welcher Tag und an welchen Tagen Wichtiges geschehen war.

Nur noch selten waren das Donnern einschlagender Kanonenkugeln und die Explosionen zerberstender Granaten zu hören. Nachdem im Oktober noch eine weitere Entsatz-

flotte eingetroffen war und die Garnison mit Nahrungsmitteln eingedeckt hatte, wurde die Bombardierung zunächst fortgesetzt. Am siebzehnten Dezember erreichte Gouverneur Eliott die Nachricht, dass in Europa Friedensverhandlungen geführt wurden, und ab diesem Zeitpunkt ließ der Beschuss durch die Spanier nach, wenn sie auch weiterhin alles daransetzten, den südlichen Teil der Stadt zu zerstören.
Ruby tastete nach Jareds Ring und strich über die kleine Erhebung unter ihrem Kleid. Noch immer wagte sie es nicht, den Ring so zu tragen, dass ihre Mutter ihn sah, aus Sorge, diese könne ihn ihr wegnehmen, wenn sie schlief. Am Morgen hatte der Arzt Kräuter neben ihrem Bett verbrannt, was ihr das Atmen erleichtern sollte. Inzwischen jedoch halfen diese Mittel nicht mehr, nur ihrem Vater zuliebe tat sie, als ginge es ihr besser. Er sah so elend aus, so traurig.
Unvermittelt flackerten Gedanken an Stanley in ihr auf. Mit ihren letzten Worte an ihn hatte sie ihm verziehen und ihm gesagt, dass ihr Sohn schon vor Jahren von John gefunden und in Sicherheit gebracht worden war. Im Nachhinein fragte sich Ruby, ob sich etwas geändert hätte, hätte sie Stanley das alles schon vorher erzählt. Hätte er geschwiegen und ihr gar geholfen, Gibraltar zu verlassen? Oder hätte er es ihrer Mutter erzählt? Ruby wusste, wenn die Belagerung erst vorbei war, würde ihre Mutter sie hier nicht halten können, es gab keinen Grund mehr dazu. Das würde auch ihr Vater so sehen – und ihren letzten Wunsch, in der Heimat zu sterben, konnte man ihr nicht verwehren.
Olivia kam sie beinahe jeden Tag besuchen und blieb, selbst wenn Ruby zu müde war, um mit ihr zu sprechen. Immer, wenn sie da war, kam Ruby nicht umhin zu bedauern, dass sie sich nie wirklich nahegestanden hatten. Selbst jetzt

waren die schwesterlichen Bande so fein gesponnen, dass sie einer längeren Zeitspanne vielleicht nicht standhalten würden. Ruby hatte darauf gewartet, dass Olivia sie noch einmal auf John ansprach, aber sein Name fiel nur selten und auch dann stets in größerem Zusammenhang mit Geschehnissen in der Garnison. Meist waren sie ohnehin nicht allein, denn ihre Mutter hielt sich im Haus auf oder blieb in ihrer Nähe, wenn sie draußen saßen. Sie pflegte keine gesellschaftlichen Beziehungen mehr zu anderen Frauen, entweder weil diese es nicht wünschten oder weil ihrer Mutter dabei unwohl war – so recht konnte man das nicht unterscheiden. Vielleicht von beidem ein wenig, und so absurd es war, Ruby hatte Mitleid mit ihr. Dabei hätte sie sie verachten, ihr ihre scheinheilige Doppelmoral vorhalten sollen, mit der sie entschieden hatten, ihr Jasper wegzunehmen. Wie sehr hatte ihre Mutter ihr vorgeworfen, sich zu Jareds Hure gemacht zu haben, und ihr in düsteren Farben ihren gesellschaftlichen Fall ausgemalt, wenn dies publik würde. Dabei waren sie verheiratet gewesen. Dennoch konnte Ruby ihre eigene Mutter nicht verachten. Verzeihen konnte sie ihr jedoch ebenfalls nicht – trotz des Mitleids. Und ihre Mutter wusste das und bat nicht darum.

Sie waren selten geworden, die kleinen Spaziergänge durch das Lager und an den Klippen entlang, die raren Momente, in denen Constance für sich war. Normalerweise nahm sie Lilian mit, aber an diesem Tag brauchte sie Ruhe und einen klaren Kopf zum Nachdenken. Als sie am Haus der Kilbournes vorbeikam, sah sie Ruby in der hereinbrechenden Dunkelheit in dem kleinen, eingemauerten Hof sitzen. Sie hob die Hand und winkte ihr zu, und Ruby erwiderte die

Geste. Constance hatte das Gefühl, dass Olivias Schwester mit jedem Tag schlechter aussah. Unter ihren Augen lagen tiefe Schatten, fiebrig rote Flecken zeichneten ihre hohlen Wangen, und sie war erschreckend dünn. Von Olivia wusste Constance, dass Ruby hoffte, bald nach England zurückzukehren, und sie wünschte ihr, dass dies rasch möglich sein möge. Ihre Mutter hingegen hatte noch vor ein paar Tagen gesagt: »Bis die Belagerung vorbei ist, liegt sie wahrscheinlich längst unter der Erde, das arme Kind.«

Constance verließ das Lager und setzte sich zwischen die Felsen an eine geschützte Stelle, von der aus sie zwar nicht richtig aufs Meer gucken, aber sich unbeobachtet fühlen konnte. Sie hob kleine Steinchen auf und ließ sie mit leisem Klackern eines nach dem anderen wieder auf den Boden fallen. Sie wusste, dass sie nicht allzu lange fortbleiben konnte, denn es war möglich, dass Lilian wach wurde, und James schaffte es meist nicht, sie zu beruhigen.

Der Wind wehte die Geräusche des Lagers zu ihr herüber, die sich mit dem Meeresrauschen mischten. Seit das Donnern der Kanonen nahezu verstummt war und man nur noch selten Explosionen und den Einschlag von Kugeln hörte, hatte die Stille oftmals etwas Betörendes. Jedoch waren mit dem Frieden keine Hoffnungen mehr an eine Heimkehr verbunden, so dass es Constance schwerfiel, die allgemeine Euphorie zu teilen. Daran änderte auch nicht, dass es seit Oktober wieder Essen gab. Brot, Mehl, Fleisch, Erbsen, Hafermehl – alles war frei verfügbar. Selbst frische Butter gab es. Seit einem Monat schien es gar, als sei die Belagerung nur noch ein Zustand, der pro forma aufrechterhalten wurde, und ihr haftete etwas Unwirkliches an, denn sie hatte ihre Bedrohung verloren.

Constance jedoch plagten nun gänzlich andere Sorgen als der Gedanke, nicht nach England zurückzukehren. Sie legte die Hand auf den Bauch, als könne man schon eine Wölbung ertasten, obwohl sie wusste, dass dies unmöglich war. Zweimal war die Blutung ausgeblieben, und obwohl diese selbst in schlimmsten Hungerzeiten pünktlich gewesen war, hatte Constance sich beim ersten Mal noch erfolgreich einreden können, es seien die äußeren Umstände, die für das Ausbleiben verantwortlich waren. Beim zweiten Mal jedoch gelang ihr das nicht mehr. Dabei hatte sie stets mit so viel Sorgfalt versucht, dies zu vermeiden, hatte immer ihre mit Honig und Butterschmalz präparierten gerollten Stoffstücke bereitgehalten, hatte Übung darin entwickelt, diese zu benutzen, und dann war alles umsonst gewesen. Ein weiteres Kind von diesem Mann. Seit Tagen wälzte sie das Problem, ohne zu einer Lösung zu kommen. Die Möglichkeiten, die ihr offenstanden, waren gering, und selbst jetzt fiel ihr nichts Besseres ein. Sie wusste, dass sie eine Entscheidung treffen musste, sie innerlich vielleicht schon getroffen hatte, seit sie sicher um ihren Zustand wusste.
Als sie sich erhob und sich langsam auf den Weg zurück zum Lager machte, wurde ihr klar, dass ihr keine andere Wahl blieb. Auch wenn sie Angst hatte, wusste sie doch, dass sie James' Obhut kein weiteres Kind anvertrauen durfte. Anstatt zu ihrer Hütte schlug sie den Weg zu ihren Eltern ein, hoffte, ihren Vater allein anzutreffen. Jedoch nicht um ihm von der Schwangerschaft zu erzählen – davon durfte niemand wissen. Sie brauchte Geld.

»Ich habe mein Abschiedsgesuch für die Zeit nach der Belagerung bereits eingereicht«, sagte Frank, als er neben John in der Montague's Bastion stand und über die Landenge nach Spanien blickte. Seit Monaten war man in der Garnison damit beschäftigt, die zerstörten Mauern und Bastionen wieder aufzubauen, und ringsum herrschte Geschäftigkeit. John fand diese Zeit vergleichsweise entspannend.

»Ich ebenfalls«, antwortete er.

Frank räusperte sich. »Wie hat Olivia es aufgenommen?«

»Sie freut sich auf daheim.« John sah seinen Schwiegervater an. »Was wird mit Augusta? Ich nehme an, du wirst sie nicht hierlassen.«

»Nein, sie kommt mit nach England, ich habe bereits mit ihr gesprochen. Dort kann sie vorübergehend mein Haus bewohnen, bis ich ihr ein eigenes gekauft habe.«

»Es bleibt bei der Trennung?«

Frank nickte. »Ich werde ihren Lebensunterhalt finanzieren, es wird ihr an nichts fehlen. Ruby wird bei mir leben, darüber haben wir bereits gesprochen.«

Seit die Friedensverhandlungen begonnen hatten, tauschten die Engländer der Garnison und die Spanier regelmäßig Berichte unter der Parlamentärflagge aus. John beobachtete das spanische Boot, das sich zum Austausch der Briefe näherte, denn dieser erfolgte nie an Land, sondern ausschließlich auf dem Wasser auf halber Strecke. Es war der zweite Februar, ein warmer Nachmittag, an dem das Feuer und die Feindseligkeiten ruhten. Fast konnte man meinen, das Leben sei wieder normal geworden. Dieses Mal überbrachten die Engländer ein Schreiben, das der Duke of Crillon unterzeichnet hatte und das die Vorbereitungen zum Friedensschluss enthielt. John hörte den aufbrandenden Jubel auf dem spanischen Schiff, das laute *»Todos Amigos!«*. Ja, dachte er sarkastisch, wir sind alle Freunde.

Olivia konnte nicht fassen, dass es vorbei war. »Das heißt, wir fahren jetzt nach Hause, ja?«
John hob einen Mundwinkel zu einem schiefen Lächeln. »Ja, wir fahren heim, sobald die Häfen wieder geöffnet sind.«
»Und wann wird das sein?«
»Das weiß ich noch nicht, aber ich bin mir sicher, es wird nicht mehr lange dauern.«
Mit einem Jubelschrei fiel ihm Olivia um den Hals und riss ihn fast von den Füßen. »Langsam«, rief er lachend, einen Arm um sie gelegt, die andere Hand haltsuchend am Tisch.
Sie lockerte ihre Umarmung und lächelte schalkhaft. »Ich vergesse immer, dass du schon so alt bist.«
»Werde bloß nicht frech.« John hob sie hoch. »Du bist dem alten Mann gerade auf Gedeih und Verderb ausgeliefert.«
Sie küsste ihn auf den Mund, einmal, dann ein weiteres Mal, und schließlich ließ er sie auf den Boden gleiten, legte die Arme um sie und drückte sie an sich, während er ihre Küsse erwiderte.
»Wo werden wir leben?«, fragte sie, als er ihre Lippen lange genug freigab.
»In London?«, murmelte er und löste die oberen Häkchen an ihrem Rücken, »Cornwall? Ganz wie es dir beliebt.«
Er schob ihr Kleid über die linke Schulter und folgte seiner Hand mit dem Mund, als ein heftiges Klopfen sie auseinanderfahren ließ.
»Olivia!«, rief ihr Vater und schlug erneut mit der Faust gegen die Tür.

Verwirrt und erschrocken eilte Olivia zu Tür, ohne sich über ihr derangiertes Aussehen Gedanken zu machen, und riss sie mit einem Ruck auf. »Was …«

»Du musst mitkommen, sofort.« Ihr Vater war bleich und außer Atem. »Ruby … Ich glaube, es ist so weit.«

Olivias Herz setzte einen Schlag aus, um dann mit rasender Geschwindigkeit zu pochen. Augenblicklich war John an ihrer Seite, und ohne ein Wort zu wechseln, folgten sie ihrem Vater. Es waren nur wenige Schritte bis zum Häuschen ihrer Eltern, und Olivia spürte, wie ihr beim Laufen die Knie zitterten, so dass es ihr vorkam, als schwanke sie. John legte ihr den Arm um die Schultern.

Schon als sie das Haus betrat, roch sie den metallischen Geruch von Blut, der sich mit einem anderen mischte, den sie nicht bezeichnen konnte, süßlich und ein wenig wie feuchte Erde. Ihre Mutter saß an Rubys Bett und wischte ihr mit einem Tuch die Stirn ab, ihr Vater setzte sich an die andere Seite, während Ruby aufgerichtet in den Kissen lehnte, rote Flecken auf Nachthemd und Bettdecke, teils wie in großen Farbklecksen hingeschmiert, teils wie Sprühtropfen. Rubys Gesicht glänzte feucht im Licht der Kerzen, ihr Haar klebte an den Wangen, und ihre Hände waren zu Fäusten geballt und zerdrückten den Stoff des Lakens. Durch ihren halboffenen Mund ging der Atem in schwerem Röcheln, ihre Augen waren geschlossen.

Olivia schluckte und trat näher. Ihre Schwester schien die Schritte gehört zu haben, denn sie schlug die Lider auf, bemühte sich um ein Lächeln. »Du …«, begann sie, wurde jedoch von einem heftigen Hustenanfall unterbrochen, der ihren mageren Körper schüttelte. Zu den Blutflecken auf dem Laken kamen neue hinzu, und ihre Mutter wischte ihr das Gesicht mit einem feuchten Tuch ab, während ihr Vater Ruby im Rücken stützte, als diese sich leicht nach vorn lehnte, als fiele ihr das das Husten dadurch leichter. Unwillkürlich hatte Olivia Rubys Hand ergriffen, und diese schloss sich krampfhaft um ihre.

»Du …«, sagte Ruby erneut. »Du bist auch hier.«

»Aber natürlich bin ich das«, sagte Olivia, und Tränen traten ihr in die Augen. Wieder machte Ruby den Versuch eines Lächelns, dann kam ein weiterer Hustenanfall, dieses Mal schlimmer als der erste, und sie schaffte es kaum, zwischen den einzelnen Hustenattacken Luft zu holen. Blut brach in einem Schwall aus ihrer Nase, und ihre Mutter hob das Laken, um es aufzufangen.

»Papa! Papa!«, rief Ruby, und ihr Vater schloss sie in die Arme, hielt sie, während sie Olivias Hand losließ und beide Hände in den Arm ihres Vaters krallte. Tränen quollen aus ihren Augenwinkeln. Wieder hustete sie, so heftig, dass sie kaum noch atmen konnte und ihr Röcheln klang wie das einer Ertrinkenden. Als der Anfall kurz abebbte, sah sie John an.

»Jasper«, flüsterte sie.

»Ihm wird es an nichts fehlen«, antwortete John, und für einen kurzen Augenblick richteten sich alle Blicke auf ihn, dann jedoch gehörte die Aufmerksamkeit wieder Ruby, die hustete und hustete.

Ein erneuter Schwall Blut brach aus ihrem Mund, dann einer aus ihrer Nase, der zu einem stetigen Rinnsal wurde. Olivia biss sich auf die Lippen, konnte jedoch nicht verhindern, dass sie von Schluchzern geschüttelt wurde. Rubys Atem schien auf einmal leichter zu gehen, und sie sah Olivia an.

»Nicht weinen«, flüsterte sie, dann schloss sie kurz die Augen, und als sie sie wieder aufschlug, war ihr Blick starr geradeaus gerichtet, während ihre Brust sich in kurzen Atemzügen hob und senkte. Ihre Züge wurden weicher, ihr halbgeöffneter Mund bewegte sich leicht, als forme er Worte, die keiner von ihnen verstehen konnte. Dann lief das Röcheln in einem Seufzer aus, verstummte gänzlich, und ihr Blick hielt nichts mehr fest.
Ihr Vater senkte das Gesicht auf Rubys Haar und weinte in harten, rauhen Schluchzern, während ihre Mutter nur starr dastand, kreidebleich, das Gesicht ohne jede Regung. Olivia erstickte das aufsteigende Weinen in ihrer Faust. Dann sah ihr Vater unvermittelt auf, blickte John an und fragte heiser: »Wer ist Jasper?«
Johns Kinn deutete ruckartig in Richtung Augusta. »Frag sie!« Damit drehte er sich um und verließ die Hütte. Verstört verharrte Olivia einen Wimpernschlag lang, dann eilte sie ihm nach, unfähig, noch einen Augenblick länger an der Seite ihrer toten Schwester zu bleiben. Sie musste fort, weit fort, und so verließ sie den Raum, ohne sich umzusehen.
Schon vor ihrer Hütte hörte Olivia den Lärm, und als sie die Tür aufstieß, sah sie John wie einen Wahnsinnigen wüten und alles zu Boden werfen, was sich finden ließ. Dann hob er einen Stuhl, ließ ihn auf den Tisch krachen, bis eines der Stuhlbeine brach, warf ihn beiseite und griff nach dem nächsten. Entsetzt vermochte Olivia im ersten Moment nicht viel mehr zu tun, als ihn anzustarren, dann jedoch lief sie zu ihm, hängte sich an seinen Arm, ehe er den zweiten Stuhl auf den Tisch niedersausen ließ. Mit einer heftigen Bewegung stieß er sie von sich, und erst als Olivia zu Boden fiel und mit dem Kopf schmerzhaft an die Bettkante

stieß, schien er zu sich zu kommen, und sie bemerkte, dass er weinte.

»John«, murmelte sie.

»Es ist meine Schuld.« Er sank langsam an der Wand zu Boden, stützte seine Ellbogen auf die Knie und vergrub mit gesenktem Kopf die Hände in seinem Haar. »Sie brauchte Hilfe, und ich habe sie fortgeschickt. Ich habe mir gedacht, recht geschieht es ihnen allen. Soll sie doch ihr Balg in der Gosse kriegen.« Wieder weinte er.

Olivia verstand nur so viel, dass Ruby schwanger gewesen sein musste und ihn um Hilfe gebeten hatte. Ein entsetzlicher Verdacht keimte in ihr auf. »War es von dir?«

»Nein.« Die Heftigkeit, mit der er die Antwort ausstieß, war von einem entsetzten Blick begleitet, vielleicht, weil sie ihm überhaupt dergleichen zutraute. »Ich habe mich ihr gegenüber schlecht verhalten, aber so ein Schuft war ich nun auch wieder nicht. Sie war schwanger von meinem Bruder, die beiden hatten heimlich geheiratet.«

Fassungslos schwieg Olivia.

»Als Jared tot war, hat sie gemerkt, dass sie ein Kind erwartete«, fuhr John fort, »und sie kam zu mir, weil sie Hilfe brauchte. Oh, eine Genugtuung war das, das kann ich dir nicht beschreiben, ihre Schwierigkeiten, ihre Verzweiflung …« Er lehnte den Kopf zurück, den Blick über Olivia hinweg wie auf einen fernen Punkt gerichtet. »Und dann habe ich sie fortgeschickt. Sie hat versucht, mich umzustimmen, hat auf ihre Rechte als Jareds Frau gepocht, hat sich aufs Bitten verlegt, aber ich habe sie fortgeschickt. Und es hat sich wirklich gut angefühlt.«

Olivia, die nur zwei Schritte von ihm entfernt am Boden kauerte, vermochte nichts anderes zu tun, als ihn entgeis-

tert anzusehen, während sie sich weigern wollte zu glauben, dass er zu so viel Grausamkeit imstande gewesen war.
»Nach ein paar Tagen bin ich zur Vernunft gekommen, und mir wurde klar, wie schäbig ich mich verhalten hatte. Aber mein Bedauern kam zu spät. Inzwischen hatte Ruby sich schon deinem Bruder Stanley anvertraut, und dieser war mit ihr abgereist, so dass sie meinen Brief nicht mehr bekommen hat. Deine Mutter hat dafür gesorgt, dass sie ihn auch nach ihrer Rückkehr nicht erhielt.«
»Die Reise nach Cornwall«, murmelte Olivia. »Und ich habe gedacht, sie sei dort schon krank gewesen.«
»Sie hat ihr Kind bekommen, einen Sohn«, erzählte John weiter, ohne auf ihre Worte einzugehen, »und während sie schlief, hat Stanley ihn auf Wunsch deiner Mutter in ein Waisenhaus bringen lassen. Sie haben ihn ihr aus den Armen gestohlen, als Ruby zu müde war, um es zu bemerken.«
Übelkeit stieg in Olivia auf, und mit einem Mal wusste sie jenes geheimnisvolle Schweigen zu deuten, die versteckten Feindseligkeiten, die Distanz zwischen Ruby und ihrer Mutter, Stanleys unverhüllte Verzweiflung angesichts von Rubys Zurückweisungen.
»Sie hat das Kind überall gesucht, geschwächt von der Geburt die Armenviertel durchstreift. Dort hat sie sich wahrscheinlich die Schwindsucht geholt – es muss dort gewesen sein, denn sie ist ja vorher gesund gewesen. Später kam sie wieder zu mir, bat mich erneut um Hilfe, und dieses Mal habe ich sie ihr gewährt. Ich habe ihr versprochen, alles zu tun, damit sie mit ihrem Kind zusammenleben kann.«
Olivia nickte langsam. »Und nun denkst du, du seiest schuld an ihrer Krankheit?« Er musste nicht antworten, um ihr zu signalisieren, dass sie recht hatte. »John, Ruby

hatte seit einer schweren Erkältung, die sie nie richtig auskuriert hatte, eine anfällige Lunge, der Arzt hat sie damals schon gewarnt und ihr zur Schonung geraten.«

»Und du denkst, das macht es besser? Dass es das mindert, was ich ihr angetan habe?«

»Nein, aber du hast versucht, es wiedergutzumachen. Dass Mama deinen Brief abgefangen hat, hast du nicht wissen können. Wenn jemand schuld an allem ist, dann sie.«

»Ich bin euch hierhergefolgt, um Stanley auf den Fersen zu bleiben. Ich wollte, dass er weiß, wie nahe ich ihm bin.«

»Und deswegen«, Olivia schluckte, »deswegen hast du mich geheiratet ...«

»Ja, unter anderem. Einer der Hauptgründe dafür war neben deiner Mitgift allerdings, dass es die einzige Möglichkeit bot, Ruby nach England zurückzubringen, auch ohne dass deine Eltern mitkamen. Mit mir allein konnte sie ja schlecht reisen.«

»Ich verstehe.«

»Jetzt werden wir ihren Sohn zu uns nehmen, und meine Schulden kann ich auch bezahlen, somit war die Sache wenigstens nicht gänzlich umsonst.«

Olivia spürte, wie ihr das Blut aus dem Gesicht wich, und ihr wurde schlagartig eiskalt. Im selben Augenblick schien John bewusst zu werden, was er da gesagt hatte, denn er sah sie erschrocken an.

»Olivia«, murmelte er, aber sie war bereits aufgesprungen, lief zur Tür, riss sie auf und rannte hinaus, fort von der Hütte in die Dunkelheit, ohne sich darum zu kümmern, wohin. Hauptsache, so weit wie möglich weg von ihm. Und sie hoffte, er würde ihr nicht folgen.

Kalt war es am Europa Point, und Olivia fröstelte in ihrem Kleid, das am Rücken immer noch offen stand. Jetzt wünschte sie, sie hätte wenigstens einen Schal mitgenommen. Sie trat an den Rand der Plattform und hielt ihr Gesicht in den Nachtwind. Erst jetzt wurde ihr klar, wie allumfassend ihr Verlust war. Ruby hatte einen dumpfen Schmerz hinterlassen, der wie Messerstiche in ihr wühlte, aber greifbar war. Dort, wo Stanley hätte sein sollen, war hingegen nur noch ein schwarzes Loch, Finsternis, die unaufhörlich drängte und zur Flucht trieb. Zu ihren Füßen fiel der Fels steil ins Meer, dessen Wellen behutsam schaukelnd an dem Stein leckten. *Komm, komm, komm.* Sie wich einen Schritt zurück, dann noch einen, und in dem plötzlichen Bewusstsein, nicht mehr allein zu sein, drehte sie sich um.

Mehrere Schritt entfernt sah sie Oliver Holbrooke stehen, der seinen Mantel abgelegt hatte und dabei war, seinen Uniformrock aufzuknöpfen.

»Was tun Sie da?«, fragte Olivia.

»Ich bereite mich darauf vor, Ihnen hinterherzuspringen.«

Ein wilder Lachreiz stieg in Olivia auf, und sie gab ihm nach, lachte so unbändig, dass ihre Stimme überkippte, dann sank sie mit einem Schluchzen auf die Knie. Sie hörte, wie seine Schritte sich näherten, dann legte er ihr seinen schweren, noch warmen Mantel um die Schultern.

»Meine Schwester ist tot«, sagte Olivia, die glaubte, sie schulde ihm eine Erklärung.

»Das tut mir sehr leid«, antwortete er sanft. »Aber Sie sollten hier nicht allein sein, erst recht nicht in einer solchen Situation. Wo ist John?«

»Nicht hier«, entgegnete sie, als sähe er das nicht selbst.

»Soll ich ihn holen lassen?«

»Nein«, rief sie und erschrak vor der Heftigkeit, in der sie mit ihm sprach. »Nein«, sagte sie noch einmal ruhiger.

»Ich verstehe.« Er berührte ganz sacht ihre Schulter, dann stand er auf und ging. Sie hörte, wie er leise mit einem anderen Mann redete, vermutlich sollte dieser auf sie aufpassen. Nun, ihr war es gleich, Hauptsache, man ließ sie in Ruhe und versuchte nicht, sie zum Heimgehen zu bewegen.

Sie lauschte dem Wind und dem Schlagen der Wellen, dem Rauschen des Meeres, als irgendwann wieder Schritte zu hören waren, leichter dieses Mal, begleitet von raschelnden Röcken. Die Schritte einer Frau. Im nächsten Moment schlossen sich zwei Arme um Olivia.

»Es tut mir so leid, Liebes«, flüsterte Constance, und Olivia legte den Kopf an ihre Schulter und weinte. Constance strich ihr über den Rücken und das Haar, und erst als Olivia das Gefühl hatte, jede Träne herausgeweint zu haben, kam sie zur Ruhe, lehnte an der Schulter ihrer Freundin und starrte in die Nacht hinaus. Schließlich richtete sie sich wieder auf.

»Wie kommt es, dass dein Mann dich hat gehen lassen?«, fragte sie.

»Oh, wenn ein Richter Holbrooke vor der Tür steht und ihm sagt, ich solle mit ihm kommen, weil du wegen des Todes deiner Schwester Beistand brauchst, dann kann sich auch James dem nicht widersetzen.«

»Danke, dass du gekommen bist.«

»Was wäre ich für eine Freundin, wenn nicht.« Sie strich Olivia die Tränen aus dem Gesicht. »Wo ist John? Sag nicht, er hat in dieser Situation mit dir gestritten.«

Olivia schüttelte den Kopf. »Es ist viel schlimmer«, sagte sie und erzählte Constance die ganze Geschichte.

Als sie geendet hatte, schwieg Constance, den Kopf nachdenklich schiefgelegt. »Und dann«, sagte sie schließlich, »bist du weggelaufen, und er ist dir nicht gefolgt, weil er wusste, dass es sinnlos ist, und ihm sein Stolz eine Zurückweisung verbietet.«

»Ich wollte nicht, dass er mir folgt, ich nehme an, das hat er gewusst.«

»Und nun?«

Erschöpft seufzte Olivia. »Ich weiß es nicht.«

»Hier kannst du nicht die ganze Nacht bleiben, und ich nehme an, zu deinen Eltern möchtest du nicht.«

»Nachdem meine Mutter meinem Vater *das* gestehen musste?« Olivia stieß ein bitteres Lachen aus. »Nein, ganz sicher nicht.«

»Und ich hoffe mal, hinunterspringen möchtest du auch nicht?«

»Die Vorstellung ist verlockend, aber nein, ich möchte es nicht. Ich weiß, ich würde es bereuen, noch ehe ich unten ankomme.«

»Das ist gut.« Constance stand auf und zog sie am Arm mit sich hoch. »Komm, ich bringe dich zu John. Dies ist ein zu großer Schmerz, um ihn allein zu tragen.«

John saß immer noch gegen die Wand gelehnt, als Olivia die Hütte betrat. Sie zündete eine Kerze an und schloss die Tür hinter sich. Im dämmrigen Licht sah sie Johns Augen in den Schatten seines Gesichts glänzen.

»Da bist du ja wieder«, sagte er. »Wo warst du?« Ein kaum merkliches Zögern war der Frage vorausgegangen.

»Am Europa Point.« Sie setzte sich aufs Bett und strich in einer konzentrierten Bewegung ihr Kleid glatt.

»Was ich gesagt habe, war nicht so grausam gemeint, wie es geklungen haben mag.«

»Du hast nie einen Hehl daraus gemacht, dass du mich nicht liebst«, antwortete Olivia in dem Wunsch, Stärke zu zeigen. »Ich darf es dir also nicht übelnehmen.«

Sein leises Lachen klang bitter. »Du warst noch nie gut darin, dich zu verstellen.«

»So?« Zorn stieg in ihr auf. »Und was erwartest du nun von mir? Soll ich mich zu Boden werfen und um meine verschmähte Liebe weinen? Dafür habe ich nicht mehr die Kraft.«

»Ich habe deine Liebe nicht verschmäht, gleich wie es aussehen mag.«

Olivia stieß lediglich ein leises Schnauben aus.

»Mir ist bewusst, wie sich anhören muss, was ich gesagt habe.« John stand auf und kam zu ihr, setzte sich neben sie aufs Bett, ohne sie zu berühren. »Ich will gar nicht behaupten, ich hätte dich nicht aus egoistischen Motiven geheiratet – denn das habe ich. Aber das heißt doch nicht, dass du mir nichts bedeutest. Ich … Mich haben Rachegedanken an Stanley getrieben, der Wunsch, meine Schuld an Ruby wiedergutzumachen, meine prekäre finanzielle Lage – und ich habe dich vielleicht oftmals übersehen. Du warst eben einfach da.«

»Ja, das weiß ich, ich bin immer *einfach da.* Mama hat Ruby gesehen, weil sie eigensinnig war, Papa, weil er sie über alles geliebt hat, und Stanley haben beide gesehen, weil er ein Mann war.« Olivia zupfte an ihrem Ärmel. »Und ich habe es lange Zeit nicht einmal wirklich bemerkt, erst als ich

dich kennengelernt habe, wusste ich, wie schlimm es ist, nicht gesehen zu werden.« Leise fügte sie hinzu: »Ich habe mir so sehr gewünscht, wie Olympia zu sein.«
»Olympia? Wer ist Olympia?«
»Nicht so wichtig«, murmelte sie.
»Das hat Ruby mir auch vorgeworfen«, antwortete John, »dass ich dich nicht sehe. Ich glaube, selbst Stanley hat mir das übelgenommen, wenn er es auch nie so explizit gesagt hat.«
»Stanley?« Dass dieser sich überhaupt Gedanken darum gemacht hatte, erstaunte Olivia, und es löste gleichzeitig einen warmen Schauer in ihr aus.
»Und was wird nun?«, fragte sie.
»Wir gehen nach England zurück.«
»Und nehmen Rubys Sohn zu uns?«
»Ja.«
»Wie alt ist er?«
John schien kurz nachzurechnen. »Er ist am achten November 1777 geboren.«
»Und wo ist er?«
»Bei einem Freund. Ich wollte ihn erst meiner Mutter geben, aber dann hätte die Sache wie ein Lauffeuer die Runde gemacht, und ich wollte, dass Ruby selbst die Gelegenheit erhält, alles zu erklären. Selbst wenn man nicht gewusst hätte, wer die Mutter war, hätte die ganze Sache so einen verruchten Anstrich bekommen, dass es ein schlechtes Licht auf Ruby geworfen hätte. Mein Plan war, dass Ruby mit ihrem Sohn in der Gesellschaft aufgetaucht wäre und niemand vorher lange Gelegenheit gehabt hätte zu spekulieren.«
»Armer kleiner Kerl«, sagte Olivia, »arme Ruby.«

John legte ihr den Arm um die Schultern, zog sie eng an sich, berührte mit den Lippen ihre Schläfe.
»Wenigstens war unsere Ehe jetzt nicht gänzlich umsonst«, wiederholte sie seine Worte und spürte, wie sich seine Muskeln anspannten.
»Ich habe es keine Sekunde lang bereut, dich geheiratet zu haben.«
Olivia löste sich von ihm und rutschte auf dem Bett nach hinten, bis sie an die Wand gelehnt sitzen konnte. »Wie erfreulich.«
John drehte sich zu ihr um. »Du warst damals bereit, mit einem Mann eine gesellschaftliche Ehe einzugehen, selbst wenn dieser dich ebenfalls aufgrund persönlicher Vorteile geheiratet hätte. Was, um alles in der Welt, ist daran weniger verwerflich als an meinen Motiven?«
»Du warst egoistisch, und ich fühle mich von dir benutzt.«
»Was du nicht sagst, und ein anderer Mann, der dich aus selbstsüchtigen Gründen heiratet, der ist weniger egoistisch und benutzt dich nicht für seine Zwecke?«
Sie rieb sich mit einer Hand über die Augen, versuchte, die Erschöpfung wegzuwischen. »Du hast mich in eine Ehe zu deinen Vorteilen gezwungen, das ist etwas anderes, als eine Ehe als geschäftliches Arrangement zu schließen.«
»Ich habe dir einiges verschwiegen, aber ich habe dich nie in dem falschen Glauben gewiegt, unsere Ehe könne mehr sein als eine Vereinbarung zu beiderseitigem Nutzen. Aber es stimmt, ich habe dich gezwungen. Doch das bedeutet ja nicht, dass ich in dieser starren Distanz zu dir verharrt bin, dass ich nicht imstande bin, mehr zu empfinden, als ich es ursprünglich getan habe.«

Olivias Augen weiteten sich ungläubig. »Liebst du mich?« Sie hatte die Frage kaum lauter als ein Flüstern gestellt.

»Ich … ich habe dich sehr gern.«

»Liebst du mich?«

Er seufzte. »Du gibst keine Ruhe, oder? Ja, ich liebe dich.«

Olivia hatte immer erwartet, dass dieses Geständnis wie ein Paukenschlag wirken müsste, aber jetzt war ihr, als fände es keinerlei Nachhall in ihr. Dann jedoch spürte sie einen winzigen Hoffnungsschimmer in sich aufglimmen, zart wie ein erster Sonnenstrahl am purpurroten Morgenhimmel, ein heller Punkt, auf den sie ihren Blick richten konnte, wenn sie befürchtete, in einen Strudel von Traurigkeit gerissen zu werden.

24

Gibraltar, März 1783

Die Gesamtzahl der Verluste betrug beim Militär tausendsiebenhundertneunundzwanzig Mann, davon waren fünfhundert an Skorbut gestorben und fünfhundertvierunddreißig an weiteren Krankheiten. Achthundertsiebzig Männer waren verwundet worden, und über die Anzahl der Verluste bei den Zivilisten gab es keine zuverlässigen Zahlen, es wurde jedoch vermutet, dass fünfhundert Frauen und Kinder allein die Pockenepidemie in den Tod gerissen hatte. Die Menschen, die aus Gibraltar geflohen waren, kehrten allmählich aus England, Marokko, Menorca, Portugal und Italien zurück. Am zwölften März waren die Zugänge zu Gibraltar in einer formellen Zeremonie wieder geöffnet worden.

Für John waren es die letzten Tage in der Armee. Sobald die Formalitäten vorbei waren, würde er das nächstmögliche Schiff nach England nehmen. Seiner Mutter hatte er sein Kommen bereits angekündigt.

Nach Rubys Beerdigung hatte Frank lange mit ihm gesprochen.

»Warum nur hat sie es mir nicht erzählt?«, hatte er mit zitternder Stimme gefragt. Er wirkte, als sei er innerhalb weniger Wochen um Jahre gealtert. »Ich hätte ihr doch geholfen. Natürlich hätte es mich erschreckt zu hören, dass sie und dein Bruder … Aber niemals hätte ich zugelassen … Wie konnte Augusta nur? Wie konnte sie?«

»Es war auch meine Schuld, sie ist zuerst zu mir gekommen, das weißt du.«
»Du hast einen Fehler gemacht, weil du außer dir warst vor Trauer um deinen Bruder. Und du hast versucht, es gutzumachen.« Frank hatte ihm die Hand auf die Schulter gelegt. »Allein, dass du das Kind gesucht hast … John, du kannst dir nicht vorstellen, wie viel es mir bedeutet, dass ein Teil von ihr bei uns geblieben ist.«
Als die Zeremonie vorüber war, ging John zum Friedhof, wo, wie er richtig vermutet hatte, Olivia an den Gräbern ihres Bruders und ihrer Schwester stand, die Seite an Seite ruhten. Als sie ihn kommen hörte, dreht sie sich um, und er sah, dass sie geweint hatte, auch wenn sie ihn nun anlächelte.
»Irgendwann wird es aufhören, so weh zu tun«, sagte er. Sie nickte nur und sah wieder auf die beiden Grabsteine.
»Ich hätte nie geglaubt, wie sehr sie mir fehlen würden«, sagte sie und biss sich auf die Lippen. »Das soll nicht heißen, dass sie mir nichts bedeutet hätten, aber wir standen uns nie so nahe, dass ich eine solche Leere erwartet hätte. Traurigkeit ja, aber nicht dieses Gefühl, unvollständig zu sein.«
»Sie hatte mir verziehen«, sagte John unvermittelt, »schon lange. Wenn ich es nur ebenso könnte.«
Ruby Retallick, geb. Kilbourne stand auf dem Grabstein, und das hatte viele Fragen nach sich gezogen. John war nicht entgangen, mit wie viel Entzücken man auf diesen neuen Skandal in der Familie Kilbourne reagiert hatte, und er ahnte, dass das Gerede noch vor ihnen in England eintreffen würde. Aber er wusste, Olivia war es gleich, was die Leute sich erzählten. Den Blick auf den Grabstein gerich-

tet, formte ihr Mund lautlos Worte, vermutlich ein Gebet. Schließlich wandte sie sich ab und verließ an seinem Arm den Friedhof.

»Meine Mutter wird dir Kleider schicken«, sagte John, »und was du sonst noch benötigst, wenn wir nach England zurückkehren.«

»Sieht sie unsere Ehe inzwischen etwas wohlwollender?«

»Sie ist nicht mehr wütend auf mich, wenn du das meinst. Meine Beweggründe heißt sie zwar nach wie vor nicht gut, aber immerhin konnte ich sie davon überzeugen, dass ich keineswegs ein von Rachsucht getriebener Haustyrann gewesen bin.«

»Das hast du ihr gesagt? Ich glaube, ich muss mich mit deiner Mutter mal allein unterhalten.«

»Ich habe schon geahnt, dass es keine gute Idee war, dir das zu erzählen.«

Olivia lachte leise, etwas, das er in den letzten Wochen viel zu selten gehört hatte. Er mochte es, wenn sie lachte.

Die Garnison summte vor Geschäftigkeit, und es würde sicher nicht lange dauern, ehe die Stadt wieder aufgebaut war. Alle, die Menschen, die ausgeharrt hatten, und die Offiziere und Soldaten waren von Stolz beherrscht. Später am Tag wollte John noch Pablo aufsuchen, um einen Freundschaftsdienst einzufordern.

Sie spazierten an der Küste entlang, jeder vertieft in die eigenen Gedanken, aber es war ein angenehmes Schweigen. Schließlich ergriff John als Erster das Wort mit einer Frage, die ihn schon länger beschäftigte.

»Und wer ist jetzt Olympia?«

Grauer Dunst hing über der Straße von Gibraltar, ein feines Gespinst, unter dem das Wasser bleifarben wirkte. In der Ferne kündigte ein blasser Schimmer den herannahenden Tag an. Aus dem Nebel schälten sich die Segel einer Schaluppe, noch zu fern, um mehr als Umrisse zu erkennen.

Constance hielt die schlafende Lilian im Arm, deren Kopf an ihrer Schulter ruhte. Neben ihr am Boden lag ein Bündel, denn eine Tasche zu packen hatte sie nicht gewagt. Es enthielt nur ein wenig Proviant und Kleidung zum Wechseln für ihre Tochter. Sie sah sich um, aber da war niemand außer ihr selbst. Mit wild schlagendem Herzen fragte sie sich, ob es jetzt immer so sein würde, für den Rest ihres Lebens, diese Angst, die verstohlenen Blicke über ihre Schulter.

Das Risiko, das sie einging, war immens. Wenn James sie entdeckte, ehe sie Gibraltar verlassen hatte, dann wusste sie, was ihr bevorstand. Die Drohung, sie allein auf sein Landgut zu sperren, fernab von Lilian, war kein leeres Geschwätz gewesen, dafür kannte sie ihn zu gut. Noch konnte sie zurück, er wachte selten vor zehn Uhr auf. Sie würden zusammenleben, vielleicht lockerte er irgendwann sogar die Zügel. Und dann würde sie sein Kind gebären, entweder ein Mädchen, das er zu einem hirnlosen Püppchen erzog, wie er es mit Lilian vorhatte, oder einen Sohn, den er zu seinem Ebenbild machen konnte – ehebrecherisch und gottlos. Nein, dachte Constance, immer wieder nein.

Sie hatte Geld von ihrem Vater bekommen, und dieser hatte wie üblich nicht gefragt, wofür sie es brauchte. Dass er James zutiefst verachtete, war kein Geheimnis, und vielleicht ahnte er etwas. Sie würde ihm schreiben, wenn sie erst in Sicherheit war, und würde ihn dann um eine weitere Summe bitten. Nur ihre Mutter durfte sie nicht einweihen, denn sosehr sie sie auch liebte, es war zu gefährlich, darauf zu vertrauen, dass nicht ihre Schwatzhaftigkeit in Gegenwart einer ihrer Töchter mit ihr durchging. Und wenn ihre Schwestern erst Bescheid wussten, wäre es nur eine Frage der Zeit, bis es ihre Schwäger erführen, und einer von ihnen konnte sich bemüßigt fühlen, dem verlassenen Ehemann einen Wink zu geben. Denn selbst wenn man ihn nicht ausstehen konnte, war nicht zu tolerieren, dass eine Ehefrau das Weite suchte, nur weil sie sich nicht mit ihrem Mann verstand. Wenn das jede täte … Es musste reichen, wenn ihre Mutter wusste, dass es ihr gutging.

In eine Scheidung würde James nicht einwilligen, denn Constance' Erbe fiel ihm zu, auch wenn diese fern von ihm weilte. Natürlich hätte Constance auf ihr Geld verzichten können, aber sie war vernünftig genug, um zu ahnen, dass sie darauf angewiesen sein würde. Daher sollte ihr Vater alles, was er ihr jetzt schickte, von ihrem Erbteil abziehen und dieses nicht auf sie, sondern auf ihre Kinder überschreiben, zur treuhänderischen Verwaltung von Sir John Retallick – John, der ihr in diesen letzten Stunden ein so guter Freund gewesen war.

Die Schaluppe, die sich lautlos der Küste näherte, gehörte einem Freund von ihm, den er in Marokko kontaktiert hatte. Dieser würde ihr eine Unterkunft bereitstellen und dafür sorgen, dass sie im Gewimmel der Gassen von Tanger untertauchte. Dort wollte sie warten, bis ihr Kind geboren war, und dann nach Amerika aufbrechen, wo sie der lange Arm des britischen Gesetzes nicht mehr erreichen konnte. Der

Amerikanische Unabhängigkeitskrieg hatte sie nie interessiert, und jetzt war es eine so günstige Fügung, dass sie in ein Land reisen konnte, in dem man ihre Sprache sprach, in dem die Sitten sicher denen ähnelten, mit denen sie aufgewachsen war, und das doch noch wild und im Aufbau begriffen war, so dass sie dort einen Neuanfang wagen konnte.
Der grobe Sand knirschte, und Constance fuhr herum und sah zwei Gestalten im Dämmerlicht näher kommen – ein Fischer, der ein junges Mädchen bei sich führte. Das Mädchen hielt den Blick gesenkt, das Haar unter einem breiten Schultertuch verborgen, das sie mit einer Hand unter dem Kinn zusammenfasste.
»Ich bin Pablo, Doña, und dies«, er deutet auf das Mädchen, »ist meine Schwester Esperanza.«
Constance grüßte beide, aber das Mädchen nickte nur, ohne sie anzusehen. Ihr sank der Mut. Das sollte ihre Reisebegleitung sein?
»Ich komme mit, bis Sie Ihre Unterkunft in Tanger erreicht haben, danach kümmern sich Freunde von John um Sie. Meine Schwester bleibt bei Ihnen.«
Die Schaluppe ging vor Anker, und ein Boot löste sich aus ihrem Schatten und näherte sich dem Ufer. Sanft brachen die ersten zartgelben Sonnenstrahlen hervor, gossen Gold über den Horizont, das in dem Purpurhimmel zerlief. Lilian hob den Kopf von Constance' Schulter und drehte sich den beiden Neuankömmlingen zu.
»Mama«, sagte sie schläfrig.
»Schon gut, mein Schatz.«
Lilian zappelte, und Constance setzte sie auf den Boden, hielt sie jedoch an der Hand fest, damit sie nicht zum Wasser lief.

In diesem Augenblick sah Esperanza auf, lächelte und beugte sich zu dem Kind hinab. Dabei rutschte eine Kette mit einem schweren Anhänger aus ihrem Kleid, ein silberner Siegelring, wie ihn viele englische Gentlemen trugen. Noch ehe Constance überlegen konnte, woher er ihr bekannt vorkam, hatte Esperanza ihn bereits mit einer Hand umschlossen, steckte ihn jedoch nicht sofort in ihren Ausschnitt zurück, sondern hielt ihn einige Lidschläge lang fest, die Faust an die Lippen gepresst. Sie sah verloren aus, verloren und todtraurig. Dann richtete sie sich wieder auf und blickte Constance an, ein kurzer Moment, in dem zwei verletzte Seelen einander erkannten. Vielleicht können wir doch Freundinnen werden, dachte Constance, sie ist wie ich. Eine Überlebende.

Epilog

Cornwall, Juli 1784

Die Klänge von Olivias Klavierspiel hingen in der Luft, mischten sich mit dem Gezwitscher der Vögel im Garten und dem Wispern der Vorhänge, die der warme Sommerwind durch die offenen Verandatüren in den Salon blähte. Seit einem Jahr waren sie nun wieder in England, und Olivia war erstaunt, wie schnell es gegangen war, all den Komfort, das Essen und die geheizten Zimmer im Winter als selbstverständlich hinzunehmen. Warmes Brot mit geschmolzener Butter war ihr anfangs auf der Zunge zergangen, inzwischen jedoch normal geworden, ebenso gut gekochte Mahlzeiten und Naschwerk, wann immer es sie danach gelüstete. Olivia hatte sich angewöhnt, bestimmte Gerichte oder Süßigkeiten nur noch selten zu essen, um sich den Geschmack des Besonderen zu bewahren.

Olympias Geschichte, die in so vielen Zügen ihre eigene war, hatte sie auf Zureden von John unter dem Titel »Bildnis in Purpur« veröffentlicht, und obwohl sie weit davon entfernt war, Reichtümer anzuhäufen, war das Geld, das sie dafür bekam, ihr eigenes, und sie war überrascht, wie gut sich das anfühlte. Und wie herrlich war es erst gewesen, als sie ihr eigenes Buch erstmalig in den Händen hielt. Die Kontakte mit dem Verleger liefen über Johns Anwalt, der dafür sorgte, dass alles seinen rechten Gang nahm, denn für die Finessen von Verhandlungen war sie zu wenig geschäftstüchtig.

Die Salontür flog auf, und Jasper lief ins Zimmer, gefolgt von John, der ihn ermahnte, im Haus nicht so wild herumzutoben.
»Ach, Onkel John«, maulte der Junge, gehorchte jedoch. Er kam zu Olivia, drückte ihr einen Kuss auf die Wange und sah sie mit herzerweichendem Charme an. »Ich möchte heute Nachmittag eine Bootsfahrt auf dem See machen, und Onkel John sagte, ich muss dich fragen.«
Olivia sah John über den Kopf des Jungen hinweg an. Das sah ihm mal wieder ähnlich, ihr die Rolle der Spielverderberin zuzuschachern. Er erwiderte ihren Blick mit gespielter Arglosigkeit. Na warte, dachte sie.
»Aber natürlich darfst du, mein Schatz.«
John runzelte die Stirn, konnte ihr jedoch nicht widersprechen. Seine Lippenbewegung kündigten ihr eine späte Rache an, was sie mit einem spitzbübischen Lächeln beantwortete.
»Danke, Tante Olivia.« Jasper küsste sie erneut, dann lief er hinaus in den Garten, und Olivia stand auf, um ihm zu folgen.
Er war ein lebhaftes Kind, an dem Ruby ihre Freude gehabt hätte. Zudem sah er aus wie seine Mutter, nur die Augen, ein warmes, grüngesprenkeltes Schokoladenbraun, waren laut John die seines Vaters. Augen, denen man die Wünsche schon erfüllte, noch ehe sie ausgesprochen wurden. John mahnte gelegentlich, ihn nicht zu sehr zu verwöhnen, war aber selbst kaum besser als alle anderen. Jasper hatte in den Jahren, in denen er bei Johns Freund gelebt hatte, immer gewusst, dass ihn eines Tages sein Onkel abholen würde. Man hatte ihm absichtlich nichts von der Mutter gesagt, denn niemand hatte wissen können, ob die-

se den Tag noch erleben würde, an dem sie ihn zu sich nehmen konnte, und es wäre grausam gewesen, eine solche Hoffnung in dem Kind zu wecken. Jaspers Kindermädchen war mit in Johns Haus gezogen, damit der Junge eine vertraute Person in seiner Umgebung behielt.

Im Garten saßen Olivias Vater und Johns Mutter in einer Laube und unterhielten sich. Ihr Vater wohnte die meiste Zeit bei ihnen, weil er die Einsamkeit in seinem Londoner Stadthaus nicht ertrug. Johns Mutter verbrachte immer wieder zwischendurch einige Wochen bei ihnen, dann jedoch zog es sie zurück in die Stadt, und John argwöhnte inzwischen, dass an den Gerüchten zarter Bande zwischen ihr und einem sechzigjährigen Witwer etwas Wahres dran sein könnte.

Olivias Mutter besaß ein kleines Haus in Mayfair, lebte dort mit ihren Dienstboten und in gewohntem Komfort, empfing gelegentlich Besuche, machte selten welche und schien sich aus der Gesellschaft gänzlich zurückgezogen zu haben. Wann immer sie in London waren, besuchte Olivia sie, ab und zu fuhr sie auch spontan hin und blieb für einige Tage, worüber ihre Mutter sich stets sehr freute. Nur Jasper mitzunehmen verbot John ihr strikt, und weil ihre Mutter wohl ahnte, dass in diesem Punkt nicht mit ihm zu reden war, sprach sie Olivia nie darauf an.

Ein Ereignis hatte seine Schatten auf die letzten Tage in Gibraltar geworfen: Constance war spurlos verschwunden. Als James Everett morgens gemerkt hatte, dass seine Ehefrau nicht da war, hatte er zunächst angenommen, sie sei in aller Frühe zu ihren Eltern gegangen. Erst als sie am späten Nachmittag immer noch nicht heimkam, war er hingegangen, zweifellos in der Absicht, ihr gründlich die Meinung zu sagen. Ihre Eltern jedoch waren vollkommen ahnungslos, und noch am selben Abend wurde eine großangelegte Suche eingeleitet, denn auch Lilian war fort. Jedoch förderte die Suche weder an diesem Abend noch an den darauffolgenden Tagen einen brauchbaren Hinweis zutage. Olivia war in großer Sorge. Constance hatte keines der auslaufenden Schiffe bestiegen, und James Everett äußerte den Verdacht, sie könne nach Spanien geflohen sein. Die spanischen Grenzposten jedoch versicherten, keine Frau mit einem Kind gesehen zu haben.

James Everett tobte, schrie, sie habe ihn betrogen, verlassen, und klagte ihren Vater an, ihm sein Wissen über den Aufenthaltsort seiner Tochter vorzuenthalten. Als Mr. Stockwell jedoch fragte, ob *er* denn nicht womöglich genau wisse, wo Constance sei, und ob er gar etwas zu verbergen habe, antwortete James Everett hitzig, er werde doch nicht seiner eigenen Tochter etwas antun.

»Ah, damit meinst du, Lilian nicht, Constance jedoch schon?«, fragte Mr. Stockwell.

»Natürlich nicht!«, schrie sein Schwiegersohn.

Constance und Lilian blieben verschwunden, Olivia jedoch ahnte, dass John etwas darüber wusste. Auf ihre diesbezüglichen Fragen sagte er nur, er habe keine Ahnung, wo sie sei, und bat sie, das Thema ruhen zu lassen. Je weniger Menschen Bescheid wüssten, umso sicherer sei es für Constance.

Als James Everett die Nerven gehabt hatte, Ansprüche auf das künftige Erbe geltend zu machen, war Mr. Stockwells Brüllen durch das ganze Lager zu hören gewesen. Inzwischen war Lord Westlake nach England zurückgekehrt und lebte in völliger Armut auf seinem Landsitz, das Stadthaus hatte er, nach dem, was die Gerüchte Olivia zutrugen, verkaufen müssen, um nicht zu verhungern. Constance fehlte ihr, ebenso Mary, die mit ihren Kindern nach Gibraltar zurückgekehrt war, kaum dass sie ihr Haus wieder bewohnen konnten.

John trat neben Olivia auf die Veranda und sah Jasper zu, der im Garten herumtobte. Den ganzen Morgen hatte der Junge unter strenger Aufsicht seines Hauslehrers in seinem Studierzimmer sitzen und lernen müssen. Nun streckten sich seine jungen Glieder, die so sehr nach Bewegung gehungert hatten. Johns Mutter rief ihm etwas zu, worauf er lachend antwortete.

Ein anderes Bild schob sich Olivia vor Augen, viele Jahre zurückliegend. Sie selbst stand als kleines Kind auf der Veranda des elterlichen Landhauses, während Ruby – sie mochte in Jaspers Alter gewesen sein – im Garten herumtollte, die Ermahnungen des Kindermädchens zur Mäßigung ignorierend. Das Haar, in derselben Farbe wie Jaspers, war nicht zum Zopf gebunden wie seines, sondern zu einer Kleinmädchenfrisur, mit Bändern, die mit den Locken auf ihrem Hinterkopf tanzten. Ruby rannte und rannte und rannte, gleich Jasper, die Arme weit ausgebreitet, als wolle sie das Leben willkommen heißen.

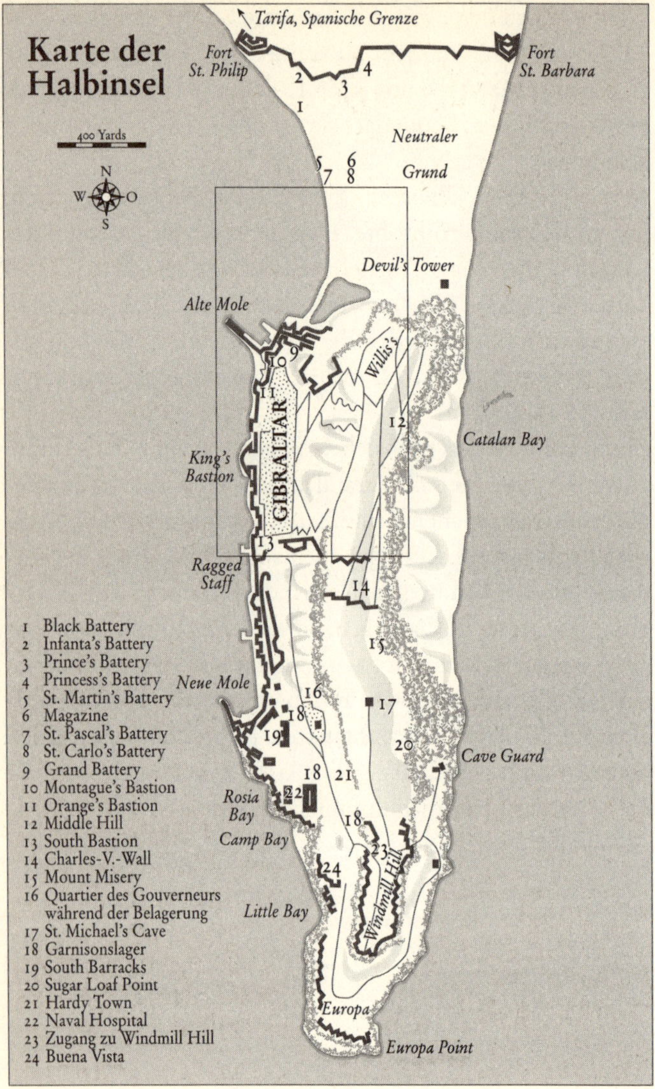

Karte der Halbinsel
400 Yards
N
W
O
S
Tarifa, Spanische Grenze
Fort St. Philip
Fort St. Barbara
Neutraler Grund
Devil's Tower
Alte Mole
Willis's
GIBRALTAR
Catalan Bay
King's Bastion
Ragged Staff
Neue Mole
Cave Guard
Rosia Bay
Camp Bay
Windmill Hill
Little Bay
Europa
Europa Point
1 Black Battery
2 Infanta's Battery
3 Prince's Battery
4 Princess's Battery
5 St. Martin's Battery
6 Magazine
7 St. Pascal's Battery
8 St. Carlo's Battery
9 Grand Battery
10 Montague's Bastion
11 Orange's Bastion
12 Middle Hill
13 South Bastion
14 Charles-V.-Wall
15 Mount Misery
16 Quartier des Gouverneurs während der Belagerung
17 St. Michael's Cave
18 Garnisonslager
19 South Barracks
20 Sugar Loaf Point
21 Hardy Town
22 Naval Hospital
23 Zugang zu Windmill Hill
24 Buena Vista

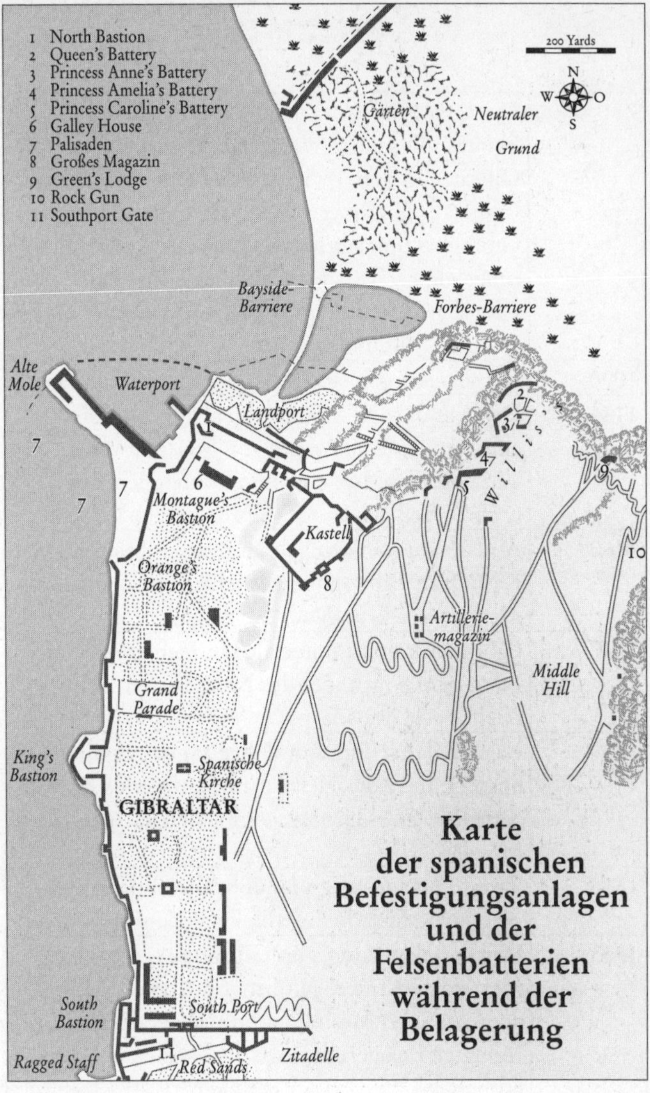

Karte der spanischen Befestigungsanlagen und der Felsenbatterien während der Belagerung

Zeitleiste

711	Der Umayyaden-General Tariq ibn Ziyad kommt mit seiner Armee aus Afrika nach Gibraltar, indem er die Straße von Gibraltar von Ceuta aus überquert. Er landet an der Südspitze Gibraltars und startet von dort aus den Eroberungszug nach Spanien. Zu dieser Zeit hat Gibraltar seinen ursprünglichen Namen *Djabal at-Tariq* bekommen.
1090	Die spanisch-christliche Armee erobert Südspanien.
1146	Der Almohaden-Sultan Abd al-Mu'min führt eine muslimische Armee von Marokko über Tarifa nach Südspanien und kontrolliert den größten Teil des Landes einschließlich Gibraltar.
1160	Abd al-Mu'min ordnet den Bau des Maurischen Kastells in Gibraltar an, es erhält den Namen *Medinat al-Fatih* (Stadt des Sieges).
1237	Gibraltar kommt unter die Herrschaft von Ibn Nasr, dem Begründer des Nasridischen Königreichs von Granada.
1309	**Erste Belagerung von Gibraltar** durch die Spanier unter der Herrschaft Ferdinands IV. von Kastilien. Die Garnison ergibt sich nach einem Monat.
1315	**Zweite Belagerung von Gibraltar** durch die Nasriden, die jedoch erfolglos verläuft.
1333	**Dritte Belagerung von Gibraltar** durch eine Meriniden-Armee, geführt von Abd el-Malik, dem Sohn des Meriniden-Sultans. Nach fünf Monaten Belagerung wird die Garnison zurückerobert.

1333	**Vierte Belagerung von Gibraltar** durch König Alfonso XI. von Kastilien mit Unterstützung der Flotte des kastilischen Admirals Alonso Jofre Tenorio. Während der Belagerung wird die spanische Flotte von einer nasridischen Armee aus Granada angegriffen. Die Belagerung endet in einem Waffenstillstand, der den Mauren erlaubt, Gibraltar zu behalten.
1349	**Fünfte Belagerung von Gibraltar** durch König Alfonso XI. von Kastilien. Die Belagerung wird 1350 aufgegeben, als der König stirbt, während in Spanien der *Schwarze Tod* (die Pest) wütet.
1374	**Sechste Belagerung von Gibraltar** durch die Nasriden, die Gibraltar zurückerobern.
1436	**Siebte Belagerung von Gibraltar** durch spanische Truppen, die erfolglos versuchen, Gibraltar wieder unter ihre Herrschaft zu bringen.
1462	**Achte Belagerung von Gibraltar** durch die kastilische Armee unter König Heinrich IV. von Kastilien, während der Gibraltar wieder in die Hände Spaniens fällt.
1467	**Neunte Belagerung von Gibraltar** durch das Haus von Medina-Sidonia, die Besitzer des ältesten Herzogstitels Spaniens, die ihren Sitz in Andalusien hatten. Während einer Revolte des Adels gegen den König schickt der Herzog von Medina-Sidonia seine Truppen nach Gibraltar, die die Garnison sechzehn Monate lang belagern und schließlich einnehmen. Durch den Halbbruder des Königs erhält das Haus Medina-Sidonia die Herrschaft über Gibraltar.

1479	Königin Isabella I. von Kastilien und König Ferdinand II. von Aragon übernehmen gemeinsam die Herrschaft über das Königreich Kastilien und Aragon, einschließlich Gibraltar.
1497	Gibraltar wird der Hauptstützpunkt in der Eroberung von Melilla durch den Herzog von Medina-Sidonia.
1506	**Zehnte Belagerung von Gibraltar**, erneut durch das Haus von Medina-Sidonia, die jedoch erfolglos verläuft. Gibraltar erhält danach den Titel »Die loyalste Stadt«.
1516	Spanien wird unter Charles I. ein vereinigtes Königreich.
1540	Algerische Piraten überfallen mit sechzehn Galeeren Gibraltar und plündern die Stadt, ohne dass es ihnen gelingt, das Kastell zu bezwingen.
1550	Charles I. von Spanien fängt an, Mauern um die Stadt von Gibraltar zu ziehen.
1607	Erste Schlacht von Gibraltar während des Achtzigjährigen Kriegs.
1621	Zweite Schlacht von Gibraltar.
1649	Typhus-Epidemie in der Stadt.
1702	**Elfte Belagerung von Gibraltar.** Ausbruch des Spanischen Erbfolgekriegs und **zwölfte Belagerung von Gibraltar.**
1705	Der Sturmangriff Frankreichs und Spaniens auf Gibraltar misslingt.
1708	Die Briten erobern Menorca.
1713	Gibraltar wird am elften April im Frieden von Utrecht formell an Großbritannien abgetreten.
1727	**Dreizehnte Belagerung von Gibraltar** durch Spanien.

1756	Der Siebenjährige Krieg bricht aus.
1763	Ende des Siebenjährigen Kriegs, Friede von Paris.
1775	Ausbruch des Amerikanischen Unabhängigkeitskriegs.
1776	Ein heftiger Sturm tobt am 23. Februar über Gibraltar und überflutet die tiefer gelegenen Teile der Stadt.
1779	21. Juni – Spanien erklärt Großbritannien den Krieg. Die Beziehungen mit Gibraltar werden abrupt abgebrochen, und die **vierzehnte Belagerung Gibraltars** durch Spanien und Frankreich beginnt, die als die Große Belagerung von Gibraltar (Great Siege) bekannt wird. 18. Juli – Die Blockade um Gibraltar verhindert, dass Proviantschiffe die Garnison erreichen können. 12. September – Erster Kanonenschuss von Gibraltar auf die spanische Grenze.
1780	21. Januar – Admiral Rodneys Flotte landet in Gibraltar und bringt das 73. Highland Regiment mit sowie Proviantierung. 13. Februar – Admiral Rodneys Flotte verlässt Gibraltar. 7. Juni – Eine Attacke spanischer Schiffe auf die Küste Gibraltars misslingt.
1781	13. März – Ein Entsatzkonvoi im Auftrag der britischen Regierung bricht von St. Helena aus auf. Der Schiffskonvoi steht unter dem Schutz einer Flotte von achtundzwanzig Linienschiffen und unter dem Kommando von Admiral George Darby auf der *Britannia*, einem Hundert-Kanonen-Dreideckschiff, die größte Schiffsart der Royal Navy.

	12. April – Admiral Darby kommt in Gibraltar an. Beginn der Bombardierung seitens Spanien. 20. April – Admiral Darby verlässt Gibraltar wieder. 27. November – Britische und hannoversche Truppen unternehmen einen gewagten und erfolgreichen militärischen Einsatz gegen die Spanier.
1782	21.–23. März – Britische Truppen bringen Proviant und das kränkelnde 97. Regiment nach Gibraltar. Von siebenhundert Männern des Regiments sterben nach der Ankunft siebzig an einer unbekannten Krankheit. Juni – Die Arbeiten am Tunnel beginnen. 13. September – Eine Attacke vonseiten der spanisch/französischen Batterien auf See misslingt. 18. Oktober – Admiral Howes Flotte landet mit dem 25. und 59. Regiment in Gibraltar, um die Garnison aufzurüsten.
1783	21. Januar – Ein Friedensabkommen wird in Versailles unterzeichnet. 3. Februar – Die Kämpfe sind beendet, und die Blockade wird aufgelöst, die Große Belagerung ist vorbei. 12. März – Die Zugänge zu Gibraltar sind wieder geöffnet.

Die englische Erbin

Kalkutta 1875: Als Alec Delaney nach zehn Jahren Haft entlassen wird, hat er nur einen Gedanken: Rache an dem Mann, der ihn ins Gefängnis brachte. Dann begegnet er Lady Helena Ashington: Sie ist die Liebe seines Lebens – und die Tochter seines Erzfeindes.

Der Duft von Sandelholz

Bombay 1753: Die lebenslustige Elisha begehrt immer wieder gegen die Konventionen der englischen Kolonialgesellschaft auf. Als sie dem Arzt Damien begegnet, verliert sie ihr Herz an ihn – doch er ist bereits mit einer reichen Erbin verlobt …

Tage des Monsuns

1875: Um der Abhängigkeit von ihrem Bruder zu entkommen, geht Katrina eine Vernunftehe mit Aidan Landor ein. Mit ihrer Mitgift erwirbt er eine Teeplantage – und lässt seine Frau immer wieder ohne Erklärung dort allein. Katrina wird bewusst, dass sie kaum etwas von dem Mann weiß, an den sie längst mehr als nur Vernunft bindet …

Der Orchideenpalast

Kandy 1847: Nichts wünscht sich Melissa mehr, als aus dem geregelten Leben auf der Kaffeeplantage ihres Vaters auszubrechen. Doch erst durch ihren Cousin Hayden gerät ihr Leben in neue Bahnen. Die beiden kommen sich näher – eine Liebe, die keinen Bestand haben darf.

»Unglaublich spannend!«
Indien Magazin

Knaur Taschenbuch Verlag